本书是课程"中华民族创世史诗导论"参考教材

本书是国家社科基金艺术学重大项目"多民族艺术交融与中华民族认同研究"（项目编号：20ZD27）阶段性成果

李世武 主编

中华民族创世史诗导论

中国社会科学出版社

图书在版编目（CIP）数据

中华民族创世史诗导论 / 李世武主编. -- 北京：中国社会科学出版社，2024.11. -- ISBN 978-7-5227-4269-4

Ⅰ．I207.22

中国国家版本馆 CIP 数据核字第 2024D9G576 号

出 版 人	赵剑英
责任编辑	吴丽平
责任校对	杨　林
责任印制	李寡寡

出　　版	中国社会科学出版社
社　　址	北京鼓楼西大街甲 158 号
邮　　编	100720
网　　址	http://www.csspw.cn
发 行 部	010－84083685
门 市 部	010－84029450
经　　销	新华书店及其他书店
印　　刷	北京明恒达印务有限公司
装　　订	廊坊市广阳区广增装订厂
版　　次	2024 年 11 月第 1 版
印　　次	2024 年 11 月第 1 次印刷
开　　本	710×1000　1/16
印　　张	48
插　　页	2
字　　数	675 千字
定　　价	198.00 元

凡购买中国社会科学出版社图书，如有质量问题请与本社营销中心联系调换
电话：010－84083683

版权所有　侵权必究

前　　言

创世史诗有"百科全书"之誉，其内涵丰富，具有多学科的研究价值。本书主要从诗学角度介绍中华民族创世史诗。在本书开篇，我们将介绍中华民族创世史诗的定义、文本与族属，进而分析中华民族创世史诗内部共性与个性辩证统一的特点，最后阐述中华民族创世史诗的价值等议题。

一　中华民族创世史诗的定义、文本

史诗，是一种大型文类。史诗主要有四个特点。第一，史诗是历史记忆的诗化表达。史诗之"史"，意味着史诗以历史记忆为内容；史诗之"诗"，意味着史诗属于诗歌体裁。史诗叙述的是诗化的历史记忆。第二，叙事是史诗的必备特征。第三，史诗是诗歌体裁。抒情、比喻、押韵或散韵结合等，是史诗的常见特征。第四，史诗围绕具体的主题展开叙述。有学者曾指出："尽管没有学者对'史诗'做出过准确的定义，但是，相关文献在三个主要特征上表现出相当的一致性：史诗是关于叙事的、诗歌的和英雄的文类。"[1] 将英雄史诗视为史诗的唯一类型，是不全面的。古代两河流域的《埃努玛·艾立什》即属于

---

[1] *Oral Epics in India*, Stuart H. Blackburn, Peter J. Claus, Joyce b. Flueckiger, and Susan s. Wadley, eds. Berkeley: University of California Press, 1989, pp. 2–3.

创世史诗。① 我国史诗学界，一般将史诗分为创世史诗、英雄史诗、迁徙史诗、复合型史诗四种类型。创世史诗、英雄史诗、迁徙史诗、复合型史诗的区分，是以主题为标准的。创世史诗叙述的是万物起源的历史记忆，属于释源史诗。创世史诗一般包括三大内容，解释宇宙起源、解释人类起源、解释文化起源。英雄史诗讲述英雄征战的历史记忆，迁徙史诗叙述一个民族或族群的祖先筚路蓝缕、辗转迁徙的历史记忆，复合型史诗则将创世、迁徙和英雄这三个基本主题和传统程式融为一体。② 我们认为，创世史诗是一种以解释万物起源为旨趣的大型诗歌体裁，叙事、创世、诗歌是其必备特征。中华民族创世史诗是指我国多民族创世史诗的总称。

创世史诗又分为口传创世史诗和书面创世史诗。大部分创世史诗，属于口传创世史诗。汉族的《黑暗传》、彝族的《查姆》《勒俄特依》《阿黑西尼摩》、纳西族的《崇搬图》等，形成了本民族文字书写的文本。近现代以来，特别是中华人民共和国成立以来，经过民族文学研究界不懈地搜集、翻译和整理，绝大部分创世史诗有了汉译本；不少创世史诗还有了包含民族语言国际音标和（或）少数民族文字以及汉语直译诗行、汉语意译诗行的多行体译本。少数民族创世史诗汉译本的出现，为创世史诗的族际交流提供了新渠道。口传文学是人类最早的文学样式。口传创世史诗是书面创世史诗形成的基础。书面创世史诗形成后，受众接受史诗的形式也不是以阅读为主。因书写和阅读能力主要掌握在民族的智者手中，因此一般族众接受史诗，是经过聆听智者的演唱、诵唱或念诵得以实现的。

中华民族创世史诗主要分布在南方民族中。中华民族创世史诗星罗棋布、蕴藏丰富；同一民族的创世史诗异文多样，蔚为大观。我们以语

---

① 张朝柯:《论东方古代六大史诗》，人民出版社2015年版，第62—63页。
② 朝戈金:《〈亚鲁王〉:"复合型史诗"的鲜活案例》，《中国社会科学报》2021年3月23日。

言为区分标准，甄选出中华民族创世史诗的代表性文本。第一部分是汉藏语系汉语族与藏缅语族创世史诗，包括《黑暗传》（汉族）、《梅葛》（彝族）、《勒俄特依》（彝族）、《阿细的先基》（彝族）、《查姆》（彝族）、《遮帕麻与遮米麻》（阿昌族）、《人类和万物的来源》（白族）、《创世记》（白族）、《创世歌》（怒族）、《创世纪》（独龙族）、《创世纪》（傈僳族）、《帕米查哩》（普米族）、《牡帕密帕》（拉祜族）、《窝果策尼果》（哈尼族）、《崇搬图》（纳西族）、《大鼓和葫芦》（基诺族）、《勒包斋娃》（景颇族）、《摆手歌》（土家族）。第二部分是汉藏语系壮侗语族创世史诗，主要包括《布洛陀》（壮族）、《起源之歌》（侗族）、《甘琶甘帕》（傣族）、《巴塔麻嘎捧尚罗》（傣族）、《赛胡细妹造人烟》（布依族）、《叙根由》（仡佬族）、《开天立地》（水族）、《五指山传》（黎族）、《创世歌》（毛南族）。第三部分是汉藏语系苗瑶语族创世史诗，包括《洪水滔天》（苗族）、《密洛陀》（瑶族）、《盘王大歌》（瑶族）、《高皇歌》（畲族）。第四部分是南亚语系孟高棉语族创世史诗，包括《达古达楞格莱标》（德昂族）、《司岗里》（佤族）、《创世歌》（布朗族）。

二 中华民族创世史诗内部共性与个性的辩证统一

中华民族创世史诗内部既有共性，又有个性。中华民族创世史诗内部共性与个性辩证统一的重要表现维度在于：同属于中华民族的多民族在创世史诗领域共享叙事母题，在共同的叙事母题之下创编多样化的情节。多民族在历史上交往交流交融，在创世史诗领域交流互鉴，为建设中华民族共有精神家园打牢了根基。

典型的创世史诗，由宇宙起源史诗、人类起源史诗、文化起源史诗三大部分构成。在宇宙起源史诗中，死体化生母题在多民族创世史诗中传承并发展出丰富的异文。中华民族创世史诗与中华民族创世神话关系密切，不少创世史诗即是在创世神话基础上发展起来的。盘古是中华神话中的创世大神。唐代《艺文类聚》引《三五历纪》中记载的盘古创世神话如下。

天地浑沌（混沌）如鸡子，盘古生其中，万八千岁。天地开辟，阳清为天，阴浊为地。盘古在其中，一日九变，神于天，圣于地。天日高一丈，地日厚一丈，盘古日长一丈。如此万八千岁，天数极高，地数极深，盘古极长。后乃有三皇。数起于一，立于三，成于五，盛于七，处于九，故天去地九万里。①

《三五历纪》是三国时期的著作，可见盘古神话由来已久。在汉族创世史诗《黑暗传》中，盘古生于混沌，得水星、木星、金星、火星相助，分开天地。《黑暗传》云："玄黄头颅化混沌，混沌里面盘古生。盘古生在头颅内，头颅好似天地形。盘古随着头颅长，又有神祖画成形。混沌转化为盘古，实为三度转化身。……盘古来在山顶上，一斧劈开混元石，清气浮而九霄去，重浊落在地下沉，天高地厚才形成。"②《黑暗传》中的盘古叙事，有《三五历纪》盘古生于浑沌（混沌）、清浊二气化天地等情节，却又存在不同的叙述。壮族创世史诗《布洛陀经诗》歌颂的盘古，造天地、造石头、造日月，是一位能干的创世神。《布洛陀经诗》云："……仙人在上边来做主，做成印把来传令。派来了盘古王，从此天分两半，从此天变两方。开一条路让盘古走下，造一条路让盘古前来。盘古造天地。盘古最先造地。盘古造石头，造出太阳和月亮。盘古样样造，盘古真能干。"③畲族《高皇歌》开篇即称颂盘古开天的不朽功绩。《高皇歌》云："盘古置立三皇帝，造天造地造世界，造出黄河九曲水，造出日月转东西；造出田地分人耕，造出大路分人行，造出皇帝管天下，造出人名几样姓。"④《三五历纪》《黑暗传》《布洛陀经诗》《高皇歌》等传承的盘古开天叙事，塑造出盘古

---

① （唐）欧阳询：《艺文类聚》（上），汪绍楹校，上海古籍出版社1965年版，第2—3页。
② 胡崇峻搜集整理：《黑暗传》，长江文艺出版社2002年版，第74—75页。
③ 广西壮族自治区少数民族古籍整理出版规划领导小组办公室整理：《布洛陀经诗》，中国国际广播出版社2016年版，第30—31页。
④ 浙江省民族事务委员会编：《高皇歌》，中国广播电视出版社1992年版，第1页。

气势宏伟的创世神形象，令人惊叹不已。

《五运历年记》记载的盘古创世神话，与彝族创世史诗《梅葛》《查姆》以及哈尼族创世史诗《奥色密色》共享死体化生母题。关于盘古神话，《绎史》引《五运历年记》的内容如下。

> 元气濛鸿，萌芽兹始，遂分天地，肇立乾坤。启阴感阳，分布元气，乃孕中和，是为人也。首生盘古，垂死化身，气成风云，声为雷霆，左眼为日，右眼为月，四肢五体为四极五岳，血液为江河，筋脉为地理，肌肉为田土，发髭为星辰，皮毛为草木，齿骨为金石，精髓为珠玉，汗流为雨泽，身之诸虫，因风所感，化为黎甿。①

这一文本中，盘古垂死化身，身体化为万物，体现出神话诗人天人合一、万物一体的宇宙观。宇宙因原人盘古的自我牺牲，变得生机勃勃。彝族创世史诗《梅葛》叙述，创世神猎虎、杀虎，虎尸化万物。史诗说，参与创世的五兄弟以四根虎骨作撑天柱，以虎的四膀撑天边。虎尸化为万物。虎头、虎尾、虎鼻、虎耳、虎左眼、虎右眼、虎须、虎牙、虎油、虎气、虎心、虎肚、虎血、虎大肠、虎小肠、虎肋骨、虎皮、虎硬毛、虎软毛、虎细毛、虎骨髓、虎碎骨、虎肺、虎肝、虎肾依次化为天头、地尾、天鼻、天耳、太阳、月亮、阳光、星星、云彩、雾气、天心（以及地胆）、大海、海水、大江、小河、道路、地皮、树木、绿草、秧苗、金子、银子、铜、铁、石磨。虎身上的大虱子变水牛，小虱子变黑猪、黑羊，虮子变绵羊，头皮变麻雀。② 古彝文史诗《查姆》记载，万物始祖俄罗倮也嫫死后，身体化万物。俄罗倮也嫫是一位龙神。③ 彝族崇拜龙虎，又有虎宇宙观、龙宇

---

① （清）马骕：《绎史》，王利器整理，中华书局2002年版，第2页。
② 楚雄彝族自治州人民政府编：《梅葛·姚安彝族口碑文献》，罗文高翻译，云南民族出版社2012年版，第23—24页。
③ 施文贵等翻译整理：《〈查姆〉译注：彝汉对照》，云南民族出版社2015年版，第18—21页。

宙观，表明彝族文化自古以来就是中华文化的重要组成部分。哈尼族创世史诗《窝果策尼果》叙述了大神杀查牛，牛身化万物。①《五运历年记》与《查姆》中的创世神均是垂死化身，创造万物；《梅葛》与《窝果策尼果》中均是创世神杀兽，兽身化万物。四个文本表明，汉族、彝族、哈尼族共享死体化生、万物一体的宇宙观，均有以己度物或以物度物的诗性智慧。

大洪水、兄妹婚、人类再生母题，在多民族创世史诗中广泛存在。大洪水时期的种种景象，是神话诗人对世界末日的想象。《淮南子·览冥训》有以下记载。

> 往古之时，四极废，九州裂，天下兼覆，地不周载；火爁焱而不灭，水浩洋而不息；猛兽食颛民，鸷鸟攫老弱。于是女娲炼五色石以补苍天，断鳌足以立四极，杀黑龙以济冀州，积芦灰以止淫水。苍天补，四极正；淫水涸，冀州平；狡虫死，颛民生；背方州，抱员天。和春阳夏，杀秋约冬，枕方寝绳。②

在这一文本中，大洪水是末日灾害之一。中华大母神女娲"积芦灰以止淫水"。女娲创下重建宇宙秩序、救颛民于水火的功绩。多民族创世史诗对洪水起因形成了多样化的解释，对末日洪水景象的描摹也各有千秋。彝族创世史诗《梅葛》中这样描摹末日洪水景象："洪水连天际，水里的鱼群，食尽天上星；水里的螃蟹，天上四处跑。有昼没有夜，有夜没有昼，昼夜分不清。"③诗人用简洁、形象、生动的语言，描摹出末日洪水的恐怖。女娲在创世神话中，还是人类之母。《独异志·卷下》有如下记载。

---

① 普学旺、左玉堂主编，云南省少数民族古籍整理出版规划办公室编：《云南少数民族古典史诗全集》（上卷），云南教育出版社2009年版，第355—357页。
② 《淮南子》，陈广忠译，中华书局2014年版，第156—158页。
③ 楚雄彝族自治州人民政府编：《梅葛·姚安彝族口碑文献》，罗文高翻译，云南民族出版社2012年版，第89页。

昔宇宙初开之时，只有女娲兄妹二人在昆仑山，而天下未有人民。议以为夫妻，又自羞耻，兄即与其妹上昆仑山，咒曰："天若遣我兄妹二人为夫妻而烟悉合，若不使烟散。"于是烟即合，其妹即来就兄，乃结草为扇以障其面。今时人取妇执扇，象其事也。①

《淮南子·览冥训》中的女娲，应是创世神；《独异志·卷下》中的女娲，则是人类女祖。女娲兄妹为繁衍人类，商议结为夫妻，但兄妹成婚，有违伦理，二人感到羞耻。但若兄妹不成婚，则天下无人民。成婚有违伦理，不成婚则有违生生之道。于是兄妹通过占卜，寻求天理。占卜结果显示，上天赞同兄妹成婚。烟合、兄妹合，构成隐喻关系。兄妹卜婚的方式，在多民族的创世史诗中呈现得极为丰富。彝族创世史诗《梅葛》传颂的叙事中，天神不是《独异志·卷下》所记文本中那种模糊的形象，而是苦苦劝说兄妹二人成婚并繁衍人类的长者。格兹天神以石磨相合、簸箕相合、雄雌二鸟做夫妻、公树母树做夫妻、公鸭母鸭做夫妻、公鹅母鹅做夫妻这些丰富的喻象，劝说兄妹成婚。智者还创编哥在河上游洗身，妹在河下游捧水喝后怀孕的情节来破解兄妹成婚的伦理难题。②壮族《密洛陀经诗》叙述，大洪水之后，天下仅剩下伏羲兄妹二人，二人结为夫妻，生出天下百姓。③还有一些民族的创世史诗，认为大洪水之后遗留的兄妹另有其名。比如，侗族创世史诗《起源之歌》称此二人为章良、章妹。④苗族创世史诗《洪水滔天》则称此二人是姜央和他的妹妹。⑤兄妹婚作为一种文学母题，广

---

① （唐）李德裕等撰：《次柳氏旧闻（外七种）》，丁如明等点校，上海古籍出版社2012年版，第218页。
② 楚雄彝族自治州人民政府编：《梅葛·姚安彝族口碑文献》，罗文高翻译，云南民族出版社2012年版，第92—95页。
③ 广西壮族自治区少数民族古籍整理出版规划领导小组办公室整理：《布洛陀经诗》，中国国际广播出版社2016年版，第38—41页。
④ 杨权、郑国乔整理、译注：《侗族史诗——〈起源之歌〉》，辽宁人民出版社1988年版，第77页。
⑤ 吴一文、今旦：《苗族史诗通解》，贵州人民出版社2014年版，第442页。

泛见于创世神话、创世史诗中。兄妹婚母题的起因，学界解释颇多。我们比较认可这种观点："在众多神话中，始祖、初人均为兄妹，而这并不是对所谓'血缘'家庭的追忆。这是自然而然的意象，它萌生于对人类源出于同一氏族的笃信。"① 多民族创世史诗在大洪水的起因、避水器具、卜婚等母题的具体演绎上存在差异。经过多民族智者的创编，古老的史诗母题获得了永恒的生命力。有的创世史诗中出现了天婚母题，如彝文创世史诗《勒俄特依》和纳西族创世史诗《崇搬图》中，就存在天婚母题，而非兄妹婚母题。天婚母题的共享，应当是彝族与纳西族古典史诗交流互鉴的表征。人类再生母题在多民族创世史诗中亦普遍存在。有的创世史诗说，人类再生于葫芦；有的创世史诗说，大洪水之后幸存的兄妹俩生下肉团，肉团再化生为人类。多民族智者围绕人类再生母题，在具体情节的创编过程中发挥才艺，形成了艺术个性。②

在多民族创世史诗中，民族起源叙事通常是人类起源叙事的一部分。多民族同根同源，是中华民族创世史诗中普遍存在的叙事母题。③ 傈僳族的《创世纪》颂扬傈僳族、汉族、怒族、独龙族、藏族、彝族、白族同父同母的共同体起源史，蕴含民族平等、同根同源的诗性智慧。为形塑多民族共同体的结构，傈僳族智者选中瓜藤结瓜的物象。④ 在智者的心智中，人类，即多民族共同体成员虽众，根却同一；多民族共同体繁衍兴旺，是生命兴旺的必然。⑤ 南瓜种具有极强的繁衍能力，它根系发达、枝蔓丛生、果实繁盛。深谙大通精神、包容品格的傈僳族

---

① [俄]梅列金斯基：《神话的诗学》，魏庆征译，商务印书馆2009年版，第216页。
② 参见李世武《中国南方创世史诗中的多民族交往交流交融记忆》，《民族艺术》2024年第2期。
③ 参见李世武《多民族本根论：铸牢中华民族共同体意识的重要理论基石》，《西南民族大学学报》（人文社会科学版）2023年第2期。
④ 木玉璋搜集整理：《人类的金色童年：傈僳族叙事长诗创世纪·牧羊歌》，裴阿欠、黑达唱述，云南民族出版社2004年版，第36—37页。
⑤ 木玉璋搜集整理：《人类的金色童年：傈僳族叙事长诗创世纪·牧羊歌》，裴阿欠、黑达唱述，云南民族出版社2004年版，第38页。

智者用此物象，将多民族凝聚于一。

瑶族《密洛陀古歌》将人类四大族群的始祖奔赴四方的诗性历史记忆，作为母训加以歌唱。① 瑶族布努支系的智者，连用四组隐喻，刻画人类四大族群的结构，塑造多民族共同体的审美形象。首先是树形结构，其次是大型草本植物结构，再次是鸟群结构，最后是鼠群结构。智者将树木分枝、分丫，芭蕉分蘖迁土，香蕉分苗迁泥，雏鸟分窝，鼠仔分洞的规律，与民族壮大发展，分为支系的人类共同体发展规律之间进行对比，见其间的相似性，创造出一个生命喻象群，生动、形象、有力地刻画出人类共同体由小变大、由寡变众、由弱变强的规律。在智者的诗性世界中，分，是植物、飞禽、走兽、人类必经的道路，是生命演变的必然规律。分的意义，在于兴旺、发展、繁荣。《密洛陀古歌》已经表现出人类的觉醒意识。人类以不同族群的方式发展，目的还在于管理、主宰四方，使四方由冷清变热闹，报答母亲密洛陀的养育之恩。② 因此，在诗性智慧中，人类分族群而居，是在遵守母训、遵守发展规律。

世居在丛林花海中的彝族智者，用青冈树、马缨花隐喻多民族祖先的繁盛、美好。③ 创造彝族史诗《查姆》的智者，将人类始祖阿朴独姆兄妹生育的十八位男孩和十八位女孩分别隐喻为青冈树、马缨花，这三十六个孩子即各民族之祖。智者既凸显出族类之众，又在男孩与青冈树的挺拔、俊俏之间，女孩与马缨花的美丽之间建立起隐喻关系，以妙喻形塑出各民族祖先繁盛、美好的审美形象。彝族智者与蜂群为邻，与大山作伴，令其在涌动的蜂群、巨大的山影和人群的繁盛、密集之间建立起相似性。智者在史诗《阿黑西尼摩》中，用蜂群、山影

---

① 张声震主编：《密洛陀古歌：全3册：汉瑶对照》，广西民族出版社2013年版，第2855—2857页。
② 张声震主编：《密洛陀古歌：全3册：汉瑶对照》，广西民族出版社2013年版，第2857—2858页。
③ 普学旺、左玉堂主编，云南省少数民族古籍整理出版规划办公室编：《云南少数民族古典史诗全集》（上卷），云南教育出版社2009年版，第22页。

比喻人类祖先笃慕与妻子生育的多民族祖先未曾分家之前的兴旺、发展状况："纳铁村子呀，适宜人居住，养儿儿兴旺，养女女发展，人群似蜂群，归家似山影。"① 人祖将人类分为族类之后，生生不息："这些人种啊，变成十二支，一支变十支，十支变百支，百支变千支。"② 智者用数字递增的方式形容族类的繁盛，尚不尽兴；唯有创造喻象。《阿黑西尼摩》载，分族后的人类共同体，朝向繁荣、壮大的方向发展，而且彼此之间遵守礼仪，相互往来："村子满人群，街子有十二，人聚拢集场，像一片乌云，人脸似红崖，人群似蜂蛹，礼上相往来。"③ 从丰富的喻象中，受众不但能感受到人群的密集，还能感受到人类社会的热闹、壮观、灿烂以及有序的互动、交往。无论是在分族之前，还是在分族之后，智者创造的喻象，均将人类视为一个整体。蜂形、山影形、乌云形、红崖形的共同特点在于多样性中可见统一性，繁殖力中可见凝聚力。

彝语支民族哈尼族的史诗《奥色密色》，歌颂末日洪水后幸存的兄妹俩生育三男三女，长子为哈尼族之祖，次子为彝族之祖，幼子为汉族之祖。三男与三女婚配，养育众多子女。"孩子们长大了，人口发展了，树大要分桠，人多要分家。"④ 智者是按树形结构理解多民族共同体结构的。另一部哈尼族史诗《族源歌》则如此歌颂多民族共同体的兴盛："绳索越搓越长，松树越长越粗，岁月越来越长了，子孙的差别越来越大了，三兄弟的后代哟，慢慢地变成了三个民族。"⑤

---

① 楚雄彝族自治州人民政府编：《阿黑西尼摩：彝、汉》，梁红、普学旺翻译，云南民族出版社2007年版，第177页。

② 楚雄彝族自治州人民政府编：《阿黑西尼摩：彝、汉》，梁红、普学旺翻译，云南民族出版社2007年版，第178页。

③ 楚雄彝族自治州人民政府编：《阿黑西尼摩：彝、汉》，梁红、普学旺翻译，云南民族出版社2007年版，第178页。

④ 普学旺、左玉堂主编，云南省少数民族古籍整理出版规划办公室编：《云南少数民族古典史诗全集》（上卷），云南教育出版社2009年版，第670页。

⑤ 普学旺、左玉堂主编，云南省少数民族古籍整理出版规划办公室编：《云南少数民族古典史诗全集》（上卷），云南教育出版社2009年版，第686页。

前　言

《族源歌》所歌颂的三兄弟，指哈尼族、彝族、汉族的祖先。歌手从对搓麻绳工艺活动的体验和对树木成长过程的体验中获得喻象。民族是麻绳，是松树；民族发展，是麻绳变长，松树变粗，隐含的喻义是发展、兴旺、凝聚。哈尼族智者用隐喻思维来理解、形塑多民族共同体的结构："住在高山上的苏黑子孙，变成了如今的哈尼族；住在半山上的苏叟子孙，变成了如今的哈窝族；住在坝子里的苏米子孙，变成了如今的匹尼族。一个族里又分出十几样人，就像一棵长满树枝的大树。"① 树形隐喻将多民族共同体形塑为休戚与共、同根同源、同呼吸共命运的生命共同体、审美共同体。在壮族史诗《德傣掸登俄》中，多民族共同体结构的树形隐喻，已经成为祖训。"古人说的话，后人记心里。古话这样讲：树大分枝长，人大分家住；小树长大就分枝，儿女长大就分家。"② 在家庭民族观、兄弟民族观和树形民族观主导的民族观念中，人类四族的祖先——同父同母的四兄弟分四方而居，管理世界。四兄弟分家，是发展的需要。

创造佤族史诗《葫芦的传说》的智者，擅于以妙喻形塑各民族亲密无间、相亲相爱的共同体审美形象。智者在"序歌"中，采用青竹发于竹蓬、瓜蔓牵瓜花的喻象，妙喻各民族的兄弟情义。③ 竹蓬是一个生命共同体。竹蓬由诸多青竹聚拢而成，生于一窝，根脉相连。各青竹发源于根，再高大也不离根；竹蓬的壮大体现于各青竹的壮大。竹蓬之中的青竹，亦如共同体中的各民族，一荣俱荣、一损俱损。智者在多民族共同体与青竹"共同体"之间悟出类似性、共通感，情不自禁，生成妙喻。瓜蔓与瓜花，本是一体共生。瓜蔓生于瓜根，瓜蔓开出瓜花，瓜花不离瓜蔓，瓜蔓不离瓜根，凝聚瓜花与瓜蔓的，是根的

---

① 普学旺、左玉堂主编，云南省少数民族古籍整理出版规划办公室编：《云南少数民族古典史诗全集》（上卷），云南教育出版社2009年版，第686页。
② 普学旺、左玉堂主编，云南省少数民族古籍整理出版规划办公室编：《云南少数民族古典史诗全集》（上卷），云南教育出版社2009年版，第716页。
③ 普学旺、左玉堂主编，云南省少数民族古籍整理出版规划办公室编：《云南少数民族古典史诗全集》（中卷），云南教育出版社2009年版，第149页。

精神。根，是生命之源。万物皆有根，事事皆有源。共同体精神，即根的精神加以维系。各民族手牵手的共同体审美形象，与瓜蔓牵瓜花的审美形象融合为一。《葫芦的传说》所颂扬的生命之根、人类之根、各民族之根，即西岗的葫芦。西岗的葫芦是生命的本根，是永不能忘的万物之源、精神家园。智者用江河由短变长，浪头由小变大的喻象，类比生命世界的繁荣发展。牢记源头，不忘根本，就是不忘精神家园。①

创编《葫芦的传说》的智者认为，佤族、景颇族、傣族、汉族、洛克缅、拉祜族是先后从葫芦中走出的亲兄弟。各民族的兄弟祖先们共同劳动、共同吃喝，跳同一支舞，唱同一首歌，说同一种语言，用同一种文字。因此，兄弟祖先自然而然地孕育出共同的心灵、共同的精神。智者用妙喻颂扬之："心像草排一样齐，心像泉水一样清，心像月亮一样亮，心像太阳一样热。"② 各民族有共同的心性，亲密无间。各民族共有的心性，是齐，即团结；是清，即纯洁；是亮，即美好、亮堂、坦荡；是热，即热情、温暖。多民族共同体的生活世界、内心世界，是团结一致、纯洁如水、明亮坦荡、美好热情、温暖光明的家园，是具有凝聚力、感召力的家园，是能提供同属感的家园。智者认为，分的原因在于人类众多，西岗狭小，大地宽广，不得已而分在各地。分在于繁荣，分在于发展，分在于无奈。各兄弟民族的祖先痛苦分别，各住一方，却分家不分心，分手不分情，因为"一蓬竹子难分割"，竹蓬的喻象，再次在史诗中出现，成为唤起同属感的审美意象。智者在歌颂各民族难舍难分的兄弟之情时，用江河浪花的喻象和榕树叶片的喻象形塑共同体，表达共同体意识。③ 江河中翻涌的浪花，是活

---

① 普学旺、左玉堂主编，云南省少数民族古籍整理出版规划办公室编：《云南少数民族古典史诗全集》（中卷），云南教育出版社2009年版，第149页。

② 普学旺、左玉堂主编，云南省少数民族古籍整理出版规划办公室编：《云南少数民族古典史诗全集》（中卷），云南教育出版社2009年版，第158页。

③ 普学旺、左玉堂主编，云南省少数民族古籍整理出版规划办公室编：《云南少数民族古典史诗全集》（中卷），云南教育出版社2009年版，第159页。

泼、灵动、内含节律的生命意象；榕树上的叶片，是繁盛、丰盈、生机勃勃的生命意象。浪花在江河中，是多依于一；叶片生于榕树，是多生于一。一是母体，一是本根。大海和蓝天，都是共同体精神意义上的故乡的隐喻。智者还认为，各民族分别，形同江河分岔。① 河流分岔，但其出有源。河流分岔和民族分家，均指向同源异流的同属感。智者从植物意象中悟出根的妙喻，与从江河意象中悟出源的妙喻，皆是本根隐喻。

纳西族《创世纪》取象于工艺，妙喻多民族共同体同根同源；智者取象于自然，形塑兄弟民族繁荣发展的形象，歌颂生生不息的民族血脉。智者认为，人类始祖利恩和衬红生育的藏族、白族、纳西族三兄弟在由哑变智时，用不同的语言表达出同一种意义，三兄弟虽然语言不同、生产方式不同，但母亲相同，血缘相同。智者赞曰："一个酒瓮里，酿出三种酒；同一个意思，用三种语言表达；同一个母亲，生下三个民族的祖先。"② 可见，智者深谙一与多的辩证关系，通晓同中之异、异中之同的玄妙。一个酒瓮可酿出三种酒，一个意思可用三种语言表达，一个母亲可生下三个不同的儿子。一是多的源头，多是一的衍生；多是表层相异，一是深层相通。智者用妙喻颂扬各兄弟民族的繁荣昌盛，无分别心，颂扬藏族的后代、白族的后代、纳西族的后代分别"像树叶一样繁盛""像雪花一样多""像星星一样繁多，像青叶一样茂密，像肯都一样滋长，像马鬃一样昌盛。"③ 树叶、雪花、星星、青叶、肯都、马鬃、兄弟民族的子孙，均有共通的特性，即繁荣、昌盛。用繁星妙喻各民族后代繁荣昌盛的喻象，亦见于阿昌族史诗《遮帕麻与遮米麻》："九种民族同是一个爹，九种民族同是一个妈，九

---

① 普学旺、左玉堂主编，云南省少数民族古籍整理出版规划办公室编：《云南少数民族古典史诗全集》（中卷），云南教育出版社2009年版，第159页。
② 普学旺、左玉堂主编，云南省少数民族古籍整理出版规划办公室编：《云南少数民族古典史诗全集》（中卷），云南教育出版社2009年版，第196页。
③ 普学旺、左玉堂主编，云南省少数民族古籍整理出版规划办公室编：《云南少数民族古典史诗全集》（中卷），云南教育出版社2009年版，第196—197页。

种民族子孙多得像星星，九种民族原本是一家。"① 在同根同源的家庭民族观之下，人类的繁盛就是多民族共同体的繁盛，就是家族的兴旺。人类共同体演变为多民族共同体，是人类繁荣的必然规律。土家族《摆手歌》唱出土家族的心声：各民族作为一种血缘共同体，演化成多民族，人类才能繁衍，人间才能充满生机。《摆手歌》将客家（汉族）妙喻为河中的鱼群，将土家妙喻为雨后的新笋，将苗家妙喻为树上的密叶。② 河中之鱼群，自由、灵动、繁盛；雨后之新笋，清新、茁壮、密集；树上之密叶，鲜活、茂密。智者用妙喻形塑的多民族共同体审美形象，饱含生命精神，处处透出生命之美。

中华民族创世史诗内部共性与个性的辩证统一，不仅体现在母题一而文本多的层面，不少创世史诗还形成了颇具特色的母题及其文本，形成具有个性的结构、艺术技巧等。这些艺术个性之间又存在深层的共性，即这些艺术个性均是对真善美的表达，均是中华民族诗性智慧的体现。

三　中华民族创世史诗的价值

中华民族创世史诗具有铸牢中华民族共同体意识的价值。中华民族创世史诗是多民族交往交流交融的诗学表征，是铸牢中华民族共同体意识的重要资源。中华民族创世史诗蕴藏丰富，由多民族共同创造。相同的叙事母题由多民族创世史诗所共享，并由多民族的智者在具体情节上添枝加叶，呈现出枝繁叶茂的史诗景观。多民族创世史诗共享死体化生、大洪水、兄妹婚、人类再生、多民族同根同源等叙事母题，歌颂了盘古、伏羲、女娲等象征中华民族创造精神的神话人物。许多创世史诗中叙述了多民族交往交流交融的历史记忆。例如，彝族创世

---

① 普学旺、左玉堂主编，云南省少数民族古籍整理出版规划办公室编：《云南少数民族古典史诗全集》（中卷），云南教育出版社2009年版，第355页。
② 湖南省少数民族古籍办公室主编：《中国少数民族古籍土家族古籍之一：摆手歌》，彭勃、彭继宽整理译释，岳麓书社1989年版，第116页。

史诗《梅葛》歌颂彝族牧羊老者发现盐泉，傈僳族人和汉族人来煮盐，汉族人煮盐成功，令当地变为乐土的历史。[①] 中华民族创世史诗是中华民族优秀传统文化的重要组成部分，具有将多民族凝聚为一体，铸牢中华民族共同体意识的精神力量。

中华民族创世史诗具有赓续中华民族审美文化精神的价值。中华民族创世史诗塑造了一批具有崇高美的艺术形象。开辟天地的神灵、死体化生的巨兽、繁衍人类的始祖、创造文化的英雄，这些艺术形象传达出中华民族创造不已、生生不息的审美文化精神。中华民族创世史诗的思维根基是主客混融、万物一体、万物有情。中华民族创世史诗大多结构宏伟、大气磅礴，在艺术技巧上与《诗经》一脉相承，赋比兴等手法层出不穷。中华民族创世史诗还多具有礼仪性，体现出礼仪之美。

中华民族创世史诗具有传承中华民族伦理精神的价值。中华民族是重伦理的民族。中华民族创世史诗中始终贯穿着一条善的主线。创世神创造万物，以赏善罚恶为宇宙法则。彝族创世史诗《梅葛》《查姆》《阿细颇先基》以及纳西族创世史诗《崇搬图》将人物的眼睛作为善恶的象征。诸多创世史诗中将恶作为末日洪水的起因，将善恶作为是否能在世界末日获救的标准，使大洪水成为重要的文化隐喻。不少创世史诗倡导人类珍惜粮食、救死扶伤、助人为乐、孝顺父母、疼爱子女、民族团结。中华民族创世史诗是建构人与自然生命共同体、人类命运共同体、中华民族共同体的智慧基因库。中华民族创世史诗中的伦理精神，不是通过直接说教体现的，而是通过史诗的结构美、修辞美、形象美等审美维度寓教于诗。因此，中华民族创世史诗，是中华民族诗教传统的体现。

---

① 楚雄彝族自治州人民政府编：《梅葛·姚安彝族口碑文献》，罗文高翻译，云南民族出版社2012年版，第232—233页。

四 结语

中华民族创世史诗历史悠久、内涵丰富，弥足珍贵。但是，由于种种原因，中华民族创世史诗的传承面临危机。在各界人士的共同努力下，绝大部分创世史诗已列入非物质文化遗产保护范围。高校是铸牢中华民族共同体意识、传承中华优秀传统文化、提升大学生审美素养、保护非物质文化遗产的重要阵地。在高校中开设《中华民族创世史诗导论》这门课程，意义重大。我们精选出33部有代表性的创世史诗。在创世史诗文本选择上，我们尽量选择含民族语言文字的文本，最大限度地确保文本的准确性。我们按照概述、精彩诗篇故事情节举例、诗歌美学、诗性智慧的结构，对中华民族创世史诗中的代表性作品进行论述，并在文末附有思考题。愿中华民族创世史诗这宗宝贵的遗产世代相续，永放光芒！

目录

第一章　汉藏语系汉语族与藏缅语族创世史诗 …………………… (1)

　第一节　汉族创世史诗《黑暗传》 …………………………… (1)

　第二节　彝族创世史诗《梅葛》 ……………………………… (24)

　第三节　彝族创世史诗《勒俄特依》 ………………………… (63)

　第四节　彝族创世史诗《阿细颇先基》 ……………………… (87)

　第五节　彝族创世史诗《查姆》 ……………………………… (112)

　第六节　阿昌族创世史诗《遮帕麻与遮米麻》 ……………… (142)

　第七节　白族创世史诗《人类和万物的来源》 ……………… (164)

　第八节　白族创世史诗《创世记》 …………………………… (185)

　第九节　怒族创世史诗《创世歌》 …………………………… (205)

　第十节　独龙族创世史诗《创世纪》 ………………………… (214)

　第十一节　傈僳族创世史诗《创世纪》 ……………………… (226)

　第十二节　普米族创世史诗《帕米查哩》 …………………… (242)

　第十三节　拉祜族创世史诗《牡帕密帕》 …………………… (253)

　第十四节　哈尼族创世史诗《窝果策尼果》 ………………… (271)

· 1 ·

第十五节　纳西族创世史诗《崇搬图》……………………（308）
  第十六节　基诺族创世史诗《大鼓和葫芦》………………（326）
  第十七节　景颇族创世史诗《勒包斋娃》…………………（347）
  第十八节　土家族创世史诗《摆手歌》……………………（379）

第二章　汉藏语系壮侗语族创世史诗……………………（404）
  第一节　壮族创世史诗《布洛陀》…………………………（404）
  第二节　侗族创世史诗《起源之歌》………………………（433）
  第三节　傣族创世史诗《甘琵甘帕》………………………（460）
  第四节　布依族创世史诗《赛胡细妹造人烟》……………（483）
  第五节　仡佬族创世史诗《叙根由》………………………（498）
  第六节　水族创世史诗《开天立地》………………………（510）
  第七节　黎族创世史诗《五指山传》………………………（521）
  第八节　毛南族创世史诗《创世歌》………………………（540）

第三章　汉藏语系苗瑶语族创世史诗……………………（552）
  第一节　苗族创世史诗《洪水滔天》………………………（552）
  第二节　瑶族创世史诗《密洛陀》…………………………（568）
  第三节　瑶族创世史诗《盘王大歌》………………………（593）
  第四节　畲族创世史诗《高皇歌》…………………………（637）

第四章　南亚语系孟高棉语族创世史诗…………………（663）
  第一节　德昂族创世史诗《达古达楞格莱标》……………（663）
  第二节　佤族创世史诗《司岗里》…………………………（678）
  第三节　布朗族创世史诗《创世歌》………………………（694）

参考文献 ………………………………………………………（731）

后　记 …………………………………………………………（746）

第一章　汉藏语系汉语族与藏缅语族创世史诗

第一节　汉族创世史诗《黑暗传》

一　概述

《黑暗传》是一部多种版本汇编而成的广义汉民族创世史诗。这部史诗是以神农架为重点发现地和原始资料保存最多地,以其相邻文化圈共有的古老习俗和生活方式为渊源,以遇丧事唱丧鼓歌为表现形式而演绎、传播、积累成的一部创世史诗。《黑暗传》融合了口头传说材料和相关文献记载,既是神话传说也是史传记述。既追溯着中原文化渊源,又有着浓重的楚文化色彩,民族文化原型丰富复杂,体现的人文哲学理念也多种多样。通过这部史诗,我们不难发现汉民族与中华各民族在起源文化元素上的同构性和渗透性。

《黑暗传》以音乐歌唱为传播载体,以歌手、鼓手为传播主体,以众举丧事为传播途径,是借口耳相传得以流传下来的活态文化记忆,叙事是其基本的创作表现手法。

《黑暗传》作为汉民族关怀自身的产物,必然以自己的方式作出对世界的解释和对宇宙的思考,并根据自己的生命理想来编织生命图景。

首先,它以"开场歌"来打开歌头,既点明孝家的"起歌楼、搭歌台"的哀丧场合需要，又描绘了"歌场比武，擂台摆上"的歌师、鼓手们的参与盛况。

开场歌，又叫歌路、起歌头、歌头等名称。采用了 10 种孝歌歌头之仪式歌谣综合而成。开场歌头，是由歌师在门外十字路口开始，直到孝家门前而正好进孝堂转丧的歌调。开歌头，有长有短，根据情况灵活掌握。长的歌头，能说唱三个多小时，从盘古到三十六朝，人称"小黑暗传"。①

"开场歌"颇有楚辞中招魂篇的意味，以开张热闹的对歌氛围和排场招引迷魂回到孝家，享受众亲友最后热情的围聚，做通宵达旦、谈天说地的告别，在豁达的开解与抚慰中，逝者的灵魂能安然洒脱地归去。

日吉时良，天地开张，
歌鼓二人来开歌场。
开，开，开，盘古老祖下山来，
一开天地阴阳，二开日月三光，
三开五方五地，四开闪电娘娘，
五开风婆雨师，暂且退让！
六开古老前人，先祖先王。
七开金龙凤凰，青狮白象，
八开魑魅魍魉，不可阻挡！
九开天地人三界，人间天堂。
十开一条条大道，直达歌场。

[《黑暗传·歌头》]

---

① 《黑暗传·开场歌》，长江文艺出版社 2002 年版，第 1 页。

第一章 汉藏语系汉语族与藏缅语族创世史诗

一声接一声的"开"的呼喝声,好似为逝者之魂鸣锣开道,以"盘古老祖"的名义不得阻挡,请天神、地祇、人鬼一路放行,许其条条畅通大道,直达歌场。

各路歌鼓师进入歌场后,就由主持者"敲起龙凤鼓,打起青铜锣"宣布对歌开始,鼓动能者尽管挑战应战,敢问敢答,趁此机会交流学习、拜师访友。

> 提起四游并八传,
> 考倒多少假好汉。
> 任你提起哪几游哪几传,
> 四游八传哪一段,
> 玄黄混沌和黑暗,
> 说尽天地也不难,
> 生铁补锅显手段,
> 龙凤鼓上试试看——

[《黑暗传·歌头》]

在歌头"玄黄、混沌和黑暗,说尽天地也不难"的引题中,《黑暗传》的歌唱正式开始,内容通常有"天地玄黄、黑暗混沌、日月合明、人祖创世"四大部分。故事梗概如下。

天地之初只是一团气体,弥漫在一片黑暗之中。天地之间开始没有水,不知经过了多少年代神人的努力,后来出现了一个叫"江沽"的神人,才把水造了出来。

那时,天萌芽了,长出了一颗露水珠,却又被"浪荡子"吞掉了。"浪荡子"一口吞掉露珠就死了,他的尸体分成五块,才有了五行。从此,地上有了实体,有了海洋,出现了昆仑山吐血水,才诞生了盘古。

盘古请来日月,开天辟地,最后他"垂死化身",躯干化成了天地万物。盘古死后，大地上的金石、草木、禽兽化成了各种各样的神。但此时，还未出现人类。

神们互相争夺，闹得天昏地暗，直到洪水滔天。洪水中又出现了黄龙和黑龙搏斗，来了一位名为昊天圣母的神，帮助黄龙打败了黑龙，黄龙产蛋相谢。昊天圣母吞下龙蛋，孕生三个神人：一个主天，一个主地，一个主冥府。

洪水中又来了五条龙捧着大葫芦在东海漂流。圣母打开葫芦，见里面有一对兄妹，劝他们结婚。兄妹成婚后，才生下各处创世的神。到这时才产生了有血有肉的人类世界，[①] 开始了人类文明史的演绎。最后，在《还阳歌》的吟诵中结束长篇对歌。

> 日吉时良，天地开张，
> 日出东方，赫赫洋洋！
> 黑暗混沌，日月开光。
> 古往今来，厚土安葬。
> 扫场，扫场，化为吉昌！

[《黑暗传·歌尾》]

像极了《楚辞·九歌》中的送神曲，意味着生者共逝者的灵魂一起回溯了一遍生命起源的历程，逝者从而释然于死也是生、送也是迎的理念，安详归去。

从《黑暗传》的内容可这样理解"黑暗"的所指。

第一，"黑暗"并非没有光。正如紫外光、红外光一样，是人眼捕捉不到的光。"黑暗"的世界里有它自己的"光"。

第二，"黑暗"并非没有物。在黑暗之光的照耀下，"黑暗"的世界里有它自有的万相和万事万物互动的方式。

[①] 袁珂：《喜读〈神农架"黑暗传"〉》，《中国文化报》1987年2月4日。

第三,"黑暗"并非没有眼。"黑暗"的世界能呈现自己的生长化育,说明它用自己"神性的眼"在观察记录,并试图寻找出通向未来的途径。

第四,"黑暗"是创世的孵化箱,它神秘、神奇、神圣,充满了天地玄机和生命原初冲动的梦幻元素,为撕开一道裂隙不断壮大膨胀着。当迎来创世之光降生的那一刻,黑暗也随之死亡。

《黑暗传》的主要文本是胡崇峻搜集整理,由长江文艺出版社 2001 年出版的《黑暗传》。其他文本多为残缺性的抄本。

二 精彩诗篇故事情节举例①

(一) 天地同源

1. 天地玄黄②

太古之时,本无天,亦无地。但造化有旨,要生天精与地灵。初源溯来是天河,孕生出无与伦比的大龙虫。它吞吐天河砂石,生甲长角能飞腾。喷砂成星,迸出五彩祥云,砂石包龙龙追石,五彩祥云裹得紧,终于结成一团混沌。

混沌发育出万象因子,但未分、未化、未分明,此刻盘其根痕就叫黑暗诞生。

当时黑暗生黑蛋,五条黑龙往外钻,挤破黑蛋生黑烟。黑烟涌动生黑水,黑水漫漫又满天。从此生命神秘之源打开,先孕山,后孕气,终而天地玄黄结灵胎——创世老祖出场。以昆仑山为父,青龙山为母。青黄二气为呼吸,一而长,二而育,四处发脉悠悠然。育五行,化五色,形形色色孕育全。吉日良辰到,只见阳气赤气冲虚空,黑气青气如云烟,最终凝成黄气青气绕成团。一声巨响,团烟分散,玄黄老祖睁开了黑色的巨眼,开始在黑暗中寻找光明。

---

① 故事内容参见胡崇峻搜集整理《黑暗传》,长江文艺出版社 2002 年版,第 19—161 页。
② 原文参见胡崇峻搜集整理《黑暗传》,长江文艺出版社 2002 年版,第 19—68 页。

接着天眼地目也醒来，闻讯赶来拜见玄黄老祖。以后不断来变化，多少稀奇在里边。

玄黄收了天眼地目为弟子，一路破玄机。先是找到万寿万春的栖身——鸿蒙洞，有意无意游走间，发现了天根露珠子。正喜欲辨真面目，忽然跳出与露珠同源、同脉的"浪荡子"，一口吞下天根，摆开架势来与玄黄挑衅。天生天灭，飞来一支开天剑，斩杀浪荡子，劈开宝珠子，只见一半黄来一半青，青上浮来黄下沉。

作为开辟黑暗的第一神，玄黄老祖圆满地完成了造化交付的神圣使命。此时，生死接力之风即"无形风"吹来，混沌来到了老祖面前，化身为玄黄的坐骑，助其完成了天干地支的配位。之后，玄黄来到地眼"奇妙子"捏成的泥人前，将前缘后因之仙气吹进泥人身内，化出了见证黑暗中一点点显现光明之无数劫难的泥隐子。之后传递泥隐子一个能囊收洪水、收藏天干地支玄密的人种葫芦，并一一交代混沌初开、日月合明、人祖创世的未来图景，宣告了先天死而后天生的造化旨意。嘱咐守护并传递后天种子的泥隐子，无论洪水滔天怎样漫长，都要好好地"等"，等来造神的重生时代，开启光明与创世的新诗篇。之后，玄黄老祖与混沌坐骑合体，将元气重化为一颗头颅留给后续，肢体随无形之风化为青烟无影踪。

完成了交接，玄黄死去，混沌登场。

2. 混沌黑暗[①]

玄黄死后留头颅，天地灵气里头储。先天以死扶生后天，此时仍无天和地。混沌本是一头颅，无鼻无窍甚是神，灵气继续化育，参乾坤造化玄机，度开天辟地之斧。此时黑暗依旧无边无际，但天心地胆已孕育其间，只待造化指点，明里暗里相助，三度转化，盘古方出生。然后提斧要开天、要辟地、要迎接洪水荒淹的神灵劫难世纪。

[①] 原文参见胡崇峻搜集整理《黑暗传》，长江文艺出版社2002年版，第69—97页。

有了天干地支，再化育降生各路元神，各神各显神通，一齐来助盘古开天辟地。北方水星化作海池，东方木星化成斧柄。西方金星化形石斧，南方火星化为霹雳雷震。天心地胆用意良苦，为盘古度化出可以开辟天地的利器——"石斧"，以及盛放大地、孕育生命的"海池"。盘古在生命原创之神"昆仑"的指引下来到了开天辟地的所在——太荒山。

盘古手提开天辟地石斧来到山顶，一斧劈开混元石，清气飘上九霄，浊气混凝往下沉，天高地厚形成了。同时，黑暗混沌完成了化育盘古的重任，整合好了天地的元质，并将玄黄老祖预备好的天干地支之运转力量交付使用。之后，混沌死去。

3. 日月合明[①]

盘古开天辟地后，又过了一万八千载的洪荒纪，洪水滔天里的化生化育、化劫化缘，为人祖创世准备好了先决基础和条件，而当务之急是创造适合人类生息繁衍的"光"来照明世间。

在东方，九万里大海，历时八千春秋，经过十磨九难，聚集天精地灵，日月二星终于修成，盘古依时而请，前往履职。

日月在咸池修成了一对无忧无虑的配偶神，并不清楚所负使命，直到盘古说明来意，请日月上天庭司职，这才犯难不欲去。然天意难违，盘古以怒威相逼，以出手保护做照应，日月才飞升上天，云车乘驾，金龙护卫，终于拉开了黑色之光笼罩下的最后帷幔。

这一刻，天地合德，日月合明。从此，日升月落有了时序，天地万物开始滋生繁衍，有了阴晴圆缺，有了风霜雨露，千秋万代开始轮回。承前启后，盘古终结了黑暗，顶天立地的使命也要交付给造化，完成化生。盘古在天皇出世的黎明前，将"浑身配与天地形"后，隐匿而不见。

[①] 原文参见胡崇峻搜集整理《黑暗传》，长江文艺出版社2002年版，第98—123页。

（二）人祖创世①

千年等，万年待，泥隐子谨奉玄黄老祖神谕，紧跟住孕化和守护人苗的葫芦行踪。先是为"顶上还挂一葫芦"的人伦之父末味老祖与创世之母洪钧做媒，配合夫妻两个人，将男女相配、合体繁衍后代以传人的模式授法给人祖，是为人伦开化。接着为末叶老祖传授了以土塑人的法术和玄机，为后日女娲抟黄土造人作出了启示。洪钧老祖有样学样，再传葫芦人苗。

吉辰已到，分秒不误，葫芦人苗说到就到，于洪水滔天中漂泊了八千年，此刻被五龙护送着来到了洪钧老祖面前。

洪钧老祖收住葫芦，剖开一看，现出一男一女两孩童。就地赐名五龙氏，当下做媒，配合阴阳元气来传人。

人伦虽开化，天伦更较真，同胞兄妹成婚有悖天伦，因而激烈抗婚。这时，洪钧老祖以创世之母的深衷说了一段感天动地的精彩劝辞，告知这对兄妹，之前并没有真正意义上的人，不过是一些赋为人形的精灵。所以同胞成婚天不会怪罪，地不会责罚，有血有肉的人祖非他们莫属。

人苗登场，众神再显神通助力，孕育过天地主宰神的太昊圣母首先指引二人到华胥山顶受孕，生下双胞男女，取名伏羲、女娲。

女娲出世了，重置人伦而大量繁衍子孙的重任责无旁贷地落到她的肩上。广阔的山海无人烟，需要子子孙孙来繁衍。而自传子孙时间等不及，能力也受限。一念灵光从心起，抟泥造人最方便。

为了造出有血有肉的真人，像女娲自己孕生出来的一样，女娲必须要用自己的血肉一点一滴做成人，泥人才有血有肉有灵性。然后女娲拿着泥沽所赐神笔，比照自己画人形。依靠阴阳五行孕化之气，从外到里，从皮肉到筋骨，从形到神，从肢体到心志，画了九九八十一

---

① 原文参见胡崇峻搜集整理《黑暗传》，长江文艺出版社2002年版，第124—177页。

气才画成。

女娲输出了血肉与心愿,更唤醒了自己的母性,为助子孙抗击天灾人祸,女娲四荒奔走,杀共工、斩鳌龙、平洪水、造芦笙、开教化、序人伦,最终拼尽全力补天后长眠了。

过了万八千岁,又过了万八千岁,天皇隐匿,地皇隐形。于形马山中地,人皇出世,开启了人类文明史的大幕。神农尝百草,黄帝战蚩尤,尧、舜、禹等一代传一代,万古千年到如今。

(三) 钻木取火[①]

天皇之后是地皇,地皇之后是人皇,三皇共管四万五千八百春。其间出了个有道人君燧人氏,他发明了钻木取火星。春天选用杨树木,夏天选用柘树材,秋天选用杏树杆,冬天选用檀树枝。用力钻木燃火星,有火不再食生冷。有火照明能驱赶野兽,有火取暖可驱严寒,大家围着火堆成团相聚。从此,传下火种养万民,人间有了烟火气,世上开写文明史。

三 汉族创世史诗《黑暗传》体现的美学特征

《黑暗传》作为创世史诗必定也有一个共同的基本属性,即创造性。这部史诗具有诞幻、奇诡的美学特征。这部史诗能够直指或介入人类生命的深处,而同远古的神秘体验心意相通,其潜在的审美性必然以特有的生命感和生命张力对后世华夏传统文化的建构产生根源性影响。

(一) 大气磅礴之美

1. 从时空上

从空间上,"黑暗"没有边际,"黑暗"之外依旧是黑暗。

从时间上,"混沌"无从计数,无始也无终,混沌没有参照物,更

[①] 原文参见胡崇峻搜集整理《黑暗传》,长江文艺出版社 2002 年版,第 179 页。

没有参照系，所以，史诗在时间叙述上，一出口便是万八千年。

在如此"迷"与"茫"的"闭眼"沉睡状态下，造化并不焦虑，更不恐惧，而是睁大"夜"的眼，随性自处，随意点化，一处设一环，一环套一环，制造起故事来。总体表现出举重若轻、淡定从容、无为而有为的大气与坦荡之美。比如，玄黄出世后，坐在九丈高的黄石上如此唱道：

> 未生天地吾在前，
> 一名真一又玄元。
> 有影无形常自在，
> 巍巍躯体在先天。
> 黑暗未有星和斗，
> 浑浑瑷碡无人烟。
> 身借五色祥云化，
> 无神无仙吾占先。

[《黑暗传·天地玄黄》]

2. 从体量上

《黑暗传》中叙述的事物体量非常庞大，所拥有的力量也非常巨大，其言行表现出的效果令人极其震撼，有淋漓、磅礴之感。气势壮、气概大、气场强，正所谓洪荒之力、大荒之气的瀚漫无穷，才可将生息之脉传之久远。

比如，盘古的孕育与诞生一节有如下描述。

> 盘古怀在混沌内，
> 此是天地产育精。
> 混沌里面是包罗，
> 包罗吐青气，昆仑才形成，

>天心地胆在中心，
>出生盘古一个人。
>不知过了几万春，
>盘古长大成人形，
>盘古昏昏如梦醒，
>伸腿伸腰出地心。
>睁开眼睛抬头看，
>四面黑暗闷沉沉。
>站起身来把腰伸，
>撑破黑暗与混沌。
>天宽地阔无比伦。

[《黑暗传·黑暗混沌》]

空间、时间之浩瀚无边，孕育之元气、能量的神奇壮伟，盘古出世时体量、力量的巨大无比等，读来确有天翻地覆的既视感。

(二) 朴拙厚重之美

《黑暗传》属口头文学，产生与传播的原生地是民间，所以表达上的口语化、通俗化体现出古民歌特有的朴拙美、自然美。同时，描述的事物因有距离产生的神圣感和特殊根源主题的厚重感，而呈现出别有意味的厚重之美。

《黑暗传》的神话原型事物朴素亲切、懵懂可爱，但都事关重大，关乎源远流长，同样体现出既朴拙又不可替代的分量和地位来。比如，下面关于天根"龙虫"的描述。

>说天星，讲天星，
>讲起天河一段根，
>不知哪年生一虫，
>此虫大得无比伦。

渴了喝的天河水，
饿了忙把砂石吞。
吞了吐，吐了吞，
不知吞吐几万春。
沙石磨得亮晶晶，
好比珠宝放光明。
此虫吞食渐长大，
生甲长角一龙形。
一日来把砂石吞，
一口喷出满天星。
此龙追赶忙飞腾，
五色祥云来包住，
结成一团出混沌。

[《黑暗传·天地玄黄》]

天根"龙虫"好像并不知道自己在做什么，只知道饿了吃、渴了喝，几万年里不挪动地方，也不改变食谱，吞吐砂石是它唯一的作为。吸着精华、磨着砂石、长着身体、变着身形，直至某日，龙虫吞吐失控，搞得自己手忙脚乱，却意外造出了混沌。形象毫不做作，真诚可爱，充满趣味。亦庄亦谐中透露出执着的使命感和令人震撼的创造力。

(三) 奇诡险怪之美

神话难免奇而怪，但《黑暗传》更异乎寻常，在离奇诞幻之际呈现出"奇诡险怪"之美来。

"奇诡"通常表现为似乎总有一双神奇的手在无形中指引，制造着偶然中的必然，也总有一种神秘的力量在驱动着生与死的轮回节奏，令人心悸而神往，由此产生的强烈刺激感总能引人入胜。比如，泥隐子出世一节有如下描述。

> 鸿蒙洞中奇妙子,
> 玄黄出游心纳闷,
> 忽然心中灵机动,
> 挖来黄泥做泥人。
> 眼睛所见心里想,
> 各类形象要做成。
> 做一男来做一女,
> 眉清目秀好端正。
> 又让他们成婚配,
> 世世代代有子孙。
> ……
> 玄黄一见泥人笑,
> 此是前缘与后因。
>
> [《黑暗传·天地玄黄》]

"心中灵机动""心里想""成婚配""有子孙"等"前缘"之所思所为的确诡异。在"天地玄黄"阶段如此突发奇想,只能是造物使然而灵光乍现,为"人祖创世"的"女娲造人"之因果萌发着思维与方式。

"险怪"通常表现为意出尘外、怪生笔端,触碰着人的心理承受力,很是不讲理,不由分说,体现着一种冒险的奇怪感、畏惧感和命运感,惊心动魄。比如"无形风"一节的描述。

> 无形风来不见风,
> 无影无形又无踪。
> 又名耳风真厉害,
> 神仙逢此必遭凶。
> 吹入六腑丹田内,

穿透九窍骨空中。
骨肉俱酥身自化，
化为青烟影无踪。

[《黑暗传·天地玄黄》]

以"无形之气"化"有形之身"，猝不及防，且化得干净彻底又毛骨悚然，肌肤骨肉都似有无可言状之痛感。

（四）天真烂漫之美

创世神话史诗都有天真稚气感，因为是人类童年时期的创作，必然从思维的感性、纯粹和表达的坦率、直白来体现其愿望与行为的烂漫性。《黑暗传》在如是审美之外，更大开大合、大起大落，仿佛没边没沿，倏来忽去，体现出一种浪荡不羁之风范。

没有预设，不掺心机，心动而往，率性而为。三皇之前的创造最有浪荡之气，信手拈来，毫无黏滞做作，更不矫饰刻意，真正代言了无中生有的自在自性、自然天成。真正表现出赤子之纯真、无赖、无稽。除了有意无意的理趣，《黑暗传》最吸引人的审美处便是这童话一般的天真浪荡的气息。比如"头颅混沌"一节。

玄黄死后留头颅，
天地灵气里头存，
预示天地未形成，
后来转变为混沌。
无鼻无眼心里明，
如似一个鸡蛋形。
划天老祖来彩画，
取出神笔画图形。
五气六气画眉毛，
八字峨眉两边分。

七孔八窍安停当，
睁开双目看分明。
凿开混沌开七窍，
才有三光与三才。

[《黑暗传·黑暗混沌》]

诞世始祖神也会死，不然接替者不能出世，于是就让玄黄死去。但接替者不能照旧法重来一遍，须在前任的思维与能耐上起步，于是，玄黄身首分离，把头颅留下来，处理方式简单粗暴。玄黄似也顽皮，不肯相让，死时合上了所有孔窍，只留下一个浑圆的球似鸡蛋，叫后继者想法子开化去吧，颇有恶搞意味。

后继者则顽劣可气，在头颅上随性涂鸦，随意安放五官，并毫不手软地就着草稿开凿，将玄黄元气引出。那可是创世第一口气息，满满的原动力，种种的化育因子蕴含其间，读来痛快淋漓，也令人哑然失笑。

特别一提的是《黑暗传》里生出过一个"浪荡子"，吞食了天根即荷叶上的露珠，被五气炼成的开天剑斩杀，分尸五块。玄黄老祖浇以生命之灵水，吹以化育之气息而复活为五行。之后，"五行化五神，去到五方行"，继续以相克相生的浪荡精神行走世间，化生化育世间生灵。

四　汉族创世史诗《黑暗传》蕴含的诗性智慧

神话既是个体的也是群体的，是人类心理历程上一种特殊的情结，且是这种特殊的心理能量升华的结晶。神话的语言和形象表达了人类对自己与宇宙间关系的感知。神话超越真实的表象或荒谬的现实，其真实感永远是通过生命和情感的意识来呈现的，并借助语言艺术，经由诗性思维来实现的。《黑暗传》作为博大精深的汉族创世史诗，其诗性智慧意蕴深邃。

（一）万物同源性

1. 追问根由与寻找答案

创世神话都是回溯性思维，即从眼前情景事理追问根由。《黑暗传》从昼夜轮转现象提出问题，即谁第一个睁开了蒙昧的眼？从夜里生命的繁衍、生长再提问题，即是什么力量引导和运作？如何运作？遭遇怎样的情形？当光明一点点到来时，黑暗哪儿去了，等等。由小及大，由今及古，从个体到宇宙，从有尽到无穷，充溢着哲思的超越和敢问的勇气。

《黑暗传》提出问题，又设法回答问题，并努力从生命体验和常识性认知出发去想象、去挖掘答案的合理性，这是发挥想象力的一种质朴和奇诡的创作。《黑暗传》充沛的想象力和强烈的生命感使得问答对唱表现出浓郁的诗意性和智慧的创造性。

万物同构同理的同源性赋予创世神话《黑暗传》以敢思敢想的显著特征。"敢思"使得《黑暗传》从时空、体量、能量等方面体现出创造的胆识和追求的胸怀，敢问天意，敢破玄机，敢给黑暗长出透视的眼。"敢想"使得《黑暗传》从时序、原型、因果等敢做自我能动、自我判断、自我选择等无畏安排。敢于创造情节、敢于构造进程、敢于安排生死。因着造物的纯真无邪，所以在孩童般的无忌的感性思维中找到了接近真相的信息。比如如下描述。

> 未开天地玄黄尊，
> 他是开辟第一神。
> 地气化身收众徒，
> 天地一体万物生。
> 天下名山初具形，
> 九大名山好风景。
> 收伏红魔转化神，

> 诸多物体初长成，
> 可怜洪水泡天地，
> 所创世界一扫平。
> 一看黑水三巨浪，
> 大浪淘去多少神，
> 多少神仙成泥沙，
> 一波未平一波生，
> 九九劫难又逢春。

[《黑暗传·天地玄黄》]

天地万物运行始终是一个动态的化生化育而又化死化生的神奇过程，没有一种力量可与之抗衡。

2. 敢于想象与大胆求真

《黑暗传》的情节勾连具有参与性和现场感，诗歌意象鲜明鲜活，体现出叙事性的诗性智慧，即"要盘根来有根痕"的完整性。将"我想"的想象创造毫不费力地引入"我看、我做、我说"的动感意境里，既写意也写实。如女娲造人一节里"造"的表现，除了捏其"形"，还要画其"像"，并融之于血气以通灵性。

将"我想"落实为"我在"，使得《黑暗传》颇具趣味性和可读性，跳脱不羁又从漫不经心中显示出严肃认真来。从不甚讲理的荒诞中不断冒出生命与宇宙之闪光的逻辑链条，抛出神秘的生命符号或密码，体现着万物同构同理之同源性意志。

> 玄黄见了吃一惊，
> 原是山中怪物精。
> 连忙祭起开天剑，
> 一道闪电起红云。
> 六怪一见忙跪下，

口称玄黄饶性命,
"我们都是太荒生,
有的是金石来成形,
有的树木来长成。
有的山精并水怪,
有的爬虫与飞禽。"
说罢一一现原形,
五颜六色放光彩。
玄黄一见心中喜,
众怪以后有用处,
收为弟子一路行。

[《黑暗传·天地玄黄》]

总之,万物同源性体现着万物同构性,即有相同类似的生命历程及命运,悲欢苦乐是常情,生老病死是常态,化生化育是常理。《黑暗传》对万物同源的认知非常明确,如先造水,因为水是生命之源、生命的温床;后造山,因为山是生命之形、生命骨架;再生出气,即生命之灵、生命冲动,接着孕胎息即生命之意识、生命之力量。而玄黄、混沌、人祖等各类神仙都有生有死,其死而化、化而再生,如此循环往复,终致生命世界生生不息、运转不绝。

(二) 万物皆有灵

"原初人类只能通过观察大自然的变化,再反观人类自身,求助于己,推己及万物,渴望借助仪式的功能来恢复大地的生机;甚至通过人类自己交媾的方式来保持大地的繁荣。"[1]《黑暗传》的诗性智慧处处体现着歌者"万物皆有灵"的意识,盘根着"万物皆有灵"的痕迹。

---

[1] 韩雷:《神话批评论》,上海大学出版社2012年版,第114页。

1. 万物有我与我同万物

创世神话起源于人类对客观世界的惊奇感，努力设法在异己的自然事物中发现自己、发现思想和理性，并把自己的观念和意愿外化于自然现象，从而产生与创世相关联的各类神的形象。《黑暗传》中的神都是有关自然的，特别是基元事物，如天、地、山、海，日、月、星辰、兽、草木等意象。这些意象都是由心灵创造出来的、有灵性的事物，既有"化生"的需要和根由，也有"存在"的可能和理由，体现着各类人的属性和意志。

"神话为使自然趋同于人间形成所采用的两个基本观点是类推和等同。类推是由人类自己生命的体验来推及自然现象，也就是说，人类生活与自然现象之间存在相似的东西。用人类的生殖力来类推大自然的生殖力，用人类自身生命的循环来类推自然界的循环。"[①]《黑暗传》大气磅礴地印证了这种观点。

> 讲起玄黄他的根，
> 公山昆仑母青龙。
> 两山相连合拢来，
> 一声霹雳又分开。
> 地眼开口好古怪，
> 冒出青气化一人，
> 青龙山中化一怪。
> 冒出黄气化一神，
> 玄黄老祖结灵胎。
>
> [《黑暗传·天地玄黄》]

《黑暗传》将自然生命和人类生活在思维层面整合成一种一致的世

---

① 韩雷：《神话批评论》，上海大学出版社2012年版，第117页。

界观，以此来描绘生命和宇宙最重要的一面，并沟通了人类生活与自然生命的联想，表现为生命的沟通与呼应。比如，史诗对盘古劈开太阳洞和太阴府获两颗明珠，正要捡却见其腾空向东飞去之后的情景描述。

盘古开步去追赶，
一步夸有百里程。
二珠越飞越是快，
盘古后边追得紧。
越过高山和水洼，
追过一程又一程。
只见二珠落东海，
地眼咸池万里深。
咸池顿时波涛起，
祥云朵朵水色清。
水上金莲开万朵，
每朵花中有图形。
原来是二珠阴阳太极象，
原来是二气生化来成形。
原来是二珠尚得长修炼，
原来是日月升天有时辰。

[《黑暗传·日月合明》]

2. 生命意志与使命作为

《黑暗传》作为创世神话，明确关注着人类在万事万物的体系中处于什么位置，最早的本源是什么，最终的命运是什么。史诗歌手塑造出的神都以人性化形式代表着大自然，同时还按照自己的视角说明人类的起源、命运、人类力量的限度以及欲望滋长的地步等。

化生化育后诞生出的事物既是合理的存在，就一定赋予其使命，发挥其功能。天启也好，祖神点化也罢，责任必须担当，包括对立面事物随机随缘诞生。

比如"人苗出世"环节，葫芦中的两兄妹是同娘养的双胎子，为避洪水在世上漂了八千春，终得洪钧老祖搭救，却要兄妹成婚，不管怎样反抗都无法改变。

洪钧老祖劝："你们都有肉身体，有血有肉是真人。劝你们二人成婚配，生男育女传后人。"

为造化代言的天龟的化身——金龟更是直接开口把话挑明。

　　叫声童女你且听，
　　生也劝你成婚配，
　　死也劝你为婚姻。
　　童女这时心思量，
　　难得逃躲这婚姻。

[《黑暗传·人祖创世》]

人祖人皇出世后，万物有灵表现得更为鲜明。女娲造人让黄土有了生命的灵性，"泥土原是神仙骨，波涛之中化泥尘。"女娲补天时，有金石化身的雷泽神女引火烧身来助力，"又取雷公霹雳火，愿为师母献自身"。神农出世时，有白虎、黄龙、神兽的三番搭救；神农尝百草时，遇乌鸦饥渴中指点、透明药狮力助等。凡例丰富，可圈可点。

万物有灵，给予后世敬畏生命、关爱生命的庄严启示。万物同人一样有生命的尊严和追求，也同人一样有生命的温度和情感，更有同人一样的生命意志和力量。

万物有灵表现为万物有情的境界时，万物是亲人、友人、爱人一般的存在，启示世人万物之间的灵性互动才是天地合德、日月合明的自然本色。

总之,《黑暗传》传谕万物有灵,智慧地训示后世:生命世界里的所有事物都是能动的、互动的、互相成全又互相制约的。影响或能量有大有小,却自有其不可替代处。生命世界是一个动态的有机整体,循环生息、传之无穷。

(三) 生与死的考量

创世神话的原型取自天地自然,共同面对的永恒主题是生与死。如何考量它必将直接决定创世神话的创作意图,影响其创作构想和表现手法。同时,作为本源文化动因,会对千秋万代的生命思考与心灵感悟产生根本性的引导作用。

1. 先造死,后造生

《黑暗传》的切入点是死亡,"丧鼓歌"是丧葬仪式上使用的,是对亡者的交代,更是对生者的启发和开解。将亘古天地过往复述一遍,是要以大宇宙生命故事来观照小个体的生死轮回。生命在本质上没什么不同,方生方死,方死方生,从黑暗世界中来,又归于黑暗世界,开始新的生命过程。

2. 生生死死一条根

《黑暗传》从黑暗混沌一点点、一步步走来,晓谕世人开天辟地真不容易,人祖创世更是艰难,三皇五帝的创业布满荆棘险途。若能将天地合德、日月合明永留世上当有多好。但玄黄会死,盘古亡化,女娲长眠,三皇五帝逝去,没有哪个个体生命会永恒不死,死亡是生命常态。

哪一个,白头不老得长生?
哪一个,神仙不是做古人?
想昔日,神农皇帝尝百草,
中毒身亡无药医。
想昔日,老君不死今何在?

想昔日，八百寿命一彭祖，
到头来，骨化形销一堆土。
黄金若能买活命，
皇王要活万万秋。

[《黑暗传·歌头》]

死亡是不可阻挡的，死亡也是生命意志的体现，个体不可不放手。《黑暗传》教人豁达地面对死亡。

另外，死亡并不是终极，"化"的玄妙使"死"成为另一个起点的"生"，形体上的老朽衰败之象不过是一个"化点"。从物质不灭的层面讲，"化"是一种重生，即还阳，比如盘古化生，化育出日月星辰、天地万物。从精神不灭的层面讲，"化"是一种传承，即意志意念不灭，比如玄黄头颅化混沌、女娲化地母、浪荡子化五行等。每一次化生均开启了新的征程，"死"将所有的能量又转给"生"，从而在生命的链条上继续生发。

既然死亡化育新生，那么死亡也是生命力量的驱动，不可不祝福。《黑暗传》教人乐观地面对死亡。

总之，汉族创世史诗《黑暗传》是一部探索关乎天、地、人三元同源同根、同情共理的智慧大书。在艺术构想与表达过程中展示了超凡绝伦的气魄和格局，体现着敢于创造的大气磅礴之美、敢于求真的朴拙厚重之美、敢于想象的奇诡险怪之美和敢于游戏的天真烂漫之美。《黑暗传》以勾连天人的宏阔视野、贯通真幻的神奇联想、惊心动魄的情节描绘追述了"创世"的罕见历程，昭示了缔结人类命运共同体的必然性和合理性。它普适性地解读了铸日造月、洪水淹荒、兄妹成婚、构建家园等各民族创世史诗都必定关注的共同主题，从而训谕世人，生命世界里的所有人与物都同处地球家园，共享日月光明，应当彼此互助关爱而相依相存。《黑暗传》的文化原型丰富多样，蕴含的人文哲学理念多元而包容，体现出汉民族与中华各民族在起源文化元素中的同构性、融合性，从而在精神理念和心理情感上可以有力助推铸牢中华民族共同体意识的深入构建。

思考题

1. 《黑暗传》的史诗性质体现在哪些方面？
2. 如何理解《黑暗传》中的"黑暗"与"混沌"？
3. 如何解读《黑暗传》中的生死观？
4. 《黑暗传》中印象最深刻的神话原型和情节是什么？

第二节　彝族创世史诗《梅葛》

一　概述

左玉堂主编的《彝族文学史》记载，《查姆》《阿细的先基》《梅葛》《天地祖先歌》《勒俄特依》是学术界公认的彝族五大创世史诗。[1]《梅葛》是一部广泛流传在楚雄彝族自治州姚安县、大姚县、永仁县中和镇直苴村、牟定县凤屯镇腊湾村等地彝族聚居区的口头创世史诗。

"梅葛"是彝语的汉语音译。彝族创世史诗《梅葛》的传承群体对"梅葛"一词持有多种解释，其中比较常见的有两种。第一种将"梅"解释为"咀"，将"葛"解释为"嚼"。第二种认为，"蜜葛苦"才是"梅葛"的确切发音。"蜜"即口头，"葛"即回来，"苦"可直译为大声喊叫亦即唱，"蜜葛苦"意为说唱过去的事情。"梅葛"指唱史，是学界公认的解释。[2] 1994年出版的《彝族文学史》记载："'梅葛'一词系彝语音译，是一种曲调名称。史诗因借'梅葛'调流传而得名。"[3] 这部文学史将"梅葛"曲调分为两大类："赤梅葛"和"辅

---

[1] 左玉堂主编：《彝族文学史》，云南民族出版社2006年版，第132页。
[2] 唐楚臣：《"梅葛"散论》，《民族文学研究》1993年第1期。
[3] 李力主编：《彝族文学史》，四川民族出版社1994年版，第28页。

梅葛"。前者比较悲楚、忧伤、低沉，史诗第四部分"丧葬"即以此种曲调唱诵；后者较为婉转抒情，史诗的"创世""造物""婚事和恋歌"即以此种曲调唱诵。① 目前公开出版的彝族创世史诗《梅葛》主要文本如下：1959 年出版的《梅葛（彝族史诗）》；2012 年出版的《梅葛·姚安彝族口碑文献：彝、汉》；2009 年出版的《丧葬祭辞·姚安彝族口碑文献：彝、汉》；2009 年出版的《蜻蛉梅葛》；2012 年出版的《丧葬经·大姚彝族口碑文献：彝、汉》；2017 年出版的《梅葛本源》。

二 精彩诗篇故事情节举例

（一）开天辟地②

远古之时，上无天，下无地。

格兹天神决定创造天地。

格兹天神在天上放九粒银果。银果落地，变为九子。九子中，五子负责造天。造天五子，分别是阿赌、庶顽、贪闹、顽连、朵闹。

格兹天神在天上放七粒金果。金果落地，变为七女。七女中，四女负责造地。造地四女，分别是扎则、戳则、慈则、勤则。

造天之子无衣无粮，就穿云彩，吃露水。造地之女无衣无粮，就穿青苔，吃泥巴。

篾帽作为天模，簸箕作为地模，墙头蜘蛛作天底，田边蕨菜根作地底。

造天五子胆大、懒惰，在贪玩、好赌、贪睡、贪吃中造天。

造地四女心灵手巧、热爱劳动，在手脚不停歇、废寝忘食、不分

---

① 李力主编：《彝族文学史》，四川民族出版社1994年版，第28页。
② 原文参见楚雄彝族自治州人民政府编《梅葛·姚安彝族口碑文献：彝、汉》，罗文高翻译，云南民族出版社2012年版，第1—25页。

昼夜中认真地造地。

许久之后，天地造毕。欲知天地大小，请小飞蛾量天，请小蜻蜓量地。测量之后，天为七庹，地为九庹。天小地大，天不能盖严地。造天五子毫不在意，四处玩耍。造地四女唯恐天神责骂，内心既害怕又惊慌。

格兹天神知晓此事后，请阿夫子三人拉天缩地。

阿夫子三人将天边向下拉，将天拉大，又放出三对蟒蛇，将地边箍起来，令地面分出高低。箍紧后的地边不齐，放出三对蚂蚁，将地边啃齐。放出三对大象、三对野猪，推地七十七天、七十七夜，推出高山、沟箐、平坝、河流。从此，天大地小，天可严密地盖住地。

欲知天地是否牢固，打雷以试天，地震以试地，不料天开裂，地现洞。格兹天神安排五子补天，安排四女补地。

五子以松毛为针、蜘蛛网为线、云彩为补丁，补天成功；四女以老虎草为针、酸绞藤为线、树叶为补丁，补地成功。从此打雷天不倒，地震地不塌。

天地仍在摇摆。在格兹天神的指示下，捉来公鱼撑地角，捉来母鱼撑地边。只有公鱼眨眼、母鱼翻身时，大地才会摇动。大地的四边、四角撑起来，大地变得稳固。

大地稳定，天还在摇晃。在格兹天神的指示下，胆量惊人的造天五子在铁伞柄上套上铁钩，在十二座山梁上引虎、哄虎，将一只大老虎引出来。大老虎张开血盆大口，抖动身体，朝五子跑来。五子撑开大铁伞，挡住大老虎；伞柄上的铁钩，钩住大老虎。五子用山草掺和棕叶，搓成十二庹长的绳索，将老虎牵回家。

五子杀虎后，开始分虎肉。留下四根大虎骨，做撑天之柱；留下老虎的四膀，撑住天的四边。撑天成功，天变得稳定。天地虽稳定，却了无生气。天上没有日、月、星、白云、红云、彩虹。地上没有树、草、河流、海洋、飞禽、走兽。虎的许多部位都不能分而食之，要留下来造物。虎头成天头,虎尾成地尾,虎鼻成天鼻,虎耳成天耳。虎的左眼成太阳,虎的右眼成月亮,虎须成耀眼的阳光,虎牙成亮晶晶的星星,虎油成绚烂的云彩,虎气成弥漫的雾气。虎心成天心、地胆,虎肚成汪洋大海,虎血成海中之水。虎大肠变为浩浩荡荡的大江,虎小肠变为蜿蜒曲折的小河。虎肋骨成一条条道路。虎皮成地皮,虎皮上的硬毛、软毛、细毛,依次变为树木、绿草、秧苗。虎的骨髓、碎骨、肺、肝、肾,依次变为金、银、铜、铁、石磨。虎身上的大虱子变水牛,小虱子变黑猪、黑羊,虮子变绵羊,头皮变雀鸟。

剩余的虎肉,分为十二份。乌鸦分到一份虎肉,吃罢高高兴兴,在山野之中呱呱呱呱叫唤;喜鹊分到一份虎肉,吃罢欢欢喜喜,啾啾啾啾叫唤,然后飞去踩秧田;竹鸡、野鸡也分别分到一份虎肉,吃罢叫唤着飞走了。豺狼分到一份虎肉,吃罢,去猎捕猪、羊,叫唤着漫山遍野奔跑。画眉、蚊子、黄蜂、马蜂、土蜂、绿蝇各自分到一份虎肉,吃罢,高兴地叫唤着飞走了。老鹰没有分到虎肉。老鹰愤怒地飞到天上,展开翅膀,遮住太阳,令天昏地暗,昼夜不分。绿头苍蝇飞上天,落在老鹰翅膀上,产满蝇卵。三天三夜后,老鹰的一双翅膀逐渐生蛆。老鹰从天空中跌落下来,太阳发光,光明重现,昼夜分开。谁知老鹰落地之后,将大地遮住一半,导致只有黑夜,没有白天。请小蚂蚁抬走老鹰的尸体,于是既有黑夜,也有白天。天亮时,骄阳升起;天黑时,骄阳下沉,皎月升起。

(二)人类起源[①]

天地已经造成,万物已经产生,昼夜已经分开,世间却没有人类。格兹天神决定创造人类。

格兹天神从天上撒下三把白雪,三把白雪依次变成三代人。

---

① 原文参见楚雄彝族自治州人民政府编《梅葛·姚安彝族口碑文献:彝、汉》,罗文高翻译,云南民族出版社2012年版,第47—95页。

第一代是独脚人。独脚人高一尺二，身材矮小，都是侏儒。独脚人无法独自行走。他们两人为一组，相互拥抱、相互借力，才能行走如飞。可怜的独脚人没有食物。他们把泥团作为饭来吃，把泥沙作为菜来吃。独脚人非常脆弱。遇上皎月明朗的夜晚，他们可以存活；但是，一旦遇到烈日暴晒，就只有死亡。烈日晒死了独脚人。

第二代人，身高一丈三，身材巨大，都是巨人。可怜的巨人们，没有衣裤穿，就用树叶做衣裤。巨人们没有水可以喝，没有火可以取暖，没有食物可以果腹，没有住所可以栖身。他们只有吃野果，住石洞。巨人们抬头看看天空，见到九个骄阳，七个皎月。白天，骄阳炙烤大地；夜晚，皎月才出现。巨人们可以安然度过夜晚，却难以熬过白天。巨人们在田间劳作时，烈日将耕牛晒死，甚至将牛骨也晒朽了。炎炎烈日下，巨人们感到无比疲倦。他们挂着锄头把儿，沉沉地睡去了，一睡就是几百年。鸟儿在巨人们的嘴巴中做窝儿、产卵，孵化出小鸟；他们挂着的锄头把腐朽了，他们的身上长满了青苔。最后，巨人们被烈日晒死了。

格兹天神左手拿錾子对准日月，右手拿大锤击打錾子，将九日、七月减少为一日、一月。骄阳从阿娃山顶缓缓落下，皎月从波罗山顶徐徐沉没。白天、黑夜分开之后，小草渐渐发出嫩绿的新芽，绿树开始茁壮成长。

第三代人，称为直眼人。

格兹天神在米拉山之巅，撒下三把苦荞种；在石岭山之岭，撒下三把谷种；在寿延山之嘴，撒下三把麦种。麦穗、谷穗、苦荞穗生长出来。

世上没有火。天上老龙拿三对火镰敲打一下，火镰两头燃起烈火，从此世上有了火种。

有了粮食、火种，直眼人过上了幸福的日子。

直眼人不珍惜天神的恩赐，良心败坏，懒惰成性。他们不耕地、不种地、不薅草、不拔草，令田地荒芜、杂草丛生。直眼人的恶行还不止如此。他们见田地间没有牙齿草，就在地表上铲来铲去，将水引入田地里。懒惰的直眼人，白天睡在地边，夜晚睡在地角，在吃睡交替之间度日。

天神问直眼人："你们为什么不耕田、种地、薅草和拔草？"

直眼人回答："我们去田地间检查，没有看到牙齿草，没什么活儿可以做。"

格兹天神撑开手掌。只见树叶落到地面上，变成牙齿草。直眼人去田地间一看，田地间长满密密麻麻的牙齿草。从此以后，直眼人必须耕种、薅草。

直眼人良心败坏，他们糟蹋五谷，用谷子筑田埂，用麦饼堵出水口，用苦荞面和甜荞面糊墙。格兹天神愤怒了！粮食是不能糟蹋的！他决定换掉这一代良心败坏的直眼人。

格兹天神派遣武姆勒娃，下凡到人间，执行换人种的命令。

武姆勒娃变化成一只老熊，将出水口堵住。他想造成洪水泛滥。但是，洪水泛滥之后，还得留下善人，作为人种，繁衍人类。

直眼人学博，共有五个儿子，一个女儿。五兄弟在山头开荒地，在深箐中犁田。奇怪的事情发生了。第一天开垦的荒地，第二天被老熊翻平；第二天开垦的荒地，第三天又被老熊翻平。五兄弟辛辛苦苦开荒三日，被老熊依次翻平。五兄弟火冒三丈，一起商量，设陷阱猎捕老熊。五兄弟利用锄头、锄柄、耕索、犁杆、犁耳、犁铧，依次制作踩板、夹弓、横担、扣绳、扣杆、扣销和扣环，制成陷阱。陷阱设在地头、地尾和地腰。

老熊到地里翻地，被扣住了。

学博的长子、次子、三子和四子到地边见到陷阱中的老熊，内心都产生了复仇成功后的快感。面对老熊为其解开扣子的乞求，他们斥责将地翻平的老熊良心败坏，没空为他解扣。长子说忙于狩猎，次子说忙于放羊，三子说忙于放牛，四子说忙于开荒。兄弟四人商议杀死老熊。

学博的幼子背着小妹，追着哥哥们跑过来。幼子和妹妹，看见熊头像老祖父的头，熊身像老祖母的身。兄妹二人说，不能打杀老熊。老熊请求幼子为它解扣。幼子愿意解扣，却又害怕老熊。

老熊安慰他不必害怕，并许诺如果解扣，就赠送他一句话。善良的幼子解扣后，武姆勒娃告知他因世人良心败坏，即将洪水泛滥，更换人种的秘密，令四位兄长分别打制金柜、银柜、铜柜、铁柜，藏身柜中，躲避洪水。

武姆勒娃指点幼子说："你是一个好心人，我送你三粒葫芦种，你回家去栽种葫芦。正月初一这一天种葫芦，三天浇一次水。葫芦三天一变。三天发芽，再过三天抽藤爬地，再过三天开白花，再过三天结果，再过三天葫芦藤粗如牛担，葫芦叶阔如簸箕，结出一个大如囤箩的葫芦。这个葫芦不是凶兆。你等到葫芦成熟饱满后，将葫芦摘下来，用大理产的小刀打开葫芦口。到高山顶上，取回松香，封住葫芦口。到深箐中取回蜂蜡，糊住葫芦口。你们兄妹俩，躲在葫芦中，饥饿时，就用葫芦籽充饥。"

四兄弟按照武姆勒娃的指示，打造好避水工具，然后将老熊杀害了。

老熊死后，鲜血化为江河水，尸体飘荡在水面上，头颅顺着河流漂到东洋大海，堵住出水口。水流不通，海水渐渐涨起来。天空中刮起三阵狂风，降下三场暴雨，海水越长越猛，淹没了天下。四子为抗洪，先闸起一座坝，洪水却暴涨到山腰；四子再闸起一座坝，洪水暴涨，漫过山顶。四子依次藏身在金柜、银柜、铜柜、铁柜中。金属柜全部沉入水底。洪水已经暴涨至天际。水中的鱼群，吃光了天上的星星；水中的螃蟹，在天上四处跑动。有昼无夜，有夜无昼，昼夜不分。

洪水泛滥七十七天、七十七夜后，天神心慌了，于是下界治水。天神指一指东方，东方露出山头；指一指西方，洪水退到河边；指一指北方，洪水落到河底；指一指中间，河流全部干涸了。

天神在世间看不到人烟。他站在山顶,放眼向四方看去,却看不见飞鸟、听不见声音。

格兹天神去四面八方找人烟。他在路口遇见马蜂,就问道:"马蜂阿哥,你是一位善良的人。你如果有善心,能不能告诉我,你有没有见到人种。"马蜂说:"没有见到人种,没有见到人烟,如果我见到,我一定要将其蜇死。"格兹天神用赶马鞭,一鞭子抽断了马蜂的腰。马蜂恳求道:"你把我的腰接上,我就告诉你。"格兹天神扯下一根马尾,将马蜂的腰接上。马蜂却飞走了。格兹天神诅咒马蜂:"马蜂阿哥,你不是善人。你养儿时,将吊在空中养,九月和十月之间,放火将你烧死。"这是人祖定下的道理和风俗。

格兹天神前往四面八方寻找人种。在缓坡上,他遇见了松树,就向松树打听人种的下落。松树说,他不曾见到人种,如果见到,一定用松针将其戳死。愤怒的天神一鞭子将松树打成三杈,并诅咒道,如果找到人种,人烟兴旺起来,砍伐松树之后,松树不能发芽。这是人祖定下的道理和风俗。

格兹天神前往四面八方寻找人种。在高山的山梁上,他遇见了罗汉松,就向罗汉松打听人种的下落。罗汉松说,春风刮过三阵,春雨下过三场。他没有见到人种,如果见到,一定用细密的叶子为其遮蔽春雨、春风,令其不必惧怕。格兹天神非常欢喜,就封赠罗汉松,如果能找到人种,人烟兴旺后,砍倒一株罗汉松,就会发出百株。这是人祖定下的道理和风俗。

格兹天神前往四面八方寻找人种。他在山岩上遇见蜜蜂,就向蜜蜂打听人种的下落。蜜蜂说,未见到人种,去采花粉时,在水面上见到葫芦。如果见到人种,一定请其吃蜂蜜。格兹天神听说蜜蜂发现了葫芦,心里渐渐开心起来。他封赠蜜蜂,如果找到人种,人烟兴旺后,蜜蜂可以成为人的邻居。这是人祖定下的道理和风俗。

格兹天神到河边、河岸寻找人种,遇见了小柳树,就向小柳树打听人种的下落。小柳树说,没有见到人种,但见到一只葫芦漂在河面,葫芦里好像有人在说话。我用左手围没能围住，用右手围也没能围住。葫芦已经漂走了。格兹天神封赠小柳树，如果找到人种，如果人烟兴旺，无论顺着栽种还是倒着栽种，小柳树都能成活。这是人祖定下的道理和风俗。

格兹天神四面八方找人种，河头、河尾找人种，遇见了小乌龟，就向小乌龟打听人种的下落。小乌龟说，在一座大海里，见到一只葫芦，听见有人在说话，你去叫叫，看是不是有人。听到这个信息，格兹天神越来越高兴了。他封赠小乌龟，敲下马蹄壳给小乌龟做房屋，可以将房屋随身背负，沿着河流前进，不愁吃喝。这是人祖定下的道理和风俗。

格兹天神四面八方寻找人种，找到大海边，见到黑雀，黑雀飞来飞去地鸣叫。格兹天神正因找不到人种而烦闷，却看见黑雀如此高兴，于是愤怒地用强弩射击黑雀。没想到没射中黑雀，射中了葫芦壳。葫芦中发出人的叫喊："过了五天没人来敲打墙壁，过了十天也没人来敲打墙壁，今天是谁来敲打我的墙壁？"人种就此找到了。

格兹天神非常高兴，他吩咐兄妹俩："天下只剩下你们兄妹俩，你们要结成夫妻，组成家庭，然后生育后代，繁衍人类。"兄妹俩说："我们是同一对父母所生，怎么能做夫妻呢？"

格兹天神苦苦相劝，仔细地比喻。兄妹二人到高山上，兄长在这面滚上磨，妹妹在对面滚下磨，磨盘滚到深箐中，上磨与下磨合成一副磨。格兹天神说，你们应学上磨和下磨，结为夫妻。兄妹二人说，人类与石磨不同，我们是同一对父母所生，怎么能做夫妻呢？

格兹天神苦苦相劝，仔细地比喻。兄妹二人到山顶滚筛子和簸箕。兄长在这面滚筛子，小妹在对面滚簸箕。兄长在山的阳面滚筛子，小妹在山的阴面滚簸箕。筛子和簸箕滚到深箐中，筛子垒在簸箕上。格兹天神说，你们应学筛子和簸箕，结为夫妻。兄妹二人说，筛子、簸箕不同于人类，我们是同一对父母所生，怎么能做夫妻呢？

格兹天神苦苦相劝，仔细地比喻。深箐中有一对鸟，一雌一雄，雄鸟和雌鸟飞拢成夫妻。格兹天神说，你们应学雌雄二鸟，结为夫妻。兄妹二人说，人类和鸟类不同，我们是同一对父母所生，怎么能做夫妻呢？

格兹天神苦苦相劝，仔细地比喻。这边有一棵公树，那边有一棵母树，风吹动时，公树摇，母树晃，公树和母树晃拢成一家。格兹天神说，你们应学公树和母树，结为夫妻。兄妹二人说，人类和树木不同，我们是同一对父母所生，怎么能做夫妻呢？

格兹天神苦苦相劝，仔细地比喻。兄妹二人去放鹅和鸭。哥哥放公鸭、公鹅，妹妹放母鸭、母鹅。公鸭和母鸭成夫妻，公鹅和母鹅配成双。格兹天神说，你们应学鸭和鹅，结为夫妻。兄妹二人说，鸭、鹅与人类不同，我们是同一对父母所生，怎么能做夫妻呢？格兹天神说，兄妹俩不成亲，无法繁衍人类。兄妹俩说，他们是同一对父母所生，实在是羞于成亲。

繁衍人类，还需要想别的办法。哥哥属狗那天在上游洗身子，妹妹属狗那天在下游捧水喝，通过喝水怀孕。妹妹一个月喝一次水，喝足九个月后，妹妹身体渐渐沉重，产下一只葫芦。哥哥不在家中，妹妹非常害怕，就将葫芦抛弃到窝砰箐、里砰河内。天神知道这件事后，沿着河谷，一路找到大海边，见到葫芦漂在水面上。

格兹天神请三对野猪拱开海埂，请一对獭猫打三个洞，打穿海埂。海水没有下降。格兹天神请三对泥鳅将海底钻通，海水干了，葫芦陷落在泥浆中无法移动。格兹天神请三对老鹰叼葫芦，请三对虾子推葫芦。葫芦落在了沙滩上。

格兹天神用金锥、银锥打开葫芦。

打开第一道葫芦，汉族走出来。汉族是大哥，他们住在坝子中，种植庄稼，读书写字。

又打开一道葫芦，傣族走出来。傣族有很多好办法，种出了洁白的棉花。

又打开一道葫芦，彝族走出来。彝族住在山里，开垦荒地，种植庄稼。

又打开一道葫芦，傈僳族走出来。傈僳族力大无穷，出力帮大家背盐巴。

又打开一道葫芦，苗族走出来。苗族身体强壮，住在高山之上。

又打开一道葫芦，藏族走出来。藏族非常勇敢，肩头上扛着强弩，在四方游猎。

又打开一道葫芦，白族走出来。白族非常灵巧，用羊毛擀毡子，纺线织布。

又打开一道葫芦，回族走出来，饲养牛，吃牛肉。

又打开一道葫芦，傣族走出来，傣族建造庙宇，祭祀佛像。

打开葫芦后，走出了九个民族，人类日渐兴旺发达。

（三）芦笙①

有两位彝族人，一位名叫阿省莫若，一位名叫阿底莫若。他们有竹种和葫芦种。

阿省莫若随身携带竹种，来到大海边。大海边雷鸣不止。阿省莫若在海边的沙滩上，种下了竹种。

竹种是在正月二十日那天撒下的。那天恰好属鼠，因此竹子长势很好。

到了四月二十日，竹种已经撒下了三个月。阿省莫若回到海边的沙滩上看竹子生长的进度。只见竹子长势很好，竹节持续增多。

到了移植竹苗的时候了。阿省莫若挑选出一个好日子，将栽竹的日期，选在五月初五这一天。

初五这一天栽种竹子，竹子成簇生长起来。岩石下栽种的竹子，长到了岩石上面。虫子吃了竹头。阿省莫若到大山深处的森林里，请来了啄木鸟，为竹子治病。啄木鸟反复地医治竹子，治好了竹子的病，竹子长势好了。

------

① 原文参见楚雄彝族自治州人民政府编《梅葛·姚安彝族口碑文献：彝、汉》，罗文高翻译，云南民族出版社 2012 年版，第 331—343 页。

说完竹子，还得说一说葫芦。从前，是谁栽种了葫芦呢？是傣族人栽种的。二月二十日那天，恰好属羊，属羊日栽种葫芦，葫芦长势好，葫芦的叶子好看，果实也饱满。

竹子渐渐长大了，葫芦也渐渐长大了。把竹节砍回家，将葫芦的瓤掏空，用竹片做成笙簧，安装在竹节上。再将准备好的竹节，安装在葫芦上。公配母，母配子，五个竹节，都有各自的音律。葫芦与竹节相互配合，葫芦笙制成了。

是谁制作了葫芦笙呢？傣族人制作了葫芦笙。

葫芦笙制成之后，需有人吹奏它。是谁最先吹奏葫芦笙？傣族人最先吹奏葫芦笙。

在竹节上烙出眼，制成笛子；削去竹节的皮，制成响篾。

将响篾挂在胸前，将笛子插在腰间。

男人们在高高的山顶上吹奏笛子，女人们在深深的箐底吹奏树叶。

男人们在高高的山顶上唱梅葛，女人们在深深的箐底应答。

女人们在深深的箐底唱梅葛时，男人们又在高高的山顶上应答。

在石头上磨刀子，磨石不会移动，就可以将刀子磨得很锋利。将伙伴儿们召集在一起，笛子可以合音，梅葛可以合调。伙伴儿们吹着笛子走过来，唱着梅葛走过来，一边吹奏一边来相聚，一边歌唱一边来相会。

三　彝族创世史诗《梅葛》体现的美学特征

（一）礼仪之美

史诗《梅葛》的对唱，体现出鲜明的礼仪之美。歌手多在做相伙、婚礼、建房等活动中对唱史诗。对唱史诗，是歌手交流情感、交流传统知识、交流审美经验的契机。在对歌情境中体悟诗歌的对唱礼仪，才能感悟对歌礼仪的美学特征。对传统歌手而言，史诗不是用来阅读的，而是用来歌唱和聆听的。社区中的歌手在长期的对歌实践中，对受众的审美心理有深刻的体悟，创造出相应的对歌礼仪。从删减、润色后的文本中，无法窥见这套礼仪；只有考察相对实录性的文本，并结合歌手的口述资料，才能将这套礼仪的庐山真面目公之于众。下文以歌手罗学华与周永彩的对歌文本为例，分析史诗《梅葛》对歌传统体现的礼仪之美。①

1. 问者问候答者

（1）原文

> 演唱者：罗学华
> 问：啊咿我的小妹您
> 啊咿我的亲戚您

（2）礼仪性

问候。无论对方年龄长幼，歌手均以小妹（女）或小哥（男）称呼对方，同时也称呼为亲戚，体现出高度的亲和力。

2. 问者美誉答者

（1）原文

> 能说的小妹您
> 会讲的小妹您

（2）礼仪性

美誉。夸赞歌手的诗才。

3. 问者强调主题

（1）原文

> 我们好比

---

① 歌词选自郭晓炜主编《梅葛本源》，中国质检出版社2017年版，第50—53页。

> 山梁老黄竹
>
> 砍来做提箩
>
> 提着天的事
>
> 讲着地的话

（2）礼仪性

强调主题。以"比"的修辞技巧，强调对歌的主题。

4. 问者复述答案

（1）原文

> 刚才小妹说
>
> 刚才小妹讲
>
> 天已造好了
>
> 地已造成了
>
> 拉天拉好了
>
> 缩地缩好了
>
> 天边整齐了
>
> 地边整齐了
>
> 天地相合了

（2）礼仪性

复述答案。复述对方的唱词，具有重温传统，强化记忆的作用；同时，为评价作铺垫。

5. 问者肯定答者

（1）原文

> 小妹的梅葛
>
> 不知对不对
>
> 这话小妹说

这话小妹讲

小哥我好比

老牛听人话

我相信您的话

（2）礼仪性

肯定性评价。对歌手的唱词作积极、肯定的评价。对歌过程中的问者，既是发问者，又是评价者。积极、肯定的评价，具有鼓励对方继续歌唱的作用。

6. 问者追问答者

（1）原文

不知天稳不稳

不知地牢不牢

还要来试天

还要来试地

谁是试天的儿

谁是试地的女

怎么来试天

怎样来试地

（2）礼仪性

追问。通过发问，推进对歌活动的演进。

7. 问者请答者传授诗歌

（1）原文

我的小妹您

好比

老鼠打洞洞连洞

老鼠打洞洞通洞

您要说通给我听

您要讲清让我明

（2）礼仪性

请求传授。以"比"的修辞技巧，强调史诗知识体系叙述的完整性、连贯性。洞洞相连，洞洞相通，是对通达、通透的诗歌美学范畴的修辞化表达。问者的求知欲，答者的传授欲，是交流、互动的核心动力。

8. 答者问候问者

（1）原文

演唱者：周永彩

答：啊咿我的小哥您

啊咿我的亲戚您

（2）礼仪性

问候。相互问候，是对歌的开场白。

9. 答者美誉问者

（1）原文

能说的小哥您

会讲的小哥您

说得真好听

讲得真动听

（2）礼仪性

美誉。不仅问者须美誉答者，答者也须美誉问者。彼此欣赏，相互赞美。

10. 答者复述问题

（1）原文

刚才小哥说

刚才小哥问

我们说着天的事

我们讲着地的话

不知天稳不稳

不知地牢不牢

还要来试天

还要来试地

谁是试天的儿

谁是试地的女

怎么来试天

怎样来试地

要我说给您

（2）礼仪性

复述问题。复述是对歌礼仪之一。问者复述上一单元对歌中答者歌唱的答案，答者复述问者在此单元对歌中所继续追问的问题。复述问题，既是对答者的尊重，又具有明确问题意识，提高歌词传递的准确性的作用。

11. 答者表达自谦

（1）原文

小妹我好比

山梁白知树

不是知晓儿

箐底小白菜

不是明白儿

只能试着说

只能学着讲

(2) 礼仪性

自谦。以"比"的修辞技巧，表达谦虚的心态。

12. 答者作答问题

(1) 原文

雷公是试天的儿

地母是试地的女

打雷来试天

地震来试地

(2) 礼仪性

作答。这是史诗的叙事部分。

13. 答者请问者评价自己

(1) 原文

不知是不是

我也不清楚

如果说得对

我们继续讲

我们接着说

如果说不对

好比

公麻与母麻

公麻来开花

>   母麻来结果
>   公麻割丢掉
>   把话题丢掉

（2）礼仪性

请求评价（含"比"）。答者将问者的评价作为对歌事件能否延续的关键因素。社区中的歌手和受众，将歌词视为传统知识、公共知识。

14. 问者再问候答者

（1）原文

>   演唱者：罗学华
>   问：周氏我的小妹您
>   啊咿我的亲戚您

（2）礼仪性

问候。

15. 问者再美誉答者

（1）原文

>   能说的小妹您
>   会讲的亲戚您
>   您教了我这么久
>   让我明白这么多

（2）礼仪性

美誉。

16. 问者再复述答案

（1）原文

>   刚才小妹说

刚才小妹讲

打雷来试天

地震来试地

不知是不是

您也不清楚

(2) 礼仪性复述问题。

17. 问者再肯定答者

(1) 原文

这话小妹说

这话小妹讲

小哥我好比

老牛听人话

我相信您的话

(2) 礼仪性肯定性评价。

18. 问者再追问答者

(1) 原文

我不清楚的

还要来问您

试天的时候

天开大裂子

试地的时候

地通深深洞

试天天不稳

>试地地不牢
>还要来补天
>还要来补地
>是谁来补天
>是谁来补地

(2) 礼仪性

追问。

19. 问者继续问候答者

(1) 原文

>啊咿我的小妹您
>啊咿我的亲戚您

(2) 礼仪性

问候。

20. 问者请答者引领

(1) 原文

>好比
>竹鸡领单儿
>野鸡带双儿
>领着我说说
>带着我讲讲
>您要告诉我
>您要说给我

(2) 礼仪性

请求引领。对歌具有引领与追随的特性。

21. 答者再问候问者

（1）原文

　　演唱者：周永彩
　　答：啊咿我的小哥您
　　啊咿我的亲戚您

（2）礼仪性
问候。

22. 答者再美誉问者

（1）原文

　　能说的小哥您
　　会讲的小哥您
　　您的话语
　　您的梅葛
　　好比
　　提箩里的丝线美
　　不如绣出的鸠花美
　　鸠花它再美
　　也没有小哥的梅葛美
　　说得①真好听
　　讲得真动听

（2）礼仪性
美誉。包括一般性的美誉和以"比"的修辞技巧展开的美誉。

---

① 原文为"的"。

23. 答者再复述问题

（1）原文

刚才小哥说
刚才小哥问
试天的时候
天开大裂子
试地的时候
地通深深洞
是谁来补天
是谁来补地
要我告诉您

（2）礼仪性
复述问题。

24. 答者再自谦

（1）原文

我也不清楚
只能试着说说
只能学着讲讲

（2）礼仪性
自谦。

25. 答者再作答

（1）原文

天公有五子
五子会补天

地母有四女

四女会补地

（2）礼仪性

作答。

26. 答者再请问者评价自己

（1）原文

不知是不是

我也不清楚

我的小哥您

小妹的梅葛

好比

丝线绣荷包

包含情意深

我不会说的

我讲不对的

请您包涵了

（2）礼仪性

请求评价与运用"比"的修辞技巧表达自谦。

在上述分析的基础上，我们可提炼出世俗歌手对唱史诗《梅葛》的典型礼仪。

  问者：问候→美誉→强调主题（含"比"）→复述答案→肯定性评价→继续发问→请求传授（含"比"）

  答者：问候→美誉（含"比"）→复述问题→自谦（含"比"）→作答→请求评价（含"比"）

  问者：问候→美誉→复述问题→肯定性评价（含"比"）→继

续发问→问候→请求引领

  答者：问候→美誉（含"比"）→复述问题→自谦→作答→请求评价与自谦（含"比"）

  …………

  世俗歌手的对歌礼仪，体现出竞赛性与谦让性的和谐统一。对唱史诗，具有竞赛性。对歌，旨在考验歌手对历史知识的熟悉程度，旨在考验歌手的记忆能力、表达能力。但对歌者在竞赛中，必须保持谦让。

  首先，对歌的第一步是问候。歌手在问候对方时，或称对方为亲戚，或称对方为小哥（男歌手）、小妹（女歌手），或同时使用上述两种称谓，这种问候方式超越了辈分和年龄的界限。比如一位30岁的女歌手和一位70岁的男歌手对唱，女歌手亦称呼男歌手为小哥，不能称呼对方为大伯或爷爷。这种诗学称谓在对歌的审美意境中，将对歌双方的心境稳定在亲密状态、年轻状态。这种问候方式，具有滋养生命、永葆青春的审美功能。

  其次，美誉对方歌声美、歌艺高以及唱词真实、准确。歌手以形象的比喻美誉对方，创造出积极、和谐的交流机制。对歌时，歌手时刻保持谦逊的心态，极力美誉对方，贬低自己。歌手的谦逊，还表现在请求对方领唱，自己跟随对方学习的心态上。歌手即使对所对唱的歌词非常娴熟，也称自己一窍不通。这样的评价原则，加强了歌手之间的情谊，避免了冲突。歌唱史诗，是社区中促进人际关系和谐、增强凝聚力的重要手段。

  世俗歌手的对歌礼仪，体现出真善美和谐统一的诗歌美学特征。问候语在参与对歌的歌手之间，建立起亲密无比、心心相印的关系。美誉和肯定性的评价都属于评价的范畴，但美誉的词语指向歌手歌声的优美，即指向声音美学的维度，属于"求美"的诗学理想；肯定性评价指向歌词的准确性，指向诗歌真理观的维度，属于"求真"的诗学理想。因对歌过程中包含显著的自谦、美誉和肯定性的评价，且史诗的叙事部分亦包含求善的伦理思想，使得对歌传统在求真（维护歌词的完整性、准确性和通达性）和求美（求歌声动听）的前提下，促进诗学共同体中的人们通过诗歌对唱的方式，交流情感、交流知识、交流美感，增强彼此的信赖和依恋，达至求善的境界。三者有机联系、相互融通，达成了真善美和谐统一的诗歌美学理想。

（二）修辞之美

巧妙的比喻，以其生动性、形象性，给听众留下深刻的印象，令抽象的概念、复杂的理念明白易懂。歌唱史诗《梅葛》的歌手，是创造、传承妙喻的行家。史诗歌手首创妙喻之时，具有即兴而为的特点，似乎轻而易举。实际上，歌手是以他们对自然、生活的观察能力和对诗歌艺术的审美能力、创造能力为基础的。史诗《梅葛》中，妙喻难以计数，此处略举几例。

1. 形容外观

（1）形容天地

苍天似篾帽，
大地像簸箕，
篾帽做天模，
簸箕做地模。

[《梅葛·姚安彝族口碑文献：彝、汉·开天辟地（一）》]

歌手发现了天、地和日常生活中使用的篾帽、簸箕之间在外观上的可比性。

（2）形容葫芦

再过三天后，
葫芦渐长大，

>   藤粗似牛担,
>   叶阔如簸箕,
>   葫芦结独果,
>   果大如囤箩。

[《梅葛·姚安彝族口碑文献：彝、汉·开天辟地（一）》]

葫芦，是该诗篇中兄妹二人的避水神器，也是各民族横空出世的母体。歌手运用神奇的想象力，分别赋予葫芦藤、葫芦叶、葫芦果以粗、阔、大的外观，并分别从日常使用的农具中找到贴切的喻体：牛担、簸箕和囤箩。

2. 形容内在

（1）形容心情

>   小妹我好像
>   鱼儿顺着河水游
>   小虾朝着河边爬
>   我顺着小哥说
>   我由着小哥讲

[《梅葛本源·盘古开天辟地》]

歌手以鱼儿、小虾朝向目标前进的心情，比喻自身叹服对方的诗艺，甘拜下风而情愿在对方的引领下歌唱的心情，赋予内在的心情以运动感、形象性。

（2）形容叙事标准

>   好心的小妹您
>   好看的小妹您
>   好比
>   老鼠打洞洞连洞

老鼠打洞洞通洞

您要说通给我听

您要讲清让我明

[《梅葛本源·人类的起源》]

歌手以老鼠打洞时洞相连、洞通洞的现象，比喻史诗叙事的通透、清晰、明白，赋予抽象的诗学境界以形象性。

3. 形容美感

此种比喻，至少能划分出两种类型：感官同一型与感官越界型。

（1）感官同一型

您的话语

您的梅葛

就像山梁上的蝉

声音又亮又清脆

就像箐底的知了

声音悠扬又响亮

您的话语

比蝉的声音还要脆

您的梅葛

比知了的声音还要亮

[《梅葛本源·人类的起源》]

相互赞美，是歌手对唱史诗过程中必备的表达。以妙喻赞美对方，既能愉悦对方，又能体现出自身的谦逊。歌手将清脆、悠扬、响亮的蝉鸣声作为喻体，比喻歌手的歌声，并认为蝉鸣声不及歌手的歌声，曲折地表达了对歌手声音之美的美誉之情。此时，本体与喻体涉及的感官都是听觉。

(2) 感官越界型

您的话语

您的梅葛

好比

麒麟是百兽之王

长得那么漂亮

凤凰是百鸟之王

长得那么美丽

不如小妹的话语漂亮

没有小妹的梅葛美丽

[《梅葛本源·格兹天神造天地》]

男歌手以麒麟之美、凤凰之美为喻体,却又表达出喻体不足以彰显本体之美的含义,将美誉之词推向无以复加的程度。这种曲折、微妙的比喻,将本体之美推至美之巅峰。这类妙喻还有一个值得品味的本土美学特征,即歌手在选择喻体时,超越了人类感官感受美的界限。歌声之美,诉诸听觉,但歌手以诉诸视觉的麒麟之美、凤凰之美加以比喻,可见在本土诗学中,不同感官所能感知的美之间可以互通。

四 彝族创世史诗《梅葛》蕴含的诗性智慧

柏拉图认为,智慧使人完善;荷马认为,智慧是"关于善与恶的知识"[①]。智慧是一种积极的思想观念。史诗蕴含的诗性智慧是诗人用语词艺术表达的一种智慧。诗性智慧重视直觉、经验、情感、想象和隐喻。前现代时期流传的创世神话、创世史诗,是诗性智慧的富

---

① [意] 维柯:《新科学》,朱光潜译,商务印书馆1989年版,第173—175页。

矿。诗人在受众中歌唱或诵唱史诗，是在传承古老的诗教传统。诗人以生动的叙事、贴切的比喻和秩序井然的礼仪，寓教于诗，用语词艺术大师的独特方式说理。彝族创世史诗《梅葛》，是诗性思维的结晶，其蕴含的诗性智慧，主要表现在两方面：万物一体的生态观、抑恶扬善的伦理观。

（一）万物一体的生态观

彝族创世史诗《梅葛》，表达了万物一体的生态观。史诗歌手在与万物互动的过程中，并未将人与自然、人与人截然分开，而是视万物为一个相互依存、难舍难分的整体。诗人所持的，并非人类中心主义的生态观，而是生态整体主义的生态观，即万物一体的观念。在这种观念之下，万物都有生命、情感、能动性、价值和尊严。彝族创世史诗《梅葛》蕴含的万物一体生态观，主要表现为对万物共同创世、同源共生、共享资源、共同栖息、共同繁衍等观念的诗性表达。

1. 共同创世

依据史诗的叙述，物可变人，人可变物，物可变物，物与人、物与物浑然一体。创世之初，银果变九子，五子造天；金果变七女，四女造地。造天之子和造地之女从大自然中获取饮食和衣裳。簸帽、簸箕、蜘蛛、蕨菜根、虎尸、大鱼等作为创造天地的材料；小飞蛾、小蜻蜓、蟒蛇、蚂蚁、大象、野猪、苍蝇等，都是创世的功臣。万物物尽其用，彼此协作，共创家园。虎尸化万物的诗篇，尤为精彩。

> 虎头莫要分，
> 虎头作天头；
> 虎尾莫要分，
> 虎尾作地尾；
> 虎鼻莫要分，

虎鼻作天鼻；
虎耳莫要分，
虎耳作天耳。

虎眼莫要分，
左眼作太阳，
右眼作月亮；
虎须莫要分，
虎须作阳光；
虎牙莫要分，
虎牙作星星；
虎油莫要分，
虎油作云彩；
虎气莫要分，
虎气作雾气。

虎心莫要分，
虎心作天心，
虎心作地胆；
虎肚莫要分，
虎肚作大海；
虎血莫要分，
虎血作海水；
大肠莫要分，
大肠变长江；
小肠莫要分，
小肠变小河；
肋骨莫要分，

肋骨作道路。

[《梅葛·姚安彝族口碑文献：彝、汉·开天辟地（一）》]

2. 共同繁衍

创世的过程，就是同源共生的过程。诗人体悟出万物开花、结果、相配，从而繁衍生命的诗性经验。

诗人总结出万物开花的规律。

> 百草百树都开花，
> 百鸟百兽都开花，
> 世间人类都开花，
> 开花结果要相配。

[《梅葛·姚安彝族口碑文献：彝、汉·相配》]

诗人还察觉到万物各自进食、相配的规律。

> 没有不相配的树，
> 没有不相配的草，
> 没有不相配的花，
> 没有不相配的鸟，
> 没有不相配的兽，
> 没有不相配的虫，
> 没有不相配的鱼，
> 没有不相配的人，
> 世间万般皆相配，
> 地上万物才不绝。
>
> 天有天的规，
> 白云嫁黑云，

月亮嫁太阳，
天公嫁地母，
女人配男人，
配对成一双。

[《梅葛·姚安彝族口碑文献：彝、汉·相配》]

　　正是通过直觉、想象和经验，诗人体验并归纳出万物皆有雌雄，万物皆开花、结果、进食、相配，从而繁衍生命的规律。万物相配、阴阳和合的诗性经验，在关于格兹天神以物之相合比人之相合的诗篇中，也有生动表达。格兹天神用上磨与下磨相合、筛子和簸箕相合、雄鸟与雌鸟相合、公树与母树相合、公鸭与母鸭相合、公鹅与母鹅相合的例证，在类比诗思中，授予人类万物雌雄相配的知识。在诗人的心理经验中，万物是一体的，而不是分离的。彝族创世史诗《梅葛》由此表达了对生命同源共生、生生不息的讴歌和热爱。智慧的诗人，用万物相配的连续意象，提升了诗歌的美学感染力和哲学说服力。

　　彝族创世史诗《梅葛》中关于民族起源的诗篇，蕴含各民族同源共生的和谐民族观。歌手将历史上互助共生、频繁交往的九个民族，叙述为同一对善良的父母所生。歌手赞美各民族的特性，用诗歌的语言，构筑出共有精神家园。这一有关民族共同体的叙事，是铸牢中华民族共同体意识的宝贵资源。

3. 共享资源

　　鸟兽分食虎肉的诗篇，表达出诗人共享资源的理想。

最后分虎肉，
肉分十二份，
一份也不多，
一份也不少。

[《梅葛·姚安彝族口碑文献：彝、汉·人类起源》]

《盐源》一章，叙述牧人追踪绵羊，发现盐水，然后集合各民族的智慧，共享食盐，使石羊（地名）变为乐土的传说。

> 煮出盐之后，
> 他乡的人们，
> 搬来石羊住，
> 山坡撒荞子，
> 山上撒大麻，
> 平坝栽谷子，
> 平坝撒小麦，
> 人丁渐兴旺。
> 牧羊的老人，
> 看到此景况，
> 牧人笑眯眯，
> 牧人笑哈哈。

[《梅葛·姚安彝族口碑文献：彝、汉·人类盐源》]

4. 共同栖息

世界为万物所共创，万物在世界中栖息，这是贯穿史诗的主题。《盖房》一章，在万物一体的生态观中，叙述众生皆是天王、地王的孩子，都需要在不同的区域，用不同的材质建造一处栖息之所，让众生皆有所庇护。众生皆有栖息的权利，此种智慧体现了超越物种界限的乐居观。

> 样样都盖完，
> 样样都盖好，
> 禽类有房住，
> 兽类有房住，

虫类有房住，
鱼类有房住。

房子盖好了，
世间的众生，
众生有住处，
天王和地王，
心头渐欢喜。

[《梅葛·姚安彝族口碑文献：彝、汉·盖房》]

5. 共同衰亡

诗人不但经验到万物共同繁衍的规律，也经验到万物共同衰亡的规律。在《丧葬》一章中，诗人想象天王从天空中撒落死种子，月亮、星星、白云、黑云、节令因能避让而免死。高山、岩石、树木、野草、百虫、百兽、百鸟、家禽、家畜不能避让，皆难免一死。

死种落大地，
大地不会让，
大地会裂开。

死种落山头，
山头不会让，
山头会坍塌。

死种落石岩，
石岩不会让，
石岩会裂开。

……

没有树不落，
没有树不死。
……
没有草不落，
没有草不死。
……
没有兽不撒，
没有兽不死。
……
没有禽不撒，
没有禽不死。
……
没有虫不撒，
没有虫不死。
……
没有鱼不撒，
没有鱼不死。
……
早晨太阳出，
傍晚太阳落，
太阳会出也会落，
人和太阳一个样，
会生也会死。
……
世间的人们，
如秋天叶落，
到死也会死。
……

世间的人们，
如火苗一般，
到死也会死。
……
世间的人们，
似熟果落地，
到死也会死。
世间的人们，
没有人不死，
没有人不灭。

[《梅葛·姚安彝族口碑文献：彝、汉·丧葬》]

诗人在万物衰亡的整体观中思考人类死亡的自然规律。在对有生必有死之自然规律的体验中，诗人用语词艺术，创造出宏大、悲壮的意象，表达乐观豁达的生死观。

彝族创世史诗《梅葛》中万物一体的生态观，孕育出感恩、谦逊、互惠的生态美德。感恩万物的恩赐，对万物保持敬畏之心，与万物和谐相处，共同体成员之间互利互惠，乐观豁达地面对生死，是史诗《梅葛》对人类社会的重要启示。

(二) 抑恶扬善的伦理观

诗人创造、传承彝族创世史诗《梅葛》的一个重要目的，是借助史诗叙事，表达抑恶扬善的伦理观，对受众进行伦理教育。诗人的智慧，不仅在于明辨是非、区分善恶，还在于用形象、生动的语词艺术，寓教于诗。诗人的诗教，有别于刻板、枯燥的说教。彝族创世史诗《梅葛》蕴含的抑恶扬善的伦理观，主要表现在：提倡勤劳，反对懒惰；提倡节俭，反对奢侈；提倡仁慈，反对残暴。

1. 提倡勤劳，反对懒惰

《梅葛》叙述的人类起源史，包含人类进化史。《人类起源（一）》

中有这样的描述。第一代人——独脚人身体有缺陷，缺乏富含营养的饭菜，因烈日暴晒而亡。第二代人——巨人无水可饮、无火取暖，只能吃野果、住石洞，也因烈日暴晒而亡。格兹天神遴选日月，改变了烈日暴晒的局面。第三代人——直眼人撒粮种。天上的老龙，为直眼人创造火种，令直眼人过上幸福的生活；直眼人却养成了懒惰的恶习。

> 他们不耕田，
> 他们不种地，
> 他们不薅草，
> 他们不拔草，
> 看看田地间，
> 不见牙齿草，
> 铲铲地表后，
> 引水放其间，
> 白天睡地边，
> 夜晚睡地角。
> 一天又一天，
> 吃饱后即睡，
> 睡醒后又吃。
>
> [《梅葛·姚安彝族口碑文献：彝、汉·人类起源（一）》]

格兹天神询问直眼人为何懒惰。人类回答说，田间不见牙齿草，所以无活儿可做。于是，格兹天神撒下树叶，树叶变为牙齿草，田地间长满牙齿草。直眼人从此以后，必须耕种、薅草。诗人曲折地表达了对人类懒惰之恶习的否定，教育受众保持勤劳这一美好品质。

2. 提倡节俭，反对奢侈

直眼人的第二大恶习，是奢侈。具体表现于糟蹋粮食。

>人类这一代，
>这代心不好，
>五谷被糟蹋，
>谷子打埂子，
>麦饼堵水口，
>苦荞面糊墙，
>甜荞面糊墙。

[《梅葛·姚安彝族口碑文献：彝、汉·人类起源（一）》]

直眼人奢侈的恶习，触怒了格兹天神。格兹天神判定糟蹋粮食的直眼人是恶人，决定换去此代人。可见，在诗人的伦理观中，提倡的是节俭，反对的是奢侈。

3. 提倡仁慈，反对残暴

彝族创世史诗《梅葛》包含神试探人心善恶的诗篇。格兹天神派遣武姆勒娃到人间试探人心，并以人心善恶为标准，在大洪水来临之前，遴选善人作为人种。武姆勒娃化身为老熊，故意将直眼人学博的五个儿子开垦的荒地翻平。愤怒的五兄弟制作陷阱，扣住老熊。面对老熊提出的解扣请求，四位兄长均以残暴之心加以拒绝，唯有五弟发现老熊类似祖父、祖母的身体特征，心怀仁慈，解救老熊。武姆勒娃令残暴者以沉重的金属为避水工具，赐予仁慈者葫芦种，并告之种植葫芦之法和制作避水工具之法。四位兄长杀害老熊，末日洪水暴发。诗人形象地描绘出世界末日的场景。

>洪水连天际，
>水里的鱼群，
>食尽天上星；
>水里的螃蟹，
>天上四处跑。

有昼没有夜,

有夜没有昼,

昼夜分不清。

[《梅葛·姚安彝族口碑文献：彝、汉·人类起源（一）》]

大洪水除去恶人，善人得救。大洪水换人种的过程，象征人类精神的净化过程。提倡仁慈、反对残暴的伦理观念，不仅适用于人类，也适用于众生。它不仅是人类伦理，而且是宇宙伦理。格兹天神在寻找人种的途中，赏善罚恶。诗人在表达伦理观念的史诗创编过程中，将各种动植物的特性，想象为格兹天神的惩罚或赏赐。

彝族创世史诗《梅葛》，体现出鲜明的礼仪之美、修辞之美，蕴含万物一体的生态观和抑恶扬善的伦理观，是彝族民众审美品质、诗性智慧的深刻表达。彝族创世史诗《梅葛》和多民族创世史诗共享了大洪水、兄妹婚、不死药等艺术母题，共享了盘古、伏羲、后羿、丁兰等文化英雄，是中华文化基因的重要组成部分。彝族创世史诗《梅葛》是铸牢中华民族共同体意识的重要资源。

思考题

1. 简述彝族创世史诗《梅葛》的主要内容。
2. 简述彝族创世史诗《梅葛》的礼仪之美。
3. 简述彝族创世史诗《梅葛》的修辞之美。
4. 举例说明彝族创世史诗《梅葛》的当代价值。
5. 我们应当如何开发利用彝族创世史诗《梅葛》？

第三节　彝族创世史诗《勒俄特依》

一　概述

勒俄，是广泛流传在彝语北部方言区四川彝族居住区（凉山、乐山、雅安、甘孜、宜宾、攀枝花）、云南北部和西北部的部分彝族居住区（丽江、迪庆、昭通、怒江、楚雄州元谋县）、贵州东北部等地的彝族诺苏支系中的彝文经籍史诗。

《勒俄特依》也称"勒俄""勒俄史博""布此勒俄"，是彝语音译，意为"传说历史书"。在彝语中，勒俄，指一种彝族口头传统，即以口耳相传的方式传承下来的辞章和精髓；特依，指书或书本。

创世史诗《勒俄特依》主要用于婚礼、葬礼等重要活动仪式中。根据是否与生命的历史话语谱系有关，勒俄分为勒俄阿补（公史篇）和勒俄阿嫫（母史篇），即史诗内容与其他动植物来源（博帕）、物品、神话传说、死亡事件有关的叫勒俄阿补（公史篇），与人类的产生和发展（包括婚姻文化）有关的叫勒俄阿嫫（母史篇）。其中勒俄阿嫫（母史篇）还可以分为布次勒俄和居次勒俄。

彝族创世史诗《勒俄特依》以叙述宇宙演变、开天辟地、万物起源、英雄传说、祖先迁徙、部落战争、人类支系的繁衍等为主要内容，前一部分塑造了天神恩特古滋和支格阿龙等艺术形象，生动地描述了他们创造天地万物的神奇功绩，创造出波澜壮阔、神奇美丽的诗歌形象。后一部分幻想成分较少，更贴近现实生活，记叙了彝族先民进入大小凉山的迁徙路线等内容。

创世史诗《勒俄特依》主要以五言句为主，少数诗句为三言和七言韵文，语言朗朗上口，便于记忆，音乐性强，结构宏伟，隐喻丰富，适合"口述史诗口耳相传的传承方式"[①]。彝族伟大的女智者、大毕摩、教育家、文艺理论家阿买妮总结了彝族诗歌体式的独一无二性。她指出："诗有各种体，多为五言句。五言是常格，也有三言的；三言句不多，见于各种体。七言诗句少，各书中去找。各体的长处，寻绎便分晓；各有其精华，各有各的妙。吟诵各有韵，读来各有声。句句

---

① 胡素华：《彝族史诗〈勒俄特依〉译注及语言学研究》，中国社会科学出版社2020年版，第4页。

各相叶，上下有扣连，押韵又谐声。句虽有长短，字句有定准，运用在于人。"① 可见，自魏晋以来，五言就成为"常格"，是彝族诗歌的普遍形式，同时也兼有三言、七言和九言等杂言体。

创世史诗《勒俄特依》的歌手，分为民间男歌手或歌师（女性只能当听众，不能当史诗演述者或演唱者）和智者毕摩。民间男歌手（包括克智能手）歌唱创世史诗，具有竞赛性，通常是四位男性平分为两队进行对唱（主人家二男对客人二男），比赛方式有相互考问的一问一答、独诵、歌师带着徒弟诵读史诗等，均问答交替，相互竞赛。智者毕摩演述的创世史诗，融合在各种神圣仪式歌中。民间男歌手经过长期的知识积累和歌唱训练，才能精通篇幅巨大、知识丰富的创世史诗。初学者拜老年克智能手或智者毕摩为师，在若干次竞赛中，经过严格训练，记忆能力、表达能力日益增强，为当地克智能手或歌师所叹服、敬重，才能成为创世史诗的演述者或歌手。若歌手想成为一位优秀的毕摩，或成为一位精通创世史诗的民间歌手，都需要花很多时间和精力，尤其是成为优秀的毕摩，离不开下面五个条件。

第一，初学时间。一般从6岁左右开始，小男孩儿拜智者、毕摩为师；第二，基本学制。一般学习25—30年；第三，学习内容。分阶段全部诵记创世史诗和部分彝族经典文献；第四，学习语言。学习古彝文，并阅读一定量的彝族原始跨学科经典文本和毕摩文献；第五，学业考核。通过智者大毕摩的层层严格考核，小毕摩才能进入社会单独从事毕摩职业。

彝族创世史诗《勒俄特依》，不仅存活在彝族人民口头上，而且很早就被古彝文记载下来，以彝语文手抄本形式广泛流传于民间。现将公开出版的《勒俄特依》文本及其特色简介如下。

---

① 举奢哲、阿买妮等：《彝族诗文论》，康健、王子尧等译，贵州人民出版社1988年版，第63—64页。

其一，1983 年，由冯元蔚整理、四川民族出版社出版的《勒俄特依》为最早公开发行的规范彝文本；1986 年，由冯元蔚翻译、四川民族出版社出版的《勒俄特依》为最早公开发行的国家通用语译本。

其二，1993 年，由果基·树华、肖建华整理，云南民族出版社出版的《居次勒俄：彝汉》共收录"勒俄"13 章，内容包括天显地现、开天辟地、呼六日七月、人类谱源（雪子十二子）、支格阿龙射日射月、居日猴谱系、史南俄特时代、洪水泛滥、苏乃勒格寻父买父、仆胡三子分支、糯恒战争、曲涅系谱牒、古候系谱牒。

其三，2014 年，由阿育几坡、孙子呷呷编译，云南民族出版社出版的《勒俄特依》为公开发行的唯一一本彝汉英三语对照本。

其四，2016 年，由《彝族传世经典》编委会编、四川民族出版社出版的《勒俄特依：彝、汉》为公开发行的最好彝汉双语版本。

其五，2016 年，冯元蔚翻译再版、北京国际广播出版社出版的《勒俄特依》为目前公开发行的最能体现语言准确性和最权威的国家通用语版本。

其六，由马克·本德尔和阿库乌雾合译、美国华盛顿大学出版社出版的《勒俄特依》（*The Nuosu Book of Origins：A Creation Epic from Southwest China*）为公开发行的唯一一部英文版本，是目前收录"勒俄"诗章最多的文本，史诗内容共 29 篇。另外，国内还有一些译注版本，代表性的文本有胡素华的《彝族史诗〈勒俄特依〉译注及语言学研究》（2020）和朱文旭的《〈勒俄特依〉译注》（2017），两个文本均有国际音标，但版本内容略有不同。

到目前为止，创世史诗《勒俄特依》最权威的国家通用语版本和彝语版本是由冯元蔚整理、翻译的《勒俄特依》，这个版本是在搜集各地收藏手稿的基础上整理完成的，可读性强。创世史诗包括《天地演变史》《开天辟地》《阿俄署布》《雪子十二支》《呼日唤月》《支格阿龙》《射日射月》《喊独日独月出》《石尔俄特》《洪水漫天地》《兹的

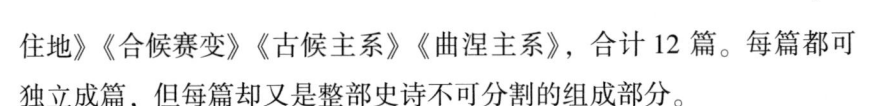

住地》《合候赛变》《古候主系》《曲涅主系》，合计 12 篇。每篇都可独立成篇，但每篇却又是整部史诗不可分割的组成部分。

二 精彩诗篇故事情节举例

（一）天地演变史①

远古的时候，天地还没有形成。宇宙上面没有天，有天时天上没有星星；下面没有地，有地时地上没有长草；中间没有云雾，四周也没有形成，地面上没有风。

后来，天地万物慢慢生长，"似云不是云，散也散不去；既非黑洞洞，又非明亮亮；上下阴森森，四方昏沉沉。天地未分明，洪水未消退。正当这时候，一天反着变，变化极反常；一天正面变，变化似正常。"经过十次演变，天地形成了，特别是到了天地的十代，万物都毁灭了。但是，天地演变还没有终止，天地的模样变得异常，最后生出了雷电。

（二）开天辟地②

远古时期，天地未分前，宇宙的四方诞生了四位仙子。东方诞生了儒惹古达，西方诞生了署惹尔达，北方诞生了司惹低尼，南方诞生了阿俄署布。

宇宙的上方住着主宰天地万物的天神恩体谷兹。他指派德布阿尔神通知儒惹古达等四位仙子和铁匠阿尔师傅，一同商量开天辟地的事情。在恩体谷兹家，他们商量了九天九夜，吃了九头牛，喝了九坛酒，还采纳了尔施阿俄、阿衣苏涅献、勃宜阿约等四位仙子的建议。最后他们商定了几条，并且明确了各自的任务。由阿尔师傅锻打四把钢铁叉，并交给四位仙子。四位仙子用钢铁叉开辟东、西、南、北四方。

---

① 原文参见冯元蔚整理、翻译《勒俄特依》，中国国际广播出版社 2016 年版，第 1—5 页。
② 左玉堂主编：《彝族文学史》，云南民族出版社 2006 年版，第 194—195 页。

其间，儒惹古达开辟东方，署惹尔达开辟西方，司惹低尼开辟北方，阿俄署布开辟南方。最终，东、南、西、北各方各裂开一个口子，并且东、西方生出风，南、北方流出水。

恩体谷兹一看，认为天地还没有开得很好，于是又叫铁匠阿尔老师傅打制了九把铜铁帚、九把铜铁斧，交给九个仙姑娘和九个仙小伙。九个仙姑娘拿铜铁帚扫天，"把天扫上去，天成蓝盈盈；把地扫下来，地成红艳艳"，并用"四根撑天柱，撑在地四方"，"四根拉天绳，扣在地四方"。又由九个仙小伙用九把铜铁斧整平地面。他们"打山山听话，捶沟沟顺从"，"一处打成山，做牧羊的地方；一处打成坝，做放牛的地方；一处打成田，做栽秧的地方；一处打成坡，做种荞的地方；一处打成垭口，做打仗的地方；一处打成深沟，做流水的地方；一处打成山坳，做安家的地方"。

后来，司惹低尼让阿衣苏涅凿石引水，水流遍四方。最后，司惹低尼又让苏涅勒格惹整地栽草木。从此，人世间就更美了。

（三）洪水漫天地①

远古的时候，人间智者却布居木，他长得颇为俊朗，弯弯的发髻如长角，长长的裤脚拖地上，身上披着十层毡。他如意地娶了美女俄池。他们先后生了三个儿子。居木家三个儿子都很能干，他们用桦槁红树做犁弯、杜鹃花树做枷担、红枣树做赶脚棒、嫩竹做牵牛绳、黄竹做赶牛鞭。到了耕种季节，居木家三个儿子牵着牛"阿卓黑牯"来到"阿呷地拖"犁地。第一天犁好了，第二天田地又复原了。后来，居木家三个儿子发现是一头野猪把土翻回原样。居木长子说大话，说一定要将他杀掉；居木次子说硬话，说一定要用棍子打；居木幺子说话留后路，说一定要问明白。原来他是天神恩体谷兹派到人间来的使臣"阿格叶库"。他告诉三兄弟，天神恩体谷兹为争格惹阿毕的命案，

---

① 原文参见冯元蔚整理、翻译《勒俄特依》，中国国际广播出版社2016年版，第64—89页。

将放下九个海的水，淹没大地，进行报复。

洪水期间，阿格叶库告诉三兄弟如何应对水灾。居木长子是条好汉子，做张金银床来睡；居木次子是个英俊人，做张铜铁床来睡；居木幺子是个愚蠢汉，做个木柜子来睡。洪水消退后，居木长子睡在金银床上，沉到河底去了。居木次子睡在铜铁床上，被水裹进江河去了。居木幺子睡在木柜子里面，漂泊在水面，活下来了。大地上只有居木幺子"居木武吾"一个人，无法传人类。后来，居木武吾在洪水中救了很多小动物。在小动物们的帮助下，居木武吾娶了天神恩体谷兹的幺女兹俄尼拖。兹俄尼拖生下三个儿子，但是三个儿子都不会说话。为了弄清哑巴的原因，居木武吾特意派差使到天神恩体谷兹那里寻医问药，但天神恩体谷兹拒绝把药方告诉使者。最后，居木武吾派鸟类中最聪明的小白雀。小白雀成功地拿到了药方。居木武吾按照药方对三兄弟进行治疗，他们都会说话了，而且各自说着不同的语言。长子武吾斯沙说声"俄底俄夺"，成为藏族的始祖，蹲起双脚坐，住在高原上。次子武吾格子说声"阿兹格叶"，成为彝族的始祖，跳到竹席上面坐，住在高山峡谷。幺子武吾拉叶说声"表子的咯"，成为汉族的祖先，跳到门槛上面坐，住在海湖池水边。

三 彝族创世史诗《勒俄特依》体现的美学特征

创世史诗能使"心灵的秘密得见光明，灵魂的伤痛得以疏解，深藏的悲痛得以释放，同情得以传达，经验得以记录，智慧得以永存"[①]。从某种意义上说，创世史诗是人类智慧、人类创造力和想象力的结晶。在创世史诗《勒俄特依》中，宇宙世界与人类世界都是能够孕育生命的生命实体，是拥有虚实或阴阳相生相克能力的生命有机体。"人"在其中是实的肉身生命与虚的灵魂生命的统一体。彝族人认为，自然对人具有实践、审美、认知等价值属性，肯定人类作为价值主体

---

① ［英］纽曼：《大学的理念》，高师宁等译，北京大学出版社2016年版，第22页。

的地位。海德格尔指出："人的栖居是一种保护，拯救大地、接受天空、期待诸神、护送终有一死者。"①

（一）礼仪之美

在彝族北部方言区，部分创世史诗《勒俄特依》演唱者虽然不认识古彝文和规范彝文，但却能完美地演绎创世史诗的内容，他们一代又一代地传承着彝族创世史诗与彝族先民的集体记忆。歌师或歌手在对唱中，除自己感悟创世史诗故事的传奇和语词的优美外，还能给受众的审美心理以深刻的启发，并从中展示史诗演唱者的文明素养和礼仪修为，给观众和听众以行为示范和乡风引领。特别是创世史诗《勒俄特依·石尔俄特》部分，以渲染环境、调动情感为目的，大多诗句用赞美、评说、对话等，体现出对创世史诗演述中的礼仪之美。②

1. 问候

（1）原文

> 西方的表哥，
> 你要去哪里？
> 今天将要黑，
> 天黑要在我家歇，
> 不黑还是要在我家歇。
> 莫说蜜蜂不知夜，
> 风岩就要歇；
> 莫说乌鸦不知夜，
> 见树就要歇；
> 莫说牛羊不知夜，
> 牧人赶来圈里歇；

---

① ［德］海德格尔：《荷尔德林诗的阐释》，孙周兴译，商务印书馆2000年版，第51页。
② 歌词选自冯元蔚整理、翻译《勒俄特依》，中国国际广播出版社2016年版，第56—60页。

莫说云雀不知夜，
见了草原就要歇；
莫说水獭不知夜，
见了江河就要歇；
单身汉子无宿处，
见了房屋就要歇。
天已临近黑，
黑也要在我家歇，
不黑还是也要在我歇。

（2）礼仪性

问候。无论对方年龄大小，歌手均以表哥称呼对方。

2. 美誉

（1）原文

西方的表哥，
没有比你聪明，
全都被你答对了，
祖灵又该送何方？

（2）礼仪性

美誉。夸奖对方的才华，体现了尊重和赞美对方的礼仪常识或礼节。

从上述的分析中，我们可以大致提炼出民间歌手对唱彝族创世史诗《勒俄特依》的礼仪。

主方（提问）：问候—赞美—提出问题—征求对方意见

客方（回答）：问候—赞美—复述主方问题—回答主方问题—提出新的问题—征求主方意见

主方（提问）：问候—赞美—复述客方问题—回答客方问题—提出

新的问题—征求客方意见

……

创世史诗《勒俄特依》充分吸取了彝族民间艺术的养分，以民间诗歌和民间口头语作为创作的基础，尤其是运用了象征、比喻、夸张、排比、拟人、对偶、重叠等多种表现手法。彝族民间歌师或歌手对歌的礼仪，体现了文学性、娱乐性、趣味性、竞赛性、谦让性的和谐统一。这种对歌礼仪，既是对彝族优秀传统文化的传承与创新，也是对人间真善美的歌颂，尤其是对促进民族大团结、增强民族凝聚力、铸牢中华民族共同体意识（史诗中汉藏彝三兄弟是亲兄弟）的精神力量。

（二）修辞之美

彝族创世史诗《勒俄特依》，即勒俄分为勒俄阿补（公史篇）和勒俄阿嫫（母史篇），题材重大，格调庄严，结构宏伟，气势磅礴，想象奇特，内容丰富，语言朗朗上口，隐喻丰富，具有民间口头创作的特色，善于运用朴素的比喻，给人留下鲜明的印象，具有现实主义和浪漫主义的因素。创世史诗《勒俄特依》被彝族支系诺苏人视为"实践哲学思想"的"百科全书"，不仅是彝族文学的渊源，而且也是彝族支系诺苏人生活的准则。整部史诗中有许多妙喻、夸张之处，此略举几例。

1. 形容外观

（1）形容动物

> 日月被射后，
> 沉沉大地上，
> 毒蛇大如石地坎，
> 蛤蟆大如竹米囤，
> 苍蝇大如鸠，

蚂蚁大如兔,
蚱蜢大如牛。

[《勒俄特依·射月射日》]

歌手用比喻和夸张的手法描述动物之间的共通性、共同性、相似性、差异性、可比性。从歌手叙述的语言来看,诗句简洁流畅,语言明晰,没有晦涩之感。

(2) 形容日月

三天喊到晚,
喊出独日来,
太阳白天出,
分出昼夜来。
公鸡应承叫;
早上公鸡叫,
迎接太阳出;
中午公鸡叫,
观看太阳升;
下午公鸡叫,
陪送太阳落。
三天喊到亮,
喊出独月来。
月亮缺半边,
重新给补上,
分出朔望来。
白狗应承叫,
此后万物才正常。

[《勒俄特依·喊独日独月》]

歌手既以公鸡白天的叫声为参照来辨别太阳的变化，也以白狗晚上的叫声为参照来判断月亮的变化规律。

2. 形容劳动

（1）形容织布

蒲莫列衣啊，
三年设织场，
三月制织机，
坐在屋檐下织布。
做种荞的地方；
机桩密集像星星，
织刀辗转如鹰翅，
梭子往来似蜜蜂，
维线弯弯如彩虹。

[《勒俄特依·支格阿龙》]

史诗中用夸张和明喻的手法，塑造了一个真实而丰富的彝族女性形象，即彝族妇女纯洁质朴、勤劳善良、聪明伶俐、智慧非凡，呈现彝族劳动人民的自然本色。从某种意义上说，这里的"织布"，不再是一般意义上的劳作，而是象征性地转化为对生活美味的品尝，以及对生命实质的感悟。

（2）形容打造钢铁叉

阿尔师傅啊，
膝盖当砧磴，
口腔当风箱，
拳头当铁锤，
手指当火钳，

制成四把钢铁叉,
交给四仙子。

[《勒俄特依·开天辟地》]

史诗采用夸张的表现手法,塑造了一个聪明能干的劳动者英雄形象——阿尔师傅,一个为人类健康发展保驾护航的劳动精英,是一个心系地球万物的劳动者。这些诗句所蕴含的人生哲理和出世原则是极为深刻、发人深省的。即"世界不是神创造出来的,而是由物质创造出来的,尤其是彝族先民按照自己的生存需要而改造世界。他们这种最初的哲学观和宇宙观,来自他们的生产实践,不仅具有朴素的唯物思想因素,而且具有初步的辩证思想"[①]。

(3) 形容改造自然

支格阿龙啊,
一天去打蛇,
打成手指一样粗,
打入地坎下。
一天打蛤蟆,
打成手掌一样大,
打到土埂下。
苍蝇翅膀打成叠,
打到旷野外。
蚂蚁打折腰,
打进泥土内。
蚱蜢打弯脚,
打入草丛中。

[《勒俄特依·射日射月》]

---

① 李力主编:《彝族文学史》,四川民族出版社1994年版,第24页。

史诗采用比喻和夸张的修辞手法，描写了英雄支格阿龙英勇尚武的优秀品质，即他具有平易近人、英勇无比、宽慈待人、扶危助困、行侠仗义、光明磊落、不求回报等优良品质。另外，这些诗句描绘了远古社会生活的图景，反映了彝族先民征服自然的坚强信念与大无畏精神，表达了他们对美好幸福生活的追求。

四 彝族创世史诗《勒俄特依》蕴含的诗性智慧

史诗文本是人的语言性存在的最高体现。语言是自然生态，是生物体内派生的特殊物质，是生命内在性敞亮的形式和途径，是人类祖先的特殊馈赠。创世史诗《勒俄特依》是一部反映古代彝族先民生产、发展、迁徙情况及生存环境、社会结构的文学经典，具有地理学、历史学、语言学、哲学、文学、民俗学、天文学、医学、植物学、动物学、人类学、社会学等学科的学术研究价值，是后世作家进行文学创作的精神源泉。彝族创世史诗《勒俄特依》在传承过程中，积淀了彝族先民的生命哲学和诗性智慧，主要表现在以下几个方面。

（一）水是万物之本源

彝族创世史诗《勒俄特依》，表达了水是万物之源的生命生态观，即没有水就没有生命。在远古的时候，宇宙是混沌无序地合在一起，没有天也没有地，直到有一天，宇宙开始慢慢演变出天地，经历了十代演变才演变出完整的天与地。宇宙演变出的第一代是"水"，后面第二代到第十代演变出的"雾""金色水"等都是由第一代的水演化而来。创世史诗《天地演变史》部分描述了水是万物之本源。

> 远古的时候，
> 上面没有天，
> 有天没有星；
> 下面没有地，

第一章　汉藏语系汉语族与藏缅语族创世史诗

有地不生草；
中间无云过，
四周未形成，
地面不刮风。
……
天地的一代，
混沌演变水；
天地的二代，
地上雾蒙蒙；
天地的三代，
水色变金色；
天地的四代，
四面有星光；
天地的五代，
星星发出声；
天地的六代，
发声后平静；
天地的七代，
平静又后变；
天地的八代，
变化来势猛；
天地的九代，
下界遭毁灭；
天地的十代，
万物毁灭尽；
此为天地演变史。

[《勒俄特依·天地演化史》]

(二)"雪"生万物的生命生态观

彝族先民认为,人类是自然界的一部分,是从自然界进化中分离出来的具有能动性和创造性的一种动物。创世史诗《雪子十二支》部分,描述了"雪"是万物之本源,它作为生命的维持系统,是所有生命的生存条件,所有生命依赖它得以生存。

> ……
> 变化变化着,
> 天上掉下泡桐树。
> 落在大地上,
> 霉烂三年后,
> 升起三股雾,
> 升到天空去,
> 降下三场红雪来。
> 红雪下在地面上,
> 九天化到晚,
> 九夜化到亮,
> 为成人类来融化,
> 为成祖先来融化,
> 做了九次黑白醮,
> 结冰来做骨,
> 下雪来做肉,
> 吹风来做气,
> 下雨来做血,
> 星星做眼睛,
> 变成雪族的种类,
> 雪族子孙十二种。

雪族子孙十二种，
有血的六种，
无血的六种。
无血六种是：
草为第一种，
分支出去后，
住在草地上，
遍地都是黑头草。
宽叶树为第二种，
柏杨是雪子。
针叶树为第三种，
住在杉林中。
水筋草是第四种，
水筋是雪子。
铁灯草是第五种，
住在沼泽边。
藤蔓是第六种，
住在树根岩壁边。
有血六种是：
蛙为第一种，
派生出三家，
住在水池边。
……
蛇为第二种，
……
蛇类繁殖无数量。
鹰为第三种，
……

熊为第四种，
黑熊分三家，
住在深山老林里，
黑熊繁殖无数量。
猴为第五种，
猴分为三家，
住在树林与岩上，
猴类繁殖无数量。
……
人为第六种，
人类分布遍天下。

[《勒俄特依·雪子十二支》]

　　由此可知，在创世史诗"雪子十二支"部分中，其中人是有意志、有情感、有想象的存在物。人是由有气血类动物中猴子的子孙演变而来的宇宙之物；人作为感性实体是自然界的一部分，他具有一切生物的本性，必须服从生物学的发展规律；人作为感性主体，是有意识的存在物，尤其是人的主体性必须通过社会实践活动作用于自然界得到表现，所以，人的实践目的性是人的内在价值尺度。

　　（三）生命共同体与生命生态可持续发展观

　　彝族创世史诗《勒俄特依》，述及宇宙中并没有单一存在的存在物。整个生命共同体中的每一个部分都相互依赖、相互作用。处于任何一个特定的环境中的有机物，都与生态系统构成了影响与被影响的关系。

1. 人与非人的生命共同体思想

　　创世史诗《支格阿龙》部分描述了人与动物、人与植物、人与非人之间的生命共通性和相似性。

第一章 汉藏语系汉语族与藏缅语族创世史诗

……
蒲莫列衣啊，
三年设织场，
三月制织机，
坐在屋檐下织布。
机桩密集像星星，
织刀辗转如鹰翅，
梭子往来似蜜蜂，
纬线弯弯如彩虹。
扎扎结列这地方，
天空一对鹰，
来自驱鹰沟；
地上一对鹰，
来自直恩山；
上方一对鹰，
来自蕨草山；
下方一对鹰，
来自尼尔委；
四支神龙鹰，
来自大杉林。
蒲莫列衣啊，
要去看龙鹰，
要去玩龙鹰，
龙鹰掉下三滴血，
滴在蒲莫列衣的身上。
这血滴得真出奇：
一滴中头上，
发辫穿九层；

一滴中腰间,
毡衣穿九叠;
一滴中尾部,
裙摺穿九层。
蒲莫列衣啊,
以为是恶兆。
急忙派遣使,
遇谁就派谁。
叫去请毕摩,
差人来到寨。
寨首转三遍,
寨首没毕摩;
寨尾转三遍,
寨尾没毕摩。
寨中找到毕摩家,
毕摩大师已出门,
只有学徒呷呷在。
学徒呷呷啊,
坐底垫的黄竹笆,
中间铺的獐麂毛,
面上铺的花毛毯。
左手开柜门,
右手摸柜底,
取出金皮书。
先翻一双两篇看,
纸上没有话,
黑墨不回答。
再翻两双四篇看,

第一章　汉藏语系汉语族与藏缅语族创世史诗

说是凶与恶。
再翻三双六篇看,
说是吉与福。
再翻四双八篇看,
说是大吉兆。
翻到五双十篇看,
说要用只黄母鸡,
拿束"则果"枝,
念了生育经,
就要生个大神人。
毕摩动身起,
来到主人家,
念了生育经,
蒲莫列衣啊,
早晨起白雾,
午后生阿龙。
支格阿龙啊,
生后第一夜,
不肯吃母乳;
生后第二夜,
不肯同母睡;
生后第三夜,
不肯穿衣服。
以为是个恶魔胎,
被母抛到岩下去。
山岩本是龙住处,
阿龙懂龙语,
自称"我也是条龙",

饿时吃龙饭，
渴时喝龙乳，
冷时穿龙衣。
支格阿龙啊，
生也龙日生，
年庚也属龙，
阴阳逢时也是在龙方，
名也叫阿龙。
阿龙长到一岁时，
跟着牧童放猪玩，
竹片做弯弓，
草杆做箭弩；
长到两岁时，
跟着牧人放羊玩，
扳起竹弓走在后；
长到三岁时，
跟着游人去旅行，
扳起木弓走在后，
用剑知剑法，
用弓知箭法；
长到四岁、五岁后，
找寻天界到天涯，
找寻地界到地角。
支格阿龙啊，
扳着四张神仙弓，
搭着四支神仙箭，
穿着四套神铠甲，
带着四只神猎犬，

骑着四匹神仙马。
要去丈量天,
要去测量地,
东西两方交叉射,
两箭齐中久拖木姑;
南北两方交叉射,
仍然射中久拖木姑。
若是不相信,
至今还有箭痕在。

[《勒俄特依·支格阿龙》]

以上诗句可以看出,支格阿龙是凡人与神鹰之子,是联结现实界(现实世界)与想象界(神界)的支柱;他比凡人更加强壮、更为英勇;他追求的是不朽的名声或荣耀。史诗也歌颂了彝族先民征服自然、战胜自然的伟大力量,歌颂了支格阿龙的英雄主义气概。

2. 多元一体的民族观

在创世史诗《勒俄特依》中,汉藏彝是一家人,都是同一父母生的三位兄弟,他们都相亲相爱、共同团结进步。史诗《勒俄特依·洪水漫天地》写道:"洪水消退后,居木长子啊,睡金银床,被水沉下河底去了。居木次子啊,因睡铜铁床,被水裹进江心去。居木幺子啊,因睡木柜子,漂泊在水面,荡到兹洪尔碾山顶上。"① 即洪水消退之后,大地上只剩下一个人"居木武吾",后来天上的天神"恩体谷兹"把自己的女儿"兹俄尼拖"嫁给了"居木武吾"。"居木武吾"和"兹俄尼拖"成亲后一共生了三个儿子,但是三个儿子都不会说话。"居木武吾"便派"阿蒲小白雀"到天上天神"恩体谷兹"那里打探治疗儿子们不会说话的办法。天神"恩体谷兹"拒绝救治他的

---

① 冯元蔚整理、翻译:《勒俄特依》,中国国际广播出版社2016年版,第72页。

三个外孙。有一天早晨,"阿蒲小白雀"偷听到了天神"恩体谷兹"的治疗办法。"阿蒲小白雀"飞回到大地"居木武吾"家,把治疗办法告诉了"居木武吾"。"居木武吾"按照"恩体谷兹"所说,砍了三节竹在火中烧,待竹子爆炸时,长子叫了声"俄底俄夺",成了藏族;次子叫了声"阿兹格叶",成了彝族;幺子叫了声"表子的咯",成了汉族。

汉藏彝三兄弟故事蕴含着多元一体的民族观。汉藏彝三兄弟都是"居木武吾"和"兹俄尼拖"所生的孩子,他们都是这个家庭的成员,共同构成了你中有我、我中有你的多元一体的民族共同体。另外,"居木武吾"和"兹俄尼拖"的婚姻也是两个民族(族群)交融汇聚成多元一体的表征,说明了人类文化是世界多民族共同创造的。

3. 奇数是生命生态可持续发展的根本

创世史诗《雪子十二支》部分描述了彝族先民把雪族子孙分为有血气类和无血气类,其中两类生命之间的相互联系、相互作用和相互渗透,比它们之间的相互区别更重要。它们是一个整体性存在。因此,我们可以把彝族先民的这种生命界定方法或生命分类方法称为生命生态环链。彝族先民的这种生命界定表现了他们对生命的敬畏。在史诗《雪子十二支》部分中,除了人外,植物和动物共有"十一支"(草、宽叶树、针叶树、水筋草、铁灯草、藤蔓、蛙、蛇、鹰、熊、猴),即奇数。彝族先民认为,奇数是实现可持续性发展的精神基础;奇数的绵延是差异存在的表现方式;奇数是万物正常繁衍之根本,宇宙万物才能共同归属为一个差异性存在的共同体。史诗《雪子十二支》部分说明了万物既丰富多样,又密不可分的重要性和必要性,因为它可能影响到整个生物链,所以,所有万物被纳入一个数字化存在的维度,保护生物多样,发展人类先进文化,对促进可持续发展具有非常重要的意义。

总之,彝族创世史诗《勒俄特依》,描述并建构了关于宇宙起源、生命起源、生命本质属性、生命物化结构、生命演化规律及生命与生命之间的内在关系的生命哲学和生态诗学智慧体系。从而深刻地告诉人们生命生态和谐的重要性，它是整个生命生态系统的内在需求，也是一个相互联系的整体。尤其是史诗描述了多元一体的民族观，即汉藏彝都是同根同源的一家人。它是多民族融合历史和多民族文化同根同源的一种表征，是多民族国家的普遍现象，更是人类历史的必然趋势，从而共同推动了各民族形成不可分离关系。因此，通过学习彝族创世史诗《勒俄特依》，有利于强化中华民族文化同根同源的意识和情感，不断增强中华民族的认同感和凝聚力。

思考题

1. 彝族创世史诗《勒俄特依》体现了彝族先民什么样的人生价值观？
2. 举例说明彝族创世史诗《勒俄特依》的当代价值。
3. 彝族创世史诗《勒俄特依》的修辞之美。
4. 彝族创世史诗《勒俄特依》的多元一体的民族观思想。
5. 我们应当如何开发利用彝族创世史诗《勒俄特依》？

第四节　彝族创世史诗《阿细颇先基》

一　概述

"阿细颇先基"，又称"阿细的先基"，是流传于云南红河哈尼族彝族自治州弥勒市西山一带彝族阿细支系中的口传诗歌传统。

"阿细"作为彝族的一个支系，分布于云南弥勒、石林、华宁、昆明西山等县市区。"阿细"是彝语的汉语音译，也是其他民族对阿细人的称呼，阿细人自称"阿细颇"，"颇"意为"人"，指"男性"；"先基"是"歌"或"民歌"的意思，也是阿细人民间曲调"先基调"的名称。

"先基",古时候称为"乐话""阿珍""诺志"等,随着时代的变迁和社会的发展,已经逐渐消失,现在多称为"先基"。"先基调"虽然是一种曲调,但并非用"先基调"演唱的民歌都可以归入《阿细颇先基》,因而,创世史诗《阿细颇先基》,演唱内容固定,且用"先基调"演唱。

《阿细颇先基》作为一部口头传承的文学作品,其演唱形式以男女一问一答、一唱一和的互相酬答对唱的形式演唱。在演唱中,歌手往往根据场合的不同,酌情增减演唱内容。如果是两个著名歌手对唱,可以连唱几天几夜。据介绍,民间口头流传的原诗长达万余行,阿细学者石连顺先生收集、整理、翻译的三行体对照本《阿细颇先基》长达近万行,其著作名为《阿细颇先基》,翻译成汉文,意思就是"阿细人的歌",或"阿细人的民歌"。

彝族创世史诗《阿细颇先基》以活态演唱的方式流传在彝族阿细人民众中。史诗内容主要包括宇宙万物起源、人类起源、洪水漫天以及人类生产生活等文化的创造。阿细人把"先基"比作盐巴,认为生活中没有"先基",就会显得淡然无味。人们爱唱"先基",爱听"先基",将"先基"亲切地称作"祖先的歌"。《阿细颇先基》的传承人以毕摩和民间歌手为主。毕摩在不同的仪式场合,演唱史诗中的"开天辟地""人类起源""男女说合成一家"等内容;而歌手不受场合限制,在诸多场合演唱以日常生活内容为主的《阿细颇先基》。传统的传承方式以家传为主,不仅由毕摩世家世代传承,还有明确的传承谱系;新型的传承方式以师传和歌手之间相互学习为主,通过在演唱场合聆听其他歌手的演唱,不断充实和创新自己的演唱内容。因此,现今《阿细颇先基》的传承以歌手为主,歌手既可以在婚丧嫁娶、节庆活动时演唱,也可以在家庭聚会、山间田边对唱,演唱的内容是《阿细颇先基》一些片段,及歌手即兴创作的应景新题材和内容。

彝族创世史诗《阿细颇先基》的主要文本及其特色如下,著名诗人光未然先生最早记录、翻译和整理《阿细的先基》，1944 年由昆明北门书屋以《阿细的先鸡》出版，该书分为两部分，第一部分是《序诗》《创世纪》《开荒记》和《洪水纪》，第二部分是《谈情记》和《成家记》；1953 年，光未然先生重新修订的《阿细人的歌》，由人民文学出版社出版发行。同年，袁家骅先生用国际音标记录的《阿细的先基长歌》，收入论文集《阿细民歌及其语言》一书中，《阿细的先基长歌》由七部分组成，分别为《序诗》《开天辟地》《垦荒》《洪水》《求家》《成家》和《悲歌》。1958 年，由云南省民族民间文学红河调查队，对阿细的"先基"，进行了较为全面系统的调查搜集，整理后定名为《阿细的先基》，该书 1959 年由云南人民出版社出版发行，之后再版也均是该版本内容。该版本全诗 5500 余行，由四部分组成，分别是《引子》《最古的时候》《男女说合成一家》和《尾声》；《引子》是开场白，《尾声》是余言，创世史诗的主体部分是《最古的时候》和《男女说合成一家》。《最古的时候》包括《造天地、造人》《人是怎样生活的》《世上的几代人》《分年月、盘庄稼》《造屋、祭神》五章；《男女说合成一家》包括《我多伤心啊》《唱调子的路不能断》《铺好了爱情的路》《我们两个到山上去》《要像天上的彩虹，生死永不离》《我们两个啊！已经是夫妻了》《在荒地上种庄稼》《穿上了麻布衣》《到外面去卖工》《回家收割庄稼》《让我们的孩子去种庄稼》十一章。2003 年由云南民族出版社出版，彝族阿细学者石连顺整理翻译的《阿细颇先基：彝族阿细人创世史诗》，内容包括十二部分，分别是《引子》《开天辟地》《造太阳、月亮、星星》《造山、赶山》《造人》《洪水漫天》《房屋的来历》《劳动的起源》《婚嫁、年节、跳月的起源》《一担清水定终身》《尾声》和《后记》。2012 年由云南民族出版社出版、楚雄彝族自治州人民政府编的《彝族毕摩经译注·阿细先基·弥勒彝族口碑文献》，分为第一、二两卷共十一部分组成，第一卷包括五部分，即《今天遇着你》《天地的形成》《远古的时候》《西山阿细人》和《世间一度爱》；第二卷包括六部分，即《相爱在世间》

《合亲做一家》《开荒种庄稼》《种麻织新衣》《家穷去卖工》和《终生无遗憾》。

二 精彩诗篇故事情节举例

(一) 开天辟地[①]

远古时候，上无天，下无地，天地混沌一片。住在地下的人类，想要天地明亮起来，就要爬到高高的山崖坡上，虽有手，但无翅膀，无法到那里。地下的人类跟山鹰商量，山鹰说："骑在我背上，我能当你的坐骑，驮着你上去！"人类不相信，用一对岩石放在山鹰的翅膀上，看到山鹰能驮动飞起来。于是，换下一对岩石，骑上山鹰准备去地上。

山鹰前后看了看，说："没有耶俄若[②]，以后想来如何来？"人类左手举起一块大石头，在天地间砸开了一个大口子。一人到地上没有伙伴，会很孤单，山鹰说："还能再加一人，加上耶俄若，但是驮两人，肚子饿得慌，要吃腿肚肉，才能驮到地上。"耶俄若同意把自己腿肚肉给山鹰吃。山鹰带着耶俄若和伴侣穿过天地间的大口子来到地上。

造天的神哥若，选了好日子，从左边开始转着造天；造地的神耶俄也来了，从左边开始，耗时七年造好了地。但是天地不稳，还有漏洞。天神哥自颇和哥自嫫[③]冥思苦想，请来天神铜龙颇、铜龙嫫、银龙颇、银龙嫫、金龙颇、金龙嫫，让他们造四根铜柱、两根银柱和三根金柱。天神们商量，兔鸡日子立铜柱子，马鼠日子立银柱子，猪蛇日子立金柱子，这样立起来后，天地稳了。

---

① 原文参见石连顺翻译整理《阿细颇先基：彝族阿细人创世史诗》，云南民族出版社 2003 年版，第 13—95 页。
② 耶俄若：宇宙初始时，从混沌中骑神山鹰上来造天地的神。
③ 哥自颇、歌自嫫：天神，是万能的神，掌管天上、地下，万事万物；分为公和母，即"颇"为公，"嫫"为母。

天地稳以后，开始找针、线、布补地的漏洞。用尖刀草做针，地藤做线，青草做布，依次从东、南、西、北方补大地。补完大地以后，又开始补天，补天用星星做针，用银河做线，用灰云做布，要将东南西北方连在一起，但是日出的东方，星星落下的地方，要留出一个裂口。天留一个裂口，就不会堵了地口，地气也有了出口。

天地的东南西北方用什么填满？太阳填满东方，月亮填满西方，星星填满南方，云彩填满北方。天地更稳了，地上长树，山上长草。顶天的神阿巴，撑起了平稳的天地。

(二) 造太阳、月亮、星星①

天地造好了，但天不像天，地不像地，因为天上没有太阳、月亮和星星。天神哥自颇和哥自媸请来太阳神阿茨、月亮神道补、星星神阿播，但是太阳、月亮和星星都不会亮，黑沉沉的太阳、灰蒙蒙的月亮、不眨眼的星星挂在天上。

虽然天地已经分开，但无法区分天和地，轻轻的要飘上去，重重的要落下来，只有找秤称一下，什么轻，什么重。称地时，道路做秤杆，凹地做秤盆，山做秤砣，石头做称花，火草做秤绳，大地的重量有九两九钱；称天时，银河做秤杆，太阳做秤盆，月亮做秤砣，星星做秤花，灰云做秤绳，天的重量有八两八钱；天比地轻，于是，轻的飘上去成了天，重的落下来成了地。

天地分清后，阿茨安排好太阳，道补安排好月亮，阿播安排好星星，但是都不亮。请来天神银龙、黄蜂，让他们帮忙，还是没有亮。他们也奇怪，开始找原因，发现是底若②的大儿子养的一只鹞子③，飞上天后，它的翅膀堵住了月亮门和太阳门。金龙颇、银龙颇想出了好

---

① 原文参见石连顺翻译整理《阿细颇先基：彝族阿细人创世史诗》，云南民族出版社2003年版，第96—173页。
② 底若：猎人的始祖，即猎神。
③ 鹞子：又叫雀鹰，是鹰科鹰属的小型猛禽，体长30—41厘米。雌较雄略大，翅阔而圆，尾较长。

办法,让绿头苍蝇飞到鹇子的翅膀上产卵,孵卵让翅膀生蛆腐烂,自然落下后,太阳门和月亮门打开了,但是太阳和月亮都灰蒙蒙的。天神哥自颇和哥自媲说要把太阳、月亮和星星洗干净,请来铜龙颇,拿来一个大铜碗;请来金龙颇洗日月,金银铜熔在一起,用熔水清洗;请来花神洛阿洛,树叶神松龙氏,栽树神哈姆松龙氏,带来开花的红叶和黄叶,用松龙叶擦洗,用松龙树枝擦洗,眼睛、嘴巴和尾巴都洗干净了。从此,金灿灿的太阳,黄澄澄的月亮,亮晶晶的星星挂在天上。

(三)造人①

天地已稳,大树茂盛,小草绿油油,但地上没有人,一派寂静景象。造人的男神笃龙颇、女神笃龙媲用白泥捏白人,用黄泥捏黄人,经过一番艰难摸索,捏出泥人。可是,嘴巴张不开,眼睛也睁不开,没有腿和脚,天神哥自颇和哥自媲请金龙颇和金龙媲来帮忙,检查后说道:"不能开口说话不像人,走路还要自己提手脚,腿不够长,还缺一节。"首先做献礼,鸡、香灰做献品,金银水洗嘴巴,就能开口说话了,眼睛睁开了,再用金柱撑腿。这样以后,世间有人类,人能开口说话,眼睛明亮,脚也能站能走。

人不会劳动,向黄蜂学劳动,虽然能吃苦,但没有熟饭吃。火神梭仁氏来帮忙,送来火种。从此,人们会用火做饭,吃上熟饭、熟菜和熟肉。

人类住在山坡上的石洞里,住在大树旁,树枝当房子,树叶做被子,没有地方放食物,没有地方挂庄稼种。三月雨季,房子漏雨;三月春风,房子漏风。一个名叫土西珊的人,开始想着建新房,请来笃邦②师傅,学着用尺子量,灰草做屋顶,建成新房屋。

---

① 原文参见石连顺翻译整理《阿细颇先基:彝族阿细人创世史诗》,云南民族出版社2003年版,第258—331页。

② 笃邦:木匠的始祖。

三 彝族创世史诗《阿细颇先基》体现的美学特征

（一）礼仪之美

彝族创世史诗《阿细颇先基》的演唱性形式蕴含着礼仪之美。史诗演唱通常由男女歌手在家庭聚会、婚礼、建房等活动中对唱。对唱史诗，是歌手交流情感、交流传统知识、交流审美经验的契机。歌手在对歌情境中体悟诗歌的对唱礼仪，感悟对歌礼仪的美学特征。对传统歌手而言，史诗不是案头读物，而是活在大家口中和心中的生活经验。歌手在长期的对歌实践中，不仅向听众传达了传统知识，而且使受众深刻体悟诗歌的审美情感。考察实录文本《阿细颇先基》，以弥勒县[①]中和铺村的民间歌手武兴明、卢惠香对歌文本为例，分析史诗《阿细颇先基》对歌传统体现的礼仪之美。

1. 问候

（1）原文

聪明的阿妹，
可爱的唱伴。

[《阿细颇先基·开天辟地》]

（2）礼仪性

问候。歌手对唱时，不论对方年龄长幼，均以阿妹（女）或者阿哥（男）称呼对方，表示临时拟定的亲戚关系，体现出高度的亲和力。

2. 美誉

（1）原文

爱说的姑娘？

[①] 弥勒县：2013年3月，经国务院批准撤销弥勒县，设立弥勒市。引用文本2003年10月出版，故在此用弥勒县。

爱讲的姑娘？
哥与妹相聚，
相聚的阿妹，
美似水中鱼。

[《阿细颇先基·引子》]

(2) 礼仪性

美誉。夸赞歌手的诗才和样貌美丽。

3. 点明主题

(1) 原文

今天是吉日，
草丛鸡枞窝，
我们这一窝，
来这唱"先基"，
虽来唱"先基"，
虽爱唱"先基"，
但也不会唱。

[《阿细颇先基·引子》]

(2) 礼仪性

点明主题。以"比"的修辞技巧，强调对歌的主题。

4. 肯定性评价

(1) 原文

"先基"这首歌，
要长有长的，
要短有短的，
不论长与短，
一起说起来，

一同唱起来，
来跟着我说，
来跟着我讲。
说伴阿哥哟，
你说的也合，
"先基"十二调，
十二个调子。

[《阿细颇先基·引子》]

（2）礼仪性

肯定性评价。对歌手的歌词作积极、肯定的评价。对歌过程中的问者，既是发问者又是评价者，积极、肯定的评价，具有鼓励对方继续歌唱的作用。

5. 自谦

（1）原文

"先基"这首歌，
阿爸养儿时，
阿妈养女时，
教的是"阿给"①，
未教过"先基"，
"先基"虽爱唱，
但也唱不好，
我是这样的。

[《阿细颇先基·引子》]

---

① 阿给：阿细人自古以来教婴儿学习发音的第一个单词，没有实际意义，只起到婴儿发音启蒙的作用，此处是谦虚词。

（2）礼仪性

自谦。以借喻的修辞技巧，表达谦虚的心态。

6. 继续追问

（1）原文

古老那时候，
远古那时候，
没有那老天，
没有那大地，
怎么样才会，
才会有老天？
才会有大地？
我是笨阿哥，
如何去找天？
如何去寻地？
阿妹你来说，
阿妹你来讲。

[《阿细颇先基·开天辟地》]

（2）礼仪性

连续发问。通过发问的形式开启史诗的演唱，一是期待、欢迎大家参与；二是采用发问的形式追根溯源、推进史诗的演唱。

7. 邀请并请求传授

（1）原文

如不下雨水，
悠悠这好地，
虽然是好种，
草儿不会出，

树儿不会长,
更深的道理,
还在后头的,
还是你来谈,
请你接着讲。

[《阿细颇先基·造山、赶山》]

(2) 礼仪性

邀请并请求传授。问者的求知欲,答者的传授欲,是交流、互动的核心动力,推进了史诗的对唱。

8. 再次邀请

(1) 原文

刚才那样说,
刚才那样讲,
已经造了天,
天已造稳了。
已经造了地,
地也造稳了。
地上长了草,
草儿绿油油。
地上长了树,
树儿绿荫荫,
成了这个样。
天上和地下,
地上没有人,
天下没有人,
还是这个样。

你说怎么办？

你说怎么做？

说来给我听。

[《阿细颇先基·造人》]

(2) 礼仪性

再次邀请。再次真诚邀请对方歌手参与到史诗演唱中，以提问的方式延续主题。

9. 复述问题

(1) 原文

补天天也稳，

补地地也稳，

虽然是这样，

天下没有人，

地上没有人，

山坡黑沉沉，

地上灰蒙蒙，

没有草房盖，

没有木头屋。

世间没有人，

哪来割草人？

哪里去找树。

人从哪里来？

到哪里去找，

世间才有人，

天下才在人。

[《阿细颇先基·造人》]

（2）礼仪性

复述问题。复述是对歌礼仪之一。问者复述上一单元对歌中的答者歌唱的答案，答者复述在此单元对歌中所继续追问的问题。复述问题，既是对对方的尊重，又具有明确问题意识、提高歌词传递的准确性。

10. 作答

（1）原文

> 人类这一个，
> 老人那样讲，
> 天上金龙颇，
> 地上银龙颇，
> ……
> 如果是地上，
> 地上有泥巴，
> ……
> "黄泥可做人，
> 白泥可做人，
> 可以做人的。"
> 这样说出来。
> 天上笃龙颇①，
> 天上笃龙媒②，
> 他来做黄泥，
> 打了黄泥了，

---

① 笃龙颇：造人的男神。
② 笃龙媒：造人的女神。

打了白泥了，
白泥打白人，
黄泥打两天，
这样打了后，
有点像人样，
这样做出来，
这样打来的。

[《阿细颇先基·造人》]

(2) 礼仪性作答。这是史诗的叙事部分。在史诗演唱过程中，有问有答才能有效持续推进对歌活动。

通过以上的分析，我们可以看到彝族创世史诗演唱中遵循的基本礼仪。歌手在对歌礼仪中，体现出竞赛性和谦让性的和谐统一。竞赛性主要表现为对唱双方不断地提出问题，问题囊括了彝族传统生产生活的知识经验以及历史知识的熟悉程度，不仅考验歌手记忆能力和表达能力，而且考验歌手的学习能力。一方面，每一位史诗歌手虽然经过长期学习积累，唱词内容呈现出个体的内心倾向性，但是演唱为即兴发挥、随机应变；另一方面，歌手在对歌现场跟对方学到新的知识，配合已有的知识储备，反复不断演进对歌活动。同时，在对歌竞赛中，歌手保持相互谦让。男女歌手对歌之始，均以哥妹相称，没有年龄和辈分的限制，一是体现双方的亲密、年轻的心境；二是青春永驻的审美心理。对歌时谦逊的态度和美誉对方，不仅能增进歌手间的友谊，还是促进人际关系和谐、增强凝聚力的重要手段。

(二) 叙事之美

《阿细颇先基》通过口耳相传在彝族阿细人地区广为流传，经过歌

第一章　汉藏语系汉语族与藏缅语族创世史诗

手的长期加工提炼，五言体的诗性表达更加优美生动，更具感染力。歌手发挥想象，将所见、所想、所思赋予厚重的情感，并用哲理性、生活化的叙事方式表现出来，让事物的描写更为灵动。一方面，围绕天地起源、万物起源、人类起源和文化创造的叙事逻辑结构展开，纵向勾勒出社会历史发展的脉络；另一方面，在叙事过程中采用生活化的朴实语言，体现出诗性的哲学智慧。

1. 数量的表述

　　阉牛十二双，
　　放它上山头，
　　六双虽吃草，
　　六双不吃草，
　　不吃草六双，
　　想着家里糠。
　　阉羊十二双，
　　放它去山脚。
　　六双虽吃叶，
　　六双不吃叶，
　　不吃那六双，
　　想着那住盐。
　　阉鸡十二双，
　　放去篱笆脚，
　　六双在扒虫，
　　六双却不扒。
　　不扒那六双，
　　挂念家中食。

[《阿细颇先基·引子》]

史诗歌手用口语化的数量方式计数，既能更准确表达数量，又能加强记忆。牛、羊、鸡是生活中必不可少的生活资料，借此表达数量更为贴切和亲近生活。在史诗中，反复多次出现"双""对"的数量表述方式，配以重章叠句的表现手法，不仅起到加深印象、渲染气氛的作用，还增强了史诗的音乐性和节奏感。

2. 春天的表述

……

立春起春风，
春风起来了。
立春进树芽，
进了树芽里？
露水满登登，
山谷长灰树，
露水满当当。

……

三月下小雨，
下雨的时候，
雨水不会滤。
三月春风起，
如起春风时，
不会挡春风，
不会顶春风。

……

三月炎热天，
天热起春风，
春日烈炎炎，

烈日塞草口,
晒得草儿干,
草儿干枯了,
火从那里取,
火与风作伴,
风儿吹一团,
一团吹过来,
它吹过草头,
火苗盖草头,
草头着了火,
慢慢着起来,
世上所见的,
小草已着火,
已成这个样。
……
二月天无灾,
三月天成灾,
青草全消失,
全部烧成灰。
……

[《阿细颇先基·造山、赶山》]

　　歌手对唱过程中,整部史诗反复出现"三月""春风",重复叙述春天的季节特征——风、雨、热,并在宇宙形成之后,史诗每一部分叙事均涉及春的叙述。通过对春的叙述,表达新事物的产生,也预示着"一年一到春,一年开始了",万物复苏的意义。春的开始,雨水和阳光滋润万物,风和火也能毁灭万物。歌手以"春"为意象,生动地表达了"祸兮福之所倚；福兮祸之所伏"，"少则得，多则惑"，体现出朴素的诗性哲学思维。

上述歌词，基于歌手对自然、生活的细致入微的观察，通过平淡真实的诗性语言表达出创世史诗耐人寻味的本土美学特征。

四 彝族创世史诗《阿细颇先基》蕴含的诗性智慧

史诗是人类社会早期集体思维的一种表现形式，也是早期人类对未知事物充满想象的叙述，这种想象的创造恰巧是诗性的体现，而诗性智慧则是诗人积极的思想观念和情感经验的自然流露。史诗中的宇宙万物起源、人类起源和文化创造，蕴含着彝族阿细人对世界的认知和规律的把握。《阿细颇先基》是诗性创作和活态演述，它不仅是歌手对自然、生活的观察能力的体现，还是歌手对诗歌艺术的审美能力和创造能力的呈现，这主要表现在二元和谐的世界观、同源共祖的民族观和井然有序的伦理观三方面。

（一）二元和谐的世界观

彝族创世史诗《阿细颇先基》，表达了二元和谐的世界观。史诗歌手在演唱过程中，人或物均以"颇"（男性）和"嫫"（女性）的形式成对出现。创世的哥自颇和哥自嫫，天神金龙颇和金龙嫫，银龙颇和银龙嫫，铜龙颇和铜龙嫫等。二元和谐的特点贯穿《阿细颇先基》全诗，深刻影响彝族阿细人的认知。

> 天神哥自颇，
> 天神哥自嫫，
> 你们这一对，
> 哪里做天边？
> 哪里做底边？
> ……

天上铜龙颇,

天上铜龙嫫,

铜柱支哪里?

天上银龙颇

天上银龙嫫,

银柱支哪里?

如果这样说,

如果这样谈。

哥自颇天神,

天神哥自嫫,

天神那样说,

天神那样讲:

"铜龙颇天神,

铜龙嫫天神,

金龙颇天神,

金龙嫫天神,

银龙颇天神,

银龙嫫天神,

你们男天神,

你们女天神,

造出铜柱来,

造出金柱来,

造出银柱来,

铜柱造四棵,

金柱造三棵,

银柱造二棵,

如果这样造,

造出好支柱,

有了好支柱,

才会支得住。"

[《阿细颇先基·开天辟地》]

在《阿细颇先基》中，创世的天神均以男女（公母）成对参与。哥自、金龙、银龙、铜龙既被一分为二，又合二为一，面对困难，他们共同商量、共同决策、共同努力，创造更有利的自然生存环境。歌手的直觉、经验和情感通过诗性思维方式得以呈现，对歌中的"天和地""俄兹若（赶种子的女神）和俄乃若（赶种子的男神）""笃龙颇（造人的男神）和笃龙媒（造人的女神）"等天神，体现了"天下万物生于有，有生于无"的诗性哲学思想。

（二）同源共祖的民族观

彝族创世史诗《阿细颇先基》表达了和谐共生的民族观。史诗歌手在演唱过程中，一直反复唱诵同源共祖、多民族共生共荣的主题，汉族、彝族、苗族等少数民族生活在共同的自然环境中彼此尊重、守望相助、团结一致，携手共建美丽和谐家园。

……

生的是葫芦，

它口尚未开。

……

黄石捡一对，

白石捡一对，

拿它做开具，

有了开启具，

汉人和阿细，

女儿像银柱，

男儿像金柱,
这样开出来。
……
那么多人啊,
各自有名字,
各人去转转,
各自转了后,
如果是苗族,
背着花篮来,
苗族是阿哥,
苗族是长子。
如果是阿细,
说是二儿子,
阿细背背箩,
背箩背出来。
如果是小儿,
小儿是汉人,
扛着扁担来,
挑着古篮来,
这样来相认。
现在人们说,
苗族苗大哥,
倮倮倮二哥,
汉人是三哥,
是这样说的。
苗族是阿哥,
阿细是二儿,
汉人是小儿,

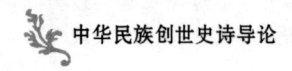

都从那里来。

[《阿细颇先基·洪水漫天》]

史诗歌手反复演唱苗族、彝族和汉族共生于一个葫芦，源于共同的祖先，苗族大哥、阿细二哥、汉族三哥，三兄弟一起成长，成家立业后，开启新的生活，各自占据一片地方，建造房屋，劳动生产，手足相亲，守望相助。

汉人和阿细，
阿细和苗族，
苗族和汉人，
你来分亲戚，
这样分明了。
山里阿细人，
出来那时候，
抬石垒石埂，
……
汉人抬土块，
土块成土埂。
苗族结草头，
结七十七坡，
……
三月天成灾，
青草全消失，
大儿失地界，
苗族搬家儿，
……
冲泥要做泥，

第一章　汉藏语系汉语族与藏缅语族创世史诗

做泥才建房,
你来支土基,
我来砌土基。
……

[《阿细颇先基·婚嫁、年节、跳月的起源》]

歌手用诗歌的语言,描绘出共同协作建房的场景,勾勒出一幅多元一体共建家园的和谐画面,由此表达了对生命同源共生、辛勤劳动、生生不息的讴歌和赞美。

(三) 井然有序的伦理观

彝族创世史诗《阿细颇先基》中的"婚嫁、年节、跳月的起源"和"一担清水定终身",倡导夫妻双方要相亲相爱、和睦相处。家庭和谐,生活才幸福美满、有滋有味。婚嫁前,也要遵循传统伦理习俗,告知双方父母,拜见父母,小辈为双方父母分担家务等,获得双方父母认可后,挑一担清水孝敬父母。

天上银龙颇,
地上银龙颇,
与她问一问:
"讨小妻那天,
打银又做银,
打铜又做铜,
铜器来挂你,
银器挂你襟,"①
……

---

① 原文为:"银器挂你襟,如果这样挂,小妻娶进来,大妻会住好,小妻会住好。"这样说出来,打银挂她襟,给她挂起来,文本第600—601页。

打银挂她襟，
给她挂起来，
小妻娶来了，
一日又一日，
一月又一月，
一年又一年，
小妻生了女，
小妻养了儿，
养了儿子后，
和睦来相处。
……
儿子也有了，
女儿也有了，
全部是一家，
儿俊又勤劳，
女美又善良，
一家和睦处，
这样来生活。

[《阿细颇先基·婚嫁、年节、跳月的起源》]

史诗中，歌手以婚嫁叙事为线索，体现日常生活中婚嫁双方应遵循的礼俗，也体现了歌手对彝族阿细人传统知识熟悉程度，通过寓教于诗的形式对听众进行伦理教育。

"领女做儿媳，
领回做儿媳，
要当干活妻，
要做干活妻。"

做媳进家里,
家还未到时,
母亲接儿媳,
如不接儿媳,
小女心忧愁,
会愁一阵子。
父母在外面,
母亲笑嘻嘻,
父亲笑眯眯,
我儿回来了,
我女回来了,
这样接小女,
来见女儿面。
小女心喜欢。
老母端热饭,
老父抬热汤,
这样做过了。

[《阿细颇先基·一担清水定终身》]

歌手以场景叙事的方式表达了父母、媳妇之间要和睦相处,媳妇要勤俭持家,父母待儿媳要热情真诚,如果母亲不接儿媳,两人的关系会产生隔阂。女儿出嫁后回门,带着女婿回到娘家,父母同样满心欢喜迎接女儿和女婿,待女婿要亲如儿。歌手以朴实真挚的诗性语言,描绘了婚嫁的情境,表达了家人之间相互尊重、宽厚礼让,才能促使家庭氛围其乐融融、和气致祥。

彝族创世史诗《阿细颇先基》,体现出的鲜明的礼仪之美、叙事之美,全诗的提问和回答,环环相扣,体现出叙事逻辑之美和意象之美;蕴含二元和谐的世界观、同源共祖的民族观和井然有序的伦理观,是彝族民众审美品质、诗性智慧的深刻表达。史诗与彝族阿细人的民俗生活融为一体,通过对唱的形式,在家庭聚会、婚丧嫁娶、节庆活动、起屋建房等场合传唱,以传统和创新的方式呈现出一个充满诗性的世界,向人们展示出史诗的勃勃生机。《阿细颇先基》既是中华文化基因的重要组成部分,也是铸牢中华民族共同体意识的重要资源。

思考题

1. 彝族创世史诗《阿细颇先基》的演唱形式和演唱场域。
2. 彝族创世史诗《阿细颇先基》的美学特征。
3. 彝族创世史诗《阿细颇先基》的诗性智慧。

第五节 彝族创世史诗《查姆》

一 概述

《查姆》是流传于哀牢山彝语南部滇中南方言区石屏、建水、双柏、元阳、新平和峨山等地,以及滇东南方言区弥勒、开远等地,是尼苏、纳苏支系中的口传诗歌传统,并在此基础上形成彝文经籍史诗。

"查姆",是彝语的汉语音译。在彝语中,"查"意为"种类"或"类别",叙述一种事物的起源称为一个"查";"姆"意为母、大,引申为"根基"或"本源";因而,"一查"指的是"一段""一章",或者"一个故事";"查姆"是彝族先民认识和解释物质世界的基本学说,也被称为彝族的"根谱"[①]。"查姆"的演唱形式,曾经以"四句长腔"和"阿色调"为主,后发展为"四弦调"。演唱时大四弦配乐,有唱有述,有歌有舞;舞蹈以"大彝乐"和"四弦舞"为主。

[①] 参见楚雄彝族自治州人民政府编《查姆:1:彝、汉》,施文贵翻译,云南民族出版社2010年版,前言,第1页。

演唱的场合从丧葬、祭祀发展变化为重大活动时都要演唱,如逢年过节、婚丧祭祀、起屋建房、播种收割、祭龙等重要场合都要唱"查姆"。在成年人正常死亡的丧葬仪式上,都要讲述创世、人类起源、洪水、寻找不死药等内容,特别要讲述关于彝族始祖阿普笃慕的故事。

彝族创世史诗歌手分为毕摩和世俗歌手两类。"查姆"的传唱人以掌握古彝文的毕摩为主,他们用古彝文把"查姆"记录在"古彝书"中,古彝书也被称为"毕摩经"。世俗歌手主要是民间歌手和民间艺人,他们在民俗活动中以口耳相传和即兴创作的方式传唱彝族创世史诗。

《查姆》内容极为丰富,据传共有122个"查",但流传下来的只有27个"查"。其中11个"查"先整理出来,内容涉及天地演化、物种起源、人类的形成和发展、家庭婚姻、医药文化、伦理道德和天文地理等,囊括了彝族社会生活的方方面面。现存活态传承的27个"查",以双柏县大麦地乡下莫且法村方贵生珍藏的抄本为蓝本,以楚雄州彝族文化研究所的藏本为补充,将内容分为上、下两卷。上卷内容以宇宙起源、万物起源、人类起源和婚嫁起源为主;下卷内容以医药起源、文明起源和传统伦理道德起源和发展为主。

彝族创世史诗《查姆》的主要文本及其特色具体如下:《查姆》的搜集整理工作始于1958年,云南省民族民间文学楚雄、红河调查队第一次调查搜集,由施学生翻译一部分原始资料;1959年,李文、李志远初步整理成一份3000多行的《查姆》清理稿;1962年,中国作家学会昆明分会民间文学工作部将原始材料连同《查姆》清理稿汇集成册,编入《云南民族文学资料》第七集中;随后,郭思九、陶学良对《查姆》进一步整理修订,1981年由云南人民出版社出版《查姆:彝族史诗》。该文本一共有11篇,包括上部《天地起源》《独眼睛时代》《直眼睛时代》《横眼睛时代》《民族的来源》,下部《麻和棉》《绸和缎》《金银铜铁锡》《纸和笔》《书》《长生不老药》。2010年,由楚雄彝族自治州人民政府编、云南民族出版社出版的106卷《彝族毕摩经译注》，其中71卷和72卷分别为《查姆（一）》和《查姆（二）》，《查姆（一）》包括《天地的起源》《天和地转动》《物种的起源》《独眼人时代》《直眼人时代》《横眼人时代》《牲畜的起源》《金银和铜铁》《房屋的起源》《粮食的起源》《白盐的起源》《棉麻的起源》《绸缎的起源》《配婚的起源》《娶嫁的起源》；《查姆（二）》包括《纸笔的发明》《彝文的发明》《世间道理书》《帝王世系谱》《疾病的由来》《寻医找良药》《寿尽命终结》《棺椁的由来》《世间降旱灾》《海中水莲花》《世间垛楮树》《阿龙捉鬼神》，合计27篇。2016年，在中国国际广播出版社出版的《中华大国学经典文库·少数民族卷》中，将郭思九整理的《查姆：彝族创世史诗》11篇作为单独文本出版。

二 精彩诗篇故事情节举例

（一）天地的起源[①]

远古时候，没有天地、日月、星辰和万物，没有红绿的山河和树木，宇宙间混沌一片，没有人类，世间的事情也无人知晓。

有一位名叫俄罗倮也媒的龙神，他来分天分地。知晓他的人都说他是一个巨人，头的直径九千米，身子粗壮有八万米，尾巴长七十米，有九千九百双手，八万八百双脚和九千九百双眼睛。他的诞生，意味着天地即将诞生，否则无人能造出天地。

龙神俄罗倮也媒用他的九千九百双手，白天做泥巴，夜晚捡石头填满湖和海，造出一层地后，又开始夜晚做泥巴，白天再用泥巴糊出蓝色的天。他废寝忘食地造地三千年，造天四千年，七千年后，他捏出了撑着天的四道门，天伸出四个角，延伸到地上，支撑着天和地，

[①] 楚雄彝族自治州人民政府编：《查姆：1：彝、汉》，施文贵翻译，云南民族出版社2010年版，第12—14页。

这样天造好了，地也造成了。天和地被分别看成了男人和女人。

经过辛苦的造天地后，俄罗倮也媄的身上出现神奇的影像——万物的雏形，日月、星辰、云雾和风雨之影，动物、树种、木种、粮种等万物之影都活灵活现地印在了他的身上。过度劳累后，俄罗倮也媄倒下了，他死的时候，额头和双手闪闪发光，身上的影像栩栩如生。最终，俄罗倮也媄死在了水中，他的躯体漂在水面上，头朝东方，脚伸西方，脸朝北方，手伸南方。周身随之发生巨大变化，身体变成地心，眼睛变成美丽的太阳姑娘和帅气的月亮小伙，白天太阳姑娘出来，夜晚月亮小伙出来。他俩分工合作，区分了大年和小年，大月和小月，日长和日短。

他的牙齿变成了挂在夜空的星星，雄星九千九百颗，雌星八万八千颗，那些更小的星星是雄星和雌星的子子孙孙。他口中呼出的气流变成云雾和风雨；他的耳朵变成天上的神；他的舌头变成绿龙和红龙；他的脸变成石岩；他的一对乳房变成大大小小的山；一双脚分出东西方向；一双手臂分出南北方向；脚趾头和手指头变成连绵起伏的山梁；心变成地的中央，全身的骨骼变成石头；小肠变成小溪；大肠变成江河；肚子变成大海；肌肉变成老虎、豹子、獐子和麂子等动物；头发变成青草和树木；胡须变成庄稼秧苗；鲜血变成清水和红水；肝肺变成金银铜铁锡铅；胆汁变成治病的药。

从此以后，俄罗倮也媄变成世间万物，还分封了东方、南方、西方、北方和中央的神灵，分别是怒木兹、讷木番、吐木铁、捏木埂和赛窝木。由于俄罗倮也媄死时，脸朝向天空，从此，天地都被照亮了。

(二) 独眼人时代①

远古之时，广袤大地上，诞生了一代脑门上只有一只眼的人类，

---

① 楚雄彝族自治州人民政府编：《查姆：1：彝、汉》，施文贵翻译，云南民族出版社2010年版，第33—64页。

彝族人称之为独眼人时代。

这一代人模样像猴子，由猴子变成。独眼人时代，人类吃的生食，没有物种，没有粮食，没有粟米，没有牛羊、猪鸡和火种等。人们胆战心惊，害怕老虎豹子咬伤自己；人们没有房子住，住在森林里的青树下、大树脚、树枝上。树叶做衣服，树叶和野果做食物，野果有甜有酸有辣有苦，但这一代却分不清楚。

不知从哪天起，独眼人变得机灵又聪明，能吃出母亲给的果子，有酸甜苦辣的味道，并用结草绳的方法记录下来，还记在心里，这一代人有了见识，经过日积月累，他们开始有语言，能说话了。

越来越聪明的独眼人，住在森林里，住在石洞里，知道用石头吓跑老虎和豹子。

那时候，还没有火，独眼的母亲逐渐衰老，住在石洞里摘不了果子，儿子开始摘果子回来给母亲吃，硬的果子咬不开，就用石头砸，砸来砸去就砸出了火花，火花四溅点燃了树叶、枯木，烧热了石板，烧开了凉水，煮熟了果子。独眼的母亲，发现熟果越吃越好吃、越吃越香，知道这是熟食，从此留下了火种。

独眼人知晓火的作用后，不仅吃熟食，还从石洞里面搬出来，住在了平坝地区。宽广无边的大地上，到处住满人。但是没有粮食粟米，没有规矩和道理，这时的人类难以生存。

住在天上的儒黄炸、罗阿玛两位天神和水王罗塔记，一同商量怎么给人类发放粮食、粮种、水和万物。三位大神经过协商后决定，活龙撒粮种和粟米种，有了粮食，人类才不会绝后；水王罗塔记，打开水闸门，找来四条龙，舀了四瓢水，交给活龙；儒黄炸天神拿来粮食、粟米、草木等万物种，各四把，交给活龙。活龙带上种子撒在广袤大地上；罗阿玛天神将四条龙分别放到东南西北四方泼水；并舀了海水在东南西北方各泼一瓢，水到了东方春种发芽，到了南方夏种发芽，到了西方秋种发芽，到了北方冬种发芽。种子发芽，大地一片绿油油，一派生机勃勃的景象。于是，大地有了春夏秋冬四季，并且四季有雨，雨水滋润大地，粮食生长，人类繁衍生息。

然而，罗阿玛天神策更兹和地神黑朵番发现，独眼人不分年月日，不懂历算节气，不遵循规律。没有太阳和月亮，庄稼长不高。这一代独眼人不知晓伦理道德纲纪，父亲不养儿子，母亲不养女儿，六亲不认，混乱一片。昼夜不分，独眼人养的马、骡、牛、鸡都会伤害人类。

住在九重天的罗阿玛和罗塔记的姑娘，他们商量要如何找回太阳和月亮。于是，派罗塔记的女儿找太阳和月亮，找到以后，用涅颇费赛海、木乌戈罗海、俄罗汶博海的水洗太阳、月亮和星星，洗得干干净净、整整齐齐、闪闪发光，然后再挂回天空中，白天有太阳晒，夜晚有月光照，星星亮。

那时，独眼人知晓了年月日，学会驯养牲畜，牲畜不再伤人，庄稼也长得好，黑油油的荞子，黄澄澄的稻子，米粒大如鸡蛋，人畜兴旺，生活富足。

独眼人时代，人满为患。因为他们无生无死，永远年轻，粮食多得房屋都装不下。人类过着群居生活，不分尊长大小，也没有人称王，也不讲理，初一、十五都不作礼烧香，父母兄妹间自相残杀，还浪费粮食。

罗阿玛、罗塔记和儒黄炸三位天神商量改朝换代，换掉这些横行无忌的独眼人。儒黄炸用葫芦收回公水和母水的水源，人间干旱，万物枯竭，人类濒临灭绝。

儒黄炸天神来到地面寻找好心人种，发现一户富人家，金银绸缎装满屋，他跪在地上磕头作揖说："高山的荒地里生出一只野鸡，三天了，壳还套着头，一无所有的人就数我了，什么都没吃，饿得头晕眼花，找你讨点剩饭吃。"富人骂他："没有剩饭和水，滚出去！"儒黄炸天神想，这个地方没有好心人种。他继续往前走，走了八十条路，遇到一个独眼的庄稼人，他没有耕牛，没有布衣穿，野果充饥，穿树叶。同样，儒黄炸天神跪在地上磕头作揖说："善良的人，我是一个乞讨人，三天没吃饭喝水了，向你讨点剩饭和凉水。"好心的庄稼人回答说："脚不是用来跪的，手不是用来作揖的，高山上的野公鸡，已经出壳三天了，什么也没有，我们一样是穷苦的人。"他放下手中的锄头放在路边，继续说道："来吃饭了，家中无粮食，树上的野果当饭，我吃三口能吃饱，不知你能否吃得饱？要是吃得饱，我们一起吃野果，同喝一碗水，一起吃才有滋有味。"

儒黄炸天神回答道："不吃饭也不喝水啦，我是天上的神，专门到地上察看好心人。这一代独眼人，善恶不分，年月不分，不认父母，浪费粮食，没有婚俗。他们得罪了罗阿玛天神，下定决心要换人种，改朝换代。罗阿玛天神准备放出十二个太阳，晒干地面，晒死人和世间万物。你是一个善良的人，夹在中间日子也不好过。你去告诉大家，造金屋、银房、铜房和铅房躲起来；这些你没有，我给你一个天上的仙葫芦，装着吃的粮食和用的物品。你拿着葫芦到涅依费卓山，那里有一汪清泉，三年不会枯竭，你就在那里住下。"

儒黄炸天神安排好一切后，回到了天庭。他跟罗阿玛天神商量，十二个太阳一同挂到天上晒大地，要正好晒着金屋、银房、铜房、铅锡屋里的独眼人，不仅要把他们全部晒死，还要晒死世间万物，一样也不剩。但是，不剩也不是好办法，剩下那个好心的人，独眼人就从此灭绝了，下一代人是直眼睛人，由他们繁衍人类。天上的仙葫芦装着公种和母种、粮食种、植物种、动物种和人种。

(三) 直眼人时代①

远古之时，改朝换代，换人种后，彝家人两只直直的眼睛长在脑门上，大家都称之为直眼人。独眼人时代的人类，不讲道理，不守规矩，目无尊长和法纪，惹怒了罗阿玛天神。他关上了天上的雨门，地上的水门和四方的水闸，三年干旱，没有雨水和霜露。大地干裂，裂

---

① 楚雄彝族自治州人民政府编：《查姆：1：彝、汉》，施文贵翻译，云南民族出版社2010年版，第66—128页。

口比人的腰还深,灰尘比膝盖还厚,漫天尘土飞扬。海里、河里的鱼虾被晒死了,石头晒成了粉末,晒绝了飞禽走兽,大地一片荒凉。

自从独眼人灭绝以后,掌管地面的涅侬罗佐颇、儒黄炸、罗阿玛、塔罗记和塔罗记的女儿商量着,再去地面上察看剩下的人种,现在过得怎么样。

儒黄炸天神腾云驾雾来到地界,寻找好心人种,但四处不见人烟。

他寻遍了四方,遇到嗡嗡在飞的蜜蜂,儒黄炸天神问蜜蜂:"蜜蜂蜜蜂,你飞来飞去是否见到人烟,听到人的声音。"蜜蜂回答说:"在涅侬费卓山上,两棵樟树上,住着一对猴,一对斑鸠,树下有一块石头,石头旁边草丛里,有牛羊猪狗,石头上坐着一个孤单的独眼人,没有兄弟姐妹和父母,一人唱歌说话,过着这样的日子。他的粪便滋养了樟树、石头上的青苔和青草,牛羊吃了青草肥而壮,猪狗吃了青草不生病,猴子吃了果实四处蹦,斑鸠吃了果实到处飞,蜜蜂同样采花忙。"儒黄炸天神听了蜜蜂的话,见到了独眼人。

独眼人一见儒黄炸天神,热泪盈眶,着急跑上前,磕头作揖说:"天神,救命的天神,我一个人在这里孤苦伶仃,不见人影,叫天天不应叫地地不灵,四处走都只见蜜蜂飞,斑鸠叫,牛羊和猪狗,葫芦里的粮食也所剩无几,祈求天神帮助我啊!"

儒黄炸天神安抚道:"好心人,不用担心,十天之内会有人来和你做伴,你们会成双成对。"说完后他返回了天庭。

儒黄炸天神找到人种后,派撒赛女寻找独眼人。独眼人一见撒赛仙女,笑脸相迎,说道:"亲亲阿姐,我的屋子太小太简陋,请坐在树叶上,喝点葫芦水,尝点新鲜的野果。"撒赛仙女回答道:"水不喝,食物也不吃。"边说边打量独眼人,发现他头发像团棉花,发丝乱如鸟窝,皮肤黑得像块炭,还满脸都是皱纹,额头的皱纹深得像麂子,脸上毫无血色;眉毛乱得如草丛,胡须枯得如茅草;手指粗如竹节,手掌开裂糙如松树皮,腿又短又粗如芭蕉根,脚跟开裂像筷子一样粗,身上穿着棕树皮衣服,远远地看如同一节木桩,走近再看又如一个箩筐，真是怎么看都很丑，还越看越难看。撒赛仙女一想起他这般模样，就不愿和他成为夫妻，于是，踩着白云回到了天宫。

涅侬罗佐颇召集神仙们商量对策，又派罗塔记的女儿到地面帮助独眼人。罗塔记的女儿舀了四瓢水，带上一根棍子，去看望独眼人。她对独眼人说："好心的农夫，你不要伤心，我带四瓢水来给你洗澡。"第一瓢水洗头发，白发变成黑发；第二瓢是洗手，手变得又白又嫩；第三瓢水洗脚，脚跟不皲裂了，走路平稳，健步如飞；第四瓢水洗全身，洗去全身污垢后，独眼人变成年轻人，鼻子如鹦鹉嘴，嘴唇如贝壳样，下巴圆润如鸡蛋，脸色粉嫩如桃花。

罗塔记的女儿帮助独眼人换上绸缎衣，全身焕然一新，变成了直眼人。他彬彬有礼地向罗塔记的女儿作揖道谢。她笑而不语返回了天宫，并把他的变化告诉了撒赛仙女。

撒赛仙女重返费卓山，看到直眼人，眼前一亮，他相貌堂堂、一表人才、年轻潇洒，上前问话："摘野果的人，是男还是女？已有妻子，或者丈夫和女儿吗？"直眼人急忙回答："世间只剩我一人，是一个无妻无伴的穷苦人。"

撒赛仙女一听，说道："阿哥，世间的姑娘也只剩我一个，我考验你一下，如果你都答对了，我们就做夫妻。"直眼人点头同意，请她提问。

撒赛仙女的提问，直眼人对答如流。于是，撒赛仙女含羞不语，两人认一棵樟树为父亲，一棵樟树为母亲，以两棵樟树为见证，磕头作揖成为夫妻。两人商量着造房建屋，住进了宽敞明亮的新房里。

然而，猴子吃光了树上的野果，阳雀喝干了河里的水。他们无法生活下去，门前的狗昼夜啼哭。天神们听到了哭声，又齐聚一堂商量对策，让罗塔记的女儿撒粮种，她在四瓢水里放入五谷种子，泼向四方，落在了屋外。白狗摇头摆尾告诉直眼夫妇，两人看到白狗带来粮种，万分欣喜，生活有了希望，人类不灭绝了。

有了粮种后，直眼夫妻辛勤耕种，五谷丰登装满仓。两人日子过

第一章 汉藏语系汉语族与藏缅语族创世史诗

得幸福美满，忽然一天夜晚，撒赛仙女生下一个皮口袋，口袋里传出婴儿的啼哭声。撒赛仙女万分伤心又害羞，看着皮口袋哭，哭声传到了天宫。

天神撒赛萨来到地面安慰撒赛仙女，让她不要着急，用把剪刀，把口袋剪成了三段，每段跳出四十个蚂蚱，共一百二十个。蚂蚱跳三下，变成了一个白白胖胖的小娃娃。小娃娃两只眼睛亮晶晶，一个月就能说话，两个月就能走路，一年就能犁地，这就是直眼人的后代。他们各住一方，九千七百年后，世间人满为患，人口越来越多，矛盾争端四起，相互伤害。

天神们再次协商换人种，派涅侬撒赛歇到地面察看好心人。他假装自己的飞龙马受伤，需要人肉、人血和人心救，寻求东西南北四方的富人帮助，他们都心狠毒辣不施救。最终，遇到好心农夫愿意帮助他救飞龙马。他告诉好心人，三个月后，天神降罪，洪水漫天，万物重新生长，人类需要换人种重新繁衍后代。他给好心人一粒天上的葫芦种，让他带到费卓山种下，葫芦长大后住在葫芦里。

天神回到天宫后，放出一对龙在天上相斗，放出一对动物海①在地面相争，天崩地裂，雷声隆隆，狂风暴雨袭来，直眼人后裔阿普笃慕没有金银铜铁铅锡船，躲进葫芦里，葫芦随着洪水飘。

直眼人灭绝了，万物被洪水吞没，仅剩下蝌蚪、野鸭和阿普笃慕。洪水泛滥七天七夜后，天神派斑鸠检查地面，找回太阳、月亮和星星。葫芦飘落在悬崖上山竹间的尖刀草上，稳定下来了。

（四）横眼人时代②

滔滔洪水退去后，天神涅侬撒赛歇来到人间找葫芦传人种。他遇

---

① 海：彝语音译，动物名，是与龙相对应的一种动物。传说龙生活在天上，海生活在地面，是一种凶猛无比的动物。
② 楚雄彝族自治州人民政府编：《查姆：1：彝、汉》，施文贵翻译，云南民族出版社 2010 年版，第 129—159 页。

到了土蜂问它是否见过笃慕，土蜂回道没见到，见到早把他吃了。天神很生气，土蜂嘴巴毒、心肠坏，以后见了用火烧。从此以后，彝家人见了土蜂就用火烧。随后，天神涅侬撒赛歇，先后问了蜂巢、胡蜂、老鼠、斑鸠、喜鹊、小蜜蜂。只有蜜蜂告诉他，见到一个葫芦里面住着一个人，这个葫芦卡在石岩上，挡在山竹中间落在尖刀草上。天神涅侬撒赛歇感谢勤劳的小蜜蜂，并预言勤劳的小蜜蜂，心肠好，世间的鲜花你都能采，人类世世代代养在屋檐下。从此后，彝家人见到的蜜蜂都喜欢把它带回家养在屋檐下。

天神涅侬撒赛歇根据蜜蜂的提示找到葫芦并打开了它，祖先阿普笃慕走出葫芦，一眼望去，大地荒凉一片，毫无生机，只有慕共大岩里长着一棵信眉树，一蓬山竹子，旁边还有一丛尖刀草。

祖先阿普笃慕眼见世上只有自己一个人，孤单又寂寞，悲伤地哭出了声，天神听到了他的哭声，下地界安抚他。笃慕哭诉说："辽阔大地上，只有我一个人，很难生活下去，这样人种要灭绝！"涅侬撒赛歇安慰他，不用担心，三天内会有姑娘来和他成为一家人。天神派了四个仙女来和笃慕做一家人，四仙女见笃慕，头发乱得像棉花，耳朵干得像木耳，身体肌肉看着像个枯树桩，越看越难看，越看越心惊，让人毛骨悚然，不愿意和他成为一家人。

于是，涅侬撒赛歇用绿树枝扫了扫笃慕的头，白头发变成了黑头发，直眼睛变成了横眼睛，全身上下扫一遍，笃慕变成了一个年轻俊朗的小伙子；还送他一把神弓，让笃慕靠打猎生活，忙碌愉快的日子让他忘记了忧伤。

很多年以后，笃慕身穿百鸟衣，手握神弓去打猎，在更兹山顶遇到了正在踏歌①的四姐妹。四姐妹见笃慕高大威猛、气宇不凡，愿意和他成为一家人，繁衍人烟。从此以后，一家人幸福地生活在一起，生下了十八个儿子、十八个女儿，他们就是笃慕的后代。

---

① 一种彝族歌舞，又称为打歌或打跳。

涅依撒赛歇下地察看说，儿子和姑娘同父异母，可以结婚繁衍人类，兄妹三十六人组成十八个家庭，居住到不同的地方，形成不同的民族。第一家是汉族，住在平坝。第二家是彝族，住在山腰；第三家是哈尼，住在山脚；第四家是傣族，住在河边；第五家是乃颇，住在山坡；第六家是普列，住在林边；第七家是卡多，住在山头；第八家是朵别；第九家是佤族，住在森林；十家是岜利；十一家是傈僳族，住在山梁；十二家是他稷，住在松林；十三家是阿嫩，住在山顶。① 其余五家分别是阿鲁、罗罗、罗婺、车苏和山苏，分别住在箐边和山头。②

横眼人在大地上繁衍人类，均是阿普笃慕的子孙。笃慕儿女，重新制定了人类生存的律法和规章制度，白天思考人类应该遵守的伦理道德，晚上写在书上。阿普笃慕的子孙以这样的方式，生存繁衍、认知世界，开始创造万物和历史。

三　彝族创世史诗《查姆》体现的美学特征

（一）礼仪之美

史诗《查姆》是一部经籍史诗，在演唱中体现了鲜明的美学意蕴。孔子认为："里仁为美。人而不仁，如礼何？"仁德是人们审美实践活动的主要内容，既体现为道德精神，也是基本的道德规范，道德精神和道德行为以礼仪的方式得以体现。因而，礼仪与道德是水乳交融的关系。彝族创世史诗《查姆》，歌手以个人演唱的方式，传授传统伦理道德知识和审美经验等。听众则在演唱情景中感悟演唱中的审美意蕴。

---

① 乃颇、普列、卡多、朵别、岜利、他稷、阿嫩：彝语音译，族称，即彝族支系名称。参见楚雄彝族自治州人民政府编《查姆：1：彝、汉》，施文贵翻译，云南民族出版社2010年版，第159页。
② 阿鲁、罗罗、罗婺、车苏和山苏，彝语音译，族称，即彝族支系名称。参见楚雄彝族自治州人民政府编《查姆：1：彝、汉》，施文贵翻译，云南民族出版社2010年版，第159页。

对传统歌手而言，史诗不是用来阅读的，而是用来歌唱和聆听的。社区中的歌手在长期的演唱实践中，熟知受众的审美心理，并从中展示出演唱者的文明素养和礼仪修为，给聆听演唱的观众们以道德的规约和行为的示范。

1. 辛勤劳作的质朴之美

> 三星还没落，
> 他俩就起床，
> 鸡叫忙煮饭，
> 天亮前吃饭，
> 天亮上山岗，
> 去找金和银，
> 去找铜铁锡。
> ……
> 他们兄弟俩，
> 昼夜忙不停，
> 流汗炼出浆。
> 金浆金亮亮。
> 银浆亮晶晶，
> 铜浆黄灿灿，
> 铁浆黑黝黝，
> 铅浆灰扑扑，
> 锡浆白生生，
> 冶炼成锭子。

[《彝族毕摩经译注·查姆（一）·金银和铜铁》]

史诗中歌手赞美阿勒和阿德两兄弟辛勤劳作、吃苦耐劳的精神品质。两人不辞辛劳，日夜劳作把各种矿石炼成金属——金银铜铁铅锡。

格阿勒三兄弟和郭阿德三兄弟，六个匠人用金和银制作首饰，铁制作农具，铜、锡和铅制作罗锅和盆等生活用具。

2. 谦和好礼的修养之美

儒黄炸大帝，
下跪把头磕，
抬手来作揖，
磕头九十九，
作揖一百二。
好话对他说：
"善良的农夫，
三天没吃饭，
三夜没喝水，
讨点剩饭吃，
讨点凉水喝，
是来行讨的。"
对他把话答：
"有脚不该跪，
有手莫作揖。
高山公野鸡，
荒地里出壳，
出壳满三天，
蛋壳套着头，
最苦最穷的，
都是一个样。"

[《彝族毕摩经译注·查姆（一）·独眼人时代》]

歌手在演唱中不仅赞美彝族先民的辛勤劳动，创造了更多丰富的生活资料，还提倡在生活中要遵循谦和好礼的传统美德。遇到困难时，态度诚恳请求其他人帮忙，且帮助者也应友善谦和给予帮助。谦和有礼体现的是彝族先民们不仅乐于助人，而且相互尊重、相互礼让、和谐交往的处世之道。

3. 和气致祥的和睦之美

妻说夫要信，
夫说妻要听，
就像大海水，
满满当当的；
和睦生活美，
和善一家圆。
回到家以后，
要爱惜父母，
要善待兄妹，
哥弟莫吵架，
种活莫分工，
做事莫推诿。
初一和十五，
烧香莫分工，
点灯莫推诿；
供饭莫分工，
献水莫推诿；
磕头或作揖，
齐心协力作，
莫做不善事，
莫为恶毒事，

这样去做人。

[《彝族毕摩经译注·查姆（一）·嫁娶的起源》]

彝族创世史诗《查姆·嫁娶的起源》中对家庭夫妻和睦之美的叙述体现人们对夫妻和睦、生活美满的追求。歌手劝导新婚夫妻要相互扶持、互敬互爱、诚信忍让。这是双方亲人的相处之道，以及家庭生活的经营模式，是夫妻双方相濡以沫、举案齐眉和家庭生活和睦、幸福美满的表达。

4. 仁爱孝悌的人性之美

> 为人在世间，
> 要守十种德：
> 清官当廉吏；
> 言谈温文雅；
> 孝敬父和母；
> 善待姐和妹；
> 富了给人吃；
> 有了给人喝；
> 来人给吃的；
> 来人让座位；
> 禁止说脏话；
> 此乃为十德。

[《彝族毕摩经译注·查姆（二）·世间道理书》]

在史诗《查姆·世间道理书》中，歌手倡导仁爱孝悌之美。仁爱孝悌蕴含孝亲爱友的思想，包含宽厚谦恭的理念，不仅是社会交往的基本礼仪，还是个人修养的直接外在表现，更是推己及人的换位思考，成人之美，实现人与人的和谐相处。

从上述分析我们可以看出，歌手在演唱时，不仅重视自身素养，还肩负着对听众审美知识的传播。彝族创世史诗《查姆》以歌手个人演唱方式进行，在史诗的演唱过程中，用设问的方式吸引听众的注意力，推进和延展史诗叙事。由于史诗的演唱通常在丧葬、婚礼、建房、节日等场合进行，听众较多，人气聚集，气氛活跃，既是对歌手历史知识、古老神话传说、传统文化认知的记忆考验，也是对歌手传统伦理道德教养的检验。歌手与听众几乎都是相熟的本地人，在毫无心理距离、轻松愉快的氛围中，歌手将彝族人民对自然宇宙万物的起源，人类的起源以及传统伦理、道德等方面的认知，以潜移默化、润物细无声的方式传输给人们。史诗叙事内容的情感流露、知识展示和美感体验，达成了真善美和谐统一的美学理想。

（二）修辞之美

歌手在演唱史诗《查姆》时，充分发挥想象，通过他们对自然、生活的观察能力和对诗歌艺术的审美能力，以质朴明快、清新自然的语言风格，借以巧妙的比喻，生动形象地描写事物，不仅给听众留下深刻的印象，而且使得抽象的概念和复杂的理念通俗易懂。歌手演唱时即兴创作的妙喻，直率且贴切，往往受到了听众的认可和欣赏。史诗中妙喻之处不计其数，在此略举几例。

1. 形容品质

我走遍四方，
没有好心人，
没遇到人家，
你的心像月，
纯洁又明亮，
你为人像树，
坚硬又挺直，
最勤劳是你，

最善良是你。

[《彝族毕摩经译注·查姆（一）·直眼人时代》]

史诗中以肯定评价的方式以及比喻的修辞技巧，塑造了一个心地善良、为人正直的人物形象。

2. 形容外貌

这个独眼人，
头发像棉团，
发丝像雀窝；
全身黑漆漆，
黑得像木炭，
满脸是皱纹，
额纹像麂子，
眉毛像草丛，
胡须像茅草，
手指像竹节，
手裂如松皮；
……
身穿棕树皮，
远看像树桩
近看像囤箩，
……

[《彝族毕摩经译注·查姆（一）·直眼人时代》]

史诗中歌手以生动形象的比喻，描绘了操劳过度的苍老男性的外形面貌，把头发比作棉花团，发丝比作鸟窝，形象地表达出头发的卷曲、杂乱；把额头的皱纹比作麂子，胡须比作茅草，手指比作竹节，

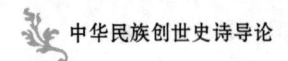

手干裂比作松皮，腿比作芭蕉根，描绘了厚而深的皱纹、杂乱无章的胡须、粗糙的双手以及短粗的腿。囤箩是人们生活中储藏粮食等农产品的器物，用自然万物和生活化的器具贴切地形容人衰老而粗壮的形象。这样的比喻和描述恰巧是史诗源于生活的体现。

3. 形容人多

> 人多如蜂群，
>
> 人坐如蜂蛹，
>
> 人站如篱笆，
>
> 人走如蚂蚁，
>
> 人声震天空。

[《彝族毕摩经译注·查姆（一）·独眼人时代》]

歌手凭借自身对自然和生活的认知与理解，加以丰富的想象和生动的比喻，通过平淡真实的语言表达方式，贴切地描绘了人多的不同状态。

四 彝族创世史诗《查姆》蕴含的诗性智慧

《查姆》作为一部经籍史诗继承了彝族五言体诗歌的传统，不仅是彝族人民智慧的硕果，也是中华民族诗歌文化的重要组成部分。朱光潜认为："诗歌是表现情感最恰当的方式，因为人生来就有情感，情感天然需要表现。"[1] 而诗性智慧是诗人积极的思想观念和情感经验的自然流露，诗人在诵唱史诗时，艺术性地概括了彝族人民对世界的认知和规律的把握。彝族创世史诗《查姆》，是诗性思维的结晶，其蕴含的诗性智慧，主要表现在两方面，万物一体的生态观与和谐共生的民族观。

---

[1] 朱光潜撰，朱立元导读：《诗论》，上海古籍出版社 2001 年版，第 9 页。

(一) 万物一体的生态观

在史诗中，人与万物相互依存、难舍难分，万物由人演化而成，人依赖万物生存并繁衍生息。诗人认为，自然万物与人类是一个整体。在整体观念之下，万物不仅有生命、情感，还有能动性与价值。彝族创世史诗《查姆》蕴含的万物一体观，主要表现为共同创世、共同生息、共同繁衍等观念的诗性表达。

1. 共同创世

史诗《天地起源》中，天地混沌一片，万物无法分辨，龙神历经千辛万苦，艰难造天地，尸体幻化为世间万物，其篇章叙事尤为精彩。

> 俄罗倮也身，
> 身体当地心。
> 头上两眼珠，
> 变成了日月，
> 嘴里的牙齿，
> 变成了星辰。
>
> 他的气流嘛，
> 变成了云雾，
> 变成了耳朵，
> 成天上的神。
> 那一条舌头，
> 变绿龙红龙。
> 俄罗的脸颊，
> 变成大岩石。
> 那一对乳房，
> 变成大小山。

脚趾和手指,
变大小山梁。
脑门变平坝,
心成了中央。
骨成了石头,
小肠成小溪,
大肠变江河,
肚子成大海。
俄罗的肉嘛,
变成虎和豹,
变成獐和麂,
活生生动物,
是他肉所变。
俄罗的头发,
变成了青草,
变成了树木。
俄罗的胡须,
变成庄稼苗。
俄罗的鲜血,
成清水红水。
俄罗的肝肺,
变成金和银,
变成铜和铁,
变成锡和铅。
俄罗的胆汁,
变成了药物。

[《彝族毕摩经译注·查姆（一）·天地的起源》]

2. 共同繁衍

创世过程中，生命循环往复，万物繁衍生息，世间万物成双成对，雌雄相配，表达了万物生生不息的诗性经验。

十洋大海水，
海水蓝茵茵，
海中有鱼游，
鱼儿有伙伴，
双双游一处，
双双配成对。
高山绿油油，
山里有山鸡，
雄啼雌应答，
双双飞一处，
双双配成对。
……
长翅能飞的，
生脚能走的，
有嘴吃食的，
身上有血的，
心里有命的，
细小的动物，
千样配情侣，
万种配夫妻。

[《彝族毕摩经译注·查姆（一）·配婚的起源》]

3. 共同栖息

史诗中，世间万物生机盎然，山脉、平原、平坝、岩石、河流、江河、小溪、森林、走兽、家禽，一切自然和生命体都井然有序，并且在共同的生活环境中互助共生，诗人以朴素简洁明快的语言风格，呈现了生命休戚与共的生存状态。

广袤大地上，
有了大小山，
有大小石岩，
有大小山梁，
有了大平原，
有了小平坝，
有大江河流，
有小河溪水，
有大海湖泊，
有大小森林，
有大树小树，
有红草绿地，
世间的万物，
全部都有了。
有世间动物；
有飞禽走兽，
有了蛙和蛇，
有虾虫鱼儿，
有蚂蚁蚂蚱，
有飞虫爬虫。
有了牛和马，
有山羊绵羊，
有了猪和狗，
有了鸡和鸽，

有了鸭和鹅，
有了兔和猫，
牲畜也有了，
什物都已有。

世间的动物，
各有各居所；
驯养的家畜，
各有放养人。
猪狗守门外，
老猫守屋里，
鸽子屋上飞，
鸭鹅放池塘，
鸡放大门外，
牛羊放野外，
驴马放草坝。

[《彝族毕摩经译注·查姆（一）·牲畜的起源》]

4. 共同衰亡

史诗的主题为万物一体、繁衍生息以及文化创造，然而衰亡是生命不可避免的规律特征，诗人在表达生命衰亡时，是这样唱的。

……
全部被晒死，
世上的万物，
全都被晒枯，
动物没有剩，
万物没有剩，

公和母不剩，
粮食没有剩。

[《彝族毕摩经译注·查姆（一）·独眼人时代》]

彝族创世史诗《查姆》中的万物一体生态观，是对自然宇宙演化和人类社会发展的朴实认知。彝族人民从探索自然、认知自然、敬畏自然、对抗自然、顺应自然到与自然和谐相处，体现了人类在生活环境中，将所见事物或景象，加以丰富的想象，体悟出人与自然体是可以相互转生的，天、地、人三者互为手足，合以成体，无一不可的诗性哲学智慧。

（二）和谐共生的民族观

彝族创世史诗《查姆》表达了和谐共生的民族观。史诗歌手在演唱过程中，一直反复唱诵同源共祖、多民族共生共荣的主题，汉族、彝族、哈尼族、佤族、傣族、傈僳族等民族生活在共同的自然环境中彼此尊重、守望相助、团结一致，携手共建美丽和谐家园。

1. 同源共祖

依据史诗的叙述，多民族之间兄友弟恭，他们均是笃慕的后代，在《查姆·横眼人时代》中这样叙述。

……
三十六兄妹，
组成十八家，
一家去一方，
一家住一地，
一家成一种。
一种是他尼①，

---

① 他尼：彝语音译，族称，即汉族。

他尼住平坝,

一种是聂苏①,

聂苏住山腰;

一种是俄尼②,

俄尼住山脚;

一种是傣族,

傣族住河边;

一种是乃颇③,

乃颇住山坡;

一种是普列④,

普列住林边;

一种是卡多⑤,

卡多住山头;

一种是朵别⑥,

一种是阿瓦⑦,

阿瓦住森林;

一种是岂利⑧,

一种是傈僳,

傈僳住山梁;

一种是他稷⑨,

他稷住松林;

---

① 聂苏:彝语音译,族称,即彝族。
② 俄尼:彝语音译,族称,即哈尼族。
③ 乃颇:彝语音译,族称,指何种民族待考。
④ 普列:彝语音译,族称,指何种民族待考。
⑤ 卡多:彝语音译,族称,指何种民族待考。
⑥ 朵别:彝语音译,族称,指何种民族待考。
⑦ 阿瓦:彝语音译,族称,即佤族。
⑧ 岂利:彝语音译,族称,指何种民族待考。
⑨ 他稷:彝语音译,族称,指何种民族待考。

一种是阿嫩①,

阿嫩住山顶;

一种是阿鲁②;

一种是罗罗③;

一种是罗婺④;

一种是车苏⑤,

车苏住箐边;

一种是山苏⑥,

山苏住山头。

……

十八个家族,

各家为一族,

十八分天下,

十八常来往,

他们是一家。

[《彝族毕摩经译注·查姆(一)·横眼人时代》]

2. 共建家园

在史诗中,多民族是手足相亲的兄弟。亲兄弟齐心协力,学习建房,经过观察和实践,运用杏木、松木、杉树、白石做建房材料,开始合理利用自然,共同改善生活,建立村寨,构筑了各民族交错杂居,幸福生活画面。史诗是这样描绘各族往来是一家的美好生活图景的。

---

① 阿嫩:彝语音译,族称,指何种民族待考。
② 阿鲁:彝语音译,族称,即彝族的一个支系。
③ 罗罗:彝语音译,族称,即彝族的一个支系。
④ 罗婺:彝语音译,族称,即彝族的一个支系。
⑤ 车苏:彝语音译,族称,即彝族的一个支系。
⑥ 山苏:彝语音译,族称,即彝族的一个支系。

十八对夫妻，
各自立家后，
没有住的屋。
……
杏木做屋梁，
松木做檩梁，
杉柴当椽用，
白石做柱石，
十八个家族，
住进了房子。
依山盖三幢，
一幢阿嫩住；
一幢罗娑住，
一幢山苏住；
顺林盖三幢，
一幢俄尼住，
一幢罗罗住，
一幢乃颇住；
山梁盖三幢，
一幢聂苏住，
一幢阿鲁住，
一幢车苏住；
顺河盖三幢，
一幢普列住，
一幢阿佤住，
一幢傈僳住，
平坝盖三幢
一幢他尼住，

> 一幢他稷住,
> 一幢卡多住;
> 伴水盖三幢,
> 一幢傣族住,
> 一幢朵别住,
> 一幢岂利住。
> ……

[《彝族毕摩经译注·查姆（一）·房屋的起源》]

史诗歌手在演唱《查姆》时,以自然生存空间为叙事线索,借听众所熟知的自然生活环境,以及各民族的日常生活为内容,展现相互学习、相互帮助、相互关心的民族团结一家亲的和谐共生的民族关系。

（三）井然有序的伦理观

彝族创世史诗《查姆》第十八查中的《世间道理书》对伦理道德进行精辟、深刻的归纳叙述。诗人通过"三不要三不好""三莫吵三莫顶嘴""人生四条生计之道""人生十禁忌""四不抗五依靠""十好十聪""十智十德""人生十福""十二美十二丑",循循善诱规劝人们恪守道德规范准则。诗人的智慧,不仅在于明辨是非、区分善恶,还在于用形象、生动的语词艺术,寓教于诗。诗人以浅显易懂、短小精悍的语言风格,将伦理道德的主题思想传达给受众,以此实现教育的目的。《查姆·世间道理书》中的伦理观涉及个人、家庭、社会言行规范,具体表现是:

> 为人在世间,
> 不要者有三:
> 不要罪与恶,
> 不要疾与病,
> 不要穷与苦。

凡属此三种，
莫请到家里。
毒药则不好，
毒蛇则不好，
恶妻则不好，
凡属此三种，
莫请到家里。

[《彝族毕摩经译注·查姆（二）·世间道理书》]

诗人表达了罪恶、疾病和穷苦对个人和家庭造成的不良影响，通过反面教育的方式警示受众要坚守善良的本性，保持健康的身体和创造富足的生活；同时，诗人还告诫人们要明辨是非，对于不好的事、物和人要远离。

为人在世间，
要学十种聪：
会锻会造聪，
会哼会唱聪；
知史识古聪；
受遣就去聪；
会讲历史聪：
会理家务聪：
能猎善捕聪；
会弓能射聪；
遇险化夷聪；
此乃为十聪。

[《彝族毕摩经译注·查姆（二）·世间道理书》]

"十聪"要求人要勤奋好学，这也是为人的生存之道。在日常生活中，一个人不仅要善于思考、学习与实践，还要做到善于分辨、耳聪目明、心思敏捷。诗人直白地告诫人们，勤于学习生存技能、历史知识，学会整理家务，遇事冷静沉着，才能化险为夷。由此可见，诗人倡导遵守良好的个人道德品行，强调家庭中的行为责任和社会中的自我提升。

此外，"十智"叙述了要分清好坏、学会谋略，懂得扶弱济贫，要识大体，不做损人利己的事情等内容；"十德"叙述了为官要清正廉洁，与人交谈要温文尔雅，要孝敬父母、善待亲人等内容；"十福"叙述了平安、同堂、无忧、儿女多、寿终等福气；"十二美"叙述了"勤脚巧手美""整洁干净美"等美德；"十二丑"叙述了不孝、出言不逊、祸害他人、偷盗和抢劫财物等不良品行。诗人把人类代代相传的人生伦理，以符合彝族人民审美的需求，通过诗性的智慧表现出来。

彝族创世史诗《查姆》，体现了鲜明的礼仪之美、修辞之美，蕴含万物一体的生态观、和谐共生的民族观和井然有序的伦理观，是彝族人民追求自身审美品质的诗性表达。《查姆》中反复叙述多民族共居、共学、共事、共乐的和谐关系，不仅反映了肝胆相照、携手并肩的中华文化元素，更是铸牢中华民族共同体意识的重要资源。

思考题

1. 彝族创世史诗《查姆》的修辞之美。
2. 彝族创世史诗《查姆》的诗性智慧。
3. 举例说明彝族创世史诗《查姆》的当代价值。
4. 我们应当如何开发利用彝族创世史诗《查姆》？

第六节　阿昌族创世史诗《遮帕麻与遮米麻》

一　概述

《遮帕麻与遮米麻》是流传在云南省德宏傣族景颇族自治州梁河县、陇川县、芒市以及保山地区的龙陵等县的阿昌族中的口传诗歌传统。

遮帕麻、遮米麻是阿昌语的音译。在阿昌族的文化记忆中，遮帕麻、遮米麻是造天、织地的天公、地母，他们也是阿昌族民间信仰中最大的善神。阿昌族最盛大的"阿露窝罗节"，就是为感谢遮帕麻、遮米麻造天织地、挽救人类、为民除害、造福后人的功绩而举办的多民族共享的节日。

《遮帕麻与遮米麻》是阿昌族最完整、篇幅最长的创世史诗，以唱诗和口头白话两种形式传承至今。不论是唱诗还是白话故事，内容基本一致。故事讲述了阿昌族始祖遮帕麻和遮米麻造天织地、补天治水、创造人类、智斗邪魔，使宇宙恢复和平景象的过程。遮帕麻和遮米麻不仅是阿昌族最受崇拜的至尊善神，而且也是所有寻常人家的护佑之神。《遮帕麻与遮米麻》是一部叙述创世过程的长诗，同时也形象地反映了人类从母权制向父权制过渡的状况。故事中的盐婆神话是古代西南民族游牧文化的"活化石"。《遮帕麻与遮米麻》是阿昌族文化发展的一座丰碑，阿昌族将其称为"我们民族的歌"。

阿昌族创世史诗《遮帕麻与遮米麻》的歌手，主要由阿昌族男性智者来担任。早年，整个阿昌族地区尚能用阿昌族古语念诵《遮帕麻与遮米麻》的智者共有八人；现今，仅有《遮帕麻与遮米麻》国家级、省级非物质文化遗产项目代表性传承人曹明宽、梁其美两位老先生能用阿昌族古语诵唱。[①] 智者诵唱《遮帕麻与遮米麻》，蕴含着阿昌族民众对美好生活的向往。

创世史诗《遮帕麻与遮米麻》的主要文本及其特色如下。最早的汉语译本，由赵安贤讲述，杨叶生翻译，智克整理，以《遮帕麻与遮米麻》之名，刊载于《山茶》杂志1981年第2期；云南人民出版社于

[①] 石裕祖、石剑峰：《西南少小民族的大智慧与信仰坚守——阿昌族"阿露窝罗节"及神话史诗〈遮帕麻和遮咪麻〉调查研究》，载中国艺术人类学学会、北京舞蹈学院主编《文化自觉与艺术人类学研究：2014年中国艺术人类学国际学术研讨会论文集（上卷）》，中国文联出版社2014年版，第304页。

1983年1月出版了《遮帕麻和遮咪麻》单行本，由赵安贤唱，杨叶生汉译，兰克、杨智辉整理，全诗约4万字，共1080行；2013年，由云南民族文化音像出版社拍摄制作、出版发行《云南民族传唱艺术——云南九个民族十一部口头传唱艺术之阿昌族创世神话史诗〈遮帕麻和遮咪麻〉》，反映了民间口传文化和传唱艺术的特色；2018年3月19日，"2018年梁河县阿露窝罗节与回龙茶文化节"期间，《遮帕麻和遮咪麻》舞剧在梁河阿昌族文化广场演出；2020年，杨慧芳根据1983年版的《遮帕麻和遮咪麻》，在云南人民出版社出版了英汉对照译本《遮帕麻与遮米麻》，整部史诗以序诗起头，序诗之后，进入史诗的核心内容，由《创世》《补天治水》《妖魔乱世》《降妖除魔》四个部分12折构成，每4行一个小节，有1400多行。

二　精彩诗篇故事情节举例

（一）创世[①]

太古之初，天地混沌，遮帕麻造天，遮米麻织地。遮帕麻造天的时候，带领着三十员神将，跟随着三十名神兵，三千六百只白鹤飞来帮忙；三十名神兵挑来银色的沙，三十员神将担来金色的沙；三千六百只白鹤列队飞，衔来圣洁的仙水拌泥巴。

在天空的正中央，遮帕麻在手心里捏泥团；用银沙造月亮，拿金沙造太阳。遮帕麻的左乳房变成了太阴山，右乳房变成了太阳山。他张开胳膊，夹起月亮、太阳，迈步踩出一条银河，跳跃留下一道彩虹，吐气变作大风、白雾，流汗化作暴雨、山洪。

遮帕麻找来一棵梭椤树，种在太阴山和太阳山中间，造出了一座星宿山。太阳落下是夜晚，太阳出来是白天。月亏月圆分月份，轮转一圈是一年。遮帕麻挥舞赶山鞭，甩出火花一串串；火花飞到云天里，

[①] 原文参见兰克、杨智辉整理《遮帕麻与遮米麻》，赵安贤唱，杨叶生译，杨慧芳英译，云南人民出版社2020年版，第5—56页。

变成星宿亮闪闪。

遮帕麻造天的时候，遮米麻就开始织地。她摘下喉头当梭子，拔下脸毛织大地；遮米麻拔下右腮的毛，织出了东边的大地；遮米麻拔下左腮的毛，织出了西边的大地；拔下颏的毛，织出了南边的大地；拔下额头的毛，织出了北边的大地。

上有天，下为地，地支撑着天，天覆盖着地。造天的天公遮帕麻，来到大地的东方，织地的地母遮米麻，出现在大地的西方。遮帕麻拉拉东边的天，西边的大地裸露了；遮帕麻拉拉南边的天，北边的大地裸露了。

拉天拉出滚滚雷，雷声震天涯；雷响三百里，惊动了遮米麻。遮米麻抽去三根地筋，大地皱得像阿昌姑娘的绕裙；凸的地方变成了高山，凹的地方便是山箐。遮米麻抽去地筋三根，大地顿时颤抖了。地震扯动了三千里，惊动了遮帕麻。震动平息过后，山山水水变得无比秀丽。

山头开满栀子花，花丛中住着百灵鸟，百灵鸟叫处种山茶。山腰开满攀枝花，花树上住着白鹇鸟。山脚绣泵①遍地黄，花中住着金凤凰。绣泵花开等蜂采，凤凰合鸣寻伙伴。

小鸟在树上唱歌，天公地母在树下相逢，好听的话啊，像山泉淙淙。山头火烟相交，山底磨盘相合，遮帕麻和遮米麻，从此做了一家。结婚九年才怀胎，怀胎九年才临产；生下一颗葫芦籽，把它种在大门旁。九年葫芦才发芽，发芽九年才开花，开花九年才结果，结了一个葫芦有磨盘大。

遮帕麻走到葫芦下，葫芦里面闹喳喳。剖开葫芦看一看，跳出九个小娃娃。九个民族同是一个爹，九种民族同是一个妈，九种民族子孙多得像星星，九种民族原本是一家。

---

① 绣泵：一种黄色的花。

(二) 补天治水①

地下掀起狂风，天上堆满黑云，阳春三月下暴雨，四十九天还不停。高山被摧崩，深谷被填满，树林被扫平，日月失去了光芒。春天的雷雨，把窝里的小鸟打落；铺天盖地的洪水，淹没了山寨村落。

天破了地母会补，她早已把三根地筋绕成了线团；三根地筋用来补天，缝合了天地的三个边缘。三根地筋都用完了，南边的天地没有地筋可补，遮帕麻于是去造南天门。

遮帕麻最终来到南方②，因为没有地线缝补南天，只好筑一道遮风挡雨的墙。筑墙要用九拿（约五市尺）长的石头，修门要用九丈宽的木板；找石头要到九十九里外，找木板九十九天才回转。神兵抬石脚打战，神将解板汗如雨。做重活呵太劳倦，一个个浑身无力摇摇晃晃。拉涅旦有个智慧的盐婆，名字叫作桑姑尼。③ 她炒菜放盐巴，将士吃了才又有了力气。木板做框石垒门，筑起南天门来挡风雨。

(三) 妖魔乱世④

正当鲜花开得最香，正当稻谷熟得最黄，正当牛羊长得最壮，大地中央却出了个乱世魔王。

妖精腊訇出世了，他是一个凶狠的魔王，但不知他生在哪里，也不知他来自何方。腊訇有兵有将，心狠手辣像恶狼，刚刚来到大地中央，便想独霸这块地方："我要造一个不会落的太阳，让世界只有白天没有夜晚，让人们不分昼夜做活路，让我的名声永远传扬。"

腊訇使尽牛力气，射上去一个假太阳，牢牢钉在天幕上，不会升也不会降。遮米麻在家织布纺线，手也麻了，脚也酸了，织出的布已

---

① 原文参见兰克、杨智辉整理《遮帕麻与遮米麻》，赵安贤唱，杨叶生译，杨慧芳英译，云南人民出版社2020年版，第57—69页。
② 南方：指阿昌族传说中的南极"拉涅旦"。
③ 桑姑尼：传说中聪明美丽的女人，阿昌族至今仍用她来比喻贤惠能干的妇女。
④ 原文参见兰克、杨智辉整理《遮帕麻与遮米麻》，赵安贤唱，杨叶生译，杨慧芳英译，云南人民出版社2020年版，第71—120页。

有九丈长，怎么天空还是亮堂堂？她等着太阳落，可是等了三年还不降。天空好像燃烧的烈火，地面比烧红的锅还烫。

腊訇颠倒了阴阳，世界一片混乱。山族动物被赶下水，水族动物被赶上山。树木倒着生，竹根朝天长，游鱼在山头打滚，走兽在水里飘荡。

看到天地生灵遭到灾难，遮米麻心急如油煎，但无力制服腊訇，日夜盼望着遮帕麻归来，于是派水獭猫去送信。

送信途中，水獭猫不怕水深山高，朝着遥远的拉涅旦，睁大眼睛拼命跑。翻了九十九座山，过了九十九条河，肚子空了不知饿，嗓子干了不知渴。

这个机灵的水獭猫，不知跑了多少路程，肉跑掉了九斤，皮磨破了九层，终于把信送到："腊訇乱世搅窝子，遮米麻盼你快回还。"

遮帕麻收拾行装要上路，桑姑尼心里乱如麻。拉涅旦的百姓也苦苦挽留遮帕麻，但天意难违，遮帕麻提起赶山鞭，点齐兵将，启程回北方除魔王。

(四) 降妖除魔[①]

遮米麻对遮帕麻诉苦："你看天上挂着一个假太阳，使这里只有白天没有夜晚，绿苗被烧焦，池水成泥潭，魔王造下的罪孽说不完。腊訇这个大妖魔，有兵有将会神通，蝎子毒蛇没有他毒，豺狼虎豹没有他凶。"

听完遮米麻的诉苦，遮帕麻一开始便挥起赶山鞭，马上要和腊訇打仗。在遮帕麻急得团团转时，遮米麻早有主意在心头："莫着急，先去跟腊訇交朋友。交了朋友再斗法，瞅准时机好下手；再烈的火也克不过水，作乱的妖魔定能收。"

于是，遮帕麻来到腊訇家，开始了交友斗法。他们相邀到山前，

[①] 原文参见兰克、杨智辉整理《遮帕麻与遮米麻》，赵安贤唱，杨叶生译，杨慧芳英译，云南人民出版社2020年版，第121—159页。

山坳里有棵花桃树,枝繁叶茂花儿鲜。腊訇上前去,念了一串咒语,又掐动手指头,桃枝顿时叶蔫花枯。

　　遮帕麻说:"谁有真本领,要让枯枝再发芽。"

　　腊訇摇头:"枯枝怎能再发芽?枯花怎能再开放?"

　　遮帕麻念动咒语,又端来一碗泉水,含一口清水喷花桃,一眨眼工夫雨霏霏,花桃重吐新芽,枝头再开百花。斗法失败,腊訇脸色黄蜡、目瞪口呆。

　　腊訇不服气,又打鬼主意:"今日斗法不算数,明日斗梦比高低。"做了好梦交好运,做了噩梦不吉利。谁该坐天下,梦中看天意。于是遮帕麻上山顶,腊訇下山箐,各做各的梦,约定明日到山腰谈梦境。

　　遮帕麻说:"我梦见太阳红彤彤,山中泉水照人影,树叶树枝青葱葱。"

　　腊訇有气无力地说:"我梦见山顶黑乎乎,箐沟流出黄泥水,枯树枯枝光秃秃。"

　　遮帕麻做好梦,腊訇做噩梦,腊訇又输了,但腊訇耍赖说:"昨天的梦不算数。我上山顶你下箐,再梦一回定输赢。"遮帕麻点头答应。

　　于是腊訇上了山顶,遮帕麻来到山下,第二天清晨,腊訇来找遮帕麻斗梦,结结巴巴地说:"我梦中不见太阳面,只见山崩地倒塌,满山枯藤挂老树,浑水泥浆淌山洼。"

　　遮帕麻则说:"我梦见太阳亮堂堂,绿树枝头喜鹊叫,洼里泉水清汪汪。"

　　腊訇斗梦失败,勉强答应和遮帕麻交朋友,不再说要尊他为王。遮帕麻和腊訇交了朋友,胸中有了战胜魔王的计谋。

　　遮帕麻提着赶山鞭,白菌子、红菌子撒入松林,甜鸡枞、香鸡枞撒在山头,砍棵竹子抬回家,编成竹筐和竹篓。雷雨过后出鸡枞,遮米麻拾回一满篓;桑姑尼生火来烹煮,加了盐,调了油。送碗香喷喷的鸡枞给腊訇,让他美味下米酒。鸡枞香,米酒甜,腊訇吃了直点头:"美味鸡枞甜透心,这样的好东西哪里有?遮帕麻呵快快告诉我,有福同享才算好朋友。"

腊訇已经上钩,遮帕麻提起赶山鞭,在山头、山沟撒下毒菌"鬼见愁",遮米麻左肩挎竹筐,右肩挎竹篓,去约腊訇家的小妖精:"想吃鸡枞跟我走。"

遮米麻拾到毒菌放进竹筐,拾到鸡枞放进竹篓,竹筐眼大装不住,漏了一地鬼见愁。遮米麻拾了一篓甜鸡枞,小妖精捡了一篓鬼见愁。各自回到各的家,腊訇见了口水直流。等不得菌子煮熟,腊訇就张开血盆大口,一阵狼吞虎咽,连渣带汤吃了个够。

腊訇吃了鬼见愁,肚子疼得冷汗流,倒在地上直打滚,好像一万只老虎在吼,腊訇终于死了。腊訇虽然死了,但是假太阳还在,森林还在冒烟,竹子还在倒着长,山上的动物还在水里挣扎,水里的鱼虾还困在山上,于是遮帕麻拉开黄栗硬弓,搭上弩箭,射下假太阳。

遮帕麻、遮米麻造的太阳月亮再次出现,日升月落,遮帕麻用赶山鞭理顺倒插的树木、倒流的河水,颠倒的世界重新得到整顿,只有会打洞的穿山甲,自愿留在山里。

遮帕麻立下古老的规矩,他派三十个神兵守山头,见毒蛇就要拔出长刀,对鬼怪决不能手软;他派三十员神将管村寨,从今以后谁敢再作乱,就跟腊訇同样下场!

于是干涸的池塘流出了清水,逃出去的百姓又回到了故乡,烧光的草地变绿,枯死的鲜花开放,田里的谷子一年两次黄,肥壮的牛羊站满山岗。

人们用最美的"俄罗"调歌颂遮帕麻,用最美的攀枝花献给遮米麻。

三 阿昌族创世史诗《遮帕麻与遮米麻》体现的审美特征

(一)诗性逻辑之美

诗的逻辑(poetic logic),是维科在《新科学》中提出的用语,与

"理智的逻辑"相对,维科认为,语言最初用姿势或与观念有自然联系的实物符号表示,后发展到使用形象性的文字。最初的语言是一种"幻想的语言",它所用的材料是有实体的事物,这些事物是被想象为有生命的,大部分被想象为神的。这种语言就是诗的语言即诗的逻辑。[①] 阿昌族创世史诗《遮帕麻与遮米麻》,全篇在结构上起承转合,对万事万物基本特征的诗性解释,对天、地、人艺术形象的建构,都充分体现出了"诗的逻辑"之美。

1. 全篇结构的逻辑性

从史诗全篇的结构来看,《遮帕麻与遮米麻》的逻辑之美具体这样展开。序歌部分,以老年长者提问的方式,引出先辈的故事。以老年长者向后辈子孙讲述故事的叙述视角,木匠、赶马人、活袍(智者)、大盈江等词汇,激起读者(听众)对相关意象的想象,将我们带入阿昌族生活的地理空间和社会生活。

> 造天织地的故事像流水一样,
> 传了千万代才传到我们这里。
>
> 静静地听吧,子孙们,
> 我来为你们歌唱。
>
> 阿昌的子孙啊,
> 你记不记得阿公阿祖走过的路?
> 你知不知道我们阿昌的历史?
> 你晓不晓得造天织地的天公和地母?
>
> 晓不得大树的年轮算不得好木匠,
> 不会数牙口算什么赶马人?

[①] 朱立元主编:《艺术美学辞典》,上海辞书出版社2012年版,第416页。

第一章　汉藏语系汉语族与藏缅语族创世史诗

不懂法术就做不了活袍，
晓不得祖宗怎么献家神？

[《遮帕麻与遮米麻·序歌》]

一系列提问，使史诗体现出一种讲故事的逻辑性。《序歌》之后，进入史诗的核心内容，由《创世》《补天治水》《妖魔乱世》《降妖除魔》四个部分十二折构成。第一部分"创世"，由《遮帕麻造天》《遮米麻织地》《天公地母传人种》三折构成，讲述了阿昌族对天、地、人产生过程的认知；第二部分《补天治水》，由《遮米麻补天》《遮帕麻造南天门》两折构成；第三部分《妖魔乱世》由《腊訇作乱》《水獭猫送信》《遮帕麻回归》三折构成；第四部分《降妖除魔》，由《斗法》《斗梦》《智伏腊訇》《重整天地》四折构成；第三、四部分，以遮帕麻和腊訇的神魔较量，体现出阿昌族抑恶扬善的伦理观。中文译本以天、地、人、真、善、美的逻辑顺序，徐徐展开，从造天织地开始，以重整天地结尾，呈现了阿昌族对天地间万物的认知。

2. 万物解释的逻辑性

中国多民族史诗的创作群体，擅长以逻辑性的思维方式，结合生活常识，来解释世间万物。在《遮帕麻与遮米麻》中，解释万物起源的诗性逻辑之美，俯拾即是。

为什么男人的乳房特征不明显？女人没有胡须和喉结？因为"遮帕麻用右手扯下左乳房，左乳房变成了太阴山；遮帕麻用左手扯下右乳房，右乳房变成了太阳山"。遮米麻"她摘下喉头当梭子，她拔下脸毛织大地"。

为什么大地会震动？因为"遮米麻抽去地筋三根，大地顿时颤抖了。地震扯动了三千里，惊动了遮帕麻。震动平息过后，山山水水变得无比秀丽"。

为什么水牛角是弯的？为什么黄牛皮是黄的？为什么黑毛猪是黑的？为什么猫头鹰白天是闭着眼睛的？因为腊訇所造的"不落的假太

阳,把水塘、树林、土地烤干了,水牛的角晒弯了,从此水牛的角是弯的;黄牛的皮烤黄了,从此黄牛的皮是黄的。野猪的背脊烧煳了,从此野猪脊背是黑的;猫头鹰被晒怕了,从此猫头鹰在白天闭着眼睛。鸭子把嗓子哭哑了,从此鸭子是哑嗓;飞蝉把肠子气断了,从此飞蝉没有了肚肠。"

在《智伏腊訇》部分,遮帕麻提起赶山鞭,在山头、山沟撒下毒菌"鬼见愁"的计谋生效后,腊訇家的妖精三天不出门,房顶三天不冒烟,不知道腊訇死了没有?于是遮帕麻派不同的动物前去查看,动物们在阿昌族日常生活中的命运也逻辑性地被讲述出来。

遮帕麻首先派水牛去查看:"水牛刚出门,天热淌大汗,泡在水塘里,忘了去查看。"遮帕麻一气之下穿了牛鼻子,牛脖子上把弯担架。

又派黄牛去查看,黄牛走到半路看见一片甘蔗林,因为贪吃又把差事忘了。再派马儿去查看,马儿走进腊訇家,看见一摊草,只顾把滚打。于是遮帕麻揪住马尾骂:"让人骑着跑,罚去驮东西,鞍子背上架!"

最后遮帕麻招来两只小麻雀,展翅飞到腊訇家,看到魔王已死硬了,喜讯乐坏了遮帕麻,于是高高兴兴地对麻雀说:"饿了谷囤头上吃,天黑就住屋檐下。"还派了两只小老鼠,老鼠闻见魔王尸臭了,咬回两个手指甲。于是老鼠能"谷囤米囤脚下吃,墙脚打洞去安家"。还有一只大苍蝇,在魔王鼻孔耳孔内下子,在魔王眼珠上搓脚,所以苍蝇能"甑子头上你去吃,饭桌上面任你抓"。

(二)修辞之美

阿昌族创世史诗《遮帕麻与遮米麻》中,智者将日常生活中体会到的审美经验,融合在对天地万物的类比叙述中。从天地万物、日月星辰到一花一树,均大量使用比喻、排比、拟人、反复、设问、反问等语言修辞手法,体现出史诗的修辞之美。

1. 形容日月天地

在《遮帕麻与遮米麻》的《遮帕麻造天》段落,是这样描述遮米麻造天的。

> 来到天空的正中央,
> 遮帕麻在手心里捏泥团;
> 用闪闪的银沙造月亮,
> 拿灿灿的金沙造太阳。
>
> 遮帕麻造的月亮,
> 像一塘水清汪汪;
> 遮帕麻造的太阳,
> 像一塘火亮堂堂。

[《遮帕麻与遮米麻·创世·遮帕麻造天》]

智者在《遮帕麻与遮米麻》的"遮米麻织地"段落,描述了遮米麻用自己的身体织就了大地。

> 遮米麻拔下额头的毛,
> 织出了北边的大地。
> 北边的地像清水一样清清吉吉,
> 北边的地像泉水一样清澈见底。
>
> 遮米麻的额头流下了鲜血,
> 淹没了北边的大地;
> 北边出现了一片汪洋,
> 化作北海无边无际。

[《遮帕麻与遮米麻·创世·遮米麻织地》]

遮米麻用自己的血肉之躯,织就了东、西、南、北四方的大地,而大地就如同"清水"般清洁、"泉水"般清澈,这既是比喻的修辞运用,也反映出阿昌族民众对大地的独特情感,大地如同生命一样,

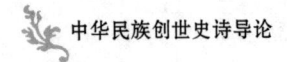

有了大地，世界才有了依托，万物才有了生机。

2. 语言表达的修辞之美

阿昌族创世史诗《遮帕麻与遮米麻》中《创世》部分的《天公地母传人种》中，集中使用排比、拟人、反复、设问、反问等修辞手法，呈现史诗修辞之美。

遮帕麻感叹。

是什么样的巧手把大地织就？
是什么样的巧手能把大地打扮？

遮米麻也疑惑。

是谁拉开的天幕？
是谁安排的四极？

于是，遮帕麻与遮米麻开始互寻对方。

遮帕麻寻地母，
下深箐，上高山，
深箐喝泉水，
高山找食粮。

野味生肉充饥，
嫩叶竹笋作粮，
石洞深处藏身，
光滑石板作床。

剥下树皮当盖头①，

---

① 盖头：指古时搭在头顶遮蔽阳光、遮挡风雨的用具。

连起兽皮作衣裳。
藤子腰间系,
打着光脚板。

遮米麻找天公,
下深箐,上高山,
深箐喝泉水,
高山找食粮。

山果野梨充饥,
鲜花雀蛋作粮,
树洞里面藏身,
大树枝丫当床。

折叠芭华①当盖头,
编起石华②作衣裳。
藤子腰间系,
打着光脚板。

[《遮帕麻与遮米麻·创世·天公地母传人种》]

通过设问,智者交代了遮帕麻与遮米麻相互寻找对方的缘起,通过反复、排比的修辞手法,智者叙述了遮帕麻与遮米麻互寻对方的过程,同时将古时阿昌族民众衣、食、住、行等历史信息进行讲述。

在《遮帕麻与遮米麻》中,智者话语中的修辞手法并不是单一使用的,而是将拟人、比喻、夸张等手法融入史诗情节的叙述中综合使用。例如,《补天治水》部分的《遮米麻补天》段落中,使用拟人的修辞手法,将太阳、月亮、北斗七星等拟人化。

---

① 芭华:即芭蕉叶。
② 石华:即树叶。

第一根地筋缝合了东边的天地，
太阳和月亮从那儿升起。
东边不再刮大风，
东边不再下暴雨。

第二根地筋缝合了西边的天地，
太阳和月亮到那儿歇息。
西边不再刮大风，
西边不再下暴雨。

第三根地筋缝合了北边的天地，
北斗高挂笑眯眯。
北边不再刮冷风，
北边不再下暴雨。

[《遮帕麻与遮米麻·补天治水·遮米麻补天》]

之后天公遮帕麻告别地母遮米麻，要去补南边的天。

高山挡住去路，
遮帕麻挥动赶山鞭，
群山像驯服的牛羊，
听从遮帕麻驱赶。

河水挡住去路，
遮帕麻横放赶山鞭，
鞭子变成一座桥，
跨到了河的对岸。

[《遮帕麻与遮米麻·补天治水·遮帕麻造南天门》]

在《补天治水》部分的《遮帕麻造南天门》段落，智者采用比喻、夸张的修辞手法，生动叙述了遮帕麻在一路上遇到的困难和化解的方法。

除了以上示例，在阿昌族创世史诗《遮帕麻与遮米麻》中，比喻、夸张、拟人等修辞手法的使用比比皆是。

（三）生命之美

阿昌族创世史诗《遮帕麻与遮米麻》是神的故事，也是人的故事。在人性化的叙述中，呈现出神性的人性之美，生命之美。

1. 生活美

即使是造天的天公遮帕麻，也有凡夫俗子的稻粱之愁。

> 遮帕麻打猎一整天，
> 麂子的影子都不见，
> 辛辛苦苦无收获，
> 两手空空下山来。
>
> 半路碰上瓢泼大雨，
> 从头到脚都淋遍，
> 泥浆溅在身上，
> 愁容挂在脸上。
>
> 到家赶走了兵和将，
> 烧起火塘烤衣裳。
> 湿柴点火火不燃，
> 不见火苗只冒烟。

[《遮帕麻与遮米麻·妖魔乱世》]

借由遮帕麻的猎人生活，也书写着阿昌族男性家庭生活的日常。

2. 人体美

从智者在《遮帕麻与遮米麻》形容桑姑尼美貌的诗句，可窥见智者对美女窈窕身姿和美艳容貌的感知能力和艺术表达能力。智者刻画出一位栩栩如生、活灵活现的美人形象，给听众留下了难以磨灭的印象。

> 寨门吱呀响，
> 走出一个挑水的女人：
> 上坡好像柳迎风，
> 下坡好像风送云。
>
> 她的头发比燕子毛还黑，
> 她的脸比鹭鸶毛还白，
> 她牙齿比石榴籽还密，
> 这个美人就是桑姑尼。

[《遮帕麻与遮米麻·妖魔乱世》]

3. 人情美

《遮帕麻与遮米麻》第三部分第三折《遮帕麻回归》中叙述了遮帕麻与桑姑尼、当地百姓辞行时双方的惜别之言，是阿昌族民众人情美的生动体现，反映出智者表达分离之情的诗学技巧。

> 遮帕麻收拾行装要上路，
> 桑姑尼心里乱如麻。
> 她走上前来拉着他，
> 眼里泪水如雨下：
>
> "遮帕麻呵遮帕麻，
> 拉涅旦哺育我长大，
> 要我离开这里哟，
> 心里实在放不下。

离开抱我长大的阿爹,
离开奶我长大的阿妈,
离开我朝夕相处的兄妹,
我的心啊似刀剐。"

[《遮帕麻与遮米麻·妖魔乱世》]

4. 人性美

对假、丑、恶的鞭笞,对真、善、美的颂扬,是人类社会人性美的内核。在《遮帕麻与遮米麻》的《降妖除魔》部分,遮帕麻制服腊訇的过程,体现出阿昌族民众对人性美的独特理解。在史诗中,听完遮米麻的诉苦,遮帕麻挥起赶山鞭,马上要和腊訇打仗,但转念作出决定。

两只老虎打架,
会揉伤田里的禾苗,
不能让战争把百姓糟蹋。

遮帕麻想在腊訇喝水的河里撒毒药,遮米麻赶忙制止。

没有水,生灵如何生活?

之后,遮帕麻想把毒药撒山上,遮米麻又劝告。

山上动物万万千,
即使把妖魔毒死了,
无辜生灵也要受牵连。

[《遮帕麻与遮米麻·降妖除魔》]

可见,虽然遮帕麻一心要除掉妖魔腊訇,但仍要避免伤及无辜,避免以某种正义的目的而导致生灵涂炭,这是阿昌族智者传递给世界的人性大美。

四　阿昌族创世史诗《遮帕麻与遮米麻》蕴含的诗性智慧

阿昌族创世史诗《遮帕麻与遮米麻》蕴含的诗性智慧,主要体现为和谐平衡、公平竞争和共同繁衍。

（一）和谐平衡

遮帕麻如何造山脉、风雨、彩虹、银河？在这个过程中男女的性别特征是如何区分的？月亮神、太阳神是如何产生的？太阳、月亮和星宿如何运行？遮帕麻用右手扯下左乳房,左乳房变成了太阴山；遮帕麻用左手扯下右乳房,右乳房变成了太阳山。遮帕麻用泥巴包住太阳,太阳还是烫；三千六百只白鹤衔来仙水,洒在火辣辣的太阳上。遮帕麻张开右手的胳膊,夹起光闪闪的月亮；遮帕麻伸出左手的胳膊,夹起火辣辣的太阳。迈步踩出一条银河,跳跃留下一道彩虹,吐气变作大风、白雾,流汗化作暴雨、山洪。太阴山上设下白银宝座,派勾娄早芒（月亮神）掌管。太阳山上设下黄金宝座,派毛鹤早芒（太阳神）掌管。遮帕麻找来一棵梭椤树,种在太阴山和太阳山中间。告诉勾娄和毛鹤："太阴和太阳要绕梭椤树旋转。"遮帕麻在梭椤树下忙碌,造出了一座星宿山；山上安了一个大轮子,派白鹤推着轮子转。太阴出来是夜晚,太阳出来是白天。月亏月圆分月份,轮转一圈是一年。遮帕麻挥舞赶山鞭,甩出火花一串串；火花飞到云天里,变成星宿亮闪闪。"这些内容都体现出男女、阴阳的互补与平衡观念。

天下的东西南北是如何区分的？分别有何种神仙？从黄金宝座到白银宝座,阿昌族对金属的文化理解是怎样的？"遮帕麻造了东边的天,东边设下琉璃宝座,派茫鹤早芒（东边的天神）住在东边。遮帕麻造好了南边的天,南天设下莲花宝座,派腊各早列（南方的天神）住在南方。遮帕麻造好了西边的天,西边设下玉石宝座,派字勐早芒（西边的天神）住在西边。遮帕麻造好了北边的天,北边的天设下翡翠宝座,北边的天最尊贵,派毛弥早芒（北边的天神）管着。遮帕麻造好了天的中央，遮帕麻定下了天的四极；勾娄、毛鹤管日月，毛弥、早芒管天地。"这些都体现出阿昌族对空间平衡性的关注。

而史诗中，因为腊訇造出了一个假太阳，破坏了世间的平衡，于是出现腊訇颠倒了阴阳，世界一片混乱，"山族动物被赶下水，水族动物被赶上山。树木倒着生，竹根朝天长，游鱼在山头打滚，走兽在水里飘荡。"

遮帕麻和腊訇的智斗，就是对颠倒和混乱世界的重塑，从而造就和谐平衡。遮帕麻用赶山鞭理顺倒插的树木、倒流的河水，使颠倒的万物枯木逢春、焕发生机。重整天地后，遮帕麻遮米麻造的太阳月亮再次出现，日升月落，干涸的池塘流出了清水，逃出去的百姓又回到了故乡，烧光的草地变绿，枯死的鲜花开放，田里的谷子一年两次黄，肥壮的牛羊站满山岗。

(二) 公平竞争

《遮帕麻与遮米麻》中关于公平竞争的诗性智慧，主要体现在史诗第四部分《降妖除魔》的"斗法""斗梦"中。

"斗法"，从遮米麻对遮帕麻的诉苦开始："你看天上挂着一个假太阳，使这里只有白天没有夜晚，绿苗被烧焦，池水成泥潭，魔王造下的罪孽说不完。腊訇这个大妖魔，有兵有将会神通，蝎子毒蛇没有他毒，豺狼虎豹没有他凶。"

接下来，遮帕麻如何智付腊訇？为什么遮帕麻要先和腊訇交朋友？听完遮米麻的诉苦，遮帕麻一开始便挥起赶山鞭，马上要和腊訇打仗，但转念一想："两只老虎打架，会揉伤田里的禾苗，不能让战争把百姓糟蹋。"之后，遮帕麻想在腊訇喝水的河里撒毒药，遮米麻赶忙制止"没有水，生灵如何生活？"之后遮帕麻想把毒药撒山上，遮米麻又劝告"山上动物万万千，即使把妖魔毒死了，无辜生灵也要受牵连"[①]。

---

① 同时蕴含着阿昌族民众敬畏生命、爱护生灵的诗性智慧。

在遮帕麻急得团团转时，遮米麻早有主意在心头："莫着急，先去跟腊訇交朋友。交了朋友再斗法，瞅准时机好下手；再烈的火也克不过水，作乱的妖魔定能收。"于是，遮帕麻来到腊訇家，开始了交友斗法。虽然腊訇"一副鬼相，满脸怒气，不让坐也不倒茶"，但遮帕麻"说出话来像蜜甜；从今以后交朋友"，腊訇回应："要交朋友我为大，天地归我管，事事要听我的话。"遮帕麻回应："我们来比智斗法，你要赢了就尊你为大，我要胜了我就管天下。"说是斗法，更像一种谈判的过程。

如何斗法？他们相邀到山前，"山凹里有棵花桃树，枝繁叶茂花儿鲜。腊訇上前去，念了一串咒语，又掐动手指头，桃枝顿时叶蔫花枯"。遮帕麻说："谁有真本领，要让枯枝再发芽。"腊訇摇头："枯枝怎能再发芽？枯花怎能再开放？"遮帕麻念动咒语，又端来一碗泉水，含一口清水喷花桃，一眨眼工夫雨霏霏，"花桃重吐新芽，枝头再开百花"。斗法失败，腊訇脸色黄蜡，目瞪口呆。腊訇不服气，又打鬼主意："今日斗法不算数，明日斗梦比高低。"

为什么要斗梦？"做了好梦交好运，做了噩梦不吉利。谁该坐天下，梦中看天意。"于是遮帕麻上山顶，腊訇下山箐，各做各的梦，约定明日到山腰谈梦境。他们各自做了什么梦？遮帕麻说："我梦见太阳红彤彤，山中泉水照人影，树叶树枝青葱葱。"腊訇有气无力地说："我梦见山顶黑乎乎，箐沟流出黄泥水，枯树枯枝光秃秃。"遮帕麻做好梦，腊訇做噩梦，腊訇又输了，但腊訇耍赖说："昨天的梦不算数。我上山顶你下箐，再梦一回定输赢。"遮帕麻点头答应。于是腊訇上了山顶，遮帕麻来到山下，第二天清晨，腊訇来找遮帕麻斗梦，结结巴巴地说："我梦中不见太阳面，只见山崩地倒塌，满山枯藤挂老树，浑水泥浆淌山洼。"遮帕麻则说："我梦见太阳亮堂堂，绿树枝头喜鹊叫，洼里泉水清汪汪。"腊訇斗梦失败，勉强答应和遮帕麻交朋友，不再说要尊自己为王。

(三) 同源共生

阿昌族创世史诗《遮帕麻与遮米麻》中关于民族起源的诗篇，蕴含各民族同根共生的兄弟民族观。

葫芦生人的传说是如何叙事的？"结婚九年才怀胎，怀胎九年才临产；生下一颗葫芦籽，把它种在大门旁。九年葫芦才发芽，发芽九年才开花，开花九年才结果，结了一个葫芦有磨盘大。遮帕麻走到葫芦下，葫芦里面闹喳喳。剖开葫芦看一看，跳出九个小娃娃。"

这些葫芦娃分别是谁？他们的姓氏和生计特点是什么？阿昌族和周围的其他多民族之间的关系是怎样的？史诗反映了阿昌族对区域民族关系的认知。老大跳出来，看见园里开桃花，以"陶"（桃）为姓是汉族，住到平坝种庄稼。老二跳出来，看见长刀挂在葫芦架，以"刀"为姓是傣族，住在河边捕鱼虾。老三跳出来，看见李树开白花，以"李"为姓是白族。老四跳出来，听见门前河水响哗哗，以"和"（河）为姓是纳西，丽江坝子去养马。老五跳出来，看见牛打架，以"牛"为姓是哈尼，向阳山坡去种茶。老六跳出来，看见竹箩靠墙下，以"罗"（箩）为姓是彝族，彝族力大背盐巴。老七跳出来，看见石板光又滑，以"石"为姓是景颇，打把长刀肩上挎。老八跳出来，看见杨柳吐新芽，以"杨"为姓是崩龙（德昂族的旧称），崩龙纺线弹棉花。老九是个小姑娘，遮米麻最喜欢她，留在身边学织布，织出腰带似彩霞。老九很勤快，天天起得早，以"早"为姓是阿昌，阿昌住在半山腰。九个民族同是一个爹，九种民族同是一个妈，九种民族子孙多得像星星，九种民族原本是一家。

智者将历史上地域临近、交流频繁的九个民族，叙述为同一个葫芦所生的九个小娃娃，并对九个娃娃出生时所面对的地理特征，进行诗性唱诵，构筑出多民族和谐共生的精神家园。这些有关多民族共同体的叙事，是铸牢中华民族共同体意识的重要财富。

思考题

1. 《遮帕麻与遮米麻》如何依托阿昌族的传统节日进行传承和传播？
2. 阿昌族创世史诗《遮帕麻与遮米麻》的逻辑之美。
3. 阿昌族创世史诗《遮帕麻与遮米麻》的生命之美。
4. 举例说明阿昌族创世史诗《遮帕麻与遮米麻》的诗性智慧。
5. 如何对《遮帕麻与遮米麻》进行文化创意产业开发？

第七节　白族创世史诗《人类和万物的来源》

一　概述

白族创世史诗《人类和万物的来源》又名《刀薄劳谷与刀薄劳苔》《创世歌》，主要流传在云南省大理州境内鹤庆、剑川等地的白族聚居区。《刀薄劳谷与刀薄劳苔》这一史诗名称中的"刀薄劳谷"与"刀薄劳苔"系白语音译，"刀薄劳谷"可译为"男性始祖"，"刀薄劳苔"可译为"女性始祖"。白族民众使用男性始祖与女性始祖来命名这一部史诗，指向了人类与万物起源的初端，这与《人类和万物的来源》《创世歌》等诗名具有异曲同工之妙。

随着民间文学搜集整理工作的展开，白族的创世史诗也相继得到整理、翻译。从创世这一核心主题入手，白族创世史诗大致可分为两大体系：一是起源型创世，主要讲述天地、万物与人类的初次起源；二是再生型创世。由李剑飞、辛臣唱述，李剑飞、章天锡、章虹宇、章天铭记录，罗铁武翻译，李缵绪、章虹宇整理的《人类和万物的起源》属于起源型创世史诗。此后，这一版本的创世史诗相继被收录至《白族民间长诗选》[①] 和《云南少数民族古典史诗全集》（上卷）[②]。

[①] 奚寿鼎、张霞、乐夫、施宁励编：《白族民间长诗选》，云南民族出版社2000年版，第86—166页。

[②] 云南省少数民族古籍整理出版规划办公室编：《云南少数民族古典史诗全集》（上卷），云南教育出版社2009年版，第289—314页。

在《云南少数民族古典史诗全集》（上卷）中，编者为了区别于其他的白族创世史诗文本，将诗名更改为《人类和万物的来源》。同时，这一类型的创世史诗还以散文体的神话、传说等形式被白族民众讲述，例如李剑飞口述，李缵绪、章虹宇采录的《劳谷劳泰》收入杨诚森主编的《中国民间故事全书·鹤庆卷》[1]；杨政业编的《白族本主传说故事》中收录了《人类和万物的起源——鹤庆县西山一带的本主传说》[2]。

由李康德、王晋臣等口述，杨亮才、陶阳记录整理的《创世记（打歌）》[3]可归为再生型创世史诗，主要讲述了洪水过后盘古、盘生创世的功绩，以及兄妹成婚再殖人类的故事。这一版本的《创世记》亦收录于《云南少数民族古典史诗全集》（上卷）[4]。如上所述，白族创世史诗的文本共计两篇，但还存在一些相关文本。在本节的写作中，笔者选用的史诗文本为收录至《云南少数民族古典史诗全集》（上卷）的《人类和万物的来源》[5]。

《人类和万物的来源》是白族的"打歌体"创世史诗，由歌头、史诗主体、歌尾三个部分组成，主要讲述了宇宙开辟、万物起源的历史。歌头的部分以连续提问的方式，对天地山川、日月星辰、花草树木、飞禽走兽等自然之物的起源以及人类的诞生展开了诗性追问，以此引出史诗的下一篇章。史诗的主体部分由《天分地现》《万物出世》《漫游天下》《改天换地》《安家立业》五个篇章组成，依次围绕天地开辟、人类起源、文化发明、改造自然四个主题展开演述。歌尾部分

---

[1] 杨诚森主编：《中国民间故事全书·云南·鹤庆卷》，知识产权出版社2013年版，第3—10页。
[2] 杨政业编：《白族本主传说故事》，云南民族出版社1999年版，第29—40页。
[3] 杨亮才、李缵绪选编：《白族民间叙事诗集》，中国民间文艺出版社1984年版，第1—27页。
[4] 云南省少数民族古籍整理出版规划办公室编：《云南少数民族古典史诗全集》（上卷），云南教育出版社2009年版，第315—325页。
[5] 云南省少数民族古籍整理出版规划办公室编：《云南少数民族古典史诗全集》（上卷），云南教育出版社2009年版，第289—314页。

指出《人类和万物的来源》是白族的"家谱"和"史书",并以热情的口吻邀请在场民众加入史诗演述的行列。

　　白族创世史诗《人类和万物的来源》以活态演述的方式流传在白族民众之中,史诗的演述与白族的村落生活、风俗习惯紧密地结合在一起。从流传的地域来看,《人类和万物的来源》主要流传于大理州境内鹤庆、剑川等地的白族民众中。从演唱的形式上看,史诗有一般演唱与"打歌"演唱两种方式。鹤庆境内的西山白族民众,多采用"打歌"的形式演述《人类和万物的来源》,歌者边唱边跳,将诗、乐、舞三者结合在一起。从演唱的时空上看,民众多在"本主会"等民俗节日,以及村民家中举办婚丧、生子、新居落成等民俗活动之时演述创世史诗。届时,"柴多篝火旺,酒后好踏歌",白族民众相聚于篝火外围,双方歌头带领民众一边跳舞、一边演唱。创世史诗《人类和万物的来源》深受白族民众的喜爱,民众唱起来便常常通宵达旦。众人演唱兴致颇佳时,甚至可连唱几天几夜。

　　时至今日,每逢"本主节",鹤庆县的西山村寨白族民众常常会演述《人类和万物的来源》。西山的各村落均有本主庙,庙内供奉的"本主"便是刀薄劳谷、刀薄劳苔夫妇以及他们的十对儿女。"本主节"期间,白族民众用大木轿抬出"本主"的塑像或雕塑,沿着特定的路线出行。每到一地,白族民众前来迎接"本主",并以"打歌"的形式演述这部创世史诗。史诗传唱与地方民俗活动的相互交织,提供了演述创世史诗的鲜活场景。每一次的创世史诗演唱皆作为传统的再现,为创世史诗的延续、发展注入了活力。

二　精彩诗篇故事情节举例

　　白族创世史诗《人类和万物的来源》讲述了宇宙的起源、人类的存续、文化的发明,呈现了富有白族特色的创世体系,堪称"白族的史书"。整部史诗想象奇特、叙事生动、比喻贴切,现选取天分地现、万物起源,以及渔业起源三个部分予以呈现。

第一章　汉藏语系汉语族与藏缅语族创世史诗

(一) 天分地现①

距今九万年前，天地相连，世间一片混沌，万物和人类还未诞生。天地间布满灰蒙蒙的云层，充塞着黑乎乎的雾气。云层包着雾气，雾气裹挟着灰云。在混沌云雾之间，有个黑沉沉的大海。海水像沸腾的开水，咕咚咕咚地翻滚着。伴着海水的起伏，贴着海面的云层不停地翻滚，使得雾气随着海面涌动不歇。

有一天，海中突然发生了海啸，致使黑浪滔天。狂涛不断地往上喷涌，冲破了重重云层；滚滚黑浪往下回落，撞破了层层雾气。当狂涛往上喷涌了九万次的时候，汹涌的海浪分开了云和雾，海面上空的云上升为天，贴近海水的雾气下沉为地。重重叠叠的云层变成了九十九重天，充塞天地的雾气变成了山岭和平原。从此，天、地产生了。

天地产生后，云层不断往上升，雾气不断往下沉。天越来越高，地越来越阔。在天高地阔之间，有着无边无际的大海，整日波涛汹涌。海浪哗哗地向天空冲去，把天冲开了一个大洞。洞中掉落下三个五光十色的大圆球。三个圆球随着狂涌的海浪不停翻滚、相互碰撞。随后，在云层中不断碰撞的三个圆球，脱落了彩色的外壳。彩色的外壳落入大海，变成了海中的一座大山。因为这座大山的外形好似一只大海螺，后人便称其为螺峰山。螺峰山像立于天地之间的一根柱子，它的山尖顶着蓝天，底座压着地面，使得蓝天不坠落、大地不摇晃。

(二) 万物起源②

天分地现，预示着承载万物的空间已经形成。

脱落了外壳的三个圆球发出三色光，一个红彤彤，一个白晃晃，一个金灿灿，照得宇宙色彩斑斓。三个圆球在云层中不断碰撞，白色

---

① 原文参见云南省少数民族古籍整理出版规划办公室编《云南少数民族古典史诗全集》(上卷)，云南教育出版社2009年版，第291—292页。
② 原文参见云南省少数民族古籍整理出版规划办公室编《云南少数民族古典史诗全集》(上卷)，云南教育出版社2009年版，第293—295页。

的圆球越撞越小,红色的圆球越撞越轻。云层黏住了体积减小的白球与重量减轻的红球,它们便挂在了高高的天上。其中,红球变为太阳,白球变成月亮。

金球又大又重,穿破了九万层云雾,最终坠落在汪洋大海中。金球坠落时的急剧冲击,激起了千层浪花,海水随之往外涌动,顺着低洼处流去。海水在低洼之处汇成了江、河。从此,大地上便有了纵横交错的江与河。

随着滚动的波浪,坠入海中的金球被海浪推至螺峰山处,恰好撞在了山峰上。轰隆一声巨响,金球因巨大的冲击力,碎成了粉末。海风徐徐,波浪翻涌,金粉四处飘洒,有的落入海中,有的飘至山间,有的悬于天际,有的顺水流淌。伴着日月的轮番照晒、海水的冲刷,以及海风的沐浴,粉末逐渐变了模样。悬挂在天空中的粉末变为雀鸟;落入海中的粉末变为海藻;顺水漂流的粉末变成了鱼虾;落在岸上的粉末,变成了蟋蟀和青蛙。飞洒至高山的粉末,有些变成飞禽走兽,有些变为森林。飞洒到平原的粉末,变为花草、蜜蜂、蝴蝶、蚂蚁、蚯蚓。而那些落进土壤中的粉末,变成了金、银、铜、铁。

万物存续于世间各地,人类也于金球中诞生了。金球里面有两个核,闪烁着五色光芒。球核撞破之后分为两半,落在地上变为两个人。先落地的是女人,名叫刀薄劳苔;后落地的是男人,名叫刀薄劳谷。从此,世上便有了人类,他们成了人类的始祖。

飞禽有雌雄,走兽有公母。雌雄配对,公母成双,使得动物代代相传。刀薄劳苔与刀薄劳谷担心人类灭绝,商量着配成夫妻,延续人种。随后,刀薄劳苔与刀薄劳谷配成了夫妻,成为一家人。

太阳升落一次为一天,月亮圆缺一次为一月,燕子搬家一次是一年。果树发芽、开花、结果、落叶预示着四季的更迭。过了整整十年,刀薄劳苔生下了第一代人,孩子按先男后女的顺序落地。刀薄劳苔一胎生了二十个孩子,有十个女孩和十个男孩。十个女孩根据出生的顺序依次赋予姓名。大姑娘取名雌吾,二姑娘取名舍忽朵,三姑娘取名锁虚，四姑娘取名害恼些，五姑娘取名圭忽，六姑娘取名亨卓芝，七姑娘取名舞努，八姑娘取名弗整，九姑娘取名亥特，幺姑娘取名细肝飘。十个男孩也依照出生的先后顺序依次赋名，大儿子取名岛锁，二儿子取名巨鲁王，三儿子取名岛早困，四儿子取名岛稿，五儿子取名毕什，六儿子取名班卓枝，七儿子取名雌芥，八儿子取名亨老，九儿子取名谷卓，幺儿取名几米然。至此，大地之上人类与万物共生。

(三) 渔业起源①

岛稿和害恼些是刀薄劳苔与刀薄劳谷的一对儿女，他们一起出门学习本领。岛稿和害恼些沿着河边行走，顺着流水的方向前行。兄妹二人一直往前走，来到了河的尽头。只见前方流水淌进石洞，二人便沿着流水的走向进了石洞。进入石洞后，他们发现石洞内别是一番天地，洞内哗哗的流水拍打着石崖，大大小小的石头随之滚动，还有一老龙王坐在浪尖上，带领着鱼虾练武。

老龙王嗅到了陌生人的气味，命令乌龟找到他们。乌龟抓住了岛稿和害恼些，乖乖交给了龙王。老龙王睁大了双眼，朝着二人的方向喷射了两团火焰。随后，老龙王又张开嘴巴大笑起来，往他们身上吐了一团雾气。雾捆住了兄妹，火焰在身上燎开，但兄妹二人都强忍着不求饶。

老龙王见此情景，开口问岛稿和害恼些："你们来自哪里？为何到我这里来？"岛稿回答说："我们是从螺峰山来的！"害恼些也回答道："我们是来寻找幸福的！"老龙王听了兄妹的回答，挺着肚皮大笑起来，笑着问道："你们有什么本事来寻找幸福？"龙王的第一声大笑，笑得石洞里翻涌起波涛；龙王的第二声大笑，笑得石洞摇晃；龙王的第三声大笑，鱼兵虾将又是吼叫又是舞动。不一会儿，洞中的水位开始上

---

① 原文参见云南省少数民族古籍整理出版规划办公室编《云南少数民族古典史诗全集》(上卷)，云南教育出版社2009年版，第299—300页。

涨。岛稿见此情景，很是着急，使劲一拳打通了石洞。害恼些十分气愤，使劲一脚踢穿了石洞。

石洞中的大水开始往外流淌，不一会儿便露出了洞底。龙王有些害怕，向岛稿和害恼些求饶道："鱼虾龟鳖归你们来管，只求你们留我老命一条。"岛稿回道："我们来到这里，不是向你索要鱼虾龟鳖，也不是来杀害龙王。我们只想学习本领。"害恼些也说道："我们来到这里，不是来图财害命，不是来制造祸端。我们此行只为寻找幸福。"

龙王听到此番回答后，满心欢喜。龙王左手拿出一颗珍珠，右手掏出一张网，赠予了岛稿和害恼些，并说道："擦一擦宝珠，天上降下雨水；网丢入水中，鱼虾便会入网。"害恼些接过龙王手中的宝珠，岛稿接过渔网，兄妹二人告别了老龙王，很快返回了螺峰山，见到了日夜思念远方儿女们的刀薄劳苔与刀薄劳谷。

三　白族创世史诗《人类和万物的来源》体现的美学特征

（一）礼仪之美

白族创世史诗《人类和万物的来源》的演唱形式蕴含着礼仪之美。史诗本非案头读物，该创世史诗在白族地区更是与"打歌"结合，通过边唱边跳的形式得以呈现。歌手与观众作为史诗演述的主体通过自身的参与，不仅实现了史诗传统的延续，还传承了史诗中的礼仪与文化。在"本主会"等民俗节日，以及婚丧、生子、新居落成等民俗活动之时，白族民众多会邀请歌手来演述创世史诗。歌手与民众围绕着篝火一边跳舞、一边演唱。下文聚焦白族创世史诗的"打歌"演唱传统，来分析其礼仪之美。

1. 连续发问

（1）原文

天地哪里来？
天地怎样分？

山川怎样变？
哪个时候变成形？

花草树木哪里来？
飞禽走兽什么生？
鱼虾海藻什么变？
日月星辰怎样成？

人类又从哪里来？
哪个是人类老祖宗？

[《人类和万物的来源·歌头》]

（2）礼仪性

上述唱段选自《人类和万物的来源》的歌头部分。连续发问，一是采用发问的形式追根溯源，推进史诗的演唱；二是期待、欢迎民众的参与。

2. 点明主题

（1）原文

水淌万里有源头，
树高百丈也有根；
要知万物哪里来，
要知人类怎样生，
听听《创世歌》，
就知道缘由。

要听《创世歌》，
要知白族老古景，

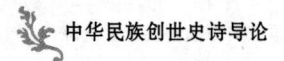

请到踏歌场，

你问我答盘根由。

[《人类和万物的来源·歌头》]

（2）礼仪性

点明主题。史诗开篇使用设问的形式，自问自答，确定了史诗演唱的主题。

3. 热情邀请

（1）原文

快来哟，

多加柴块大烧火！

快来哟，

为清歌喉多喝酒！

柴多篝火旺，

酒后好踏歌。

唱起来啊跳起来，

一起来唱《创世歌》！

[《人类和万物的来源·歌头》]

（2）礼仪性

热情邀请。真诚邀请民众参与到史诗的演述之中。其间，排比使用"快来哟"等呼唤词语，体现出高度的亲和力。

4. 再次邀请

（1）原文

快来哟，

都来哟，

第一章　汉藏语系汉语族与藏缅语族创世史诗

快来学"打歌"！
快来学唱《创世歌》！

千人跳呀万人跳，
一人唱呀万人合，
男女老少会"打歌"，
代代传唱《创世歌》！

[《人类和万物的来源·歌尾》]

（2）礼仪性

再次邀请。与史诗演唱开场时的邀约形成呼应。

通过上述史诗唱段的引用和分析，我们可以看到白族创世史诗在演述中遵循的基本礼仪。白族创世史诗的问答式演述与其他民族两个歌手对唱的方式有同有异，总体上也是你问我答、你来我往，通过一问一答的形式推进和延展叙事。但是，白族"打歌"式的对唱，将史诗演述的人群大致分为两组，每组推选出一位歌头，一人领唱，众人相和，所以此种对唱更强调在场民众的集体参与，似乎每一个人都可以是歌手，都可以融入史诗的演述当中。所以，史诗中会不断发出邀请之语，邀请所有在场者加入"打歌"的队伍。此种形式加强了白族史诗演述中互动交流与寓教于乐的特点。史诗演唱伊始的连续发问，吸引着民众加入史诗演唱的队伍。随后的设问，确定了史诗以创世为核心的演唱基调。最后，史诗又以邀请的话语再次点明史诗演唱的主旨，表达了史诗代代相承的美好愿望。白族创世史诗与"本主会"等仪式场合的结合，也在一定程度上加强了史诗的礼仪之美。在社群集体认同的民俗活动中来演述史诗，使得史诗与民俗仪式融为一体，无疑强化了史诗自身所具有的礼仪功能。

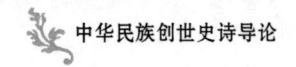

（二）修辞之美

白族创世史诗包含着浓郁的抒情与诗性的叙事。民众发挥想象，将所见、所想、所思类比为自然之象。贴切、恰当的联系与比喻，能够令事物的描绘更为灵动。白族创世史诗《人类和万物的来源》中有颇多巧喻，在此略举几例。

1. 形容外观

刀薄劳苔生下的孩子，
男的像牛一样壮实，
女的像锦鸡一样漂亮。

[《人类和万物的来源·万物出世》]

史诗歌手基于人的壮实、漂亮等特征，将生下的男孩比作牛、女孩比作锦鸡，表达出对孩子的喜爱之情。此种联系和类比并非基于空洞想象，而是得益于生产生活和传统文化的滋养。牛在白族农耕中具有不可替代的作用，锦鸡则是山野间美好、靓丽的生灵，史诗中用牛、锦鸡来比喻和描述，是史诗源于生活的生动体现。

随着时间的流逝，刀薄劳谷和刀薄劳苔逐渐老去。刀薄劳谷长出胡须，刀薄劳苔脸上布满皱纹的形象，在史诗中是这样演唱的。

花朵才开放又要凋谢，
时间像箭一样飞去，
刀薄劳谷的胡子长得有树须长，
刀薄劳苔额上的皱纹像水波浪。

[《人类和万物的来源·安家立业》]

史诗歌手运用可视化的事物来形容时间的流逝，将胡须比作树须、皱纹比作水波纹。树须的长度、水波纹的叠层感生动地呈现了人类始祖衰老后的外貌特征。然而，这样的描述绝不仅仅是简单比喻，而是白族民众心目中人与自然事物类同、一体的特点。树有树须，人有胡须；水有波浪，人有皱纹。这些不都是自然而然的吗？这不就是大自然最本真的一种规律吗？

2. 形容感情

> 树皮连着树心心，
> 手指脚趾连着心，
> 孩子们越去越远了，
> 劳谷劳苴牵挂着儿女们。

[《人类和万物的来源·万物出世》]

树皮连着树心，树心被树皮包裹。史诗歌手使用树皮与树心的联系来比拟人的身体特征，以此来表达劳谷、劳苴对在外漫游的儿女们无尽的思念之情。

3. 形容数量

> 兄妹把猎物送给了猴群，
> 说了十箩筐感谢的话。

[《人类和万物的来源·漫游天下》]

箩筐是人们日常生活中常用的民具之一。史诗歌手用"十箩筐"来量化感谢的话语，语言生动活泼，传达出兄妹对猴群的感谢之情。

篝火旁的歌声，寓诗于乐，涤荡心灵。贴切的比喻，基于人们对事物的细致观察。上述的唱段与歌句，体现出民众对自然、生活的观察能力，以及基于生活的艺术创作力。同时，人们尽可能地运用身边熟悉之物，通过事物特征、所感所想的可视化，确保歌者即时理解对歌内容，体现出史诗演述中听觉、视觉相互贯通的审美趣味。

四　白族创世史诗《人类和万物的来源》蕴含的诗性智慧

人类以世界为参照物，在对外探索世界、对内找寻自我的过程中，形成了自我的认识，成为真正意义上的人。在白族创世史诗《人类和万物的来源》中，白族民众对世界开端的设想、万物起源的诉说，蕴含着他们对世界的认知、规律的把握。《人类和万物的来源》源于诗性创作、传于活态演述，其蕴含的诗性智慧主要表现在三个方面，井然有序的时空观念、师法自然的生活智慧、勇于探索的人生旨趣。

（一）井然有序的时空观念

对于事物而言，时间和空间是其存在的两个维度。空间赋予了事物所处的位置，时间的流动呈现出事物兴荣盛衰的历程。因此，基于时空秩序的确立，万物才能在有序之中存在、发展、延续。

在创世史诗《人类和万物的来源》中，以天地开辟为节点，宇宙脱离了混沌、朦胧的状态，形成以天为覆盖者，以地为承载者的容纳空间。从空间上来看，天地的分离赋予了民众对方位的感知与划分。在史诗中，宇宙原初的形态可用混沌、迷离来概括。

> 隔着今天九万年，
> 相隔今天九千代，
> 天和地连在一起，
> 混沌迷离分不开。

> 那时候，
> 地上没有高山和平原，
> 没有树木和花草，
> 没有走兽和飞禽。

那时候，
天上没有太阳和月亮，
没有彩霞和星星，
世上没有人类和万物，
人间到处黑沉沉。

那时候，
天地间只有黑糊糊的雾气，
只有灰蒙蒙的云层，
云层呀裹着雾，
雾气呀包着云，
云不停地滚动，
雾不停地翻腾。

在混沌云雾之间，
有个黑沉沉的大海，
海水像沸腾的开水，
咕咚咕咚不停地翻滚。
云层贴着海面在翻，
雾气裹着海面在滚。

[《人类和万物的来源·天分地现》]

  白族民众在构拟宇宙的原初形态时，较多参照现今的生存样貌来进行想象。人们将宇宙开端的时间节点推至距今九万年前的遥远开端。那时候，天上没有日月星辰，世上没有人类和万物。天地之间充塞着黑乎乎的雾气与灰蒙蒙的云层，云层滚动、雾气翻涌。在云雾之间有一黑沉沉的大海，肆意浮沉。由此可见，混沌状态下空间感与时间观的缺失，意味着事物于时间与空间的混融之中，无序游走，难以把握。天分地现是宇宙秩序建立的重要节点。

汹涌的海浪把云和雾分开了，
云在海上空变成了天，
雾在海下面变成了地。
重重叠叠的云层变成了九十九重天，
重重叠叠的雾气变成了山岭和平原，
从此才有地和天。

天地分开了，
云层越升越高。
天地分开了，
雾气越降越低。
云层不断往上升，
天越来越高。
雾气不断往下沉，
地越来越宽。

[《人类和万物的来源·天分地现》]

随着天地的分离，天越升越高，地越降越低，万物生存的空间得以建立。为了保持空间秩序，白族民众借助"天柱"的诗性想象，建构出天地之间存在支撑物的宇宙景观。天柱矗立，以此保证天空不坠落、大地不摇晃。

螺峰山的山尖顶着天，
顶住蓝天天不坠，
螺峰山的底座压着地，
压着大地地不摇。
螺峰山像一根柱子立在天地中间，
从此天地不摇晃。

[《人类和万物的来源·天分地现》]

第一章 汉藏语系汉语族与藏缅语族创世史诗

天地分离，自然万物也在诞生过程中被归入宇宙的各个空间，各居其位。

> 悬挂在空中的粉末，
> 变成了雀鸟。
> 落进海中的粉末，
> 变成了海藻。
> ……
>
> 飞洒到平原上的粉末，
> 有的变成花草，
> 有的变成蜜蜂，
> 有的变成蝴蝶，
> 有的变成蚂蚁，
> 有的变成蚯蚓。
>
> 落进土中的粉末，
> 变成了铜铁和金银。
>
> [《人类和万物的来源·万物出世》]

基于秩序的建立，相继诞生的万物不再是简单地堆叠与无序地游走，而是从属、活跃于适宜的空间中。史诗中处于不同空间位置的粉末，生成了形态各异的自然万物，展现了世间万物独特的物质形态与发展规律。

随着空间的确立，时间的循环更迭也形成了。刀薄劳苔与刀薄劳谷，最初还不能区分年月、四季、日时。刀薄劳苔与刀薄劳谷开始借助身边的事物，例如位于空中运行的日月、可以提供食物的果树、居住于屋檐之下的燕子等，来表达他们对日、月、四季、年等时间长度的感受。

燕子搬家一次为一年，
果树发芽、开花、结果、落叶为四季，
月亮圆缺一次为一月，
太阳升落一次为一天。

[《人类和万物的来源·万物出世》]

日夜交替、月圆月缺、季节轮换，天地间的万物呈现出自身的演变规律。白族民众将时间的流逝具象化，用以描述时间的长度与更迭。其间，民众基于空间的区分、定位，以及对事物盛衰变化的观察、归纳，呈现了他们对自然规律的认知与把握。

(二) 师法自然的生活智慧

白族创世史诗《人类和万物的来源》描绘了万物和谐共存的诗意栖居环境。人们赋予动植物以人的思维与情感，将其视为人类的伙伴，并主动向各类动物学习本领。人们向动物学习本领的描绘在史诗中占有较大篇幅。现节选部分唱段，如下所示。

兄妹俩住在树下花丛，
勤快干活学本领，
松土浇水不怕累，
除草灭虫手不停。

让雌芥向蜘蛛学织布，
让舞努跟蚕学抽丝纺线，
让亨老向啄木鸟学裁缝，
让弗整向白兔学采药炼丹。

让谷卓向画眉学唱歌，
让亥特向孔雀学跳舞，

兄妹们嘴勤手勤,
学会了各种各样的本领。

[《人类和万物的来源·漫游天下》]

在生活中,蜘蛛、啄木鸟、白兔、蚕、孔雀等动物是较为常见的。各类动物皆有相对突出的生存能力,例如蜘蛛善于织网,捕食飞虫;啄木鸟善用长嘴,捕捉树虫……这些本领使它们在生存竞争中更易存活。在史诗中,人与动物的地位是平等的。有时动物还掌握了人不具备的本领,可谓是人类生产、生活的导师。人需要向动物学习这些知识,用以改善生活,表达出民众亲近自然、探索自然的积极心理。除了向动物学习各种本领外,史诗中也存在人类救助动物的讲述。例如,几米然和细肝飘兄妹二人帮助猫头鹰寻找丢失的眼睛。总的来看,在史诗描绘的世界里,人与动物和谐相处、人与自然共生共存。

(三) 勇于探索的人生旨趣

创世史诗的演述不仅承载着民众对自然、生活的理解,还呈现出民众的精神风貌。在创世史诗《人类和万物的来源》中,民众勇于探索,积极创造美好生活。劳谷、劳苔生下了十对儿女,每天都需要采集野果填饱肚子,摘取树叶用于遮身,这可忙坏了夫妻二人。在缺少食物与衣着的日子里,劳谷、劳苔爬遍山岭寻找可食、可用之物,在饥寒交迫中抚养着十对儿女。面对如此窘迫的生存状况,长大后的儿女们请求外出,前往各地学习本领。

劳谷劳苔家在饥寒中熬过来了,
十对儿女慢慢地长大了。
儿女们向爹妈请求,
说的话恳切动听:
"我们已经长大成人,
怎能事事要爹妈辛劳?

我们要走遍天下去长见识,
我们要走遍天下去学本领,
学得本领回来创造幸福的日子!"

[《人类和万物的来源·万物出世》]

劳谷、劳苔的儿女们离开了居住的洞穴,漫游在辽阔的大地之上,学习新本领。在学习新本领的过程中,十对兄妹克服了各种各样的困难。史诗中生动描绘了多对兄妹向外探索的艰辛历程。

班卓枝与亨卓芝,
爬山又越岭,
脚不停地走,
累得大汗淋。

雌芥和舞努,
爬雪山来过草滩,
脚下不停留,
走得脚上起血泡。

亨老和弗鳖,
过江又过海,
一直往前走,
累得脚又酸来手又软。

谷卓和亥特,
钻刺蓬来穿密林,
脚下不停留,
刺得周身鲜血流。

第一章　汉藏语系汉语族与藏缅语族创世史诗

几米然和细肝飘，
走悬崖来爬峭壁，
爬得手上起老茧，
走得脚开裂。

[《人类和万物的来源·漫游天下》]

其中，巨鲁王与舍忽朵的外出之旅得到了更为细致的演述。巨鲁王带领舍忽朵来到了天的尽头，那里有陡峭的崖壁，崖下一片漆黑。在兄妹的头顶上，一只鹞鹰在后面追赶着凤凰。面对凶险的环境，兄妹二人仍想救助凤凰，令其摆脱困境。巨鲁王、舍忽朵各自拔起一棵大树，劈头盖脸向鹞鹰打去。击中的鹞鹰从半空中落下，摔得四分五裂。它的头部掉落在崖子上，滚动的声音震天动地，化为天空中的炸雷；从脖颈流出的血液发出晃眼的光芒，变成了闪电。鹞鹰的羽毛脱落下来，变成了漫天的雨雪，临死时的哀鸣化为狼嚎般的狂风。死后的鹞鹰依然对兄妹发起攻击。

鹞鹰死后阴魂不散，
直向兄妹俩扑来，
轰隆隆的炸雷滚来滚去，
震得山岭打颤。

闪电像千把利剑，
狂风夹着暴雪和大雪，
一起向兄妹俩压来，
要把兄妹俩冻死。

[《人类和万物的来源·漫游天下》]

巨鲁王与舍忽朵不畏强敌，仍然不想抛下落难的凤凰。得救的凤凰不忍心看着兄妹二人受难，张开双翅为兄妹遮挡狂风，贴近身躯让

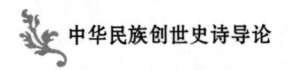

兄妹取暖。随后，为了感谢兄妹二人的帮助，凤凰抖落了一片尾羽，尾羽变成了一把熊熊的大火。

> 熊熊的大火发出红红的火焰，
> 烤得兄妹周身温暖。
> 凤凰在兄妹头顶徘徊，
> 边飞边嘱托：
> "我送你们这把火，
> 可用它烧煮食物和御寒。"
>
> [《人类和万物的来源·漫游天下》]

巨鲁王和舍忽朵跋涉万里，外出学习新的本领。因在途中救助了凤凰，他们获得了火种。随后，兄妹二人将火种带回了螺峰山，改变了劳谷、劳苔一家的生计方式。劳谷、劳苔的其他儿女，有的向猴子学会了捕猎，有的向喜鹊学会了建屋、向蚕学会了抽丝纺线。劳谷、劳苔的十对儿女向外探索、学习本领，学成之后便将所学之道带回家乡，用以改造生活，此种创造历程体现了白族民众勇于探索的精神气概。

白族创世史诗《人类和万物的来源》围绕天地开辟、人类起源、文化创造等人类重大事件，以生动、朴实的叙述，描绘出人类早期发展过程中探索外界、思考自身、努力开拓从而打造出理想家园的景象。史诗的文本容量丰厚、笔触自然，完美地呈现了史诗内蕴的礼仪之美、修辞之美，蕴含着白族民众井然有序的时空观念、师法自然的生活智慧，以及勇于探索的人生旨趣。同时，白族创世史诗《人类和万物的来源》与多民族创世史诗共享了兄妹婚、天柱等叙事母题，是白族文化与中华文化互动、交融的具体实践，为铸牢中华民族共同体意识提供了强大的精神动力。

思考题

1. 简述白族创世史诗《人类和万物的来源》的修辞之美。
2. 简述白族创世史诗《人类和万物的来源》的诗性智慧。
3. 简述白族创世史诗《人类和万物的来源》的演唱形式和演唱场域。

第八节 白族创世史诗《创世记》

一 概述

《创世记》是白族"打歌体"创世史诗，主要流传在云南省洱源西山的白族聚居区。"打歌"系白语记音，意为娱乐、玩耍。"打歌"是一种"一问一答"的歌体形式。演唱之时，歌者分为问答双方，并各自推选出一位熟悉当地文化的白族民众作为歌头。歌头领唱，众人相和，双方歌者以对唱的形式，推动史诗情节的演述。

结合既有的白族创世史诗文本，从创世这一核心主题入手，白族创世史诗大致可分为两大体系，起源型创世与再生型创世。《人类和万物的起源》为起源型创世，前一节已有论述，这里只具体介绍再生型创世史诗文本。再生型创世的史诗文本主要有《创世记》。该文本收入《白族民间叙事诗集》[①]《云南少数民族古典史诗全集》（上卷）[②]。这一版本的白族创世史诗除了韵文体的文本外，还以散文体的神话、传说等形式被讲述。例如，由杨国政讲述、杨亮才记录的《开天辟地》[③]，以及由罗真堂、罗贵寿讲述，尹国堂翻译、邓承礼搜集的《开天辟地的传说》[④]。

[①] 杨亮才、李缵绪选编：《白族民间叙事诗集》，中国民间文艺出版社1984年版，第1—27页。

[②] 云南省少数民族古籍整理出版规划办公室编：《云南少数民族古典史诗全集》（上卷），云南教育出版社2009年版，第315—325页。

[③] 云南省民间文学集成办公室编：《白族神话传说集成》，中国民间文艺出版社1986年版，第13—18页。

[④] 罗真堂、罗贵寿讲述，邓承礼搜集：《开天辟地的传说》，尹国堂翻译，《山茶》1981年第4期。

本书选用的文本为收录于《白族民间叙事诗集》[①] 的《创世记》。

白族创世史诗《创世记》，由《序歌》《洪荒时代》《天地的起源》《人类的起源》四个部分构成，主要讲述洪水之后万物再生的历程。《序歌》部分呈现了今昔的对比，感叹古时候的天地、日月、山河如今犹存，但古人却早已消逝。在对"人"的存在这一问题展开诗性追问之余，歌者将史诗的演唱时空引向遥远的黄金时代。《洪荒时代》部分，史诗首先描绘了一幅祥和安宁的乐园图景。随后，因庙中王算准了龙王的降雨计划，龙王便愤怒降雨，致使天崩地裂、万物湮灭。依次承接的《天地的起源》《人类的起源》两个部分，讲述盘古、盘生化为天地，木十伟化生万物、兄妹成婚再殖人类，展现了洪水过后开天辟地、万物再生、人类繁衍的历程。整部创世史诗以原初的黄金时代开启演述，承以洪水肆虐，终于洪水后的再生，通过巧妙的构思、灵动的对答，表现了白族民众对人类自身及世间万物起源、存续的哲学省思。

白族创世史诗《创世记》与白族民众的民俗生活融为一体。洱源县西山的白族民众在"打歌"之时，歌者分为问、答双方，每方少则五六人，多则二十余人，每人手里端着一碗美酒或一杯烤茶，围绕着熊熊的篝火徐徐走动，边走边唱，唱一段喝一口烤茶或美酒。[②]与唱者应和着歌头的领唱，双方你问我答，共享互动交流的旨趣。同时，《创世记》蕴含着白族民众的地方性知识，史诗以活态演述、寓教于乐的独特方式呈现出一个充满诗性的世界，向后代子孙传递着原初的真挚之声。

二 精彩诗篇故事情节举例

歌手在以世界为参照物，思考自身、探索万物的过程中，通过天

[①] 杨亮才、李缵绪选编：《白族民间叙事诗集》，中国民间文艺出版社1984年版，第1—27页。

[②] 李缵绪：《白族文学史略》，中国民间文艺出版社1984年版，第4—5页。

真、浪漫的想象，创编出富有鲜明白族特色的创世史诗，用以解释自然、传递知识。《创世记》叙事生动、逻辑清晰，包含天地开辟、"尸体化生"、大洪水、兄妹成婚等叙事母题，现选取天地再生、木十伟化生万物，以及兄妹成婚再殖人类的相关情节予以呈现。

（一）天地再生①

很久以前，天空广阔，大地平坦。动物会说话，树木、石头会走路，田里的庄稼长得极好。人们身体壮硕，长寿至百岁，不分贫穷和富裕，天地之间一派祥和。

盘古、盘生是两兄弟，靠砍柴供养母亲。有一天，两兄弟前往庙中王家去算命，庙中王告诉盘古、盘生两兄弟："你们砍柴养家还不如去钓鱼。"盘古、盘生问道："钓鱼？我们到哪里去钓鱼呢？"庙中王答道："你们去金沙江边钓鱼。"两兄弟又问道："要是去钓鱼，哪一天去比较合适？"庙中王回答："等到八月初三卯时，你们就可以去钓鱼了。"

当庙中王告知了钓鱼的时间和地点后，盘古、盘生两兄弟又追问了一些更为细节的问题。盘古、盘生问道："钓鱼的时候，要钓黑鱼还是钓红鱼？"庙中王回答："你们要钓红鱼。"他们又问："那要钓多少条鱼？"庙中王答道："你们要钓三条鱼，并且只要第三条鱼。"盘古、盘生立马追问道："为什么我们只要第三条呢？"庙中王答复道："因为第三条鱼是龙王的三太子变的。"随后，庙中王又嘱咐盘古、盘生两兄弟："钓到第三条红鱼后，你们要拿到街上整条出售。要是有人出三百六十文钱买鱼，你们就卖给他。"

八月初三卯时，盘古、盘生两兄弟在金沙江边钓了三条鱼，第三条鱼果然是红鱼。这红鱼乃龙王三太子所变。盘古、盘生钓走红鱼后，龙王急得不行，每天四处奔走，寻找丢失的三太子。直至走到街上，

---

① 原文参见杨亮才、李缵绪选编《白族民间叙事诗集》，中国民间文艺出版社1984年版，第3—13页。

龙王见到了红鱼，花了三百六十文钱买下了整条红鱼。龙王问盘古、盘生两兄弟："是谁让你们去钓鱼的？"盘古、盘生回答道："是庙中王叫我们去钓鱼的。"龙王暗想："算命就属庙中王算得准，我也去会会这庙中王，看他算得准不准。"

龙王找到了庙中王，问道："今年的雨水怎么降呢？"庙中王答道："要说今年的雨水，便是城内下两点，城外下三点。"庙中王算中了龙王的降雨策略，龙王异常生气，心中暗想："你算是算得准，但是降雨的多少由我说了算！"

原本是城内下两点，城外降三点。龙王却反其道而行之，在城内下了三点，城外降了两点。霎时间，天地间一片漆黑。大雨一直下，持续了整整七年。洪水泛滥，天崩地裂，日月失去了光辉，人类也在这场浩劫中几乎灭绝了。

盘古、盘生制服了龙王。但是，没有天地怎么办呢？

盘古、盘生两兄弟想到了办法。在鼠年那一年，盘古变成了天空。在变为天空的过程中，盘古最先从东北方的天空变起。盘古变为天之后，天空的西南方还有一些空缺，他用云朵填补了天空缺失的位置。

在属牛的那一年，盘生化为大地。在盘生化为大地的过程中，盘生最先从大地的西南方变起。盘生化为大地之后，大地的东北方还有一些不满，他便用水蓄满了大地不满的部分。

天地产生了，却不相合。与大地相比，天空比较小。为了解决天地不相合的问题，盘古与盘生商量后，便把大地缩小了一些。那些突起的褶皱部分变成了高山，此时的大地也就没有以前那么平整了。至此，天地不相合的问题得到了解决。环顾四方，天地的东边已至汉口阳，西边抵达胡三国，南边已至普陀岩，北边抵达吕英寺。

天地相合了，却不稳定。为了解决天地不稳的问题，盘古、盘生两兄弟找来了顶天柱和支地柱。四座大山成为顶天柱，支撑着天空；

四只鳖鱼作为支地柱,稳固着大地。至此,天地相合且稳定。

(二) 木十伟化生万物[1]

天地再次产生了,但天地之间什么也没有。

盘古、盘生找来了木十伟,让他帮忙造万物。木十伟体型异常庞大,身高一丈八,眼睛大如碗,嘴巴大如盆。此时,他正平躺在一座观音寺内,脑袋指向东方。

木十伟身体的各个部位化成了万物。木十伟的左眼变为太阳,右眼化为月亮。他睁眼是白天,闭眼便是黑夜。木十伟的小牙,变成了星辰,心脏变成了启明星,装点了天际。

木十伟的大肠变成大河,小肠变成小溪,肝脏变成湖泊,肺变成海洋,肚脐变成大理海子,纵横交错的水流形塑着大地的面貌。

木十伟的肌肉变成土壤,呼吸变成风流,脂油变成云彩。他的头发变成树木,汗毛变成青草,眉毛变成竹子。随后,他的手指、脚趾变成飞禽走兽。天地之间有了流动的气韵,大地之上又有了鲜活的生命。

木十伟的骨头变成硕大的崖石,鼻子变成笔架山,大牙变成石头。他的筋脉变成道路,嘴巴变成村庄和城市,手指甲变成房屋上的瓦片。最后,木十伟的四肢变成四座大山,左手变成鸡足山,右手变成武老山,左脚变成点苍山,右脚变成老君山。至此,木十伟的各个身体部位化为世间万物,万物各居其位,和谐共处。

(三) 兄妹成婚再殖人类[2]

天地之间的一切都造好了,人还没出现。所幸观音在洪水泛滥之

---

[1] 原文参见杨亮才、李缵绪选编《白族民间叙事诗集》,中国民间文艺出版社1984年版,第13—17页。

[2] 原文参见杨亮才、李缵绪选编《白族民间叙事诗集》,中国民间文艺出版社1984年版,第18—27页。

前将一对兄妹藏于金鼓，作为人种。

洪水肆意冲刷，金鼓随着水流漂流到了一万里之外的水域。观音为了寻找人种奔走了九十九天，翻过了九十九座山，涉过了九十九条河。观音东至汉口阳、西至胡三国、南至普陀岩，最后在大理海域找到了人种。可是大水弥漫，观音没有办法从海中取出金鼓，她便请老鹰帮忙抬金鼓，让鸭子在一旁帮忙。老鹰将金鼓抬至海边，随后带到了笔架山。

人种藏在金鼓里，观音需要想办法取出人种。观音找来啄木鸟，让啄木鸟啄穿金鼓，以便取出人种。可是啄木鸟的啄声太大了，观音怕吓坏了人种，便又请来了老鼠帮忙。老鼠帮忙取出了人种，观音把五谷许给了老鼠。从此，老鼠可以吃人们收获的粮食。

从金鼓里取出来的人种是两兄妹，但是他们长在了一起，怎么也分不开。最后，观音请来燕子来帮忙。燕子的翅膀像刀一样锋利，分开了兄妹二人。观音便把瓦房许给了燕子，从此，燕子可以在瓦房中、屋檐下搭窝。

从金鼓里走出的这对兄妹，男的名为赵玉配，女的名为邰三妹。观音让兄妹二人结为夫妻、生男育女，为人间传下后代。可是，兄妹二人不想结为夫妻，着急到大哭起来。观音见此情景，便让兄妹二人不要着急，商议之后再作决定。

观音想到了办法，通过合烟探知天意。兄妹二人分别站在东山、西山的山顶上焚香，若是两股香烟合在一起，兄妹二人便可结为夫妻。当兄妹二人于东山、西山各自焚香后，徐徐升起的两股香烟合在了一起。香烟会合，兄妹就可以结为夫妻，但是他们没有答应。

观音见兄妹二人拒绝成亲，又让他们手握棒子。兄妹二人将手中的棒一起扔到河里，若是赵玉配手中的棒变为公鱼，邰三妹手中的棒变为母鱼，公鱼母鱼结对在水中游动，兄妹就要结为夫妻。兄妹二人将手中的棒扔入河后，两支棒变成了公鱼和母鱼。兄妹看着结对游行的鱼儿，仍然不答应成亲。

最后，观音又让兄妹在两座山顶滚下磨盘，磨盘相合就结为夫妻。兄妹二人从山头滚下了磨盘，磨盘滚至山沟相合。兄妹见此情景，没有再说反对的话语，答应结为夫妻。

兄妹成婚时，他们用青栗叶搭起了彩房，请来梅树做媒人、松树做主人。同时，一群漂亮的小鸟也来到了婚礼现场。兄妹邀请了梅花雀主持结婚的事宜、鸽子招待客人、乌鸦挑水、喜鹊做饭、家雀煨茶。大家忙前忙后，协助兄妹办婚事。

兄妹成婚了十个月后，生下了一个狗皮口袋，口袋里装有十个儿子。后来，十个儿子又各自生下了十个儿子，天下便有了一百家。这一百家各自立姓，从此有了百家姓。

三　白族创世史诗《创世记》体现的美学特征

史诗作为与地方文化、社会历史、日常生活紧密相连的口头文类，蕴含着民众的审美意识，体现出鲜明的民族文化特色。白族创世史诗《创世记》同样反映了白族民众的审美认知，其主要体现为两个方面，一是在叙事结构上呈现出的逻辑之美；二是在创世构拟上体现出的多元文化交融之美。

（一）逻辑之美

白族创世史诗《创世记》遵循着平衡—失衡—平衡的叙事结构，体现出史诗叙述的逻辑之美。《创世记》以序歌开篇，承以《洪荒时代》《天地的起源》《人类的起源》三个章节。整部史诗以洪水弥漫为转折点，围绕洪水之前的黄金时代，以及洪荒时代、洪水后万物再生、兄妹婚再殖人类，解释了黄金时代消逝的原因，呈现了盘古、盘生、木十伟再次创世的伟大历程。

《序歌》作为开篇部分，将天地、日月、山河与人并置，开启了创世史诗的演述。

古时候的天地现在还有，
古时候的日月现在还明，
古时候的山河现在还在，
古时候的人现在不见了。

[《创世记·序歌》]

歌手以今昔对比的方式，感叹天地、日月、山河犹存，而古人已逝。此种感叹，在对"人"的存在问题展开诗性追问之余，又将史诗的演唱时空引向了遥远的黄金时代。

从前树木会走路，
我说你信吗？

从前树木会走路，
你说我相信。

从前石头会走路，
是真还是假？

从前石头会走路，
是真没有假。

……

那时天下顶太平，
我说你信吗？

那时天下顶太平，
你说我相信。

那时庄稼长得好，

第一章　汉藏语系汉语族与藏缅语族创世史诗

是真还是假？

那时庄稼扎实好，
是真没有假。

那时不分贫和富，
我说你信吗？

那时不分贫和富，
你说我相信。

那时百姓胖又壮，
是真还是假？

那时百姓胖又壮，
是真没有假。

那时百姓长寿几百岁，
我说你信吗？

那时百姓长寿几百岁，
你说我相信。

[《创世记·洪荒时代》]

洪水泛滥之前，万物可以沟通交流，连树木和石头都有着非凡的生命力。庄稼生长茂盛，果实累累。人类长寿，不愁吃穿，整个世界洋溢着祥和、灵动的气氛。黄金时代是万物生存和发展的平衡、和谐阶段。此后，以龙王愤怒降雨、洪水弥漫为界，宇宙秩序开始失衡。

龙王反行雨：

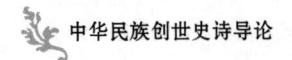

城内下三点，城外下两点。

霎时天下黑洞洞，
一下下了七年雨。

下了七年怎么样？
洪水满天下。

天下怎样了？
天崩地裂了。

日月怎样了？
日月没有了。

人类怎样了，
人类没有了。

从此天下怎样了？
从此天下黑乌乌。

[《创世记·洪荒时代》]

　　龙王因庙中王算中下雨的策略，愤怒地降下七年的暴雨。天崩地裂，日月失去了光辉，人类也在这场浩劫中濒临灭绝。万物湮灭、宇宙重归混沌，为再次创世埋下了伏笔。随后，盘古、盘生化为天地，木十伟化生万物，兄妹成婚孕育后代。至此，宇宙间的秩序再次确立，重新恢复了平衡。从黄金时代到洪荒时代，再到天地、人类的再生，宇宙秩序的改变体现了史诗叙事的推进，也充分显示了史诗所遵循的平衡—失衡—平衡的内在逻辑。

　　（二）交融之美

　　白族创世史诗《创世记》体现着初民对天地宇宙、自然万物以及自身的思考与探索。细品白族创世史诗《创世记》中关于天地开辟、万物诞生、延续人类等涉及宏大叙事的篇章，白族民众有机整合了"尸体化生"、大洪水、兄妹婚等叙事母题，体现了《创世记》这一史诗文本交流互鉴、融合创新的特质。

如前文所述，白族创世史诗《创世记》主要讲述天地、万物的再生历程。其中，关于天地开辟的演述，属于化生型创世体系。龙王降下暴雨毁灭了天地万物后，盘古、盘生两兄弟化为天地。

哪个来变天？
盘古来变天。

从哪方变起？
从东北方变起。

哪年变成天？
属鼠年变成天。

天不满是哪一方？
天不满是西南方。

天不满用什么补？
天不满用云补。

哪个来变地？
盘生来变地。

从哪方变起？
从西南方变起。

哪年变成地？

属牛年变成地。

地不满是哪一方？
地不满是东北方。

地不满用什么补？
地不满用水补。

[《创世记·天地的起源》]

盘古在鼠年化为天，盘生在牛年化为地，他们用自己的身体化生天地，使得天地之间的秩序得以重建和恢复。除了天地外，万物起源的部分依然延续了"尸体化生"的创世体系。面对空荡的天地，盘古、盘生请来了木十伟造万物。

木十伟怎样造万物？
木十伟自己变万物。

左眼变什么？
左眼变太阳。

右眼变什么？
右眼变月亮。

睁眼是白天，
闭眼是黑夜。

小牙变什么？
小牙变星辰。

[《创世记·天地的起源》]

第一章　汉藏语系汉语族与藏缅语族创世史诗

体型庞大的巨人木十伟，其身体的各个部位依次化为万物。此后，在人类起源的演述上，歌手并没有延续化生型创世体系的创编思维，而转变为兄妹婚再殖人类。在《人类的起源》这一章节中，观音将一对兄妹藏于金鼓，用于保存人种。

>有了天地没有人，
>现在怎么办？
>
>难呀难，没处找人种，
>不用怕！观音留下两兄妹。
>
>兄妹在哪里？
>兄妹藏在金鼓里。

[《创世记·人类的起源》]

兄妹走出金鼓后，经历了焚香合烟、扔棒、滚磨盘三次考验，同意结为夫妻。成婚后，兄妹二人孕育了后代。

>成了夫妻十个月，
>生下一个狗皮口袋。
>
>袋里有什么？
>袋里有十个儿子。
>
>十个儿子又各生十个儿子，
>成了一百家。

[《创世记·人类的起源》]

白族创世史诗《创世记》中"尸体化生"、左眼化日与右眼化月、大洪水、兄妹婚等叙事母题，也普遍存在于我国多个民族中，这体现了不同民族之间共通的文化心理和情感基础。同时，白族创世史诗在化生型创世的基础上，叠合了兄妹婚再殖人类亚型，用以解释洪水之后人类的起源，形成了逻辑自洽的开天辟地、人类再殖的叙事体系。其间，龙、观音等在白族文学里较为常见的意象也被纳入到史诗的演述中，推动着史诗情节的发展。

白族史诗歌手广泛吸收多元文化后将其创编进白族创世史诗，继承、发展了中华文化的吸纳能力、整合能力、创新能力。化生型创世与兄妹成婚再殖人类等叙事母题的有机整合，是这部史诗融会多元文化后，将其整合为独具鲜明特色的自身文化的典型例证。总的来看，从普遍存在于多民族中的叙事母题，到具有白族鲜明特色的创世构拟，呈现出的是白族创世史诗交流互鉴、有机整合的积淀历程。

四　白族创世史诗《创世记》蕴含的诗性智慧

史诗蕴含着民众的叙事逻辑与文化心理。在白族创世史诗《创世记》中，人们对原初黄金时代的构拟、万物再生的演述，蕴含着白族民众对人自身与万物发展、存续的诗性追问。白族创世史诗《创世记》，其蕴含的诗性智慧主要表现在三个方面，和谐共处的生态意识、不畏艰难的精神文化、知恩图报的价值观念。

（一）和谐共处的生态意识

在《创世记》中，人与自然不可分离。万物的再次诞生源于木十伟的化生。在化生母题中，本就存在着万物共生共存、不分彼此的观念。盘古、盘生化生天地以及木十伟化生万物，充分体现出白族民众和谐共存的生命观，也进一步生发出平等、感恩、互惠的生态智慧。既然从起源上讲，就是物我一体的，那么，化生而出的人类和万物之间也应保持此种密切的关系。因此，在《创世记》中，人与大地之上的生物始终保持着良好地互动。例如，在兄妹成婚之时，他们邀请了各类动植物参与到婚礼的举办中。

请谁做媒人？
请梅树做媒人。

请谁做主人？
请松树做主人。

请谁交杯？
请桃树交杯。

请谁做"提调"？
请梅花雀做"提调"。

请谁待客？
请鸽子待客。

请谁挑水？
请乌鸦挑水。

请谁做饭？
请喜鹊做饭。

请谁做厨子？
请"卓之班照"做厨子。

请谁煨茶？
请家雀煨茶。

大伙忙忙碌碌，

帮兄妹办喜事。

[《创世记·人类的起源》]

兄妹二人请来梅树做媒人、鸽子待客、乌鸦挑水、喜鹊做饭,营造出有条不紊、万物同庆的婚礼现场。歌手尽可能地运用身边熟悉的动植物,并且赋予它们生命力,体现出人对自然之物的尊重、赞美。与此同时,史诗中人与自然的和谐共生,也为当下人与自然紧张关系的缓解提供借鉴意义。

(二) 不畏艰难的拼搏精神

白族创世史诗《创世记》围绕洪水之后天地、万物再生的历程展开演述。面对天崩地裂、万物湮灭、人类存续等重重难题,整部史诗仍然透出强烈的乐观、豁达之情。

洪水造成了天崩地陷、万物消亡的灰暗图景,盘古、盘生想尽办法去解决这一难题。盘古化为天、盘生化为地,天不满用云补,地不满用水填,两兄弟以自身的牺牲再次构筑了承载万物的空间。随后,面对既不相合也不稳定的天地,盘古、盘生积极寻求解决难题的方案。

天地变成了吗?
天地变成了。

天地相合吗?
天地不相合。

天地怎么不相合?
地大天小了。

难呀难!现在怎么办?
不用怕!我们把地缩小些。

第一章 汉藏语系汉语族与藏缅语族创世史诗

难呀难！地缩小就不平了？
不用怕！高的地方就做山。

[《创世记·天地的起源》]

天地不相合，盘古、盘生便缩小了大地的面积，将高出平面的区域称作山。随后，面对空空荡荡、没有生命的天地，盘古、盘生依然保持着积极的心态，寻求木十伟的帮助。

难呀难！天下什么也没有。
不用怕！去找木十伟。

木十伟住在哪里？
把他请出来。

[《创世记·天地的起源》]

木十伟化生万物，赋予了大地生机。同时，新的难题也随之来临——何处寻人种，怎样延续后代？面对漫天的洪水，观音将一对兄妹藏于金鼓。随后，观音四处奔走，寻找随洪水肆意漂流的金鼓。历经九九八十一天，观音最终在大理海域找到了金鼓。兄妹走出金鼓后，观音让兄妹二人成婚，繁衍后代，但兄妹二人婉拒了观音的请求。

要叫兄妹做夫妻，
生男育女传后代。

兄妹不愿做夫妻，
兄妹急得呜呜哭。

难呀难！兄妹不愿做夫妻。
不用怕！我们共同来商量。

想好什么主意了？
叫兄妹站在两座山顶上。

站在山顶做什么？
一个东山烧香，一个西山烧香。

烧香做什么？
香烟会合做夫妻。

香烟会合了没有？
香烟会合了。

会合就该成夫妻，
兄妹还是不答应。

[《创世记·人类的起源》]

只见兄妹二人拒绝成婚，观音想出焚香、扔棒、滚磨盘来探知天意，最终兄妹结为夫妻，繁衍了后代。结合以上的多个史诗选段，我们不难看出，在开天辟地、创生万物、寻找人种、兄妹成婚等多个核心情节中，歌手巧妙地设置了各类难题。面对层出不穷的难题，创世神依然积极寻求解决办法，耐心化解各类困难。史诗中天真、浪漫的想象与乐观、豁达的情思并存，传递出不畏艰难的积极态度与向上精神。

(三) 知恩图报的价值观念

在白族创世史诗《创世记》中，民众将植物、动物当作如自身一样有灵性、有生命的事物。在遇到困难之时，人们主动寻求动物们的帮助，并且不忘动物的恩情。在此部史诗中，观音从金鼓中取出人种的相关叙述，较好地传达出人与自然万物互惠、互助的美德。

观音在大理海域找到了金鼓。由于洪水翻涌，观音没有办法从海中取出金鼓，便请老鹰来帮忙抬金鼓。

> 什么地方找到了人种？
> 大理海子里找到了人种。
>
> 现在大水漫天下，
> 实在没办法。
>
> 你村有没有飞鸟！
> 我村有许多飞鸟。
>
> 我们请老鹰抬金鼓，
> 鸭子去帮忙。
>
> 把什么许给老鹰？
> 把鸡许给老鹰。

[《创世记·人类的起源》]

老鹰将金鼓抬至海边，随后又将金鼓带至笔架山。为了感谢老鹰的帮忙，观音便把鸡许给了老鹰。金鼓从水中捞出后，还面临着从金鼓中取出人种的困难。观音请来了老鼠帮忙。

> 人种藏在金鼓里，
> 没法取出它。
>
> 我们来商量，
> 叫谁取人种？
> ……
> 老鼠没事干，
> 只在屋梁来回跑。

> 我们叫老鼠取人种,
> 但要许给它一样。
>
> 把什么许给老鼠?
> 把五谷许给老鼠。

[《创世记·人类的起源》]

老鼠帮忙取出了人种,观音把五谷许给老鼠,以示感谢。此后,老鼠可以食用人们收获的粮食。从金鼓中取出人种后,观音又遇到了新的难题。走出葫芦的兄妹俩长在了一起,怎么也分不开。最后,观音请了燕子来帮忙。

> 取出的人种是两兄妹,
> 生在一起分不开。
>
> 难呀难!生在一起怎么办?
> 不用怕!可请燕子来割开。
>
> 燕子翅膀如快刀,
> 但要许给它一样。
>
> 把什么许给燕子?
> 把青瓦房许给燕子。

[《创世记·人类的起源》]

燕子用它那锋利如刀的翅膀分开了兄妹二人。观音便把瓦房许给了燕子,从此,燕子可以在瓦房中、屋檐下搭窝。如上所述,老鹰抓小鸡、老鼠食五谷、燕子居屋檐,这些均是生活中的常见之景。歌手通过对动植物的细致观察,用天真、浪漫的眼光去理解这些动物的生活习性,蕴含着民众对动物生命力的肯定与尊重。

白族创世史诗《创世记》围绕洪水漫天、开天辟地、万物再生、兄妹成婚再殖人类等宏大叙事，呈现出民众对宇宙秩序、人类起源的诗性思考。整部史诗以问答的形式推进演述，设问灵动、对答真挚，富有叙述的逻辑之美、多元文化的交融之美。并且，史诗以诗性的语言，传递出白族民众秉持的和谐共处、不畏艰难、知恩图报、互惠互利等美好的价值观念。更为重要的是，白族创世史诗《创世记》与多民族创世史诗共享了"尸体化生"、大洪水、兄妹婚等叙事母题，歌颂了盘古等中华文化始祖，是一部既广泛吸收外来文化，又具有白族特色的文艺经典，见证了白族与多民族共创中华文化的历史过程，体现了白族民众对中华文化的高度认同。

思考题

1. 简述白族创世史诗《创世记》的逻辑之美。
2. 简述白族创世史诗《创世记》的交融之美
3. 简述白族创世史诗《创世记》的诗性智慧。

第九节　怒族创世史诗《创世歌》

一　概述

创世歌，是怒族传统叙事古歌的一种，广泛流传于云南省怒江傈僳族自治州的贡山、福贡、泸水、兰坪四县，为"怒苏""阿怒""阿龙""诺柔"几个怒族支系所共有。创世歌最初只在特殊祭祀场合唱述，后来也在婚礼等社交场合中演唱。书中所引怒族创世史诗《创世歌》，最早刊载在《怒江文艺》上，后辑录于2003年出版的《中国歌谣集成》（云南卷·下卷）中。[①] 史诗记述了远古时期洪水灾难过后，

---

① 中国民间文学集成全国编辑委员会、中国歌谣集成云南卷编辑委员会编：《中国歌谣集成·云南卷·下卷》，中国ISBN中心2003年版，第1220—1221页。

兄妹成婚、人类再生、民族起源的历程。

二 精彩诗篇故事情节举例

（一）洪水滔天，葫芦避难①

在远古的年代，漫漫洪水吞没了农田庄稼，卷走了人群村落。由此，万物几近灭绝，大地寂静无声。

昏暗清寂的世间，只有一对兄妹幸免于难。他们一个钻进金葫芦，一个钻进银葫芦。两个葫芦在无边的水面上飘动，金葫芦飘到了天涯，银葫芦飘到了海角。终于，飘到帝巴瓦和巴里五库时，洪水退潮，葫芦也平稳了下来。哥哥朝天叫了三声，妹妹应着哥哥也唤了三声。随着呼喊声，只见一把金刀从空中坠落，掉落在哥哥面前；一把银刀从地面冒出，出现在妹妹跟前。他们拾起金刀、银刀，撬开了葫芦，从当中走了出来。

看着了无生气的世界，哥哥和妹妹流下了悲痛的泪水。为使人类得以繁衍生息，他们决定寻亲嫁娶。哥哥朝北边去找，妹妹向南边去寻。然而，走遍了江北江南、江头江尾，他们都不曾见到人烟，只有那凄凉的鸟啼猿鸣，令二人听了更觉忧心。

（二）兄妹成婚，存续人种②

在寻遍江北江南却还是看不到人烟之后，哥哥和妹妹便掉头转身往北走。在途中，兄妹二人相逢。哥哥和妹妹向天地求配偶，可叫天天不应、叫地地不灵。为使人类不至灭绝，哥哥只得让妹妹作配偶、妹妹也只得让哥哥作配偶。

妹妹手持银针，哥哥手持麻团。金箭穿透了银针孔，银箭打中了

---

① 中国民间文学集成全国编辑委员会、中国歌谣集成云南卷编辑委员会编：《中国歌谣集成·云南卷·下卷》，中国 ISBN 中心 2003 年版，第 1220—1221 页。
② 中国民间文学集成全国编辑委员会、中国歌谣集成云南卷编辑委员会编：《中国歌谣集成·云南卷·下卷》，中国 ISBN 中心 2003 年版，第 1220—1221 页。

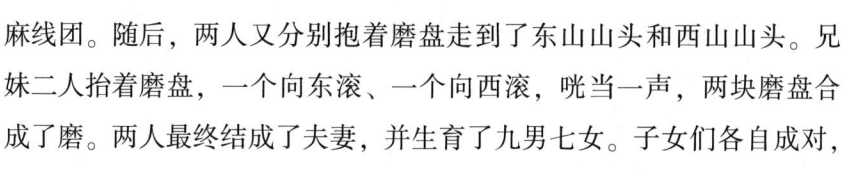

麻线团。随后，两人又分别抱着磨盘走到了东山山头和西山山头。兄妹二人抬着磨盘，一个向东滚、一个向西滚，咣当一声，两块磨盘合成了磨。两人最终结成了夫妻，并生育了九男七女。子女们各自成对，分别孕育了汉族、白族、傈僳族、怒族、藏族、纳西族，白人、黑人、俅人①和鬼神。

三　怒族创世史诗《创世歌》体现的美学特征

（一）复沓回环之美

方位词的复沓是怒族史诗《创世歌》的重要审美特征，这主要体现在兄妹二人随葫芦飘荡到不同地方、兄妹二人寻求配偶、兄妹二人结为夫妻三个情节之中。方位词的复沓不仅赋予史诗文本的节奏感和音乐美，还强化了文本的逻辑性和感染力。

>　　金葫芦在海上飘动，
>　　银葫芦在水上飘流；
>　　金葫飘到天涯，
>　　银葫流到海角；
>　　飘到天涯停不住，
>　　流到海角停不稳；
>　　飘到里帝巴瓦地方，
>　　流到巴里五库地方。

[《创世歌》]

洪水肆虐，幸存的兄妹二人一人钻进金葫芦，一人钻进银葫芦。"天涯"和"海角"的对应出现，展现了史诗事件发生的宏阔空间背景。这对方位词，一方面，衬托了洪水的凶猛和持久；另一方面，也

---

① 俅人：怒族对独龙族的称呼。

为兄妹二人后续各自寻求配偶作了铺垫。

> 阿哥朝北去找亲,
> 阿妹向南去寻亲;
> 找遍江北没人烟,
> 寻遍江南没人影;
> 阿哥走遍江尽头,
> 阿妹行遍江尽尾;
> 走遍江头更凄凉,
> 行遍江南更冷清。
> ……
> 江北找亲没找到,
> 江南寻亲没寻到;
> 阿哥调头往北行,
> 阿妹转身往北走;
> 兄妹在途中相逢,
> 二人在道中相遇。
>
> [《创世歌》]

"朝北""朝南""江北""江南""江尽头""江尽尾"的回环复沓,生动呈现了两位人类再生始祖为存续人种,前往各地寻求配偶时的艰难与无奈。穷尽各方求索配偶而不得的结果自然推动了兄妹成婚事件的发生。

> 阿哥走到东山上,
> 阿妹爬上西山头,
> 阿哥手抬石磨盘,
> 阿妹手抱石磨盘;
> 一块磨盘向东滚,

第一章 汉藏语系汉语族与藏缅语族创世史诗

一块磨盘向西滚。

[《创世歌》]

兄妹二人最终相见,在得知只能互为配偶之后并没有立即成婚,而是预先经历种种考验。在"合磨"环节时,他们分别走向"东山"和"西山",二人距离上的相隔与磨盘相合的结果形成对比,更凸显了兄妹成婚是不得已之举,是天意使然,令读者(或听众)进一步理解兄妹二人成婚、繁衍人类的责任和使命。

(二) 错落灵动之美

在句式上,怒族史诗《创世歌》以七言为主,杂有六言、八言、九言不等。长句与短句相互配合,句式错杂纷呈却不散乱,使得文本充满律动感。错落有致的句式不仅有利于营构篇章的建筑美与音乐美,在情感调节上也兼具作用。

在远古的年代,
洪水卷走村落,
洪水淹没庄稼;
万物都灭绝了,
世上没有人类,
世上一片昏暗,
世间一片孤寂;
世上只剩两兄妹。
一个钻进金葫芦;
一个钻进银葫芦;
……
海水开始落潮了,
洪水开始退潮了;
金葫在这里停住了,

>银荄在这里停稳了。
>阿哥朝天叫三声,
>阿妹向他唤三句;
>随着阿哥的叫声,
>尾着阿妹的唤声;
>从天上坠下一把金刀,
>从地里冒出一把银刀;
>金刀天边闪金光,
>银刀地头闪银光。

[《创世歌》]

史诗开篇,讲述洪水带来的灭顶之灾,用相对简练的六言句客观交代背景,营造肃穆凝重的氛围。演述至幸存的两兄妹时,史诗句式发生变化,调节了氛围,使得读者(或听者)自然地将注意力放在作为人类始祖的两兄妹上,情感继而也随着两兄妹的遭遇发生波动。在情节发生向好的转变时,史诗又采用较长的八言和九言句式,明快的节奏使人更觉为慰藉、欣喜。

(三)情景交融之美

"情"与"景"原是两个相对独立的范畴,而在《创世歌》的表达中,兄妹二人与所见所闻之物间彼此照应,给人以景因情凄、情因景切、物我交流的混融之感。

>阿哥走遍江尽头,
>阿妹行遍江尽尾;
>走遍江头更凄凉,
>行遍江南更冷清。
>只听到雀鸟叫声,
>只听到蝈蝈声音,

只闻到猿猴哀鸣；
阿哥听了更伤感，
阿妹听了更伤心。

[《创世歌》]

两兄妹幸得遗存后，并没有自顾自地生活下去，而是心系人类延续繁衍，四处寻求配偶。寻寻觅觅而不得，江头的凄凉，江南的冷清，加之哀鸣嗷嗷的虫、鸟、猿，悲凉的氛围加剧了兄妹二人的伤感之情，推动了史诗情节的发展。

四　怒族创世史诗《创世歌》蕴含的诗性智慧

（一）感念苍生的无畏精神

兄妹婚始祖型、洪水神话是中国少数民族神话的一个重要类型，各民族在这一类型的神话中表现出一定的共性和个性特征。[①] 怒族创世史诗《创世歌》，突出体现了兄妹二人作为人类始祖的悲悯之心和繁衍人类的责任心。洪水过后，幸存的阿哥阿妹感念苍生，郁郁不安。

阿哥站在地上看天，
阿妹立在地上望地；
阿哥看着青天发愁，
阿妹望着大地发呆；
阿哥伤心地流出泪，
阿妹伤感地落下泪。
为使人类有后代，
为使人类有子孙；
阿哥想娶个妻子，

---

① 参见李子贤、李存贵主编《形态·语境·视野：兄妹婚神话与信仰民俗暨云南省开远市彝族人祖庙考察与研究国际学术研讨会论文集》，云南大学出版社2011年版。

阿妹想嫁个男子。

[《创世歌》]

为使人类不至灭绝，身处异地的阿哥阿妹决意寻求配偶。面对世上不见人烟的惨淡，兄妹二人甚是悲痛，在寻不得配偶无法为人类延续后代的困境中，这种悲痛又推进了一层。再后来，面对只能克服伦理、兄妹成婚的事实，二人没有断然回避，而是主动迎接考验。"金箭穿透银针孔，银箭打中麻团团""两块磨盘合成磨，两块磨盘叠一叠"，如此，兄妹二人才最终结为夫妻，孕育了新的生命。正是阿哥和阿妹感念苍生的无畏精神，让他们克服了重重困难，使人类最终得以存续。

(二) 各民族同源共生的认同观

正如芬兰史诗理论家劳里·航柯（Lauri Honko）所言："史诗不仅因为它的长度和诗歌容量，也因为它们是表达认同的故事，才作为文化群体自我辨识的寄托而成为超级故事。"[①] 史诗涉及人类本源问题，唱述着最古老的祖先故事，是各民族祖祖辈辈最为深刻的历史记忆。在怒族创世史诗《创世歌》中，兄妹二人成婚繁衍后代不仅解释了人类的再生，还讲述了民族的起源，表述了在怒族人民的深层印记中各民族一母同源的同胞之谊。

阿哥阿妹成亲了，
阿妹阿哥成婚了；
阿哥生九个男子，
阿妹生七个女子。
九个男孩九个族，
七个女子七个族：

[①] [芬兰] 劳里·航柯：《史诗与认同表达》，孟慧英译，《民族文学研究》2001年第2期。

第一章　汉藏语系汉语族与藏缅语族创世史诗

一对子女成汉族，

一对子女成白族，

一对子女成傈僳，

一对子女成怒族，

一对子女成藏族，

一对子女成纳西，

一对子女成白人，

一对子女成黑人，

一对子女成倮人，

一对子女成鬼神。

[《创世歌》]

多个民族同出一源，是人们彼此之间和谐关系的艺术性表达，反映出各民族间血浓于水的共同愿景。费孝通曾总结道：我国"民族"有三个层次，中华民族统一体是第一层；组成中华民族的五十六个民族是第二层；各个民族内部各具自身特点，现在被称作各种"人"（族群）的部分是第三层。[①] 史诗不断传承、传播的过程也是集体认同意识不断强化扩布的过程，流传于"怒苏""阿怒""阿龙""诺柔"中的《创世歌》凝聚了怒族群体之间的认同，反映了中华民族各层次群体在长期历史发展中的高度融合。与"鬼神"也一母同源的说法也在一呈度上体现出怒族人民万物一体和谐共生的生命认知。

怒族创世史诗《创世歌》运用复沓回环的艺术表现手法，错落灵动的语句形式以及情景交融的艺术技巧，生动描绘了人类在大洪水后再生的存续之诗。史诗礼赞了人类始祖阿哥阿妹感念苍生的无畏精神，展现出怒族人民与各族人民同源共生的认同观，揭示了天地生灵间的相依相伴。

---

① 费孝通：《边区民族社会经济发展思考》，《北京大学学报》1993年第1期。

· 213 ·

思考题

1. 简述怒族创世史诗《创世歌》的美学特征。
2. 感念苍生的无畏精神在怒族创世史诗《创世歌》如何反映？
3. 怒族创世史诗《创世歌》体现出怎样的认同观念？

第十节 独龙族创世史诗《创世纪》

一 概述

独龙族的创世史诗称"南木拉袷楞格"，"南木拉"即为天地万物的意思，"袷"即创造、出世之意，"楞格"为故事、史诗的意思，汉语译意为创世纪。独龙族的《创世纪》，广泛流传于云南西北贡山县境内的独龙乡。独龙族，是藏缅语族人口较少的一个民族。独龙，是岩石人的意思。

独龙族的创世史诗《创世纪》，全诗长七百余行，分为人类起源、人与鬼斗争、洪水滔天、天地分离、娶媳妇、卡雀哇（年节）六部分。主要呈现了天地万物的创造、人类的起源、道德和社会规范的确立等一系列事关本民族生产生活及日常生活合理性依据的经验与知识，曲折地反映了独龙族在社会发展初期阶段的生活图景，在日常生活中充当着社会习俗、道德风尚、行为准则的法律依据，是独龙族的百科全书。因此，《创世纪》也被独龙族人民视为"根谱"，是生产生活的根由和依据。《创世纪》主要由独龙族歌手在祭祖、年节、丧葬等民间信仰活动中演唱。

从目前的收集情况看，独龙族创世史诗《创世纪》有多个"版本"。最早的版本见于陶云逵20世纪40年代的搜集整理[①]。一是20世纪50年代由云南大学李子贤教授收集的《创世纪》，这个版本主要由

---

① 陶云逵:《几个云南藏缅语系土族的创世神话》，载金陵大学中国文化研究所《边疆研究论丛》，1942—1944年。

独立成篇的六个神话传说组成,即《人类的起源》《人与鬼的斗争》《洪水滔天》《祭神的由来》《娶媳妇》《卡尔江哇》(年节)。这一版本的《创世纪》,主要流传在独龙江南部一带。另外,独龙族的学者李金明也搜集整理过流传于独龙江北部的献九当、龙元、冷木当和迪政当一带流传的《创世纪》。该版本主要由独立成章的八个神话构成,即由《人类起源》《祭天神的由来》《人与鬼相斗》《鲁斤社尔杀两魔》《彭格彭请客镖牛》《射太阳》《蚂蚁分天地》《洪水滔天》,共有千余行。另外还有一个彭义良搜集整理的版本。①

二 精彩诗篇故事情节举例

(一) 开天辟地②

在远古的时候,见不到太阳和月亮,也没有风、没有雨。那个时候,天和地被九道土台垒成的梯子连在一起。那时候,人们可以在天上和地上自由地走动。有一天,一个名叫嘎姆朋的人去天上制造金银。他踩着土台往天上爬呀爬,眼看就快到天边的时候。来了一群大蚂蚁,它们拦在了路中间,冲着嘎姆朋说:"嘎姆朋啊,你看看我这两条腿,又细又黑太难看了,你就把你的绑腿给我吧。"嘎姆朋还嘴说:"你长得这么丑,给你绑腿也没有用,快给我滚开。"嘎姆朋得罪了蚂蚁。当天夜里,趁着黑漆漆的夜色,大蚂蚁招来许多伙伴,有的扒土,有的填土,只听见轰隆隆的一声巨响,天地被震得抖了三下,土台倒塌了,天梯也被折断了。天往上飞呀飞,飞到了很高很高的地方,人再也上不去了;地往下落呀落,落到了很低很低的地方。从此,天地就分开了。正在天上的嘎姆朋,也没有了下地的路。嘎姆朋非常着急,于是对地上的人说,你们赶快搭梯子,我要下来。地上的人们努力搭建梯子,可是无论如何也接不着天。嘎姆朋又让地上的人种棕树,方便他

---

① 彭义良:《创世纪》,《民族文化》1987年第1期。
② 彭义良:《创世纪》,《民族文化》1987年第1期。

拉着棕树下来,可是棕树无论怎么长,也接不到天上。嘎姆朋最后只好留在天上,变成了天神参菩朗。从这以后呀,只要天神参菩朗发怒,人间就会连续发生灾祸。

(二)人类的起源①

在远古的时候,天上的天神嘎美和嘎莎,来到了美丽的姆傣义,来到了山清水秀的陇嘎。他们坐在一块巨大的岩石上,看到地上死气沉沉的,没有生命,看不见人类,也听不到鸟雀的鸣叫,一片寂静。两个天神呀,闷得心里都发慌。于是,两个天神决定制造人种。他们使劲地搓呀搓,双手搓出许多稀泥巴;他们使劲地揉呀揉,把稀泥巴揉成泥巴团。他们使劲地捏呀捏,先把泥巴团捏成了男人和女人。随后,它们又用同样的办法造出了各种动物。

那个时候啊,人没有血液,也不会呼吸,没有一点用处,做不了任何事情。嘎美和嘎莎憋足了一口气,呼呼地吹进人的嘴里,从此,人的身上有了血液,也会呼吸了。那时的人不会死,就像蛇一样长生不老,不知过了多少代,地上的人越来越多,祖祖辈辈都活在了一起。

那时候,人和鬼混在一堆,厮打在一起,这样的日子过了很久很久。凶恶的鬼魂还是不死心,鬼王决定毁灭人类。他把烧红的铁球抛入江水中心,江水沸腾起来,河面哗哗暴涨。

沸腾的江水,淹没了地上的一切。人世间也只剩下哥哥彭和妹妹南木,他们爬上了嘎瓦嘎普山,才躲过了洪水得以幸存。就这样熬过了九天九夜,洪水才慢慢退去,而大地如死灰一般寂静。

兄妹俩走下山来,四处去寻找人类,哥哥朝着太阳升起的方向去找,妹妹朝着太阳落下的方向去找。哥哥走了九百九十天,妹妹找遍了所有的坝子和山谷。哥哥从江东看到了妹妹,妹妹也从江西望到了

---

① 陶云逵:《几个云南藏缅语系土族的创世神话》,载金陵大学中国文化研究所《边疆研究论丛》,1942—1944年。

哥哥，最终兄妹俩还是回到了分开的地方，回到了独龙江边。

兄妹俩只好重新爬上了嘎瓦嘎普山，白天一起劳动，以青草嫩芽充饥，夜晚各朝一个方向睡。第二天睡醒睁开眼，兄妹俩却睡在一起，哥哥吓得说不出话来，妹妹害羞地涨红了脸。第二天夜幕又降临，兄妹俩各朝一方睡，为了防止怪事再发生，兄妹俩就在中间横放了一个竹筒清水。可是等到天亮睁开，两兄妹却紧紧依偎在一起。兄妹俩在心里反复想："难道天神是想让我们两兄妹成亲？"哥哥做好九只金竹筒，妹妹选好了一块大石板，在九只竹筒里都装满了水，兄妹俩跪在地上祈祷："天上的天神听得见吗？如果想让我们兄妹俩成婚，我们把清水倒在石板上，让它分出九股江河水。"兄妹俩把九筒清水倒在石板上，果真九筒清水分出了九条江，每条江河水分得清清楚楚，于是，彭和南木就结婚了。

兄妹俩结婚之后生下了九男九女，九男九女互相婚配，九对儿女结成了九对夫妻，九对儿女分别住在九条江边。

大哥大姐婚配成了一对，在察瓦隆江边安了家，在这里生儿育女，成了藏族。二哥二姐也婚配成家，在怒江边上安家支火塘，在这里繁衍生息成了怒族。三哥三妹也是一对，留在美丽的独龙江边安了家……九对儿女在九条江河边繁衍生息，九对儿女在九座山里生儿育女、传宗接代。所以，各个民族的祖先就都是两兄妹，各民族原本就是一家人。

（三）文明的起源①

人类产生之后，产下了很多儿女，但是地上没有粮食，于是独龙族的先祖阿彭哥便乘坐日光到天上偷来谷种。他本来想把谷种洒在他所栖息的房前屋后，不料一阵风吹来，谷种被吹走了，散落世界各地，所以现在世界各地都有了吃的。虽然有了粮食，但是没有火，阿彭哥

---

① 彭义良：《创世纪》，《民族文化》1987 年第 1 期。

向天神祈求，想获得取火的办法，他祈求天神的时候，手里正玩弄着绳子，他不知不觉将绳子拿去树上摩擦，渐渐热起来，冒出火星。就得到了取火的方法。后来，阿彭哥的儿女生病了，他乘坐一只蜜蜂，飞向天庭，向雪山之神卡窝卡蒲讨药，他到了卡窝卡蒲的大门外，喊道："快快开门。"门里回应道："哪里来的凡人，快快走开。"木彭哥再三哀求，最后雪山之神可怜他，让他进入，并把药交给了他。回来的时候，背他的蜜蜂，将他扔到地上，这时候正经过一个湖，那个药便掉到湖里去了。湖里一下子有了酒味。木彭哥空手回来，他生病的孩子病死了，夫妻相互埋怨。后来，独龙族有酒但是没有药，人丁也不兴盛。

三 独龙族创世史诗《创世纪》体现的美学特征

（一）力的美学

独龙族是勇敢而善于想象的民族。独龙族的史诗谈不上丰富多彩，但总体上给人一种张力之感。这种张力，是独龙族史诗各个主题共有的一个鲜明的特征。有研究者指出，"独龙"的本意为石头人，这个意义本身含有坚定、浑厚、充实的力的美学倾向。

1. 气势磅礴的浑厚美感

独龙族史诗中气势磅礴的浑厚美感是与其思维中生命一体化的观念联系在一起的，在诗性思维的状态下，自我的存在与外在的世界熔铸为一个可以自由往来的整体。这种与天地精神自由往来的精神，是一种极为绮丽的美好。

> 天和地是连在一起的，
> 九道土台垒成的梯，
> 拴住了天和地。
> ……
> 嘎姆朋上天造金银，

他踩着土台爬呀爬，
　　眼看就快到天边。

[《创世纪·天地的起源》]

嘎姆朋踩着土台往上爬，让人感到一种踏石有印、抓铁有痕的动感，让人有一种提心吊胆的担心和凌霄冲汉的冲破性力量。类似的感受在独龙族的史诗中比比皆是，比如阿彭哥乘坐日光到天上偷取谷种、乘着蜜蜂回到地上的描写，嘎姆朋爬树上天的描写。无论是乘坐光上天、爬树上天，还是乘坐蜜蜂从天上回到地上，其想象都是浪漫而绮丽的，这种想象越是绮丽和浪漫，越显得横贯于其后的力量的浑厚与磅礴。这种浑厚与磅礴，是人与世界的完全契合，是人与宇宙的全然和谐境界。史诗的首要功能，便是不断引导着我们达致并优游于这种和谐的境界。

　　沿着独龙江走，
　　独龙江在长也没有尽头。
　　顺着高黎贡山走，
　　高黎贡山再大也有边。

[《创世纪·洪水滔天》]

2. 开物成务的充实美感

艰苦卓绝的充实美感，是一种不畏困难、不惧黑暗、于无中生有、开物成务的精神。在独龙族的史诗中，人与自然、人与黑暗的斗争，即便在洪水滔天的情景下，也没有放弃。

　　烧红的铁球抛入江心，
　　江水沸腾哗哗暴涨。
　　滔滔的江水淹没了世上的一切，
　　人间只剩彭、南木兄妹。

……
兄妹走下山来，
四处找人。
哥哥朝着太阳升起的地方去，
妹妹向着太阳落下的地方找。
哥哥找了九百九天，
妹妹找遍了所有的坝子，
找遍了山谷。

[《创世纪·洪水滔天》]

大洪水之后，人烟荡尽，大地沉寂，毫无生机。兄妹想要从死一般的世界中开辟出生命的迹象，是一种冷风热血，涤荡乾坤的努力，是一种生命延续的维护。这种努力注定要从水冷草枯、虚无缥缈的世界里燃起希望的火种，希望的背后，是人类求延续、求发展的不竭动力。类似的情节也广泛存在于《人与鬼的斗争》《娶媳妇》等篇章中。如在《娶媳妇》的情节中，勇敢的独龙族男子"坛嘎彭"经过爬树上天、勇斩恶神、智赶毒蜂等考验，最终取得了聪明美丽的木美姬。人与鬼的斗争是独龙族史诗中非常鲜明的主题，人类凭借自己的勇敢和智慧最终战胜失道寡助的邪恶力量，这些斗争都体现了一种充实光辉的力量美感。独龙族作为一个人口较少的民族，在几千年的历史风雨中能够存在下来，凄苦的现实生活没有把它们压倒，大概也是这种充实光辉的精神吧。

3. 金石可断的合力美感

在独龙的史诗中，蜜蜂、蚂蚁、兔子、猫等弱小者往往被赋予巨大的力量。一方面，跟历史上独龙族生存抗争的经历和经验有直接的关系，呈现了独龙族同情弱小、崇尚善良特征；另一方面，展现了人间关系中合作的重要性。在天地起源的情节中，嘎姆朋骂蚂蚁丑陋，蚂蚁作出如下辩驳。

别看我们脚杆细,
别看我们个子小,
接天的土台虽高,
我们也能把他趴到。
当天夜里黑漆漆,
大蚂蚁找来很多小伙吧,
扒土的扒土,
抬土的抬土,
天梯全被咬断了,
只听轰隆一声响,
震得天地抖三抖。

[《创世纪·天地的起源》]

汉语诗歌中,"蜉蝣撼大树,可笑不自量",但在独龙的史诗中,蚂蚁群体的通力合作,最终将连接天地的天梯咬断,导致天升得很高,地落得很低。蚂蚁的精神,是一种金石可断的合力精神。在中华民族的历史长河中,劳动人民的斗争精神与活力,是无论什么力量都难以磨灭的。即便在极其艰苦的自然环境下,独龙族也没有停止过纵情地歌唱、大胆地想象。独龙族的民众用生动的语言、绮丽的想象、丰富的比喻和爱憎分明的情感,以史诗的语言,书写了一种丰富而沉蕴、充实而光辉的民族精神。

(二) 朴质之美

独龙族的史诗称不上丰富多彩,亦不以优美和浪漫见长。但史诗从内容上讲,有一种颠倒错综的交织之美;从形式上看,有一种简易平淡的自然之美,两者互为表里,构成了一种大美不割的朴质美。对独龙族而言,史诗不是生活的点缀,是民众的"生活必需品",具有很高的学术价值。独龙族史诗中的神话叙事,尚处于活形态的原生神话

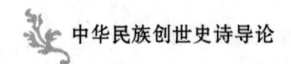

阶段，是神话研究的活化石。

1. 颠倒错综之美

从内容上讲，史诗中尚未出现一位统一的、贯穿创世过程的天神，各种创世的史诗情节在同一个民族中流传，"独龙毯上织着层层梯田，像波涛涌向天边；独龙的'切不拉'线头绵密，像云彩抹过秋天"[①]。以天地的起源为例，除了文中的创世史诗外，尚有互文、神话近十种。如陶云逵于20世纪40年代整理的独龙族的《创世纪》。

> 远古的时候，
> 太阳和月亮结婚，
> 生长万物。
> 万物都是没边没角圆块，
> 没有区别。
> 雪山女神做卡窝卡蒲，
> 用雪水洗涤万事，
> 治愈它们身上的赘瘤，
> 万物的形状才清晰了。
> 首先显现的是人类，
> 随后显现出鸟、兽、虫、鱼，
> 鸟兽虫鱼也各有性别。[②]

文中雪山女神以水涤浣万物的描写是独龙族文化自性中澡雪精神的体现，自然是极为美好的想象。另外，史诗中人类起源和洪水滔天、人与鬼的斗争也有很多内容差异较大、结构相同的互文，这些互文以多线头、颠倒错综的方式，编织了独龙族五彩斑斓的世界，看似没有

[①] 切不拉：独龙语指关于天地起源的歌。引文见彭义良《创世纪》，《民族文化》1987年第1期。

[②] 陶云逵：《几个云南藏缅语系土族的创世神话》，金陵大学中国文化研究所《边疆研究论丛》，1942—1944年。

头绪，其实呈现了独龙族史诗的原生态。

2. 简易平淡之美

简易平淡也是独龙族史诗的重要风格，与绮丽、委婉的独龙族民歌不同，《创世纪》中很难见到铺陈渲染的描写，也难以见到托物言志、借景抒情、巧妙含蕴等手法，各章史诗基本都用最平实的语言呈现人与自然、人与世界的关系，这种呈现简单有力，就像那些平铺放着的日常真理。比如，"参菩朗造人"中便用这种简易平淡的白描手法，呈现了大地孤独寂寞的境况。

> 他们坐在一块巨大的岩石上，
> 看不见劳动的人群，
> 听不到鸟雀的鸣叫。
> 地上没有生命，
> 地上死气沉沉。
>
> [《创世纪·参菩朗造人》]

诗句没有一个华丽的辞藻，却简单有力地呈现了一个死气沉沉的世界，让受众想象一个没有人类、虫鱼鸟兽等任何生命的世界，是何等的无趣，同时也给人类传授了一种珍惜所有生命、保持和谐共生的生存理念。再如，在《洪水滔天》篇章中，兄妹为了应验两人在一起是天神的意志，将九桶清水倒石头上进行占验。

> 九筒清水倒石板，
> 九筒清水九条江，
> 条条江水分得清。
>
> [《创世纪·参菩朗造人》]

波澜壮阔的大场面在短短字句中呈现出来，心似长江滚滚下，翻腾激越多少话，无言，胜于千言，让人突然获得一种须弥藏芥子的奇妙感受。

四 独龙族创世史诗《创世纪》蕴含的诗性智慧

在独龙族的《创世纪》中，包含着一种和合共生的生存智慧，也蕴含着饱满深厚的生命意识，两者共同构成了本史诗最鲜明的诗性智慧。这种诗性智慧，是一种与万物浮沉于生长之门的智慧——天地人同在一个秩序历程中，因此能够取得一种长久和谐的关系。

（一）人与自然的共生和合

独龙族史诗总体上反映了一种有情的宇宙观。在这种宇宙观中，万事万物都是有情感、有生命、有灵性的。蜜蜂、岩蜂、燕子、蝙蝠等，都是从雪山女神的母体中生长发育而来的，人和天地万物同在一个生命秩序里。在《洪水滔天》这一章中，洪水越涨越高，离彭、南木的脚只有一支箭长短的距离，洪水里漂浮着各种被淹死的动物尸体，山顶除了两兄妹外，还有老虎、豹子、马鹿、野牛和毒蛇……所有的野兽都像兄弟姐妹一样，一对对眼睁睁地看着水面。妹妹看着动物，非常害怕，哥哥捡了一根竹棍，要把毒蛇挑进水中。突然，毒蛇慢慢地抬起头来说："我们和你们也一样，是天神格梦留下来的种类，要是你们把我挑进水中，我们也要用尾巴将你们拖下水，和你们一起死。"兄妹俩听了蛇的话，就再也没有心思害他们了。

在一定程度上，《创世纪·洪水滔天》篇是独龙族在与自然的相处经验中，对周围的自然与人文现象作出的解释或说明，在这种阐释中，山川有其性灵，万物各有其成长的故事。人类与环境、人类与万物是一种共生和合的关系。人类只有善待生命、善待自然，其种群才能在世界中长存下去。

（二）人与社会的和美共生

独龙族与怒族、藏族、汉族、纳西族、傈僳族、普米族以及白族等民族均是氐羌系统的民族。各民族长期以来频繁交往、友好相处、

第一章 汉藏语系汉语族与藏缅语族创世史诗

相互交融,其融洽和谐的关系。在独龙族地区广为流传的创世史诗《创世纪》中,存在着多民族同源共祖的叙事。这些叙事构成了一种和美共生的社会关系,这一关系是怒江大峡谷多民族祥和稳定的社会基础,也是大多数人的心愿。

> 大哥大姐是一对,
> 察瓦隆江边安了家,
> 生儿育女成藏族。
> 二哥二姐配成婚,
> 怒江边上支火塘,
> 繁衍生息成怒族。
> 三哥三妹是一双,
> 留在了美丽的独龙江……
> 九对儿女繁衍生息在九条江,
> 九对儿女传宗接代在九座山,
> 各个民族的祖先就是两兄妹,
> 各民族原本就是一家人。
>
> [《创世纪·洪水滔天》]

独龙族并不缺乏我群与他群的区分观念,但他们关于该地域在社会各个群体的区分中,所有的区分都被更强烈的融合意识湮没了。他们深信,在各民族长期交往、交流与交融中,有一种不可磨灭的生命一体化趋向沟通了多种多样、形形色色的差异与对立。这种兄弟间的亲密和融关系,不仅是人类生命体共同的起点,也是一种精神追求的趋向。这种想象与构建,有一种深刻的思想追求,便是回到全然和谐的状态中。

总之,独龙族创世史诗《创世纪》,以颠倒错综的叙事线条,勾勒出一幅多元、奇妙、绚丽的民族文化画卷。《创世纪》体现出鲜明的力量之美、朴质之美，蕴含多元一体的和合思想，是独龙族民众审美品质、诗性智慧的深刻表达。《创世纪》没有统一的人物系统，也没有形成严密的体系，但气势宏伟、想象丰富、结构完整，体现了独龙族人民丰富的创造力和创作才能。

思考题

1. 列举独龙族创世史诗《创世纪》的精彩情节。
2. 试分析独龙族创世史诗《创世纪》表现的力的美学。
3. 独龙族创世史诗《创世纪》是如何呈现人和自然和合共生关系的？
4. 举例说明独龙族创世史诗《创世纪》是如何呈现多民族共生共荣的和美精神的？

第十一节　傈僳族创世史诗《创世纪》

一　概述

傈僳族创世史诗《创世纪》主要流传于云南省怒江傈僳族自治州境内的傈僳族生活区域，叙述了人类与万物的起源、大洪水后的再生历程以及木必的英雄事迹，具有复合型史诗的特征。

傈僳族创世史诗《创世纪》的主要文本及其特色如下，傈僳族艺人裴阿欠于1965年5月在怒江傈僳族自治州碧江县口头演述了《创世纪》，此次演述经木玉璋的记录、翻译，形成了最早的史诗记录稿。[①] 目前已公开出版的傈僳族《创世纪》，均是此版原初记录稿的整理文本。怒江傈僳族自治州文化局于1980年9月编印了由裴阿欠演唱、木玉璋记录翻译的史诗文本。[②]《人类的金色童年：傈僳族叙事长

[①] 木玉璋搜集整理：《人类的金色童年：傈僳族叙事长诗创世纪·牧羊歌》，裴阿欠、黑达唱述，云南民族出版社2004年版，概述，第1页。

[②]《傈僳族文学史》编写组编：《傈僳族文学史》，民族出版社2017年版，第97页。

诗创世纪·牧羊歌》收录了由裴阿欠演唱，木玉璋记录、翻译的《创世纪》。① 这一版本的《创世纪》包含二十三个章节，为傈僳族拼音文字、直译、意译三行对译本。与此同时，史诗文本整理者使用傈僳文简写"s""m"代表"男方""女方"，标注了史诗演述时的男女唱段，为史诗整理文本增添了现场演唱的要素。《云南少数民族古典史诗全集》（中卷）收录了傈僳族《创世纪》②，编者调整了史诗章节的划分、润饰了部分章节的名称，将其呈现为史诗意译文本。

在《傈僳族文学史》③中，编者润饰了傈僳族《创世纪》1980年版本的部分章节，用来论述《创世纪》的文本概况、艺术特征以及分析傈僳族英雄史诗《木必帕》④。如上所述，傈僳族创世史诗的文本共计1篇。在本文的写作中，笔者选用了收录至《云南少数民族古典史诗全集》（中卷）的傈僳族《创世纪》。

傈僳族《创世纪》共有三十一个章节，依次演述了人类与万物的发展历程、大洪水之后兄妹成婚再殖人类以及英雄木必三个阶段的故事。《调序》为史诗的开篇部分，歌者追问原初宇宙的运行规律，奠定了史诗以创世为核心的演述基调。作为承接的《生与死》《不干活的人没有饭吃》《采来野菜吃野菜》《生火》《下雪下霜来》《语言和文字》《创造的人也会死》《埋葬》《人类的繁衍》《劳动生产》十个章节，主要讲述了人类与万物的起源与发展。随后，诗篇以《洪水涨到天》为转折点，通过《葫芦里面人种留》《一把梳子劈两半》《射麻团心》《射针眼》《滚磨盘》《生儿育女》《民族产生了》七个章节，描述了洪

---

① 木玉璋搜集整理：《人类的金色童年：傈僳族叙事长诗创世纪·牧羊歌》，裴阿欠、黑达唱述，云南民族出版社2004年版，第1—62页。
② 云南省少数民族古籍整理出版规划办公室编：《云南少数民族古典史诗全集》（中卷），云南教育出版社2009年版，第45—57页。
③ 《傈僳族文学史》编写组编：《傈僳族文学史》，民族出版社2017年版，第97—101页。
④ 裴阿欠演唱、木玉璋记录、翻译的记录稿，有章节标题，但无总标题。标题《木必帕》取自民间散文体传说的标题。参见《傈僳族文学史》编写组编《傈僳族文学史》，民族出版社2017年版，第113页。

水滔天、兄妹成婚的历程。史诗余下的十二个章节，包含《曲舍扒》《就是木必不答应》《正直羊角》《木必变法》《取出一块绸子来》《取出一块羊毛毡》《取出一块棕毛来》《院子里拴骗马》《桌子上面摆食物》《拿出橘子》《还叫木必杀老虎》《空中鹰也射下来》，演述了木必的英雄事迹。总的来看，整部史诗内容丰富、层次清晰、环环相扣，呈现了傈僳族民众的生活世界、生存智慧、民族精神。

二 精彩诗篇故事情节举例

傈僳族《创世纪》的每一个章节均围绕一个主题展开演述，章节之间分布合理、联系紧密，包含大洪水、兄妹成婚等叙事母题，现选取洪水滔天、兄妹成婚、文化起源的相关情节予以呈现。

（一）洪水滔天[①]

依据念妮正的传言、藏兔鼠的讲述，万物的创造者是老猿猴，万物的发明人是野老鼠。老猿猴的创造之物均是最好的，野老鼠的发明之物皆是最贴切的。天地之间，没有他们不能创造的事物。

人们成群结队地成家、立业，在大地之上繁衍生息。在没有火种的时候，采集与狩猎是人们获取食物的主要途径。人们采来野菜便吃野菜，摘来野果便食野果，捕来麂子便吃麂子肉。在以生冷食物充饥的日子里，人们还要时刻留意猛兽的出没。有一天，人们在野外追捕麂子、马鹿的时候，看到旷野之上燃起的熊熊大火，阴坡之间清澈的溪流。他们试着把麂子肉放入火中烤制、马鹿肉放入水中煮食，惊喜地发现烤过的麂子肉、煮过的鹿肉味道极香。此后，人们保留了火种与水源，不让野火熄灭，不让清水干涸。每至霜降、落雪时节，人们将火种带进洞穴。有了火种，野外的猛兽不敢闯入洞中肆意侵扰、攻击人类。

[①] 原文参见云南省少数民族古籍整理出版规划办公室编《云南少数民族古典史诗全集》（中卷），云南教育出版社2009年版，第47—50页。

善于观察自然的人们，是生产劳作中的行家。他们在桃花盛开时犁田、翻地，在布谷鸟鸣叫时播撒种子。待丰收时节，家中的粮架挂满了粮食、布匹堆满了柜子。人们不禁感叹："环顾四方，这里的山谷最适宜作物生长，这里的土地最适宜人类居住。"

过了一代又一代，山谷里住满了人，生产的粮食装满了粮仓，纺织的布匹也堆满了柜子。天翁和地神一眼便能看到大小不一的粮架、数量不等的布匹。如此一来，所成之家业既不牢固，也不踏实。又过了一世又一世，山谷再也没有新生人类的落脚之处了。逐渐地，人心开始不齐。人们推卸责任，觉得当下困境与自己的所作所为无关。

面对大地之上高高矮矮的粮仓、大大小小的布匹，天翁看了心疼，地神见了不甘心。依据念妮正的传言、藏兔鼠的讲述，天翁、地神心生不悦后，空中的云雾开始翻滚，地上的狂风开始呼啸。乌云遮住了天地，持续了七天七夜；狂风不止，呼啸了九天九夜；江水不断上涨，一直涨到了天上。大地一片汪洋，人类在这场浩劫中几乎灭绝了。

(二) 兄妹成婚①

面对漫天的洪水，哥哥莱飒和妹妹青飒躲进葫芦里。葫芦漂洋过海，漂了七天七夜，又浮了九天九夜。逐渐地，江水涨停了，水位开始回落了，葫芦停在了盆地里的平地上。兄妹二人用银刀撬开了葫芦盖，用金刀劈开了葫芦壳，从葫芦中走了出来。洪水弥漫后的世界已不同往日那般生机盎然，被洪水夺去生命的躯体堆满了荒野、散遍了河谷，如同鹅卵石一般多、石沙子一般密。天地之间，只有莱飒哥、青飒妹存活了下来。

莱飒哥和青飒妹担心人类会灭绝，两人决定分开寻找存活下来的人种。兄妹将一把梳子劈成了两半，一副手镯截成了两段，双方各自

---

① 原文参见云南省少数民族古籍整理出版规划办公室编《云南少数民族古典史诗全集》(中卷)，云南教育出版社2009年版，第50—53页。

携带一份，作为两人再次相会时的信物。莱飒哥往北边寻找人种，青飒妹沿着南方探寻人烟。沿途之中，他们看到动物在重新建造家园——蜘蛛搭建山脉，蜜蜂装点大地，树木架起桥梁，石头变成食饼……唯独没有看见人烟、寻到人种。

多年之后，莱飒哥在北边没有找到人种，青飒妹在南方没有寻到人烟，兄妹二人相会在大地的中心，相见于山谷的中央。此时，莱飒哥的头发已经花白，青飒妹的眼角有了皱纹。兄妹二人无法通过面容确认对方的身份，便取出梳子来对证，拿出手镯来佐证。只见兄妹手中的梳子已经对合，手镯也已对正，莱飒哥对青飒妹说道："我们前往各地寻找人种这么多年了，仍旧没有找到。那就只有你我结为夫妻，延续人种了。"面对莱飒哥的请求，青飒妹没有答应。

青飒妹不答应，莱飒哥便提出了三个条件——射麻团心、射针眼、滚磨盘，用以探知天意。兄妹二人找来麻团心作靶子，麻线轱辘作目标，用以探知天意。若是兄妹可以配成一对，莱飒哥的箭将射破麻团心，射穿麻线轱辘。莱飒哥一箭射破了麻团心，又一箭射穿了麻线轱辘。青飒妹认为兄妹不能配成双，见此情景仍不同意与莱飒哥结为夫妻。

莱飒哥又找来了针眼作靶子。针眼被射碎，兄妹二人的姻亲就牢固；针眼被射穿，兄妹组成的家庭便结实。若是成亲不牢固，莱飒哥所射之箭是空箭；若是成亲不牢固，莱飒哥所张之弩必折断。莱飒哥拉开了弩弦，射中的针眼断成了两半，击中的针眼碎成了数片。天翁允许兄妹二人配成一双，地神同意兄妹二人结为夫妻。兄妹二人配成对，人类的繁衍便有了希望。

历经前两个回合的考验，青飒妹还是不同意兄妹成婚。为了人类不灭绝，莱飒哥提议用滚磨盘探知神意。若是兄妹能成双，公扇、母扇对合在一起；若是天翁不答应，磨盘滚到山外去；若是地神不允许，磨盘滚到山谷里。兄妹在榫栗山岗滚下磨盘，公扇、母扇对合在一起。此后，二人在杜鹃山上再次滚下磨盘，公扇、母扇也相合。如此看来，兄妹可以成婚，繁衍后代。

洪水过后，天下所有的人种皆来自莱飒、青飒兄妹的孕育。念妮正、藏兔鼠传言道："美好的年头、吉利的日子是生育的最佳时期。"恰逢吉日，青飒生下了九个男孩、七个女孩。七个孩子讲七种话，九个孩子说九种语。在兄妹抚育的孩子中，一个孩子是傈僳族，会讲傈僳语；一个是汉族，会讲汉语；一个是怒族，会讲怒语；一个是独龙族，会讲独龙语；一个是藏族，会讲藏语；一个是彝族，会讲彝语；还有一个是白族，会讲白语。至此，在人类的延续、发展中，民族产生了。

(三) 丢失的文字①

人们的生活越来越好，高兴说不完，欢喜道不尽。手挽手来跳起舞，人们从此忘记了猿猴语、野鼠话。老猿猴、野老鼠创造了金文字、银文字，但是人们没有记下这些文字的载体。汉族找了棉布，将文字写在了棉布上。傈僳族将獐皮作为书写文字的载体。棉布无法食用，汉族的文字因此留存了下来，沿用至今。傈僳族书写文字的獐皮不幸被狗吃掉了，所以傈僳族就没有文字流传下来。

三 傈僳族创世史诗《创世纪》体现的美学特征

创世史诗较多围绕天地开辟、万物起源、人类存续等主题铺陈叙事。《创世纪》作为活态传承的史诗，在一代代傈僳族民众的演述、传承中形成了独具特色的审美表达，具体表现为环环相扣的叙事之美、农耕生活的日常之美。

(一) 环环相扣的叙事之美

傈僳族《创世纪》由三十一个章节组成，每一章节均围绕一个核心主题展开演唱。依次衔接的三十一个章节，看似零散，实则紧密相连。歌者按照时间的线性顺序，依次演述了万物的起源、大洪水，以

---

① 原文参见云南省少数民族古籍整理出版规划办公室编《云南少数民族古典史诗全集》(中卷)，云南教育出版社2009年版，第48页。

及英雄木必三个时期的神话故事。

　　创世史诗的演述往往穿越时空，抵达宇宙开辟的原初时刻。傈僳族《创世纪》的演述从歌者对宇宙秩序的诗性追问相继展开。关于人类的生息繁衍历程，史诗主要通过《采集野菜吃野菜》《生火》《劳动生产》等章节，讲述了傈僳族从采集狩猎，走向农耕生产的发展历程。

　　　　人生自古怎样过？
　　　　人生自古怎样活？
　　　　……
　　　　采来野菜吃野菜，
　　　　摘来野果吃野果。
　　　　打来麂子吃麂肉，
　　　　打来马鹿吃马鹿。
　　　　常常碰到老虎咬，
　　　　经常遭到猛兽吃。

　　　　　　　　　　　　[《创世纪·采来野菜吃野菜》]

　　初民的生活极大地依赖自然，所食之物大多未经烹制，还饱受猛兽的侵扰。火的出现改善了人们的生活质量。在《生火》这一章节有所介绍。

　　　　出去野外打麂子，
　　　　出去阴坡打马鹿。
　　　　野外看到野火烧，
　　　　阴坡看到清水流。
　　　　烧出来的麂子肉，
　　　　比起生肉更香甜。
　　　　煮出来的马鹿肉，

第一章　汉藏语系汉语族与藏缅语族创世史诗

比起生肉更甜香。
石板当做肉墩子，
石片当做切肉刀。
生肉火里能烧熟，
生肉锅里能煮熟。
从此不让野火熄，
从此不让箐水干。

[《创世纪·生火》]

　　人们在野外发现了野火，想到用火烹制食物，惊喜地发现烤过的麂子肉极为香甜，煮过的鹿肉鲜嫩无比。火的出现，让人们摆脱了食用生冷食物的旧习，还带来了温暖、驱走了野兽。随着人们对周围环境认识的加深，人们总结出一套自然历法，并遵循物候节令耕田、播种。人们喜获丰收，粮食满仓、布匹满柜，生活越来越好。

　　过了一代又一代，山谷里住满了人，达到了环境的最大承载量。各家收获的粮食有多有少，存储的布匹有多有少。此时，大家各说各话，人心不齐。天翁和地神看见了地上高高矮矮的粮仓、大大小小的布匹，心生不悦后施放洪水。

天空云雾浓浓罩，
地上狂风飒飒刮。
七天七夜乌云遮，
九天九夜狂风刮。
江水涨到了天上，
河水滔到了天边。
向着天空叫三声，
朝着高天踢三下。

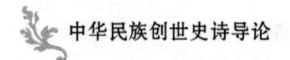

所有人种均死光，
所有人类都灭绝。

[《创世纪·洪水涨到天》]

云雾弥漫、狂风肆虐、洪水滔天，被洪水夺去生命的躯体无序地散布在荒野与河谷，一派世界末日的图景。天翁、地神不满于人类的不恰当行为，便用洪水带走了大地之上的一切，惩罚了这一代人。洪水作为可怕的自然灾害，在史诗中得到了合理的解释，也开启了兄妹成婚再殖人类叙事情节的演述。

莱飒哥与青飒妹躲进葫芦里，在洪水中存活了下来。随后，兄妹前往各地寻找人种，但找寻无果。最终，兄妹二人通过射麻团心、射针眼、滚磨盘三个回合的考验，结为夫妻。史诗的最后篇章，讲述了木必与腊之、甲俄斗智斗勇的英雄事迹。

由以上叙述可知，傈僳族《创世纪》并无情节主线与核心人物，史诗的各个篇章遵循傈僳族文化发展的脉络，环环相扣，互相连贯，构成了一部内容丰富、层次清晰的创世史诗。与此同时，在时间线性顺序、因果逻辑背后，蕴含着傈僳族《创世纪》从讴歌神的创造力到赞美人的主动性的重大转变。

（二）农耕生活的日常之美

傈僳族在三江峡谷的怀抱中生存、发展，形成了以农业生产为主，辅以养殖业和采集业的生计模式。一代又一代的傈僳族民众通过合理的规划、勤劳的双手，创造出适宜栖居的美好家园。从最初采集狩猎，到农耕生产，是傈僳族适应自然、改造自然的生动见证。在史诗《创世纪》中，较多唱段描绘了民众劳作、丰收的农耕图景。

人类庄稼怎样种？
人类生产怎样搞？
榉木弯构当助手，

第一章 汉藏语系汉语族与藏缅语族创世史诗

　　杜鹃木构当帮手。
　　挖起地来像雪崩,
　　犁起地来如洪发。
　　小米种子往下播,
　　籼米种子往地撒。
　　小米叶子芭蕉叶,
　　小米穗子芭蕉蕾。
　　生活将会富裕的,
　　人生将会美满的。
　　生产粮食挂满架,
　　织布布堆堆满柜。
　　再比这个好的地方没有了吧,
　　再比这个好的山谷没有了吧。

[《创世纪·劳动生产》]

　　各类谷物依托土壤,于阳光、雨水的滋养中逐渐生长、适时成熟。从田地的开垦、种子的播撒、秧苗的呵护,直至谷物的收获,其间每个环节皆需要人们用心对待。史诗中,人们制造了桦木弯构、杜鹃木构协助犁田耕地,提高劳作的效率。歌者用雪崩来形容耕地的气势,用洪水暴发来比拟犁田的状态,人们干劲十足的劳作画面顿时映入眼帘。同时,歌者还用芭蕉叶与芭蕉蕾,形容茁壮生长的小米,寄托着祈求丰收的美好愿望。粮食挂满粮架,布匹堆满柜子,人们通过辛勤的劳作,创造了美丽的山谷,让自己过上了幸福的生活。"再比这个好的地方没有了吧,再比这个好的山谷没有了吧",作为喜悦心情的生发,传达出民众对自身能力的肯定与赞美。

　　在长期的生产生活实践中,傈僳族民众通过观察天气变化、动植物的生长规律,归纳出一套适宜生产的自然历法,指导着农人一年四季的生产活动。

生产从来是内行，
劳动从来是行家。
生产办法十二条，
劳动门路十三口。
布谷鸟儿鸣声急，
桃子花儿开得欢，
布谷鸟鸣早播种，
桃花开时早翻地。
谷苗长得绿莹莹，
谷花开得鲜艳艳，
粮架需得多接宽，
仓库需要多扩大。

[《创世纪·劳动生产》]

傈僳族参照一年之中热、温、寒的气候变化，以及山花开放、山鸟啼鸣、草木枯荣、降雨飘雪等自然现象，划分出了干季、温季两大季节，以及花开月（三月）、鸟叫月（四月）等十个节令。这套自然历法，傈僳语称为"花鸟历"。[①]

布谷鸟鸣叫，提醒人们播撒谷种；桃花盛放，告知人们犁田耕地。人们根据物候变化，从事相应的农业活动，尊重了农作物的生长规律。谷物苗壮、粮食满库，是大自然对傈僳族民众的回报。此外，《创世纪》中还描写了"男耕女织"的和谐图景。

男子扛犁又耕地，
桑木弩弓不离身。
妹妹心中不用难，

---

① 《傈僳族文学史》编写组编：《傈僳族文学史》，民族出版社2017年版，第6页。

下雨在家绩麻线。

妹妹生活不用愁,

晴天在家纺麻线。

生活就是如此美,

人生就是如此甜。

[《创世纪·民族产生了》]

男子犁田耕地、野外狩猎,女子在家捻线织布,男女双方各自在擅长的领域中贡献着自己的力量。"生活就是如此美,人生就是如此甜",洋溢出歌者赞美生活、热爱生活的饱满热情。

在史诗《创世纪》中,傈僳族初民辛勤劳作、屡获丰收,谱写了傈僳族适应自然、改造自然的宏伟篇章。峡谷之间,高山巍峨挺拔、江流奔腾不息、树木郁郁葱葱,生活在其间的傈僳族民众仿佛也被自然万物的生机所触动,以不畏艰难、积极向上的态度应对险境、用心生活、动情歌唱。

四 傈僳族创世史诗《创世纪》蕴含的诗性智慧

人们将对内省思自我、向外探索万物的诗性表达凝聚在史诗演述中,用以解释自然、规约自我、延续记忆。傈僳族《创世纪》蕴含的诗性智慧主要表现在三个方面,以勤为美的生活智慧、乐观豁达的生死观念,以及一母同胞的民族精神。

(一) 以勤为美的生活智慧

我国各地气候条件和地理环境的复杂性与多样性,使得不同地区的人们因地制宜地发展了农耕、畜牧,或是多种方式并存的生计模式。我国境内的傈僳族世代居住在以怒江峡谷为中心的滇西纵谷——东方大峡谷。[①] 面对峡谷间复杂的地形地貌,傈僳族民众不仅以

---

① 《傈僳族文学史》编写组编:《傈僳族文学史》,民族出版社2017年版,第1页。

积极态度用心生活,还开创了适应当地自然生态的耕作模式、生活方式。在《创世纪》中,多处史诗唱段传达出以勤为美的生活智慧,在此略举几例。

> 不干活的不得吃,
> 不劳动就没酒喝。
> ……
> 人要吃饭得劳动。
> 不生产的没酒喝,
> 不劳动的没饭吃。
> 人生自古这样传,
> 人生自古这样续。
>
> [《创世纪·不干活的人没有饭吃》]

如同傈僳族的民间谚语所云:"鸡不扒地吃不着,人不劳动不得食。"① 唯有辛勤劳作、合理分工才能创造美好的生活。逐渐地,人们在解决生存问题的过程中建立起了对周围环境的知识体系。傈僳族《创世纪》巧妙地将地方性知识创编入史诗之中,并以寓教于乐的独特方式向后代子孙传递着生活智慧。

(二) 循环发展的生态意识

万物生存自有规律,春来发芽,秋结硕果。人也不例外,生老病死有变化。《创世纪》中有较多的章节呈现了傈僳族民众的生态意识。例如,史诗唱段《生与死》,较好地体现出傈僳族循环发展的生存智慧。

> 创造的什么都最好,

---

① 李自强:《三江奇韵》,云南民族出版社2005年版,第163页。

第一章 汉藏语系汉语族与藏缅语族创世史诗

发明的什么都最对。
但是不好的就是死,
不好的就是老。
死了复活就心甘了,
老了年轻就心愿了。
假如会有复活药,
死人也就复活了。
假如兴有还童药,
老人也就还童了。
死了复活就心甘,
老了还童就心愿。
应该创造复活药,
应该发明还童药。

[《创世纪·生与死》]

老猿猴与野老鼠创造了世间万物,唯独没有发明复活药、还童药。人们一边赞美着造物者的创造力,一边感慨生命的有限性。若是有了复活药,逝者便可恢复生命;若是有了还童药,老者便可重返年轻。但不死、不老才是完美的人生吗?

不死地上住不下,
不老地上没处住。
一代死了生一代,
一代老了长一代。

[《创世纪·不干活的人没有饭吃》]

若是没有死亡,无限增长的人类便会耗尽自然资源,终将走向灭亡。只有代代相承,才能维持生态的平衡。傈僳族民众用发展的眼光看待生命的消逝,以诗性的语言传达着自身对生死的豁达心境以及对

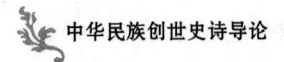

自然万物的深切关怀。

(三) 同源共祖的民族意识

傈僳族《创世纪》，包含着多民族同源共祖的叙事情节。大洪水之后，莱飒哥与青飒妹顺利通过了射麻团心、射针眼、滚磨盘三个回合的考验，最终结为夫妻，繁衍后代，维系了人类的发展。

> 从此繁衍了人类，
> 从此发展了人种。
> 生了七个讲七种语，
> 生了九个说九种语。
> 生了一个是傈僳，
> 变成傈僳讲傈语。
> 生了一个是汉族，
> 变成汉族讲汉语。
> 生了一个是怒族，
> 变成怒族讲怒语。
> 生了一个是独龙，
> 独龙人讲独龙语。
> 生了一个是藏族，
> 变成藏族讲藏语。
> 生了一个是彝族，
> 变成彝族讲彝语。
> 生了一个是白族，
> 变成白族讲白语。
> 天下所有的人种，
> 一塘瓜里生来的。
> 地上所有的人类，

一塘瓜里长来的。

[《创世纪·民族产生了》]

七个孩子讲七种话,九个孩子说九种语,由此分化出傈僳族、汉族、怒族、独龙族、藏族、彝族、白族等多个民族。贴切的比喻源自民众对身边之物的细致观察。歌者以同一塘瓜所结之果的共生关系,比拟各民族同源共祖、一母同胞的亲密关系,语词贴近日常,却又包含真挚的情感。

种的南瓜结了瓜,
栽的黄瓜开了花。
瓜藤攀缘伸四方,
瓜藤蔓抓伸八方。
北方都是同兄弟,
南方都是同姐妹。

[《创世纪·民族产生了》]

中国作为统一的多民族国家,傈僳族是我国多民族大家庭中的一员。傈僳族与生活在周边的汉族、怒族、独龙族、藏族、白族等多个民族友好往来。"艺术媒介是人与人之间、族与族之间实现深层交流的优质媒介。"①《创世纪》蕴含着感情互通、彼此认同、和睦相处的中华民族一家亲意识。因此,创世史诗的每一次演述,皆作为传递和谐、团结、互助之音的具体实践,向各民族展示着傈僳族的善良与友好。

傈僳族创世史诗《创世纪》围绕万物起源、人类存续、文化发明等主题展开演述,呈现了环环相扣的叙事之美、农耕生活的日常之美,

---

① 李世武:《多民族艺术"三维交融"铸牢中华民族共同体意识》,《广西民族大学学报》(哲学社会科学版)2021年第4期。

蕴含着傈僳族民众以勤为美的生活智慧、循环发展的生态意识以及同源共祖的民族意识。傈僳族《创世纪》作为中华优秀文化的组成部分，与多个民族的史诗共享了大洪水、兄妹婚等叙事母题，体现了傈僳族民众对中华文化的高度认同。

思考题

1. 简述傈僳族创世史诗《创世纪》精彩诗篇的故事情节。
2. 简述傈僳族创世史诗《创世纪》呈现的日常之美。
3. 举例说明傈僳族创世史诗《创世纪》的诗性智慧。

第十二节 普米族创世史诗《帕米查哩》

一 概论

《帕米查哩》是普米族口传创世史诗，是韵语的古史神话，讲述了宇宙的形成、万物的起源、洪水与人类再造以及民族历史等内容。《帕米查哩》广泛流传于云南宁蒗的西川、宁利、永宁、翠玉、拉伯、金棉等乡的普米族聚居区域。

《帕米查哩》以恢宏的结构、奇特的想象、曲折生动的情节以及引人入胜的故事，用诗歌的方式诠释了普米族先祖的生产生活，表现了普米族先民生存发展的整个历史过程。史诗通过辽阔的远古图景、悠久的历史传统和邈远的神话幻想，强有力地表现了普米族先民对物质世界和自然对象的改造，反射出一种积极的对世间生活的全面关注和肯定，歌颂了人类征服世界的社会生存，其力量、气魄、价值和主题颇为宏伟巨大。

帕米查哩，是普米族语的汉字音译书写，"帕米"意即普米，"查"意即历史，"哩"是歌的意思；连起来"帕米查哩"的意思就是普米族吟唱自己历史的歌谣。

第一章　汉藏语系汉语族与藏缅语族创世史诗

流传于普米族传统社区的《帕米查哩》为散文体古歌,翻译成汉语后改编为韵文体的史诗。最早汉文版本《帕米查哩》由尔千次里、熊巴光布、熊巴温独、熊巴将楚等演唱,汤格·萨甲博翻译,李理整理,并收录于由中国民间文艺出版社 1990 年出版的熊盛祥主编的《普米族歌谣集成》。

歌舞是普米族日常生活艺术化的突出表现,普米族的歌舞根植于深厚的民族文化土壤,根深叶茂。这是普米族先民在长期的迁徙过程中,面对特殊的自然气候条件,不断适应自然环境和社会环境的产物。普米族先民为青海、甘肃的氐羌民族,它融北方草原、森林文化元素于一体,又包含大山大河文化的成分,加上长期与其他民族文化的交往交流交融,创造了独树一帜的普米族文化。普米族民间歌谣根据演唱形式和体裁内容划分为"哩哩"和"格黑"。"哩哩"是普米族对民歌的总称,汉语的意思是"吟唱、轻唱"。演唱者一般是学识渊博的长者和在节日庆典中专门演唱的民间艺人。"格黑"汉语为"放声唱"的意思。传统上《帕米查哩》同云南其他民族的史诗一样,由民间艺人以演唱的方式加以传播和传承。较为遗憾的是,近年来能完整演唱"帕米查哩"的民间老歌手多已辞世,故此史诗目前多通过讲述的方式在普米族居住区域流传。

《帕米查哩》极具学术研究价值,整个史诗由《洪水神话》《抟土造人》《投石填海》《英雄神话》等诸多神话母题,构建起一个象征隐喻世界和意象体系,反映其对世界、人类、万物生成原因和日常生活实践演变规律的感知演绎。在世俗生活中,讲述范畴从神圣对象转向世俗对象,非神话的现实因素更多地在文本中流动,呈现了人们在日常生活中获得知识技能的种种实践经验。从中我们可以探究到普米族传统社会中人与自然、人与人、人与神、人与精灵之间的关系,它一如镜像文件,存储了普米族的历史、文化、哲学、艺术、民俗、传统农业等信息。

《帕米查哩》共有1036句，每一句字数不定，灵活而工整的对仗，合辙押韵，读起来朗朗上口。在1036句中又有243句为人与人、人与神、人与精灵之间的对话，它体现了对话者的在场性，使读者如同置身于神话的语境之中，随着情节的变化时而紧张又担忧，时而开心又轻松，非常生动形象。

《帕米查哩》由《采金光》《洪水朝天》《青蛙舅舅》《寻找仙女》《勇杀魔王》《英雄选亲》《天神的考验》《种子的由来》八个部分组成。

二 精彩诗篇故事情节举例

（一）采金光[①]

很久很久以前，天上没有太阳、星星和月亮，地上没有动植物，天地之间一片漆黑。不知过了多少年，突然，在遥远东方的大海边上有棵神奇的海螺树开花了，这海螺花一万年才开一次，花开时整棵树金光闪闪，一下子就照亮了天和地。

在离海边很远很远的地方，住着兄妹五人，他们是四个哥哥和一个妹妹，五个兄妹在海螺花金色闪亮的光芒照耀下睁开了眼睛，看到光明的他们异常惊喜。然而好景不长，海螺花的金光瞬间又熄灭了，大地重返黑暗。于是，聪明而勇敢的妹妹决定去往那遥远的东方，采集金光，立誓要留光明在人间。最小的四哥不放心小妹独自一人去冒险，于是决定陪伴小妹一同去采集金光。然而，小妹和四哥的决定却遭到了胆小懦弱的大哥和二哥的反对。大哥说："谁也走不到金光身旁。"二哥说："谁采了金光谁就活不长。"幸好三哥不这样认为，三哥说："寻找光明要勇敢，采来金光天地就会被照亮，人类就有了希望。"在三哥的鼓励下，四哥和小妹义无反顾地起身向海螺花所在的

---

① 原文参见李昌银主编《帕米查哩》，云南人民出版社2018年版，第1—17页。

东方爬去。

爬了一年又一年，兄妹俩爬上了一处四面是悬崖绝壁的山尖尖。在兄妹俩就要绝望的时候，突然一位白发老奶奶出现在他们面前。老奶奶因为兄妹二人的坚定意志和善良心性，决定帮助他们达成心愿。老奶奶拿出一把火交给小妹，小妹变身金色的太阳，老奶奶担心有人盯着小妹看，又给了小妹一包绣花针，并告诉小妹说，谁要是敢看你就用针刺他的眼睛。老奶奶拿出一朵白花交给四哥，哥哥变身银色的月亮。从此，天上有了太阳和月亮，大地有了光明。树木和花草在阳光的沐浴下茁壮成长，动物们在森林里安了家。留在地上的三位哥哥学着鸟儿用树枝搭起了房屋，用兽皮缝制了衣服，快乐地生活在光明的大地上。

（二）青蛙舅舅①

大洪水来临，三兄弟爬上了高大无比的巴扎甲楚崩②，然而，洪水越涨越猛，吞没了爬上树腰的大哥、二哥。爬到树梢顶上躲进神雕窝里的三哥在青蛙的指点下，把事先准备好的黑、黄、白三种颜色的石头分别丢入水中，洪水层层退去，大地重回生机。神雕驮起三哥从神树的顶端飞回到了地面。回到地面上的三哥又累又饿，看见两个只有一只脚的妖怪在互相传递着吃的东西，就悄悄地摸过去，趁妖怪不注意，偷偷拿起妖怪的食物狼吞虎咽地吃了起来。女妖半天没吃到男妖递过来的食物，睁开眼睛一看，原来是三哥在偷吃他们的食物，于是怒火万丈，张开血盆大口，一口把三哥吞进了肚里。这一幕被正在为两个妖怪推磨磨粮食的青蛙看见了，青蛙非常伤心，停止了推磨，大哭起来。女妖很是疑惑，连忙问青蛙为啥停止推磨，青蛙回答说："被你吞进去的人是我的外甥，你赶紧把我的外甥吐出来，否则我就不为你推磨做饭了。"女妖自以为神通广大，断然拒绝了青蛙的请求，并且

---

① 原文参见李昌银主编《帕米查哩》，云南人民出版社2018年版，第43—63页。
② 巴扎甲楚崩：高大无比的神树，与天地同生。

告诉青蛙:"推磨的人到处都是,我可以叫喜鹊、乌鸦或者蟒蛇来推磨。"

女妖叫来的喜鹊叽叽喳喳地吵个不停,然而磨盘纹丝不动;女妖叫来的乌鸦用嘴啄住磨把,拼了老命去推磨盘,但是磨盘纹丝不动;女妖叫来的蟒蛇把巨大无比的身躯盘在磨盘上,磨盘还是纹丝不动。饿坏了的男妖见状异常气恼,斥责妖婆的愚蠢,责令妖婆赶紧把青蛙请回来。

青蛙算准了女妖要请他回去,根本没有走远,等女妖追上来,青蛙就口气强硬地告诉她:"你要是不把我的外甥吐出来,我就坚决不推磨。"女妖没有办法,只好道出原委,女妖说:"我吃人容易吐出来难,你要灌我喝下九桶灶灰水,再用石头砸我的背,我才能把你的外甥吐出来。"青蛙照着女妖教的办法最终救出了三哥。但是,被女妖吐出来的三哥原来又大又圆的耳朵却变成了现今人类所拥有的小小的坑洼不平的形状,原来整齐的手指变成了现在长短不齐的样子。

三哥感激青蛙的救命之恩,跪在地上叩谢说:"世上最尊贵的人就是您,青蛙舅舅,我会永远尊敬舅舅。"青蛙的恩情普米人世代铭记,见了青蛙要让路叫舅舅,这一规矩流传至今。

(三) 种子的由来[①]

三哥和天神的女儿三妹相互爱慕,在地上安了家。但是,他们二人辛苦开垦出了荒地后才发现,大地上根本没有播种的种子,修好了圈房才知道原来大地上没有可以喂养的牲口。于是三妹决定返回娘家去要种子。临走前,三妹用灶灰捏了一个灰姑娘留给三哥,帮忙料理家务。

三哥在地上苦苦等待三妹,然而,天上一天,人间三年,三哥等了十二年还是不见三妹的身影,于是就和三妹捏的灰姑娘成了亲,并

[①] 原文参见李昌银主编《帕米查哩》,云南人民出版社2018年版,第123—131页。

生了孩子。

当三妹带着种子、猪马牛羊等牲畜、捧着吉祥的海螺花回到地上时，发现三哥已经爱上了别人，三妹的心都碎了，伤心欲绝的三妹只好含泪返回天上。正在犁地的三哥看见三妹来了又走，而且要把带来的种子、牲畜也带走。三哥非常着急，连忙取来弓箭，嗖的一声，飞驰而出的箭将种子射落在地面，也射伤了骡马牛羊和鸡狗。骡马的蹄子被射的凹了下去，牛羊的蹄子射成了两半，鸡狗的脚板被射成了爪子。射落的种子掉在地上，便生根发芽长出粮食，三妹见了愈加生气，飞回来要抢。结果，原来从根一直结到梢尖的麦穗被三妹一撸，从此只有梢尖才会结麦穗；原来杆如甜甘蔗、中间结玉米、顶端结谷穗的庄稼经过三妹的争抢也变了样。三妹又来抢荞子，匆忙之下被荞子刺破了手掌，鲜血染红了荞秆，三妹气得连哭带骂："我要让甜荞变苦荞，蔓菁煮了变成水，背在背上压断腰！"瞬间，大地上留下的庄稼都变成了三妹诅咒的样子。变了样的庄稼虽然没有当初的好，但是，有了粮食的人类从此得以世代繁衍。

三 普米族创世史诗《帕米查哩》体现的美学特征

（一）生态之美

史诗《帕米查哩》的美学特征，首先表现为生态之美，这里的生态之美指的是一种审美活动。即在审美过程中，这是一种消除审美距离、突破审美时空局限的审美自由，是以生态审美为元范畴生发的话语体系。中国传统文化强调"天人合一"，强调人是自然的一部分，在自然界中，天、地、人三者是相应的，各有其道。天之道在于"始万物"，地之道在于"生万物"，人之道在于"成万物"。天地人三者是相互对应、相互联系的，这不仅是一种"同与应"的关系，而且是一种内在的生成关系和实现原则。这一关系反映在审美活动中，就有了"我见青山多妩媚，料青山见我应如是"的人与自然的互观互赏，互猜互解的感悟。我们在欣赏、研究这一史诗的审美活动中,要结合生态文明的发展,发现蕴含于其中的真、善、美的价值所在。

　　史诗《帕米查哩》展现的是万物一体的生态观,其中关于人与自然、人与动物之间的关系是一种审美的关系,投入的是一种真挚的情感,展现的是普米族同胞与大自然和融共生、和融相通的智慧。下面举例说明。

　　那是遥远的古代,
　　天上没有太阳,
　　也没有星星和月亮,
　　天空一片漆黑茫茫。
　　那是遥远的古代,
　　地上没有鸟语花香,
　　也没有五谷食粮,
　　大地一片漆黑茫茫。
　　不知过了多少年月,
　　突然有一道金光,
　　在天地间一划就熄灭,
　　它给世界带来了希望。
　　在那遥远的东方,
　　有一片大海汪洋。
　　海边有棵海螺树,
　　神奇的海螺花在开放。
　　那神奇的海螺花,
　　一万年才开一次,
　　花开时金光照亮大地,
　　转瞬就花谢光灭。
　　那海螺花开的金光,

一下子照亮了天地,
　　五个兄妹睁开眼睛,
　　五个兄妹异常欢喜。
　　聪明的妹妹开口说,
　　那金光来自东方,
　　我要去把它采来,
　　把天和地永远照亮。

[《帕米查哩·采金光》]

　　此处,东方的金光既表明了日月的运行轨迹,又凸显了普米族先民的文化地理概念。

　　……
　　白发奶奶满心欢喜:
　　"如今天地一片漆黑,
　　我正在寻找照明的人。
　　……
　　哥哥白天出去照亮,
　　妹妹夜晚出去照明。"
　　白发奶奶吩咐完,
　　妹妹开口忙求情:
　　"我夜晚出去害怕,
　　让哥哥和我同行。"
　　白发奶奶摇头说:
　　"你和哥不能同行,
　　如果夜晚出去害怕,
　　你就白天出去照明。"
　　……

老奶奶给妹妹一把火,
妹妹当了金色的太阳。
她专门白天出来照亮,
从东方一直走到西方。
……
老奶奶给哥哥一朵白花,
哥哥当了银色的月亮。
等妹妹走完了白天,
他夜晚才出来照亮。
天上有了太阳和月亮,
地上有了白天和夜晚,
树木和花草越长越多,
树林中有了各种动物。

[《帕米查哩·采金光》]

以上诗句,表达了万物一体的生态自然观念。在此观念下,万物同源共生,万物都有生命、情感、价值、尊严。

(二) 语言之美

史诗《帕米查哩》是口耳相传的口承文学,民间艺人以口语化的表达方式来呈现故事内容。翻译整理后的汉语文本,保留了这一朴实无华的特征,整个史诗情感真挚,读者读起来不滞涩,朗朗上口,美在通俗,美在天然。

三个弟兄有了住房,
就开始砍林开荒。
他们要种好庄稼,
才对得起太阳和月亮。
砍倒茂密的丛林,

挖翻肥沃的黑土。
要撒播喷香的荞子，
要撒播金色的麦种。
……

[《帕米查哩·洪水朝天》]

简洁、朴实的语言，由于能够真实、准确地表达事务、描写人物、抒发情感，因而便更具有语言的优势。高尔基说："真正的语言艺术是非常纯朴、生动如画的，而且几乎是肉体可以感触到的。"应该写得能使读者看到语言所描写的东西就像看到了可以触摸的实体一样。真正的美和智慧，总是寓于朴素之中。普米族民间文学的美学特征之一就是语言简练、朴素明白。

四　普米族创世史诗《帕米查哩》蕴含的诗性智慧

诗性智慧重视知觉、经验、情感、想象和隐喻，创世史诗是诗性智慧的集大成者。诗人唱诵史诗的活动，就是在传承古老的诗教传统。诗人通过生动的叙事，贴切的比喻传达出敬老爱幼的伦理观念；人类创造世界的世界观；珍爱生命、不畏困难的人生观；在传承民族文学的过程中弘扬真善美的价值观。普米族创世史诗《帕米查哩》蕴含的诗性智慧主要体现如下。

（一）人是世间最可宝贵的财富

在史诗《帕米查哩》中，太阳、月亮由人类化生而来，白天、黑夜得益于人类的值守。不仅如此，史诗在最后一部分关于人类和灰姑娘最终组成家庭并诞下子嗣的描写，充分体现了中华传统文化始终是把传统礼制归结和建立在亲子之爱这种普遍而又日常的心理基础和原则之上的特点，即把情感、观念引导和消融在以亲子血缘为基础的世间关系和现实生活之中，仙女与凡人无缘，返回天庭，这样的处理使人类的情感不导向异化了的神学和偶像符号，而将其抒发和满足在日常心理——伦理式社会人生中，既充满浪漫主义色彩，又是现实社会的真实写照。

(二) 生态农业观

在史诗《帕米查哩》的第八个部分《种子的由来》的内容，在今天具有极为重要的现实意义。在史诗中，天神的女儿从天上带回了种子，虽然恼怒于老三的背叛想收回粮种，但没有全部收回。

> 要把庄稼收回天上。
> 可终于没有全部收完，
> 留下了一些种子在地上。
> 大地上留下的庄稼，
> 全成了三妹咒的模样。
> 庄稼虽不如仙人的好了，
> 人类却靠它得到了发展。

[《帕米查哩·种子的由来》]

食为政首，谷为民命。"备豫不虞，为国常道。"基于此，史诗《帕米查哩》的内涵和传承有了新的意蕴。

普米族创世史诗《帕米查哩》，体现出天人合一的生态之美，朴素无华的语言之美；蕴含着普米族同胞多元一体，以人为本，忠勇诚信，顽强不屈的世界观、价值观、人生观。这部史诗与多个民族的史诗共享了"洪水神话""投石填海""抟土造人"等叙事母题，为铸牢中华民族的共同体意识提供了强大的精神动力。

思考题

1. 举例说明普米族创世史诗《帕米查哩》的当代价值。
2. 如何实现普米族创世史诗《帕米查哩》的视觉化呈现。

第十三节　拉祜族创世史诗《牡帕密帕》

一　概述

《牡帕密帕》是流传在澜沧、双江、孟连、勐海等地的拉祜纳、拉祜族西支系中的口传诗歌传统。

"牡帕密帕"是拉祜语的汉语音译。在拉祜语中，"牡"指天，"密"指地，"帕"是分开、创造。顾名思义，《牡帕密帕》就是讲述宇宙起源、人类出世、文明形成的创世史诗，是七天七夜传唱不完的长诗。《牡帕密帕》的内容主要由造天造地、造太阳月亮、分季节、造湖水海水、造万物、种葫芦、养育扎迪娜迪、抚养第一代人、取火、打猎分民族、造农具、盖房子、农耕生产、过年过节、种棉花、结亲缘、制药十七个部分组成。叙述了天地万物的生成由来，包括人类起源、生存繁衍和发展、民族南迁，以及各种生产生活习俗的由来。《牡帕密帕》是研究拉祜族社会历史、社会形态、经济文化、民族心理、文化艺术、语言文字以及民风民俗等不可多得的历史文献，是拉祜族的百科全书。

吟唱《牡帕密帕》曾经是拉祜族文化生活的重要内容。过年过节、建房婚嫁、儿女教育等场合，都会有《牡帕密帕》的吟唱。千百年来，拉祜族的摩巴、卡些或民间歌手通过《牡帕密帕》，不断向拉祜族的年轻人传授打猎耕耘、穿衣打扮、社会交往、年节习俗等方方面面的知识。

历史上，由于拉祜族没有文字，《牡帕密帕》主要靠传唱的方式进行传承，吟唱旋律简单，只有一个调式。中华人民共和国成立后，先后整理出版了多个《牡帕密帕》的文本。1978年，云南人民出版社出版了刘辉豪等人搜集整理并翻译的汉文本。1984年，云南民族出版社出版了李文汉收集整理的拉祜文版。1989年，云南民族出版社出版了李扎约搜集整理的拉祜文、汉文对照版。1998年，云南民族出版社出版了由胡扎克、彭华搜集整理的拉祜族文版《学典鲁典》，是《牡帕密帕》的一个重要异文文本。1998年，中国民间文艺出版社出版了《拉祜族民间诗歌集成》，其中收录了拉祜文版、汉文版的两种文本。2019年，云南民族出版社出版了澜沧县民族研究所搜集整理的拉祜文、国际音标、直译、意译四行对照的《牡帕密帕》。2008年，《牡帕密帕》入选第一批国家非物质文化遗产保护名录。

二 精彩诗篇故事情节举例

（一）宇宙起源[①]

很久很久以前，没有天也没有地。天神"厄雅莎雅"在空荡荡的宇宙"北西哈嘎"间出生，身体才有脚毛粗，身高只有头发长。他翻翻身子，逐渐长大了。没有"厄雅莎雅"住的天地，他只能凭借自己的翅膀，不停不歇地飞去飞来。厄雅莎雅想要造一片天，供自己飞翔，想要造一块地，供自己栖息。他搓出手上和脚上的汗泥，造出金银铜铁四根大柱子，又搓出汗泥，做出了金银铜铁四条大鱼，四棵大柱子，支在四条大鱼上，便是天地的四个方向。四方确定了，厄雅莎雅又用汗泥制作了两个大蜘蛛，让他们分别去织天网和地网。天网地网织好了，"厄雅莎雅"搓下汗泥作为造天造地的泥土。为了造好天地，厄雅莎雅造出助手"厄莎子雅"来帮忙。扎布娜布负责背负天土和地土，扎罗娜罗实施造天造地的工程。天地造好了，不知道天有多高地有多厚，"厄雅莎雅"造出一对穿山甲去查看，穿山甲回来报告，天地造得一样厚。不知道天有多宽地有多广，"厄雅莎雅"派出扎衣娜衣去查看，扎衣娜衣回来说，扎罗伙子造天时，吃烟吃茶又休息，于是天造

[①] 故事情节主要参考澜沧县文化局编《拉祜族民间诗歌集成》，云南民族出版社1989年版，第1—113页。

小了,娜罗姑娘造地时,勤勤快快不休息,于是地造宽了。天地一定要相合,"厄雅莎雅"有办法,打出金针钉天边,造出银针钉地角。天空撑开似穹庐,大地皱褶成山海。"厄雅莎雅"又做出白蚂蚁与黑蚂蚁,命之和泥补天地,天地相合,不离不分。

天和地都造好了,因为没有光,天上黑漆漆,地上黑洞洞。厄雅莎雅有的是办法,他搓下汗泥,交给冶炼者扎罗和娜罗。扎罗和娜罗炼出金银各三百六十斤。三百六十斤金子,打造一个太阳大金盘,三百六十斤银,打造月亮大银盘。大金盘上插金花,大银盘上插银花,各插三百六十枝,太阳发光金灿灿,月亮之光白莹莹。太阳月亮不会转,"厄雅莎雅"造出子雅扎卓娜卓来轮转。太阳姑娘慢吞吞,月亮姑娘懒洋洋,厄雅造出金钱豹,莎雅造出大青蛙。豹子撵着太阳跑,青蛙追着月亮转,日月奔流不停息,最终落下心疼病。厄雅莎雅造出"毕摩格摩"为太阳月亮治心病,拉祜族"摩巴"会治病,根子就从这里来。

太阳月亮制成了,大地之上没有水。天上白晃晃,地上光秃秃。厄雅莎雅在房前屋后,栽上甘蔗,造出公猪与母猪。公猪和母猪,天天拱食房前屋后的甘蔗,拱出一个大塘子。水塘挖好了,厄雅莎雅在水塘边上种上一蓬芭蕉,在芭蕉根养了一对螃蟹和一对青蛙。螃蟹一对大夹子,夹断芭蕉的根须,水珠点滴积起来。一对大青蛙,守住出水口,水滴七天又七夜,流满大水塘。厄雅莎雅雅叫鸭子去分水,拉祜语分配叫"别",因此鸭子叫"阿别";"厄雅莎雅"叫螃蟹去挖沟渠,挖了三年整,地球上到处都有水了。

"厄雅莎雅"在大水塘边上种了一株植物"硕杰麻杰",植物越长越高,开花结果。"厄雅莎雅"采来成熟的果子,取出千万粒种子,吹动风,将种子都吹上天。种子落下地,变成各种植物。"硕杰麻杰"的叶子脱落,掉到水里,变成鱼虾;"硕杰麻杰"的枯枝落下,变成鸟兽。万物都已经生成,可惜没有声音,大地静悄悄,天空冷漠漠。"厄雅莎雅"用"硕杰麻杰"果实,酿造出美酒,鸟兽喝了美酒,飞鸟动物都有了语言,狗说狗的话,马说马的话,大地一片欢腾,天空有鸟飞过拍打翅膀的扑棱之声。

厄莎子雅的饭,只有扎卓娜卓做得最好吃。芳香润滑多黏性,厄雅莎雅很奇怪,悄悄躲着看扎卓娜卓做饭。扎卓娜卓做饭的时候,鼻涕口水流进锅里。原来顿顿好滋味,竟是扎卓娜卓的鼻涕与口水。厄雅莎雅感到很恶心,用乌云锁住扎卓娜卓,采来茅草做长剑,戳死扎卓娜卓恶心人。扎卓娜卓满身是血,垂死挣扎带翻滚。扎卓娜卓翻一翻,鲜血黏在芫荽上,芫荽于是有了香味;扎卓娜卓翻一翻,鲜血黏在藤子上,血藤可拿来做药材;扎卓娜卓翻一翻,鲜血黏在苦菜上,苦菜好吃又好种……扎卓娜卓翻了九十九翻,植物万种变得有滋又有味。扎卓娜卓的身体,腐化后变成"酸","酸"就是盐,就是微量元素,就是养分,就是果汁和蜜汁。

(二)人类起源[①]

天地万物造好了,林子里面小鸟叫,深箐里边麂子叫,江边马鹿叫,就是没有人的声音。人类不出世,整个世界没搞头。厄雅莎雅有的是主意,他打开箱子四处找,拿出一颗葫芦种子,开了一块葫芦地。葫芦种子种下地,在厄雅莎雅悉心看护之下,长出一个大葫芦。冬天葫芦成熟了,那晚"厄雅莎雅"睡着了,麂子出来找吃的,一截枯枝掉下来,打在麂子脊背上,惊动麂子四处跑,害的马鹿跟着跑,马鹿惊着野牛群,野牛踩断葫芦藤。葫芦咕噜噜滚下山坡。"厄雅莎雅"来查看,发现葫芦已不见,于是急得四处找。最终在大江边上找到了大葫芦。

大葫芦打捞不上来,"厄雅莎雅"找白鱼帮忙,白鱼拱秃了嘴,没把葫芦拱上来。"厄雅莎雅"让马鹿去抬葫芦,马鹿独角无法抬,厄雅莎雅将鹿角分为四杈,葫芦圆又滑,马鹿也无法。"厄雅莎雅"让螃蟹

[①] 故事情节主要参考澜沧县文化局编《拉祜族民间诗歌集成》,云南民族出版社1989年版,第1—113页。

来帮忙，螃蟹张开大蟹螯，把葫芦脖子夹细了，然后把葫芦拖上岸，厄雅莎雅很高兴，准许螃蟹永远住瓦房，现在螃蟹背面负有头胸甲，便是"厄雅莎雅"给螃蟹盖的"瓦房"。

"厄雅莎雅"把葫芦搬回来，放在晒台上晾晒。葫芦里面有人的声音，可葫芦总是打不开。"厄雅莎雅"请小米雀帮忙，因为它的喙最长。小米雀用喙凿葫芦，九尺长的喙只剩下一指甲，葫芦还是凿不开。"厄雅莎雅"请田鼠来帮忙，田鼠用嘴咬葫芦，葫芦终于咬开了，葫芦里走出一对男女，"厄雅莎雅"称呼他们扎迪、娜迪。"厄雅莎雅"允许小米雀和田鼠吃人类种植的粮食，因为人类出生的过程中，他们贡献很大。

扎迪、娜迪是第一代的人类。扎迪是葫芦的儿子，娜迪是葫芦的女儿。"厄雅莎雅"给他们喝最干净的水，吃最甜美的食物。扎迪、娜迪长大了，男的善良而英俊，女的温婉而美貌。"厄雅莎雅"想让扎迪、娜迪结成夫妇，繁衍人烟。扎迪娜迪不同意，两人都从葫芦生，兄妹哪能做夫妻？"厄雅莎雅"做了一副磨，让扎迪拿着公磨，让娜迪拿着母磨，扎迪爬上阿约山，娜迪走上阿荃山，把磨顺山滚下来，最后公磨压在母磨上。"厄雅莎雅"顺势引导扎迪与娜迪，两人异口同声不同意。"厄雅莎雅"编了簸箕和筛子，交给扎迪与娜迪。扎迪与娜迪，将簸箕与筛子，从阿娥山与阿戈山上放下来，筛子压在簸箕上，"厄雅莎雅"又开导扎迪、娜迪做夫妻，扎迪、娜迪还是不同意。"厄雅莎雅"调制了相思之药，把它放在蜜蜂的翅膀上，蜜蜂采花四处飞，扎迪、娜迪喝了蜜汁，扎迪想念了娜迪，娜迪想念了扎迪。

扎迪和娜迪最终在一起。娜迪怀孕了，肚子慢慢大起来。她在七座山合拢处，七条河汇合处把孩子生了下来。孩子生了十二对，扎迪、娜迪领不了，就将孩子抛弃在山上。"厄雅莎雅"派出黄土蜂去找扎迪、娜迪的孩子，黄土蜂在七座山、七条河汇合处见到娜迪生下的儿子，飞回来骗"厄雅莎雅"它没有看到，"厄雅莎雅"很生气，打了它一金棍，黄土蜂的腰被打断了。"厄雅莎雅"看着又可怜，用丝线帮它缝起来，从此黄土蜂的腰就细细的。"厄雅莎雅"又问酸蜂，酸蜂说出了实情，"厄雅莎雅"很高兴，赏赐酸蜂吃不完用不尽。

"厄雅莎雅"让动物们分头领养扎迪、娜迪的孩子。狗养大的孩子，取名叫扎迫娜迫；猪养大的孩子，取名叫扎袜娜袜；老鼠养大的孩子，取名叫扎发娜发；牛养大的孩子，取名叫扎努娜努；虎养大的孩子，取名叫扎拉娜拉；兔子养大的孩子，取名叫扎妥娜妥；龙养大的孩子，取名叫扎倮娜倮；蛇养大的孩子，取名叫扎思娜思；马养大的孩子，取名叫扎母娜母；羊养大的孩子，取名叫扎约娜约；猴子养大的孩子，取名叫扎莫娜莫；鸡养大的孩子，取名叫扎阿娜阿；扎迪、娜迪养大的孩子，取名叫扎列娜列。

过了很久很久，扎迪、娜迪的十二对儿女，不断繁衍生息，人口住满了九山九凹。九座山的人们一起打猎，九群人一起撵山。老天突然下起了大雨，九群撵山的人们分成九处去躲雨，在芭蕉树下躲雨的，后来成了汉族，芭蕉皮层多，汉族衣裳多。鲜花下躲雨的，后来变成哈尼族，鲜花开得真好看，哈尼姑娘会打扮。在山上看到老虎的行踪，九群人奋起直追，最后把老虎打死了。九群打猎的人们，平均分配到了老虎肉。有的人拿着老虎肉，认为老虎肉烤着吃最好吃，这群人就是后来的拉祜族；分得肉后，有的人煮着吃，这个人的后代，就叫佤族；分得的肉，有人刮洗了，然后放到锅里煮着吃，这个人的后代，便是佤族；分得的肉，有人煮了吃，埋头吃肉不说话，这个人的后代，便是老缅人。

(三) 文明生成①

"厄雅莎雅"想吃供品了，搓下身上的汗泥捏造了自己的"大儿子和大姑娘"扎努娜努。扎努娜努身躯像大山，手掌有坝子大，腿像山

---

① 故事情节主要参考澜沧县文化局编《拉祜族民间诗歌集成》，云南民族出版社1989年版，第176—206页。

第一章　汉藏语系汉语族与藏缅语族创世史诗

包一样粗,力气比"厄雅莎雅"还大。他的心在世界上最纯洁,他的心在世上最公正。那时候的天啊,矮得像石洞一样,舂碓也要提心吊胆。扎努扎别身子大,活动很不便,一生气,用杵棒撑高了天。

厄雅莎雅告诫拉祜族人:"拉祜人的小碗,连着厄雅莎雅的大碗,谁敢违背我的旨意,灾难就降临到他的头上",扎努扎别听了很生气,暗中把人们邀到一起:"这是什么样的道理,这是哪家的规矩,要吃要穿要过好日子,就得自己动手,每顿饭都是汗水换来,每件衣裳都要自己苦,自己主宰自己的命运,一样东西也不要给厄雅莎雅。"

谷子变黄了,谷子进仓了。有吃有穿,人人欢唱,谁也没有给"厄雅莎雅"上贡。"厄雅莎雅"来到人世间,四处打听,知道是扎努扎别的主张。"厄雅莎雅"找到扎努扎别,板着面孔责问他:"是我创造天地和万物,为何不把贡品献上?"扎努扎别理直气壮地回答"厄雅莎雅":"犁头锄头才是神仙,幸福全靠我们创造。想吃想穿自己去劳动,芝麻大的贡品也不会给你。""厄雅莎雅"非常生气,他把七个太阳挂在了天上,大地焦渴,人们无法去田里做活。扎努扎别不慌不忙,他采来十片笋叶,做成篾帽遮阳光。人们都学着扎努扎别,戴着篾帽去耕种。汗水落地,种子发芽,田里禾苗照样向着太阳生长。从此,拉祜族人有了遮阳避雨的篾帽。"厄雅莎雅"在天上正得意,他探着身子往下看,只见大地上菌子一朵朵。菌子从地头移动到地尾,又从地尾移动到地头,原来是扎努扎别在劳动。

"厄雅莎雅"气得揪落了大把头发。一计不成又生一计,他把太阳、月亮藏起来了。天变得黑蒙蒙,地变得黑洞洞。天黑看不见路,地黑种不了地。扎努扎别自有办法,他把蜂蜡绑在黄牛角上,他把松明绑在水牛角上,照样耕田种地。水牛角被松明熏黑了,黄牛角被蜂蜡熏黄了。黑暗里有了光明,庄稼照常生长。厄雅莎雅以为制伏了扎努扎别,得意地往地上看。地上到处是火把,比天上的星星还要多。"厄雅莎雅"又把地上的水藏起来,想渴死扎努扎别,想渴死所有的拉祜族人。扎努扎别办法多,用弩箭插入芭蕉树里,于是喝上了从芭蕉树里流出来的清水。"厄雅莎雅"渴不死扎努扎别，又从天上泼下倾盆大雨，想把人类统统淹死。扎努扎别有的是办法，他砍来竹子扎竹筏，划着竹筏打鱼捞虾，大洪水也不能让"厄雅莎雅"屈服。

"厄雅莎雅"气得心似火盆，只喘粗气。他找到扎努扎别，要和扎努扎别比赛跑步："如果我赢了，人们都要给我上贡；如果我输了，贡品都归你享用。""厄雅莎雅"将自己变成蚊子，歇在扎努扎别的脚上，快到终点时，"厄雅莎雅"往前轻轻一飞，赢得了比赛。厄雅莎雅变成一只蚂蚱，歇在扎努扎别头上，比赛跳高时，"厄雅莎雅"变成一只蚂蚱。扎努扎别跳到最高点，蚂蚱轻轻往高处一跳，"厄雅莎雅"又赢得了比赛。此处要具体交代一下，比赛捉迷藏时，"厄雅莎雅"变成一只小跳蚤，藏身于扎努扎别的眉毛里，扎努扎别怎么都找不到厄雅莎雅。

八月十五那一天，"厄雅莎雅"来收贡品。扎努扎别带着拉祜族人，抬出三百张大弩，齐刷刷射向"厄雅莎雅"。"厄雅莎雅"的大腿都被打穿了，疼叫不息，他恨死了扎努扎别。人们高兴地唱歌跳舞，欢庆胜利和丰收的佳节。

"厄雅莎雅"找来一只甲壳虫，在甲壳虫的触角上涂上毒药，又对甲壳虫说了许多鬼话，甲壳虫听了哈哈笑。甲壳虫来到扎努扎别住处，趴在门口整夜叫"门死门死"。扎努扎别睡不着，"门死门死你先死"，一脚踩向甲壳虫。甲壳虫涂了毒药的触角扎进扎努扎别的脚底板。想掏也掏不出。扎努扎别不能走路，一天比一天痛苦。

门外来了一个摩巴，口称自己能药到病除。诚实的扎努扎别，将事情的原委告诉他。摩巴好言来安慰，拍着胸脯又自夸："拿把凿子来凿凿，你的病痛就解除"。摩巴凿出了两碗肉，摩巴凿下了一碗碎骨头。摩巴拿来三包药，包扎在扎努扎别的脚上："要包扎七天七夜，不痒就不能解脱。"摩巴的三包药，是三碗苍蝇蛋。七天之后，扎努扎别浑身长满蛆虫，他死了。

拉祜族人闻讯赶来，唱起哀歌，吹起芦笙，在人们唱歌跳舞的地方,一把把泪水浇湿了土壤。鸟兽虫鱼都来为扎努扎别送葬。扎努扎别身躯大,三山五岭埋不下。悲伤的拉祜人,把他的肉埋向土里,把他的骨头用大磨磨细,洒向森林和江河。大家照着他说的做,他的肉变成土地的膏腴,他的骨粉变成了河里的白鱼和青鱼。拉祜人的粮食年年丰收,人们抬起碗就想起扎努扎别。勤劳的拉祜族人,每在黑河里捕到鱼类,都会想起扎努扎别。

扎努扎别的形象对拉祜族的影响非常深远,在《学典鲁典》《斯给纳给》《季节歌》等古歌中都有涉及,但是,民间对扎努扎别的看法却是差异极大的。有人认为,扎努扎别是拉祜族的英雄形象的化身,体现了拉祜族人身上"吃苦耐劳"的精神;也有人认为,扎努扎别是个不孝之子,是父母教育儿女的反面教材。

三 拉祜族创世史诗《牡帕密帕》体现的美学特征

《牡帕密帕》的传唱,是拉祜族长辈向晚辈传授风俗与礼仪的方式,也是学习和传播拉祜族的历史知识和伦理道德的重要方式,里面包含着拉祜族生意氤氲的、有机的和活力的生命世界。《牡帕密帕》里说:"生活里有歌声,大自然里有花朵。"言下之意,就是歌声如大自然的花朵一般,让世界变得美好。对拉祜族而言,史诗不是点缀与装饰,而是真正的人生日用品。

(一) 知性之美

知性美是史诗从解释世界、解释自然、解释人间伦理道德中体现出来的智思美感,是一种主客一体、意象交融、令人会心的美学享受。《牡帕密帕》作为拉祜族的百科全书,是拉祜族自然知识体系和生产生活经验的总集。《牡帕密帕》对世界的阐释,既表现为主客不分,以天地万物为同一生命体的诗性思维,更表现为人与自然之间意象交融,绵密无尽的交感关系。

《牡帕密帕》中,体现史诗知性之美的段落甚多。比如,天地间有了水之后，厄雅莎雅叫鸭子来分水，鸭子把水分得很好。

> 厄雅叫来鸭子，
> 让鸭子去分水。
> 鸭子分湖水，
> 分了三年整。
> 挖开九十九条江，
> 挖开九十九条河，
> 地上到处分满水。
> 拉祜语中"分"叫阿别，
> 所以鸭子叫阿别。
>
> 《牡帕密帕·造万物》

鸭子是拉祜族的"大禹"。拉祜族将其以蹼划水的意象及其被称为"阿别"的命名，与宇宙起源及生命降生的关键环节——分水勾连起来，严丝合缝地解释了鸭子被称为"阿别"的原因，让人感到脑洞大开，体会到一种活泼而新鲜知性之美。

另外，《牡帕密帕》体现的知性美，也表现在人与物交感的诸多场景中，这种交感虽出于物我一体的诗性思维形式，同时也呈现了人与对象世界之间互为隐喻的关系。比如，"厄雅莎雅"种植生命之树"硕杰麻杰"的时候，树苗长到一人高，还不见发芽，也不见长出树叶。厄雅莎雅找来扎罗和娜罗，告诉他们方法。

> 扎罗走到树下，
> 张开手巴掌，
> 树苗看见了，
> 就分出了杈。
> 娜罗走到树下，
> 手指头上的包头，

第一章 汉藏语系汉语族与藏缅语族创世史诗

树枝看到了，
就长出了叶子。

《牡帕密帕·造万物》

扎罗和娜罗分开巴掌，用手指指包头，植物开始分杈、长叶，这是一种感觉经验的挪移，是主体运用想象符号，进行想象虚构，表达自我生命感怀的实践，自然也是充满知性之美的。

最能体现史诗知性美的章节为《打猎分民族》一章。里面讲到，扎迪娜迪的儿女后来发展为九个群体，有一天，九群人正在撵山的时候，下起了大雨。九群人分头避雨，在芭蕉树下躲雨的，后来发展成了汉族，芭蕉皮层多，所以汉族衣服多；大树底下躲雨的，后来变成了拉祜族，大树树皮少，所以拉祜衣服少。

鲜花底下躲雨的，
后来变成傈尼，
鲜花开得很好看，
傈尼姑娘很灿烂。

《牡帕密帕·打猎分民族》

在鲜花下躲雨本身为一优美的意象，这一意象与现实民族关系中拉祜族认为的"傈尼姑娘很漂亮"联系起来，便产生了妙不可言的审美效果。

（二）修辞之美

1. 比喻

拉祜族的思维是充满象征和隐喻的，两者的结合模塑了拉祜族史诗的诗学意义，在《牡帕密帕》的修辞之美中，"好比喻物"是一个显著的特征，丰富的比喻不仅使得抽象的理念、思想变得形象而生动，同时也使得"我"与"非我"两个世界在想象对比中形成融为一体的隐喻关系。另外，对仗、排比等修辞方式的普遍使用，使得史诗恣肆汪洋、波澜壮阔，像绵延无尽的大海之水。

2. 排比铺陈

排比铺陈是《牡帕密帕》中很常见的修辞，既可以增强诗歌的节奏和气势，突出事物的特征、形态，也有利于增进诗歌的音律之美。比如，在厄雅莎雅找葫芦的环节中，厄雅莎雅一路找葫芦，一路向不同的植物打听葫芦的去向，然后厄雅莎雅根据回应的态度给植物进行定性。厄雅莎雅寻找到芭蕉树林里，就去问芭蕉树，看见大葫芦没有，芭蕉哄他没看见。厄雅很生气地说"你永远不会有节子"；寻找到芦苇林里，就去问芦苇，看见大葫芦没有，芦苇哄他没看见。厄雅很生气地说"将来拿你编篾巴"；寻到茅草林里，就去问青草、黄草，看见大葫芦没有，茅草哄他没看见。厄雅很生气地说"将来割你盖房子"……询问、安置的段落延续了二十三段之多，每一段都是同一句式，同一叙事结构，歌者可以根据身边的事物，将咏唱无限地延续下去。询问的植物成百上千，几乎囊括拉祜族地区的常见植物。这里面，也包含着厄雅莎雅的品德和思想倾向，他温暖慈爱、公正勇敢。

  一片树叶落下地，
  变成一对孔雀。
  一片树叶落下地，
  变成一对鹌鹑。
  一片树叶落下地，
  变成一对麻鸡。
  一片树叶落下地，
  变成一对比鲁鸟。
  一片树叶落下地，

变成一对乌鸦。
一片树叶落下地，
变成一对老鹰。

《牡帕密帕·造万物》

在田野工作中，常常能见到这样的场景，年老的歌者一边用舒缓苍劲的歌喉咏唱着史诗，一边给膝下的儿孙讲史诗中的名物制度，唱一句讲一句。每一种动物都有其特性，每一个歌者也有和这些动物的故事，这样的排比铺陈，重章叠句却不令人厌倦，各部分的情感递进轨迹清晰可信，已俨然拉祜族一种日常诗教的制度了。

(三) 音律之美

1. 对仗

《牡帕密帕》一般由固定的音律进行演唱，演唱时一般声音低沉，像一种从远古传来的声音。演唱时可以重唱、合唱和单独演唱，也常常有男女混合的多声部唱法。《牡帕密帕》的诗文一般遵循对仗押韵的要求，这使得史诗的韵律美的特征极为突出。

挖山药，裤子黄。
摘野菜，指甲绿。

《牡帕密帕·根古》

情谊如山之高，
深恋似河之长。

《牡帕密帕·种葫芦》

白天白鸟叫喳喳，
晚上老鼠闹嚷嚷。

《牡帕密帕·种葫芦》

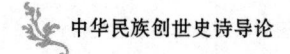

>从葫芦里出来,
>向着太阳奔去。

《牡帕密帕·种葫芦》

对仗的大量使用,使得史诗句式整齐,读来朗朗上口,让人感到一种如流水般清亮而明快,水声泠泠的动感。

2. 四音格词的普遍使用

拉祜语的四音格词在语音方面有叠音、叠韵、双声、谐韵等结构形式,《牡帕密帕》中,几乎将四音格词的对仗、押韵功能发挥到了极致。一般而言,史诗常常将四音格词拆分开来,前两个音节用上句的,后两个音节则在下句与上句中相互照应。这种内容上的相互补充,使得诗句音节结构和谐、诗体整齐美观,如《牡帕密帕》开头的第一段。

>很久很久以前,
>没有厄雅住的天。
>很古很古时候,
>没有莎雅在的地。

《牡帕密帕·歌头》

四句诗将三个四音格词"厄雅莎雅"(创世神),"噢霍噢踏"(时间),"谛科谛雅"(时刻)巧妙地拆分、穿插,使得诗歌的音律整齐和谐,妙不可言。

3. 拟声词与《牡帕密帕》的声律之美

拟声词是描摹的人或事物的声音,以达到形象、生动、音乐美的词汇。拟声词在拉祜语中具摹声摹行、摹色摹态等效果,丰富多彩的拟声词的使用,促进了《牡帕密帕》的声律之美,在拉祜族诗歌语言中具有别具一格的特征。

在《牡帕密帕》，拟声词有形容热闹的"衣嘶嘶""衣啥啥"，形容笑声的"滋诺诺"，形容喧嚣的"呔唉"，形容雷声的"噼啪"，还有从拟声词中转化过来的名词"大维里"（知了），等等，这些词汇的使用，使得史诗呈现出一个五音和谐、声情并茂的境况。值得一提的是，大量拉祜语语气词的使用，最能体现史诗情感深处，若断若续、含蓄委婉、沉郁悱恻的特点；而固定《牡帕密帕》的句式对表达拉祜族的民族情感，具有非常重要的作用。

四 拉祜族创世史诗《牡帕密帕》蕴含的诗性智慧

维柯把人类文化发源性的智慧命名为诗性智慧。[①] 人作为一个与对象世界异质同构的生命复合体，当人们以诗歌的方式面对世界时，他试图建立与对象世界的同情关系，一方面，洞悉世界的真相；另一方面，实现诗意的栖息，诗的方式永远是人类建立与对象世界的亲和关系，并获得自身意义和自由的最有效方式。《牡帕密帕》通过浓厚的神话色彩、丰富的想象力和创造精神，为人类呈现了拉祜族关于宇宙起源、万事万物形成、人类繁衍生息、文明发展、人间关系、风俗习惯的基本知识与信仰，是拉祜族的精神支柱和百科全书，其中包含着拉祜族绚烂多姿的诗性智慧。

（一）二元和谐的世界观

二元和谐是《牡帕密帕》诗性思维中一个显著的特征。"世间万物成双对，形单影只不存在"，美国人类学家杜杉杉概括为"筷子成双"[②]。在《牡帕密帕》中，创世神"厄雅莎雅"，人类始祖扎迪娜迪，以及"厄雅莎雅"搓下汗泥制作的"子雅"（使者）都是生而为一对，行止为一人的。二元和谐的特点贯穿《牡帕密帕》始终，深刻影响着

[①] 刘成纪：《维柯与当代文化诗学》，《南京师范大学文学院学报》2003年第1期。
[②] 杜杉杉：《社会性别的平等模式——"筷子成双"与拉祜族的双性合一》，赵效牛等译，云南大学出版社2008年版，第7页。

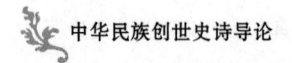

拉祜族的社会观念和日常生活。

> 天和地是一对，
> 太阳和月亮是一对，
> 山与河是一对，
> 男人和女人也要成对。

《牡帕密帕·结亲缘》

在《牡帕密帕》中，创世神"厄雅莎雅"被描写成为合二为一的单一联合体，他们一起创造了宇宙万物、种植葫芦生成人种，教会人类种棉织布、发明农具、狩猎、种植以及引导人类成婚。"厄雅莎雅"在创造世界的过程中，两人同样聪明、理性、慈爱、善良。"厄雅绝顶聪明，莎雅智慧无比""厄雅思前想后，莎雅冥思苦想""没什么难得住厄雅，没什么困得住莎雅""厄雅不做天不有，莎雅不为地不生"，厄雅莎雅的这种二元和谐的特性，反映在拉祜族的方方面面。在《牡帕密帕》中，万事万物都是成双成对出现的。

在社会生活中，一个家庭常常以当家的成年夫妇的联名指称，如"扎拉娜朵家""扎妥娜约家"。女人是男人的另一半，失去女人或没有女人的男人很少能获得政治权力，因为他们并不是成对而完整的。比如，单身的人不可以出任村落的首领卡些，特别是 20 世纪 50 年代以前，如果出任村寨头人的人不是一对成年夫妇，而是一个单身之人，会被视为一件极不吉利的事情，意味着村落人丁凋零，无可救药。

（二）自力更生的生活观

拉祜族非常重视"苦吃"的观念，"不苦便木有得吃"和"苦不得吃"，是拉祜族向外来的人口表达其生命情感时常常说的话，前者表达了自力更生的生活观；后者展现了因受自然地理和生产条件限制，付出艰辛劳动，但仍然难以过上理想生活的遗憾。会苦吃是拉祜族择偶的标准，青年男女在婚礼中，老人对新人特别强调吃苦的生活理念。拉祜族谚语中关于苦吃的警句很多，如"人哄地皮，地皮哄肚皮""人勤谷仓满，人懒杂草茂""按时起床能治懒，按时下种有丰收""要想吃饭去耕耘，要想喝水去接""想吃鸟肉去森林，想吃鱼肉去河里"。

在《牡帕密帕》中，扎努扎别是最能体现拉祜族自力更生精神的人。扎努扎别无论在七个太阳的炙烤之下，还是在日月无光的黑暗之中。那个没有主宰的世界对他来说不是地狱，也不是天堂，而是实实在在的人的日常生活。日常生活的真实与神圣，本身需要人类拿出蚂蚁拖食的精神，一步一个足印地走下去。当拉祜人都在相信预言和命运的时候，唯有扎努扎别一个人意识到命运是由他自己决定的。扎努扎别说："幸福由谁给我们？全靠我们自己创造"，这种说法是神圣的，它回响在人类有限的世界里，它告诉人们人生的可能性是不可能被穷尽的，它号召人们把"躲在树荫下乘凉，闲得一身胖"的厄莎从人的世界中驱逐出去。扎努扎别说，没有了日月，种子还是会发芽，因为人的希望在那里，洪水滔天，万物还是会生长，因为人的智慧在这里。

加缪在其《西西弗斯的神话》中说，了解人是否能够义无反顾地生活，这就是我们要探讨的全部问题。扎努扎别的生活是否够得上"义无反顾"这四个字，回答是肯定的。我们甚至能想象日月无光，大地沉寂，他在牛角上插上松明继续耕作时的表情，那肯定是一张没有憎恶、厌恨的脸。他的面上满是汗水，眼中充满希望，任凭黑暗死寂下去，他用辛勤的劳动守候着收获的希望。我们甚至能听到他的犁铧翻划过岩石的清脆之声，感受得到泥土湿润，种子发芽。

(三) 和谐共生的生态观

1. 万物同源，生生不息

在《牡帕密帕》中，宇宙万物被认为是从生命之树"硕杰麻杰"脱落而形成的。"硕杰麻杰"被认为是厄雅莎雅种植在世界中心，并联结着宇宙的三个部分,因为他的根直贯大地,而枝叶上达天听。后来,"硕杰麻杰"的树叶落下来,变成了游鱼、飞鸟和各种小动物,树枝掉下来,变成了各种禽兽。厄雅莎雅给各种动物安排住所,能住水里的住水里,能住山上的住山上。"山上的黄竹长不好,平坝的茨竹长不好,厄雅莎雅为他们调换关系,黄竹、茨竹都长得茂盛",每种动物和植物都长得很好,鸢飞鱼跃,生机勃勃,共同生活在一个统一、连续、不中断的宇宙生命体中。

扎迪娜迪出世之后,整个宇宙又被视为交相融贯的有机体,人处其间,宇宙如同一身。

2. 万物有灵,彼此感应

在《牡帕密帕》中,自然界的万物是"厄雅莎雅"搓出手上脚上的汗垢所造,万事万物因此得以"分润"他的灵魂与力量。蜘蛛是织天地网的精灵,点水雀是踩天土地土的精灵,丐都鸟是沟通生死两界的精灵……

山河之灵是人间秩序的执行者。东边寨子的姑娘和西边寨子的小伙在路上相遇,小伙长得像山梁一样伟岸,姑娘长得像黑河一般清澈。姑娘喜欢上了男子的勤劳,小伙喜欢上了姑娘的灵巧。山有山的精灵,林下私会会被豹子看到;水有水的精灵,河边贪欢会被白鱼偷窥。小伙心里想念女子,路上踢着石头,是山头的精灵感受到了爱的炽烈,心生嫉妒;女子想念男子,不小心被山草绊倒,是箐边的精灵闻到了爱的芬芳,孳乳醋意。男人和女人,如此深陷情网何时是个头。从陡峻的崖壁上取下挂蜂的蜂蜡,从巍峨的山巅砍来馥郁的清香。双双带着清香、蜂蜡和给"毕摩格摩"的野高粱,到"北氏南氏"找到"厄雅莎雅"。至高至尊的"厄雅莎雅"哪,我们如此深恋,如胶似漆,如何分得成两个人?"厄雅莎雅"祝福深爱的恋人,让"毕摩格摩"护送深情者回到故乡。"毕摩格摩"吃了野高粱做的饭食,宣读"厄雅莎雅"的圣谕:这对恋人深情常青常在,已经得到无上虚皇"厄雅莎雅"的祝福,山河水箐,一切神灵,不得偷窥恐吓,令其难堪,更不得阴处使坏，致令颠仆。深情爱意所过之处，地里长得出饱满的粮食，田里长得出沉甸甸的谷米。

拉祜族的创世史诗《牡帕密帕》，体现出意象交融的知性之美、排比铺陈的叙事之美、整齐和谐的音律之美；蕴含着拉祜族人民二元和谐的世界观、自理更生的生活观、和谐共生的生态观。这部史诗与多个民族的史诗共享了大洪水、葫芦生人、兄妹婚、文明创生等叙事母题，塑造了厄雅莎雅、毕摩格摩、扎努扎别、扎迪娜迪等一大批个性鲜明的人物形象。史诗中保留了大量的古地名、古词汇，显示着拉祜族是一个从甘青高原起源，一路南迁与周边各族交往交流交融而形成的民族，为铸牢中华民族共同体意识提供了强大的精神动力。

思考题

1. 拉祜族的创世史诗《牡帕密帕》和傈僳族的《创世纪》有何异同？
2. 请你制作一个中华民族各族创世史诗中葫芦生人的母题分析表，对照分析拉祜族葫芦生人的神话的特点。
3. 《牡帕密帕》中体现的"二合一整体观"对拉祜族的社会生活有何影响？

第十四节　哈尼族创世史诗《窝果策尼果》

一　概述

"窝果策尼果"，是广泛流传于红河州元阳县哈尼族群众中，以哈尼族"哈巴"形式演唱的创世史诗。

"窝果策尼果"，是哈尼语的汉语音译。在当地哈尼语中，"窝果"意为"古规"，"策尼"意为"十二"，"策尼果"意为"十二路""十二条"，"窝果策尼果"即"古规十二路"[①]。

---

① 也有许多地方将"窝果策尼果"译为"古歌十二调"。

"窝果"在民间还有"窝嗦活"的叫法。要认识"窝果",我们首先要了解哈尼族最为重要的口头传统——"哈巴"。

"哈巴"是哈尼族最为重要的一种韵体歌唱传统。由于哈尼族历史上没有形成自己的民族文字,其丰富多彩的文学艺术形式大多以口头传承的方式保存下来,许多重要的民俗文化、民间智慧和地方知识都承载于各种口头传统中。"哈巴",又有"拉巴""惹咕""数枝"等不同的称谓,民间通常释为"山歌""曲子"或"调子",被广泛地应用于哈尼族的民俗生活场合,在传统哈尼族社会长大的哈尼人没有不知道"哈巴"的。作为哈尼族文学世界里的一朵奇葩,"哈巴"在世世代代的口耳相传中凝结着哈尼人的文化传统、民族记忆和诗性智慧,对我们认识哈尼族的历史和文化具有重要意义。"窝果策尼果"便是用"哈巴"形式演述的重要史诗。此外,大家熟知的哈尼族迁徙史诗"哈尼阿培聪坡坡"以及"伙培拉培"[①]都属于"哈巴",它们都是从"哈巴"所演唱的内容中截取出来的相对完整的叙事单元,对传统中的民众来说,它们就是"哈巴"。

"窝果",是指一种活态诗歌传统;《窝果策尼果》,是指记录此种活态诗歌歌词的文本。只有后者才能被称为"一部"史诗。在传统社会中,"窝果"被认为是与情歌、山歌等相对的正式的歌,有年节时唱的"窝果"、婚丧嫁娶时唱的"窝果"、仪式时用的"窝果"等。唱述内容涉及哈尼族的各种风俗礼仪、古规古理以及典章制度的源起和内容,可谓是哈尼族社会生活的"百科全书"。

"窝果"有着独特的演唱形式和演述特征。首先,歌手演唱"窝果"时只唱不说,无乐器伴奏,其首要特征便是它演唱的内容都是古规古矩,是祖先传下来的,后人只能照唱而不能随意编造。用演唱者的话来说,就是可以稍作发挥,但古歌中涉及规矩的部分,是绝对不

[①] "伙培拉培"因哈尼语方言差异又称"伙及拉及""伙好拉好"等,意为"翻年翻月",但目前最为人熟知的译法是"四季生产调"。

能乱唱的。其次,不同的"窝果"其实就是不同的史诗唱段。由于体量极大,一般的"窝果"唱述都不可能将所有唱段一次唱完,而是依场合需要择取相应的唱段演唱,且唱段间并没有严格的先后次序。如二月祭寨神的"昂玛突"仪式中必唱"烟本霍本"(神的古经)、"俄色密色"(造天造地)和"昂玛突"(祭寨神)三部分,婚礼中必唱"然迷克玛色"(嫁姑娘讨媳妇),葬礼上则必唱"松窝纳窝本"(丧葬的起源)等,每次演唱均以最后一部分"哑罗多罗咕"(祝福歌)为结尾。在以上场合中,只要唱述了必唱的部分,其余唱段可以酌情省略。在这种时候,歌手的演唱具有极大的权威性,不演唱"窝果"中的内容,相应的仪典便无法进行。

"窝果"的演唱者、受众以及演唱场合均无限制,但演唱者以摩批或村寨里的男性长者居多。"窝果"所唱述的内容涉及哈尼族关于天地万物、人类繁衍、族群历史、四时节令、历法计算、生老病死、风俗习惯等方面的种种知识,这些演唱内容决定了其受众的宽泛性,可以说是老少皆宜,而演唱者也因此没有限定,只要会唱,不论男女老少都可以唱。在重大的节庆或人生仪礼场合,可以由一人唱完全部唱段,也可以数人各唱一个唱段,或是数人皆唱同一唱段。数人演唱时带有比赛性质,以唱得更全、更细、更精彩的人为胜。因为谁都可以唱而且谁都可以听,因此"窝果"可以在任何场合、任何地点演唱。当地的哈尼人从很小的时候就开始听老人们唱述"窝果",并从中了解天地万物的来历,了解自己民族的历史,学习做人的道理和做事的规矩。可以说,聆听"窝果"就是他们所接受的最早的启蒙教育,无数哈尼人正是通过"窝果"才使自己和传统连接起来,才融入了传统,承续了传统。

哈尼族创世史诗《窝果策尼果》的主要文本及其特色如下。目前已公开出版的《窝果策尼果》有两部,一是1992年出版的《哈尼族古歌》,其收录了《窝果策尼果》中的二十个章节,为汉译本,是最早面世的版本;二是2009年出版的《窝果策尼果》(《哈尼族口传文化译注全集》第1、2、3卷），为四行对译本，是内容更为全面系统的版本。《哈尼族口传文化译注全集》中的《窝果策尼果》收录了红河州元阳县哈尼族民间流传的具有代表性的"窝果"曲目，分上、下篇，共二十四个唱段。上篇《烟本霍本》，意为"神的古经"，含"神的古经""造天造地""杀泥牛""人丁五谷牲畜的来源""雷神降火""采集狩猎""开田种谷""安寨定居""洪水泛滥""塔婆编泥牛""遮天的大树王""年轮树"，共十二个唱段。内容多为宇宙起源和人类起源等。下篇《窝本霍本》，意为人间的古经，含"一年十二月的古规""翻年歌""头人莫批工匠""祭寨神""嫁姑娘娶媳妇""丧葬的起源""金银铜铁的来源""种棉纺织""种烟草""赶街场""歌舞的起源""祝福歌"，共十二个唱段，主要讲述哈尼族各种古规古理的由来、风俗礼仪的规范等。

二　精彩诗篇故事情节举例

（一）造天造地[①]

远古的时候，天上地下的神出来了，万物齐全了。可是没有天和地，世上万物都不会活。

万神之尊明烟号令天地诸神造天造地。

听到神尊明烟的号令，数不清的天神地神从三层高天的神殿和地下的龙宫聚拢而来。

三层天和三层地都在摇晃，造天造地的响声和样子十分吓人。

造天造地要用金和银，金子要到天神烟沙家里找。

要用金子做天架，否则天架会被蚂蚁啃。

造天要喊齐三层高天大神。

力气最大的天神俄窝和窝赫来扛天架，还需要手艺最高的工匠洛

[①] 原文参见红河哈尼族彝族自治州人民政府编《窝果策尼果（一）：哈尼文、汉文对照》，史军超、卢朝贵、杨叔孔译，云南民族出版社2009年版，第50—83页。

德和埃依。

造天还要金扎绳，还要银扎绳，否则天架会松散。

大神烟沙砍来九抱金竹，夜里削出九捆金篾，白天搓成金银绳。

天架扎稳了，天边也绷平了，天体造得四方一样平整。

造天不仅要金银，还要神殿后绿石山开采的绿石。

有绿石铺底，造出的天空才绿汪汪，格外好看。

大神烟沙拿来金撬杆，撬得绿石铺平天底。

造天不单要能干的工匠，还要有指挥诸神的神王。

最大的神王是天边住的神匠，他们三父子是造天的英雄。

造天还要留天眼，若是没有天眼，星星透不出光辉，新年的雨水降不到地面。

造天还得留下两条银河，东边的银河是雨水的大路，西边的银河是露水的大路。

造天还要留下天门，否则众神回不到天庭，各路天神也无路可走。

天门开朝四方，第一道是玉天门，第二道是金天门，第三道是银天门，第四道是铜天门。

造天还要留下最大的天眼，让三对报时鸟出进：第一对是唤春耕的阳雀，第二对是催播种的布谷，第三对是报岁时提醒过十月年的叽叽波波鸟。

三种神鸟均为天神的使者，阳雀是天神烟沙的儿媳，布谷是天神俄烟的女儿，叽叽波波鸟是天神俄玛的姑娘。

蓝天的儿子纽侯打造玉箱关养布谷鸟，天神兴侯打造金箱关养阳雀，天神铺侯打造银箱关养叽叽波波鸟。

天神还打造出铜箱和铁箱，黄亮的铜箱里锁人种，黑亮的铁箱里锁万物。

五彩缤纷的物种，都是天神开造。

远古开天辟地的时候，头人、摩批、工匠三个能人也被造出了。

最先出世的是头人渣朗德摸，中间出来的是摩批俄多罗赫，最后出世的工匠是莫咪的姑娘,不仅手艺巧,样子还特别俊俏。

头人发光在尊贵的头脑,摩批发光在神气的嘴巴,匠师闪光在万能的双手。

像手掌一样平坦、像绿石一样蓝的天造出来了,造地的良辰到了。

造地要请龙蛇街场的大神和龙宫里的龙神,要选在属牛的良辰。

地脚下在十条大江汇集的水尾,下在十座大山汇聚的地方,在人和鬼住的海边。

地神王密则、达徕和阿尼先后赶来造地。

龙王蛇王的神匠听到号令,白天来的造地壳,夜晚来的铺地底。

天神匠的祖师洛斗和阿烟,地神匠的祖师咪沙、达徕和阿尼,齐心合力来造金银铜铁四根地柱。

锻造地柱的风箱做好了,还要去龙王蛇王家里找金银、黑铁和黄铜。

四样材料齐备了,神匠工具齐全了,四根地柱造出来了。

用龙王头上的金珠造的金大梁、蛇王下巴挂的银珠锻的银大梁也有了。

金柱支在金鱼头上,银柱安在金鱼尾巴上,铜铁两柱支在金鱼的两鳍上,平展展的地壳撑起来了,上面还要造地皮。

众地神要到土神咪搓媳妇的大仓里抬黄土搓黑泥,先要去龙王的宫殿后山砍金竹来编撮箕。蜈蚣、竹鼠、刺猬帮忙编撮箕,蚂蚁、飞蛾、土狗、蚯蚓、草鞋虫也齐齐上阵和地神一起刨土抬泥来造地。

天神家的蜂子来传话:"造地也要留地眼,否则世人吸不到地气,三天就会死亡;要造得有高低,否则七月的洪水淌不出三庹,大地就会变成汪洋,世上万物就要遭殃。要造得像蜂饼一样分层,才会有高山、凹塘、河谷和平原。"

造地还得犁地底,地底还要耙来平。老虎、兔子、尖角的龙王、长尾的蛇王、红冠子的公鸡、狗儿都被拉来犁地,但个个累得直喘粗气拉不动犁。最后拉来强壮的牡牛,耙地地平整,犁地分高低,造地的大神都喜欢。所以造地就选在属牛的日子，世人永不忘牛的功绩。

造地的九个大神，从地底犁出高低不平的犁沟，变成高山和矮山；耙凹的土地，变成箐沟和水潭，世上就有冷季和热季，大地就有山峰、河谷。不犁不耙的土地留下三巴掌，一掌留给风走路，一掌留给水走路，还有一掌留给谷神到人间。

天地造好了，数九个天神和三个地神功劳大。

而天这个大名，还是蚂蚁传播开的。蚂蚁看见蓝蓝的天空，跑去问大神咪沙："阿波，顶上蓝色的东西是什么？"咪沙答它："小弟，这蓝莹莹的叫天。"蚂蚁到处去传话，于是世人都知道了天的美名。

地名则是牛说出来的。牛望见黄灿灿的泥土，去请教地神咪则："阿波，这黄东西是什么？"咪则回它："兄弟啊，这个是大地。"牛到处讲四处传，于是世人都知道了地的大名。

造好天地就完事吗？不，天地还没有合拢呢。

天神咳一声，天体往上飘；地神喘口气，地体往下落。

还要粘连天与地，金子拿去粘天地，银子拿去粘缝隙，铜拿去粘，铁融化去补，抬三团黄泥巴去黏糊，天和地才连接在一起。天地不分离了，万物终于齐全了。

可是天不会亮，地不会明朗，万物不会活。谁也不知道这是什么道理。

地王去问九个天神和大神沙拉，谁都讲不清。

再问神祖明烟，才得到答案。天地有万物，没有太阳和月亮，天地万物都有路，只有太阳月亮没有路，开出两条太阳月亮走的路，天就亮了，地就明了，万物也会生长了。

神祖明烟拿金刀在东边天门口灰蒙蒙的大水里划了一个大圆圈，划出了太阳；拿银刀在西边天门口雾蒙蒙的大水里划了一个白圆圈，划出了月亮。

太阳月亮出来了，却灰暗不会亮。神祖明烟开金箱拿出金粉涂太阳的脸，太阳有了光亮；开银箱拿出银水擦月亮的脸，月亮有了光亮。

明烟又拿金刀刻了太阳进出的路；拿银刀刻了月亮来往的路。太阳月亮遂从大海里起身，顺着台阶走上来。

明烟再拿出刀比画，建造栅栏把太阳月亮隔开，不让太阳月亮齐活动。白天太阳出来，夜晚月亮升起。

太阳大姐胆子小，神祖明烟送她一捆针："若怕人家看你的脸，就用金银细针戳人眼。"月亮伙子白天好闹，夜里出门便气力少，走路静悄悄，每个月要躲在家里闲几天。

太阳生在属虎日，月亮生在属兔夜。

天亮了地明了，天神的笑声是雷鸣，地神的笑声是闪电。

天亮地亮了，人种繁衍了。

白天太阳送温暖，再冷也不怕。夜里月亮洒银辉，再暗也不怕。

世上万物生长了。

(二) 洪水泛滥[①]

远古之时，白天阳光明媚，夜里月光明亮，世间平平安安，哈尼好吃好在。但也有过天昏地暗的时候，也出过万物不生的年代，也有过人种停止繁衍的境况。

在那个遥远的年代，天神烟罗宫殿的背后白天升起两个太阳，夜里出来两个月亮。两个冒金火的太阳把石头晒得炸开了缝，两个冒银火的月亮把小草照得一片枯焦。尽管如此，也没能把世上的人种灭绝。

两个太阳一起晒大地，两个月亮共同照人间，泉水晒枯了，河流晒断了，大河晒干了，大海露底了，没有一处冒泉，没有一处有水，这是太阳神约罗造下的苦，这是月亮神约白制造的难。

没有水世人不能活命，没有水阿妈不会生养小孩。先祖去找水，听见哗哗的声响，可左找右找，只见松林不见水流处，原来哗哗的响声是松涛声。先祖去找水，听见若呼鸟的叫声，左找右找不见水，原

[①] 原文参见红河哈尼族彝族自治州人民政府编《窝果策尼果（一）：哈尼文、汉文对照》，史军超、卢朝贵、杨叔孔译，云南民族出版社2009年版，第265—343页。

第一章 汉藏语系汉语族与藏缅语族创世史诗

来咕哩声是若呼鸟干渴的哭声。

世上没有水，人和野兽都死了，连命大的魔鬼也死了。只剩下了三个不灭的人种，一个是头人的小儿子，一个是摩批的小儿子，一个是工匠的小儿子。不死的三个人种在哪里？在天涯地角露水晒不干的地方。

太阳月亮把泉水晒干，把江河晒干，把海水晒干，千万种树干死了，只有芭蕉树还活着。不灭的芭蕉树在哪里？活在天的一个角落里。永生的芭蕉树，世上唯独有三棵，长在太阳神约罗宫殿的背后，生在日月神光照不到的背阴里。

世上不灭的哈尼人种，离开了哈尼的寨房，找到三棵永生的芭蕉树，吸着芭蕉根水活命，咬着救命的根避难。太阳再毒辣，月亮再明亮，也不能毒死三个能人。哈尼的头人、摩批和工匠，是世上不能缺少的人种。

世上还有没死的人吗？东方有三处露水不化的地方，在竹蓬底下有不化的露水，不愿绝种的祖先躲在那里，靠着露水生活在毛竹棚下，他们要做世上不绝的人种。

东方不死的人，要吃饭要做活，其中最勤劳的是阿西和阿则，被人们誉为不死的太阳阿西和月亮伙子阿则。

天上最大的俄玛阿波看见阿西、阿则不停地挖田种地，好意走来劝他们赶快歇手。对他们说太阳神约罗晒的算不得狠，月亮神约白照的算不得毒，最狠最毒的还在后面，最苦最难的时候就要来了。等咪搓搓玛来了，洪水要涨到天上。世间见不到活物，世上什么都不会剩，最勤快的人也活不成，最聪明的人也活不成。

阿西和阿则无心挖地了，要做东方最懒的人。过路的人来问原因，他们将天神俄玛的话告诉了路人。

最大的国王听见消息，造下了逃命的金箱；头人听见消息，造下了逃命的银箱；有钱的人家听见了，造好了逃命的铁箱；最穷的兄妹佐罗、佐白，没有一样逃命的箱子。

天神俄玛可怜兄妹，去地神家里找救命的葫芦。地神的大儿子和大儿媳栽出葫芦后，天神俄玛把最大的一个送给了佐罗和佐白。兄妹俩在发洪水时躲在葫芦里，把万物的种子也带进了葫芦。

先进葫芦的是妹妹佐白，她的手指缝和脚趾缝藏下五谷种。后进葫芦的是阿哥佐罗，手指甲缝里藏下畜种，脚指甲缝藏好野兽种。神赐的葫芦载着逃难人漂流，兄妹带齐了一百二十样种子，世上才有万物齐全。

洪水淹到人间，白天冷水涨三次，夜里沸水涨三次，都涨到了天神俄玛的门口。

国王乌木和头人逃命的金箱、银箱太重，都沉到了水底；富人的铁箱也被吸进水边的夹缝里。佐罗和佐白两兄妹躲进天神送的葫芦里，拿来透气的金竹管，用蜂蜡糊住缝隙，大水上涨漂在水上，大水退去落在地上，漂过十次大水也不沉，漂过十座大山也不翻。

冷水涨了三天，沸水冒了三夜。七个大神打了三架，一个打不赢一个；七个大神斗了三回，一个斗不败一个。

第四天清晨，神主明烟打开天门，对太阳神约罗、月亮神约白、天神俄玛、地神咪玛、人种神烟然烟牒牒摩以及咪搓搓玛发话：问咪搓搓玛为什么白天黑夜发大水？太阳神为什么要升两个太阳？月亮神为什么要升两个月亮？天神、地神、人神和咪搓搓玛，明明是亲兄弟，是同一个祖先的后代，为什么要拼命？为什么要打架？

尊神明烟令众神白天不准放出两个太阳，夜里不准放出两个月亮，白天冷水不准滔天，夜里沸水不准淹天。要众神各归各位，白天在一起不准打架，夜里住一处不准斗殴。

听了尊神明烟的话，七个大神齐点头，太阳神只许出一个太阳，月亮神只许出一个月亮。

咪搓搓玛拿出金钥匙，打开落水洞的银锁，滔天的洪水逐渐退去。

佐罗和佐白藏身的葫芦顺着大水漂流，落到地罗普楚。啄木鸟飞来将葫芦啄开一个口，兄妹俩钻了出来，但是天地都已垮塌了一半。

第一章 汉藏语系汉语族与藏缅语族创世史诗

兄妹住在地罗普楚，千百棵树筒漂过来，千百根树干漂集于此，可是一棵也抓不牢，一根也抓不稳。手抓岩石上的万年青树，万年青树根抓不住；手拽岩缝中的尖刀草，尖刀草拽不住。找不到脚巴掌宽的一节台阶，找不到手巴掌大的一块平地。

兄妹向活在世上的人喊救命，喊过三遍听不到回音，只听见地罗普楚的淌水声。兄妹向天边的人喊救命，叫过七遍没有人应声。兄妹伤心的哭声惊动了天神，传到了龙宫。

兄妹俩向天神、地神和水底龙神求救。

生着七只耳朵的法神烟沙媳妇最先听见兄妹的呼救声，有千百双眼的天神则烟媳妇最先看见兄妹俩，住在天边地角的地神诺罗搓罗最先走来看两兄妹。

尊神明烟亲自来了，看到兄妹俩正在地罗普楚挣扎，走不出七步路，爬不上七拃高。

大神明烟招来天边三伙神，叫来地边三群神，对他们说："这是会稳住天地的人种，这是人种不绝的兄妹，这是创造万物的能人。"兄妹爬不出地罗普楚的岩头，是三伙天神没有把天造稳；兄妹走不出地罗普楚的岩洞，是三群地神没有把地造牢，令他们将天地补牢。

三伙天神和三群地神没有一个敢违抗明烟的吩咐，各自去找补天的工具和补地的材料。

三群神走遍天上地下，请教过数不清的神，最后是天宫里的神匠说出了补地的材料："地不稳要用金柱支撑起来。补地要用金柱玉柱。"

大神烟沙的九个女儿也跟着天宫神匠来帮忙，打造补天的金柱和玉柱。大地四角支起四棵大柱，又要安放金铸的大梁。锻金梁需要龙王头上的金珠，不安不能行。造好补地的金梁，铺好太阳进出的七十七级金阶，太阳来到天的正中央，天地就明亮了。

三伙大神来补地，补地需要龙宫后山土堆的土，要龙宫后山上的玉石。背泥土需要背箩，抬石头需要撮箕。龙宫后山有三蓬砍不败的金竹，请得龙女削篾编箩筐，织出三只使不烂的簸箕，编出三只用不烂的背箩。

补地要耙地，耙地要耙平。耙地的是烟沙三父子。三伙神来耙地，耙出了水走的大路，耙出了筛子样的气眼。

地补好了，地补稳了，佐罗和佐白两兄妹从地罗普楚的山崖爬上来了。

地补好了，天还没补好。没有天不会过日子，天庭不稳众神不能安居。神主明烟又叫齐众神，叫他们把天补起来。

龙宫后山的玉石有一百二十种，补天需要最好的七种。龙宫巧匠撬出七色七样玉石，蓝玉拿去补蓝天，绿玉拿来补晴天，紫玉拿来补阴天，黄玉拿来补朝霞，红玉拿来补晚霞，黑玉拿来补夜幕，白玉拿来补白云。

天补好了，蓝汪汪的天有了，绿茵茵的天有了，刮风的干天有了，下雨的阴天有了，火塘样鲜红的晚霞有了，金子样金黄的朝霞有了，锅底样漆黑的夜晚有了，亮汪汪的白云有了。

天神告诉两兄妹："从前两个太阳、两个月亮的日子不会有了，天上只有一个太阳，另外的那个被太阳神约罗关进笼子里了；夜里只有一个月亮，另外的那个被月亮神约白关进笼子里了。"

兄妹俩走上大地，地上没有人烟。为了找伴翻过九座大山，听不见一句人声；寻遍九条大河，见不到一个活人。横不见人影，竖不闻人声。兄妹伤透了心，哭干了泪。

阿哥佐罗让妹妹到老林里去找伙伴，自己到箐沟里找伙伴。走过九座老林，找遍九条箐沟，循声走近把人看，却是自家妹子在林中。

阿哥佐罗让妹妹到后山去找伙伴，自己到山脚找知音。找遍了后山九岭，踏遍了山脚九箐，没想到遇到一起的仍然是兄妹俩。

阿哥的巴乌吹过九条河流，吹过九个河坝，朝上游吹一回，走出来的是自家妹子佐白；朝下游吹一次，遇见的仍是自家妹子。找来找去，瞧来瞧去，还是兄妹俩相遇在一起。

第一章 汉藏语系汉语族与藏缅语族创世史诗

阿哥佐罗朝山上吹过巴乌，半山的彝家姑娘没有回应；朝山下吹过七孔直笛，河坝的傣家姑娘也不见出来。找来找去，遇见的只是阿哥和妹子；转来找去，见到的仍是亲亲的兄妹。

地神的儿子阿直和天神的姑娘阿白分别劝两兄妹，"要传下哈尼的人种，只有兄妹来成婚"，兄妹俩都不答应。

阿直和佐罗去找人，顺着江河上下只见阿白和佐白；阿白和佐白去找人，找遍高山峡谷只见阿直和佐罗。

阿直再次劝说后，佐罗为了传人种愿意兄妹成婚，只愁妹子佐白不答应。地神阿直去找天神阿白商量："兄妹要成婚，古规里没有的事现在要有了，世上七十种人不能绝，大神要出力帮忙了。"

佐罗和佐白两兄妹，相会在两条江河相交的地方。阿哥喝了大河流的黑水，肤色变得黝黑透亮，说话变得粗声粗气；妹妹喝了小河淌的白水，皮肤变成嫩白的萝卜样，说话声变成细声细气。哥和妹相会在一起，虽知道是一娘生的后代，但瞧样子和听声音都认不出是一家人。

阿哥劝阿妹："世间要传人，兄妹不得不成婚。"阿妹佐白提议到俄乐山顶滚石头，滚石重叠后，兄妹走过七条冲沟七个坝子仍不见人烟。妹子佐白又提议去俄乐山顶滚磨盘，磨盘重叠后，兄妹爬过九座山翻过九道岭仍不见别人。佐白再提议去滚簸箕和筛子，筛子、簸箕重合了，兄妹俩找遍九条河谷不见人，只见一蓬蓬芭蕉树。佐白提议去水上放芭蕉叶，结果两片叶子又合成了一片。妹妹要两个人跑成面对面才能生活在一起，阿哥撵过七道山梁才和她相遇。待太阳落山，兄妹坐在凹塘里，为了繁衍后世儿孙，终于结为了夫妻。

婚后，佐白怀上了七十七样人种，一身上下都怀了儿。十个手指节怀上了十个人种，十个脚趾头怀上了十个人种，肚脐底下怀的人种密又密，肚子里面怀人种，两边肩膀怀上了数不清的人种，两只大腿也怀上了多多的人种。

头顶上生出来的是头人，是管理地方的大首领。嘴巴里生出的是摩批，有一张能说会道的巧嘴。手指头上生出的是制造工具的匠师，千百样工具都出自他手。

耳朵上面生出来的人住在深山老林，是靠种蓝靛过日子的瑶人，吃的是旱稻米和荞子面。

手板心里生出来的人会讲会算、会说会写，是靠读书过日子的汉人。

鼻洞里生出多尼和哈厄①，多尼住在深山竹林里，以编织篾器为生；哈厄居住在山梁上，生来喜好骑马玩耍。

耳朵后面的窝窝里生出来的是卜拉人②，他们住在干梁上，喜欢塘水爱山风。

下巴生出来的是苗家，他们爱住高山上，靠着陡峭的山崖来安家。

肩膀上生出来的是世上力气最大的人，是管理东方和西方的大头人。

喉结上生出的是姆基人③，后辈易得金嗓子。

胳肢窝里生下两个人，一个是老邬④，一个是腊伯⑤，两人爱穿长衣裳，不怕后襟拖地上。

腰杆上生出来的人数不清，数不尽的人种都爱在半山上。半山坡上人多田少，人人都去开垦旱地，他们爱吃苦荞和小米。

肚脐眼里生出人来，胸膛乳间生出人来，小肚底下生出人来，他们就是哈尼人。哈尼出世的时候，来自不同部位，所以后辈的哈尼说出的话就不相同。

阿妈的大腿中间又生出了住在河谷里的人，他们的后辈儿孙喜欢穿短衣短裙，短衣穿得不遮小肚；脚上也生出人来，生在脚指甲上的是阿瓦和苦聪两兄弟，他们是最会走路的人。

---

① 据原书所注，多尼和哈厄均为一部分哈尼族的称谓。
② 卜拉为彝族支系名。
③ 姆基亦为彝族支系名。
④ 老邬为元阳县部分哈尼族的他称。
⑤ 据原书所注，疑指白族或汉族。

生在脚掌上的是住在河坝的傣家，后辈儿孙不喜欢住高山，喜欢住在炎热的坝子，他们是最爱吃酸食物的人。

阿妈身上有七十七个奶头，阿妈生养了七十七种人，所有的人种都是佐白阿妈生养，所有的人都是一个阿妈的儿孙。

佐白会生出这么多的人，因为她是最能生的塔婆①。塔婆的阿爸是末于直②，直塔婆是其本名，她是哈尼第十三代先祖，是哈尼的氏族宗支生得最多的母亲。一支又分出若干宗支，哈尼的氏族宗支像蚂蚁一样繁衍出来。

（三）歌舞的起源③

远古之时，世上有四个最为出名的歌手，他们是博那歌王马厄、多娘歌手嘎天和嘎昌，以及喇哈的歌手斯批阿桂。

当时富有的惹罗大寨里，有两位美丽的姑娘。大姐出嫁了，守着祖屋的是妹妹。妹妹美貌胜过姐姐，姐夫贪婪起了淫心，趁着姐姐出门去，悄悄来到妹子的草屋，甜言蜜语把妹子哄到了手。

偷情的恶名传出后，头人按古规罚姐夫用鸡鸭祭扫寨子，心毒的姐夫为了遮掩自己的坏名声，约着妹子进老林，把她绑在树脚，割下她说话唱歌的舌头，妹子从此变成了不会说话的哑巴。

妹子的辛酸无人知，只有林中的金竹簌簌作响："姐夫的心太狠了，我要诉说妹子的凄凉遭遇。"

金竹没有嘴巴也会讲话，金竹没有舌头也会唱歌。

妹子砍下一节金竹，给它造出嘴巴，给它装上舌头，造出了会说会唱的巴乌。

妹子用这巴乌诉尽了悲哀的心事，控诉了姐夫的卑劣。头人派出

---

① 塔婆为哈尼先祖，各地哈尼谱牒中均有记述。
② 末于直：哈尼族谱牒中的古人名。
③ 原文参见红河哈尼族彝族自治州人民政府编《窝果策尼果（三）：哈尼文、汉文对照》，史军超、卢朝贵、杨叔孔译，云南民族出版社2009年版，第331—340页。

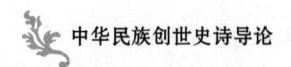

七个弟兄,把姐夫投进红河。

从此,巴乌便在哈尼人中流传下来,成为哈尼青年传递心声的工具。

哈尼最好看的是白鹇舞①,是谁首创了哈尼的舞蹈,又是谁教哈尼跳舞?不必到天上地下去寻找,看看林中的凹地上,白鹇跳的舞是那样好。若不学白鹇林间起舞,哈尼人到今天也不会跳舞。

一次,病魔闯进了先祖的惹罗大寨。水牛嘴吐白沫,骏马淌虚汗,猪鼻流黑血,狗垂着尾巴在发狂;栽种稻谷的田地荒了,长出的铁线草有一庹长;蒸饭的甑子空了,绿黑的霉菌比头发还长;背水的竹筒空闲了,竹筒上生出白色的木耳。灾难降临到富饶的惹罗,哈尼的母亲生了脓疮,吃过天神地神的好药,吃过千百样药,阿妈的病仍不见好转。

孝顺的儿女找遍四方,还是找不到医治病毒的好药。眼看阿妈的病日渐严重,哈尼的哭声传遍四方,哈尼的泪如河水一样流淌。

林中的白鹇听见哈尼的哭声,飞到蘑菇房顶上。白鹇一口一口地把阿妈毒疮的脓水吸干,又把唾沫涂在疮疤上。

一天过去,只见疮口比前一天好;两天过去,伤口长出新肉;三天过去,阿妈的病好了。

救命的白鹇飞走了,可哈尼把它记在心;白鹇轻身起步的样子,就是哈尼跳乐的棕扇舞。

白鹇优美的姿势,哈尼百看不厌;哈尼千姿百态的棕扇舞,就是模仿白鹇走路的美姿。

三 哈尼族创世史诗《窝果策尼果》体现的美学特征

(一)礼仪之美

史诗《窝果策尼果》是哈尼族文学史上的一座丰碑,其演唱带有

---

① 白鹇舞:又称棕扇舞,是哈尼族传统舞蹈,形态模拟白鹇。

鲜明的礼仪之美。这种礼仪之美不是美在华丽的辞藻，也不是美在空洞的祝愿，而是美在哈尼人朴实、谦逊、勇敢、热情的美好品质上。下文以元阳县著名歌手朱小和演唱的文本为例，分析《窝果策尼果》演唱中的礼仪之美①。

1. 问候

（1）原文

萨—依—
一娘生的兄弟姐妹，
尊敬的一寨父老。
……

萨—依—
亲亲的兄弟姐妹，
共一个奶头的哈尼。
……

萨—依—
讲了
亲亲的一娘生的兄弟姐妹，
亲亲的哈尼先祖的直系儿孙。
……

萨—依—
讲了
亲亲的兄弟姐妹，
吃一娘奶的先祖后裔。

---

① 本节所使用的文本均为红河哈尼族彝族自治州人民政府编《窝果策尼果（一）（二）（三）：哈尼文、汉文对照》，史军超、卢朝贵、杨叔孔译，云南民族出版社 2009 年版，第 331—340 页。

……

萨—依—
讲了
一寨的哈尼兄弟姐妹,
寨里的爷爷奶奶父老。
……

(2) 礼仪性

问候。传统的"窝果"演述一般都在村寨中,受众均为当地民众。几乎每一个唱段的开头,歌手都要先以"一娘生的兄弟姐妹""亲亲的兄弟姐妹""共一个奶头的哈尼""吃一娘奶的先祖后裔"等为开场白,这种程式性的话语既是礼仪性的问候,也是迅速拉近歌手与受众之间距离的需要。今天的哈尼山寨有了四面八方的来客,"窝果"演唱的受众范围不断扩大,但歌手每每依旧以"亲亲的兄弟姐妹"开头。无论听众来自国内国外,无论是哪个民族,听到这一句温暖的问候,瞬间就能感受到哈尼人的真挚与热情。

2. 自谦

(1) 原文

我不是聪明过人的天神,
也不是记性超群的智者,
我只是唱啊,
把所知道的点滴唱给你们听,
我只是唱啊,
把会唱的点滴唱出口来。
亲亲的兄弟姐妹,
我不能与远古的诗王相比,

我不能与博那地方诗王马厄并提，
我的智慧只有马厄脚指甲尖那样大，
我的记性只有他的一半强，
我不是跟高山诗王比高低，
多娘的诗王是嘎天和嘎昌，
我不配跟下方诗王比高低，
下边的诗王是西比阿桂，
他们四个人是哈尼有名的歌手，
好听的名声记在哈尼心中，
诗王留下不灭的哈巴让儿孙永远歌唱。
……

我不是参与制定古规的人，
只是复唱古规的后生。
……

好听的古歌像星星一样多，
我会唱的只是一两调。
……

我不是通晓世上万物的歌手，
我只能讲讲先辈传下的古经。
……

(2) 礼仪性

自谦。能演唱"窝果"的歌手都是记忆超群、口才卓绝之人，但在演唱过程中，歌手多次自谦，说自己不是天神，不是智者，只会唱点滴，远不如远古的诗王，"只是复唱古规的后生"。

3. 尊重先贤

(1) 原文

> 远古的先祖已逝去,
> 留下的古歌像甘甜的春雨,
> 滋润了哈尼的心田。
> 先祖的古歌是棵挺拔的大树,
> 它的荫福盖住四面八方。
> ……
>
> 先辈流传的古歌,
> 后辈永远不能忘掉!
> ……
> 先祖的古规像雨后出土的春笋,
> 有枝有叶又有根,
> 哈尼先祖留下的古规,
> 是哈尼子孙旺盛的根。
> ……
>
> 先祖祭祀的这个古礼,
> 拇指大的一点也不能乱。
> ……
>
> 哈尼的古礼有千百样,
> 千百样古规有程序;
> 天神砍下神山的藤篾,
> 把哈尼条条古规拴稳,

扎稳祭远古先祖的供台，
哈尼的后辈要跟着前人的足印，
一步不落下地照着走。
……

哈尼先祖传下来的古规七十七样，
十代儿孙更替了也不能忘记。
……

先祖留下的话，
一句也不会错，
先祖传下的古经，
一句也不会差。
听我讲啊！
亲亲的兄弟姊妹，
先祖传下的古经，
话像最好的药，
要牢记心里。
……

老人说出一个理，
十个哈尼要守信，
老人定下的规矩，
十个哈尼要说好。

(2) 礼仪性

尊重先贤。哈尼族历来有祖先崇拜的习俗，日常生活中也推崇尊老敬老之风。哈尼先祖和长者被视为村寨及家庭的护佑者，他们定下

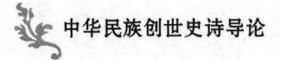

的规矩必须严格遵循。

4. 祝福

（1）原文

我先祝愿一寨的亲友，
脸上有七层皱纹的阿爷，
只剩下三颗老牙的阿奶，
像牯子牛一样壮实的伙子，
像大田一样的宝贝姑娘，
祝愿大家的寿命比九山九箐藤子长。
……

祝愿哈尼的蘑菇房，
充满着欢乐的笑声，
祝愿主人的六畜厩，
关满数不尽的牲畜，
一年种下的庄稼，
饱满的金谷收回九仓，
一仓够吃三年，
祝愿主人家的粮酒吃不尽喝不完。

（2）礼仪性

祝福。"窝果"的演唱场合多在年节或重大的人生仪礼场合，歌手在演唱时会给在场的听众或是举办活动的主人家送上最真挚的祝福。

（二）修辞之美

"窝果"歌手的演唱直抒胸臆、优美流畅。因为是活态演述传统，不同歌手的每一次口头演述都会形成一个特定文本，呈现为我们所说的"一部"史诗。朱小和演唱的《窝果策尼果》文本，语言风格朴拙

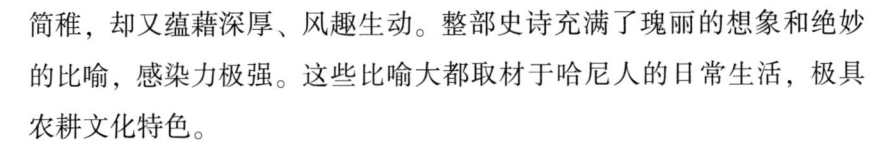

简稚，却又蕴藉深厚、风趣生动。整部史诗充满了瑰丽的想象和绝妙的比喻，感染力极强。这些比喻大都取材于哈尼人的日常生活，极具农耕文化特色。

1. 形容外观

（1）形容汤圆

又看锅中的汤圆，
像白鸭浮出水面。

[《哈尼族口传文化译注全集·窝果策尼果·一年十二月的古规》]

将锅中的汤圆喻为水面的白鸭，这是多么生动形象的联想，充满了童趣之美。

（2）形容樱桃花

看满山满箐的樱桃花，
像初婚新娘羞红的脸，
看石崖头上的樱桃花，
像晚霞烧红的半边天。

[《哈尼族口传文化译注全集·窝果策尼果·一年十二月的古规》]

樱桃树皮的花纹是天神留给哈尼的木刻年轮，樱桃花是哈尼人翻年的历书。美丽的樱桃花盛开，就是在催哈尼人十月换新年。

（3）形容田地

……
犁得大田犁沟一条条，
像老人额头上匀细的皱纹。
……

耙得大田的泥土平又滑,
像烹制好的米饭一样软。
……
插过秧的大田,
像姑娘绣的花一样好看。
……
手扶着弯腰的犁杖,
手抖着两庹长的牛绳,
高声吆喝着肥壮的水牛,
把田丘犁得米糕一样酥软,
手握玉荷杆做的木耙,
把田丘耙得像姑娘梳头一样平整。
……

[《哈尼族口传文化译注全集·窝果策尼果·翻年歌》]

歌手将犁沟比作老人额头上的皱纹,将耙好的泥土喻为烹熟的米饭,说插过秧的大田美如姑娘绣的花,将犁好耙好的田丘形容为酥软的米糕和姑娘梳过的头,足以看出哈尼人对作为安身立命之本的梯田的喜爱和惜重。

2. 形容动作

种田的哈尼汉子,
像跳舞一样犁田,
……
种田的哈尼汉子,
耙田像练武艺一样,
……
插秧的姑娘媳妇,

像点水雀一样欢快。
……

[《哈尼族口传文化译注全集·窝果策尼果·一年十二月的古规》]

"像跳舞一样""像练武艺一样""像点水雀一样",通过几个排比式的比喻句,哈尼人勤劳能干的形象跃然纸上。

3. 形容人

姑娘个儿虽大不懂事,
像矮山的冬瓜大而核子嫩。
……

罗白和佐则,
像墙洞里住的麻雀相聚在一起,
又像一对齐飞的花尾雀,
像田里的两条泥鳅在一处,
像黄雀和红雀一起觅食;
金竹林里男女追逐嬉戏,
追去追来碰在一起,
相爱的两人笑脸相迎,
像绿叶舍不得红花一样。
……

姑娘去做人家的儿媳妇,
像生姜一样哪里栽下哪里生根,
夫妻和睦白头偕老,
像菜园里的蒜瓣一样生儿育女。
……

>阿舅我说话不绕弯道,
>说的话像金竹一样标直,
>说话直爽才是哈尼汉子;
>说话若像藤子一样绕弯,
>不能算哈尼男子说的话。
>……

[《哈尼族口传文化译注全集·窝果策尼果·嫁姑娘娶媳妇》]

冬瓜、花尾雀、泥鳅、生姜、蒜瓣、金竹,这些哈尼人生活中随处可见的事物,被歌手信手拈来用于史诗演述中,极大地丰富了表现力,也增强了说服力。

4. 形容古规

>哈尼翻年的规矩,
>像马鹿头上的角一样分权。
>是哈尼古歌中最好的哈巴;
>哈尼翻年的古经呵,
>像哀牢山区的大路小路,
>有七十七条不同道。
>……
>
>哈尼翻年翻月的古经,
>像哀牢山里的金竹,
>一节连着一节,
>一节也不能少,
>一节接着一节,
>一节也不能间断。
>……

前人传下来的古经,
像火塘烧不完的柴火,
烧完一块,
又添上一块新柴。
……

[《哈尼族口传文化译注全集·窝果策尼果·翻年歌》]

把条理清楚、秩序井然的翻年规矩比作马鹿分权的角,比作哀牢山数不清的大小路,比作节节相连的金竹;把卷帙浩繁的古规古矩说成火塘烧不完的柴火,这种比喻真是既贴切又明了。

四 哈尼族创世史诗《窝果策尼果》蕴含的诗性智慧

哈尼族历经千百年漫长而艰辛的迁徙之旅,沿途与南方稻作民族相融合,最终生息繁衍于元江与澜沧江流域、哀牢山和无量山之间海拔800—2000米连绵起伏的群山之中。他们依山而住,脚踩天梯,顺山造田,在大山的脊梁上耕作、收获、生息与发展,创造了以梯田水稻耕作为主的半山农耕文化,也创造了丰富多彩、蕴藉深厚的史诗演述传统。哈尼先民在万物轮回、四时更替的过程中,创造性地对自然与人事的变迁作出了独到的解释,他们对宇宙万物、过去未来的思考,都体现在了史诗蕴含的诗性智慧中。以下以《窝果策尼果》中万物一体的生态观、导人向善的伦理观为例。

(一)万物一体的生态观

1300年以来,哈尼人民为了维系梯田农业,创造了灿烂的生态文化,有一套完整自洽的理念和适应哀牢山区自然条件的农耕生产生活技术,《窝果策尼果》中便蕴藏着丰富的生态智慧。这种将世间万物视为生命共同体的生态观,主要表现为对万物生于一、天人合一、多民族命运共同体等观念的诗性表达。

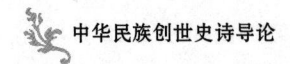

1. 万物生于一

《窝果策尼果》中唱到了两个神灵系统，一个是鱼祖系统，一个是天神俄玛系统。

在鱼祖系统的唱述中，宇宙混沌之初，世间唯一的活物是一条硕大的金鱼娘，她生养了天地，生出了七个大神，由此又派生出天神俄玛系统，万物自此产生。

在那最老的长者也难记清的时候，
天上没有天，
脚下没有地，
上上下下，
是黑蒙蒙的雾气；
前前后后，
是一片大海汪洋。
……
金鱼把天地来生养。
金鱼娘的右鳍一扇，
驱走了浓黑的雾气，
露出蓝汪汪的天；
金鱼娘的左鳍一扇，
茫茫大水落下千丈，
大地显得一片亮堂堂。
生过天和地，
金鱼娘把大神生养。
……
鱼脖子的鳞壳，
抖出一对大神。
先出来的是太阳神约罗，

后出来的是月亮神约白。

……

背上的鱼鳞一抖,
金光把天地照亮,
又生出一对大神:
一个是天神俄玛,
一个是地神咪玛。

……

鱼腰鳞片一抖冒出两个人神,
他们是一对人神夫妻,
男的叫优德,
女的叫德摩。

……

金鱼娘的尾巴里,
还藏着一个大神,
她是力大无比的咪撮撮玛。

……

优竜神殿的正中,
坐着威严的俄玛,
她是最尊贵的神王,
生天生地的大神,
世间的万物也由她来生养。

……

[《哈尼族口传文化译注全集·窝果策尼果·神的古经》]

史诗中还有杀泥牛化生天地万物的情节。

神女俄娇把牛血抹上天空,

抹出满天鲜红的彩霞，
……
泥牛喷出的三股鼻气，
变成乌天乌地的云雾，
……
泥牛断气眨了三下眼，
变成三道闪电光，
……
泥牛挣出三滴鼻涕，
变成七月的雨水，
汇成洪水铺天盖地。
泥牛哭出的两滴眼泪，
变成亮晶晶的露珠，
……
神女俄白，
摘下泥牛的右眼，
放进太阳的金圈；
龙神的媳妇俄娇，
摘下泥牛的左眼，
放进月亮的银圈。
……
俄白摘下右牙做启明星，
左牙做北斗星，
……
俄娇摘下牛牙朝天撒，
变成满天的星星绚丽多彩。
……
血块去做沼泽地，

第一章　汉藏语系汉语族与藏缅语族创世史诗

牛舌去做动物的声音，
牛耳朵去做动物的听觉，
牛胆变成世上动物的勇气，
脑髓变成黄土，
牛肉做成黑土，
嗓管变成风的路，
牛肺做成雷公的大鼓，
牛肚子做成湖泊，
牛尿泡做成龙潭的泉眼，
牛大肠小肠做成江河，
牛粉肠做成人间的大路，
岔肠做成小路，
牛脊椎骨做成天地的大梁，
牛肋巴骨做成天空的椽子，
牛角做成战斗的号角，
牛尾巴做成扫帚星，
牛膝盖骨做成石杵和碓窝，
牛脚砍下来做大树。
牛的肛门做什么？
变成地上肥料的大门。
牛肚脐做什么？
变成山坳里的大田。
牛粪做什么？
变成百样庄稼的种子，
像春天的花朵一样开出来。
直肠割一截，
做成称天地的大杆秤，
牛心做成秤砣，

……
那千百节椎骨做什么？
做起伏连绵层层叠叠的高山峡谷。
最大的两节骨头，
变成虎呢虎那大山，
……
最小的三节尾骨，
做成三样好东西，
一节送给汉族做书架，
一节送给傣族做划船的桨，
一节做成吆牛鞭，
留给哈尼放牧的孩童。
牛皮拿去绷天绷地，
俄白和俄娇两姐妹，
拖着牛皮上天去，
天体上拖得牛皮嘎嘎响，
这吓人的响声传到地上，
人们知道了这是天上打雷。
她们又拖着牛皮到地上，
拔下牛毛撒四野。
撒了黑毛的地方长出蓝靛；
撒了金毛的地方长出旱稻，
……
撒了白毛的地方长出棉花，
白亮的棉花开得像天上的白云。
撒在高山上的牛毛，
变成高山上的荞子，
从根脚结籽到枝头。

第一章　汉藏语系汉语族与藏缅语族创世史诗

拖撒在地面的牛毛，
变成大地上的草木森林，
遍布高山平地。
牛腿做什么？
俄白和俄娇两姐妹，
拿去埋在地柱脚，
献给金鱼娘做食物，
……

[《哈尼族口传文化译注全集·窝果策尼果·杀泥牛》]

在《人丁五谷牲畜的来源》这一章节中，有第十六代阿妈梅耶恰生养一切动物的情节。

萨—依—
远古时代，
生养世上千人的母亲，
她是万能的十六代阿妈梅耶恰。
她生出一切有血的动物，
她生下四个种类的祖宗，
头一个生的是人的祖先，
名叫恰乞形阿妈，
第二个生的是会跑动物的先祖，
第三个生的是爬行动物的先祖优本阿妈，
第四个生的是禽类先祖优贝。
……

[《哈尼族口传文化译注全集·窝果策尼果·人丁五谷牲畜的来源》]

正是由于这种万物生于一的观念，所以，哈尼人心目中的生命共同体不仅包括人与人，还包括人与自然、人与宇宙万物。

2. 天人合一

哈尼族自古以来就有"好山才能出好树，好树才能出好水，好水才能开得出好田，好田才能养得出好儿孙"的古训。在哈尼梯田"森林—村寨—梯田—水系"四度同构的复合生态系统中，"山、水、林、田、湖、草"各种要素齐备，可以说是一部写在大地上的表达生命共同体智慧的教科书。而哈尼梯田的生态价值正是靠哈尼族传统文化中"天、地、神、人"四位一体的哲学思想所孕育的"天人合一"观念来维系的。这种尊重自然、顺应自然、保护自然的生存智慧，在千年之后，在后工业、后信息时代不但没有丧失光芒，而且对人类和地球生命的未来越加彰显出强大的生命力。

在《神的古经》一章中，有哈尼先民将世界分为"天、地、人"三界的叙述。

> 远古时候的天地之间，
> 把宇宙分成三个世界。
> 最高一层是太阳和月亮的住地，
> 众神像赶集一样热闹。
> 那里有高大壮丽的神殿，
> 是天神烟沙住的地方。
> 底下一层是龙和蛇的场地，
> 地神咪撮撮玛就住在那里；
> 一切游动族类也在此聚集。
> 中间一层是人和鬼的场所，
> ……

[《哈尼族口传文化译注全集·窝果策尼果·神的古经》]

在这个世界中，天、地、神、人，世间万物是相互联系、有机统一的。当这种天人合一的有机整体观作用于哈尼族的日常生活时，便实现了梯田文明的可持续发展,实现了人与自然的和谐共生。

3. 多民族命运共同体

在《窝果策尼果》的唱述中,洪水泛滥后兄妹成婚传人种,人类的共祖塔婆生出了七十七种人,这其中除了哈尼族,还有瑶族、汉族、彝族、苗族、白族、拉祜族、傣族等。哈尼梯田正是以哈尼族为代表的多个民族共同建构的生态农耕文明体系。多民族"共用一条水,同耕一块田,同吃一锅饭,同做一家人",是多民族共建中华民族共同体的生动体现。

在《一年十二月的古规》一章中就有如下叙述。

> 远古先祖传下来的话,
> 正月的春节不是哈尼的年,
> 正月初一是汉族最大的节日,
> 正月初一是汉族最热闹的日子。
> 不是哈尼年没关系,
> 汉族和哈尼住一山,
> 高山的溪水流四方,
> 哈尼引出来的水也淌进汉族的田里,
> 哈尼和汉族同饮一山水,
> 哈尼和汉族共耕一山田,
> 大年的起始一起算,
> 一起过年才热闹。
> ……

[《哈尼族口传文化译注全集·窝果策尼果·一年十二月的古规》]

可以说,哈尼梯田就是铸牢中华民族共同体意识的纽带。

(二) 导人向善的伦理观

《窝果策尼果》中包含着许多积极扬善的伦理观念,是哈尼族社会世代沿袭所形成的习俗、惯例以及约定俗成的行为准则，一代又一代的哈尼人都将其作为自己的价值系统和行为规范。因此，传统社会内部得以稳定和发展。

1. 提倡敬畏自然、邻里和睦

哈尼村寨的村规民约涉及保护自然生态、维护社区稳定等各个方面，在哈尼族社会生活中发挥着重要作用。这在《一年十二月的古规》一章中有详细体现。

祭山的日子，
是老人相聚的日子，
人人尊敬的长老聚拢了，
共商村寨的村规民约：
各家各户的牛马，
要各家各户管好，
不准牛马闯进别家田里糟蹋。
寨头浓密的神林，
是寨神安居的地方，
谁的猪鸡也不准乱拱乱爬，
拱翻神林树木要罚三斗谷。
一寨的哈尼是一娘生的亲人，
是邻里的兄弟姐妹，
两人吵架有天大的事，
也不能像公鸡斗架一样不相让。

[《哈尼族口传文化译注全集·窝果策尼果·一年十二月的古规》]

哈尼人敬畏自然、团结邻里、崇德向善的传统伦理观充分展现在其中。

2. 提倡男女平等

《祭寨神》一章中，贺生时寨老对新生儿的祝福中有这样的话语。

你们养育女孩,
不要嫌弃她,
生了女孩还会生儿子。
田坝再好,
没有水种不出谷子;
儿子再好,
没有姑娘生不出后代。
……
秧苗是大田的种子,
大田没有好秧谷穗长不出,
男人没有女人生不出儿女,
女人没有男人养不出小孩。

[《哈尼族口传文化译注全集·窝果策尼果·祭寨神》]

歌手借寨老的祝福表达了生儿生女都同样高兴的观念。这种提倡男女平等的思想,具有积极的社会意义。

3. 提倡尊老爱老

《丧葬的起源》一章中,天神烟沙教导哈尼人要孝敬老人时是这样唱述的。

世上的人啊!
天也有老的时候,
天老时天不会亮;
地也会有老的时候,
地老时地也不会明;
太阳也会老,
太阳老了天昏地暗;
月亮也会老,

月亮老时是月全食。
你们不会老了吗？
你们就没有动不了的一天吗？
世人听了天神烟沙的话，
羞得脸红了，
心里知道内疚了，
都去找孝敬老人的规矩。

[《哈尼族口传文化译注全集·窝果策尼果·丧葬的起源》]

歌手从阿妈怀胎十月的艰难唱到父母抚养子女的艰辛，以教导哈尼人要尊老敬老，在哈尼族传统社会倡导感恩长辈、孝敬长辈之风。

哈尼族创世史诗《窝果策尼果》意境雄阔，瑰玮绮丽，洋溢着浓厚的农耕稻作文化气息，蕴含了万物一体的生态观和导人向善的伦理观，可谓是哈尼族艺术化的百科全书。《窝果策尼果》与其他多民族创世史诗共享了洪水泛滥、兄妹婚、化生万物、炼石补天等神话母题，是中华优秀传统文化的有机组成部分。史诗中的诸多情节，充分体现了各民族同根同源、自古便交往交流交融，是"一娘生的亲亲的兄弟姐妹"的中华民族共同体意识。

思考题

1. 哈尼族创世史诗《窝果策尼果》和哈尼族口头传统"哈巴"是何关系？
2. 哈尼族的生态观是什么？
3. 我们如何理解哈尼族创世史诗《窝果策尼果》的当代价值？

第十五节　纳西族创世史诗《崇搬图》

一　概述

纳西人对本民族的来历有一种基于神话传说的全民认同，这种认同存在于纳西族创世史诗《崇搬图》（人类迁徙的来历）中。

第一章　汉藏语系汉语族与藏缅语族创世史诗

《崇搬图》是广泛流传在纳西族西部和东部方言区的创世史诗。有用东巴图画象形文字记录在东巴古籍中的，流传在东部方言区纳西族摩梭人中的该故事是口头传承的。

"崇搬图"是纳西语的汉语音译，在纳西语中，"崇"意为"人类"，"般"意为"迁徙"，"图"意为"出处来历"，有的名为《崇搬崇笮》，"笮"是"传略"的意思，它们的内容是完全一致的。《崇般图》主要是讲述祖先创世和迁徙的故事。

这部创世史诗还有名为《崇搬绍》的，《崇搬绍》与《崇搬图》的主要区别是，《崇般绍》一般是为了回顾祖先的迁徙历程，其内容没有崇般图丰富，很少有开天辟地等创世内容。

《崇搬图》因有大量反映各种神灵和纳西远祖开天辟地、创世造物的情节。有的译者就把它译为《创世记》；有的则直译为《人类迁徙的故事》或《人类迁徙的来历》。有的还根据作品中男女主人公的故事，译为《丛蕊刘偶（即崇仁利恩）和天上的公主》《纳西人的洪水故事》等。

"崇搬图"最早是起源于纳西族的民间口头传唱史诗，后来有纳西智者东巴记录在用本地荛花或构树皮制成的东巴纸上，形成了完整的文本。该文本纳西语叫"东巴特恩"，意为"东巴书籍"，其歌词以古纳西语为主，是用五、七、九、十一等奇数长短句诗歌体写下的文本，内容涉及天地万物起源、神人鬼怪的起源、祖先创业等丰富的内容，因此是创世史诗。

东巴用特定的咏唱调咏唱。而在纳西族东西部方言区，也有口头流传的本子，在东部方言区宁蒗纳西族摩梭人中流传的这部作品叫《媸治路一若》或《摩梭洪水故事》，"媸治路一若"是"崇仁利恩若"的异译，因方言发音的不同而有此音译的差异。

吟唱《创世纪》的歌者，如果是记载在东巴古籍中的，歌咏者是东巴。东巴对这部作品的传承，以东巴的家庭"父传子"的传承为主，即作为父亲的东巴把作品教给继承祖业的东巴儿子，儿子再传给继承东巴祖业的孙子。东巴古籍中对这部作品的记载和其他作品一样,不是每个字都写出,而只是记录概要,比如一个句子,象形文写的可能只是一两个字,文字只是起到帮助记忆的作用,而主要的内容,是要靠背诵和熟记。所以东巴象形文字又有"语段文字"的别称。民间流传的口诵作品的传承方式,主要是由民间歌手口耳相传的。

《崇搬图》这部作品在东巴古籍中,是经典作品,有纳西族古典文学三大经典的说法。纳西族创世史诗《崇搬图》在国内外翻译整理的主要文本和特点如下。1935年,美籍奥地利学者洛克(Joseph F. Rock)在《华西边疆研究学会杂志》上发表了《纳西人的洪水故事》英文版。由于该史诗讲到了远古的洪水灾难,所以洛克用了《纳西人的洪水故事》这个题名。此译本的特点是有较多的词语考释和注释,学术含量较高。[1] 中国学者李霖灿、张琨、和才记音翻译的《麽些(纳西)族的洪水故事》("四对照"本,东巴象形文原文、国际音标、直译、意译),[2] 是我国学者创新的少数民族古籍文献翻译方式。云南省民族民间文学丽江调查队搜集整理《创世纪》(汉文译本);[3] 周汝城、和芳翻译《崇般图》(四对照本);[4] 和志武翻译整理的《祭天·献牲·人类迁徙颂》(汉文本)。[5] 此外,在丽江东巴文化研究院翻译出版的《纳西东巴古籍译注全集》(100卷)中,也收进了多种"四对照"的译本。

---

[1] Joseph F. Rock., The Story of the Flood in the Literature of the Mo-so (Na-k-hi) Tribe, *Journal of the West China Border Research Society*, 7, 1935, pp. 64—81。

[2] 载李霖灿、张琨、和才《麽些经典译注九种》,(台北)中华丛书编审委员会印行,1978年,第29—87页。

[3] 中国民间文艺研究会主编:《创世纪》(纳西族史诗),云南省民族民间文学丽江调查队整理,人民文学出版社1962年版,第41页。

[4] 周汝城、和芳:《崇搬图》,丽江县文化馆1963年石印本。

[5] 和志武:《东巴经典选译》,云南人民出版社1994年版。另见和志武整理《人类迁徙记》,《民间文学》1956年第16期。

第一章　汉藏语系汉语族与藏缅语族创世史诗

本章主要依据和云彩东巴解释、和发源翻译的《崇搬崇笮》①，这个文本有象形文原文、国际音标记音、汉文直译、汉文意译，内容比较全面和可靠，忠实于原文，读者如果感兴趣想深究其中纳西古语表达的精彩之处，还可对照看原文和汉文译文。此外还参考了云南省民族民间文学丽江调查队整理的《创世纪》汉文译本（人民文学出版社1962年版）。下面的《创世纪》提要除了另有注明之外，主要采自这两个文本。

这部纳西族史诗《创世纪》在纳西族重要的仪式中要咏诵，如"祭天""祭风"等，特别是在祭天仪式上咏诵，因为创世纪的内容和该仪式祭祀纳西母系远祖天神地神和天舅以及纳西族始祖崇仁利恩和衬红褒白咪夫妇密切相关；也与讲述纳西祖先崇仁利恩和衬红褒白咪迁徙到人间来艰苦创业，繁衍出藏族、纳西族和白族的民族历史的讲述密切相关。

《创世纪》内容的细节会根据不同的仪式的宗旨有所不同，但开天辟地、万事万物的起源、祖先战胜很多艰难险阻创业的内容都会有。

二　精彩诗篇故事情节举例②

（一）三生九，九生万物

很古很古的时候，天地混沌未分，卢神塞神在布置万物，树木会走动，裂石会说话，大地在震荡摇晃。

天和地还未形成，先出现了三种美好的天地影像。太阳和月亮还未出现，先出现了三种美好的太阳月亮的影像。星和宿还未出现以前，先出现了三种星和宿的影像。山和谷还未出现以前。先出现了三种山和谷的影像。

---

①　和云彩东巴解释，和发源翻译：《崇搬崇笮》，载《云南省少数民族古籍译丛》第7辑《纳西东巴古籍译丛》（一），云南民族出版社1986年版，第151—279页。

②　原文参见和云彩东巴解释，和发源翻译：《崇搬崇笮》，载《云南省少数民族古籍译丛》第7辑《纳西东巴古籍译丛》（一），云南民族出版社1986年版，第151—279页。

起初，从三种好的产生了九种好的，九种好的产生出一个母体。接着出现了真与实，虚与假。真与实相配合，出现了白晃晃的球团；白色的球团作变化，出现了会呼喊的佳气；佳声佳气作变化，出现了绿松石色的光明球团，绿松石色的球团作变化，出现了依古阿格大神。

(二) 蛋卵化育神人鬼

依古阿格大神作变化，变出了一个白蛋。白蛋作变化，孵出一只白鸡，这只白鸡呀，没人取名字，自己取名为董神的恩余恩玛。

恩余恩玛啊！有翅会飞翔，高飞飞不上蓝天，有脚会跳跃，低跳跳不遍大地。飞不上天啊，天不能开，跳不遍大地啊，地不能辟。

那个时候哟，没有管事的大小头目。没有骑的马，没有耕的牛，没有插地的利矛，没有铠甲，也没有东巴（本补）和巫女（桑尼）。

又过去了一代。恩余恩玛呀！能翱翔于高高的蓝天，它从遥远的天边，摘来三朵白云做蛋篮。又从恒依瓦金河上游，扯回三丛青草来垫窝。

恩余思玛下了九对白蛋。一对孵为盘神与禅神。一对孵为高神与吴神，一对孵为俄神与亨神，一对孵为笙神与塞神，一对孵为大头目与小头目；一对孵为东巴与女巫，一对孵为能者与智者，一对孵为丈量者与测重者，一对孵为精人与崇人，一对孵为盘人与纳人。

又过了一代，虚与假作变化。首先出现了黑球团，黑球团作变化，出现了黑松石；黑松石作变化，出现了怪声怪气；怪声怪气作变化，出现了依古丁那恶神；依古丁那作变化，出现了一个黑蛋；黑蛋作变化，生出了一只黑鸡。

这只黑鸡呀，没人取名字，自己取名为米利术祖的负鸡埃纳。负鸡埃纳下了九对黑蛋，一对孵为楚鬼与尤鬼，一对孵为毒鬼与仄鬼，一对孵为猛鬼与恩鬼，一对孵为单鬼与拉鬼，一对孵为骡鬼与支鬼。

第一章 汉藏语系汉语族与藏缅语族创世史诗

(三) 开天辟地

神的九个兄弟去开天,天呀没开好,把天开成峥嵘倒挂的,哽哩咯罗倒塌下来。神的七个姐妹去辟地,地呀辟不了,把地辟成坎坷不平的,大地摇晃震荡起来。又过了一代,神的九个兄弟,学成开天的工匠。神的七姊妹,学成辟地的能手。顺利地开出了天,辟出了地。

在居那若罗神山的东边,把白海螺的立柱竖起来;在若罗神山的南边,把绿松石的立柱竖起来;在若罗神山的西方,把黑宝石的立柱竖起来。在若罗神山的北方,把金黄的立柱竖起来;在天和地的中间,雄伟而又安稳牢固了。

神的七姐妹,决心把地辟。地辟不够的地方,用石头垒砌;石缝不严密的地方,用黄黏泥弥糊。将地辟得平平坦坦的,把灾难全压在下面。

(四) 野牛之躯化生万物

神鸡恩余恩麻产了最后一个蛋,蛋中生出一头野牛,这头野牛顶垮了天穹,踏破了大地,使得天地震荡,日月无光,创世的男神和女神杀了它,分别用它的尸体的各部分,祭天地日月,祭山川草木石头。野牛尸体化生万物,牛头变成天,牛皮变成地,牛肺变成太阳,牛肝变成月亮,牛肠变成路,牛骨变成石,牛肉变成土,牛血变成水,牛尾变成树,牛毛变成草……

(五) 神人造居那若罗神山①

天又在摇晃,地又在震荡。人类居住的辽阔大地上。精与崇的后代们商量,能者与智者商量,丈量者与测量者商量,大头目与小头目商量,东巴与女巫也相互商量:"一定要建立一座神山。"

---

① 纳西族神话中的宇宙山,与冈底斯山和昆仑山神话密切相关。

所有精壮的男人，运来一块块巨石，运来一堆堆黑土，运来金银、碧玉、珍宝和白海螺。在山的一面砌木石，在山的一面砌泥土，建成了若罗神山。

有了造山者，还要有守护者，由五只虎豹，守护着白海螺狮子；由白海螺狮子，守护着金黄大象；由金黄大象，守护着玖高那补大力士；由玖高那补大力士，守护着居那若罗神山。若罗的四方，两面由金银守护，两面由碧玉、珍宝守护。若罗山顶守护着天，苍天坚固不动摇；若罗山脚守护着地，大地平稳不摇晃。

有了守护者，还要有支撑者，由三滴白露，支撑着三根冰柱；由三根冰柱，支撑着三撮黑土；由三撮黑土，支撑着三丛蒿草；由三丛蒿草，支撑着三棵冷杉；由三棵冷杉，支撑着三棵白松；由三棵白松，支撑着三棵栎树；由三棵栎树，支撑着三棵铁杉；由三棵铁杉，支撑着三棵翠柏；由三棵翠柏，支撑着三座崖壁；由三座崖壁，支撑着三座高山；由三座高山，支撑着居那若罗神山。若罗山顶撑着天，苍天安稳不摇晃；若罗山脚镇着地，大地坚固不动摇。

（六）兄妹婚配惹洪水

在出现万物以前，从上面产生了美妙的声音，从下面产生了美好的气息，声音和气息互相混合，产生了三滴白露，三滴白露作变化，变成了三个黄海，随着出现了恨时恨公，恨公美公，美公美忍，美忍初楚，初楚初余，初余初居，居生精，精生崇、崇仁利恩等九代祖先。①

崇仁利恩一代，利恩兄弟有五个，居命姐妹有六人，姊妹不能与兄弟婚配，可是他们结成了夫妻。他们的悖理行为，秽亵了天地日月，

---

① 原文如此。和芳讲述，周汝诚翻译的《崇搬图》，此处的内容则是……初余初局，初局局蕊，局蕊精蕊，精蕊宗蕊（仁）、宗蕊（仁）利恩。[见和芳讲述，周汝诚翻译《崇搬图》，丽江县（市）文化馆，1963年石印本，第27页。] 可以从这个人类祖先谱系中看出藏缅语族普遍有的父子连名制文化习俗。

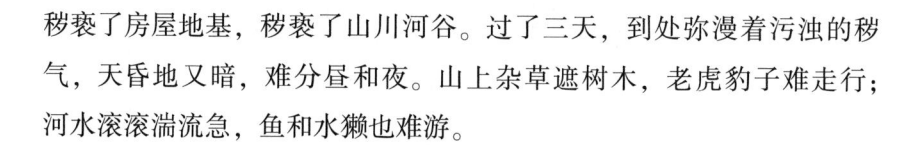

秽亵了房屋地基，秽亵了山川河谷。过了三天，到处弥漫着污浊的秽气，天昏地又暗，难分昼和夜。山上杂草遮树木，老虎豹子难走行；河水滚滚湍流急，鱼和水獭也难游。

(七) 人类祖先与竖眼女和横眼女

纳西男祖先崇仁利恩因为善待创物神美利董阿普，得到创物神美利董阿普的启示，躲进牛皮缝制的皮囊里躲过了洪水浩劫，而且，在牛皮皮囊里留下小鸡、小狗、小山羊、五谷种、金火链等使他在洪水后能继续生活。他孑然一身，请求创物神美利董阿普给他介绍一个女伴，美利董阿普指示他去找高天星岩下的两个女子，一个是横眼睛，心善；一个是直眼睛，貌美。阿普叫他去找那个心善的横眼女做女伴，但崇仁利恩心里想："手巧不如心巧，心巧不如貌美。"于是就找回貌美的竖眼女为配偶。结果生下了松树和栎树、熊、猪、猴、雉、蛇、蛙，只好把他们留在了大森林里。

(八) 与天女相遇一见钟情

辽阔大地工，崇仁利恩孤独又寂寞，为了找个好伴侣，上天去联姻；衬红褒白咪，独住天宫冷清清，为了结个好姻缘，下凡去寻人。黑白交界处，梅花俏正开放。梅花一年开两次，利恩和衬红，花开时节喜相逢，情投意合结良缘。衬红骑白鹤，利恩藏在鹤翅下，飞往阿普天宫里。

(九) 上天求婚历尽艰辛

天神子劳阿普不喜欢俗世之人，而且他已将女儿许给了其舅父之子天神可罗可西。他察觉到有生人后，磨刀霍霍，准备把崇仁利恩杀掉。衬红褒白咪想方设法帮助崇仁利恩脱险。天神用种种方法，欲置崇仁利恩于死地，如叫他过刀梯、一天砍完九十九座山的树林、一天烧完九十九座山的树木、一天播种九十九座山的地、一天拣回九十九片山地上的种子、找回被斑鸠和蚂蚁吃去的种子、悬崖上抓岩羊、急流里捕鱼、挤老虎的奶,等等,但崇仁利恩在衬红褒白咪的帮助下,一一过了这些难关,最后使天神不得不将女儿嫁给了崇仁利恩。

(十)迁徙人间

崇仁利恩和衬红褒白咪二人要离开天宫迁徙到人间,阿普和阿祖给九个银碗,给七个金碗,给几个绿松石碗,给七个黑宝石碗;给九匹骑马,给七匹驮马;给九架耕牛,给七架耙牛;给九个东巴,给七个女巫;给善于算行星的尼勒,给善于算绕星的苏托,给善于算趣星的拉许;给三个有本领的男仆,给三个听使唤的女仆;给九种好的家畜,却不给他们猫种,猫是家畜的同族,跟着家畜迁徙下来了;给他们百样谷种,却不给野琪子种子,野琪子是谷类的同属,跟随谷种一起下来了。

利恩迁徙人间时,忘记带只狗,主客分不清。后来唤只白狗来,主客才分清。衬红下来人间时,忘记带只鸡,昼夜分不清,后来带只雄鸡来,昼夜才分清。夫妇俩在太阳里歇息,在月亮中过夜,点着松明火把走下来。途中战胜了来拦截和降灾的天上恶神可罗可西,搭天梯下到居那若罗神山,最后来到了大地上。

(十一)生三个儿子成三个民族

《创世纪》中还有关于语言的来历的有趣故事,在《创世纪》中,说人类祖先崇仁利恩娶到了天神之女衬红褒白咪后,两个人从天上迁徙到人间来居住,他们生下了三个男孩,但都不会说话,于是他们派聪明伶俐的蝙蝠向天神打听,蝙蝠用计谋打听到了能说话的秘方,崇仁利恩夫妇照秘方行祭天之礼。有一天,三个儿子在蔓菁地里玩耍,有一匹马来吃蔓菁,三个儿子不约而同地用三种语言说出一句话"马吃蔓菁了!"这三种语言分别是藏语、纳西语和白族语,于是,说出藏语的大儿子成为藏族的祖先,说出纳语的二儿子成为纳西族的祖先,说出白语的三儿子成为白族的祖先。①

（十二）纳西族摩梭人《创世纪》的差异

社会形态是母系制的纳西族摩梭人中流传的《创世纪》如下几点不同，一是天神之女的母亲热拿甫扮演了重要角色，刁难从的吕一（崇仁利恩的异读）的是她。作品中说，热拿甫的女儿多，不愿把车红几几美（衬红褒白咪的异读）嫁给他，她叫她的女儿们变成了老虎、豹子、猴子、蛇，叫从的吕一去捉，捉住哪个就把哪个嫁给他。车红几几美暗示从的吕一她变成了蛇，于是从的吕一挑中了蛇。热拿甫又叫她的女儿们化妆得一模一样的，叫从的吕一去挑，也是车红几几美暗示他旁边有蜜蜂飞的姑娘就是她，从的吕一又因此挑准了意中人。②

摩梭人中流传的《创世纪》中还说到，彩红吉增美（车红几几美）把男主人公带到天上后，两人即偷过着偶居生活。到他们所生子女满十三岁，举行穿裤子、穿裙子礼时，在家设宴待客，客人吃剩的骨头引来了老虎豹子，把男主人公藏身的罩子撞翻，他才被发现。③

上面这些与丽江纳西族《创世纪》不同的情节，反映了纳西族摩梭人的母系制文化的特点。

三 审美特征

（一）长短句和五言诗的形式

记录在东巴古籍中的《创世纪》是诗体文学。整部作品有点像《楚辞》的句式，都是由奇数音节诗句构成，即三、五、七、九、十一、十三等奇数诗句错落使用，长短相间，比较自由。东巴古籍中记

---

① 在纳西饮食文化中，蔓菁成为一种具有特定文化含义的食品，在很多东巴教仪式上，蔓菁作为一种供品，东巴祭司也将木牌画等插在蔓菁上供在神坛上。
② 云南省民族民间文学丽江调查队编写：《纳西族文学史》（初稿），云南人民出版社1960年版，第76—78页。
③ 和钟华、杨世光主编：《纳西族文学史》，四川民族出版社1992年版，第146—147页。

载的《创世纪》都由东巴用特定的乐调吟咏唱诵。

民间流传的民歌体《创世纪》，都是五言诗，和其他纳西民歌一样的句式。据民间歌手和正钧介绍说，据作为著名的民间歌手的他母亲和耀淑说，在吟唱民间五言的《创世纪》时，要用纳西民间的"默达"调来唱，这样在家里和外面都可以唱，除非是对唱，在外面也一般不用民间最流行的"谷气"歌吟调。

（二）浪漫主义的歌咏

浓烈的浪漫主义情调是《创世纪》的突出特点，情节神奇瑰丽，引人入胜。如描写洪荒之时，野牛撞天破地，"眨眼如电光闪耀，出气如风吹叶落，伸舌如彩虹飘动。"纳西始祖崇仁利恩与天女衬红褒白咪在黑白交界处的梅花树下相遇，一见倾心，崇仁利恩藏于白鹤翅下到天神家求婚。爬刀梯，砍林烧树，刀耕火种，播种拣种，悬崖脱险，智挤虎奶，两个情侣凭勇气和智慧力排天神的刁难。二人从天上迁徙下来时，在太阳里歇息，在月亮中过夜，搭天梯下到居那若罗神山。这些情节既悬念迭出又富有瑰丽的浪漫色彩。

（三）大自然与人和融一体

作品有浓郁的歌颂大自然情调。《创世纪》中，洋溢着一种歌颂大自然的浓浓的情调，这种讴歌大自然的情调是从东巴教突出的大自然崇拜中升华出来的。大自然崇拜是纳西古典文化的一个突出特色，纳西先民对赖以生活的大自然充满了复杂的感情，大自然提供给人各种生产生活资料，是人类的衣食欢乐之源，但变幻莫测的自然灾害又使人心充满畏惧。诸多自然现象对他们来说是灵异神秘的，有一种不可捉摸的神奇力量。人们礼赞大自然，企盼自然的灵异神力能渗透和降临到自己的生活中。

《创世纪》中反复礼赞高天的繁星，大地的绿草，并把青草遍地、绿叶繁盛，繁星满天视为吉祥美满的象征，用为祝吉祈福的颂词。繁星闪烁的银河被视为生命之河，在这种赞美中，洋溢着人们希望种族子孙的繁衍发展和生活繁荣昌盛如满天的繁星，遍地的绿草这种生命的热望。并把人的征战取胜、能干敏捷、延年益寿、子孙繁衍、生活富足都归于天地所赐。

在众多东巴古典文艺作品中，大自然与人融为一体，宇宙生命一体化的古老审美特点很突出。它们给人一个强烈的印象，大自然就如一个大家庭，人与各种动物相帮互学，其乐融融，兽言鸟语，虫鸣草唱，与人悲欢与共。高天大地、日月星辰、山川草木都显得那么神秘而美丽，人与自然显得那么和谐。蝴蝶、蚂蚁教人劳作；白鹤为天女与纳西祖先的恋情穿针引线；白蝙蝠凭能言善辩和机智灵敏从天上女神处为人类求得占卜书，并从天神处探知了人类学说话的机密，使人学会了说话；人从老虎那里学到勇猛强悍的品格。《创世纪》一些文本中明确说武士之勇即来源于虎，并常常以老虎、鹰之威力来比喻武士之勇猛。

（三）讴歌英雄祖先

歌颂大自然是《创世纪》的一个基本精神，而与之相辅相成的另一基调则是讴歌人，高歌人生的壮美。对人的赞美形成东巴古典文学艺术另一突出的审美特点。

人的形象在东巴文化中的崛起是人类自我意识充分展露，人从以往宇宙生命共同体的混沌状态中脱颖而出的表现。如果说东巴古典文学艺术作为自然的咏叹调，充分地反映了纳西先民对宇宙自然人生辩证关系的睿智思考和对大自然的挚爱之情；那么，东巴古典文学艺术亦作为人的赞美诗，是纳西先民对自己在险恶的自然和社会环境中百折不挠、艰苦创业的歌颂，是人充分认识自己的力量和智慧的反映，它蕴含了更多的社会内容和人在创造世界过程中的理想色彩。

《创世纪》中的纳西始祖崇仁利恩从浩浩洪水中死里逃生，孤身创业，与天女衬红褒白咪一见钟情，来到天上向天神求婚，在衬红褒白咪的帮助下力排天神的一次次刁难，以不屈不挠的精神斗败了屡次设计欲置他于死地的天神，赢得天神之女，夫妻重回人间创世，繁衍出纳西族。当天神子劳阿普惊诧于他的勇敢智慧，惊问他的来历时，他面对天神所说的那一段著名宣言至今为纳西人传颂不息。

> 天神阿普吓得目瞪口呆：
> "从忍利恩（崇仁利恩）啊你是什么种族呀，你是谁的子孙？"
>
> "我是开九重天的九兄弟的后代，
> 我是辟七层地的七姊妹的后代，
> 我是白海螺白神狮的后代，
> 我是黄海金黄大象的后代，
> 我是大力士的后代，
> 是翻过九十九座大坡精神更旺盛的种族。
> 我把居那若倮山（居那若罗山）放在肚里也不会饱，
> 我喝完金沙江的水也不解渴。
> 三根腿骨一口吞下哽不住，
> 三升炒面一口咽下不会呛。
> 是所有会杀的人来杀也杀不死的种族，
> 是所有会敲人的人来敲也敲不死的种族。"
>
> 　　　　　　　　　　　　　　　　　[《创世纪》]

这是一曲气壮山河的颂歌和宣言，面对威焰赫赫的天神能如此傲然作答，不能不说是人在原先因自然和社会环境的重压而匍匐于神灵脚下的状态中愤然而起，自信心和自识性充分展露的表现，它充分反映了人的英雄气概和巨大力量，其间凝聚着人类为生存发展所作出的多少艰苦卓绝的努力。我们从中感受到纳西人民坚韧强大的力量和英雄气概四溢的生命精神。

（四）歌颂母系和女性

在《创世纪》中，可以明显地看出歌颂女性和母系的特点，可看出纳西族妇女在古代相当长的时期是有比较高的社会地位的。

咏诵《创世纪》是纳西族民间最大的节日"祭天"的主要内容，而祭天祭的是神话中的纳西女始祖衬红褒白咪的父母亲——天神子劳阿普和地神衬恒阿仔夫妇。纳西人自称"纳西美本若"。意思是"纳西人是祭天人"。以祭天人认同，而祭天所祭者却是本民族的母系远祖，这反映了纳西族先民对母系的极其重视。

在创世史诗《崇搬图》中，纳西男始祖崇仁利恩是在衬红褒白咪的帮助下才战胜了天神的种种刁难，衬红褒白咪是智慧的象征。衬红褒白咪还从天上给人间带去一切生产生活必需品，如谷物、牲畜、衣饰等。

纳西族崇拜很多女神，有不少关于女神的神话，在这些神话中，砍刀、木锄、木犁等生产用具是女神发明的；五谷六畜由女神带到人间，女神教会人类种植谷物、驯养牲畜、获取火种等。

流传于宁蒗县纳西族摩梭人中的《创世纪》故事中也说，纳西男子措支鲁依（崇仁利恩的异读）在洪水后孤身一人，后来碰到了神女彩虹（衬红的异读），两人一见钟情，暗结伉俪。但此事被彩虹的父亲发现，他认为彩虹在天上丰衣足食，不应下凡受苦，便对措支鲁依百般刁难，要他一天内砍掉九座山上的树林，然后把砍掉的树林彻底烧毁，并于烧毁的土地上播种。彩虹知道他无法胜任，遂暗施法术帮他完成艰巨重任。彩虹的母亲同样要刁难措支鲁依，要他去挤老虎奶，他只好求助于彩虹，彩虹教他披上老虎皮装成虎崽吃奶，完成了这艰巨的任务。后来彩虹的父母同意让他们两个结为伴侣，并让彩虹带着五谷种子和牲畜到人间生活。

（五）"增琚"艺术

在五言口头传承本《创世纪》中，也用了纳西族传统的"增琚"艺术手法。"增琚"（zei zziu，纳西语音译）是纳西民歌的一种独特表现手法，普遍应用于纳西族民歌当中。过去有的学者翻译成"借音格"

"借字谐音"等，但增琚在纳西民歌中的运用不仅让语句押韵，还能增强民歌的艺术价值，其作用涉及诗歌的押韵、节奏、顿挫、起兴、比喻、渲染气氛、增加美感等多方面。在纳西民歌中，"增琚"应用水平的高低，是评判一名歌手歌唱水平的一项重要指标。纳西民间有句俗话"高明的歌手出口成章，增琚信手拈来"。从增琚的运用中，能体现出歌手对自然环境细致入微的观察、对本民族历史的了解，及其语言艺术水平等。

根据表现形式的不同，增琚的功能可分为五种。第一种功能是谐音，上句中所借的那个字的读音，与下句的内容没有联系，即取音不取义。第二种功能是协韵，也是不取义，就是借助上句中的某一个字的音来协调下句中的或整首歌的韵律。第三种功能则是示义，借助上句中某一个字的音和义来揭示下句或整首诗歌的意蕴。第四种功能是比喻，句中以各种比喻的形式表现。第五种功能是歌者兴致高涨、情绪饱满时"先言他物以引起所咏之词"。

好的"增琚"，借字谐音的音意之美都会处理得很好，在民间《创世纪》中有这样的表述，天神不想把自己的女儿嫁给来自人间的纳西祖先崇仁利恩，他对来求婚的崇仁利恩说：

　　金衣托过路，
　　你过特默路，
　　汝塞孟过可，
　　你过特默可。

[《创世纪》]

这几句的大意翻译为"流水围绕松树流，但不会来围绕着你流；青草会恋上蘑菇，但不会来恋你"[①]。第一句的"围绕"与第二句的

---

① 参见中国民间文艺研究会主编《创世纪》（纳西族史诗），云南省民族民间文学丽江调查队整理，人民文学出版社1962年版，第41页。

"围绕",第三局的"贪恋"与第四句的"贪恋",音和义都有密切的联系。可算是"增琚"用得好的例子。

五 纳西创世史诗《崇搬图》的诗性智慧

(一) 万物一体的宇宙观

纳西族《创世纪》中,反映了纳西族传统的宇宙观和生命观,体现了突出的人与大自然同体合一的思想,认为,大自然和人是同出一源的,有共同的出处来历。《崇搬图》认为,大自然界的日月星辰山川草木鸟兽虫鱼以及人的生命最初皆起源于蛋卵,将大自然和人视为有生命血缘关系的物质实体。这是纳西先民自然观和生态观最原初的思想根源之一。

《崇搬图》中描述了人和神、动物一起修筑顶天镇地的局那若罗神山的情节。

> 九匹马守着九块石,
> 九块石等着九只虎豹,
> 九只虎豹守着白狮子,
> 白狮子守着黄金象,
> 黄金象守着大力士,
> 大力士着若保(若罗)神山。

[《创世纪》]

(二) 礼赞大自然

讴歌大自然的情调是《崇搬图》又一突出的诗性智慧,强烈地表现出人的这种共识。天和地提供给人各种生产生活资料,是人类的衣食欢乐之源,但变幻莫测的自然灾害又使人心充满畏惧。人们礼赞大自然,企盼自然的灵异神力能渗透和降临到自己的生活中。

《崇搬图》中反复礼赞高天的繁星,大地的绿草,并把青草遍地、绿叶繁盛、繁星满天视为吉祥美满的象征，用为祝吉祈福的颂词。繁星闪烁的银河被视为生命之河，在这种赞美中，洋溢着人们希望种族子孙的繁衍发展和生活繁荣昌盛如满天的繁星，遍地的绿草这种生命的热望。并把人的征战取胜、能干敏捷、延年益寿、子孙繁衍、生活富足都归于天地所赐。对纳西先民来说，大自然的壮丽和永恒是一个美丽而神秘的谜，他们在歌吟对它的崇拜之情时，也以神话的瑰丽思维力图解开这个谜，他们热望人也能像大自然一样能永恒。

这种积淀着特定文化意味的民族审美观一直延续到现代，纳西族妇女服饰羊皮披肩两边肩部有两个用五彩线刺绣的大圆盘，象征太阳（左）月亮（右）；中间缀有七个小圆盘，象征星辰；小圆盘中心下垂的麂皮细线象征日月星辰的光芒；香格里拉市三坝纳西族妇女头上的六至七块圆盘装饰物，也有象征日月星辰的寓意。

（三）颂扬善良与智慧

《崇搬图》中除了讴歌大自然外，还着力颂扬人的善良和智慧。崇仁利恩因为心善，善待创物神美利董阿普，得到他的帮助，得以在洪水浩劫中幸免于难。史诗中这样叙述。

    猪是色神派来的。
    色神拄着金手杖，
    董神戴上银斗笠，
    由天上来到地里，
    遇到利恩六兄弟。
    夸古抬起犁架甩过去，
    金古举起犁头打过去，
    好心的从忍利恩（崇仁利恩）啊拦也拦不及。
    犁架打在董神的头上，
    几乎打破银笠。

第一章　汉藏语系汉语族与藏缅语族创世史诗

犁头打在色神的手上，
几乎打断金拐杖。
董神吼声惊天，
色神叫声动地。
利恩跑去董神和色神，
"痛还是不痛，我帮你放血
发烧还是不烧，我替你针砭……"

[《创世纪》]

董神色神被利恩的好心感动，就教给他如何在洪水暴发时避难。崇仁利恩在洪水中幸免于难找配偶时，他却没有听创物神美利董阿普的话找横眼睛心善的女子，而是找了直眼睛貌美的女子，结果生下了松树和栎树、熊、猪、猴、雉、蛇、蛙等。这些都在告诫人们善良最重要，一切应以善的品性为先的深刻寓意。但也反映出人和野生动物实际上是出自一个父亲的寓意，与纳西先民认为"人和自然是兄弟"的世界观相吻合。

《崇搬图》中浓墨重彩地描写了纳西祖先崇仁利恩和衬红褒白咪情侣与天神斗智斗勇、用自己的智慧战胜了天神的种种刁难，终于结为夫妻，历尽艰辛迁徙到人间建设家园的很多故事。歌颂了人的智慧和勇敢无畏的品格。

纳西族创世史诗《崇搬图》围绕开天辟地、人和天地山川、动物植物等的起源、人类的文明创造等重大事件，以神奇瑰丽而又质朴的叙述，叙述了纳西祖先面对洪荒时期的浩劫危难，凭借爱情的力量和智慧，勇敢地面对生存的艰难险阻。机智而勇敢地战胜天神的种种刁难，迁徙到人间建设家园；史诗还反映了与中华很多民族有共同性的远古洪水记忆，而洪水的起因和洪水后的故事，则又有纳西本族的特色；此外，还有与中华很多民族有相似性的"蛋卵衍生万物"的观念，还反映了纳西族、藏族和白族是同父母繁衍出来的三兄弟的民族同源观念，是这三个民族历史上有密切的交往交流交融关系的反映。史诗表达了人和大自然相依共存的宇宙观，歌颂了人类真善美的品德。全诗用"世界上唯一活着的象形文字"之誉的纳西族图画象形文字记录而成，如《楚辞》一样的奇数字诗行结构与五言体的民间口传创世史诗相映成趣，在与纳西人的各种人生重要礼仪相关的场合传唱歌咏，代代相传。

思考题

1. 图画象形文字记载的《崇搬图》与民间流传的《崇搬图》的主要区别。
2. 思考《崇搬图》对纳西女始祖母突出歌颂的原因。
3. 思考《崇搬图》反映的讴歌大自然的基调。
4. 谈谈《崇搬图》的当代价值。

第十六节　基诺族创世史诗《大鼓和葫芦》

一　概述

基诺族自称"基诺"，汉语译称为"攸乐"。"基"即舅舅，"诺"即后代，意为"舅舅的后代"，该族称透露出基诺族原始氏族婚姻制度残存的痕迹。基诺族人口约有 18000 人，主要聚居于云南省西双版纳傣族自治州景洪市基诺、勐旺、大渡岗、勐养乡以及勐腊县的勐仑、象明乡。

基诺族有着悠久的历史，由于没有自己的文字，没有成文的历史记载和书面文学，口头文学便成为记录民族的历史、文化、伦理道德、审美观念、思维模式的重要载体。基诺族的口头文学主要有史诗、神话和大量的歌谣、传说、故事、谚语等。

基诺族创世史诗《大鼓与葫芦》，广泛流传于基诺族聚居地区，该区域的基诺族使用的语言，属于彝语支基诺、补远方言。全诗按照时

第一章 汉藏语系汉语族与藏缅语族创世史诗

间叙事的顺序分为五章，共十三首歌。第一章《阿嫫肖贝》分为《造万物》和《大鼓与葫芦》两个部分，讲述了创世女神阿嫫肖贝[①]创造天地、勇斗蟾蜍、做出日月星辰的壮举。之后，由于人类和自然界因为采集和狩猎的矛盾吵闹不休，阿嫫肖贝不堪其烦，用太阳曝晒和发洪水的方法毁灭人类，只留下玛黑和玛妞兄妹俩。兄妹借助大鼓躲避洪水，老奶奶阿妣厄[②]指点兄妹种出大葫芦。第二章《人的繁衍》分为《兄妹结婚》《阴界阳界要分开》两部分，前者主要讲述兄妹历经考验最终成婚，繁衍人类的故事。后者讲述了"人鬼分家"的缘由和过程。第三章《杰卓创业》分为六节，讲述了基诺族人学会打铁、制鼓、祭祖、备耕以及杰卓寨遇火劫的内容。第四章《劫后新发展》分为《分寨与命名》《团圆年》和《对歌》三部分，讲述了劫后重建家园，欢度团圆年的内容。本节选取的诗篇《造万物》《大鼓与葫芦》讲述了创造天地和繁衍人类的核心内容。

《葫芦与大鼓》主要有三种演述程式。首节《造万物》以五言句式为主，节奏短促，富于张力，表现了大地之母阿嫫肖贝斗蟾蜍、造天地及日月星辰的壮举。史诗语言质朴，太古之初的蛮荒之气和大地之母的伟岸、壮美呼之欲出。中间部分以七言句式为主，是史诗的主体部分。最后一章《劫后新发展》的《对歌》部分以盘歌形式演述了巴亚寨主客对唱，共同欢度团圆节的热烈气氛。全诗重章复沓，回环往复，唱词优美，是具备史诗性质的基诺族民间活形态押调口头传统。

基诺族史诗大多在祭祖、婚丧、聚会以及节日等场合演唱。尤其是在盛大的"特懋克"年节，更要演唱这部史诗。[③] 演唱者大多为寨老、歌手和头人等。特懋克节过三天，第一天祭鼓，第二天做打铁仪

[①] 阿嫫肖贝：基诺族传说中的创世母亲。"阿嫫"即母亲；"肖"为大地。全句意译为"造大地的母亲"。也有"阿嫫腰白""阿嫫晓白"等音译。

[②] 阿妣厄：基诺语的音译，意为"奶奶"。

[③] 特懋克："特"是打铁的意思，"懋"是盛大之意，"克"是节日，即"盛大的打铁节"。有些寨子也称为"勒比窝"，意为"进新年"。

式,第三天是耕地仪式。祭鼓当天,全寨男女身着盛装,齐聚寨中首领卓巴家。由卓巴、卓生、巴努、生努、科卜洛、达者、乃俄七个头人进行祭祀仪式,念阿嫫肖贝创造天地内容的祝词。然后卓巴敲响大鼓,跳起大鼓舞,其他六位头人也按顺序跳起大鼓舞,众人随之尽情欢歌狂舞,共唱《新年歌》。

基诺族口头民间文学收集整理工作始于20世纪80年代。基诺族的史诗和神话较少,歌谣非常丰富;另外,机智人物故事、爱情故事、动植物故事、习俗故事较多。已出版的史诗只有《大鼓与葫芦》一部。由宝者、白佳林、沙车演唱,杜玉亭搜集,杜玉亭、盖兴之、玉罕娇整理,收录于《云南少数民族古典史诗全集》(中卷)[①]。部分涉及史诗的歌谣收录于《中国歌谣集成·云南卷》(上卷)[②]。

二 精彩诗篇故事情节举例

(一) 阿嫫肖贝造天地[③]

洪荒年月,没有天,也没有地。只有一片汪洋,漂着土板块。创世主阿嫫肖贝从土板块里走来,连接土板块,造好了天和地。

突然跳出来一只大蟾蜍,要吃创世主。阿嫫肖贝把蟾蜍一撕为两半,一半做地柱,一半为天绳。左眼做天阳,右眼为月亮。阿嫫肖贝一手托着地柱,一手拎着天绳,对接天和地。结果,天大了,地小了。女神把地捏小点,捏出了满天星,挤出了山和沟。架稳地柱,扎稳天绳,苍天罩着大地,天地造好了。

阿嫫肖贝吹一口气,变成了风;流一滴汗,变成了雨。鼾声变雷

[①] 云南省少数民族古籍整理出版规划办公室编:《云南少数民族古典史诗全集》(中卷),云南教育出版社2009年版,第399—424页。

[②] 中国民间文学集成全国编辑委员会、中国歌谣集成云南卷编辑委员会编:《中国歌谣集成·云南卷·上卷》,中国ISBN出版中心2003年版。

[③] 原文参见云南省少数民族古籍整理出版规划办公室编《云南少数民族古典史诗全集》(中卷),云南教育出版社2009年版,第399—400页。

第一章　汉藏语系汉语族与藏缅语族创世史诗

声，血肉造动物，造好了喘气的，又造了没气的。大青树最先萌发了，芦苇、茅草和扫帚叶也发芽了。阿嫫肖贝造万物，动物、植物都能言，大家都说一种话。

人们要摘百叶果，果子不让人们摘："树木无果不生枝，树身只会徒长高。"山里有只红毛豹，放火要烧山。人们约着甄子树，一同去灭火，甄子树不怕火，越烧越红润，于是甄子树不赴约。

在远古时代，麂子和豹子，换工来相处。豹子劳动时，就煮鸟兽肉；麂子劳动时，煮食野地菜。有天豹子煮食了麂子的幼崽子，麂子伤心地来找阿嫫肖贝哭诉。地上的人们采野果，摘野菜，打野兽，射飞鸟。于是，植物、动物不干了，齐齐来和人类吵。人类不能没吃的，不吃东西没活路，于是也来找阿嫫肖贝诉苦。动物、植物和人类，吵吵又闹闹，各说各有理。阿嫫肖贝想啊想，只有一个办法了：旧的生物统统死，新的生物重新造。

（二）兄妹结婚[①]

阿嫫肖贝飞上天，造出七个太阳，把万物来曝晒。母猪晒死了，黄牛晒死了，铁树、大青树也晒死了。藏在洞里的动物还活着。阿嫫肖贝熄灭太阳下地来，活着的动物跑出来，围着创世主问："为啥有七个太阳晒我们？"阿嫫肖贝骗他们："七个太阳太火辣，熄灭太阳就不晒了。"阿嫫肖贝暗暗想："要消灭动物残余，看来只有用水淹。"

创世主阿嫫肖贝心想："人类不能被灭绝，得把人种放进大鼓里，放在水里任它去漂流。"创世主种下一颗苦子树籽，三天长成了大树，只是再也不会讲话了。阿嫫肖贝砍倒大树，做成大鼓。依次放入鸡蛋、芝麻和糯米饭。她叫来兄妹玛黑和玛妞，把兄妹俩放进鼓中细叮嘱："一餐只吃一粒米，一顿只吃一颗芝麻。鸡蛋不能吃，鼓不

[①] 原文参见云南省少数民族古籍整理出版规划办公室编《云南少数民族古典史诗全集》（中卷），云南教育出版社 2009 年版，第 400—405 页。

落地不能出来。"

阿嫫肖贝安排好兄妹俩,叫来一只大螃蟹和一只大虾,让他们堵死大地的落水洞,然后发洪水淹没了世界。大鼓随着洪水飘荡。有一天洪水终于落了,大鼓咕咚一声落在地上。玛黑和玛妞打开了鼓。

大鼓里的鸡蛋变成了大公鸡,喔喔喔一打鸣,红太阳升上了天。玛黑、玛妞走出大鼓,四处端详。万籁无声,遍地狼藉,父母、母亲和亲人都没了。找来找去,已找不到一点儿人烟。兄妹俩对着高山喊,一位奶奶应声答。"阿妣厄!阿妣厄!"奶奶从山上下来,一把搂住兄妹俩。兄妹俩说:"父亲、母亲没有了,邻里、亲友没有了,要不奶奶收留我们吧。"奶奶说:"你俩是我的命根子,但是我们仨无缘在一起啊。"阿妣厄拿出葫芦籽,指点他们种葫芦。

玛黑、玛妞按照阿妣厄的指点种下了葫芦。三天三夜葫芦籽就发了芽。一根藤条长得长,一爬爬过七条河;另一根藤条爬得快,一爬爬过九条河。葫芦开了花,在路边结了个大葫芦,就像窝棚一样大。一天,兄妹听见大葫芦里面有吵闹声,吓得赶快去找阿妣厄。

阿妣厄扯下一根黑头发,递给玛黑和玛妞:"用头发拴紧葫芦,把葫芦往两边拉。"兄妹俩回去按照叮嘱把大葫芦往两边拉。头发一拉,断成两截,发丝变成了狗。葫芦炸成三片,一片滚落在山上,跑出来满山的动物;一片滚落在山坡,发出了植物的新嫩芽;一片滚落在水里,变成水果生物群。植物和动物说的话,完完全全不相同。植物生长了,树上开鲜花,花落就结果。地上走野兽,林中跑着鼠,大山飞过鸟,各自去生活。

一天玛黑、玛妞看见蛐蛐双双报拢,不知道它们干什么,于是去问阿妣厄。阿妣厄告诉他们动物要成双,繁殖子孙传后代。他俩又问阿妣厄各种植物和动物到处有,该怎么辨别?怎么吃?阿妣厄拿出干木柴点着火,教兄妹俩用火煮食野菜和兽肉。

一天又一天,玛黑、玛妞长大了。他们想,如果兄妹俩死了,世界上就没有人烟了。玛黑忧愁,玛妞也愁。玛黑和玛妞说:"现在世上只剩下我们兄妹俩了，我们结成夫妻吧！"玛妞害羞不愿意。玛黑想出一个主意，对玛妞说："对面山上有一位白发智者，你去问他，他会告诉你我们能否成婚。"玛妞答应了。

通往对面的山有两条路，一条大路，一条小路。玛妞从大路去找老人，玛黑走小路先到了那里，扮成一个白发老人守在路旁。玛妞到了，看到白发老人，跪在"老人"面前问能不能和玛黑结婚。"白发老人"告诉她："世上只剩你兄妹俩了，你俩要结婚，才能传后代呀。"这样，玛黑、玛妞兄妹俩就结成夫妻了。

玛妞怀孕了，头胎婴儿被白蚁、土蜂吃掉了。阿妣厄耐心教玛黑、玛妞区分动物的习性。后来又生了三个男孩，三个女孩。阿妣厄耐心教夫妻俩给孩子取名字。孩子成人结婚后，成双成对取名字。老大那对叫乌优，老二那对叫阿哈，老三那对叫阿细。老大婚后组成乌优大家族，老二组成阿哈大家族，老三组成阿细大家族。玛黑、玛妞儿女们，子孙成群传后代，人烟就越来越稠密了，人类就这样传下来了。

三 基诺族创世史诗《大鼓和葫芦》体现的美学特征

（一）礼仪之美

基诺族史诗《大鼓与葫芦》演唱形式多样，一般在盛大的节日、集会等活动中演唱，是村寨之间、成员之间解决纠纷，增进感情交流，传承民族历史、生活智慧，体验审美经验的机会和载体。该史诗的演唱最为集中的场合就是基诺族的特懋克节。《大鼓与葫芦》最后一章《劫后新发展》详细地描述了基诺族先民过特懋克节的过程。其中"对歌"部分以主客问答的形式演述了巴亚寨邀请其他村寨成员前来过节的场景。仪式和唱词无不体现出浓厚的礼仪之美。[①]

[①] 歌词选自云南省少数民族古籍出版规划办公室编《云南少数民族古典史诗全集》（中卷），云南教育出版社2009年版，第419—421页。

1. 新年

（1）原文

新年开始第一天，
卓巴卓色二长老，
祭鼓口念祭鼓辞，
祭神抓饭泼米酒。
祭祀仪式刚结束，
长老跳起大鼓舞。
下寨上寨宾客们，
四面八方宾客们，
大家齐聚卓巴家，
依次坐到篾桌边，
主方巴亚唱起来：
"想着高兴啊高兴，
巴亚寨人借年节，
邀请亲寨众亲人。
请客不凭嘴来叫，
敲着大鼓、铓、锣、钹，
带着鲜美牛剁肉，
带着苦子果和甜菜汤，
乐舞伴着礼品请。"

（2）礼仪性

基诺族是一个重视人际关系和集体感情的民族，史诗展示了民众对和谐关系以及秩序的追求。基诺族的年节采取轮值方式。每个支系各有自己的父寨、母寨和儿女寨。通常由父母寨先过年节，然后才轮到儿女寨过节。父母寨过年，儿女寨要派人来祝贺；儿女寨过年，也要邀请父母寨的人前来参加。轮值的村寨要先送礼物给受邀的其他村寨，接受礼物的村寨要派五至七人回访。史诗《大鼓与葫芦》"对歌"部分描绘了基诺族村寨互相拜年做客的礼仪中主宾有序、和谐欢乐的仪式美。主方巴亚寨热情好客，称其他村寨及成员为"亲寨"和"亲人"，表现了血肉相连的民族感情。做东的巴亚寨主人讲求待客仪式，"请客不凭嘴来叫，敲着大鼓、铓、锣、钹""乐舞伴着礼品请"，反映了基诺族社会中善良和坦诚，注重礼仪性的民族心理特征。

2. 客人自谦

（1）原文

> 我是黑头毛小子，
> 是代表白发长老的。
> 鲁巴他是代替卓巴的，
> 鲁色他是代替卓色的，
> 鲁耐他是代替头人的。
> 窝里一个鲜鸡蛋，
> 会变成楼下养的鸡，
> 我是代表鸡来的；
> 我是不会啼叫的斑鸠，
> 是当打鸣公鸡来的哦；
> 我虽是家里的小猫，
> 是当山中老虎来的哦；
> 我虽然是木拐棍，
> 是当铁棍来的哦。

（2）礼仪性

前来做客的客人一般都口齿伶俐、能说会道，十分懂礼貌。客人

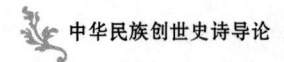

将自己比喻为"不会啼叫的斑鸠""家里的小猫"以及"木拐棍",体现着尊敬对方、自谦的礼仪性。

3. 拜年做客

(1) 原文

巴亚主人齐声唱:
"想着高兴啊高兴,
下寨上寨长老们,
不是节日都出来,
为了巴亚打铁节,
两寨长老才出来,
长老走出寨门后,
沿着长长山梁走,
过了芦苇花地界,
来到咱们分寨处,
抬起头来多看看,
有无问题需要说?
你们外寨长老们,
沿着大路走来时,
苦马草和倒钩藤,
尖尖挂着你们吗?
祖辈架的墨心树木桥,
白蚁蛀蚀晃动吗?
你们外寨长老们,
在走来的大路上,
黄青树树根挡路吗?
大青树枝杈拦路吗?"

2. 礼仪性

特懋克节中互相拜年做客的礼仪，是增进各村寨之间友谊，化解彼此矛盾，强化认同的好机会。据说有一年札果寨因黄牛丢失，与巴亚寨之间发生不愉快。两个村寨的人都利利这个机会来协调与邻寨的关系。史诗反映了两个村寨通过节日缓和矛盾，重归于好的过程。巴亚寨的主人首先使用礼貌而机智的语言、巧妙的隐喻，描述、询问存在的矛盾："过了芦苇花地界，来到咱们分寨处，抬起头来多看看，有无问题需要说？"是询问双方在地界内是否存在野火烧山、土地争执的事。后面几句分别用苦马草、倒钩藤的刺尖会勾人，墨心树木桥晃动不稳、黄青树树根挡路等隐喻暗示两寨村民生产、生活、恋爱婚姻中的矛盾。委婉、含蓄、巧妙的比喻，既淡化了矛盾，解决了问题，又能保持着年节欢乐、和谐的氛围。

4. 赞美主人

（1）原文

> 外寨宾客齐声唱：
> "想着高兴啊高兴，
> 我们代替长老来，
> 过了芦苇隔开的，
> 我们祖辈的地界，
> 来到咱们分寨处。
> 巴亚建寨长老们，
> 教育后人更有方，
> 来到芦苇地界处，
> 看不到什么需要说。
> 穿过寨界上巴亚，
> 巴亚成十男子汉，
> 巴亚上百女子们，

> 手挥腰刀除杂草,
> 又砍山腰苦马草,
> 倒钩藤尖挂起来,
> 黄泡树叶翻过来,
> 顺顺利利走大路,
> 没见片叶挡去路。
> ……
> 你们建寨的父辈们,
> 你们当家的母辈们,
> 教育儿女人生路,
> 不分彼此团结紧,
> 寨中家庭多和睦,
> 比挤拢的蜂饼更紧密。"

(2) 礼仪性

以赞美的方式认真回复巴亚寨主人的每一个问题,既表现了对主人的赞美和认同,也是对问者的尊重。

5. 感情交流

(1) 原文

> 巴亚主人齐声唱:
> "想着高兴啊高兴,
> 小寨大寨长老们,
> 你们进来巴亚时,
> 走进卓巴家大门,
> 清淡无味草烟丝,
> 手握手地递给你。
> 你们外寨长老们,

楼梯九台未走完,
干枯发黄槟榔叶,
手握手地递给你。
……
我是父亲飘之子,
生来不如父聪明,
长来不如哥勤快,
招待宾客欠周详,
椿树凳子不够坐,
长老坐都没坐热。"

外寨长老齐声唱:
"想着高兴啊高兴,
我们这群长老们,
进到卓巴大门时,
傣人做的黄烟丝,
汉人做的细烟丝,
放在手心手背麻,
手扯烟丝丝不断,
手握手地递给我。
九台楼梯没上完,
傣家香嫩槟榔叶,
成串成串槟榔果,
手握手地送给我。
你是飘的好儿子,
在你长房子下面,
剥兽皮的床旁边,
红椿凳子一条条,

上铺汉人红毛毯，
厚厚的垫子软绵绵。

你是飘的好儿子，
我们长老坐下时，
柔软热和真舒服。
儿子更比文聪明，
弟弟更比哥哥灵，
长老心满意又足。"

(2) 礼仪性

节日仪式促进了村寨之间、民族成员之间的感情交流。对四方亲朋准备礼物过程重章复沓的演唱，突出了筹备节日的繁忙、热闹、欢欣以及郑重，而更贵重的是比礼物更重要的"寨间亲情"。在这种朴实、淳厚的民族生活中，村寨之间是一种适应、模仿、互助和一体化的关系。

基诺族的史诗《大鼓与葫芦》以口头传唱为主，主要由民族的卓巴、卓色等头人在祭祀天地、节日时念诵或歌唱。首先，通过对远古创世主阿嫫肖贝和阿妣厄的追思和演述，展示了共同的始祖、祖源地、仪式活动和生活习俗，强化着一脉相承的仪式美和秩序美。其次，遵循着共同拥有的口头演唱传统和程式。

在特懋克节上演唱的对歌部分，尤其能展示出民族之间，民族村寨之间，成员之间浓厚的感情连接和交流。每年特懋克节后，村民在长老的率领下以通过调整的良好心态投入春耕大忙中，往往能够很好地注重行动的协调一致，在劳动过程中自觉遵守古规古理，自发开展互助协作，从而在刀耕火种的原始技术条件下获得较好收益。在基诺族的观念中，失去祖先神灵庇护和集体力量的人无疑就失去了生存的条件。这种由生存的需要而形成的聚居形式，经由共同的血缘关系和传统文化精神紧紧

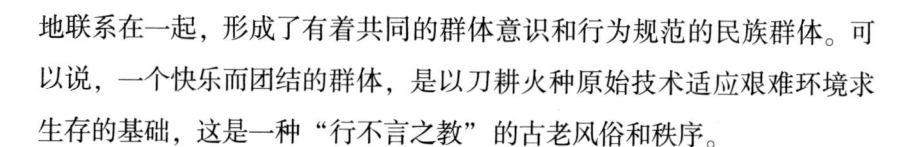

地联系在一起，形成了有着共同的群体意识和行为规范的民族群体。可以说，一个快乐而团结的群体，是以刀耕火种原始技术适应艰难环境求生存的基础，这是一种"行不言之教"的古老风俗和秩序。

(二) 叙事之美

基诺族史诗《大鼓与葫芦》从洪荒年代阿嫫肖贝创天地讲到人烟繁盛，共度团圆节，想象奇特，结构宏大、严密，形成自为自在的叙事结构，既有崇高美，又有反映民族日常生活、习俗、技艺的世俗美。语言流畅、质朴，富于诗意，唱词一叹三唱，回环往复，巧妙运用比喻、敷陈等手法，丰富了史诗的内容和表现形式，营造出人与自然、家园和谐相处，念兹在兹的个性之美。

> 基诺人在杰卓山，
> 人口繁衍发展快，
> 初始日子难忘记，
> 不知年月和季节。
> 寨中的白发超人，
> 抬头观望杰卓寨，
> 向西看时西边明，
> 向东望时东边亮，
> 看向西面澜沧江，
> 江面翻起银浪花，
> 看向东面小黑江，
> 石上长着嫩青苔，
> 浪花青苔有来由，
> 江河告诉年节月。
> 沿着山顶看上去，
> 毛毛树上发新芽；

沿着山腰看下去,
黄皮树枝吐新叶;
沿着大山山脚看,
豆渣树上发花蕾。
植物告诉季节变。
两边澜沧江峡谷,
大风呼呼刮出来;
风起峡谷气势猛,
寨边竹叶刮进寨。
生在地下小知了,
地上打洞爬出来,
蝉蜕脱下换新身,
飞来寨边椿树上,
停歇树冠叫不止。
一种知了一种音,
响亮蝉声辨季节。
白发超人朝天看:
太阳月亮和星星,
运行路子有变化,
有时日短夜间长,
有时夜短日间长,
分出雨季、冷季和热季。

[《云南少数民族古典史诗全集·大鼓与葫芦·杰卓创业》]

基诺族在 20 世纪 50 年代仍停留在原始社会末期的农村公社阶段,主要聚居在基诺山。基诺族先民长期与周围的热带雨林山地打交道,掌握了普遍的生产季节规律,其文化保留了更多原始社会的东西,语言和文学也具有具象性的美学特征。

比如过去的基诺族生活在无文字时代，对往事的追忆与记录并没有确切的时刻观念，在基诺族的史诗世界里，没有抽象的时间表达，甚至较少复杂的比喻和象征。但是并不意味着基诺族先民对事件的记录没有明确的前后顺序，而是有本有源，前后相继，往来相随的。基诺族先人用自然的、巧妙的叙事视角，借用蒙太奇般的物象变化表现季节的变迁和时间的流动。叙事动中有静，既有生命的律动和感动，又富于静穆与永恒之美。这段优美动人的诗行体现了这样特点：借"白发超人"的视角拉开自然叙事的序幕，向西看时西边明，向东望时东边亮。抽象的时间和静穆的自然，以及大江、大河随着"白发超人"的凝视，变得神奇而律动。接着分别以山顶、山腰、山脚为叙事空间，看到哪儿，哪儿就是一路春天，一路繁花。江河、峡谷、高山、呼呼的大风，写尽阔大之美；而小小的知了地上打洞，爬出来，脱蝉蜕，换新身，歇树冠——基诺族人听着无止歇的蝉声，于生命的细微之处感受着季节的变迁。"白发超人"凝视着天空，看见了太阳、月亮和星星，看到了日月之行，昼夜交替和灿烂星汉中的时间轨迹。这是个远古人类共有的世界，又是独属基诺族先民的世界。人依附大山，生于斯，长于斯，念兹在兹，生生不息，具体而生动的万事万物自然而然地成为被关照、被凝视、被感受的物象。无须借助复杂的技巧和叙事，基诺族先民用清澈的眼睛看见并体验着自然和生命的本真状态。

四　基诺族创世史诗《大鼓与葫芦》蕴含的诗性智慧

史诗《大鼓与葫芦》是基诺族先民用诗歌语言讲述的民族历史，是"神圣的历史"，也是"诗化的历史"，诗性始终是史诗的突出特征，也充分反映着原始先民朴素的诗性智慧。对阿嫫肖贝创世的描述反映了基诺族先民朴素的宇宙观；创世之后动物植物都能言语，抱怨不休，吵闹不歇，反映了远古人类狩猎与采集活动带来的人与自然的冲突；而洪水过后，阿姝厄指点玛黑、玛妞兄妹认识自然，利用自然，说明基诺族万物一体，和谐共生的生态观。同时，史诗也充分反映了基诺族人务实的人生智慧。

(一) 和谐共生的生态观

杜玉亭提道："'刀耕火种'是基诺族山地农业的主要生产特点。除个别村社使用畜力犁耕外，大多数村社都是'刀耕火种'。"① 手工业只是村社自然经济的一种补充，男子的狩猎和女子的采集才是家庭重要的副业。村社经济结构使得基诺族形成了依赖自然、熟悉自然，与自然和谐相处、合理利用自然并补偿自然的观念。反映在史诗等口头文本中则表现为和谐共生的生态观。《大鼓与葫芦》表现了基诺族先民与自然的矛盾冲突以及逐渐调适、平衡的过程。

在创世史诗的开头，描述了洪水时代以前，人类、动植物都会讲话。

地上人群众亲族，
摘吃野果采嫩叶，
打杀走兽射飞鸟，
植物群落惹恼了，
动物宗族激怒了；
植物跟人们争吵，
动物和人们吵闹。

[《云南少数民族古典史诗全集·大鼓与葫芦·阿嫫肖贝》]

洪水之前，由于生存技术极为低下，人与自然界关系不和谐，世间一片混乱。创世女神阿嫫肖贝发洪水毁灭世界，以解决人与自然界的纷争。在与洪水搏斗的过程中，随着基诺族先民的社会进步，人与自然的和谐关系重新建立。洪水之后，"只有人类才会讲话"意味着人类自我意识的确立。重建的家园叫"司杰卓米"，基诺语意为"人在这

---

① 杜玉亭：《基诺族简史》，云南人民出版社1985年版，第81页。

第一章　汉藏语系汉语族与藏缅语族创世史诗

里变得聪明的地方"。基诺族先民抵抗洪水的经历使得生存技术快速进步；而生存技术的进步为环境的改善创造了条件，也为基诺族先民的繁衍和社会的进步提供了机会。史诗中提到，在阿妣厄的指点下，人们逐渐掌握了狩猎和采集的生存知识，玛黑、玛妞的后代人烟繁盛，天地万物运行井然有序。在"司杰卓米"后期，人与自然的关系再次出现了深刻的矛盾，随着人口增多，可供狩猎采集的自然资源逐渐不够了，于是出现了刀耕火种和畜牧业。

　　基诺族的刀耕火种农业是一种山地轮歇栽培制生产方式。以巴亚寨为例，山林分为十三大片，每年只砍伐一片，一般耕种一年即丢荒，十三年后这里长出茂密的森林再进行砍伐。刀耕火种农业土地不固定，耕作粗放，产量不高。这种较为原始的耕作方式一直保持到20世纪50年代。杜玉亭提道："对基诺族生产发展水平的分析，不能离开各民族间的经济交往的历史事实。比如：尽管基诺族村寨附近的傣族、汉族长期使用牛耕，尽管基诺族三百年前就开始使用铁农具，但他们不采用牛耕，这是因为刀耕火种适宜于具有广阔原始森林的土地条件，其产量与牛耕相差无几，甚至更多，因此附近外寨的牛耕对基诺族村寨没有多大吸引力，这也是基诺族人民积累的山地农业的经验。"[1] 正是这种有效的山地轮歇栽培农业保障了人们的生活，同时也维护了湿热带山区的生态环境；直到1958年，这里的森林覆盖率仍占山区的70%。[2] 这种轮耕制以及体现的生存智慧在史诗中亦有反映。

　　除了轮耕制，基诺族狩猎文化也体现了对自然界的特殊感情。基诺山原始森林中，栖息着各种各样的野生动物，哺乳动物100多种，鸟类420种，两栖类36种，爬行类60多种，鱼类100多种。基诺族先民熟悉动物就像熟悉自己的孩子，并将它们分为三类，梢、合、厄。

---

[1] 杜玉亭：《基诺族简史》，云南人民出版社1985年版，第82页。
[2] 杜玉亭：《基诺族文学简史》，云南民族出版社1996年版，第3页。

梢为兽类，由兽神"梢斯"管理；合为鼠类，由兽神"合斯"管理；厄为鸟类，由兽神"厄斯"管理。《大鼓与葫芦》详尽地叙述了关于鸟兽的百科知识。

地上走兽名字多，
身体硕大是野牛，
弯牙野猪长角鹿，
羚羊老熊和麂子。
只要打着一只兽，
敲起奇科传喜讯，
敲起宝特呼乡邻，
大家共飨野味肉。
……
飞鸟的名字怎么叫？
孔雀、野鸡、红面鸡，
团鸡、麻鸡和鹌鹑，
鸽子、老鹰、白鹇鸟，
古雅、夜莺、古冒鸟，
大犀鸟和小犀鸟，
古鸦鸟和古瑶鸟，
还有斑鸠、绿斑鸠，
再是翠鸟、绿翠鸟，
飞鸟还有更小的，
就是群群细脖鸟。

[《云南少数民族古典史诗全集·大鼓与葫芦·人的繁衍》]

基诺族人对动物世界的感情和智慧在吟唱中表现得真切鲜明。基诺族有一套从事狩猎活动的行为准则和习俗，如到山间下扣子，支压木，拉弯弓，下跳签，都要择日子；为了表示对山神的尊敬，届时需要住在山中。猎手们在狩猎活动中必须严格遵守这些古规行事。猎获归来，要敲起奇科和宝特（乐器名），唱起《回家调》。村民根据竹筒的声音来判断猎获情况以及与之相配的祭祀、庆祝方式和分配方法。狩猎有集体和个人之别，但无论是个人还是集体猎获归来，兽肉都由全村人共飨。打猎的时间也有规定，集体行猎一般在每年 2—3 月挖地和播种之间的农闲时进行，不能随意行猎。种种规定成为神的意志而得以延续和遵守。改革开放以来，人们树立了爱山、养山、保护森林和野生动植物的观念，严禁捕猎，史诗中对狩猎习俗和自然的描写折射出基诺族先民尊重自然，与自然和谐相处的观念和智慧。

（二）务实的思维取向

首先，基诺族传统思维由于没有"彼岸"和"来世"的观念，具有务实的思维取向。基诺人追求的是一种实际的东西和世俗的目标，并不追求超凡脱俗的境界。①《大鼓与葫芦》中的两位女神，一位是创世的阿嫫肖贝，一位是洪水之后指点玛黑、玛妞兄妹繁衍后代、重建家园的老奶奶阿妣厄。充满神奇浪漫色彩的创世内容较少，而占较大篇幅的是世俗性色彩浓重的家园重建、民族发展的内容。而奶奶阿妣厄更像是普通世俗世界里一位慈祥、温和的奶奶形象，神话色彩较为淡薄。

其次，从史诗描绘的基诺族先民过年节"特懋克"的仪式来看，节庆活动具有全民节庆仪式化的特点。尤其是第三章《杰卓创业》，其核心内容是对铁具、新鼓的制作以及祭鼓、打铁和备耕仪式的描述，语言平实而质朴。结合基诺族年节仪式来看，虽然具有神性内容，但其仪式的世俗性色彩更为突出。比如：击鼓而舞带来全民狂欢；爱情长歌主要讲授家庭婚姻知识；刀耕火种和打铁歌讲授生产基本知识；

---

① 于希谦：《基诺族文化史》，云南民族出版社 2000 年版，第 118 页。

寨理歌和寨际关系礼仪歌,是集中讲授习惯法规的;宴会席吹和击鼓的次序是社会分层的年度检阅等。这种神性和世俗性融为一体的全民节庆仪式,在凉山奴隶社会和汉族封建社会是不会存在的。①

再次,山地农业、狩猎、打铁、建房等生产活动都有系列仪式,如巴亚寨的山地农祭主要有祭祀刀耕、烧地、盖茅房、播种、抽穗、尝新和丰收七项。可以看到基诺族生产性祭祀活动同样体现了生活仪式化和世俗性的特点。

另外,在《大鼓与葫芦》的《对歌》部分,有一段唱词是关于对盛装赴宴来意的解释。

> 我们戴着更亮的眼镜,
> 穿着更美的绸缎,
> 蹬着更贵的虎皮靴,
> 不是因为富有穿来的,
> 是为了你们巴亚寨,
> 祈求钱魂粮魂穿来的。②

通过这段唱词我们可以看到,基诺族先民对铁匠的崇拜、对钱魂(即茶叶、棉花等经济作物)的崇拜,曾经为铁器锻造技术向基诺山的传播及普及提供了方便,为茶叶及棉花栽培技术的传入提供了方便。可以说在精神生活领域,人们既有最丰富、大胆的幻想,又有一以贯之的务实精神。丰富的幻想创造了脍炙人口的神话故事,人民凭借着大胆的幻想在精神领域自由自在地飞翔;而务实的取向使幻想的翅膀在自由的飞翔中不致偏离务实追求的目标。

基诺族创世史诗《大鼓与葫芦》,体现出鲜明的礼仪之美、叙事之

---

① 何耀华、杜玉亭、詹承绪:《中国各民族原始宗教资料集成》(彝族卷·白族卷·基诺族卷),中国社会科学出版社2000年版,第793页。
② 云南省少数民族古籍出版规划办公室编:《云南少数民族古典史诗全集》(中卷),云南教育出版社2009年版,第419页。

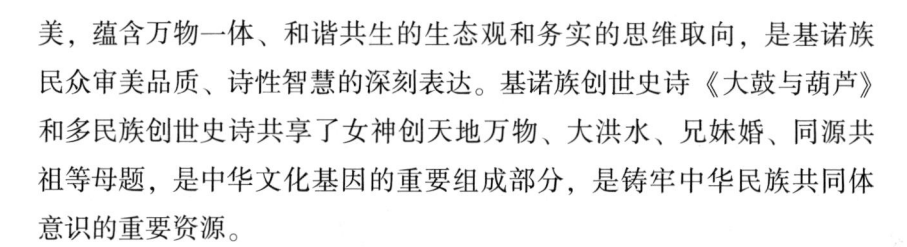

美，蕴含万物一体、和谐共生的生态观和务实的思维取向，是基诺族民众审美品质、诗性智慧的深刻表达。基诺族创世史诗《大鼓与葫芦》和多民族创世史诗共享了女神创天地万物、大洪水、兄妹婚、同源共祖等母题，是中华文化基因的重要组成部分，是铸牢中华民族共同体意识的重要资源。

思考题

1. 基诺族节庆仪式中的神圣性和世俗性是如何体现的？
2. 基诺族创世史诗《大鼓与葫芦》的叙事特点是什么？
3. 基诺族创世史诗《大鼓与葫芦》的美学特征是什么？
4. 基诺族创世史诗《大鼓与葫芦》中的生态文明观是如何体现的？
5. 举例说明基诺族创世史诗《大鼓与葫芦》的当代价值。

第十七节　景颇族创世史诗《勒包斋娃》

一　概述

景颇族史诗《勒包斋娃》在历史上以口头文学方式进行传承，属于全韵体诗歌，景颇语中，"勒包"意为"历史"，"斋娃"意为"诗歌、创世诗"。在景颇族文字尚未普及之前的漫长历史时期，该史诗只有景颇族民间知识分子董萨阶层才能吟唱和口述，因其在景颇族最高等级的祭祀木代天神"目瑙"仪式上吟唱，又叫《目瑙斋瓦》。

《勒包斋娃》（《目瑙斋瓦》）的艺术与仪式实践形式被称为"目瑙纵歌"，其中，祭典仪式场合必须吟唱史诗，是"目瑙纵歌"大型民俗节庆仪式的重要组成部分。"目瑙纵歌"名称中，"目瑙"为景颇支系语，意为"大家"，"纵歌"为载瓦支系语，意为"跳舞"，合起来的意思是"大家一起来跳舞"。"目瑙纵歌"如今已成为综合的艺术形式，集史诗吟唱、歌咏、器乐、舞蹈、仪式和视觉表演于一体，属于聚拢全族的大型综合民俗仪式，也是景颇族法定节日和固定盛大庆典。关于目瑙纵歌的来历、渊源及举办细节在《勒包斋娃》里有明确的描述，因此《勒包斋娃》是神话与民间文学的综合形式，也是景颇族的创世纪和历史文献，讲述了天地自然万物和人神鬼的起源和演化，记载了景颇族社会生产生活、风俗习惯等的文化渊源，呈现了景颇族先民的历史文化记忆，诗意地描述了他们生产生活的文化地理空间。

《勒包斋娃》在国内的主要流传地区为云南景颇族聚居区，景颇族总人口为 160471 人（2021 年），主要聚居于云南省德宏傣族景颇族自治州境内的陇川、盈江、潞西、瑞丽、梁河 5 个县、市，与德昂、傈僳、阿昌、汉等民族交错杂居于山区；部分散居于耿马、腾冲、泸水、孟连、昌宁、勐海、隆阳等县（区）。国内景颇族有 5 个支系，分别是景颇支、载瓦支、浪速（浪峨）支、茶山（勒期）支、波拉支。景颇语属汉藏语系藏缅语族的景颇语支，有两种主要方言，即景颇方言和载瓦方言，两种方言异源词汇超过 80%，勒期支、浪峨支和波拉支方言与载瓦支方言极为接近。景颇语和载瓦语虽然差别大，但在一些古老词汇和一些基本语言成分上又有着同源的关系，这个根源在于共同的祖先及远古时共同使用氐羌语之故。《勒包斋娃》的吟唱语言为上古景颇语，与今天的景颇族各支系方言不同，但各支系的大经师都能听懂史诗的语言，可知《勒包斋娃》所产生的历史时期较早，彼时景颇族尚未分化为 5 个支系。《勒包斋娃》因而是景颇族各支系共同的文化遗产，是他们之间通行的交流桥梁和认同载体，史诗也起到团结和凝聚景颇族各支系之作用。

《勒包斋娃》的吟唱人和传承人是最高等级的董萨，又称"大斋瓦"，只有他们能唱颂整部史诗。董萨分为六个等级，其他等级的董萨一般只能唱颂部分史诗内容。"大斋瓦"必须是当地人中学识最为丰厚、见识最为广博之人，能熟练背诵和讲述史诗的各部分，对景颇族的历史文化与各类传说了然于胸，能够解释景颇族传统习俗的来龙去脉，游刃有余地解答景颇族人在生活中遇到的各类问题。因此

"斋瓦"的成长和确立，是景颇族社会中的大事，他们一般是天赋异禀之人，其社会地位备受尊崇。"斋瓦"能主持景颇族社会所有的大小祭祀，最大的殊荣是念最高等级的"木代"鬼，即担当全族性目瑙纵歌仪式的大祭司，被称为"木代董萨"，他们还能出面调停地方争端。

景颇族史诗目前有两个已成书的汉文版本，一是，景颇族学者李向前搜集整理的《目瑙斋瓦——景颇族创世纪》，1991年出版；二是，汉族学者萧家成翻译整理的《勒包斋娃》，1992年出版。两种版本均依据20世纪中叶景颇族著名大斋瓦①沙万福口述整理汇编而成。李向前版本因由景颇文直译整理而得，在谋篇布局、故事讲述、语言文字方面体现了景颇族的口头文学风格，民间语言特征突出，文字简洁直白具有亲和性。从文字流畅、结构丰满和语言精致方面而言，萧家成版本典雅优美，展现了他本人30年田野调查研究之精华。萧家成先生曾主持景颇文字方案设计与试验推行，于1958—1963年在景颇族聚居村寨进行景颇文实验教学，因而他深谙景颇语言，加之汉语造诣颇高，他所整理出版的《勒包斋娃》主要以景颇族大斋瓦沙万福吟唱为参考版本，这使得本书的文学性和权威性都难以超越。萧先生从1963年开始着手调查景颇族史诗，直到1992年终于成书，其间反复对比各种民间流传版本及深入推敲，为了一部民族史诗专注投入并持续坚持近30年，真是高山仰止。这也使得萧家成版本更具有艺术性、审美性和经典性。本文的原文引用以萧家成版本为主，李向前版本为辅，两个版本具有典型的互文性特征，可以相互验证补充。

史诗讲述的内容与顺序如下：混沌—云团神与雾露神诞生与繁衍—白昼神和黑夜神繁衍空间—造物英雄（夫妻神）完善史前空间—创造神开天辟地—季节与昼夜秩序建立—诸天神诞生—诸地神诞生—知识、记忆和财富等概念神诞生—鬼、动物、植物等万物生—人类起

---

① "斋娃、斋瓦"是由景颇语"JAIWA"翻译而来，意义无差异。

源——八条江的地理环境——治理天地英雄出现——鸟儿美化天地——英雄致富——英雄的家庭和婚恋——洪水滔天——兄妹再殖人类——族群首领产生——生产生活条件改善（盖房、取火、取水、打长刀、储水、制锅、请稻谷）——开启婚恋生活——原生宗教信仰——生活技能发展（祭祀、纺织、装饰、编织、吹打乐器等）——男权社会奠定——目瑙的起源（全族仪式）。① 前后一共 30 章，为全韵体诗歌，每一章由数量不等的小节构成一个主题，293 个小节，共有一万余行，每一行字数不定，十万余字。在李向前搜集整理的版本中，史诗分为 6 章，6 章又由 38 个部分组成，约 7 万字，分别讲述了天地的形成、平整天地、洪水、宁贯杜娶亲、目瑙的来历、大地上的生活，文本相对简练直白。② 在这两个不同的文本中，神话叙事风格和讲述结构有所不同。

二 精彩诗篇故事情节举例

（一）宇宙起源③

名叫宁旺的雾露与名叫宁斑的云团，阴阳相合，开始繁衍。

他俩生出宽阔的平原，空洼的草地，山峦与高峰绵延起伏。宽阔的平原被宁旺称为木兰地，山峰林立处被宁斑命名为丁荣地。待创造神潘宁桑降世、智慧神捷宁章④出生以后，将在此处生活。

木兰地和丁荣地逐渐延展扩大，变成一千个木兰地和一万个丁荣地，无边无垠。

雾露和云团，生下十排长绳和二十排长索。长绳和长索有何用，父亲宁旺和母亲宁斑解释："十排长绳用来拴木兰地，二十排长索用来

---

① 萧家成：《勒包斋娃——景颇族创世史诗》，民族出版社 1992 年版，第 1—412 页。
② 李向前搜集整理：《目瑙斋瓦 景颇族创世纪》，德宏民族出版社 1991 年版，第 1—374 页。
③ 原文小节名为"云团神宁旺与雾露神宁斑"，参见萧家成《勒包斋娃——景颇族创世史诗》，民族出版社 1992 年版，第 3—14 页。
④ 创造神潘宁桑、智慧神捷宁章：创世主神之二，智慧的化身，负责给人类万物命名，并加以解释说明。

套丁荣地,把木兰地加固,把丁荣地拉紧。木兰地和丁荣地稳固又坚实。"

雾露配云团,生下十卷圣书,育下二十捆圣典。圣书和圣典有何用,父亲宁旺和母亲宁斑解释:"创造神潘宁桑和智慧神捷宁章出生以后,会使用圣书和圣典。"

雾露配云团,生下创造神和智慧神。两者脖颈秀丽脑子灵,手脚敏捷脸修长。天生懂事会算计,生下来就长牙,能言能语。

自己给自己取名字,一个叫创造神潘宁桑,一个叫智慧神捷宁章。

两位向父亲宁旺和母亲宁斑请求,请将十卷圣书和二十捆圣典,交我等掌管。

创造神潘宁桑,智慧神捷宁章,拿着十卷圣书和二十捆圣典,攀着十排长绳和二十排长索,登上了木兰地和丁荣地。

创造神和智慧神,抬起了头,站稳脚跟,脸庞舒展,神采飞扬,威风凛凛。我父宁旺啊,我母宁斑啊!您们快快生育,他们的名字由我们来取。

宁旺配宁斑,生下热水竹筒和冷水竹盆。

热水竹筒和冷水竹盆有何用,创造神和智慧神解释:"以后有了野太阳,野太阳光芒不强,便在热水竹筒里浸泡;以后有了野月亮,野月亮光不够亮,便用冷水竹盆浸泡增光亮。"

雾露和云团,生下野太阳和野月亮。

野太阳和野月亮有何用,创造神和智慧神解释:"以后有了野天,野天要用野月亮照才牢固;以后有了野地,野地要用野太阳来烤才坚硬。"

雾露配云团,生下渔网般的野天和泥塘似的野地。

野天和野地是何模样,创造神和智慧神解释:"野天还疏漏,野地未干透,踩一下摇又皱,走一下晃悠悠。"

幸好有了野太阳和野月亮,照得野天稳又牢,烤得野地硬又壮。

创造神把野天接在木兰地上,像一千个野天连成广袤,无边无际;

· 351 ·

智慧神把野地接在丁荣地上,像一万个野地接成辽阔,宽广无垠。

野天空荡荡,野地蛮荒荒。创造神和智慧神说道:"我父我母啊,快生下管天的使节,快育下守地的战将!"

雾露和云团,生下老鹰、乌鸦和蟒蛇,育下老虎和大象。

这些有何用,创造神和智慧神说明:"它们是管野天的使节,守野地的战将。野天野地将变得生机盎然,不再荒凉。"

雾露配云团,生下天上的银河和地上的大江。

银河何等模样,大江何等景象,创造神和智慧神解释:"银河和大江,像织布机的梭和扣,嵌在天空中,镶在大地上。"

银河像天的脊梁,大江像地的缝隙,两边的大道平坦顺畅。

看,银河有一千条,大江有一万条,美丽又雄壮。

雾露和云团,生下白昼神瓦囊宁推和黑夜神宁星侬锐。

白昼神和黑夜神像孪生的姐弟,同胎的兄妹。白昼神管天亮,天就一直亮;黑夜神管天黑,天就一直往下黑。

创造神和智慧神说,白昼神你不能一直亮,黑夜神你也不能一直黑。

白昼神瓦囊宁推啊,黑夜神宁星侬锐啊,你们管亮的少亮一点,管黑的少黑一点。创造神和智慧神,划下了天亮和天黑的界线,白昼神和黑夜神不许越界,这才有了分明的白昼和黑夜。

白昼神瓦囊宁推和黑夜神宁星侬锐,要继承父母宁旺和宁斑的事业,继续生育繁衍。

(二) 人类起源[①]

创世祖彭干吉嫩,造物母木占威纯,经过四次生育,任务未完成,已觉生育力耗尽,繁殖力不再强盛。

彭干吉嫩和木占威纯,要返老还童,重新获得生育能力。

---

① 原章节名"创世祖彭干吉嫩和造物母木占威纯孕育人类万物",参见萧家成《勒包斋娃——景颇族创世史诗》,民族出版社1992年版,第113—119页。

第一章　汉藏语系汉语族与藏缅语族创世史诗

　　登上了返童回春之地待冒平原，服下返老还童的仙药，擦上焕发青春的面膏，换上漂亮的筒裙，彭干吉嫩变小伙，木占威纯变姑娘。

　　彭干吉嫩和木占威纯，生育力和繁殖力强大又旺盛。

　　创世祖配造物母，生下老大，名叫史瓦朋娃。

　　二世创造神潘格莱、二世智慧神捷宁代说明：“史瓦朋娃的胎衣，葬在中央平顶山，① 长出了根深叶繁的山蓖麻。”

　　创世祖配造物母，生下老二，名叫宁汝朋娃。

　　二世创造神和智慧神解释：“宁汝朋娃的胎衣，葬在中央平顶山，长出枝繁叶茂的苦瓜藤。”

　　创世祖配造物母，生下老三，名叫定纳朋娃。

　　二世创造神和智慧神解释：“定纳朋娃的胎衣，葬在中央平顶山，长出叶茂枝繁的黄鳝藤荆菌。”

　　创世祖配造物母，生下老四眼瞎，名叫迷笛董阿腊。

　　二世创造神和智慧神捷宁代解释：“瞎老董要扛九肘长斧，管石柜石箱。”

　　创世祖配造物母，生下老五耳聋，名叫纳旁朋阿腊。

　　二世创造神和二世智慧神解释：“聋老朋也要扛九肘长斧，管石柜石箱。”

　　创世祖配造物母，生下老六取胜者，名叫诗雅阿腊·当雅木萨。

　　二世创造神潘格莱和智慧神解释：“诗雅阿腊要操十排取胜长刀，当公众首领之祖宁贯杜的开路先锋，做他的压阵后卫；是开天辟地的勇士和英雄。”

　　创世祖配造物母，生下老七千里眼，名叫木达董武。

　　二世创造神和智慧神解释：“木达董武要开九日射程的强弓，要持九日射程的利箭，当宁贯杜的开路先锋和压阵后卫，也是开天辟地的勇士和英雄。”

---

　　①　中央平顶山：传说中的地名，指人类发源地。

创世祖配造物母，生下老八，名叫宁贯杜——公众首领之祖到来了！

二世创造神和二世智慧神说明："宁贯杜生下来体重如山，竹笆地板被压穿，横木也几乎被压断。"

英雄宁贯杜啊，众首领之祖啊！父母已准备好中央大山，由你攀登；已有了铁交椅，由你坐镇；父母已生下了开天的勇士，辟地的英雄，由你召集和号令；已准备好开天的工具，辟地的武器，由你调遣和运用。

英雄宁贯杜啊，公众首领之祖啊！登上你的中央大山，坐上你的铁交椅；召集和号令开天辟地的英雄；安排防卫压阵的勇士，调遣开路的先锋。

英雄宁贯杜啊，公众首领之祖啊！带上开天的大锤和辟地的巨砧；带上大铁夹和取胜大刀；带上那射程九日的弩弓和克敌利箭；带上那测量天地的长竿与绳线；带上那吉嫩天肥和威纯地肥，出发吧！

(三) 目瑙起源[①]

从前世间已安定太平，目瑙盛会和目瑙祭典谁先举行？是太阳神占娃宁桑，在太阳宫和月亮宫里，先把目瑙盛会开，先把目瑙祭典办。

太阳神和夫人温布颇囊，召集众天神商议办目瑙。谁来当目瑙主？"太阳神占娃宁桑。"谁来做主持人？"太阳神占娃宁桑。"

木代天神·大天官景塔道："我来做经师。"知识文化神机省拉·贡潘莱戛道："我来做目瑙领舞。"天神毛浪道："我来做副领舞。"

天神目朵·吉卡任司酒，雷神目努任司肉，目瑙盛会准备就绪，目瑙祭典安排妥当。

---

① 原文参见萧家成《勒包斋娃——景颇族创世史诗》，民族出版社1992年版，第389页。

第一章　汉藏语系汉语族与藏缅语族创世史诗

二世创造神和智慧神问："用什么供奉山毛鬼？用什么祭献野鬼？""给山毛鬼供奉金子，给野鬼祭献银子。"

"用什么祭献家神？用什么供奉守护神？""前者献金，后者献银"。

祭献完山毛鬼和野鬼，供奉完家神和守护神，众神共襄目瑙盛会，同享目瑙祭典。盛会祈求永生吉祥，盛典祝祷永世安宁。目瑙盛会从这时开始，目瑙祭典时时举行。

隆重的目瑙盛会谁见到了？丰富的目瑙知识谁学到了？谁来继承优秀的目瑙传统？谁来发扬灿烂的目瑙光辉？

公众领袖之祖，英雄宁贯杜道："我见到了，学到了，我来继承目瑙传统，发扬目瑙光辉。"

公众首领之祖，宁贯杜啊，自此常把目瑙盛会开，常把目瑙祭典办，传播目瑙优秀文化，发扬目瑙的光辉精神。

三　景颇族创世史诗《勒包斋瓦》美学特征

（一）神奇壮丽的创造之美

《勒包斋瓦》中大部分的篇幅用来讲述宇宙、天地、人类和万物的起源，其中体现了景颇族先民们神奇壮丽的想象力和创造力。远古时期人们就一直在思考：宇宙从哪里来？世界从哪里来？人类从哪里来？万物怎么形成的……这些问题正是通过各民族的史诗神话来进行解答，各民族通过口传文学，把他们对与宇宙天地、人类和万物起源及存在的认知感受表达了出来。景颇族创世造物的主体从"混沌"开始，颇似道家"一生二，二生三、三生万物"的哲学演绎，混沌中产生"云团"和"雾露"，这两者阴阳相合，由少到多，由简至繁，一步步繁衍出天地、人类和万物，最终生成了供人类存续的美好世界。下文以萧家成先生的《勒包斋娃》为例，分析史诗中的神奇壮丽的创造之美。[①]

[①] 参见萧家成《勒包斋娃——景颇族创世史诗》，民族出版社1992年版，第7—8页。

1. 创造热水竹筒和冷水竹盆

(1) 原文

宁旺配宁斑,
雾露配云团,
生下热水竹筒,
育下冷水竹盆。
热水竹筒有何用,
冷水竹盆有何能,
创造神潘宁桑解释,
智慧神捷宁章说明:
"以后有了野太阳,
野太阳光不强,
在热水竹筒里浸泡,
以后有了野月亮,
野月亮光不亮,
用冷水竹盆浸泡增光。"

[《勒包斋娃·景颇族创世史诗·第二章·第8节》]

(2) 神奇的创造性

雾露和云团最初孕育出来的太阳是野的,月亮也是野的,两者都还没有光芒,应是古人们观察过没有太阳的阴天,感受过没有月亮的漆黑夜晚。神奇的地方在于,先民们将高不可攀、远不可及的日月,与平常生活中的器物联系在一起。用热水竹筒泡太阳为其增光彩,又因为水是热的,所以太阳会发热,冷水竹盆所浸泡的月亮则更明亮了,但冷水使它发出的是冷光。这样的表述既富有联想性,也与生活常识相联系,神奇创意倍增。

2. 创造白昼神和黑夜神

（1）原文

宁旺配宁斑，
雾露配云团，
生下白昼神瓦囊宁推，
育下黑夜神宁星侬锐。
像孪生的姐弟，
同胎的兄妹。
白昼神管亮一直亮到底，
黑夜神管黑也一直往下黑。
创造神潘宁桑说，
白昼神你一亮到底不行。
智慧神捷宁章说，
黑夜神你也不能一直往下黑。
白昼神瓦囊宁推啊，
你要少一点亮；
黑夜神宁星侬锐啊，
你也要少一点黑。
创造神潘宁桑，
智慧神捷宁章，
划下了界线不许超越，
才分清了白昼和黑夜。

[《勒包斋娃·景颇族创世史诗·第二章·第12节》]

（2）神奇的创造性

云团和雾露是混沌中生出来的"气"，云团往上浮，雾露沉下界，两者形成宇宙的初始状态。在宇宙形成过程中，人们逐渐产生了对时间和空间的思考，这是一个漫长的过程，蕴含着人类的科学探索精神。在此处，通过先知先觉的创造神与智慧神的解释与划分，白昼和黑夜便得以区分。远古人类并不明白时间的意义，但在创世当中首先想到白昼神与黑夜神所管理的时间应大致相同，展现了古人的时间意识，这一点对后来的人类发展具有十分重要的意义。文本体现了景颇族先民最早的时间认知观念。

3. 创造银河和大江

（1）原文

> 宁旺配宁斑，
> 雾露配云团，
> 生下天上的银河，
> 育下地上的大江。
> 银河和大江，
> 像织布机的梭和扣，
> 嵌在天空中，
> 镶在大地上。
> 银河和大江，
> 像天的脊梁，
> 地的缝儿，
> 两边平坦的大道通畅。

[《勒包斋娃·景颇族创世史诗·第二章·第11节》]

（2）神奇的创造性

云团和雾露相配，生下了银河和大江，天上的银河与地上的大江相对应，天与地的上下呼应，体现了神奇的空间认知观念。

4. 创造昼风与夜风

（1）原文

白昼配黑夜，
瓦囊宁推配宁星侬锐，
生下昼风，
育下夜风。
昼风司何职？
夜风有何能？
创造神潘宁桑解释，
智慧神捷宁章说明：
"世上有疠瘴，
昼风能驱散疠瘴；
人间有疾病，
夜风能消除疾病。
以后野天太稀软，
野地太泥泞，
昼风要把野天吹干，
夜风能使野地变硬。"

[《勒包斋娃·景颇族创世史诗·第三章·第47节》]

（2）神奇的创造性

昼风与夜风在上文中有两个作用，一方面，使空气流通减少疾病；另一方面，把天空涤荡得干净明亮，又把泥泞的土地变得清爽坚实。人们对疾病、瘟疫的认识已经能联系到空气对流的益处，也能认识到天地之间"气"的流动为人类带来活力，这是十分神奇的创造力阐释。

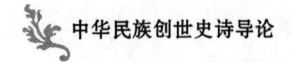

5. 绿色大被和金色粉末

（1）原文

> 从前创造神潘宁桑，
> 给野天盖上绿色的大被，
> 野天变成了苍天，
> 智慧神捷宁章，
> 给野地撒上金色的粉末，
> 野地变成了黄土地。
> 苍天上，
> 颗颗繁星闪耀；
> 大地上，
> 生出树木花草。
> 金星、晨星、暮星，
> 北斗和三星挂在天上；
> 万千动植物，
> 在地上生长。
> 苍天变得温暖，
> 大地变得馨香，
> 苍天变得繁荣，
> 大地变得兴旺。

[《勒包斋娃·景颇族创世史诗·第五章·第70节》]

（2）神奇的创造性

绿色的被子和金色的粉末，在上文中堪称魔法道具，立刻使荒凉的天地间有了万物的色彩，绿色是希望和生命的象征，金色是大地和丰收的象征。

景颇族史诗《勒包斋瓦》的"神奇壮丽的创造之美"可归纳如下：

第一章　汉藏语系汉语族与藏缅语族创世史诗

第一，创世从史前状态"混沌"开始，混沌经过衍化以后生成云团和雾露，这两者是创世中最神奇的基本宇宙元素，阴阳相配，不断繁衍。

第二，云团和雾露最先育下的事物并非都特别宏大，而是"热水竹筒"和"冷水竹盆"这样极其生活化的器物，其功能却十分重要，能把太阳浸泡得更具光彩和温暖，把月亮浸泡得明亮而散发冷光，想象力奇特。

第三，云团与雾露生下来的各种事物，野天和野地、银河与大江、白昼神与黑夜神，等等，一方面，揭示了景颇族先民的空间感知观念；另一方面，展示他们对时间意识的把握，空间与时间构成了人类存在维度，造物主这样神奇的创造为人类增添了哲学思考。

第四，当天地间被生命之色即绿色和大地之色即金色充满以后，一个完善而生机勃勃的世界诞生了，为人类的到来做好了铺垫。一切都是那么富有形象和秩序，体现了史诗中神奇壮丽的创造之美。

《勒包斋瓦》史诗最具特色的叙事主题便是"创世"，宇宙万物和人类如何产生，这个过程本身具有无限的想象空间，先民们通常运用原始的神话思维形式，去演绎和表述他们的感知，并采取超自然、超现实的情态来讲述这种神奇性。但这些创造过程又并非单纯的想象虚构，虽然看似有趣而不合逻辑，其中却蕴含着人类无穷的好奇心和科学探索精神。我们不能用现在的思维去对应他们的想象，而是应该去欣赏早期人类那情感饱满和充满哲思的描述，从他们对世界、人类和万物的生成原因和演变规律的看法中，对祖先神奇的创造之美生发敬仰之情。

(二) 修辞之美

1. 重章叠韵

从前创造神潘宁桑，
智慧神捷宁章，

要注千条河，

要疏万条江。

从水的源头注，

从木砘发源处疏。

用三十只金瓢注，

用四十只银勺疏。

流出江河大姐，

称作迈立开江。

创造神潘宁桑，

智慧神捷宁章，

又注千条河，

又疏万条江。

从水的源头注，

从木砘发源处疏。

用三十只金瓢注，

用四十只银勺疏。

流出江河二姐，

称恩梅开江。

[《勒包斋娃·景颇族创世史诗·第十二章·第130、131节》]

  史诗各章节和各小节叙事中，开头第一小节一般有"起韵"作用，后面描述对象虽有所不同，但前几个小节中每行文字数量相同，文字大体相似，韵脚齐整有规律。如上文中景颇语韵脚为 go \ u \ sai \ eng，汉语版本即便已经翻译为散文体，但仍然能看到桑\章\江和注\疏同韵。由此可见，萧家成先生景颇语与汉语水平的炉火纯青。全诗绝大部分均采用"重章叠韵"的方式来叙事，除了便于口头传承和记忆，在唱颂过程中语音语调组合而成的韵律感和节奏感，是史诗口头演唱最大的特色。重章叠韵充满着史诗的每一章和每一节，在此不再赘述。

2. 人地同构

> 从前江河大姐迈立开，
> 和二姐恩梅开，
> 互相手挽着手，
> 立下誓言。
>
> 大姐对二姐说：
> "我妹恩梅开啊，
> 我的力量不大，
> 就让我流经平原，
> 你的力量强，
> 可劈开浪速岭，
> 流经尖高山，
> 到雷雾山下，
> 到雷良山旁，
> 咱们再会面。"
>
> 为此创造神潘宁桑，
> 赠给迈立开江，
> 一把宝刀，
> 智慧神捷宁章，
> 赠给恩梅开江，
> 一枝锋利的矛。
>
> 江河大姐迈立开，
> 抓住巨蟒尾，

经坦荡的平原，
从大道流淌。
江河二姐恩梅开，
揪住恶蛇尾，
劈开浪速岭，
用明晃晃的宝刀，
凿开尖高山，
用锋利的矛。

[《勒包斋娃·景颇族创世史诗·第十二章·第139节》]

人地同构展现的是一种思维之美，史诗中讲述的8条江便是8个姐妹。地理环境在古老史诗和神话叙事当中，与人类一样都是造物主和创世神繁衍的孩子，自然与人是平等的故事叙述对象，甚至自然比人更具有主体性。景颇族史诗当中天地、山川河流、动植物与人类都是创世祖和造物母相配而生下的，因此和人类具有一母同胞的血缘关系。河流、山岭、坝子、动物和植物，都是史诗中不朽的故事角色，他们的言行与人类言行并无差别。

3. 想象奇妙

从前野地不坚实，
野天不牢固，
被蚯蚓和巨蟒拱开了地缝，
也裂开了天缝。
创造神潘宁桑，
智慧神捷宁章，
用九拃长针把天缝补，
用十排大棍把蚯蚓和巨蟒捕，

第一章　汉藏语系汉语族与藏缅语族创世史诗

用九围蒸笼把野天蒸，

用十围大锅把野地煮。

野天才安静，

野地才宁息，

野天变坚实，

野地变牢固。

[《勒包斋娃·景颇族创世史诗·第五章·第69节》]

用长针来缝补天，用蒸笼来蒸野天，用大锅来煮野地，这样奇妙的想象力，丰富而大胆，缝补天地是众多民族史诗神话中均有的故事情节，但蒸煮天地这样联想翩然之行为，在景颇族史诗里频繁出现，特点突出。

4. 虚实相嵌

宁贯杜啊，

公众首领之祖啊！

把测天的长竿，

支在萨姆山上；

把量地的长竿，

架在辛娃坝上。

用团团绳线，

精心设计和测量。

萨姆山方便起来了，

辛娃坝条条大路都通畅。

[《勒包斋娃·景颇族创世史诗·第十三章·第145节》]

在宁贯杜"治天理地"这一章中，地理空间对应现实中的山岭、坝子和江河，宁贯杜所开展的治理行为与生产劳动中的动作相似。工具长竿、绳线与动作皆是实体，这些实体行为获得了"宽广""通畅""方便""肥沃""整齐""平坦""明亮"等形容词表达的治理结果，这是叙事手法中虚实相嵌的表现，现实与抽象结合，增添了史诗阅读的畅快性。史诗中其他部分也频繁运用虚实相嵌的表述，使读者或听众感受到故事表述的节奏感。

5. 语词生动形象

> 创世祖彭干吉嫩，
> 配造物母木占威纯，
> 生下巨川迈立开，
> 育下大江恩梅开。
> 二世创造神潘格莱解释，
> 二世智慧神捷宁代说明：
> "迈立开和恩梅开，
> 在胎儿时代，
> 抚摸起来，
> 又滑又凉，
> 抱不起来，
> 也背不起来。"

[《勒包斋娃·景颇族创世史诗·第十章·第105节》]

两条江是两姐妹，她们的胎儿时代，又滑又凉，不能抱又不能背，综合了各种修辞手法，既有"胎儿"的视觉形象，又有"滑""凉"的触觉和感受，并非简单的拟人、比喻、联觉与通感，把人的所有感官都融合在一起，生动、形象、自然地描述了江河水的特点。在后文的表述当中，江河姐妹们更是成长为美艳、漂亮的成人形象。史诗中这样表述的数不胜数，一以贯之。

（三）鸟类之美

1. 山雀、坝鸟与飞燕、鸿雁

山雀们飞到了坎底山，
坝鸟们飞到了开蒙坝，
要把野天编织得更漂亮，
要把野地刺绣得更美丽。
不停地编织野天，
努力地刺绣野地。
这面和东山岭连起，
那面和西山岗接起，
从东到西一片一片，
从南到北仔仔细细。
野天更明亮，
野地更绚丽，
野天下财富更发达，
野地上生命更安逸。

飞燕们来到了萨姆山，
鸿雁们来到了辛娃坝，
拜会这里的野天，
从东山岭到西山岗，
访问这里的野地，
从南河到北江，
东西一起拜会，
南北一起问访。
萨姆山更碧绿，
辛娃坝更富庶，

野天更明亮,
野地更成熟。
天变成千万个天,
地变成万千个地,
走不到尽头,
望不到边际。

[《勒包斋娃·景颇族创世史诗·第十四章·第154、155节》]

山雀、坝鸟、飞燕和鸿雁在此处是美化环境的使者,它们飞过高山,飞过平坝,飞过森林和江河,"美"就铺满这些地方。只要鸟儿翩翩徜徉过,天地之间的山林、草原、江河都变成繁荣兴旺和温暖芬芳之地,这四种鸟敏捷灵巧、自由,是"美"和"善"的化身。

2. 白鹰之美

漂亮的白鹰,
来到浪速山腊皮坝,
把洁净优化水浇,
把洗面美容汤洒。
一直浇到迈立开江边,
一直洒到恩梅开河沿,
从东山岭浇到西山岗,
从南河洒到北江。
浪速山啊,
洒了洁净优化水,
腊皮坝啊,
浇了洗面美容汤。
变得更青翠,
变得更光亮,

变得更明净，
变得更芬芳。

[《勒包斋娃·景颇族创世史诗·第十六章·第 162 节》]

白鹰携带的是"洁净优化水"和"洗面美容汤"，它是继山雀、坝鸟、飞燕和鸿雁之后再一次给大自然进行清洁和美容的使者。白鹰使大自然焕发出更进一层的美丽和光彩，它又一次担任了高级美容师。

3. 百鸟共舞之美

在目瑙盛典上，
孔雀和长尾画眉当领舞，
云雀做压场。
共进目瑙金舞池，
千鸟齐跟从；
同入目瑙银舞场，
万鸟一起上。
粗大的榕树干，
当作神圣的目瑙桩，
细长的榕树枝，
当作目瑙桩的横档，
繁茂的榕树梢，
当作百鸟欢乐的舞场。
各种大鸟和小鸟
日飞的鸟和夜鸣的鸟，
欢庆目瑙盛典，
共祷幸福久长。

[《勒包斋娃·景颇族创世史诗·第三十章·第 288 节》]

民间传说中鸟类目瑙是人类目瑙的来源，讲述鸟类目瑙的情节和过程十分详尽，有名字的鸟多达二十多种，可见景颇族人对鸟类的熟悉及崇拜之情。关于鸟类的叙事内容，在史诗中至少占用了5个章节的篇幅，描述了鸟给自然和人类带来的美好与惊喜，可谓是史诗《勒包斋瓦》中讲述自然环境时最大的亮点。鸟不仅是口头诗学的意象表征，也是沟通天地、美化天地的信使和媒介，同时还是民族图腾和民间信仰的符号。

四 景颇族创世史诗《勒包斋瓦》蕴含的诗性智慧

（一）万物一体的生态观

按照史诗中的动物、植物、鬼神和人的谱系，世界上的众多生物包括人类与鬼神都来自造物夫妻神彭干吉嫩和木占威纯的繁衍，人鬼神和万事万物都有同一对父母，所有的生命形态都拥有拟人格，相互之间是亲缘关系。远古人心目中，万物之间平等和谐，愉快地交流，人类只是全部生命链条中的一环，尚不具有主宰世界的能力。人类和万物的关系在史诗里是一个紧密的共同体，当天地诞生以后，世界的完善与美化，是动物和植物们共同努力营造之结果，当人类遇到不能解决的问题时，动物和植物们总是自告奋勇去解决。史诗记录了景颇族先民在远古时期与万物相生同长的经历，洋溢着对自然与众生物的亲切情感。下文以动物帮助人类的文本为例，分析史诗中所描述的万物一体的生态观。

1. 万物一母同胞

史诗从第四章开始讲述创世祖和造物母的繁衍历程，创世祖彭干吉嫩和造物母木占威纯并非一次性生下万物和人类，而是经历4次返老还童和5次生育，最后才生下人类祖先。第一次生育了17对事物，包括天与地、百藤王和百藤后、巫婆与神汉等看似不相干的事物；第二次生育了7个天神和二世创造神与智慧神；第三次生育了14位地

第一章 汉藏语系汉语族与藏缅语族创世史诗

神,其中 11 个神为兄弟民族所供奉,也即兄弟民族同源共祖;第四次生育了知识、技艺和财富等概念诸神和各类动物祖先;第五次生育了人类兄弟和三牲六畜之祖、五谷杂粮之母等若干事物。可见,万物在史诗中的来源均是创世祖和造物母,属于一母同胞。

> 创世祖彭干吉嫩,
> 配造物母木占威纯,
> 生下戴铁帽的,
> 育下戴铜帽的。
> 二世创造神潘格莱解释,
> 二世智慧神捷宁章说明:
> "是老大日旺孙康①的,
> 一方之主和木代之戚②。"
> 创世祖彭干吉嫩,
> 配造物母木占威纯,
> 生下胎儿翻滚,
> 育下胎儿踢蹬。
> 二世创造神潘格莱解释,
> 二世智慧神捷宁章代说明:
> "是三牲六畜之祖吴良,
> 五谷杂粮之母丁党。"
>
> [《勒包斋娃·景颇族创世史诗·第九章、第十一章·第 87、125 节》]

---

① 日旺孙康:独龙族。彭干吉嫩在本节中还生了怒族、傣族、汉族、藏族等 11 个民族及支系所供奉的木代神,代表兄弟民族同源共祖,即民族共同体的神话表述。

② 木代是景颇族中最大的天神,古代只有山官才能供奉,百姓供奉的木代属于木代天神的亲戚,这里也就是指独龙族是一方土地的主人,所供奉的天神是景颇族木代神的亲戚,那么两个民族也是亲戚。

创世祖彭干吉嫩和造物母木占威纯生下了万事万物,数量众多,囊括了天上地下的各种生物与人神鬼,在此不一一列举。

2. 共享资源

> 盐母便溺处,
> 含盐矿泉流出,
> 不仅苍蝇和蜜蜂,
> 还有水牛、黄牛、鸡和猪,
> 犀牛、牦牛、山羊、鹿子和马鹿,
> 纷纷前来汲取。
> 在日旺山,
> 盐母孙素雷康,
> 抛洒眼泪鼻涕和便溺处,
> 变成日旺盐矿。
> 在崩雍景颇山,
> 盐母孙素雷康,
> 抛洒眼泪鼻涕和便溺处,
> 也变成崩雍景颇盐矿。

[《勒包斋娃·景颇族创世史诗·第十章·第109节》]

史诗中的资源从来都是共享的,此处的盐母不是靠生育供给人间"盐",不管她用何种方式,因她而产生的"盐"在古代是宝贵的,不仅满足人类日常需求,动物们也需要。还有上文讨论的鸟儿们美化的自然环境,是世界上所有生物都热爱并共享的家园。

3. 共同协作

> 从前,
> 在世上人间,

第一章　汉藏语系汉语族与藏缅语族创世史诗

没有德如贡禅，
没有木干贡潘，①
无人治理地方，
无人把政务经管。
世人问道：
"谁到天宫勒目鲁算，
谁到上界宁藏宫端，
去请回德如贡禅和木干贡潘？"
雄鸡自告奋勇：
"我们去请一请看！"……
肥猪自告奋勇：
"我们去试试看。"……
山羊自告奋勇：
"我们去请一请看！"……
守门狗—
人类忠实的朋友自告奋勇：
"我们去请请看！"……

[《勒包斋娃·景颇族创世史诗·第二十一章·第199—203节》]

在此小节中，世间的动物为了人间的秩序，纷纷自告奋勇去请管理者和经营者，除了雄鸡、肥猪和狗外，下文又有了黄牛、水牛、牦牛、千里马等去请管理者们来帮助人们料理事务。史诗中这样的情节不止一处，在"请宁贯杜"那一节中也如此，数种动物纷纷前往太阳宫，诚恳地请求宁贯杜回到大地上帮助管理人间生活。而在"请稻谷神话"部分中，不仅动物们帮助人类，连萝卜、青菜等植物也帮助人

---

① 德如禅贡、木干贡潘：治理地方、管理政务的人，住在天宫勒目鲁算和上界宁藏宫端。

类,最终请回了稻谷。

(二) 师法自然万物的智慧

1. 向天空学习

(1) 向流星学习

从前,
在世上人间,
世人不会串姑娘,
也不会婚恋。
二世创造神和二世智慧神道:
"世人哎,
你们若不会串姑娘和婚恋,
请看天空中的流星吧!
傍晚黄昏时一道白光,
串到西方归来路一旁,
晨曦来到前,
又串到东方返回路一边。"
世人以流星为榜样,
学会了串姑娘和婚恋。

[《勒包斋娃·景颇族创世史诗·第二十九章·第272节》]

(2) 向白云学习

从前,
世人不会絮棉花,
便去学知识,
四处求经验。
见那山垭口处,
朵朵白云飘过,
世人获得灵感,

学得经验，
逐渐学会絮棉，
技术也慢慢熟练。

[《勒包斋娃·景颇族创世史诗·第二十九章·第 280 节》]

2. 向植物学习

（1）向笋叶学习

聪明的人类，
不会架设竹槽引水，
便去求知识，
四处学经验。
人类来到紫竹林，
见紫竹笋叶首尾相接，
从中获得启发，
把架设竹槽学会。

[《勒包斋娃·景颇族创世史诗·第二十六章·第 255 节》]

（2）向蒿子果学习

世人有了陶土和黏土，
但不会把土锅制作，
便四处求知识，
把经验探索。
见蒿子果的形状，
获得启发甚多，
照着蒿子果外形，
学会把土锅制作。

[《勒包斋娃·景颇族创世史诗·第二十七章·第 260 节》]

3. 向鸟类学习

（1）向麻雀、燕子学习

> 从前定孔帕别夫妇俩，
> 习麻雀筑窝，
> 学燕子筑巢，
> 借雀窝的经验建屋，
> 取燕巢的知识建房。

[《勒包斋娃·景颇族创世史诗·第二十二章·第208节》]

（2）向郎雀学习

> 从前，
> 世人不会编发髻，
> 便去学知识，
> 四处取经验。
> 见郎雀喀多吴·宁机，
> 头顶的羽毛样式，
> 从中获得灵感。
> 取得经验，
> 学会了编发髻，
> 编发髻逐渐普遍。

[《勒包斋娃·景颇族创世史诗·第二十九章·第282节》]

4. 向自然现象学习

（1）向泡沫学习

> 从前，
> 世人不会弹棉花，

便去学知识，
四处求经验。
见水中漂浮的泡沫，
世人获得灵感，
参照其模样，
把棉花弹得松又软。

[《勒包斋娃·景颇族创世史诗·第二十九章·第280节》]

(2) 向风吹花椒叶学习

从前，
世人不会做纺锤，
便去学知识，
四处求经验。
见枯树枝落下，
花椒叶从中穿过，
世人获得灵感，
学得经验，
逐渐会做纺锤，
技巧也慢慢熟练。

[《勒包斋娃·景颇族创世史诗·第二十七章·第281节》]

5. 向大小动物学习

(1) 向水牛学习

铁目梯夫妇，
要造结实的房，
不会立柱子，
来到野山岗。

见水牛的四只脚,
站立在地面上,
从中学得了知识和经验,
立柱子,
才有了办法和主张。

[《勒包斋娃·景颇族创世史诗·第二十二章·第217节》]

(2) 向蜘蛛学习

从前,
世人不会用棉花纺线,
便去学知识,
四处取经验。
见蜘蛛吐丝的情状,
世人获得灵感,
从此会用棉花纺线,
技术也变得熟练。

[《勒包斋娃·景颇族创世史诗·第二十九章·第281节》]

  上文所举例的文本,仅仅是景颇先民们向大自然学习技能的较少部分,史诗中的"文化创造"内容,展示了景颇族祖先们的不懈探索、聪明才智与技能发展。一方面,体现了人们对美好生活的追求,另一方面,体现了人们不断学习和累积智慧的结果。人们观察自然、探索自然又师法自然,史诗中人类所学习的对象几乎无所不包,天空中的流星、白云和鸟儿,大地上的牛羊、蛇、鼠和昆虫,山林野外的花草树叶,水中的鱼儿,等等,人们观察和模仿这些事物的形状、样态和行为特点,逐渐提高了生产生活的技能。面对广袤深幽的宇宙、神秘美丽的大自然,以及千姿百态的地球物种,人类在探索中获得了深深的智慧,开启了不断进步的旅程。

景颇族创世史诗《勒包斋瓦》结构丰满、内容宏富而语言雅致。其美学特征体现为神奇壮丽的创造之美、修辞之美、鸟类之美，蕴含了万物一体的生态观、师法自然万物的诗性智慧。史诗也是景颇族的历史文化全书，其中讲述的诸多内容主题都是其他少数民族及汉族所共同拥有的文化元素，如"混沌与气""始祖神话与阴阳观念"等哲学思想，"返老还童及长生不老""洪水与兄妹婚""英雄崇拜"等神话原型，万物有灵、日月崇拜、文化创造神话、两兄弟故事等讲述主题，在其他少数民族史诗中也是普遍表述的内容。各族祖先发挥自身特长，讲述了中华文化共同体意识的不同侧面，但最终汇聚到一起呈现为"中华民族共同体意识"。因此，景颇族史诗《勒包斋瓦》是中华文化系统中的一部分，也是铸牢中华民族共同体意识的重要载体。

思考题

1. 《勒包斋瓦》《目瑙斋瓦》与"目瑙纵歌"之间有什么样的关系？
2. 景颇族创世史诗《勒包斋瓦》中除了"创世"外，还有哪些内容和情节？
3. 萧家成版《勒包斋瓦》中的美学特征有哪些？
4. 如何保护和传承景颇族的史诗？

第十八节　土家族创世史诗《摆手歌》

一　概述

《摆手歌》又叫《社巴歌》，是土家族传统民俗活动"社巴日"中所唱的古歌，千百年来与摆手舞相依相生，土家梯玛或歌师使用土家语演唱本民族的历史来源、民族迁徙、英雄人物等内容，是一部篇幅浩繁、气势恢宏的民族史诗。

《摆手歌》在湘、鄂、川、黔毗邻的土家族地区广为流传，以湖南湘西地区的龙山、永顺、保靖、古丈，湖北恩施的来凤、宣恩，重庆市的秀山、酉阳等地为主要传承地。摆手歌舞自远古时代产生，明清时期相当盛行，清代诗人彭施铎曾描绘摆手盛况："福石城中锦作窝，土王祠畔水生波。红灯万盏人千迭，一片缠绵摆手歌。"[①] 土家族地区的摆手活动一般在农历正月元宵节前，或农历三月、五月举行，包括祭祀典礼、跳摆手舞、唱摆手歌、表演"毛古斯"等内容。摆手活动有大摆手、小摆手的区别，体现在规模大小之分，均是以祭祀祖先、祈求丰年为目的，以摆手歌伴随摆手舞的形式出现，借助歌舞相兼的表演形式展现土家传统文化与民族风情。

　　摆手活动通常在固定的摆手堂进行，摆手歌就是摆手活动中所唱的古歌，有行堂歌和坐堂歌两种。行堂歌是伴随摆手舞内容编唱的歌，跳什么唱什么，一人领唱众人吆喝。坐堂歌是歌手们坐下来唱，有单唱、对唱、合唱、轮唱等多种形式。唱词都是通过土家民众世代口传，或用汉字记音的方式记录下来，也有即兴演唱，在长期流传中经过不断加工，形成了内容丰富、格局宏大且长达万行的叙事长诗。《摆手歌》生动再现了土家族人民生活的历史场景，是土家族历史、文化、习俗等内容的总汇，主要包括开天辟地、人类繁衍、民族迁徙、渔猎采集、英雄传说、社会礼仪等广泛而丰富的土家族社会生活内容。

　　《摆手歌》主要有四个部分的内容。第一部分是做天做地，包括《制天制地》《雍尼补所》等古歌，讲述洪荒时代天地再造、人类复兴、万物再生，以及洪水泛滥、兄妹成婚、人类延续的过程；第二部分是民族迁徙，主要演述土家族先民在武陵山区居住的经过，祖先长途跋涉的艰难，以及定居后披荆斩棘、顽强生存的过程；第三部分是

---

① 航羽选注：《历代竹枝词选》，湖南文艺出版社1987年版，第305页。

关于土家族一年四季农业生产活动的记述，包括砍草、挖土、种苞谷、插秧、打谷、吃新、摘茶籽等农事活动，以及打铁、铸犁口、纺纱、织布等手工劳动过程；第四部分是以土家族古代英雄人物为主要题材的叙事长诗，主要作品有《洛蒙挫托》《日客额地客额》《匠帅拔佩》《春巴嫲妈》《白果姑娘》，通过情节、对话等塑造不同的英雄人物。《摆手歌》既有叙事长诗，也有零散的短歌，有固定唱词，也有即兴创编，既是一个统一的整体，又可以独立成篇，以其宏大的史诗规模展开土家族先民的历史与生活图景，包含了土家人对生命起源、生存状态、道德情感等方面的追问和诠释。

《摆手歌》的演唱依托于土家族文化中，土家民众在社巴日汇聚摆手堂，众人身着盛装，载歌载舞。摆手歌是全部使用古老的土家语编唱的自由体长诗，古朴、生动且含蓄，在词语结构、重叠形式等方面富有汉藏语系特征。摆手歌的演唱者是土家梯玛和歌师，歌师在演唱的过程中可以即兴而歌；梯玛则以领唱的形式，带领众人唱诵世代传承且唱词固定的古歌。作为土家族的传世史诗，摆手歌在摆手活动举行中进行演述，没有固定的文字文本，演唱内容都以口传心授的形式得以传承，存在于当地智者的头脑中。歌师们在演唱时结合土家语的独特表述方式，运用大量的对偶、排比及重复句式，具有口语化的语言特点，语言生动活泼，体现出节奏和韵律特征。摆手歌多由梯玛或歌师领唱，土家民众和唱，有一领众和或一问一答的演出形式，吟唱相和，营造出土家语摆手歌独特的韵致。

土家族创世史诗《摆手歌》的文本主要有 1989 年 12 月岳麓书社出版的《摆手歌》，由湖南少数民族古籍办公室主编，彭勃、彭继宽整理译释。此后，该文本于 2018 年 8 月由外语教学与研究出版社出版英译本《摆手歌》（土家语、汉语、英语对照本），张立玉等人对其进行了翻译。

二 精彩诗篇故事情节举例

(一) 制天制地[①]

在上古洪荒时代,天和地挨得很近。地上的画眉鸟儿一唱歌,歌声就传到了天上,天上人被吵得不耐烦,于是画眉鸟藏到树林深处去了。池塘里的青蛙一叫唤,呱呱声传到天上,吵得天上人日夜不安宁,青蛙只好躲到岩脚下叫。地上的葛藤长上了天,天上地下到处都是绊脚藤,把天上人绊倒了跌跤,葛藤害怕被砍,趴在地上不敢伸腰。地上的芭茅草长得像竹子伸上天,天上人没法走路要割掉茅草,茅草便躲在水沟两边。地上的马桑树长啊长,树枝丫伸到天上去了,孩子们顺着马桑树爬上了天,又唱又吵,玩个不停,闹得天上人要砍倒马桑树,从此马桑树长到三尺就勾腰了。地上有条大鱼,背鳍顶到了天上,天上人拿起斧头砍下去,大鱼痛得打了一个翻身,这一下惹出大祸了,天上穿了一个大孔,地上通了一个大洞,四季不分,日夜不清,画眉、青蛙不再叫唤,葛藤、芭茅不再生长,大地一片漆黑,世上一团混沌。

天上的大神墨贴巴一看不得了了,赶紧叫来张古老和李古老。张古老满头白发如霜,摸着白胡须,拄着拐杖,赤脚走来。墨贴巴说:"张古老,得辛苦你把天补起来。"李古老头发蓬起像棕丝,满脸连腮胡,拿着烟杆,穿着草鞋走来。墨贴巴说:"李古老,得辛苦你把地补起来。"二人都听从了墨贴巴的吩咐。

张古老说做就做,精神抖擞,他把长衣服脱下,甩开双手,身上捆根葛藤,裤脚也卷得高高的,开始补天了。张古老搬来五色石头填补天上的大洞,又用钉子牢牢紧固,不让裂缝开口,就这样日夜不

---

① 原文参见湖南省少数民族古籍办公室主编《摆手歌》,彭勃、彭继宽整理译释,岳麓书社1989年版,第9—34页。

歇，补了七天七夜，终于把天补得平平整整。天上飘动的云彩，是五色石头焕发的光彩，闪耀的星星，是钉子在闪闪发光，明朗的月亮，是张古老补天用过的火把，地上滚动的露水，是张古老补天滴下的汗珠。

这时候，李古老还在打瞌睡，张古老喊他，喊不醒，摇他，摇不醒，依旧鼾声如雷。张古老没有办法了，只好到天门擂起天鼓："哗啦啦！哗啦啦！"巨雷声震人耳鼓，把李古老惊醒了，他伸了个懒腰，打了几个呵欠，揉揉眼睛一看，哎呀，天上平平展展，张古老已经把天补好了。这下李古老慌张了，急得直冒汗，赶紧脱下衣服来补地。他急急忙忙把地往天上一搂，力气用大了，结果地大了合不上。他用力把地一捏，地被他捏得疙疙瘩瘩，就成了山山岭岭。地上的水流不出去，他用脚一划，成了大江小河。他又用棍棒东戳西戳，成了天坑深洞。李古老补好的地，坑坑洼洼的，没有天那样平整，都是他打瞌睡误事，补地时毛手毛脚造成的。

天地做成了，但是世上没有人烟，墨贴巴叫张古老来做人。张古老花了九天九夜终于做好了，却忘记做肚脐和屁眼，不会走路出气，做人没做成。墨贴巴叫李古来再做人，李古老也没有做成功。墨贴巴再叫依窝阿巴①做人，忙了十天十夜，用葫芦做头，竹子做骨架，泥土做肌肉，树皮做皮肤，树叶做肝肺，豇豆做肠子……还不忘做肚脐和屁眼，终于做成能说会动的人。

（二）雍尼补所②

古时候，山里住着一个老婆婆，头发都花白了，她有很多儿女，大儿叫气力，二儿叫蛮哥，三儿叫长手，四儿叫长脚，五儿叫杉卡，

---

① 依窝阿巴：传说是做人的女神。
② 原文参见湖南省少数民族古籍办公室主编《摆手歌》，彭勃、彭继宽整理译释，岳麓书社1989年版，第34—123页。

六儿叫沙索。他们喝虎奶龙涎长大,力大无比,走遍天下,好事坏事都做过,做了坏事母亲也拦不住,伤心怄气病倒了,这一病三年六个月也没好,幸好还有最小的女儿雍尼和儿子补所留在身边,给母亲送饭送水。

母亲病得很重,日夜呻吟不止,从太阳落山到月亮升起,夜啼的鸟儿都不叫了,母亲还躺在床上呻吟。几个儿子走进房门,围在床前问母亲:"娘吔,娘吔,你这样哼不住,做儿子的也心痛,你有什么想吃想喝的,只要你开口,我们上天入地也要找来。"母亲摇摇头:"天上飞的,地上跑的,水里游的,我都尝过了,什么都不想吃。"儿子们又问:"你再想想还有什么美味想尝尝?""想也是空想,听说雷公汤好喝,雷公肉好吃,就想吃一坨雷公肉,喝一口雷公汤,死了也好闭眼睛。"母亲的话音刚落,儿子们笑开声:"娘吔,娘吔,你怎么不早讲,我们定把雷公当鸡捉来,请娘吃雷公肉,喝雷公汤!"

兄弟们商量好计策之后就急忙行动起来,仗着包天大胆,准备把天上的雷公捉住。他们盖了一间新房子,屋顶上盖着苦楝树皮,旁边挖了一个大坑,坑里插满荆棘,又做了一个铁柜,还打了一把大铁锁,接着筑起一个大灶,烧起大火,放上蒸笼,开始蒸棕树籽①,蒸了三天三夜之后,把它倒在天井里,赶来十二头水牯牛来踩踏,边踩边吃喝,声音响彻云天,个个摩拳擦掌,就等雷公下地来。天上的大神墨贴巴听见了连忙问道:"凡间又是呼喊,又在冒烟,是怎么回事?"千里眼、顺风耳回禀:"凡人在糟蹋五谷,水牯牛在踩踏粮食。"墨贴巴一听怒气冲天,脸色铁青,胡子气得翘起,赶紧唤来雷公:"凡间有恶人在糟蹋粮食,你赶紧到那里去,用斧头把他们劈成几块,以消我心头之气。"

一时间天上乌云密布,山头浓雾笼罩,狂风呼啸,暴雨倾盆而下,

---

① 棕树籽蒸后像苞谷和小米,以此激怒雷公,雷公误以为他们在糟蹋粮食。

第一章　汉藏语系汉语族与藏缅语族创世史诗

雷公奉命到凡间除恶。这雷公脸上发青，鼻子勾勾，嘴巴扁扁，一副凶神恶煞的样子，他瞪着铜铃般的大眼，拿着斧头，骑风踏雨而来。落在屋上一看，兄弟几个还在赶着水牯牛踩踏粮食，气得雷公扬起斧子恶狠狠地劈下去，一脚踩在滑溜溜的苦楝树皮上，雷公一下子摔了下去，掉在了下面的大坑中。大哥赶紧抓住雷公的翅膀，二哥抓住雷公的脚，这下雷公飞也飞不了，跑也跑不掉了，三哥抓住雷公关进铁柜里，四哥锁上了大铁锁。兄弟们高呼："娘吔，娘吔，雷公抓住了，可以吃肉喝汤了，是煮着吃还是蒸着吃呢？"大家七嘴八舌讨论起来。母亲高兴极了，笑着说："你们别着急，我摸着雷公胸前尽是骨头，腿上有皮无肉，瘦得像猴，怎么吃得下，你们去打几只麂子、老虎，捉几个野鸡、团鱼，把雷公喂得肥肥的，吃起来才美味。大的去上山捉些飞禽走兽，小的去搬柴挑水，亲戚朋友们要请来，有肉大家一起吃，有汤大家一起喝。"母亲又叮嘱："补所吔，雍尼吔，你们要好好看守雷公，不能给雷公送水送火，千万要牢记。"

雷公被关在铁柜里，暗无天日，叫天天不应，叫地地不灵，急得都哭了。铁柜砸不烂，铁锁打不开，有翅不能飞，有脚无路走，成了砧板上的肉，要被蒸着、煮着当菜吃了。雷公喉咙哭得嘶哑了，眼睛都哭肿起来了，雍尼和补所看见雷公哭，也跟着流眼泪，雷公见状就来哄骗二人："小哥哥，行行好，给我送个火，三天三夜没碰烟袋心里慌。""不行不行，哥哥们说了的，不能给你火。""你把火炭在尿里泡一下，闻点烟子味也好。"补所心软同意了，拿来火炭在尿里一泡，冒起浓烟，雷公要得火了，又对妹妹说："小妹妹，行行好，给我送点水，三天三夜没沾水肚皮里要起火了。""不行不行，哥哥们说了的，不能给你水。""你用手给我滴几滴水，让我肚里好过些。"雍尼心软同意了，拿来一根小草洒了几滴水，雷公要得水了。这下雷公有活路了，笑呵呵地用水浇，用火烧，铁柜一下子烧融了，铁锁烧断了，"轰隆"

一声巨响,雷公张开翅膀,飞上了天。

雷公回到了天上,见到墨贴巴,当即跪地痛哭。墨贴巴见状大吃一惊:"雷公哩,几天没见,你怎么眼都肿了,脸也看不得了,是怎么回事啊?"雷公哭诉道:"墨贴巴,你快莫讲了,他们抓住我,要把我的肉蒸着吃,煮着吃,幸好雍尼、补所好说话,我才得以逃脱。""你莫哭了,张古老,你来给雷公帮个忙,出口气,把天弄塌下去,让凡间的人绝种。"张古老摸摸白花花的胡子:"上回做天就千艰万难,再做第二次做不来,你找别人吧。"墨贴巴又对李古老说:"李古老,你给雷公帮个忙,把地底捅穿,让凡间的人绝种。"李古老听罢胡子都竖起来:"上回做地就千艰万难,再做第二次做不来,你找别人吧。"张古老、李古老都喊不动,墨贴巴出了一个主意:"雷公呃,你也不要求别人了,自己动手,涨个齐天大水,凡人一个不留。"雷公喜在心头,打起天鼓,张开翅膀便要涨起大水。

大神依窝阿巴见此情景着急了,赶上前来,扯住雷公的衣服:"雷公呃,有捉你的人,有放你的人,有仇报仇,有恩也要报恩,你别忘了是怎么回到天上的。"这番话语点醒了雷公,雷公记起补所、雍尼这两位救命恩人,想给他们送去葫芦种,让他们躲进葫芦里避难。雷公叫来麂子送种子,麂子腿长跑得快,到了老高的山顶,甩下种子就回转,兄妹俩没有得到。又叫老鹰送种子,老鹰展翅飞得高,往下抛在水塘里,兄妹俩没有得到。又叫芭茅雀送种子,芭茅雀飞得低,一丢丢到刺丛里,兄妹俩没有得到。又叫燕子送种子,燕子飞到屋檐下,对着补所、雍尼叫:"要涨大水了,快种葫芦种!"补所、雍尼听得真切,赶紧在园里种下葫芦种。第一天早晨,葫芦种长出了小芽。第二天早晨,葫芦芽牵藤了。第三天早晨,葫芦藤上开花了。第四天早晨,藤上结出葫芦瓜了。第五天早晨,葫芦有了鼎罐大。第六天早晨,葫芦有了仓屋大。第七天早晨,大葫芦裂开大口子,里面亮堂堂,补所、雍尼一同跳进葫芦里。

忽然,雷声轰鸣,狂风怒吼,天地一片黑暗,暴雨倾盆而下,一直下了九天九夜,涨了齐天大水,水天连成一片,山岳淹没在水底。大葫芦随着水漂流,漂到了天门界①,升到了古王界②,葫芦撞击发出"啪嗒"一声响,补所、雍尼惊醒了,走出葫芦一看,天下大变样了,四处荒无人烟,听不到鸡鸣,听不到狗叫,兄妹俩看着看着伤心地哭了。

这时,一位满头白发的老婆婆,拄着拐杖,穿着草鞋走来,笑着问道:"你们从哪里来?你们要到哪里去?"兄妹俩回答道:"不知道从哪里来,也不知道去哪里。"老婆婆指引他们:"你们往东边去,跟着太阳走。"一阵清风吹过,老婆婆消失不见。太阳出来了,兄妹俩跟着太阳走,走啊走啊,遇到一只蜻蜓,便问道:"蜻蜓姑娘,现在到什么地方了?""对着太阳走吧。"蜻蜓说完飞走了。走着走着,遇到一只青蛙,便问道:"青蛙公公,现在到什么地方了?""对着太阳走吧。"青蛙说完跳进水里。走啊走啊,遇到了一个长胡子、白头发的老公公,拄着一根拐杖,背着一个背篓,笑眯眯地在路边等着兄妹俩,"我是士义图介③,你们不要走了,就在这里立业安家,凡间绝了人种,你们要成亲,繁衍世上人。"

补所听了之后低头不语,雍尼羞得脸通红:"同一娘所生,同一爹养大,酸牙的话不要讲,酸牙的事不要做。"士义图介说:"人间烟火不能断,不如滚副磨子试试看。"补所登上这边高坡,雍尼爬上对面高岭,二人分别放下一扇磨子,哗啦啦滚下山,两扇磨子合在一起了。图介公公说:"天意巧安排,两扇磨合一起,你们二人应成亲。"

---

① 天门界:传说是入天的门。
② 古王界:传说是天上的山。
③ 士义图介:土家族传说中的天上主持人间婚姻之神。

补所还是不说话,雍尼羞得脸通红。图介公公说:"栽两根葫芦,再看看天意。"补所这边种一根,雍尼那边种一根,眼看葫芦种发芽了,长出长长的葫芦藤,两根长藤越长越靠近,相互缠绕变一根。图介公公说:"天意巧安排,两根长藤绞一起,你们二人应成亲。"

补所还是不说话,雍尼羞得脸通红。图介公公又说:"燃起两堆火,再看看天意。"补所这边烧一堆,雍尼那边烧一堆,火堆烧出两股烟,烟子升上天,大风吹一下,两股变成一股烟。图介公公笑着说:"天意巧安排,两股烟子融一起,就像夫妻多恩爱。"

二人还是不同意成亲,图介公公长叹气:"我的好话讲完了,办法也想尽了,嘴皮磨破还是白费心机,你们到山上去,围着山跑,再看看天意,如果两只手相握,两双眼相看,那就不可再推辞,赶紧结为夫妻。"雍尼围着山头在前面一个劲地跑,补所在后面一个劲地追,跑呀,追呀,过去了三天三夜,雍尼不见踪影,补所伤心极了,遇到了一只野猫,问道:"野猫哥哥,你在山上看到雍尼了吗?水边看到雍尼了吗?""我有事哩,忙着抓鸡仔,没有见过雍尼。"野猫说完跳上山坡去了。补所继续往前走,遇到一只熊,问道:"熊外婆,你在山上看到雍尼了吗?水边看到雍尼了吗?""我有事哩,忙着抓小孩,没有见过雍尼。"熊说完钻进大山里。补所找不到雍尼,伤心极了,又问了黄牛、麂子、喜鹊、乌鸦和野鸡,都没有见过雍尼,这下天上飞的,地上跑得都问过了,问得口干舌燥,没找到雍尼。这时,来了一只乌龟,补所赶忙问:"乌龟先生,你在山上看到雍尼了吗?水边看到雍尼了吗?"乌龟伸出脑袋,喘着粗气:"哎呀呀,蝌蚪吃多了撑得慌,爬也爬不动,我在河里遇到一个姑娘,梳着长辫子,穿着一身新衣裳,一双花鞋子,她过河时还踩着我的背,这是雍尼吗?"补所答道:"这是雍尼,她在哪里?"乌龟说:"你有两只手,后面摸一摸,你有两只眼,后面看一看。"补所往后一摸,两手相捏是雍尼,往后一看,两眼相对是雍尼。图介公公看见后笑了:"天意巧安排,莫要再推延,都答应了吧。"补所、雍尼都无话可说,答应成婚了。

补所、雍尼在李树下建了新房住下了。过了几个月,雍尼的肚子大了起来,孩子很快就要降生了。雍尼生下一个肉坨坨,没有手脚和嘴脸,一点也不像人的模样。山神看了笑着说:"这不是个牛肚子么?煮着吃得了。"土地神看了笑着说:"这不是个羊肚子么?炒着吃得了。"雍尼抱着肉球哭:"这是我肚里生下的,不能吃啊。"依窝阿巴走来说:"你们莫要难过,这个是人种,把它砍砍撒出去。"天降刀子砍下去,砍成一百二十块,补所、雍尼背着人种上高山,肉和沙子甩出去,成了客家人①;肉和泥土甩出去,成了土家人;肉和树苗甩出去,成了苗家人。从此人类得以繁衍,人间恢复了生机。

墨贴巴见人间还有人类,放出十二个太阳要晒死人类。江河被晒干,树木被烧焦,世上一百二十种姓的人,有二十种姓的人被晒死了。这时,有位名叫洛雨的英雄爬上马桑树,拿着桃弓柳剑,把太阳射落下来。有个叫眉毛草的人眼见大事不妙,赶紧救下最后剩下的两个太阳。两个太阳是兄妹,洛雨便安排胆子大的哥哥在夜里出来,叫作月亮;胆小的妹妹在白天行走,被人看得害羞就用针刺人眼,叫作太阳。这样便有了太阳和月亮,也有了日夜和四季。

三 土家族创世史诗《摆手歌》体现的美学特征

(一) 礼仪之美

土家族史诗《摆手歌》是土家族珍贵的文化宝库,这种独特的民族文化形态,从多方面指导和规范着土家人民的思想与行为。在摆手活动中伴随摆手舞的动作、节奏,歌师们用民族语言唱出祖先留下的古歌,叙述着古老的历史,颂扬着英雄故事,传承着劳动经验,教育

---

① 客家人:指汉族。

土家子孙不忘祖先迁徙、战争、繁衍的艰辛岁月，发扬本民族勤劳、团结、勇敢的优秀品德，传承民族知识、理想、信念及习俗。摆手歌来自土家族先民们的集体智慧，把内心的真实情感用歌唱的形式展现出来，唱词通俗易懂、爱憎分明，充满哲理性，具有教育、审美、娱乐等多重功能，表现出强烈的礼仪之美。下文以湖南省少数民族古籍办公室主编《摆手歌》，彭勃、彭继宽整理译释的古歌文本为例，分析史诗《摆手歌》演唱传统体现的礼仪之美。

1. 摆手歌开头时的自谦

(1) 原文

大家睁着眼睛看我，
张着耳朵等我开歌喉。
我顾不得口舌笨拙，
我顾不得唱错丢丑，
脸上不要发烧，
心里不要打抖，
上树先从树根起，
我从造天造地开头。

(2) 礼仪性

自谦。在摆手歌演唱开始的时候，歌师谦虚的说法，将自己评价为口舌笨拙之人，表示唱得不好，恐怕会让众人失望。

2. 摆手歌结束时的自谦

(1) 原文

毕兹卡迁徙的根古，
唱到这里打止。
只怪我的记性差，

唱得少哩漏得多。

（2）礼仪性

自谦。在摆手歌演唱结束的时候，歌师谦虚的说法，歌师对此次演唱的总结，唯恐有遗漏未唱清楚。

3. 重礼节

（1）原文

> 空手空脚不好来，
> 微薄礼物带了来。
> 背来腊猪腿，
> 送来苞谷酒。
> 六个团散香油炸，
> 小米粑粑有六塔。
> 只怪手头窄逼了，
> 点点礼物莫嫌少。

（2）礼仪性

重礼节。土家族民众与人交往中非常注重情理文明，以各种礼物的形式表示尊重，以薄礼略表心意，也是一种自谦的说法。

4. 热情好客

（1）原文

> 三年腊肉煮一坨，
> 三年陈酒装一壶，
> 陪伴客人上了席，
> 酒要喝哩肉要吃。
> 三天三夜没下桌，
> 主人欢喜客也乐。

（2）礼仪性

热情好客。土家族民众对客人十分尊重，家有来客，不问亲疏贵贱，必然盛情款待，以美酒佳肴待客。

（二）修辞之美

《摆手歌》通过口耳相传得以在广大土家族地区传承，依靠本民族智者或善歌者在土家族群体中广泛流传，经过民众长期的加工提炼，使之在艺术表达、诗性语言上更加优美生动，更富感染力。通篇可见想象、象征、重复、程式化等修辞方式，通过错综复杂的艺术语言表述，用民众喜闻乐见的形式完成长篇史诗的演述。歌师们结合自身的生活经历与个人情感，将众多比拟歌词巧妙地运用于摆手歌中，用衬托对比的手法塑造出惟妙惟肖的事物或人物形象及情态。土家族先民在现实基础上，通过奇特的想象诠释天地万物，表达征服自然的坚强意志，充满浪漫主义色彩，也使听众从多方面感受到独特的修辞之美。

1. 以己度物的诗性之美

土家先民对天地的形成有着出乎寻常的想象与创见。《制天制地》中讲述洪荒时代，东海有条大鱼，受痛翻身将天地捅出大洞，展示了天地被毁的壮观景象，这条大鱼无疑类似于《庄子·逍遥游》所载的北冥之鱼"鲲"，其形象的塑造离不开土家人独特的思维方式与天马行空的诗性创造。同时也巧妙地解释了大自然山川、河流、沟壑等地貌的形成，由于张古老和李古老的性格差异，这两人在史诗的唱述中呈现出截然不同的人物性格。

> 张古老成功笑嘻嘻，
> 李古老急得汗淋淋，
> 脱下衣服咬着牙，
> 毛手毛脚做起来。

第一章 汉藏语系汉语族与藏缅语族创世史诗

……
泥巴捏成大疙瘩,
地上变成坑洼洼,
棍棒东撮西又撮,
弄得地面洞洞多。

[《摆手歌·天地、人类来源歌·制天制地》]

天被勤劳的张古老补得平平整整,地被毛手毛脚的李古老补得坑坑洼洼。土家先民将天地形成与神灵性格相结合,神和人一样会有勤劳与懒惰,有喜怒哀乐,大神墨贴巴会遇到手下的神不听从命令,威风凛凛的雷神被凡人抓住也会伤心而眼泪汪汪流不停。由此可见,不论是客观存在的实体世界,还是虚幻的神灵世界的创造,土家先民从"以己度物"的角度去理解与阐释,并展开神奇瑰丽的想象。

土家人将许多自然现象加以人格化,整个世界充满生命意识。关于太阳、月亮的解释中,天上只剩下两个太阳。一个走夜路要胆子大,胆大的那个变成哥哥,叫作月亮,为了不孤单放些星星陪伴;一个在白天出来,变成妹妹叫太阳,被人看害羞了便拿针刺人眼。

妹妹胆子小,
放你白天天上跑,
千人万人看你,
看得脸包通红。
给你一包针,
不准世人久看你。
谁人看你不停歇,
刺他眼睛开不得。

[《摆手歌·天地、人类来源歌·雍尼补所》]

土家先民给予太阳、月亮以合理的安排,太阳、月亮的性格特征

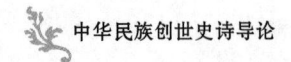

显然都是从人类的性格特点"以己度物"而想象的,这种不自觉的艺术加工正是土家人艺术想象与浪漫情怀的源头。

2. 优美形象的修辞之美

在土家族无文字的文化环境下,以土家语传唱的摆手歌包含了土家人民的意志、道德、性格、智慧等,通过歌师们的唱诵成为连接民众情感的纽带。《摆手歌》以自由诗歌体演唱,有较强的韵律但又不受字数或格律限制,可长可短,即兴发挥,在语言的表述上自由活泼,根据场合、阵容进行增减,歌师们在演唱或吟唱时对节奏、衬词、拖腔等方面进行灵活调整,表现出独到的语言艺术特色。

土家族歌师十分擅长用自然和生活中常见的事物、现象来表达特定的含义与形象,通过比喻、借喻、转喻等方式增强语言的形象性。

> 人类从此繁衍,
> 人间充满生机。
> 客家哩,
> 像河里的鱼群;
> 土家哩,
> 像雨后的新笋;
> 苗家哩,
> 像树上的密叶。

[《摆手歌·天地、人类来源歌·雍尼补所》]

《雍尼补所》中讲述洪水过后,兄妹成婚繁衍的后代,在世间重新生存不息,土家人将汉、土家、苗族的繁衍生息比作"河里的鱼群""雨后的新笋""树上的密叶",这些事物都是土家族地区常见之物。鱼群强大的繁衍能力,新长的竹笋生长迅速,土家人十分了解这些事物的自然属性,无形之中令人联想到民族的繁衍生息。

孩子们睡在摇窝里,
梦里也是笑眯眯。
狗儿一样长大,
葫芦一样肥壮,
花朵一样逗人爱,
老虎一样有精神。

[《摆手歌·英雄故事歌·春巴嫲妈》]

诸如此类贴近生活的语言表述,使听众易于理解,成为古老而固定的比喻程式。语言通俗易懂,歌师们脱口而出的唱词毫不矫揉造作,表现出一定的节奏与韵律,诗味极浓。

《摆手歌》中有大量拟声词的运用,非常生动形象。野鸡拍翅膀"客列客列",锦鸡喊伴"喧翻喧翻",斑鸠喊伴"阿可苦阿可苦",烟子出来"空桶空桶","瓦尺瓦尺"赶牛声,"宽堂宽堂"舂谷声,"翩呀翩呀"弹棉声,"起里垮那"织布声,"皮里卜鲁"拉风箱。在歌师吟唱时仔细听来,有风声、鸟声、赶牛声、舂谷声、推磨声、纺纱声等。诗句中的拟声词有用来描摹环境的,有时也有用来表情达意的。声音的模拟使得人们对歌师表达的场景有了身临其境的感知,音调变得婉转或铿锵,节奏发生急促或舒缓的变化,给听众带来全方位的感知。这些模拟自然、生活中的声音,实际上带有强烈的主观性,通过演唱者与听众在头脑中的诠释,成为诗歌表述的独特艺术语言,在土家人看来这也是与自然融于一体且密不可分的一部分。

3. 重叠复沓的程式之美

土家族歌师用口语化的土家语,顺着故事情节娓娓道来,朴实自然。在演述过程中,有相当多数量的程式语言与重复叙事运用于其中,起到突出、强调的作用。这种高度程式化的结构,使摆手歌在口传过程中,为歌师们的记忆与创作提供了便利。

《摆手歌》中对某一句式或某个情节的叙述，往往会进行多次的重复，以这种重复演唱的手法串联整个故事，突出演述的主题。创世过程中先是张古老做人，失败后换李古老做人，再次失败，最后由依窝阿巴做人成功。在《雍尼补所》中，补所追雍尼的史诗唱段也出现了大量程式化用语，叙事结构从询问到回答都采用了几乎一致的表述，绝大部分诗句存在结构的重复。

一只麂子过来了。
"麂子哩，有话跟你说：
给你一个火星，
给你一个草把，
把墨比卡巴的屋烧了吧！"
"这件事，做不得，
我要去吃叶吃草，
我要去养儿育孙哩。"
麂子去了，
一只野猫上坡来。
"野猫，野猫，
给你一个火星，
给你一个草把。
把墨比卡巴的屋烧了吧！"
"这件事做不得，
我要去抓鸡崽，
我有儿有孙哩。"

[《摆手歌·英雄故事歌·日客额地客额》]

《日客额地客额》中讲述放火烧墨比卡巴的屋子，经历了麂子、野猫、老虎、喜鹊、老鸦、野鸡，每个动物都重复说了一遍，最终请燕子衔来火种完成此事。

> 那是什么哩,
> 背个水瓢过来了?
> 那是什么哩,
> 搬把火钳过来了?
> 那是团鱼哩,
> 背着水瓢过来了。
> 那是螃蟹哩,
> 搬把火钳过来了。

[《摆手歌·英雄故事歌·春巴嫲妈》]

《春巴嫲妈》中讲述春巴嫲妈在寻找居住的地方,沿途所看到的景象,一路自问自答,是以盘歌的形式出现的大型程式诗行,这类套用程式大约占据全篇四分之三。

这是土家族人"反复体认"的思维实践,也是一个随认识的深化而不断完善的过程。这种重复叙事在《摆手歌》中多次出现,并不是为了增加篇幅而进行简单的反复演述,而是为了突出事件过程的重要性和必要性,使情节更加生动,事件更符合情理,也更加生活化。这些程式本身保持了口头史诗丰富、优美的韵律色彩,是众多演述者通过不断积累、实践以及共同创造的宝贵遗产,使《摆手歌》的语言艺术烙上了民族特性,也使听众形成相对固定的艺术欣赏习惯。

四　土家族创世史诗《摆手歌》蕴含的诗性智慧

土家族结寨而居,生活于偏远的武陵山区,摆手歌成为人们相互之间情感交流与行为互动的重要方式,传递着土家人民积淀下来的率真、谦和的古朴民风,蕴含着顽强、坚忍的生存信念,影响着一代代土家人。《摆手歌》体现了土家先民原始的认识框架和直观形象的艺

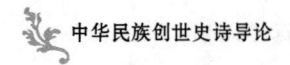

思维，演唱的内容和形式集中反映出土家人的群体智慧，规范着土家人民社会生活的方方面面。

（一）天人和谐的宇宙认知

《制天制地》和《雍尼补所》中讲述了天地形成、人类起源的问题。宇宙中存在天、地，地上有动植物和人类生长，天上有天上人的存在，而且天与地的距离相隔得很近。清晰地展示出天地混沌之前，神界、物界和人界同处于一个空间里，组成了土家族先民原始的宇宙，三界的和谐也是土家人追求的万事万物和谐统一的生态意识。

人类一开始就是同宇宙和神共生的存在，是一类"原初人"。后来由于地面生灵与天上人之间产生了冲突，导致了宇宙的大破坏和生物的大灭绝，人类进入神创的"初劫人"阶段。天神墨贴巴派张古老和李古老修补好天地后，又派依窝阿巴重新造人。依窝阿巴以自然中的植物为主要材料，加上泥巴造成了人。

在那远古的洪荒时代，
天和地，相挨近，
地上的马桑树儿，
枝丫伸到天庭，
伢儿们爬上马桑树的枝丫，
吵吵闹闹，玩个不停。

[《摆手歌·天地、人类来源歌·制天制地》]

土家族先民的这种"原初人"的观念，相较于其他数民族创世史诗来说较为独特。大多数民族的创世史诗描述天地起源是从宇宙一片混乱开始的，再造天造地，进而繁衍人类。从土家族创世史诗《制天制地》的内容看，土家族先民却认为天地是本来就有的，只是后来发生了变故才变成混沌一片，也才有了天神再造天地之事。与其他民族的创世史诗相比，土家族原始先民对天地形成的看法是与众不同的，展示了一个自然生成的"原生宇宙"。在这自然生成的"原生宇宙"中有天神、人和动植物的存在。所有这些都是宇宙的有机组成部分，包孕万物。

摆手歌中土家族对"天、地、人"的理解，融合到原始思维中，以童话情趣讲述了人类发展流变的渊源。以宇宙和人类起源的整体作为观察对象，通过象征、寓意的方式进行错综交合的思维辨析，"天人合一"的哲学观念初步产生，也反映出土家先民对自身与生存环境的思考。

(二) 善恶分明的道德判断

《摆手歌》在演唱内容上突出地反映了土家族善恶分明的道德判断，以民族的生存繁衍为尺度，传递并弘扬着土家民族耿直忠厚、惩恶扬善的二元道德观念。在为人处事中爱憎分明，对好人好事崇敬赞赏，对恶行加以鞭挞，在漫长的社会生活实践中，形成了勤劳淳朴、耿直豪爽的民族性格，构建了一幅和谐、乐观、友爱、互助的生活画卷。

> 儿做好事娘欢喜，
> 儿做坏事娘伤心。
> 儿做坏事拦不住，
> 伤心怄气病在床，
> 一病三年六个月，
> 睡在床上受折磨。

[《摆手歌·天地、人类来源歌·雍尼补所》]

《雍尼补所》描述了土家人对做善事的生活规范的遵循，说明土家族原始先民的伦理道德观念已经萌芽，简朴地体现出"善恶二极"。"善"的事物是合乎规范的，被予以肯定和颂扬，"恶"的行为则被否定、制止。

有人捉了你,
有人放了你。
有人要吃你,
有人救了你,
锁在铁柜哭啼啼,
哪个开锁救了你?
有仇固要报,
有恩岂可忘?

[《摆手歌·天地、人类来源歌·雍尼补所》]

  史诗中传达出"恩怨要分明"的土家族善恶观。雷公被人抓住准备吃掉,兄妹俩放了他,雷公上天后便要发起滔天洪水,但他恩怨分明,叫燕子给兄妹俩送去救命的葫芦籽,使地上的人烟得以延续。因此在土家族先民看来,"善"的行为才能化解自然之间、人神之间、人与自然之间的矛盾。尽管史诗中人性的道德品质在善恶之间游移,但总体而言体现出土家人对道德、人性的"善"的追求与向往。

  《摆手歌》中还有大量对个人教诲和规范的戒律,语言朴素而深刻,和民众的实际生活密切相关。通过土家歌师的反复吟唱,传递生产劳作的知识与技能,同时也潜移默化地影响整个民族的社会生活方式。譬如告诫人们不能糟蹋粮食,否则会遭到雷公斧劈。生活中要勤劳本分,不能做坏事。在叙述劳动生产时,告诉人们一年十二个月的农事生产,每个季节做什么都有明确的记述,蕴含了遵循自然规律的道理,也包含了"有付出才有收获"的土家人生存观。

(三) 同源共生的一体观念

  土家先民认为人类的祖先和动植物曾有过密不可分的联系,十分强调人与自然的血缘关系,认为人与自然是平等共生的。《制天制地》中依窝阿巴用自然中的葫芦、竹子、泥土、树叶等成功做出了人,虽

第一章　汉藏语系汉语族与藏缅语族创世史诗

然出自神之手，但是造人的材料全都取自自然物。《雍尼补所》中也讲到人类祖先藏身葫芦中躲过劫难，在乌龟帮助下兄妹成婚，这些动物、植物对人类延续起到了重要作用。土家族人对自然是感恩的态度，与自然的关系亲密，在土家族的生态认知中，自然与人就是一种相互受益、和谐共处的关系。

> 这里是长住之所，
> 这里是生根地方！
> 处处青山绿水，
> 处处鸟语花香；
> 野鸡飞，锦鸡啼，
> 斑鸠唱，走兽跳。
> 白云罩山头，
> 清泉流进洞。
>
> [《摆手歌·民族迁徙歌》]

民族迁徙的过程中展现出令人心旷神怡的自然风光，土家先民选择在这样宜居的自然地域中安心立业、繁衍生息。在农业生产中，土家先民也离不开动物和植物的指引，透露出土家人对大自然的认知和热爱。

> 补所背人种，
> 雍尼跟在后，
> 拌上三斗三升沙，
> 肉和沙，拌一起，
> 连沙带肉甩出去，
> 成了客家人。
> 和上三斗三升泥，
> 肉和泥，合一起，

连泥带肉甩出去,
成了土家人。
合上三斗三升树苗,
肉和苗,合一起,
连苗带肉甩出去,
成了苗家人。
客家哩,
土家哩,
苗家哩,
都在娘身上的肉哩。

[《摆手歌·天地、人类来源歌·雍尼补所》]

  《雍尼补所》中讲述了汉、土家、苗族的来源,都是"同母一胞所生",这一观念在土家人的思维中根深蒂固。种苞谷时,"客家大嫂来帮忙,苗家大姐来换工";插秧时,"苗家客家的姑娘来了,帮助扯秧来得早。农忙时节来相帮,高情厚谊不会忘";吃新时,"客家的来了,苗家的来了。白果桌子摆中间,椿树长凳摆四边"。可见,在土家人的观念中,周边共同生活的汉族、苗族都是"兄弟民族",有着共同的祖先和历史,在生活中互帮互助。各族人民紧紧地凝聚在一起,这正是中华民族共同体形成的一个强有力的佐证。

  土家族的创世史诗《摆手歌》的整体结构完整,各部分既有内在联系,又可独立成章,形式多样,篇幅宏大。形式上为活泼、多样的自由诗体,广泛运用了反复重叠的叙述手法。语言上通俗易懂,不受约束,有着纯朴的诗性之美。内容上富于想象力,对万物起源、人类诞生、民族迁徙等内容的解释与描述充满了浪漫主义色彩。作为远古时期的历史回响,《摆手歌》是十分宝贵的文化财富。通过瑰丽神奇的想象和生动形象的叙述,艺术地反映了土家族先民天人和谐的宇宙观念,以及善恶分明的民族道德规范,多角度地展示了土家族的历史、哲学、风俗、文化等方面的内容。《摆手歌》就是土家先民为生存繁衍所吟唱的壮丽诗篇，体现了初民的审美理想与生存样式，也透露出中华大地各民族同源共祖的认同观念。

思考题

1. 如何理解《摆手歌》中的宇宙观？
2. 《摆手歌》的修辞之美有哪些？
3. 分析当代社会中《摆手歌》的存在现状。

第二章　汉藏语系壮侗语族创世史诗

第一节　壮族创世史诗《布洛陀》

一　概述

《布洛陀》是壮族的创世史诗，主要流传于西江中上游的红水河流域、左江流域、右江流域、南盘江流域、北盘江流域的壮族、布依族居住地区，其主要分布行政区域为广西壮族自治区百色市、河池市、崇左市、南宁市，云南省文山壮族苗族自治州，贵州省黔西南布依族苗族自治州。此外，壮族创世史诗《布洛陀》也还以民间歌谣和传说的形式在上述区域流传。

在壮族创世史诗《布洛陀》里，布洛陀是一个开天辟地、创造万物的文化英雄。"布洛陀"是壮语的译音，"布"是对很有威望的老人的尊称；"洛"是知道、知晓的意思；"陀"是很多、全部、会创造的意思。结合起来看，"布洛陀"大意指的是"无事不知晓的老人"，被视为壮族的创世祖神。由于流传区域不同，对布洛陀的发音与释义也略有差异。综合学术界的意见，布洛陀还有如下寓意：一是洛陀山上的首领（头人）；二是孤儿（布麽）的祖公；三是南方鸟氏族部落的首领；四是山谷里会法术的老人；五是一棵绿色的神树。总的来说，布洛陀不是一个简单的、平面的形象，他不仅仅是高高在上、创造万物的神,还是在日常生活中安排事物秩序、排解纠纷的祖先,其丰功伟绩可概括为开天辟地、创造万物、安排秩序、排忧解难。

民间流传的壮族创世史诗《布洛陀》属于壮族民歌五言体,内容集壮族的神话、伦理、民俗等于一体,主要讲述壮族先民在当时环境下对大自然种种现象的探索和解释,是人们对宇宙世界的想象与实践的再现。壮族创世史诗《布洛陀》以生动的语言叙述天地日月形成、人类起源以及各种动植物的来历,是壮族古老而宏大的创世史诗。壮族先民以质朴、奇幻和诗性的语言来解释自然现象和人类社会,呈现出独特的美学特征。

壮族创世史诗《布洛陀》各篇都可以独立成篇,大约从明代起,在口头传唱的同时以古壮字书写的形式保存下来,主要篇章有《序歌》《造天地》《造人》《造万物》《造土官皇帝》《造文字历书》《伦理道德》《祈祷还愿》《寻水经》《造火经》《赎谷魂经》等。流传至今的《布洛陀》已成为壮族百科全书式的经典,是壮族精神文化的重要组成部分,更是中华文化不可或缺的部分。

壮族创世史诗《布洛陀》整理出版的主要文本有1991年出版的《布洛陀经诗译注》,是最早公开发行的汉译本;2004年出版的《壮族麽经布洛陀影印译注》,是目前最完整的布洛陀经诗出版物,收录民间古壮字手抄本29本;2016年出版的《壮族麽经布洛陀遗本影印译注》(上中下),在前版本的基础上补充了广西田阳麽经布洛陀遗本的译注资料。

二 精彩诗篇故事情节举例

(一)宇宙形成[①]

最初时,宇宙一片混沌,不分阴阳,不辨日夜,天地一体。
雷公用手抓起这片混沌,捏成一块大磐石。

[①] 原文参见张声震主编《布洛陀经诗译注》,广西人民出版社1991年版,第75—120页。

后来,有两只蝶蜂与两只蜣螂用利齿啃咬这石块。它们不停地啃咬了三年七载后,石块出现裂缝分成两片。一片上升变成了装着云朵和星星的天,由雷神掌管;一片下沉变成了装着渡口和河沟的地,由水神图额(蛟龙)治理。

与此同时,九头龙造出泉眼,感路王日夜背负石头建成大路。水中的巨牛将水当成河湾湖泊,牛尾甩出条条相通的小道路。

此时天地初成,天还无法将地完全覆盖。于是布洛陀将地聚拢让天盖住,又形成了一座座高山丘陵。天地成了四方后,神明又造出了太阳月亮轮流升替,才有了黑夜与白天。

地上有山脉高地,天上仍空荡荡。仙人害怕天崩塌,于是用锡补天,形成了黑云与青云。大地震动,仙人担心地面陷落歪斜,用铜焊接大地,地面有了红泥黄土。

布洛陀在天上看着宇宙的变化,虽然天上有了很多太阳,但太阳却不散发光芒;虽然有了很多星星和月亮,但星月却不明亮。

布洛陀派下天王修缮天空,天王花了八百年将天造得又高又宽,这时云雾才往上飘散,天空变得亮堂。

从此太阳有了固定的方向,北斗星有了确定的方位,星月也定下了位置。天体完整后,天王才回到了上界。

(二) 人类起源[①]

天地造好后,布洛陀从天上来到人界放下各种生物:第一放下鸡,第二放下狗,第三放下猪,第四放下羊,第五放下水牛,第六放下马,最后才放下人。

这时的人类还未发育完全,没有头也没有肌肉,没有用来呼吸的气管,更没有下巴和脚。人就像一团肉球,一动就打滚,一走就撞上树。布洛陀在天上看着人间的一切,于是派下四脚王到人界造人。

---

① 原文参见张声震主编《布洛陀经诗译注》,广西人民出版社1991年版,第127—159页。

第二章 汉藏语系壮侗语族创世史诗

　　四脚王从天而降，造出人的手和脚，又捏出泥巴做出人的头和脖子，新造好的人脸上开始挂起微笑。四脚王在男人的嘴边放上胡须，在女人的胸前放置乳房，又分别造出青年和老人，造出小孩和大人。从此人界开始有了人烟，人类开始繁衍生息。

　　尽管人类吃同一种米粮，但天下每个人大有不同。有的人能吃却不会说话，有的人能说却不能行走；有的人十分聪明，有的人愚不可及。世上还没有文字历书，人们也不懂伦理规矩。

　　那时候的天上还挂着十二个太阳和十二个月亮。人界三年大旱，人间四年不雨，人世三年大风，连续四年白昼。田地干裂，禾苗无法生长；山谷干涸，红薯停止成熟。李子树三年不结果，人们三年没有粮收。没有米饭喂养孩子，没有粮食饲养家畜，因此半数的百姓被饿死，活下来的百姓只有一半。

　　终于天降雨水，但水量过多，大地全被淹没，人间只剩下伏羲兄妹二人，于是兄妹结为夫妇，生下一块磨刀石的怪儿。夫妻问布洛陀与乜六甲①这个怪儿该如何处理，布洛陀说："你们本是兄妹不应结为夫妻，现在生下怪胎，要回去杀牛祭祀父母和祖宗。"夫妻牢记布洛陀的叮嘱，回家杀牛祭祀父母和祖先，转身看见孩子已长出了头，手脚健全，高兴地将孩子搂入怀中。突然孩子幻化成千百个人，每个人都安上各自姓氏。从这个时候开始，伏羲夫妇便造出了天下黎民百姓。

　　布洛陀在天上看着黎民百姓，发现他们无法吃饱穿暖，人间因此纷纷攘攘。于是布洛陀派下耕作大王，给五种粳谷种和六样糯谷种，他将谷种播撒在河海旁，长出百种稻穗要送给人们。可斑鸠和山鸡搬不动这么多谷子，布洛陀就教水牛和马匹游过海河，驮回谷种带给百姓。百姓有了稻米后，解决了温饱问题，人们从此丰衣足食，感谢布洛陀的恩赐。

---

① 乜六甲：壮族创世女神。

(三) 稻作生活①

天地形成之后，人类开始繁衍生息。始祖教人造池塘养鱼，造田地种谷米。三月是开垦的时候，四月是种田的时节，人们引水流入田地中进行灌溉，并把糯谷播撒在田地中，待二十五日后头领去插秧。等到七月谷穗长成，人们八月割下稻谷，九月身挑扁担收回谷物。那时长得好的谷粒像柚子那么大，谷穗有马尾那么长，用扁担挑也挑不起，足够三人同吃一粒米，七人同吃一根穗谷。但谷粒再大，也不能喂养天下所有人，让每个人都能吃饱。

一场大雨引发了洪水，所有田地都被水淹没了，所有的谷种都堆积到几座高山上，动物也到那儿去栖身。洪水消退后天神们又重造田地与百姓，有人没有谷米就去山上吃茅草充饥，到坡上和牛羊一起吃青草。野草吃起来又苦又涩，小孩子光吃草长不大，小伙子只吃草面色不好，小姑娘就吃草脸不红润，许多人饿死了。

供养天下人的谷种在高山上，人们无法用船和竹筏将其运回。于是寨老召集所有人出谋献策，怎样才能把谷种带回来。有一个特别机灵的人提议说，让鸟儿飞过海、让老鼠游过江，去将谷子叼啄回来。可鸟儿和老鼠得到谷种后却自己藏起来，躲藏到野外丛林中了。首领发觉大事不妙，前去请教布洛陀和乜六甲该如何应对。

布洛陀让人们做三十只捕鼠夹和七十张拦网将老鼠和鸟儿捉住。众人牢记布洛陀的叮嘱，将鼠夹和拦网放置在狭窄的地方和鸟儿经过的洞口，抓到了老鼠和两只斑鸠、两只野鸡。首领聪明能干，他用脚踩着它们的下颚，用手撬开它们的上颚，就看到动物嘴里存放着前年的粳谷和去年的糯谷。首领一共得到三粒畲谷和四粒稻种，让百姓拿去作育种，播种在田垌里。

待到七月禾苗茁壮成长，人们等到谷粒饱满才去收割，收下来的

---

① 原文参见张声震主编《布洛陀经诗译注》，广西人民出版社 1991 年版，第 263—313 页。

· 408 ·

谷粒大得像柚子，挑也挑不动。夫妻俩为此争吵，他们用木槌棍子捶打谷粒，大谷粒裂开碎成一粒粒的小谷粒，人们又把小谷粒播撒到田垌中。

有一颗谷粒撒到了野外，变成芭芒谷；有一颗谷粒播在园中，变成牛口谷；有一颗谷粒掉到脚坎旁，变成了玉米；有一颗谷粒撒在墙根边，变成鸭脚粟；有一颗谷粒播在畲地上，变成了小米；有一颗谷粒种在田垌里，变成了黏米、糯谷、粳米和糙米。

二三月春天来临，人们都早起劳作，杜鹃鸣啼示意人们去耕犁耙田，春蝉鸣叫提醒人们赶快播种，蝴蝶飞舞催促人们尽快施肥。天上雷声阵阵，雨水落下，大雨七天都没停止。父亲赶忙去修建水渠，儿子将水渠挖得更宽，蓄好的水哗哗地流进田里。人们牵牛去犁地，备好粳谷糯谷，选好吉日下田播种。谷种落地就发芽长大，二十五天就能拔秧，二十六天就能插秧。三周后秧苗长成壮苗，五周后人们就能耘田。七月时稻谷就快成熟，人们八月去收割谷子，这样人类的仓库里就有了余粮。

三　壮族创世史诗《布洛陀》体现的美学特征

史诗是一种古老的文学样式，以韵文体或散韵结合的形式流传，是民众集体创作的大型文类，也是民族文化的象征。壮族创世史诗《布洛陀》分别以天地形成、创造人类和万物、壮族社会生活等作为主题，具有口头诗学的特征，至今仍在民间以口头演述方式传承。它内容丰富、语言形象，生动呈现了壮族的精神文化和民俗风情，具有鲜明的美学特征，展现了朴实之美、和谐之美和崇高之美。

（一）朴实之美

壮族先民善于以贴近生活的词句来表达他们对未知世界的想象和对现实生活的观察，我们从中可以了解到壮族先民对世界的认知理念蕴含着朴素的原始思维。因此，壮族创世史诗《布洛陀》的文字呈现出一种朴实之美。

1. 语言朴素之美

史诗《布洛陀》为了描述原初时处于混沌状态的奇异景观，想象出一个天地相合的世界。

> 从前山不高，
> 天和地相连，
> 田和云合在一起。
> 可拾星星放进篮子，
> 可扯云彩来玩耍。
> 婆婆舂米木杵碰着天，
> 公公劈柴斧头碰着云。

[《布洛陀经诗译注·第三篇·造万物·赎谷魂经》]

在这个混沌的世界中，云朵覆盖在田野上，伸手可摘星辰，人们在日常劳作中也能用舂米杆和劈柴斧触及苍穹。史诗生动地描述了创世之初的混沌状态，引听者入胜。天地分离后，《布洛陀》接着用简洁明了的文字来叙述地理景观是如何形成的。

> 古代先造天，
> 后来才造地。
> 天盖地不周，
> 天罩地不全。
> 把地往里收，
> 把地往里拢。
> 皱成高山和丘陵，
> 皱成纵横的山脉。

[《布洛陀经诗译注·第一篇·造天地》]

布洛陀将大地聚拢使得天地相合，这是较为和谐的天地景观。这种叙述方式实际上是史诗《布洛陀》对周边自然环境予以观察和想象的结果，诗句不仅以简单生动的文字叙述天地形成，还描绘出西江流域中上游地区壮阔的丘陵地势，体现出壮族先民对宇宙的思考，具有朴实之美。

壮族创世史诗《布洛陀》包含了壮族民众在日常生活中所要遵循的行为准则和道德规范，并用人们习惯的日常口语来叙述事物道理，让今人能够沿袭祖先制定的规矩、借鉴先人遗留的智慧来规避当前生活中可能面临的冲突。

> 用轻秤砣卖出也会结冤，
> 用重秤砣买进也会结冤。
> 偷别人谷仓的谷子也会结冤，
> 搬弄是非也会结冤。
> 猴子争果也会结冤，
> 水獭争鱼也会结冤，
> 老鹰抢鸡也会结冤。
>
> [《布洛陀经诗译注·第六篇·伦理道德·唱罕王》]

传统的史诗如果缺乏日常化的关联，就很难在不断变化的后世语境中保留下来。《伦理道德篇》用人类生活和动物争食的例子来列举社会中各种不道德的行为，将日常的事件关联起来，叙事紧凑，逻辑鲜明，朴素的文字蕴含着为人处世的道理。《布洛陀》用贴近生活的语句刻画了布洛陀智慧、亲切的形象，以此来教导、形塑壮族的道德观念，充满浓厚的生活气息，具有真挚而朴实的美学特征。

2. 生活朴实之美

壮族创世史诗《布洛陀》的诸多篇章都与壮族社会生活息息相关，以诗歌的形式呈现了日常生活的图景，让受众从中感受到人性的真、善、美。现举几个例子来分析壮族创世史诗《布洛陀》的生活之美。

壮族是稻作民族,有着丰富的稻作生产经验和知识。壮族创世史诗《布洛陀》包含着大量描述壮族先民稻作劳动的诗句,频繁出现"耕牛""水车""锄头"等涉及稻作生产的词语,生动再现了壮族人民辛勤耕作的生活之美,表达人们对稻谷收获的喜悦与感恩之情。比如以下描述壮族稻作生活的诗句。

妇女拔秧一束束,
男人整秧一把把。
田中插秧似绣花,
峒里插秧如绣画。

[《布洛陀经诗译注·第三篇·造万物·赎谷魂经》]

史诗细腻地描述了壮族先民种植稻谷的程序,把人们插秧的动作比作绣花,将田中插好的秧苗比喻成绣画,不仅生动形象,还以质朴的语言赞颂了壮族人民的勤劳美德,描绘出美丽的壮乡稻作生活之图,表达了壮族民众对丰收的期盼。

壮族创世史诗《布洛陀》中还用朴实的语言为我们描绘了一幅美好和睦的壮族乡村生活图景,进而体现了壮族人民对美好生活的向往。

堂屋有人看,
上梯有人扶。
下田有人陪,
下地有人跟。
走亲戚有人送行,
杀鸡有人吃鸡腿。
糍粑有人尝,
背痒有人抓。
虱咬有人捡,

火灭有人添,
鳏寡有人接。

[《布洛陀经诗译注·第六篇·伦理道德·解婆媳冤经》]

除此之外,《祝寿经》还描述了只有在朝夕相处的家人之间才能体会到孩子成长的细节。

慢慢长到膝盖高,
渐渐长高平膝盖。
慢慢长到膝盖上,
渐渐长到腋窝下。
慢慢长到腋窝上,
渐渐长高近额头,
慢慢长大高过头。

[《布洛陀经诗译注·第三篇·造万物·祝寿经》]

这段文字反复用"慢慢""渐渐"两个叠词构成排比格式,渐进式地描述了孩子逐渐长大成人的过程,也暗喻家中孩童从懵懂无知变得成熟知礼。史诗用简单通俗的语言表达出长辈对后代的爱护之情,并鼓励后辈要严格遵守敬重先人的传统美德,为我们展现了壮族家庭中后辈敬重长辈、长辈爱护后辈,一家人互帮互助、和睦相处的生活之美。

(二) 和谐之美

和谐是壮族创世史诗《布洛陀》所要传达的核心思想,壮族先民重视宇宙万物之间的内在联系,认为人类在追求生命延续的同时也需要保持事物间的平衡,才能维持自然秩序,万物和谐发展。

1. 人与自然的和谐之美

壮族创世史诗《布洛陀》叙述了几次重大的自然灾害,经由文化英雄的治理或人类自身的努力,最终被毁灭的人间得以重新恢复平衡,人类也从灾害中逃生,这种追求万物与自然的和谐之美依然延续至今。现举例说明壮族创世史诗《布洛陀》中的修补天地。

天地初成之时有天塌地陷的危险,神明通过补天地的方法恢复了宇宙原有的正常秩序,让天地重新回归和谐的状态,万物才能在自然环境中繁衍生息。

古代先造天,
天上空空荡荡。
天仙害怕天崩裂,
要锡去补天。
变成了黑云和青云,
大地陷落一个大洞。
天仙害怕地裂变歪斜,
用铜去焊接大地。
变成了红泥和黄泥。

[《布洛陀经诗译注·第一篇·造天地》]

自然灾害对生态系统带来的影响不言而喻。《寻水经》中叙述了一场严重的旱灾,描述了动物、植物和人类旱死的情景,描绘出大旱时大地干涸、万物凋零、人间死寂的悲惨景象,语言朴实而震撼。

那时三年大旱,
四年烈日晒人。
马蜂在石头缝造窝,
黄蜂在滩头筑巢。
……
那时石碓三年不舂米,
四年竹筛不筛糠。

第二章 汉藏语系壮侗语族创世史诗

田垌里不长野菜,
森林里山薯不结块。
地硬插不进木桩,
没有米饭喂孩儿。
那时年景一年不如一年,
莫六鱼干死在水车沟里,
青竹鲤旱死在溪沟中。

[《布洛陀经诗译注·第三篇·造万物·寻水经》]

人们听从布洛陀的教诲,顺着大树根部和河水汇集处挖掘,最后发现了水源,渡过严重的旱灾,人间又恢复生机。

就见到泉水冒溶溶,
就见清水流哗哗,
就见泉水涌唰唰。
……
王终于笑哈哈,
王这才乐滋滋。
从此去到下面才有饭吃,
去到上边就有地方住。

[《布洛陀经诗译注·第三篇·造万物·寻水经》]

壮族先民已经认识到生物的生存繁衍需要依赖足够的自然资源,旱灾打破了生命与自然的和谐关系。人们在布洛陀的教导下,主动依靠自身的力量,坚持不懈地寻找生命之泉,克服灾害并重新建立了新的自然秩序。壮族人民在新的自然秩序中繁衍壮大,孕育出独特的民族文化。史诗用朴实的语言表现出壮族人民克服灾难、追求生命的不屈精神,这种精神一直延续到现今壮族民众的日常生活中,警醒着人们要保护好赖以生存的生态环境。

在壮族先民眼中，所有生命在自然中共享资源、共同生存，动物与人类是同源共生的。在壮族创世史诗《布洛陀》中，当牛死去牛魂飞散后，人类也将难以继续发展，人与动物间的和谐状态被破坏，各种坏事和灾难接踵而至。

　　牛就跌倒在地，
　　王的牛死去硬条条。
　　牛头丢在田埂上，
　　牛肠烂在田垌里。
　　王的牛魂魄飞散，
　　王的牛魂魄逃窜。
　　坏事就从这里滋生，
　　灾难就从这里出来。
　　　　　[《布洛陀经诗译注·第三篇·造万物·赎水牛魂、黄牛魂和马魂经》]

当王去请教布洛陀并按照指示将牛的魂魄召回后，牛群顺利繁殖，人们的日子也因此变得越来越好，人与动物之间重回和谐发展的状态。此时的壮族先民已经深刻意识到，人与动物间应该是和谐互惠、共同兴亡的。

　　养的种牛又成功，
　　养的种牛又繁殖。
　　……
　　王的家业兴旺如初。
　　　　　[《布洛陀经诗译注·第三篇·造万物·赎水牛魂、黄牛魂和马魂经》]

可以看出，在壮族民众的认识中，牲畜为人类提供了生存之需和精神慰藉，动物已经成为人类生活中不可或缺的一部分，人类应该对动物怀着感恩之情。并且，人类不是万物的主宰，无权支配动物的生命，人与动物之间应该是相互尊重的和谐关系。除了动物以外，人与植物的关系同样受到壮族先民的重视。

> 王的旱谷重新生长，
> 王的稻谷又长得饱满。
> ……
> 王的天下得平安，
> 天下丰衣又足食。
> 王的天下兴旺像火红，
> 王的天下好如初。
>
> [《布洛陀经诗译注·第三篇·造万物·赎谷魂经》]

《赎谷魂经》表达了壮族先民对稻作植物的喜爱之情，人类要收获稻谷以滋养生命，稻谷丰收意味着人们不再为抢夺稀少的生存资源而发生争斗。史诗包含了壮族先民对大地的礼敬之心，预示着人与植物之间共生共荣、和谐共处的内在联系。

2. 人与人的和谐之美

在壮族创世史诗《布洛陀》中，人际关系的核心思想是"家和万事兴"。史诗为人们日常生活中的家庭伦理道德制定了一系列规范。

> 女儿不再骂恶语，
> 女儿不再骂臭话。
> 说话不再得罪公婆，
> 说话不再伤父母。
> 外婆才送背带来，

外公才送手镯。
公婆才抱孙子,
女儿一家才美好如初。

[《布洛陀经诗译注·第六篇·伦理道德·解母女冤经》]

"冤"是指人与人之间结下仇怨,导致相互之间产生隔阂,多发生在各家庭成员与亲属之间。诗中明确指出了家庭中兄弟、父子、母女和婆媳之间什么样的行为是失格的,又会造成什么样的恶果,并带有明显的劝诫意味。为排解冤情,布洛陀先是寻找诸人结怨的原因并提出解决办法,促使结怨的双方重归于好。

王家就变得好端端,
王家和顺得像糍粑软和。
王家好如初,
女孩就兴旺,
男孩也发达。

[《布洛陀经诗译注·第六篇·伦理道德·解婆媳冤经》]

壮族创世史诗《布洛陀》所主张的和谐思想缓和了人际冲突带来的社会矛盾,亲属间不再结怨,家人和睦相处是社会稳定发展的重要因素,互相争斗最终只会招来恶果。直至今日,壮族人民依然追求人与人之间的和谐之美,实现人与人之间和谐相处仍是构建社会主义和谐社会的工作重心和奋斗目标。

3. 人与社会的和谐之美

壮族创世史诗《布洛陀》还叙述了壮族地区在建立土司制度后,原本较为混乱的形势逐渐变得稳定。

好事有人来夸赞,
专搞坏事的人没有了。

互相打斗残杀的人没有了，
坏人和横蛮的人没有了。
到处乱抢乱吃的人没有了，
天天互相打斗的人没有了。
互相斗殴的人没有了，
欺负孤苦弱小的人没有了。

[《布洛陀经诗译注·第四篇·造土官皇帝》]

在《造土官皇帝》中，壮族社会在接受中央王朝管理、土司制度治理后人民安居乐业、社会安定有序。朴实的文字蕴含了壮族人民对安定生活的向往以及对物质生活、精神生活和谐发展的追求，展现了长治久安的社会生活之美。

(三) 崇高之美

美学范畴的崇高是宣泄恐惧，朱光潜认为"崇高感是基于人类要保存个体生命的本能，它的对象虽暗示危险而又不是紧迫的真正的危险"[1]。在壮族创世史诗《布洛陀》中，自然之物面临的各种灾难、悲剧和挑战伴随着人类的奉献、牺牲与智慧，主体与客体之间的矛盾与碰撞产生了巨大的精神能量，体现出史诗的崇高之美。

1. 布洛陀形象的崇高之美

布洛陀在壮族先民眼中是一个开天辟地、无所不能又关怀众生的文化英雄。壮族创世史诗《布洛陀》虽然没有直接描述布洛陀的外在形象，但从诗句中可以看出他的高大形象。

布洛陀在上方看见一切，
仙人在上边来做主。

---

[1] 朱光潜：《西方美学史》，人民文学出版社2002年版，第237页。

做成印把来传令,
派来了盘古王。

[《布洛陀经诗译注·第一篇·造天地》]

  史诗中的布洛陀身处苍穹之上,俯身洞察人世的一切。在天地混沌之时,布洛陀指派盘古开天辟地;在自然灾害发生之时,布洛陀飞下人间安排秩序。出于对自然未知力和各种灾难的恐惧,壮族先民将布洛陀塑造成亲切、智慧、伟大的英雄,这些品格也成为壮族民众的审美与精神诉求。先民们在遭遇危难之时,总会求教布洛陀来化解困难。

恭请布洛陀来祈祷,
敬请布洛陀来修言消灾,
敬请他老人家来谋划。

[《布洛陀经诗译注·序歌》]

  因此,从当时人们的心理状态来说,布洛陀的形象是受人尊敬的,代表着掌控秩序的崇高精神。

哪家不生男育女,
请布洛陀来就儿女满堂。
哪家贫苦缺钱财,
请布洛陀来就财源滚滚。
哪家多灾祸病痛,
请布洛陀来就病除灾消。
哪一家招惹了灾祸,
请布洛陀来就祸消灾散。

[《布洛陀经诗译注·序歌》]

第二章 汉藏语系壮侗语族创世史诗

壮族创世史诗《布洛陀》通过描写全知全能的布洛陀为人间安排秩序的能力和为人类解决困难的智慧，体现了布洛陀英雄形象的崇高之美。一方面，从史诗中那些奇特的幻想与生动的描述中，可以感知到壮族人民对布洛陀崇高形象的敬仰以及对自然生活的热爱、对美好生活的向往。另一方面，布洛陀又成为壮族优秀思想的载体，是壮族伦理道德的楷模，是壮族人民心中真善美的化身。

2. 壮族人民不屈精神的崇高之美

壮族创世史诗《布洛陀》不是个人创作的成果，而是全体壮族人民在漫长的民族历史中代代相承的智慧结晶，因此史诗描绘了壮民族艰辛的奋斗历程。在生产力低下的原始时期，壮族先民的生活充满了艰辛与危难。壮族人民克服困难，建设美丽家园，并将这些功劳都放到布洛陀的身上。

> 三十座山坡的树林，
> 也多亏布洛陀的功劳，
> 繁茂的丛林多美妙。
> 天上照耀二十八座星宿，
> 也全凭布洛陀的功德。
> 创造天下军民众百姓，
> 择日建仓起屋有经书，
> 也全凭布洛陀的功德。
> 择定葬坟吉日有经书，
> 耕田和种地有经书，
> 也全凭布洛陀的功德。
> 架桥和筑坝有经书，
> 打醮和祭祀有经书，
> 也全凭布洛陀的功德。

[《布洛陀经诗译注·序歌》]

从诗句的描述可以看出，无所不能的布洛陀形象正是壮族人民的精神聚合体，壮族人民将自身与自然力量的抗争史和建设家园的劳动史凝聚在壮族创世史诗《布洛陀》中，史诗表达了壮族人民对布洛陀神力的崇拜，也赞颂了壮族人民千百年来不屈不挠的奋斗历程。壮族创世史诗《布洛陀》通过塑造英雄人物布洛陀来弘扬崇高精神，而这种崇高精神具有培根铸魂的作用，培育了壮族人民的英雄情结和崇高基因。壮族人民这种为建设美好家园的不屈精神造就了壮族创世史诗《布洛陀》的崇高之美。

三 壮族创世史诗《布洛陀》蕴含的诗性智慧

维柯说过，诗的最崇高的工作就是赋予感觉和情欲于本无感觉的事物。① 诗性智慧体现在诗人的想象力上，诗的内容来源于诗人对日常生活的观察与体验，即以己度物，给事物附以人的感觉，以一种朴素而直接的认知思维来探索、描述人们的生存环境。壮族创世史诗《布洛陀》就是诗性思维的结晶，其所蕴含的诗性智慧主要表现在三个方面：一是认知世界的创世逻辑，体现了壮族先民的自然观；二是认知社会秩序的道德伦理，表现壮族先民崇尚和谐的心理追求和中华民族共同体的认同；三是从日常生产生活中总结出的经验与知识，是壮族人民宝贵的智慧结晶。

（一）《布洛陀》蕴含的创世逻辑

壮族创世史诗《布洛陀》关于创世的诗篇体现出先民早期的神话思维，这些诗篇是壮族先民对世界起源、自然现象和社会生活的诗性阐释，也是壮族先民处理人与自然、人与社会、人与人关系的智慧结晶，体现了壮族先民朴素和谐的自然观，蕴含着原始性思维逻辑。

1. 寻水与造火

水与火是人类生存所不可或缺的两种元素，壮族先民为了维持生

---

① ［意大利］维柯：《新科学》，朱光潜译，人民文学出版社1986年版，第119页。

存，向布洛陀请教寻找充足的水源和掌握生火技巧的方法。

> 布洛陀帮人们寻找水源，创造火种。
> 一些人沿河往上找，
> 一些人沿河往下寻。
> 见到一棵大的无花果，
> 看到一兜大野芋。
> 看到三百条河床交叉处，
> 见到四百条溪沟汇合处。
> 用锹嚓嚓掘，
> 用锄嚓嚓挖。
> 掘下去三丈深，
> 挖下去七丈宽。
> 就见到泉水冒溶溶，
> 就见清水流哗哗，
> 就见泉水涌唰唰。
>
> [《布洛陀经诗译注·第三篇·造万物·寻水经》]

史诗中并没有深究火的真正起源，而是人们先认识到火所具有煮食、驱寒的功能后，求问布洛陀如何造火，然后详细唱述了人们听从布洛陀教导后利用木头摩擦生热的取火过程。

> 一块木片放下面，
> 一块木片搭上边。
> 木头擦去又擦来，
> 木头磨来又磨去。
> 冒出第一颗火星……
>
> [《布洛陀经诗译注·第三篇·造万物·造火经》]

从《造万物》的内容可知，当时壮族先民已经懂得水是凭人类自身"造"不出来的，只能沿着自然的河流交汇处"寻"出水源，而火是可以被人工"造"出来的。一字之差体现的是壮族先民对自然之物的细致观察，与序歌中有关雷神、洪水具有毁灭性力量的描述相比，造火情节虽仍借布洛陀之名，但此时的壮族先民对"天然自然"和"人化自然"已经有了深刻的认识，意识到自身可以运用并控制自然元素来改造生活。

2. 动物的由来

在壮族创世史诗《布洛陀》中，包括人在内的所有生物都是由布洛陀派遣神明到人间创造的，并且都运用了壮族民众聚居地周边的物产作为关键原料。

> 要水泡木做牛脚，
> 要人面果做乳头。
> 要坚硬木做骨头，
> 要野蕉叶做牛肠。
> 要马卵石做牛肝，
> 要红坭做牛肉。
>
> [《布洛陀经诗译注·第三篇·造万物·赎牛魂经》]

猪对于壮族民众来说也是极为重要的家畜之一，它的起源也和牛一样。

> 用竹壳做皮，
> 棉花做肉。
> 马蜂窝做肚，
> 蕹菜做肠。
> 龙眼核做眼珠，

人面果做奶头。

红酒做血，

铸铁做猪蹄。

[《布洛陀经诗译注·第三篇·造万物·赎猪魂经》]

从以上内容可以看出，壮族先民认为创造生物的材料与条件都来源于自然，动物与人类是同源一体的，因此在这样的诗性逻辑中，牛、猪、鸡、鸭等动物皆有灵魂，与人们的生产生活息息相关。从壮族创世史诗《布洛陀》创造动物的篇章中可以领会到壮族先民的生命观：人并非万物的主宰，自然万物间要和谐共处才能更好地繁衍生息。史诗对本民族历史回忆之重构和传承逐渐形成了民族的叙事艺术，通过看似天马行空的文字，可以看到史诗中人与其他生物的关系和人与自然环境的关系，进而总结出先民观察与认知自然的逻辑。壮族创世史诗《布洛陀》所蕴含的创世逻辑是一种诗性智慧，可以帮助受众对历史展开回忆，对现实进行反思。

(二)《布洛陀》蕴含的道德伦理

人们常常将创世史诗视为本民族的"根谱"，因为其中不仅记叙着远古时代的社会制度、风俗习惯、道德禁忌，也展现了不同时期各民族的制度文化和社会风貌。壮族创世史诗《布洛陀》清晰地描述了壮族人民的道德伦理观，可以从中窥见当时壮族社会家庭伦理、敬老祭祖等习俗的形成与变迁，是社会制度发展的写照。

1. 葬礼礼仪的变迁

食人是人类远古时期广泛存在的现象。随着社会发展，这种原始社会时期的旧俗早已不复存在。壮族创世史诗《布洛陀》包含着民间流传至今的集体记忆。

从前还没有伦理，

当初还没有孝丧的礼仪。

活鸟吃死鸟的毛,
活人吃死人的肉。
做房屋杀父亲吃他的肉,
杀外甥的肉给外婆送礼。
……
童灵就这样对大家说,
我母亲的肉已发臭,
你们说该怎么办才好。
要吃父亲的肉我们不忍心,
要吃别的肉我们来相送。
童灵讲的话很有道理,
各人父亲的肉各人有,
各人长兄的肉各人吃。
童灵讲的话有礼仪,
要牛肝来替代母亲的肝,
要牛胆来替代父亲的胆。
……
到母亲逝世的日子,
到父亲死去的那天。
剪来缝孝衣,
剪来做孝裙。
男的扎短孝裙,
女的穿长孝裙。
大家穿得整整齐齐,
整整齐齐守在棺材旁。
同来为父母戴孝,
大人小孩都来戴孝。

[《布洛陀经诗译注·第六篇·伦理道德·唱童灵》]

《唱童灵》反映了原始社会时期，人们从茹毛饮血的生活到开始遵守亲属葬礼习俗和礼仪的过程。这些记载食人古俗的诗篇并非为了影射远古壮族先民的"野蛮"，而是在反映一定程度的历史事实基础上再现人们对一些传统观念的扬弃与转变。史诗借"神"之名来表达壮族社会革弃陋俗、弘扬孝道的精神。

2. 尊敬长辈的习俗

《祝寿经》将老人精心养育孩童成长的经历娓娓道来，以此来教育晚辈要尊敬长辈，懂得感恩。

> 孙儿敬上第三杯，
> 爱儿孙你早抱晚背，
> 爱儿孙你千背万抱。
> 屎脏衣服你们洗，
> 尿湿裤子你们换。
> 进山林捕得太平鸟，
> 进山谷捉得土画眉鸟。
> 去野外捉得蚱蜢，
> 下田捉得蝗虫。
> 忍馋舍不得自己吃，
> 藏进衣襟内，
> 留给儿孙送晚饭。
> 用什么来还礼，
> 用什么来报恩。
> 这杯酒来还恩义，
> 跪在神台下。

[《布洛陀经诗译注·第六篇·伦理道德·祝寿经》]

从壮族创世史诗《布洛陀》的相关叙述可以看出，祝寿与丧葬已经成为壮族地区不可或缺的人生礼俗，不仅具有一定的社会功能，还是壮民族处理人际关系的一种行为准则。"孝"的精神是维系壮族民众家庭和睦的重要精神力量，也是本民族优秀传统文化的体现。

3. 家国观念的发展

壮族创世史诗《布洛陀》描述了壮族地区在实行土司制度前，社会呈现出是非不分、善恶不辨、民不聊生的情景。

> 出了坏事无人理，
> 有了好事无人赞，
> 这样才不断出乱子。
> 蛮人与强人结成伙，
> 到处乱抢又乱吃，
> 到处乱吃又乱抢。
> 蛮强欺压弱小，
> 天天互相打斗。
> 孤单弱小被侵吞，
> 互相打斗为了生存。

[《布洛陀经诗译注·第四篇·造万物·造土官皇帝》]

土司制度指中央王朝册封当地少数民族中有威望、有势力的首领为职官，划分疆界，维持其内部原有的社会结构、经济形态和风俗习惯，从而保持民族地区的社会安定，促进其经济和文化的发展。土司制度的出现结束了当时混乱的社会状态，使壮族社会步入了和谐稳定的新局面。

> 天下从此才有主，
> 众人的事才有人来管，

出了事有人来治理。
……
恶人拿来上枷锁,
坏人拿来捆绑。
整个地方都服从土司,
土司管得整个地方。
纳官税和官粮,
天下才同享太平,
黎民百姓才像土司一样享福。

[《布洛陀经诗译注·第四篇·造万物·造土官皇帝》]

《造土官皇帝》用简洁质朴的语言叙述了实行土司制度前后不同的社会情景,从侧面反映出壮族人民对中央王朝管理少数民族地区的制度所持的正面态度,体现出壮族民众由家至国的观念转变,以及对稳定社会制度的精神追求,蕴含着中华民族共同体的意识。

(三)《布洛陀》蕴含的知识经验

壮族创世史诗《布洛陀》承载了壮族人民从古至今所延续的智慧,其中包含了壮族人民的生活劳作经验、生产技艺、文字创造等。这种地方性知识构成了壮族文化的特殊性和多样性,也是全人类宝贵的智慧财产。

1. "物我合一" 的自然观

壮族先民对世界起源、自然现象及社会生活的最初理解,是壮族人民早期社会生活的经验总结。

三周长成壮苗,
五周就可耘田。
初耘又复耘。
七月禾含胎,

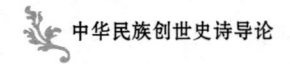

八月割谷子,
九月寒露过。

(《布洛陀经诗译注·第三篇·造万物·赎谷魂经》]

壮族创世史诗《布洛陀》对种植水稻的相关描述,反映了壮族先民把野生稻驯化为人工栽培稻的曲折艰辛过程。这些忙碌的劳作展示了壮族民众的稻作生产和丰收景象,不仅仅是宝贵的生产经验,还包含着人们收获食物的喜悦、感恩、珍惜之情,进而传达出祈祷生命延续的美好期盼。

另外一个例子则告诉我们有些知识是从动物那儿获得的。

怎样造水坝,
怎样疏排溪流。
去与鹞鹰同窝住,
去与獐子打老庚。①
在獐子那里见有木炭,
在鹞鹰那里见有铁。②

[《布洛陀经诗译注·第三篇·造万物·赎鱼魂经》]

上述史诗表明壮族先民为了建造水坝更好地利用水资源,从猛禽和獐鹿处求得材料,证明了人类的生产经验并非来自"神的旨意",而是从周围的动物身上获取灵感。与动物"同窝住""打老庚"则否定了人是自然界主宰的狂妄意志,是壮族"物我合一"自然观的诗性体现。

2. 创造知识

靠山吃山,靠水吃水。壮族先民为了能够在自然世界中生存,探索

---

① 形容二者关系好得足以以兄弟姐妹等亲属关系来相称。
② 在生产力低下的原始社会时期,壮族先民认为鹞鹰喜收集矿石(另有说法称鹞鹰爪利如铁);獐鹿经常出没在被焚烧过的树林里,因此身上带着木炭。

周围自然环境,进而获得生产资源显得极为重要。因此,壮族先民需要利用自然资源来制造工具,以提高农业生产力,使社会更好地发展。

> 那时没有树木,
> 那时没有铁和钢。
> 在高高的山上砍树,
> 巢氏王把树枝弯下相勾连。
> 他要木签来打榫,
> 他将茅草盖在屋上面。
> ……
> 燧巢来为人间造火,
> 他用石头熔炼成铁。
> 燧巢来为人间造火,
> 他用铁熔炼成钢。
> 他用铁来锻打成刀斧,
> 打成了锄和锹。
>
> [《布洛陀经诗译注·第三篇·造万物·造房屋、园子、鱼网经》]

壮族创世史诗《布洛陀》有关稻作生产的描述展现了壮族先民在长期劳动实践中的发明创造。为了改善生存条件,壮族先民尝试转变原始农业生产方式,逐渐发明出更为精良的生产工具。这些由生产生活实践所形成的制造技术具有地域特点和民族特色,也呈现出壮族先民筚路蓝缕、砥砺前行的艰苦创业史。

3. 文化认知

古壮字是壮族先民借助汉字创造的壮族文字。古壮字以汉字为基础,又融入了一部分本民族的创造意识。壮族创世史诗《布洛陀》既有古壮字的文化传承,也有对书籍知识的渴望与向往。

从此才有安乐日，
从此年景兴旺。
病痛照书来医，
生病照书来治。
照书办事得兴旺，
书上的道理永远记取。
造福天下百姓得益，
出了编讲故事的能人。

[《布洛陀经诗译注·第三篇·造文字历书》]

文字是一种文化实体，壮族先民通过借鉴汉字创造了本民族文字，反映出壮族先民对文化的认知与追求。古壮字也在毛南族、水族等民族之间有所流传，是各民族互相交往交流交融的文化认证，反映了各民族文化共生共荣的关系。

2006 年，壮族创世史诗《布洛陀》入选我国第一批国家级非物质文化遗产保护名录。我们欣赏壮族创世史诗《布洛陀》是一次重温壮族历史记忆、中华民族文化记忆的温暖旅程。壮族创世史诗《布洛陀》追溯了人类和万物的起源，这种"寻根"的文化张力凝聚了民族的内在精神，它不仅推动着本民族的文化发展，更体现了少数民族长期以来对中华文化认同的不懈追寻。

壮族创世史诗《布洛陀》反映了庄严的礼仪之美、奇特的想象之美和质朴的生活之美，蕴含着壮族先民"物我合一"的自然观、尊敬长辈的道德观、热爱家庭和祖国的家国观。壮族创世史诗《布洛陀》与多民族的史诗共享了大洪水、兄妹婚、射日等叙事母题，传唱着盘古、伏羲、女娲、刘三姐等著名人物，是壮族先民与多民族共建中华民族共有精神家园的生动见证，为铸牢中华民族共同体意识提供了强大的精神动力。

思考题

1. 怎样理解壮族创世史诗《布洛陀》的诗性之美？
2. 谈谈壮族创世史诗《布洛陀》在铸牢中华民族共同体意识过程中的价值。
3. 如何更好地保护和传承壮族创世史诗《布洛陀》？

第二节 侗族创世史诗《起源之歌》

一 概述

侗族创世史诗《起源之歌》，是侗族最早的叙述天地万物起源的集体口传史诗，反映了侗族对史前世界的认识。除了反映人类起源、天地万物起源和各民族由来的内容，《起源之歌》还涉及先祖迁徙落寨、社会组织、婚姻制度、民族关系、风俗习惯、社会制度等内容。该史诗呈现了侗族对远古时期历史和生活的诗意想象。其主要流传于侗族南部地区。[①]

《起源之歌》由《开天辟地》《侗族祖公》《款》三部分组成。"起源之歌"在侗语中被称为"嘎邓登"（Gal Daengv Dens）简称"嘎登"。Daengv 含义为"创造"。Dens 含义为"开始、根源"。Daengv Dens 含义为"开创基业"。"邓"是"创造、开创"之意，"登"即"开始、根源"之意，"邓登"是开基创业之意。《起源之歌》也翻译为《根源之歌》或《创世歌》。"广义的《起源之歌》主要由《开天辟地》《侗族祖公》和《款》三部分组成，所以民间也称之为古代侗族三本书……整部作品是不同时期创作连贯起来的，各部分有相对的独立性……狭义的《起源之歌》只指具有神话色彩的《开天辟地》部分。"[②] "《侗族史诗——〈起源之歌〉》中关于'开天辟地''洪水滔天''章良章妹'等部分则是这一时期流传下来的最主要的作品，是后世侗族

[①] 杨权编著：《侗族民间文学史》，中央民族学院出版社1992年版，第29页。
[②] 杨权编著：《侗族民间文学史》，中央民族学院出版社1992年版，第28页。

文学艺术的土壤和母胎。"①

　　史诗具有神话色彩。在《开天辟地》中，侗族祖先对人类起源、万物起源展开想象和解释。侗族先民认为人类和动物同源共祖，都是由龟婆孵生出的男性诵摁和女性诵藏所生。诵摁和诵藏是人类与动物共同的祖先。这体现了万物同源共祖的思想，体现了先民对生命由来的朴素理解。诵摁和诵藏生下的章良章妹作为人，赶走了作为动物的兄弟姐妹，分开人与动物。诵摁和诵藏与被他们驱赶上天的雷婆发生矛盾，才有后来雷婆制造洪水滔天灾难的情节。诵摁和诵藏利用蜜蜂迫使雷婆造出七个太阳晒干洪水，紧接着螺蠃砍掉五个太阳，留下一个太阳和一个月亮。为了人类不绝种，章良章妹无奈之下生下一个怪胎婴儿。婴儿身体的部位分别变成了不同的民族。从此，各个民族友好相处、情同手足。在人类创世阶段，一个名叫星郎的怪人，其身体各个部位变成了自然界的各种事物，如螃蟹、辣椒等。《开天辟地》主要讲述了人类、民族、自然界各事物的由来，即世界是怎么从无到有、从了无生气到生气灌注的。

　　在《侗族祖公》中，侗族先民对祖先迁移和选址落寨的历史展开了叙述。史诗首先叙述了侗族祖先迁徙的主要原因——解决人口增长、田地不够的生存问题。然后，史诗叙述了祖先们辗转迁徙的路线。祖先按照各自姓氏去找到自己的定居点。史诗说明了侗族吴、杨、石、欧、李、潘六种姓氏成为大姓的由来。定居下来后，侗族实行了婚姻制度改革，打破了同姓不能通婚的旧俗，实行了破姓开亲。

　　《侗族祖公》还涉及侗族落寨后，对村寨的布局和修建。其中，《祖公落寨》以河流为主线，叙述祖公进入这一带地方和建立村寨的历史。此外，《侗族祖公》还叙述了侗族祖公落寨定居后，创立"为也"（weex yeek）习俗的原因以及"为也"活动开展的盛况。

---

① 张人位、邓敏文、杨权、龙玉成主编，《侗族文学史》编写组：《侗族文学史》，贵州民族出版社1988年版，第17页。

第二章 汉藏语系壮侗语族创世史诗

在《侗族祖公》中,"萨"(Sax)/"萨玛"(Sax Mags)的形象及其历史得到叙述和建构。萨成为侗族的祖先女神、民族英雄。萨代表了侗族人民的利益。萨玛女神的崇奉与侗族村寨的结构相关,如村寨核心位置,都建有萨坛。萨坛位置,显示了萨玛女神的神圣性。《侗族祖公》对萨坛的特点及里面存放的东西进行了说明。萨坛与侗族的民俗活动紧密联系。当侗族全村人要外出"为也",要到萨坛前祭祀请安;当外寨同胞前来村寨做客"为也",也要到萨坛前敬奉请安。无论是出征等重大军事活动,还是节庆活动中的各种祭祀活动,人们都必须到萨坛祭祀请安。全村人集体歌唱或者念诵《萨之歌》或《祭萨歌》,是侗族"为也"时一项必不可少的仪式活动,该活动强化着人们的民族认同和民族情感。在歌唱和念诵活动中,人们深情追忆、缅怀萨玛女神英勇反抗封建统治势力的斗争和牺牲精神。

《款》为我们呈现了侗族乡土社会独特的制度文化。款,有多重含义。"款原为侗族古代村与村、寨与寨之间的社会组织。""参与联盟的村寨共同制定的法规,也名之为'款'。这些款约是侗族社会对外共同御敌,对内保持团结、维持治安和维系社会道德风尚的习惯法。侗族过去没有本民族文字,便采用诗歌形式来传诵法律条文。""款是一种有节奏感的韵文,吟诵起来朗朗上口,所以也叫'款歌'。由于它吟诵而不歌唱,因此也译成'款词''诵词'或'念词'。"[①] 款是侗族传统社会的制度性民约。侗款是"侗族人尚'礼'重'和'的律法文化精神的鲜活载体"[②]。侗款集中体现了侗族的制度文化,包含了侗族的道德规范和重要历史事件。《款》主要包括了八方面内容,《款组织》《从前我们做大款》《六面阴六面阳》[③]《九章九条》《六章六条》《其

[①] 杨权、郑国乔整理译注:《侗族史诗——〈起源之歌〉》(第一卷),辽宁人民出版社1988年版,第16页。
[②] 王红:《民间规约的诗性展演:侗族款词研究》,《吉首大学学报》2012年第6期。
[③] 《六面阴六面阳》(《六条重罪六条轻罪》)为侗款的根本大法,规定了罪行轻重。"阴"指重罪、死罪。"阳"指轻罪、活罪。"六"字含义尚不明确。参见杨权、郑国乔整理译注《侗族史诗——〈起源之歌〉》(第一卷),辽宁人民出版社1988年版,第17页。

他条款》《款首》《历史事件》。

款的产生年代，尚不确定。由于侗族没有自己的文字，款词主要靠口头传播。侗族在村寨鼓楼聚众讲款，款词常由村中寨老宣读。后来，侗款通过汉字记侗音抄本形式流传。清代以后，侗族常用汉文记录款词并刻在碑石上，称为"款碑"。款词由当初的口头传播变成了文字传播。抄本、碑石作为媒介，为款文化传承发挥了重要作用。

《款》为我们呈现了侗款产生前后的历史。从"当初无款到处乱"到"侗款传地方"，款逐渐形成具有权威性的法制体系，在社会治理中发挥着重要作用。侗族人聚众讲款，既是一项社会活动，又是一种民族根源的认同仪式。不同的侗族村寨联款，反映了侗族人独特的互动形式，反映了侗族社会的团结、和谐。

从宇宙洪荒到封建时代末期，侗族及其先民的生活状貌在《起源之歌》中得到全方位展现。《起源之歌》呈现了远古时期侗族先民迁徙的路线、历史、社会形成过程、社会组织、婚姻制度、民族关系以及各种民俗等。《起源之歌》富有历史纵深感，内容宏富，是我们了解侗族文化的百科全书。

二　精彩诗篇故事情节举例

（一）开天辟地[①]

1. 赐圹、五骆造天地[②]

远古之时，世界混沌一片，并无天地。

赐圹、乐尉、五骆、颠光、枉谊、报孝决定造出天地。他们分工决定，赐圹、乐尉创造地，五骆、颠光、枉谊创造天。

---

① 原文参见杨权、郑国乔整理译注《侗族史诗——〈起源之歌〉（第一卷）》，辽宁人民出版社1988年版，第22—86页。

② 原文参见杨权、郑国乔整理译注《侗族史诗——〈起源之歌〉》（第一卷）》，辽宁人民出版社1988年版，第23页。

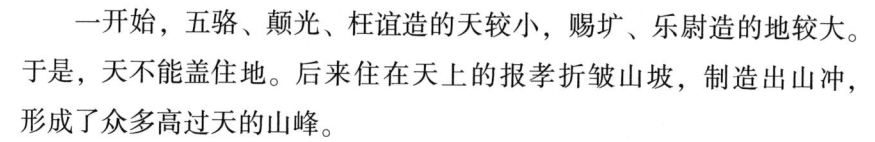

一开始，五骆、颠光、柱谊造的天较小，赐圹、乐尉造的地较大。于是，天不能盖住地。后来住在天上的报孝折皱山坡，制造出山冲，形成了众多高过天的山峰。

2. 兄弟不和①

当初鸡和鸭会讲话，大树会唱歌，柴火自己来到家里，老虎来到家里烤火。于是兄弟翻脸，姊妹反目成仇，嫌弃自己家庭不好，人不能与禽兽共处一室。阿公拿定主意，阿婆拿出办法。他们选了个良辰吉日，让兄弟们斗智，看谁能当兄长，其他人就跟着他做弟妹。兄弟们上山笑呵呵，姊妹们进山呵呵笑。兄弟姊妹在一起，说话相互顶撞。章良章妹放起了火，火焰照红了山坡，火焰冲天，浓烟滚滚。父母心里感到难受，呼儿喊女的声音回荡在山谷。猛虎躲进山间，龙跃入江水，长蛇钻进洞里，雷电上了天。父母高声叫低声呼喊，心上总是不放心。火势凶猛难以逃命，父母为子女丧生。大火烧了山头，老人葬身火海，儿女有活路，子女得到安生。

3. 雷婆为害②

话说章良章妹放火驱赶走了动物，也把雷婆赶上了天。雷婆决定要为死去的父母、兄弟报仇。章良从池塘捡来青苔，想要置雷婆于死地。雷婆从天而降，要捉拿章良。雷婆被章良捡来的青苔滑倒。章良趁机捉住了雷婆，将她关进了铁仓，并用铜索、铁链捆绑了雷婆，使得雷婆不能动弹。有一天，章良上山砍柴，中午没有回家。章妹挑水回来，她经过关押雷婆的铁仓时听到雷婆的呼唤，不免泛起怜悯之心。雷婆趁机伸手向章妹讨水喝。于是，章妹把水递给了雷婆。雷婆喝下第一口水，两眼发出两道光；她喝下第二口水，窗外刮起了大风。雷婆气力迸发，打破了铁仓。雷婆在临走之时想起了章妹的救命恩情，

---

① 原文参见杨权、郑国乔整理译注《侗族史诗——〈起源之歌〉》（第一卷），辽宁人民出版社1988年版，第37—39页。

② 原文参见杨权、郑国乔整理译注《侗族史诗——〈起源之歌〉》（第一卷），辽宁人民出版社1988年版，第49—52页。

对章妹说道:"我送给你一颗瓜的种子,你拿去种。发大洪水时,你躲进瓜里藏身。"话一说完,雷婆返回天空。这瓜长得特别快,章妹早晨栽下了这颗瓜的种子,当晚它便发芽了。瓜苗不用栽培与施肥,也能茁壮成长。

第一天,瓜叶就分成了两瓣;第二天,叶片就像扇子那样张开了;第三天,藤蔓长得像水桶那样粗;第四天,花开得像簸箕那样大。瓜蔓不断延伸,七天七夜后,最终结出一个大葫芦。

章良章妹见了大葫芦,又惊又喜。霎时间,天昏地暗,狂风肆意,雷声大作,大雨倾盆。雷婆叫蛇堵塞了水井,让龙堵塞了河道。洪水滔天,灾难降临。

4. 洪水滔天[①]

天上的雷轰隆隆响个不停,大雨哗哗直下。面对洪水滔天的灾难,章良眼前一阵黑,茫然不知所措。面对现状,章妹心里亮光一闪,有了应对办法。章妹叫来啄木鸟,让它打开了大葫芦。兄妹二人钻进了大葫芦。大葫芦刚好装下了兄妹二人。洪水汹涌,葫芦顺水漂流。大雨倾盆,狂风大作,洪水一浪高过一浪,葫芦飘来飘去。七天七夜里洪水滔天,电闪雷鸣。蜜蜂飞到葫芦边求救。乐于助人的兄妹俩为了人间不绝种,同意让蜜蜂们在葫芦上栖身,以召集蜜蜂们攻打雷婆。蜜蜂们飞到南天门,看见正在放水的雷婆,它们一齐飞上去蜇雷婆,蜇得雷婆的头肿得像箩筐那样大,耳朵肿得像棕榈树叶那样阔,身体肿得像大木桶那样粗。雷婆一副惨样,痛得直喊救命。章良见状,派画眉鸟去跟雷婆谈判。画眉鸟对雷婆说道:"一天退一万丈水,蜜蜂就少蜇一万次。洪水退尽,蜜蜂就退兵。"

雷婆怕死,答应对方的要求。过了四十九天,七个太阳晒大地。人间渡过了洪水滔天的劫难,恢复了太平。

[①] 原文参见杨权、郑国乔整理译注《侗族史诗——〈起源之歌〉》(第一卷),辽宁人民出版社1988年版,第62—65页。

5. 玉皇造天，金括造地①

哪见到香菌上长出树根，只见到水从岩洞出来顺着石头流，香菌从树根上长出来。没有谁能够从水里冒出来，从岩洞里迸出来。

玉皇大帝创造了天，玉皇大帝的妻子金括创造了地，玉皇大帝创造了江河，玉皇大帝的妻子创造了溪沟。玉皇大帝创造的天正圆，玉皇大帝的妻子创造的地滚圆。当玉皇大帝创造了天，金括创造了大地。

（二）人类起源②

1. 章良章妹繁衍人类③

洪水退去后，章良章妹回到本乡。只见七个太阳热烘烘，将大地炙烤得焦干。兄妹俩无法做农活。他们无法种稻，无法种菜，无法在池塘里养鱼。山坡也没有了树。章良揭开葫芦就被晒红了脸，烈日把他的眼珠晒得凸出来、鼓起来。章良叫来螺蠃，派它上天去砍掉太阳。螺蠃砍去五个太阳，自己身子只剩下一条筋。留下两个太阳，一个在白天，一个在黑夜，于是世界有了黑夜和白昼之分。被砍的太阳碎块落进云端，成为闪闪发亮的繁星。章良和章妹各自出门去找寻伴侣。章良来到九曲崖，抬头看见了大榕树。章良问大母鹰："你在高空飞翔看得远，哪个地方还有人烟？"

母鹰飞得高，环顾四方，没有看到一个人。

章妹走过龙塘井，抬头看见了老枫树。有一只母鹰对章妹讲道："我们飞得高、看得远，不像燕雀只看到近处。我们看不到村寨人烟，这世界只剩下你们兄妹俩了。你快回去跟哥讲，你们要共用一个火塘

---

① 原文参见杨权、郑国乔整理译注《侗族史诗——〈起源之歌〉》（第一卷），辽宁人民出版社1988年版，第84—85页。

② 杨权、郑国乔整理译注：《侗族史诗——〈起源之歌〉》（第一卷），辽宁人民出版社1988年版，第29—80页。

③ 杨权、郑国乔整理译注：《侗族史诗——〈起源之歌〉》（第一卷），辽宁人民出版社1988年版，第77—80页。

结为夫妻。"

兄妹俩回到家后，为这事思量、犯愁。他们担心结为夫妻会得罪天地。这世间哪有兄妹成亲的道理呀！他们只好采用山头滚磨的方式询问天意，结果两片磨石滚到山脚合在了一起。他们隔着河点香，结果香烟合为一股。竟然天意如此，兄妹就只好遵从天意。后来，兄妹结为夫妻，生下一个儿子。这个儿子不吃白饭，不喝甜奶。夫妇俩对这个儿子没抱太大的希望，就把他砍成碎块放进了箩筐，把孩子的肉丢进了山林。孩子的肠子变成了汉人，汉人聪明，善于思考，汉人第一句话就会喊"妈"。孩子的骨头变成了苗人，苗人强悍、勇敢，苗人第一句话会叫"咪"。孩子的肌肉变成了侗人，侗人老实、温和，侗人第一句话会叫"内"。章良章妹把汉人安排在城市，把苗人安置在山头，把侗人安置在乡村，他们造了千千万万个姓氏，每种姓氏都繁衍了无数人。于是，世间有了人类，有了生气，人们安居乐业。

2. 龟婆孵蛋在溪边①

当初盘古开辟天地，才有了今天这个世界。地上阳间是怎样来的呢？地上阳间产生后又是怎样一种情景呢？

话说地上阳间先前并没有人，后来有四个龟婆来孵蛋。

龟婆在小溪边孵蛋。因为溪边土地不好，龟婆孵了四个蛋坏了三个蛋，其中一个白蛋孵出诵藏。诵藏很漂亮，有细长而弯的眉毛，她总是笑眯眯。于是，这个世界开始有了第一个人。但是，一个人在世上太孤单了。

龟婆在山坡上孵蛋，因为山坡头地势不好，所以孵出的四个蛋坏了三个，有个白蛋孵出了诵摁。诵摁很帅气，他总是笑嘻嘻。

混沌世界就这样开始了，男孩、女孩源源不断地来到这个世界。

---

① 原文参见杨权、郑国乔整理译注《侗族史诗——〈起源之歌〉》（第一卷），辽宁人民出版社1988年版，第29—31页。

第一生出的是哪个祖公？是蛇名郎。

第二生出的是哪个祖公？是龙名郎。

第三生出的是哪个祖公？是虎名郎。

第四生出的是哪个祖公？是猫名郎。

第五生出的是哪个祖婆？是雷婆，她管理上天。

第六生出的是哪个祖公？是狗名郎。

第七生出的是哪个祖公？是猪名郎。

第八生出的是哪个祖公？是鸭名郎。

第九生出的是哪个祖公？是鹅名郎。

第十生出的是哪个祖婆？是人和熊，他们管理大山。

第十一生出的是哪个祖公？是人的祖先章（姜）良。

第十二生出的是哪个祖婆？是女孩章（姜）妹。

（三）文化发明——为也①

当初，巩姚发明了帽子，圣人孔子发明了书籍，茂耶创造了耶，祖夫发明了歌，六郎制定了法律，允郎、关功两人开创了游年习俗。于是，咱们有帽子可戴，有歌可唱，有法律可依，也有了游年交友的机会。

兑耐拿着信物邀约各寨前来"为也"②，盖宰邀请大家共同遵守祖先定下的规矩。游年期间，寨与寨之间相互往来，今年你们来我们寨，明年我们去你们寨。

寨与寨之间越走越亲，同伴亲友都喜笑颜开。如果谁有妻子，谁家的妻子就负责做花衣；如果谁没有妻子，就去找寨上会做花衣的人。寨上众人把绣片缀在衣服上端，把珠串鸡毛装饰在衣服下端，羽

---

① 杨权、郑国乔整理译注：《侗族史诗——〈起源之歌〉》（第三卷），辽宁人民出版社1988年版，第133—135页。

② "为也"也称"月也"，是指侗族有相近文化习俗、相同歌缘的两个村寨间集体交往、集体做客的歌俗活动。活动期间，两寨对歌、行歌坐夜，共同表演侗歌、侗戏等文艺节目，场面热闹，年轻人往往也在这样的活动中物色对象。

毛绣片缝在衣服右面，灰色补花缝在衣服左面，做出精美的花衣服。人们将绣花的围胸盖在胸前，红毯披肩披在后面，野鸡羽尾插在耳边。

老年人说大家的服饰好看，年轻人说大家的服饰很美。芦笙一吹奏，男男女女心旌荡漾。众人相约集体出寨，高高兴兴地进行热闹的新春出游。

（四）星郎为物之原①

把解与坐罢结为夫妻。俩人养了一个儿子，名叫星郎，星郎很有能耐。

母亲坐罢在六王的大山里抚养星郎。星郎额头上有文字，下巴颏儿白白的。星郎晚上要吃三只鸭，早晨要吃三只鸡。星郎的声音响亮震动了村寨，母亲发出长长的叹息。

星郎的母亲非常害怕，便听信了同伴的话逃进了山林。她在山里躲藏了三年，浑身上下长满了鳞。

汤洼吹笙跟星郎做了好朋友，情深谊长。只有汤洼吹笙叫他走，他才走。

母亲哭泣，星郎也跟着哭泣。他们的哭声使得山峰变高了、山坡变矮了。星郎舅舅说要把星郎杀了，姑姑说要把星郎活捉。星郎缩成一团，蹦蹦跳跳还活着。

人们把星郎砍倒在石滩上，剁烂他的肉，并把捣碎后的骨头丢入河里。星郎的肝变成鱼儿在河中窜；脾变成芋头在泥底埋；骨变成螃蟹在岩洞间横行；脑髓变成了地蜂自己做窝住，喧喧闹闹绕着丛林转；星郎的眼睛变成了鹰鹞；鼻子变成狗汪汪大叫，不分日夜地狂叫让人心惊胆寒；他的苦胆变成酒，寨子里的众乡亲共同品尝。

---

① 原文参见杨权、郑国乔整理译注《侗族史诗——〈起源之歌〉》（第一卷），辽宁人民出版社1988年版，第167—177页。

刹那之间响起了刀声，星郎身体分成了两段，一段掉到了水里，一段落在了山林。落入山林的部分，变成了各种各样的鸟；掉入水中的部分，变成了各种各样的鱼。各种各样的鱼，遍身有鳞；各种各样的鸟，羽毛在身。

星郎落难，不在人间。他在河里，又在高山。春天，绿叶长在树枝上；冬天，根苗生长在河中。

星郎的手指变成了辣椒，辣椒长得红彤彤。红的辣椒不能吃，需用油盐炒，味道才浓郁。

三 侗族创世史诗《起源之歌》体现的美学特征

（一）礼仪之美

《起源之歌》彰显着礼仪之美。侗族同胞到别的村寨做客，要向主人吟唱赞颂之歌，不仅赞美主人，还要赞美村寨、龙脉、庄稼、住房等。这已成为侗族做客的一项礼仪。《起源之歌》中的礼仪之美主要体现于"赞颂之歌"[1]。下文以杨权、郑国乔整理译注的《侗族史诗——〈起源之歌〉》（第三卷）史诗文本为例，分析史诗《起源之歌》体现的礼仪之美。[2]

1. 赞村寨[3]

（1）原文

我们走一条路赞一条路，
我们走一条街颂一条街。

---

[1] 原文参见杨权、郑国乔整理译注《侗族史诗——〈起源之歌〉》（第三卷），辽宁人民出版社1988年版，第142—191页。
[2] 史诗文本选自杨权、郑国乔整理译注《侗族史诗——〈起源之歌〉》（第三卷），辽宁人民出版社1988年版，第142—191页。
[3] 原文参见杨权、郑国乔整理译注《侗族史诗——〈起源之歌〉》（第三卷），辽宁人民出版社1988年版，第142—143页。

我们走到哪里就赞颂那个地方,

你们这里田塘山川美好居住多自在。

周围树木配风景,

样样合适巧铺排。

五条神龙朝此地,

五眼井泉育人才。

三号炮台排中间。

千年古树叶茂根深庇村寨。

青龙常临绕云降吉祥,

架把天梯恩泽赐四海。

白虎梁上来藏身,

处处开花人人发大财。

山后突起狮子架,

人材辈出位三台。

住在此地犹如玉皇大帝来定居,

对坡出现纱帽岩。

坐地兴旺人长寿,

水土哺育全寨天地赉。

生活充裕免忧愁,

富贵长久永不败。

良田千屯你们有吃用,

配得上汉人地区盖世界。

[《侗族史诗——〈起源之歌〉·第三卷》]

(2) 礼仪性

侗族去别的村寨做客的时候,进入村寨,无论走到什么地方,都要赞美那个地方的优点。比如赞颂主人村寨龙脉好、建筑好、人好等。这种礼仪，体现出侗族的和谐思维和友善态度，和融了村寨之间的关系。

2.《赞鼓楼坪》①

(1) 原文

> 十座山来赞颂，
> 九座山不能阻隔，
> 我们赞颂你们村寨鼓楼石坪好。
> 石坪宽宽，
> 青石块块。
> 千人来到，
> 万人走过。
> 石坪平平，
> 远近闻名。
> 姑娘来踩歌堂，
> 起步好踩。
> 男子吹笙好绕场，
> 免得绊脚。
> 玩龙客队舞龙耍狮子，
> 翻滚欢舞满地飞。
> 你们的石坪不起灰尘，
> 姑娘踩着歌堂新衣银饰闪光彩。

(2) 礼仪性

鼓楼坪位于侗族村寨的中心位置，一般靠近萨坛和鼓楼。鼓楼坪是侗族全村人接待客人、迎送客人的地方，也是侗族和客人

---

① 原文参见杨权、郑国乔整理译注《侗族史诗——〈起源之歌〉》（第三卷），辽宁人民出版社1988年版，第146页。

哆耶①、吹芦笙、唱歌娱乐的公共场所。客人进入村寨和离开村寨，赞颂主人的村寨鼓楼坪是一种礼仪性表达。

(二) 修辞之美

1. 形容外观

在《侗族祖先、苗族祖先、汉族祖先》中，侗族人对苗族祖先的形象作了生动、巧妙的比喻：

> 苗族的祖先，
> 与我们祖先是平辈的同伴，
> 翻越九重大山过来。
> 他们的祖先，
> 住在山林边上。
> 身穿花衣像鹧鸪，
> 琵琶上黑漆，
> 衣袖染红色，
> 衣边染黄色。

[《侗族史诗——〈起源之歌〉·第一卷·开天辟地 (二)》]

鹧鸪是我国南方的一种鸟，属鹑鸡类。据资料显示，鹧鸪胸前有珍珠般的白圆点，还有紫红色浪纹的背毛。侗族把苗族祖先穿的花衣比作鹧鸪胸前的白圆点和紫红色浪纹的背毛，贴切地将人穿着花衣的视觉美感表现了出来。

在《洪水滔天》中，蜜蜂攻击雷婆一处，巧妙地运用比喻，创造

---

① 哆耶：亦称"踩堂'哆耶'"，是一种源于人类原始社会早期集歌舞乐于一体的艺术样式。"哆耶"时，歌者手牵手或手攀肩围成圆圈，摇首顿足，按逆时针方向行进。领唱者位于中间或掺和在耶队里，每领唱一句，耶队即重复末尾三字或"呀罗耶""呀罗嘿"以伴唱。参见张泽忠、韦芳《侗歌艺术传承研究》，民族出版社2010年版，第21、25页。

了直观、生动的形象：

> 蜇得雷婆头肿如箩筐，
> 耳朵肿得如棕榈叶片，
> 身体肿得如浸泡蓝靛的大木桶。
> [《侗族史诗——〈起源之歌〉（第一卷）·开天辟地（一）》]

侗族以生活中常见的箩筐、棕榈叶片、大木桶作为喻体，形象直观地描绘了雷婆身体部位被蜜蜂蜇后的模样。

2. 形容心情

在《破姓结亲》中，侗族老人们破除了同姓不能结亲的习俗，年轻人的婚恋更为自由，心情更为愉悦。

> ……
> 吴姓各自找吴姓，答应得像剥麻一样痛快。
> ……
> 吴姓找吴姓，
> 答应得像糍粑一样实在。
> [《侗族史诗——〈起源之歌〉·第二卷·破姓结亲》]

侗族老人们开会，定下同姓也能结亲的新风俗。这种新风俗，得到年轻人的赞赏。年轻人在婚恋方面变得更加自由后，心情变好了。侗族人用"剥麻一样痛快"来比喻破姓结亲后年轻人的喜悦。侗族人用"糍粑一样实在"来比喻破姓结亲的实在，从而凸显破姓结亲这项婚俗改革的价值意义。侗族人将心情的修辞和表达，与日常生活中的劳作和食品联系在一起，体现了侗族人细致敏锐的观察力与丰富的联想力。

3. 形容美感

在《破姓结亲》中，侗族为年轻人谈情说爱的场合赋予了美感。

小伙子找姑娘,

楼梯脚边说话,

犹如金银捆在一起,

相互牵着衣角。

[《侗族史诗——〈起源之歌〉·第二卷·破姓结亲》]

侗族人用"金银捆在一起"来比喻青年男女聚在一起谈情说爱的情景,形象地展现出侗族青年男女恋爱的自由和甜蜜。

4. 形容人事代谢

唐代诗人孟浩然在《与诸子登岘山》一诗中写道:"人事有代谢,往来成古今。江山留胜迹,我辈复登临。水落鱼梁浅,天寒梦泽深,羊公碑字在,读罢泪沾襟。"社会与人事在时间长河里不断更替,乃自然规律。这一自然规律在诗歌里得到反复表现,引起人们的无限感慨,如《为也》一段的描述:

如今我们年轻一代成长了,

顶替了年老一辈。

雏鸭换老鸭,

晚一辈又要替换我们。

今天我们还留住了青春,

树叶正盛,

花开正茂。

[《侗族史诗——〈起源之歌〉·第三卷·为也》]

侗族人用"雏鸭换老鸭"来比喻年青一代替代年老一代,以"树叶正盛""花开正茂"来比喻青春活力。

侗族人无比珍惜美好的青春。青春时期是人们游玩交友的好时期。侗族以茂盛的树叶、盛开的花朵比喻青春,赋予了青春美好的含义。

正如《请父老讲，父老不讲》中所写：

> 砍去老竹，
> 换了新笋。
> 去了老一辈，
> 换了新一代。
> 砍尽一个山坡，
> 另换一个山头。
> 去了老一辈，
> 换了后一代。
> 收完一树桩，
> 另换一树根。
> 老一辈去了，
> 年青一代栽种。
>
> [《侗族史诗——〈起源之歌〉·第一卷·开篇》]

这段诗歌使用重复比喻，既抒发了情感，又表达了哲理。这段诗歌"运用了排句和重章叠唱的形式，重叠三次，每章四句。为两句喻体在前，两句本体在后的暗喻修辞手法。"①

四　侗族创世史诗《起源之歌》蕴含的诗性智慧

诗性智慧，最先由维柯在《新科学》中提出。诗性智慧，在维柯看来，是人原始思维产生的智慧。维柯认为："真正的智慧应该教导人认识神的制度，以便把人的制度导向最高的善。"②

诗性智慧的核心是想象的存在。诗性智慧是在人对神的想象中发展起来的。侗族创世史诗——《起源之歌》彰显了侗族诗性思

---

① 杨权编著：《侗族民间文学史》，中央民族学院出版社1992年版，第83页。
② [意] 维柯：《新科学》（全两册），朱光潜译，商务印书馆1989年版，第173页。

维，其蕴含的诗性智慧，主要表现在万物一体的生态观、同源共祖的民族观、和谐共存的民族观、弃恶扬善的伦理观、命运相连的生命观。

(一) 万物一体的生态观

1. 共同创世

《起源之歌》反映了侗族先民共同创世的起源观。史诗中，霞人、门蛾、旺珠、加良等神话人物创造了天地山河，即创造了大自然这个物质世界。章良章妹作为兄妹，无奈之下创造了人，即创造了人类社会。具有神奇力量的神话人物和章良章妹，共同创造了世界。在《章良章妹衍人类（1）》①中：

> 当初霞人重造天，
> 门蛾重造地，
> 旺珠造江河，
> 加良造山坡。
> 章良章妹衍人类，
> 他俩商量高山滚磨盘，
> 磨盘相配，
> 结成夫妻。
> 相好三年，
> 养得女孩。
> 有头无鼻，
> 有脚无手。
> 有头不会看天，
> 有脚不会走路。

---

① 原文参见杨权、郑国乔整理译注《侗族史诗——〈起源之歌〉》（第一卷），辽宁人民出版社1988年版，第101—103页。

章良养儿养不了,

章妹喂儿儿不饱。

上天去请阎王下界,

杀了女孩,

把肉砍烂。

肉撒进森林,

山头山谷,

变成千种鱼百样鸟。

血流下地,

变沟变河。

头发落地,

变成树木青菜。

嘴变老虎。

两眼亮晶晶,

变成星星月亮。

二耳落地,

变成香菌和木耳。

[《侗族史诗——〈起源之歌〉·第一卷·开天辟地·章良章妹衍人类(1)》]

人类社会由各种姓氏的人群构成。《创立人间三百六十姓》涉及天地江河的创造、神仙鬼神的创造以及各种姓氏的创立等内容,所有这些"创造"都是想象的产物。《起源之歌》里多处提到小婴孩身体各部分(如手、脚等),变成鱼、鸟、树木等动植物或者变成各民族。这是侗族对世界起源和民族起源的想象,体现了侗族发达的诗性思维。侗族先民通过这些想象,揭示了整体与局部的关系。侗族先民通过这些想象,隐喻着世界各种构成部分来源于一个共同实体,各民族有着共同的起源。

评说章郎趁天早,
评说章郎到天晚。
我们面对面地在一起,
评说故事度时光,
从前造雷置云天,
造龙置江河,
造虎置山林。
天上立神仙,
地下设鬼神。
鱼和肉,
在坛里腌熟。
丙壬过去才是丁癸,
稻谷春播才能成熟,
蔬菜有水才能收获。
苍天同地起,
百草同地长。
创得人间三百六十四姓。

[《侗族史诗——〈起源之歌〉·第一卷·开天辟地·创立人间三百六十姓》]

史诗表达了一种观念,即人类社会与先于它存在的自然界是紧密相连的。侗族把自然界的创造与人类社会的创造结合起来想象,体现了侗族先民独特的世界观。

2. 共同繁衍

《章良章妹衍人类》这首史诗反映了兄妹共同繁衍人类的历史。

兄妹结为夫妇,
养个儿子,

白饭不吃,
甜奶不喝。
实在没有希望,
实在没有办法。
砍成碎块放箩筐,
把肉丢进山林。
肠子变汉人,
汉人善思,
汉人聪明,
第一句话会叫"妈"。
骨头变苗人,
苗人强悍,
苗人勇敢,
第一句话会叫"咪"。
肌肉变侗人,
侗人老实,
侗人温和,
第一句话会叫"内"。
置汉人在城市,
置苗人在山头,
置侗人在乡村,
造了千千万万个姓氏,
姓姓繁衍无数人。
天下世界安居乐业。

[《侗族史诗——〈起源之歌〉·第一卷·开天辟地·章良章妹衍人类》]

这段史诗体现了侗族的诗性想象。侗族先民浪漫地想象了人的由来以及各兄弟民族的由来与分布。

3. 共享资源

侗族在迁徙过程中，与苗族情同手足。歌手在史诗中歌唱这种深深的情谊。侗族、苗族民族活动里反映着民族的和谐与团结。兄弟民族之间总是乐意共享资源，体现了民族和谐。《走在祖先走过的路上》唱道："江水绕过许多无名地，时时听见岸上有鸡啼，从前祖先由此逆水上呵，现在这里住的是苗家好兄弟。苗族兄弟待人真客气，杀了牛羊又杀鸡；牛角斟的是甜米酒，桌上还有新鲜鱼。共叙当年两家祖先手足情，真是叫人难舍又难离。"① 苗族同胞热情招待侗族同胞，拿出好酒好菜，与侗族同胞共享美食。他们慷慨大方，体现了苗、侗两族世代友好的深情厚谊。和谐的兄弟民族间总是共享资源，情同手足。

4. 共创制度

传统侗族的社会制度主要包括两个方面：一方面，体现于乡规民约中；另一方面，主要体现于侗款里。在《治勾生吃熟者》中，有详细描述：

> 我在这儿尽讲阴事，
> 当初祖宗开创侗家规矩。
> 水流下河没人抢，
> 钱掉地下没人拿。
> 道理满地，
> 款理顶天。
> 老的一代过去，
> 少的一代又来。

---

① 黔东南苗族侗族自治州文艺研究室、贵州民间文艺研究会编，杨国仁、吴定国等整理：《侗族祖先哪里来》（侗族古歌），贵州人民出版社1981年版，第133页。

咱们这个地方,
别让哪个人,
走路错步,
乱讲犯朝。

[《侗族史诗——〈起源之歌〉·第四卷·款·治勾生吃熟者》]

《侗族史诗——〈起源之歌〉》(第四卷)内容主要是侗款。以侗族为主体,侗族与苗、瑶等兄弟民族共同创立了"侗款"的社会制度。在过去,侗族社会之所以"路不拾遗、夜不闭户",主要在于侗款的约束力量。侗族对越轨者处罚轻重有别。对于严重越轨者,侗族要对之处以重刑,谓之六面阴;对于一般越轨者,侗族对之处罚相对较轻,谓之六面阳。六面阴主要包括治偷牛者、治盗银钱者、治盗林木者、治绑架杀人者、治勾生吃熟者、治挖坟盗墓者。六面阳主要包括治破坏家庭者、治弄虚作假者、治偷放田水者、治小偷小摸、治移动界石者、治勾鸡引鸽者。另外,《款》里还有"九章九条",主要包括治攻打官军者、治冷落岁首者、治挖尸骨者、治偷仓盗库者、治偷牛盗马者、治偷稻谷者、治侵占民房谷仓者、治夺人妻者、治抓都里人者。侗款作为制度,规范着人们的行为,对越轨者有一定的震慑作用。

(二) 同源共祖的民族观

《起源之歌》反映了侗族与其他兄弟民族同源共祖的民族观。从《开天辟地》看得出,侗族先民认为,人类和动物同源共祖,这反映出同源共祖的民族观。人类和动物本是一家的思想,在史诗中得到表达。《章良章妹衍人类》更是把同源共祖的民族观表达得淋漓尽致。

天下阳间无烟火,
要有烟火要有人。

肉变侗人，
侗人老实。
肠变汉人，
汉人聪明。
骨变苗人，
苗人勇悍。
心变瑶人，
瑶人戴大帽。
脚变壮人，
壮人穿套衣。

[《侗族史诗——〈起源之歌〉·第一卷·开天辟地·章良章妹衍人类》]

侗族先民认为各民族是人身体各种部位变成的，各民族都是同胞，都是地位平等的兄弟姊妹。这里面没有丝毫的民族歧视，反映了侗族同源共祖的民族观。

（三）和谐共存的民族观

侗族、苗族世代友好相处，在《苗人祖公》中有相关记载。

……
结成伙伴，
交成朋友。
苗人结良缘，
侗人千个帮。
句句记下，
这份苗人祖公的事。

[《侗族史诗——〈起源之歌〉·第一卷·开天辟地·苗人祖公》]

关于多民族和谐共存的历史记忆，在《条人祖公》中也有记载：

又分了条人祖公，
座落到四条三乡。
隔山唱山歌，
隔河踩歌堂。
半路相逢，
半路杀猪成亲，
杀牛在路坎上面吃。
黑米饭放进竹篓，
鱼放在竹篮。
条人结良缘，
侗人千个帮。
句句记下，
现在我们有，
这份条人祖公的事。

[《侗族史诗——〈起源之歌〉·第一卷·开天辟地·条人祖公》]

各民族和谐相处、互相帮助，其乐融融。

(四) 弃恶扬善的伦理观

《起源之歌》提倡良心，反对偷盗。《起源之歌》讲到侗族祖先对社会规范的确立以及对越轨者的诅咒和惩罚。在《治偷服饰银钱者》中，有相关记载：

寨里有寨里的规矩，
山上有山上的规矩。
有十二样吃，

有十三种穿。
山上有千样,
水里有万种。
莫让谁走向坎坎,
爬下坎坎。
脚登山,
手去偷。
做人愿作好人,
不愿作盗贼。
愿做骑马人,
不愿做骑牛人。
愿作坐板凳人,
不愿作到处乱窜的人。

[《侗族史诗——〈起源之歌〉·第四卷·款·治偷服饰银钱者》]

侗族制定款条、乡规民约的目的,就是要借助生动形象的款词,表达弃恶扬善的伦理观,引导人、劝解人争做遵纪守法的好人。侗族先民对人的种种越轨行为进行制度、法规的约束,并制定出相应的惩戒措施,有效地约束了人的行为,维护了社会安定。

(五) 命运相连的生命观

当洪水滔天,灾难来临时,快要被洪水吞没的蜜蜂向章良章妹求救,兄妹俩及时相救。

蜜蜂飞到葫芦边,
站在上面喊救命。
叫声章良公,
喊声章妹婆。

兄妹乐于救助，

为了渡过洪水不绝种。

[《侗族史诗——〈起源之歌〉·第一卷·开天辟地·洪水滔天》]

当灾难来临，侗族先民把蜜蜂这样的动物视作有价值的生命体，珍视任何物种的生命并及时向其他物种伸出援助之手，体现了命运相连的生命观。

《侗族史诗——〈起源之歌〉》在内容上彰显了侗族先民的诗性智慧。这不仅体现在侗族先民对万物起源的解释上，还体现在史诗语言上。前者体现了先民丰富的想象力，后者体现了先民善于运用比喻等修辞手法的艺术创造力。

《侗族史诗——〈起源之歌〉》具有民族特色的礼仪之美、比兴手法的修辞之美、重章叠唱的叙事之美、"各美其美，美美与共"的文化之美，包含着侗族同胞万物一体的生态观、同源共祖的民族观、和谐共存的民族观、弃恶扬善的伦理观、命运相连的生命观。这部史诗是侗族审美创造能力与诗性智慧的集中展现。《侗族史诗——〈起源之歌〉》和多民族创世史诗共享了洪水滔天、射日、兄妹繁衍人类等艺术母题，共享了中华民族"尚和合""多元一体""团结互助""弃恶扬善"等文化精神，是中华文化基因的重要构成。《侗族史诗——〈起源之歌〉》为铸牢中华民族共同体意识提供了宝贵资源。

思考题

1. 如何看待《侗族史诗——〈起源之歌〉》中雷婆这一形象？
2. 简述《侗族史诗——〈起源之歌〉》的礼仪之美。
3. 简述《侗族史诗——〈起源之歌〉》的修辞之美。
4. 举例说明《侗族史诗——〈起源之歌〉》的当代价值。
5. 我们应当如何开发利用《侗族史诗——〈起源之歌〉》？

第三节　傣族创世史诗《甘琵甘帕》

一　概述

傣族在中国主要分布于云南省境内的西双版纳和德宏州地区，其中西双版纳的傣族自称"傣泐"支系，德宏境内的傣族自称"傣那"支系。傣族自古就有"诗歌的民族"之美誉，两个支系都流传着关于天地万物起源的史诗，其中最具代表性的是流传于西双版纳的创世史诗《巴塔麻嘎捧尚罗》和流传于德宏地区的创世史诗《创世纪》。

由于受南传上座部佛教的影响，傣族地区形成了独特的"贝叶文化"，创世史诗在保留了傣族原生文化基因的同时，带上了浓厚的佛教文化色彩，呈现出佛教文化和傣族原生文化交融的特点。傣族人民不仅将外来的巴利语佛经誊抄在贝叶经上，还将本民族历代口耳相传的历史文化都刻写在贝叶经上流传下来。这些贝叶经包含着丰富的内容，涉及傣族的宗教、哲学、语言文字、文学艺术、历史建筑、历法习俗等。西双版纳和德宏两个傣族聚居区，因傣语方言和文字不同，史诗的内容、演述和传承方式均存在一些差异。西双版纳傣族地区的史诗、叙事诗兼有书面和口头两种存在形态，德宏地区则仅发现以贝叶经为载体的手抄本。

傣族民众有抄经供奉以求功德的习俗，人们因有某种具体的诉求和目的，按照约定俗成的传统请人抄写经书供奉到佛寺，由"波占"或"贺鲁"在适当的仪式场合向众人公开吟诵。诵时需要特定的曲调，称为"哈贺令"，德宏傣族的史诗、叙事诗几乎都以这种方式传承。[1]

---

[1] 屈永仙:《傣族创世史诗〈创世纪〉研究初探》,《黔南民族师范学院学报》2021年第3期。

因此，由于信仰而产生的抄经风俗和仪式中诵经、听经的现象，是傣族史诗最重要的演述语境。

《创世纪》的傣语名称为"档叠干帕"，傣族语言里"档叠"有"创造"之意，"干帕"即"世纪、时代"的意思，"档叠干帕"即"创造世纪、创造时代"的意思，于是德宏地区的傣族创世史诗被命名为《创世纪》。根据史诗整理者孟尚贤介绍，《创世纪》来自三个底本，即《甘琵甘帕》《莫龙干帕》和《鲁龙干帕》，其中《甘琵甘帕》汉语意思为"远古的时代"，是《创世纪》最重要的文本来源，《甘琵甘帕》有缺失的部分，就从《莫龙干帕》和《鲁龙干帕》中寻找相对应的内容作为补充。① 2020年7月，岳小保、朗妹喊翻译的《傣族创世史诗：甘琵甘帕》经德宏民族出版社出版，该书附汉译版和傣文版，全书共有六个章节构成，一共2004行，讲述了傣族民众关于开天辟地、人类起源、稻作起源、国家治理和历法起源等相关故事。

二 精彩诗篇故事情节举例

（一）宇宙起源

1. 天地形成②

很久很久以前，天神他扁塔玛门腊目尼创造了天和地。之后，大火灾烧毁了蓝天和大地，从此这个世界上什么也没有了。过去了很久很久，也没有谁站出来造天造地。

后来，出现了一位名叫巴纳法的大地神，这位大地神以前住在大地的最底层。大火烧天地的时候，他跑到了最上面的天界居住。大地神放出了波涛汹涌的大雨，想要浇灭大火，创造天界下面的人间。洪

---

① 屈永仙：《贝叶文化中的傣族创世史诗》，《中国非物质文化遗产》2021年第1期。
② 原文参见岳小保、朗妹喊译《傣族创世史诗：甘琵甘帕》，德宏民族出版社2020年版，第4、6—7页。

水淹没了世间的一切,这位大地神又放出狂风去吹水面,想要把洪水吹干。狂风大作,风起云涌,大洪水很快就被吹干了,烧了很久很久的大火终于熄灭。

随后,大地神又划分出了神、鬼、人、动物所居住的地方,以及地狱的空间,神、鬼、人、动物各在一边,不能混在一起居住。大火烧剩下的炭灰慢慢堆砌,变成了岩石峭壁。推移着泡沫慢慢堆砌成了高大的山脉,那些山脉后来变成了动物们生存的乐园。

当时世界上还没有佛祖出世,只有一位叫阿肃腊的大神在治理大地。阿肃腊大神想要将大地修成四方。于是,他把水沫和大火烧剩下的余炭余灰朝四个方向堆积,又让狂风把剩下的水吹向四个方向,用来支撑四周的大地,就像四个巨碗支撑着大地。然后,他又命令狂风吹动那些剩下的炭灰和水沫,让四周形成四个大水坝把水堵住,最终形成了四大海洋,海洋牢牢托住了大地。从此,世界就形成了陆地和海洋,也就有了诸佛教化众生的地方。

大神堆积出很多岛屿,飞禽走兽从此在这些岛屿上生存、栖息。他让每一个大一点的岛屿上都住上了人类。另外还有五个远一点的地方,分别形成了大湖泊和大海洋,这五大海洋分别为流速最快的萨孟腊海洋、波浪最汹涌的结阿几那洼利海洋、最平静的撒腊铺海洋、海风最剧烈的洼偌海洋以及水平从来不增不减的玛易海洋。

海水流过顶着天的大山,波涛汹涌地冲进了茫茫的原始森林,一直冲到了三座名叫八罢达的大石山。这三座山巍峨矗立,像一樽巨鼎,海水不断地冲刷着山脚,一直冲向遥远的天边。这三座大石头堆积而成的山分别为以山峰高大巍峨著称的金腊撒山,因巨石堆积而出名的洼腊旦,还有以森林茂盛无比而美名远扬的嘎玉达帕山。三座山的高度相当,四面环海日月的光辉从来没有照射到此地,这里的海水名叫阿络玛洼,它日夜流淌在三座大石山的周围,永不停歇。

这就是天神造下顶天柱的功劳,也是大自然的神灵创造的奇迹,全天下有五百个大的岛屿,还有两千个小岛环绕。天神还创造了不计其数的森林,这些森林装扮了大地,它顺应着自然的规律生长。天神创造的海洋和山河大地是永恒的,还有那些生机盎然的森林,成了世间动植物的天堂,这是自然界的造化,也是天神的功劳。

2. 日月出现①

世界上没有太阳、月亮和星星,没有任何照明工具,也没有一尊佛出世在人间,那就是一个单纯的人间世界。

有人问佛祖说,还没有太阳、月亮和星星的时候,人间黑蒙蒙的一片,人们如何走路和做事情呢?请佛祖讲给我们听听吧!佛祖和蔼地说道:当时劫火焚烧天地的时候,有一位神,名叫苏过嘎叠洼,他本领强大,能力超群。他建造了一座山,隔断了熊熊燃烧的大火,防止那些大火向四周蔓延。后来所有的劫火都熄灭了,只留下了被苏过嘎叠洼用大山隔离的火星。劫水淹没了地上所有东西的时候,天神用那座大山挡住了水。所以,大水没有淹到那颗火星。后来,在建立地狱和天界的时候,天神们把那颗珍贵无比的火苗放在顶天柱的山顶上,火苗就照亮了整个人间,人间从此有了光亮。因此,每当天阴的时候,人间便没有了亮光和热能。在风雪来临的时候,人间一片黑暗,风雪过后人间才会恢复光明。

当时,人们就在一起协商,祈祷天神赐给人间一种既有热能、又有光亮的物体。他们的祈祷感动了脚踏巨火轮的天神。这天神的火轮巨大无比,天神将巨火轮放在了顶天柱山顶上,巨火轮顿时照亮了人间大地,这个世界上从此有了太阳,给这个世界带来了光亮和温暖。但是,每当太阳被另一座大山挡住的时候,人间又会陷入一片黑暗。人们又一起协商、共同祈祷,请求天神再赐给人类一件能照亮世界的物体。他们的祈祷感动了脚踏巨银轮的天神,天神将巨银轮赐给了人

---

① 岳小保、朗妹喊译:《傣族创世史诗:甘琵甘帕》,德宏民族出版社 2020 年版,第 10—12 页。

类,这个世界上就有了月亮。每当太阳落下,被另一座大山遮住的时候,月亮的光就能播撒到人间。

(二)人类起源①

当时所有天神的名称都叫令洼亭亚,头领叫露巴阿鲁人。有一种土块的味道香飘万里,非常诱人。天神们知道了,于是就从天界下来游玩。到了地上,他们捡了一些香土块来品尝,发现味道果然鲜美可口,十分好吃,于是他们就把香土当成粮食,每天靠吃香土度日。因为吃了香土,天神们身上神的模样逐渐消失了,再也回不到天界生活了。于是,他们只好留在人间,以吃香土为乐,每天过得非常愉快。

后来,他们的身体结构发生了变化,身上分别长出了两种不同的器官,也就是男女生殖器官。他们学会了求偶,品尝到了两性交流的快乐,从此乐此不疲,越发沉迷。于是,人类便有了嗔恨和愚痴之心。再后来,男女组成一对生活在一起,便形成了最早的家庭。

(三)稻作起源②

菩提果到达人间城市后,人们举行最隆重的仪式来迎接菩提圣果。由于人多嘴杂,有人把菩提果说成了"毫"(稻谷)。于是,两位大臣商议,便将菩提果取名为"毫"。直到现在,菩提果在傣族语言里都称为"毫",也就是稻谷的意思。这种叫法一直传到现在都没有改变,包括中国、泰国、老挝、缅甸、印度等国家的傣语里都把菩提果叫作"毫"(也就是"稻谷"之意)。

两位大臣又商议把稻谷埋在土里,看它会长出什么东西来,于是,人们把稻谷埋在土地里。几个月后,稻谷茁壮成长,还结出来很多金

---

① 岳小保、朗妹喊译:《傣族创世史诗:甘琵甘帕》,德宏民族出版社2020年版,第5—6页。

② 岳小保、朗妹喊译:《傣族创世史诗:甘琵甘帕》,德宏民族出版社2020年版,第39—40页。

黄色的果实。大臣又让人类把果实拿去栽种,稻谷就这样在人间不断发展,而且味道更加香甜可口。那时候傣语把栽种的过程叫作"万嘎、算嘎",也就是汉语里"撒秧栽秧"的意思,这个说法一直传到了今天。由于十二种动物当初的鼎力相助,菩提果得以在人间发展,成为今天的稻谷。

(四) 历法来源①

傣语里的"腊哈"也就是"星座"的意思,佛祖很清楚星座在傣族地区的重要性,因此,佛祖计划为人类编排天文历法、造福人类。当时,一位叫果嘎散的佛祖,把节令编排好后,打算交给人类使用,于是果嘎散让人们去把阿肃腊大王请来,命令他去请腊哈大吴那公主。

那时,腊哈大吴那公主和三个老公住在一起,他们一共生了七个儿子,一起过着幸福美满的生活。后来,三个老公开始争风吃醋、相互争斗,两个小的老公联合起来杀了大老公,腊哈大吴那公主非常生气,离开了两个小老公,再也不理会他们。

当时有一位母亲,生育了十六个男孩,十六个男孩已长大成人。他们是水族而不是像我们一样的人类,他们的族别叫"腊嘎",是一种非蛇非龙的有神通的动物,后来他们变成了高大英俊的小伙。腊哈大吴那公主性欲旺盛,就把自己装扮成一个美丽的仙女,然后嫁给了那十六个年轻力壮的年轻男子。这十六个男人轮流着和腊哈大吴那公主过夫妻生活,每三个月为一个周期,日复一日、年复一年地过着这样的生活。不知不觉很多年过去了,他们生了很多儿子,有的和她生了五六个儿子,有的和她生了十多个,有的甚至和她生了二十个。

话说当时有二十七位雅写在森林里修行,他们身怀绝技、精通各种本领,其中一位本领最大,大家就推他为大哥。腊哈大吴那公主把

---

① 岳小保、朗妹喊译:《傣族创世史诗:甘琵甘帕》,德宏民族出版社 2020 年版,第 67—74 页。

所有的儿子都送到了雅写（在深山修行者）那里，让他们跟着雅写在森林里学本领。雅写用神咒水为他们沐浴身体，洗掉了他们身上花花绿绿的斑纹，让他们变得端庄得体。雅写把腊哈公主的三十四个儿子交给阿肃腊大王，阿肃腊于是把他们交给了佛祖。佛祖为他们分配了居住的地方，让他们住在顶天柱山的旁边，让他们与时代同在，与天地共存。

他们用鹏鸟、老虎、狮子、白象、老鼠、羊、腊嘎命名，代表全年七个时段。其中鹏鸟作为岁首不编排在月份之内，其余六个时段均由两个月构成，六个时段往返一圈便为人间一年。阿肃腊大王让腊哈公主的三十四个儿子分管月份，每一个月份由二到三个人管理，于是就形成了人间历法。二十七位雅写最终得以升天成了星座，星座也就因此永远服务着天上和人间了。

后来阿肃腊大王又将每一个月分成四个周，每一周有七天，一年有十二个月，每月有三十或三十一天，一年有365天，闰年395天，一年总共有52周。周日由大鹏鸟管理，周一由老虎管理，从周日到周六以此类推，七个人一人管理一天，这样周而复始地往返循环。因此，在傣族传统文化里，除了年份所对应的属相外，出生的日子也被称为命相，傣语里称为"座蓝"。在一周七天当中均有相克相辅的日子，你在周几出生就代表你属于什么命相，比如，如果你在周日出生，那你的命相就是大鹏鸟。除了人，甚至就连傣族村寨的寨神也有它的命相。

三 傣族创世史诗《甘琵甘帕》体现的美学特征

傣族人民在长期的历史发展过程中，在长期的农耕生活和一次次的实践中不断观察、感知自然万物的美，他们从身边的飞禽走兽、草木鱼虫汲取美的灵感，并运用发达的想象力，将其艺术化和审美化，积累形成自己独特的审美趣味。

第二章　汉藏语系壮侗语族创世史诗

(一) 修辞之美

史诗通过运用修辞手段，使史诗结构完整、节奏明快，或化繁为简，或化抽象为具体，对所要表达的情感及事物特征进行渲染，使形象更加生动具体，深邃的道理更加通俗易懂，增强了感染力和生命力，更显脱俗和生动。傣族创世史诗《甘琵甘帕》中有颇多巧喻之处，在此略举几例。

1. 形容外观

(1) 形容海洋

> 水沫推着劫火的余炭余灰堆积在四个方向，
> 狂风又吹动剩下的余水向四个中心靠拢，
> 就像四个巨碗捧着大地，
> 这四个巨碗就是扛抬着大地的四大海洋。

[《傣族创世史诗：甘琵甘帕》]

人们充分发挥想象力，运用身边常见之物作比，使抽象的事物一目了然。将天地形成的过程想象成"水沫推移着炭灰堆积，狂风吹动余水向四个中心靠拢"，大地和土壤是大火灾遗留下来的炭灰，地表的形成是因为炭灰的堆积，想象奇特，画面感十足。把四大海洋比喻成"四个巨碗"，海洋围绕着陆地是"狂风又吹动剩下的余水向四个中心靠拢"而形成的，陆地高出海平线是因为有"四个巨碗捧着大地"，这种比喻既形象又贴切，给人以强烈的震撼。

(2) 形容菩提果

> 两位大臣送上国王备给的礼物，
> 高贵的礼物顿时闪闪发光，
> 鼠王接受了国王的礼物，

· 467 ·

鼠王送给大臣两颗菩提果,
每一颗都大过人间长形南瓜。
金黄色的菩提果光芒四射,
这时,双方皆大欢喜,
两位大臣准备返回人间。

[《傣族创世史诗:甘琵甘帕》]

史诗将菩提果与"人间长形南瓜"相比拟,描绘了菩提果在形态、大小、颜色方面的特点,使用人们日常熟悉之物做参照物,为我们勾勒出两位大臣历经千辛万苦而求之的菩提圣果的样态。同时,通过对比,尽显菩提圣果之高贵与稀有,给听众留下深刻的印象。

2. 形容数量

两位大臣在凉亭里休息,
一百头猪(大象)在城外停留,
它们多得像天上的一片片白云。
雷霆般的锣鼓声响震山河,
神奇的乐器齐声鸣奏,
美妙的歌声传向四方。

[《傣族创世史诗:甘琵甘帕》]

将"一百头猪(大象)在城外停留"的场面比作天上的白云,想象天马行空、恣意洒脱。一方面,凸显大象(猪)数量之多;另一方面,说明了场面之宏大壮观。

3. 形容动作

我们的长诗哟,将继续念诵,
就像刺绣者还没有结束,

正在手持金针赶绣万花间。
乡亲们啊，慢慢谛听吧，
我们的长诗哟，句句润心田。
……
我们的长诗哟，能教人弃恶从善，
我们的故事啊，真的比蜜甜。
就像刺绣结束后要收起金针银线，
把它锁在金盒子里。
我后面的故事更精彩，
细节就藏在下章的字里行间。
萨图！萨图！萨图！

[《傣族创世史诗：甘琵甘帕》]

"我们的长诗哟，将继续念诵，就像刺绣者还没有结束，正在手持金针赶绣万花间。"这些句子，将吟诵长诗的过程与刺绣相比拟，凸显史诗吟诵之细致严谨、有条不紊；吟诵完一章史诗，就像"刺绣结束后要收起金针银线，把它锁在金盒子里"，留给听众期待感和神秘感，为接下来的篇章作好铺垫。

4. 形容抽象的道理

阿銮向国王们谆谆教诲：
"国王们啊，
做一国之主，其实很不容易，
当国王一定要真诚，
国王讲话一定言而有信。
就犹如被人拔出来的象牙不可能再接回去，
砍断了的竹子不可能重接再发蓬。
说出去的话要言而有信，

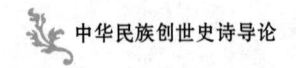

就像斧子破竹筒。"

史诗吟诵者将随处可见的日常之物编入史诗,史诗讲道"当国王要真诚、言而有信"时,连续使用"就犹如被人拔出来的象牙不可能再接回去""砍断了的竹子不可能重接再发蓬""说出去的话……就像斧子破竹筒"等具体、可感的事物说明诚实守信的重要性,只有做到言出必行、行则必果,不欺骗自己的臣民,不欺骗天下之人,才是好国王。修辞手法的运用,将抽象深刻的道理简明化,体现了傣族人民发达的形象思维能力,使道理通俗易懂,令人印象深刻,强化了史诗的艺术和审美效果。

(二) 叙事之美

傣族创世史诗《甘琵甘帕》,从句式上来讲,不是严格的韵文类叙事,长短句交错,自由灵活,参差不羁,具有自然和谐、错落有致的美感。史诗语言简洁淳朴、节奏舒缓,用朴实的话语传递深刻的道理。从叙事手法上来看,不是采取直线式的叙述,而是采用倒叙、顺序和插叙相结合的叙事手法,主线突出,层次感鲜明。

> 这里有一个美丽富饶的国家,
> 名叫勐沙洼体王国,
> 这里的人民和睦相处,
> 这里的人民知书达理,
> 这里的人民勤劳勇敢,
> 这里的人民能歌善舞,
> 这里的人民处世安然。
> 这里的人民曾经历战争和天灾人祸,
> 如今,和平了,
> 这里的人民,建设和守护着美丽的家园。
> ……

第二章 汉藏语系壮侗语族创世史诗

> 已过去了无数的久远劫,
> 没有谁来创造天地,
> 后来出世了一位名叫巴纳法的大地神,
> 过去他住在大地的最底下,
> ……
>
> [《傣族创世史诗:甘琵甘帕》]

史诗运用倒叙手法,开篇即为我们描述了一幅祥和美丽的画卷,试图告诉我们,和谐安宁的世界来之不易,原初创世的过程波澜壮阔。紧接着,史诗通过倒叙的手法引出了开天辟地的历史,紧紧抓住听众的兴趣,引起听众无限的遐想和好奇。

> 话说有十一位雅写修行在山里,
> 他们以各种水果充饥度日,
> 一位每天只食用一粒傣语叫"毫洛度"的野稻;
> 一位每天只用一粒野稻充饥;
> 一位每天只用一粒野稻捣碎后饮用;
> ……
> 他们每天如此在山中修行。
>
> [《傣族创世史诗:甘琵甘帕》]

史诗上一节讲述了佛祖出世的故事,通过"话说有十一位雅写修行在山里……"一句,插入雅写的故事,从而引出稻作起源的历史,既交代了稻作的起源,又与佛祖故事无缝衔接,显示出高超的叙事技巧。

> 佛祖果嘎散把"那细(节令)"编排好,
> 佛祖将把它交给人间。
> 让人们把阿肃腊大王清来,

· 471 ·

阿肃腊跪拜在佛祖前。
佛祖对他说道：
"阿肃腊大王阿，
你去把腊哈大吴那公主叫过来，
我有话跟她谈。
这个公主原来与三个老公同在，
他们共生养出七个儿子，
他们在一起很团圆。"

[《傣族创世史诗：甘琵甘帕》]

发明历法是创世史诗中较为重要的一个章节，《甘琵甘帕》通过插入腊哈大吴那公主及其老公和儿子的故事，说明在傣族人民不断的生活实践和观察中，傣族天文历法由粗放简单到精细科学，不断适应人们的生产生活，最终形成了傣族现存科学规范的历法体系。

(三) 宏大之美

傣族创世史诗《甘琵甘帕》的宏大之美，由多方面的特点融会而成。史诗视野宏大，题材关乎人类命运，秉持着对宇宙苍生的责任感和使命感，具有极强的人类关怀。史诗中的人和动物，均具有善良仁慈的胸怀，拥有追求平等正义的信念、舍身奉献的精神和勇猛精进锲而不舍的实践精神，处处体现出史诗精神的崇高和宏大。同时，史诗大量使用宏大的事物和时空概念，使史诗意境宏大、浑然天成。

所以我们为了人类的幸福，
即使让我们过千山万水，
或者上刀山下火海，
甚至牺牲个人的生命，
我们也在所不惜。

[《傣族创世史诗：甘琵甘帕》]

第二章　汉藏语系壮侗语族创世史诗

　　史诗中的神、人和有情有义的动物，开天辟地，创造安静祥和的人间世界；取回菩提圣果，造福了人类；或为了追求公平正义创造一个平等的世界，甘愿牺牲自己并忍受巨大的风险。他们身上无怨无悔、甘心赴死的殉道精神体现了崇高宏大的美学特征。

> 水沫推着劫火的余炭余灰堆积在四个方向，
> 狂风又吹动剩下的余水向四个中心靠拢，
> 就像四个巨碗捧着大地，
> 这四个巨碗就是扛抬着大地的四大海洋，
> 他又让狂风吹动那些剩余的炭灰水沫，
> 形成了四个巨坝将水挡住，
> 地表皮的厚度达二十四万个眼程，
> 佛祖出世的时候，
> 距离劫火烧天地时已经久远，
> 有三百零六亿五百七十八万九千七百八十个岁月，
> 当时的人们有了大救星。
>
> 人们有的身骑威武的大象，
> 有的成群结队，战马飞奔蹄声传。
> 两兄弟国王坐在领头彩象阵队，
> 千百勇士展演着精湛的武功，
> 千万人载歌载舞，盛况空前。
>
> 阿銮在娘胎里足足待了三十个月，
> 因为当时女人们怀胎普遍是十八个月，
> 满十八个月后胎儿即可出生成人。
> 因为阿銮是佛祖下凡界，
> 所以他的胎龄要超过常人。
> ……

>如果按照现在人们的寿命已是三千岁,
>当时阿銮正是一个青年人。
>在阿銮八千岁的时候,
>阿銮的名字叫贡腊曳嘎列,
>此时,阿銮做了父亲的接班人。
>
>[《傣族创世史诗:甘琵甘帕》]

史诗想象天马行空、恣意奔腾,字里行间透露出崇高和宏大的气魄。"巨碗""巨坝""二十四万个眼程""三百零六亿五百七十八万九千七百八十个岁月""千百勇士"等给人以气势磅礴、声势浩大之感。在描述阿銮出世的时候,为了显示阿銮身世不凡,阿銮从出生到成长的每一个过程都充满了传奇色彩,体现出史诗意境的崇高与宏大之感。

四 傣族创世史诗《甘琵甘帕》蕴含的诗性智慧

创世史诗是民众纯真不羁、率性而为的智慧之作。史诗创造者利用自身的灵感与想象,通过强烈的感觉力,书写了民族成长过程中的生命感受,记录着他们对正义的渴望、对平等的向往、对秩序的想象以及对人类幸福的终极追求,体现了史诗鲜明的诗性智慧和旺盛的生命力。

(一)万物有灵、物我亲和的宇宙观

傣族自古以来居住在河谷坝子,周围原始森林遮天蔽日,宽阔无比,犹如绿色的海洋,各种珍禽异兽在这里繁衍生息,与人类和谐共处,傣族人民对大自然有一种强烈的亲和力和感受力。茫茫宇宙皆自然,茫茫自然皆有美,傣族人民对大自然的热爱,使他们意识到浩瀚宇宙充满了生命活力。物有物的美,兽有兽的情,形成了万物有灵、物我亲和的生态观和宇宙观。史诗中,宇宙万物与人类的关系,经历

了初创世时的相互隔离敌视,到取菩提果时的相互帮助,再到取回菩提圣果之后的相互感恩、和谐共存的过程,体现了人类与宇宙万物和谐相处、慈爱相济的责任和道义,以及万物生生不息、共享共存、物我亲和的宇宙观。

1. 创世初:各在一边

天地形成之初,神、鬼、人和动物各有其位置,相互隔离敌视,只能各在一边。

> 雨水淹没了一切,
> 接着他又放出巨大无比的狂风吹向水面,
> 狂风一时间就把大水吹干,
> 当时划分出神、鬼、人、动物、地狱的各自位置,
> 不能在一起,只能各在一边。
> 剩下来的那些炭灰慢慢堆砌成了岩石峭壁,
> 那些水的泡沫慢慢堆砌成了岩石高山,
> 后来变成动物们的乐园。

[《傣族创世史诗:甘琵甘帕》]

受到神的指示,在人类需要去遥远的异方取回菩提果时,人类对动物们生存的"他者"世界充满了未知、无限的恐惧。并且,"他者"世界的鼠类对外来的人类也持有伤害敌视的态度,使得前往遥远的"他者"世界取回菩提果成为一次充满冒险的行动。

> 菩提树及其果子这个婆娑世界的确有,
> 它生长在遥远的原始森林,
> 人们从未到过那里,
> 那里还有宽阔无边的大湖泊,
> 那里有一只名声远播的巨鼠,

巨鼠昼夜守护在其旁边，
它的体型到底有多大，谁都没有看见过，
也没有记录在古老的经典里，
我们在空中曾看见过它的身体，
全长约有二十八肘，
此原始森林就是它的家园。

两兄弟国王就请树神去把菩提果取来，
树神很恐惧地与两兄弟国王说道：
"让我们树神去取菩提果，我们的确不敢，
因为那是巨鼠的地盘啊。"

老鼠们看见了两个生客，
它们高兴地说要吃人肉，
它们纷纷冲出了森林，
两位勇敢的大臣没有丝毫的恐惧，
他俩有护身的咒语，
他俩有过人的本领。

[《傣族创世史诗：甘琵甘帕》]

2. 任务途中：慷慨相助

两位大臣奉命去巨鼠居住的原始森林寻找菩提圣果，双方经历了初见的相互敌视，表达诚意（为了人类的幸福）后的化敌为友，再到慷慨赠送菩提果，最后热情护送两位大臣安全返回人间王国的态度转变。回程途中，水牛、老虎、兔群、龙王、蛇、马、羊、猴、鸡、狗和大象等动物们慷慨相助，使得菩提果顺利带回人间王国，体现了动物们有情有义、正直善良的品德，以及万物皆有灵、草木亦有心的宇宙观念。

鼠王听到后心中无比高兴，
笑容满面地对两位大臣说道：
"如此说来，你我都应该欢喜，
这真是三界的一件大事啊。
佛祖来教化众生脱离苦海，
到那时候，佛光洒满人间。
你们两位可以实现国王的命令，
我送给你们两颗菩提果，
你们将它普及到所有的人间吧。"

鼠王提高嗓音书写命令道：
"森林中的所有鬼神猛兽，
你们不能出来危害这两位大臣。
两位大臣每到达一个地方，
你们都要热情接送，
要让两位大臣安全回到人间，
把菩提圣果安全交到国王手里，
这也是我们的光荣。"

3. 返回后：和谐共存

两位大臣顺利将菩提果送到人间王国后，人类并没有忘记十二种动物的大恩大德，为了感激动物们的帮助，邀请了所有的动物前来参加庆祝会，并邀请动物们永远留在人间，与人类一起生活，共享美好生活。从此，人类和动物和睦相处、和谐共存，体现了物我亲和、和谐共存的宇宙观。

两位大臣商议道：
"这个'毫'啊！是得到了十二种动物的鼎力相助，

我俩才得以顺利取到,
如果没有他们的护送,
我俩是无法回到王城的。
动物们的大恩大德是不能忘记的,
我们一定要把他们请到我们的王城来。"

双方就像久别重逢的老朋友,
动物与人类相互交融。
就像现在各民族大团结一样,
当时没有分彼此,谁是高低级动物。
动物亦会说人话,
就像同是一个祖宗。

贵地的江山如此辽阔美丽,
我们真的再也不想离开这里了,
请国王同意我们都居住在这里吧,
我们可以帮忙栽种菩提果,
这也是我们共同的因缘吧。

两位国王听到这话后万分高兴,
国王当场就同意十二种动物永远居住在人间:
"所有王城周围以外的山间水尾,
皆是动物们的属地,
让我们共同守护这片江山吧。"
这十二种动物名称的改变,
是来自于久远的两兄弟国王。
双方在此共同发誓,
动物与人和睦相处,要世代相传,
亦是菩提果进入人间机缘的纪念,

第二章　汉藏语系壮侗语族创世史诗

这十二种动物的称谓已传到人间四方。

[《傣族创世史诗：甘琵甘帕》]

（二）命运相连、勇于奉献的人类观

由于生存环境的优越，傣族史诗中处处表现出和谐共存、命运相连的审美心理。在创世史诗《甘琵甘帕》中，主要表现为人类对宇宙、对人生、对世间万物的包容和宽厚，对造福人类的追求与向往。

阿肃腊向鬼神们指示道：
"你们要看护好人间的山河大地，
不要挑拨离间闹得四分五裂，
大家要像一家人一样地团结。"

不仅仅是人类，宇宙三界包括鬼、神、人都要各自看护好人间的山河大地，不要互相挑起矛盾，四分五裂，要确保人间团结友爱、祥和安宁。

那时，人们没有粮食，
人们只能用野菜野果来充饥。
那时，人们的观念很平等，
真的是同甘苦共命运，
那时，还有香土可以用来充饥。

所以我们为了人类的幸福，
即使让我们过千山万水，
或者上刀山下火海，
甚至牺牲个人的生命，
我们也在所不惜。

阿銮已成为三界众生依靠的佛陀，
佛陀的身上闪闪发光。
光辉照射到所有的光明和黑暗，
三界十方顿时充满了佛光。
就连地狱也得到佛陀的恩泽，
人间天界无处不沐浴着佛光。
无数众生得到佛祖的度化，
无数众生得到佛陀的怜悯。

[《傣族创世史诗：甘琵甘帕》]

对奉献精神的赞美，是贯穿史诗的一个重要主题。奉献的最终目的是创造一个安定和谐的人间世界。史诗不仅宣扬了同甘苦共命运的宇宙观念，还宣扬了不辞辛劳、不畏艰险的奉献精神。史诗中的形象正是在这种不断舍身救众的实践中，其品格得到了提高和升华，焕发出动人的光彩。在惊天动地的创世之初，史诗所追求的崇高精神境界和伟大人格魅力充满着巨大的感召力和迷人的魅力，符合民众审美心理的需要，契合了民众渴望被拯救、被关怀的愿望。

鼠王听到后心中高兴无比，
笑容满面地对两位大臣说道：
"如此说来，你我都应该欢喜，
这真是三界的一件大事啊。
佛祖来教化众生出脱离苦海，
到那时候，佛光洒满人间。
你们两位可以实现国王的命令，
我送给你们两颗菩提果，
你们把它普及到所有的人间吧。"

[《傣族创世史诗：甘琵甘帕》]

史诗中，不仅人类有奉献精神，各种动物也像人一样有感情、有意志、有灵气且胸怀大爱、勇于奉献。鼠类将菩提果赠予人类，使人类拥有食物，老虎、蛇、兔子、龙等动物，为了使菩提圣果得以造福人间，纷纷慷慨相助，帮助两位大臣顺利将菩提果送达人间，让全人类共享幸福之果，始终将"命运相连、勇于奉献"的人类观念贯穿始终。

（四）弃恶扬善、宽厚仁慈的伦理观

对美与善的追求是史诗的终极诉求，表现了傣族独特的柔性之美。[①] 傣族社会历来注重人性道德修养的培育，傣族民众耳濡目染祖辈世代相传的伦理规范，久而久之便形成了傣族社会共同的道德准则。史诗教人弃恶扬善、真诚待人，处处体现出人们对美满生活的追求以及对公平公正、安定团结世界的向往，以及关怀人类世界、弃恶扬善、宽厚仁慈的伦理观念。

> 作为国王，办事务必一视同仁，
> 平等对待富有与贫穷。
> 那些宰相、大臣、副手们也一样，
> 要把严以律己的教言牢记心中。
> 凡在处理重大事件的时候，
> 一定要公平公正，
> 对百姓说话要心平气和，
> 绝不能信口开河或是气势汹汹。
>
> 国王以及今天所有在场的众生啊，
> 做人要胸怀一颗好心不能忘，

[①] 屈永仙：《傣族创世史诗〈创世纪〉研究初探》，《黔南民族师范学院学报》2020年第3期，第18页。

弃恶从善方能成真仁。
做人要经常听闻经典，
世人说话，好与坏皆由你去分辨。
做人真诚，人和鬼都会护佑你，
十方世人才是你的支持者。
如果善辩好坏，再加之会供养，
将获功德加好事连连。
国王大臣以及众男女啊，
凡做任何事务，善心不能丢。
将来功德会成倍增长，
生活才能幸福美满，
在世间的人们，做事要会分清善与恶，
因缘成熟时，因果报应不差半分毫。

[《傣族创世史诗：甘琵甘帕》]

自古以来，傣族人民大多聚居在云南南部的热带、亚热带河谷地带，这里广阔茂密的森林、富饶丰盈的土地、秀美绵延的山川是傣族诗歌取之不竭、用之不尽的审美对象。日月星辰、飞禽走兽、花草树木，一切都跟人一样有知觉、有灵魂、有追求，傣族人民因而将大千世界、宇宙万物视为自己的审美对象加以歌颂，将自然之美转化为艺术之美，形成了"万物有灵、物我亲和"的宇宙观；史诗《甘琵甘帕》中的动物和人类被赋予了正直善良、有情有义的品格，人类和动物们为了人间生活的幸福和安宁，无私奉献、慷慨相助，体现了史诗"命运相连、勇于奉献"的人类观；同时，史诗中宣扬的善恶自有报应的思想，引导人们树立弃恶扬善、宽厚仁慈的伦理观念，从而力求创造一个至善至美的平等世界。

史诗是对人类文明进程的宏观而形象的书写，也是人类文明的启示录。傣族创世史诗《甘琵甘帕》作为傣族人民的精神财富，具有珍贵的历史价值和当下价值。史诗体现出鲜明的修辞之美、叙事之美和宏大之美，投射出了傣族人民独特的审美内涵。史诗蕴含的万物有灵、物我亲和的宇宙观，命运相连、和合共生的人类观和弃恶扬善、胸怀天下的世界观，体现了人类生存的诗性智慧。史诗中所呈现出来的文化，是傣族原生文化与中原文化、印巴次大陆文化、东南亚文化以及周边近邻兄弟民族文化长期交融并经过历史整合的"兼容文化"，最终凝聚为胸怀天下、厚德载物的精神气质。史诗所体现的人类观、宇宙观和生态观，具有超越时空的意义，与华夏文明相得益彰、互为补充，成为中华民族文化最基本的文化基因，积淀着中华民族最深沉的精神追求，为中华民族生生不息、发展壮大提供了丰厚的精神滋养。

思考题

1. 傣族创世史诗《甘琵甘帕》与《创世纪》之间有何关联？
2. 傣族创世史诗《甘琵甘帕》的演唱传统是什么？
3. 简述傣族创世史诗《甘琵甘帕》的叙事之美。
4. 简述傣族创世史诗《甘琵甘帕》的宏大之美。
5. 举例说明傣族创世史诗《甘琵甘帕》的当代价值。

第四节　布依族创世史诗《赛胡细妹造人烟》

一　概述

布依族史诗在布依语中称"问久关"，意为"关于过去的古老的歌"，因此也被称为布依族古歌。"古歌"是布依人对自身口头诗歌传统的朴素认知，同时彰显了布依族史诗的显著特征，即内容上记录布依先民认知世界、探索自身起源的过程及想象，形式上以韵文编排并通过歌手演唱的方式进行传承。

布依族古歌是综合性的艺术形式,涵盖音乐性、叙事性、功能性等多重特征。古歌采用布依语进行演唱,通常以"二二一"或"二一二"的五言句为基础句式,兼有七言和长短句的形式,演唱时配以一定的曲调唱腔。高明的歌手往往采用押韵和复沓的表现手法,增强古歌的韵律感。[①] 古歌所唱内容丰富,包罗万象,既涉及宇宙诞生、万物起源等宏大命题,也关注各类生产生活习俗的由来及其具体程序。这些内容来源于布依先民对世界万物的观察、对祖先历史的记录、对自身生活的描摹,是他们对于自然规律、祖先历史的诗意化表达,也是长期以来生产生活的经验总结,蕴含着布依人的世界观、生命观、价值观。因此,古歌成为传递布依族传统知识的工具之一,主要在婚丧嫁娶等人生仪礼场合演唱。

布依族古歌的演唱形式有独唱、对唱、合唱几种,歌手会根据具体场合进行选择。一般而言,在婚礼、诞生礼、建新房等喜庆场合及日常生活中,多宾主对唱形式,且具有竞赛性质;而在葬礼等较为肃穆的场合,则多以歌手独唱为主,起到配合仪式进程的目的。歌手演唱时,也会依据现场情况、对手水平、听众状态等随时调整古歌的内容、篇幅、曲调。[②] 从这个意义而言,古歌是歌手与听众一同完成的艺术创作。

按照演唱内容,可以将布依族古歌分为以下三类,第一类,天地万物古歌。这是布依族祖先解释万物起源的古歌,即布依族的创世史诗,主要有《开天辟地》《造物歌》《十二个太阳》《洪水潮天》《赛胡细妹造人烟》等;第二类,礼俗古歌。这类古歌主要解释各类礼俗的来源,同时起到指导礼俗过程的目的,包括《酿酒歌》《分烟歌》《过礼歌》等;第三类,恋情古歌。这类古歌在表达布依先民婚恋观念的

[①] 田兵、罗汛河、黄世贤、陈立浩主编:《布依族文学史》,贵州大学中文系,1981年版,第26页。

[②] 赵焜、赵开舟:《布依族古歌的传承与发展》,载白明政、樊敏主编《布依族节日文化研究》,贵州民族出版社2017年版,第166—168页。

同时描述恋爱、婚礼程序，以《草凳上的小狗儿》最为经典。①

《赛胡细妹造人烟》是布依族最具代表性的创世古歌之一，广泛流传于贵州、云南的布依族聚居区，尤其是贵州省黔西南布依族苗族自治州的册亨县、望谟县、荔波县一带。

《赛胡细妹造人烟》相比布依族其他创世史诗，故事情节相对完整，包含开天辟地、洪水潮天、兄妹成婚三个母题。史诗第一部分讲述布依族祖先从形似葫芦（或鸡蛋）的混沌中诞生，随后开天辟地，祖先身体各部位化为世间万物。第二部分讲述洪水暴发淹没世间，只有一对兄妹因种种原因获得帮助，藏身葫芦中漂浮于水面上得以存活。第三部分也是整首史诗的主干部分，描述兄妹二人经天神授意、历经磨难后成婚，婚后生下怪胎，兄妹二人将怪胎砍碎后洒向山林，几天后这些碎肉纷纷变成人类，人间又有了烟火。在不同文本中，史诗具体情节各有不同，但开天辟地、洪水潮天、兄妹成婚这三个核心情节是稳固不变的。比如洪水暴发的原因，就有雷神报复人类、两兄弟发生矛盾、射日英雄被欺骗而报复人类等多种异文，而再次繁衍人类的这对兄妹，除赛胡细妹外，也有王姜兄妹、伏哥羲妹、瓦荣瓦言等不同称谓。

目前布依族创世史诗《赛胡细妹造人烟》的文本主要有以下几篇。民间文艺研究会贵州分会1980年编印的《民间文学资料》第45集是该诗篇最早公开发行的汉译本，经汛河参照多个文本综合整理而成，部分内容有改动和删减，1982年贵州人民出版社出版的《布依族古歌叙事歌选》收录的也是这个版本；2012年贵州民族出版社出版的《布依族古歌》是布依文、汉文对照版本，直观体现了布依族古歌韵文特征，其中收录的是由黎国举演唱、黎汝标搜集整理的版本，这一版故事情节与汛河整理版本有较大不同，最具特色的是将射日母题也融入其中。

---

① 郭堂亮主编：《布依族古歌：布依、汉文对照》，贵州民族出版社2009年版，第1—6页。

二 精彩诗篇故事情节举例

（一）开天辟地①

在古老的过去，古老到还没有云雾的时代，过去到还没有造天的时代，天和地都尚未分现。是谁创造天地、创造日月、创造山河？是谁用黑竹撑起天地？他将天造得有多高？将地造得有多宽？听我慢慢讲，听我慢慢道。前辈是这么说的，长者是这么讲的。

天地最初像鸡蛋一般紧紧一团，在这蛋的中心诞生了德罡。德罡每长高一尺三，天地间的距离就被他撑开一尺五；德罡长到百丈之高，天地也被他撑得十分宽大。他一挥手，地便越来越宽；他一跺脚，地就越来越紧实。但是，这么紧紧撑着天地使他十分疲惫，于是他创造了黑竹帮他撑住天地。德罡长到万丈之高，黑竹也长到万丈之高，牢牢地顶开天地。鸡蛋中轻的物质向上升去，变成蓝天青云；鸡蛋中重的物质往下沉，落成石头和泥土。黑竹一共有十三节，撑起十二层天；竹根一共十三段，抵住十二层地。

德罡活了万岁，万岁也要回归生命终点；德罡存了万载，万载也终要走向消亡。德罡一只眼睛升上天去，变成太阳管理白昼。德罡另一只眼睛追随太阳运转，变成月亮管理夜晚。德罡骨骼化作广阔的山坡，肉融化作宽广的土地，毛发长成树木山林，大肠变成黄河，小肠变成长江，血液飞起凝固成天上的星星。天地从此分现，万物从此诞生。伏羲出现造人烟，神农出现造五谷。三皇出现管天地，五帝出现管人间。

从前人想要登上天去，只要顺着黑竹爬上去。天皇于是将黑竹砍断，断了人的登天路。可惜人没有长翅膀，否则也能像老鹰飞天，登十二层天高，览十二层地阔。

---

① 原文参见郭堂亮主编《布依族古歌：布依、汉文对照》，贵州民族出版社2009年版，第49—55页。

到了百越的时代,人类开始分支。夜郎王造城邦,管理黑羊大箐。从此出现汉族、苗族、布依族等各民族。从此各民族携手建造家园,齐力建设人间。我们共存于这天地间,要如同爱父母一样爱这天地。

(二) 十二个太阳①

说起召王②时候天下大旱,当时天上一共有十二个太阳,召王看到阳光强烈,白天都不敢外出。十二个太阳把石头熔化成水,人们不敢住在家中,纷纷逃到山洞里。栽种秧苗不成活,田地泥土晒成灰,稻谷庄稼不见长,没有米粮与食物。河水井水也晒干,鱼儿就死在河中。人们白天躲在洞里,只有夜晚才能相聚。

世间一片死气沉沉的景象,人们心中满是怨气,于是商量寻找一位英雄将太阳射落。人们到处去寻找,找能造箭之人,找能制弓之人,找能射日之人。人们到处去寻找,找到魏家会造箭,找到万家会制弓,找到王姜能射日。王姜力气很大,身体像石头般坚硬,人们相信只有他能射落太阳。人们对王姜许诺,只要射落太阳,便将最肥沃的田地都分给他,王姜于是答应去射日。

王姜进入林中伐木,制好弓与箭。做好准备后,他将弓箭背在身上,在半夜爬上马桑树顶,要去与天搏斗。人们全都来到马桑树下,齐齐仰头看王姜的壮举。卯时太阳刚出来,王姜射出第一箭,一箭就射落三个太阳;王姜射出第二箭,七个太阳同时落下;王姜射出第三箭,射到天上,射碎太阳。但若是将太阳全都射落,又怕天下漆黑一片,世间依然无法生存。于是王姜留下一个太阳照亮世间,留一个月亮照明夜晚。

王姜完成射日壮举,地下人们一片欢腾。太阳只剩下一个,人们又可以种植粮食了,人们于是开始分配田地,然而此时王姜还在马桑

---

① 原文参见郭堂亮主编《布依族古歌:布依、汉文对照》,贵州民族出版社2009年版,第3—30页。

② 召王:布依族传说中一位古代的君王。

树上，但已无人在意他的生死。等王姜回到地上，田地早已分完，大小田地都有人占，而人们曾许诺王姜的田地，也已经被占领。王姜询问人们分田地之事，但无一人回答他。王姜十分生气，发誓要用洪水淹没人间，给这些忘恩负义的人一点教训。

(三) 兄妹成婚造人烟①

　　王姜气恼世间之人都言而无信，欺骗他射日，却不分他田地。上天唤雷公，下海唤蛟龙，引来洪水淹没世间。洪水潮天淹没世间，天下再无人烟，只有王姜提前种植葫芦，种得葫芦和房屋一样大。引来洪水时，他与妹妹躲入葫芦中，葫芦漂浮在水面上，二人得以幸存。

　　洪水退去后，天下人灭绝，只剩兄妹二人，人类怎么繁衍？洪水淹没土地，天下早已变样，兄妹关系也要变更。世间再无人种，天下无人管理，天神前来祈求，让王姜兄妹成婚，再传人烟，再理山河。

　　小妹不应允，认为世间没有这规矩，从未听过兄娶妹。于是她躲进山林里，躲进牛厩中，宁死不回家。这期间，小妹将香放到瓦片里，去祭拜太阳，请求天神指引，她点燃香，只见烟圈一同上升，天神授意兄妹成婚再传人烟。

　　王姜怎么也找不到小妹，只好去询问金奎。金奎告诉王姜，小妹躲在山林里，他让王姜将小妹从林中吓出，然后在路上等待小妹。小妹被吓出，见到自己兄长，又气又怒，就要打金奎。最终在金奎劝说下，兄妹二人终于同意成婚。

　　兄妹成亲半年后，生下一个肉团团，肉团团像磨石一样，光滑一团没有五官。王姜将肉团放在木板上，又拿柴刀来砍肉团，肉团被砍成碎块，一共砍了三百六十块。乌鸦、野鸭等各种鸟类飞来，叼走肉块撒到世间各个角落。七天过后，各个地方都燃起了烟火，肉块变成了人，人类得以延续。肝子部分的肉块变成布依族，肠子部分的肉块

---

① 原文参见郭堂亮主编《布依族古歌：布依、汉文对照》，贵州民族出版社2009年版，第56—71页。

变成侗族，其他肉块或变成布依族，或变成汉族。世间各民族，又重新开始繁衍了。

三　布依族创世史诗《赛胡细妹造人烟》体现的美学特征

（一）重章复沓的节奏之美

善用重章复沓的表现手法是布依族古歌显著特点之一。史诗演唱是歌手与听众互动的过程，重叠、复沓等技巧的使用，既能辅助歌手记忆、唱诵史诗，又能起到协调叙事节奏的效果，增强史诗韵律感；同时，在回环往复的咏叹中，歌手不断调动听众情感，引起双方精神的共振。重章复沓的频繁使用，使史诗韵律、情节、情感交融为一体，增强了布依族古歌抑扬顿挫的节奏美感。

从前有十二个太阳，
石头熔成沙，
天下老百姓，
谁把太阳射？
天这样大旱，
天这般干旱，
种粮无收成。

从前有十二个太阳，
石头熔成沙，
出门人难归，
种粮无收成。

从前有十二个太阳，
石头熔成沙，
出门人难归，

家人尽盼望，
全天下百姓，
谁能射太阳？

从前有十二个太阳，
石头熔成片，
天下人来商量，
找英雄射太阳。

……

匠人打开箱，
哪个会造箭？
哪个力气大？
能把太阳射？
上坡去寻找，
下坡去呼喊。

匠人打开箱，
哪个会造箭？
一处处地看，
一处处地望，
谁人力气大？
能把太阳射？

[《布依族古歌·天地万物古歌·十二个太阳》]

  这一部分内容采取的段式复沓中包含句式复沓的手法，又结合对仗、叠韵等方法，结构上环环相扣，叙事上层层推动，具有强烈的韵律感与节奏感。以"从前有十二个太阳"为起始的几个段落，歌手反复描绘十二个太阳带来的苦难景象，营造出人们焦急万分的氛围。但歌手没有止步于简单的重复，而是通过部分句式内容的变换，在诗篇格式的循环中逐步推进故事发展，原先焦急等待的人们开始主动寻找解决困难的办法。而随着复沓段落句首变为"匠人打开箱"，段落结构彻底转变，也将叙事正式引入下一阶段，人们踏上寻找射日英雄的旅途，史诗情感基调也由绝望过渡至希望。诸如此类的精彩段落在诗篇中比比皆是，在歌手高超的叙事技巧下，史诗叙事层次分明、条理清晰，节奏优美、余韵悠长。

（二）质朴自然的语言之美

布依族创世古歌承载着布依先民对自身和世界的认知，也是祖先历史的神圣叙事，在一定意义上，创世古歌的演唱以传递此类知识为核心。因此，创世古歌重在叙事，重在对事件的详细讲解。歌手往往采取平铺直叙的方式，以最质朴简练的语言展现古老的历史图景，对场景和人物行为直接描摹，不加过多修饰。如上一节所举《十二个太阳》之例，歌手仅对干旱所造成事实进行直接讲述，如石头熔沙、种粮无收、人出难归等，但平实的语言同样使这一幅悲惨景象跃然眼前。当然，在面对难以直接描述的复杂事物时，布依族歌手也会依据自身生活经验，借助周边事物，以最质朴的语言将之重新表达。

> 你像香樟叶年青，
> 你哪时都是原样，
> 你像大蒜叶年青，
> 哪时都是年青样。
>
> [《布依族古歌·礼俗古歌·吃苦歌》]

> 听你讲我心情坏，
> 听你说我心冰冷。

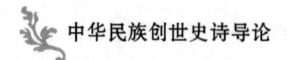

心情坏来心冰冷，
心冰冷像单只鞋，
心情坏如破烂鞋。
……
唱歌解气我欢乐，
唱歌能使我散心。
姐妹心里就高兴，
我们心里暖烘烘。
天体宽地下开阔，
天体宽阔无边涯。
遇你我心如天宽，
遇姨娘我心里暖。

[《布依族古歌·礼俗古歌·吃苦歌》]

上述两段诗篇中以常年青翠的香樟叶、蒜叶形容人样貌年轻，或以遇到破鞋、单只鞋的具体事例来说明心情不佳，总体而言是贴切的、生动的，具有生活气息，也没有脱离布依族古歌整体质朴平实的风格。当然，质朴自然的语言风格并未使史诗失色，而是与史诗内容相适应，以古朴韵味为史诗增添历史的幽邃感，达到大拙至美的境界。

四 布依族创世史诗《赛胡细妹造人烟》蕴含的诗性智慧

布依族创世史诗基于布依族先民对自然万物和人类自身的观察与思考，以诗性思维记录了布依族对自然规律的认知与把握，成为布依人认识世界、理解自我的起点。围绕万物同源共生的核心主题，布依族创世史诗延展出认识人与万物关系的路径，模塑着他们的生态观、生命观、价值观，并在生活中不断践行。《赛胡细妹造人烟》作为布依族创世史诗之一，在历代歌手的传唱中不断彰显着这种诗性智慧。

第二章　汉藏语系壮侗语族创世史诗

（一）万物同源的生态观

布依族创世史诗突出体现了人与自然是一个整体的生态观念，这种思想来源于人与万物同源共生的诗性叙事。依据史诗叙述，世间本是混沌一体，混沌中诞生了人类始祖，始祖开天辟地，死后化为天地万物，人类也诞生其中。在另一史诗《安王与祖王》①中，安王的母亲是由鱼所化成的人类女子，而安王因不听母亲劝阻吃了祖父祖母（鱼），进而遭受许多磨难。这些诗篇描写人能化物、物能化人，正是因为人与自然同源共生，二者浑然一体，彼此依存。

始祖开天辟地后，世间万物彼此协作，云雀带来谷种、狗带来稻种，日月星辰按规律运行，才使得人类繁衍，才有了家园的繁荣。②因此，人与自然万物的关系应当是紧密的、平等的、协调的。由此，布依人也秉持着对自然万物的亲近、热爱，诗人也以最质朴的语言说明这个道理。

咱们共个天，爱天如爱父，
咱们在人间，爱地如爱母。
人无空气倒，无雨水咋过？
没太阳咋活？不吃饭饿死。
人间有房子，房子谁不爱？
大地像仓库，要好好保护，
护好住万世，保好居万代。

[《布依族古歌·天地万物古歌·开天辟地》]

（二）井然有序的生命观

布依人与自然万物同源而生，与自然万物相互依存，也在与自然

---

① 原文参见郭堂亮主编《布依族古歌：布依、汉文对照》，贵州民族出版社2009年版，第143—207页。
② 原文参见郭堂亮主编《布依族古歌：布依、汉文对照》，贵州民族出版社2009年版，第89—105页。

万物的共同繁衍中看到井然有序的生命循环。布依族创世史诗中的射日母题，体现了布依人认识到万物规律的必然性、意识到和谐秩序的必要性。在面对春去秋来的四季往复等现象时，诗人进一步深刻体会到人类生命的循环往复。《赛胡细妹造人烟》中兄妹所生怪胎，砍碎后又化为人，从一定意义上而言，正对应了人类生命从诞生走向死亡，同时又重新繁衍的生命轨迹。史诗中，即使是创世始祖德罡，也终要走向衰亡，回归生命的本初。即使如布杰一般的英雄，也免不了要面对死亡。但他们二人死后，身体各部位又化为万物，成为后人赖以为生的基础，生命以另一种方式得以存续，井然有序、生生不息。诗人用平淡质朴的口吻，冷静描述生命衰亡的事实，也表达了布依人面对生死时的豁达态度。

> 德罡活万岁，万岁要回归；
> 德罡活万载，万载也会倒。
>
> [《布依族古歌·天地万物古歌·开天辟地》]

（三）和谐共荣的民族观

万物同源的生态观，不仅提供了理解人与自然关系的基础，同样打造了理解人与人关系的纽带。布依族创世史诗中，人类与自然万物同时诞生，有共同的出处来历，在与世推移的历史进程中，才逐渐分化为各支系、各民族。

> 到了百越时，部族有分支。
> 夜郎王造城，管黑羊大菁。
> 有汉族苗族，布依各民族，
> 携手建人间，齐力建家园。
>
> [《布依族古歌·天地万物古歌·开天辟地》]

不同民族本就是亲如手足的兄弟关系，建设了共同的家园。各民

第二章　汉藏语系壮侗语族创世史诗

族同出一源的叙事在《赛胡细妹造人烟》中有更清晰的线索。

说完捞来砍柴刀，
乒乒乓乓砍不停，
砍了一百零八块。
丢在四处遍山岭。

一百块肉变哪样？
变成一百个寨子百家姓，
还有八块变哪样？
变成小河和水井。

桃子树上挂四两，
李子树上挂半斤，
芦苇上面也挂满，
樟树橙树挂的肉筋筋。
第二天早上太阳出，
一百块肉都变成人，
挂在桃树的就姓陶，
挂在李树的就姓李，
挂在樟树的就姓张，
挂在橙树的就姓陈。

[《民间文学资料第45集·赛胡细妹造人烟》]

过去三天七天，
烟火冒纷纷，
王报遍天下，
有了布依族和汉族。
……

王报遍天下，
肝子给布依族，
肠子给侗族，
布依族或汉族，
都重造人烟。

[《布依族古歌·天地万物古歌·兄妹结婚》]

此外，布依族创世史诗中，有着明显的多民族交融痕迹。构成《赛胡细妹造人烟》的几个主要母题由多民族共享，相似的情节在壮族、侗族、苗族等史诗中也有讲述。此外，"赛胡细妹"在另一些文本中被称为"伏羲兄妹"，史诗中还出现了"太白金星"等道教神灵，[①]这是布依族对周边民族优秀传统文化的吸纳，也是其和谐共荣的民族观念的生动体现。

《赛胡细妹造人烟》中多民族同出一源的史诗叙事，是布依族人民长期与周边民族和谐交往、相互交融的见证，是布依族和谐共荣的民族观的动力来源，也是铸牢中华民族共同体意识的有力实践。

(四) 合作互助的价值观

布依族创世史诗，着力颂扬了人们合作互助的崇高精神，宣扬不求回报、携手共进的价值取向。史诗中处处有"齐力""携手""共同"等表述，这是布依族先民在面对错综复杂的远古世界时有感于人类渺小而得到的重要启示，也是他们渴望改造自然的理想。即使是射日英雄王姜，射日壮举也要借助魏家造的弓、万家造的箭来完成，同源共生的人们更应精诚合作，携手共渡难关，打造美好家园。

[①] 参见汛河搜集整理《赛胡细妹造人烟》，载中国民间文艺研究会贵州分会编《民间文学资料第45集·布依族古歌叙事诗情歌》，中国民间文艺研究会贵州分会1980年版，第12—24页。

第二章　汉藏语系壮侗语族创世史诗

我们又要造什么，
再来造一条新路，
再修一条新河流，
再架一座一桥梁。
一人拿一把锄头，
百人拿百把凿子，
来把这山尖挖平，
来挖平这座山顶，
向前修十八条路，
再修好十九条路，
平凡人们可以走，
当官爷们可以玩。
我们又要造什么，
我们要造井里鱼，
我们要造塘里虾，
我们要造井里鱼，
要造河里的螃蟹，
要造双铺"做城市"，
要造广顺有衙门，
汉族人们去建房，
苗族人们去修建，
布依族人去居住。
造成大街来做主，
造成小街卖花线。

[《布依族古歌·天地万物古歌·造世间》]

诗人情绪高昂，呼唤人们共同携手，共建家园，体现了布依族人民合作互助的价值观，隐含着对美好生活的共同期待，同时展现了他们昂扬向上的精神面貌。

布依族创世史诗《赛胡细妹造人烟》以质朴自然的语言风格、重章复沓的艺术手法，记录了布依族先民对自然规律、人类生命、祖先历史的认知与想象，是布依族人民历史生活的诗性叙事。史诗围绕万物一体的诗性智慧，凸显了布依族万物同源的生态观、井然有序的生命观、和谐共荣的民族观、合作进取的价值观。《赛胡细妹造人烟》是布依族优秀传统文化的载体，也是布依族铸牢中华民族共同体意识的动力来源。

思考题

1. 布依族古歌与布依族创世史诗之间是什么关系？
2. 简述布依族创世史诗《赛胡细妹造人烟》的美学特征。
3. 思考布依族创世史诗《赛胡细妹造人烟》有哪些当代价值。

第五节　仡佬族创世史诗《叙根由》

一　概述

创世史诗是仡佬族史诗的一个重要类别，其中有仡佬族丰富的历史记忆、文化内涵，是仡佬族的根谱。仡佬族创世史诗有《叙根由》《竹王》《仡佬族古歌》等。其中最为著名的是《叙根由》，它最早被称为《十二段经》，总共有12章，篇幅长达5000余行。这部史诗之所以取名为《叙根由》，是因为每一段（篇）开头部分，都有"要叙根由叙什么？要叙根由叙某某（名称）"作为正文部分的起首句子。

《叙根由》出版时标明为"仡佬族古歌"，由罗懿群、吴启禄编译。到目前为止，除了有个别内部资料如《十二段经》外，公开出版的版本只有贵州民族出版社2009年出版的这个版本。据编译者介绍，这部古歌由当地仡佬族歌师赵银周唱诵，至少在赵银周先生所在地贵州省黔西县（今改市）一带已经流传了300年以上。《叙根由》"是一部古朴雄浑的神话史诗，它镶嵌在庄严的仪式唱词里，在贵州境内鸭池河上游六圭河畔仡佬族雅伊支系中传播，'致美于庙坛'，被人们当作'经典'，当作'生活和历史的教科书'而世代口耳相传"[①]。有学者认为《十二段经》只包括《找草果》《砍树造房》《打虎擒獐射羊》《挖矿炼铁》《铁牛精阿约》《阿利捉风》《阿仰姊妹制人烟》《巨人由禄》8个篇章，"长约4000行"，与这部正式出版的《叙根由》比较，其所介绍的《十二段经》显然不足十二段，所指的只是其中的"2500行为创世史诗或训诲歌"[②]。由于民间文学的口承性和变异性，决定了这部古歌在不同的流传区域，存在多种异文和多个名称。

《叙根由》是一部以创世为主要内容的史诗，其中有开辟神话和万物起源传说，如《巨人由禄》《铁牛精那约》《阿利捉风》，有人类起源神话《阿仰兄妹制人烟》，有唱颂人类社会早期文明与文化起源、生产生活情景的《砍树造房》《打虎擒獐射羊》《挖矿炼铁》，有与仪式有关的《找草果》等，有训诲寓言《猫呼呼借窝》《由海的浪荡儿》《婆媳不和》。但是，从总体上考察，它是一部以叙述开天辟地、万物起源、人类产生及远古时期仡佬族文化起源以及生产生活情景为主要内容的创世史诗。

《叙根由》在民间称为仡佬族古歌，是在民间口头传承，加上古代没有文字记录文本参照，变异性强，除了创世是其主要的内容外，也有部分训谕内容。整部史诗没有一个中心人物，但"阿利"是史诗中多个篇章的主人公，而"阿仰兄妹制人烟"是非常重要的部分，因此可以认为史诗的主要人物是"阿利""阿仰兄妹"；其次有巨人由禄、铁牛精"那约"，这些是史诗原初时期就有的；而训世内容是在流传的过程中增添进去的，其中的婆媳、猫呼呼、由海的浪荡儿等

---

① 罗懿群、吴启禄编译：《叙根由》，贵州民族出版社2009年版，第1页。
② 毛星：《中国少数民族文学》（中），湖南人民出版社1983年版，第795—799页。

人物不是史诗原来就有的。因此，就其性质而言，《叙根由》是一部创世史诗。

二 精彩诗篇故事情节举例

（一）万物起源：巨人由禄化身山川①

巨人由禄的脑壳如坡头大大的，头发像大茅草长得顺顺的，耳朵像树子好洁净，眼睛像海子亮亮的，鼻子像消坑凸凸的，嘴巴像岩洞宽又宽，牙齿像大刺又快又利，舌头像巴茅草抻抻展展的，颈子像山垭细而又细，手杆像小坡梁很柔和，肋骨像大岩挺挺的，肉像泥巴又健又壮，血像大霜红殷殷的，肝子像菌子又宽又厚，心子像马屁包又乌又亮，肠子像大河长而又长，大腿像坡梁蜷蜷的，尾巴像风吹蒿枝又摇又摆，腰杆像大路长而又长。

大地、山川万物，是由禄的身体化生而成的。

（二）人类起源：阿仰兄妹制人烟②

大哥阿茹做错了九件事，舀来美酒来当作水，拿去打田，用香甜的粑粑做田坎；把伯母错叫为叔娘，把叔娘错叫为嫂嫂，是嫂嫂却错叫成姐姐，是姐姐却错叫成妹妹；炎热的六月天却在低矮处烧火烤，还穿上大棉衣烤火；寒冷的冬腊月却坐在山垭口上挡风，撑起雨伞遮阴，用扇子扇风纳凉；他带领兄弟挖土，前边挖了一锄后边马上又挖一锄来盖上；生病疼痛一年了却一直压住不说，整整一年都不医治。

彻格爷爷从天上下来对弟兄三人说："不要再割草了，不要再挖地了，要洪水朝天了。"大哥在坡顶上发火说："我割草是我自己的事，我挖的是我自己的地，你为何不要我挖，我要骂死你，把你吊死。"二哥在半坡上也冒火，说："我自己割我的草，挖我的地，你为啥子不要

---

① 罗懿群、吴启禄编译：《叙根由》，贵州民族出版社2009年版，第383—391页。
② 罗懿群、吴启禄编译：《叙根由》，贵州民族出版社2009年版，第326—351页。

我割草,不要我挖地,我要骂死你,我要吊死你。"阿仰在坡脚急忙来劝说:"我说不要骂老爷爷,不要吊死老爷爷,不要打也不要杀老爷爷,我们好心诚意请他指教——这是为什么?"彻格爷爷挂着铁棍笑了,他说:"蚂蚁全都上天去啦,大水将要涨到天脚了,洪水泛滥要溢满大地。所以我劝你们不要再割草了,也不要再挖地啦!"大哥向彻格爷爷请教:"大水涨齐天,我应该躲到哪里去?"彻格爷爷挂着铁棍笑着,指教大哥:"你抠花桑树做成船,外面用泥巴糊住盖口,里面用牛屎来浆住缝缝,你躲在里面,等大水消失后,船停在哪里你就在哪里吧!"彻格爷爷指点二哥说:"洪水朝天的时候,你抠白占树做船,外面用石灰来糊盖口,里面用泥巴来堵缝缝,你躲在里面,洪水退去,船到哪里你就在哪里。"阿仰请彻格爷爷指点他,彻格爷爷说:"洪水泛滥的时候,你抠杉树做成葫芦,外面你要用漆来涂,在里面你就竖着坐,拿一颗鸡蛋放在胛肢孔里,你躲在葫芦里面,葫芦随着洪水漂上天,然后随着大水落在地,水消后葫芦停止在那里,等鸡崽叫唤时你再蹬开葫芦出来。"

洪水消退之后,阿仰兄妹两人坐的葫芦卡在半岩上,头上有岩鹰来架窝,岩鹰在窝里孵出了鹰崽。妹妹扯下头发,搓成索子拴住了鹰崽。母鹰高声叫唤:"我的崽崽粗壮结实,为什么它不会找吃的喝的,为啥子它不会飞翔?"岩鹰上天去询问原因,请爷爷指点迷津,爷爷挂着铁棍说:"你脚下有一家人,你要去找他询问才知道。"岩鹰飞回来向阿仰请教,阿仰对岩鹰说:"底下有三副磨子,有三个碓窝,还有三张耙子,你抬走一样就有一只小岩鹰会飞翔,抬走两样两只小鹰会飞,抬走三样三只小鹰会飞。"岩鹰抬走了三样东西,鹰崽接二连三飞出了窝,去寻找吃的、寻找喝的,上天下地到处飞翔。看见岩鹰都飞走了,阿仰抬头看望天空,抱着脑袋大哭一场,说:"有朝一日你飞转来的时候,我要把你又捆又绑。"岩鹰连忙对阿仰说:"你不要捉拿我的崽崽,让他飞出去寻找吃喝,等我回来以后,我背你们下到岩脚。"岩鹰答应的事情他照做了,岩鹰背着他们到半岩时说:"我的肚子实在饿得很,你们的鸡崽我要吃了。"阿仰兄妹对岩鹰说:"鸡崽我们要留下传种,你要吃,我割我的脖颈肉给你吃;你要吃,我割我的后背肉给你吃;你要吃,我割我的膝弯肉给你吃!"岩鹰背着阿仰兄妹到岩脚时说:"你们兄妹就留在这里了,你们的鸡崽也留下。你们砍来泡木树钻木取火,就可以得到烟火了。"阿仰在岩脚烧起了火,火烟冲到天上去,彻格爷爷拄着棍子笑着说:"大水抵天,人都死完了,洪水漫地,人都死光了,为啥岩脚还有火在烧、烟在冒?哦,原来是阿仰兄妹烧的火。"彻格爷爷拄着铁棍笑着对阿仰说:"某天你到天上去看看,到天上去索要,在土里用麻秆扎芦笙,扎好芦笙吹着上天去,天上住着三姐妹,你吹芦笙去向她们求婚。"阿仰吹着芦笙去找大姐,大姐咬牙跺脚不接受;他吹芦笙去找二姐,二姐愣眉鼓眼不同意;他吹芦笙去找幺姐,幺姐嘻嘻哈哈嘲笑他。彻格爷爷拄着铁棍笑着说:"阿仰你就返回人间去,回去和你妹妹住岩脚。你们去挖山药吃,用这个来充饥解饿。"就这样,吃山药吃了一天又一天,吃了一月又一月,吃了一年又一年,吃了一代又一代。

阿仰兄妹生下九个孩子,九个孩子都不会讲话,不会饥饿,不会口渴,不会喝水。阿仰上天去向彻格爷爷去求救。彻格爷爷拄着铁棍笑着说:"闷林竹子有九节,你锯断它用大火来烧,锯一节来烧爆,就有一个孩子会说话,锯两节来烧爆就会有两个孩子说话。锯下九节烧爆时,九个孩子都会说话了。"阿仰照着彻格爷爷的话烧爆了九节竹子,九个孩子都会说话了。九个孩子说的是九种话,苗族、仡佬族、侬人、侗家、蔡家等几个族别都分出来了,各家有各家的语言,各家有各家的地盘和住处。

(三) 远古狩猎与挖矿炼铁

1. 共同打虎,分享猎物①

老虎吃了圈养的猪,主人阿利请爷爷到场,邀约汉、苗、彝、布

---

① 罗懿群、吴启禄编译:《叙根由》,贵州民族出版社2009年版,第102—116页。

依等各族猎手集体出猎。

阿利把谁请了来呢？阿利请来汉人，汉人扛着枪炮来了；阿利请得苗家人来，苗家背着弩弓来了；阿利请得爷爷来，爷爷扛着挡耙来了；阿利请得彝家人来，彝家披着披毡来了；阿利请得布依人来，布依人吹着牛角来了。

老虎逃到垭口去，汉人打中它的脑壳，苗家人射中它的前膀，爷爷耙中它的后腿，彝家人击中它的腰杆，布依人砸中它的肋骨。老虎呼天抢地在土坎上挣扎，前脚后腿猛蹬钻进土地，眼睛鼓鼓地翻起白眼死了。

阿利放山岔子去看，山岔子一去就不回来了。阿利放喜鹊去看，喜鹊再也没有回来。他放乌鸦去看，乌鸦再也没返回。放岩鹰、放铁鹞子去看，岩鹰和铁鹞子也没有回来。最后放狗去看，狗回来说老虎已经死在土坎上。

分享猎物老虎的时刻到了，汉人分得老虎的皮子，苗家分得老虎的肉，爷爷分得老虎的肝子，彝家分得老虎的心子，布依人分得老虎的肠子，宋家人分得老虎的上牙巴，仡佬人分得老虎的下牙巴。

2. 挖矿炼铁[①]

金飞蛾的脑壳像"椰果"一样圆又圆，耳朵像荞叶很洁净，眼睛像小米一样亮亮的，鼻子像荞壳一样突突的，牙巴像谷壳宽又宽，牙齿长得像花生，舌头像谷叶抻抻展展，颈子像青花线细而又细，手杆像兰花线很柔和，肋骨像蕨草般挺拔，肌肉像泥巴十分健壮，鲜血像明霜般红殷殷的，肝子像菌子又宽又厚，心子像苞谷籽又乌又亮，肠子像铁链长而又长，大腿像兰花线般蜷蜷的，尾巴像蒿枝又摇又摆，腰杆像红花线长而又长，金飞蛾引领、启发了阿利，阿利来野猪拱地的地方发现了铁矿石，挖回了铁矿石。

---

① 罗懿群、吴启禄编译：《叙根由》，贵州民族出版社 2009 年版，第 210—212 页。

找来了会冶炼的匠人,阿利就要炼铁啦,最先炼出什么来?最先炼出铁水来,然后炼出铁鼎罐,铁锅他也铸好了,铧口他也铸成了,锄头他也打成了,镰刀他都打够了,还有尖刀等通通都打齐了。

三 仡佬族创世史诗《叙根由》体现的美学特征

(一) 结构之美

1. 总体结构主附配合之美

《叙根由》整体结构共有十二章,总体上看,由三部分构成,全诗头、中、尾结构分明,主体突出,第一部分为仪式歌,包括《寻祭师》《找草果》;第二部分为创世史诗主体,包括《砍树造房》《打虎擒獐射羊》《挖矿炼铁》《铁牛精那约》《阿利捉风》《阿仰兄妹制人烟》《巨人由禄》;第三部分为训谕歌,包括《婆媳不和》《猫呼呼借窝》《由海的浪荡儿》。这三个部分结构基本分明,虽然《婆媳不和》在结构上插入了第二部分之中,但其训世内容明显应该归入第三部分,这也许是歌师赵银周在演唱中把它放入了第二部分之间。这就是王继英认为"同其他民族的创世史诗相比,这首史诗内容构成复杂,内容与内容之间,有主附之分"[①]的原因。

史诗主要的人物并不突出,然而从全部史诗来看,阿利出现在多个篇章中,他可能就是原生状态下这部史诗的主要人物,即史诗英雄人物。其他的则是附属的次要人物。

2. 篇章结构珍珠贯串之美

《叙根由》整部史诗由 12 章组成,各章之间除了中心词外都是重复的形式,这些中心词,像一条一条的金线把 12 颗珍珠贯串起来。例如,"叙……根由"一小节是每一章都出现的唱述形式,这一小节唱述形式贯穿了叙述师人、草果、阿利、老虎、婆婆、金飞蛾、那约、风

---

① 王继英:《仡佬族〈叙根由〉:独特的民族古歌》,《贵州民族大学学报》(哲学社会科学版) 2013 年第 5 期。

怪、阿茹、由禄、猫呼呼、由海的浪荡儿各章，把全诗严密地组织起来，是串起全诗12颗珍珠的一条金线，"叙根由"作为寻根究底的史诗特色得以全部展现。又如，"洒草果香水"在全诗中，只在开头1章和最后3章与亡者关系不大的部分没有出现外，在其他8章中都出现了。这体现出《叙根由》全篇的中心词像金线一样把表达之物贯串起来的特征。

3. 单节与句式结构重复程式之美

《叙根由》最长的一章《阿仰兄妹制人烟》有9节，最短的一章《猫呼呼借窝》有2节。除去每章都有的一节即"叙……根由"，另外一种是更换个别词语的句式与单节结构，例如各章中叙根由的部分，叙述什么事物的根由就把这节相应句式该位置的词语更换为什么事物的称谓。如《阿仰兄妹制人烟》的相应部分是这样描述的。

> 要叙根由叙什么？
> 要叙根由叙阿茹。
> 阿茹名声是好的，
> 阿茹名声是正的。

[《叙根由·第九章·阿仰兄妹制人烟》]

这里第二句、第三句和第四句中的词语"阿茹"是可更换的，在叙述其他根由的时候这一位置就更换成其他词语，包括"师人，草果，阿利，老虎，婆婆，金飞蛾，那约，风怪，阿茹，由禄，猫呼呼，由海"共12个。

（二）重叠复沓之美

重复、反复是口头传统的重要特征。约瑟夫·达根有一个判断：一部叙事性诗歌的程式频密度超过20%，就强有力地证明它属于口头创作。①《叙根由》的程式重复的频密度远超20%，它的口头诗歌创作性质得到了很好的保持和传承。约翰·米利提出"首语重复法"②即通常所说的"头韵法""押头韵"，而这一特征在《叙根由》和《仡佬族古歌》中都很突出。在前文所引的几段史诗片断中，普遍有这一特征，具体的首语重复，是以二句重复居多。这也是仡佬族创世史诗保存浓厚的口头诗歌性质的又一重要标尺。而这些首语重复构成的音韵结构，在绝大多数篇章中都十分突出，形成了《叙根由》的重叠复沓之美。

四 仡佬族创世史诗《叙根由》蕴含的诗性智慧

《叙根由》是仡佬族的根谱，在庄严的仪式场合吟诵，其教化功能十分突出。因此，史诗中蕴含的丰富的人生智慧，在史诗的唱诵过程中不作抽象的说理训诫，而是以形象化的表述和生动的故事形式表达出来，在潜移默化中影响在场人，体现出一种生动、形象的诗性智慧。在创世史诗《叙根由》中，有万物同源与征服自然的世界观；有弘扬正气、丰富多样的价值观，包括注重名节，善恶分明；提倡勤劳，反对懒惰；团结合作，共享成果等。

（一）万物同源与征服自然的世界观

1. 万物同源

在《巨人由禄》一章中，歌师用一种隐喻的方式，通过吟唱巨人由禄身体的各个部位形似山川万物的情节，提示仪式的在场人——大地、山坡、河流等自然之物均为由禄身体部位化生而成，传达出世界万物皆属同源的世界观。这与彝族史诗《梅葛》中吟唱的老虎身体化

---

① Joseph J. Duggan, *The Song of Roland: Formulaic Style and Poetic Craft*, 1973, p. 29. 转引自 [美] 约翰·迈尔斯·弗里《过去的声音：口头诗学：帕里-洛德理论》，朝戈金译，社会科学文献出版社2000年版，第250页。

② [美] 约翰·迈尔斯·弗里：《过去的声音：口头诗学：帕里-洛德理论》，朝戈金译，社会科学文献出版社2000年版，第190页。

生为万物的情况相类似。

2. 征服自然

《阿利捉风》中，阿利为了除掉风怪的危害，杀牛吃肉以增添力量。阿利翻山越岭，勇猛地追赶风怪九兄弟，抓住后将其镇压在土坑中。在风怪逃跑之后，阿利再次降服风怪，并对之作出警告。

> 你们不要乱吹天，
> 你们不要乱吹地。
> 猫呼呼叫时才准来，
> 嘘哨逗你才能回。

[《叙根由·第八章·阿利捉风》]

展现出阿利为民除害、百折不挠的英勇品质，体现了仡佬族在古代善于认识自然、勇于征服自然的英雄气概。

（二）弘扬正气、丰富多样的价值观

1. 注重名节，善恶分明

歌师即师人，是主持仪式的人，代表了正面、向善的价值判断，辅助人即陪坐人，同样是正面的、向善的。而这种价值判断，是仡佬族伦理道德的集中体现。

> 要叙根由叙什么？
> 要叙根由叙师人。
> 师人名声是好的。
> 师人名声是正的。
> 应该去找师人啊，
> 应该去找陪坐人。

[《叙根由·第一章·寻祭师》]

不只是对人，对物亦如是。例如，《找草果》中对草果的判断："草果名声是好的。草果名声是正的。"① 这样好名声和正名声的还有阿利、老虎、婆婆、金飞蛾、那约、风怪、阿茹，而名声坏的或邪的有由禄、猫呼呼、由海。如《巨人由禄》一章说："由禄名声是坏的。由禄名声是邪的。"② 这些都要告诫人们，要注重名节，要区分正邪，要善恶分明。

2. 提倡勤劳，反对懒惰

勤劳能干，历来是受到赞扬的，而懒惰贪馋，都会受到谴责；凶恶令人憎恶，善良让人喜欢。

> 婆婆是个怪婆婆，
> 媳妇是个怪媳妇。
> 婆婆责怪媳妇懒，
> 媳妇诉说婆婆凶。

[《叙根由·第五章·婆媳不和》]

婆媳矛盾是普遍存在的社会问题，上述史诗选段涉及婆婆与媳妇的关系问题，表明懒惰总是要被批判的。在《猫呼呼借窝》中，批判了猫呼呼懒惰不能自立，要向其他鸟类山岔子、喜鹊、乌鸦、岩鹰、铁鹞子借窝给自己的小崽子栖息，结果牺牲了自己的幼崽，以此表明对懒惰者的谴责，对勤劳自立者的赞扬。

3. 团结合作，共享成果

团结合作，共享成果这一价值观在《叙根由》中较为突出，反映了古代同处一地的各族人民在交往、交流中和睦相处，共同开发祖国西南的历史记忆。

---

① 罗懿群、吴启禄编译：《叙根由》，贵州民族出版社2009年版，第14页。
② 罗懿群、吴启禄编译：《叙根由》，贵州民族出版社2009年版，第382页。

第二章　汉藏语系壮侗语族创世史诗

汉人扛枪炮回去,
遇见岩鹰打死它;
鹰肉你拿回去吃,
鹰爪留下我要它。

苗家背弩弓回去,
遇见野羊射死它;
羊肉你拿回去吃,
羊角留下我要它。

爷爷扛挡耙回去,
碰见麂子打死它;
麂肉你拿回去吃,
麂蹄留下我要它。

彝家披披毡回去,
碰见獐子打死它;
獐肉你拿回去吃,
獐脚留下我要它。

布依人吹牛角回去,
你得见铜拿回来;
我拿它打铜钞子,
我拿它铸铜铃铛。

[《叙根由·第四章·打虎 擒獐 射羊》]

这里生动地描绘了各民族团结合作打虎、分虎肉,以及在返途中各自狩猎,将猎获野物分享给其他民族的情景,体现了"隔山打鸟,见者有份"的传统美德,体现了同处一地,大地所产之物为共同所有,打猎获得的猎物共同分享，大家和睦共处、共享大自然成果的智慧。

《叙根由》是仡佬族创世史诗的经典，唱述了仡佬族山川万物由巨人由禄身体分解、化生而成；相邻各个民族都是同源共祖，是阿仰兄妹生育了各民族祖先；英雄阿利战胜风灾等自然灾害，寻找到铁矿铸造了各种工具；各民族共同合作打虎，分享猎物等。史诗总体结构有主附配合之美，章节之间有珍珠贯串之美，修辞方面有重叠复沓之美。史诗体现出万物同源、人类可以征服自然的世界观，弘扬正气、祈福纳吉等丰富多样的价值观。史诗唱颂了与仡佬族共同相处的各民族都是同一个祖先、大家都是兄弟姊妹的共同体思想。其中，团结协作、共同狩猎、互相分享成果的协同劳动与共同生活的场景，体现出中华民族一家亲，以及感情相通、行动协同、和睦相处、互相认同的亲密关系。

思考题

1. 仡佬族创世史诗有什么特点？
2. 仡佬族古歌中的"草果"及"洒草果香水"仪式有什么文化意蕴？
3. 结合口头诗学理论分析《叙根由》的程式和韵律。

第六节　水族创世史诗《开天立地》

一　概述

水族史诗，水语称其为"旭济"，"旭"指歌，"旭济"意为创造歌或创世纪的歌，也被称为水族古歌。水族史诗以"前三后四"节奏的七言句为基本句式，用诗的语言记录了水族先民对自然万物和人类起源的探索和认知，记载了有关民族迁徙、民族战争和民族英雄光辉业绩的重大事件。

水族创世史诗《开天立地》主要流行于贵州省黔南布依族苗族自

治州三都水族自治县、荔波县以及榕江、独山等部分地区和桂北山区一带的水族聚居区。

水族古歌一般用水语并配以水族特有的曲调进行演唱,演唱中虽然旋律变化较少,但由于其讲古的内容和传授的形式,使其演唱场面尤为庄重,成为当地婚丧嫁娶中必不可少的民间礼俗,[①] 是研究水族社会历史文化的重要口碑材料。

水族古歌是水族最早的文学作品,具有题材重大、涉猎广泛、影响深远的特点。水族先民生活在大自然的怀抱中,日月星辰的诞生,天地山川的来历,雨雷电的形成,鸟兽虫鱼的共生和花草树木的生长等奥秘随时都在他们的脑海中徘徊。他们根据自己在日常劳作中的观察和体验展开了各种绮丽的想象和大胆的推测,从而创造了神奇瑰丽、雄浑奇特、充满幻想色彩并闪烁着诗性智慧的史诗。水族史诗《开天立地》反映了水族先民对于自然的理解和认识,表达了他们探索自然、改造自然的理想,展现了远古时期水族先民的诗性历史。

水族古歌按照形式划分,可以分为古单歌和古双歌,"单歌"是指一首较为完整的歌,没有歌序式的"韵白",结构上一气呵成,可以独立存在,既可以一个人唱,也可以对唱或合唱,不过即便是对唱每次也只需唱一首。而"双歌"则是"说唱"的形式,由"说白"和"吟唱"两部分组成,特别是在"吟唱"部分,不论对唱的歌手数量,其歌唱的数目都必须是双数。[②]

以具体内容来分,水族古歌大致可以分为三类。第一类,开天辟地的古歌,主要篇目有《开天立地》《开天地造人烟》《造天造地歌》《造日月歌》《恩公开辟地方》《恩公踩地方》等;第二类,人类起源的古歌,如《造人歌》;第三类,反映氏族斗争的古歌,如《人龙雷虎

[①] 中国民间文学集成全国编辑委员会、中国歌谣集成贵州卷编辑委员会编:《中国歌谣集成·贵州卷》,中国 ISBN 中心 2009 年版,第 1009 页。
[②] 贵州省民族事务委员会、中国民间文艺研究分贵州分会编:《民间文学资料第 46 集·水族双歌单歌集》,贵州省民族事务委员会、中国民间文艺研究会贵州分会 1981 年版,第 1 页。

争天下》。上述许多古歌内容大致相同,多是由同一母题裂变而发展出来的异文。① 《开天立地》是其中最长和较为完整的一部史诗,首先,讲述了水族创世女神"伢俣"(伢巫、伢娲、伢福)开天辟地、创造日月星辰、造山造树、战胜野兽的伟大功绩;其次,叙述了三皇五帝对人类文化的贡献;最后,讲述的是水族创世男神恩公(殷公、拱恩、拱殷),他用巨大的双脚踩出山川地貌,开辟了广袤的大地。恩公创造山河的方式是在凡人劳动行为的基础之上加工想象的,在南方其他民族的创世史诗中也有类似的表达。②

　　水族创世史诗《开天立地》的主要文本收录在1981年贵州省民族事务委员会、中国民间文艺研究会贵州分会编印《民间文学资料第46集水族双歌单歌集》和1997年贵州人民出版社的《贵州民间长诗》中。两部史诗作品都是由水族著名老歌手潘静流演唱、燕宝记译整理的版本,发表时间较早的作品对史诗内容进行了篇章划分,并标注了演唱中出现的汉语词汇。其他水族古歌还收录在2009年由中国民间文学集成全国编辑委员会出版的《中国歌谣集成贵州卷》中。经统计,水族创世史诗的篇目主要包括《开天立地》《开天地造人烟》《造天造地歌》《造日月歌》《恩公开辟地方》《恩公踩地方》《造人歌》《人龙雷虎争天下》《兄妹种瓜》《迁徙歌》《古公父建房在坑洞上》《分宗开亲》《种树造房》《造粮造棉》,合计14篇。

二　精彩诗篇故事情节举例

（一）宇宙起源③

　　在太古之时,天地并未分开。世界一片混沌,只有无尽的黑夜。

---

① 范禹主编:《水族文学史》,贵州人民出版社1987年版,第36页。
② 石莉芬:《水族与南方其他民族创世神话互文性阐释》,《黔南民族师范学院学报》2021年第3期。
③ 原文参见贵州省民族事务委员会、中国民间文艺研究分贵州分会编《民间文学资料第46集·水族双歌单歌集》,贵州省民族事务委员会、中国民间文艺研究会贵州分会1981年版,第371—399页。

第二章 汉藏语系壮侗语族创世史诗

水族的创世女神伢俣①准备创造天地。她抓住上下两边,猛一掰后天地竟然分开了,只见她屹立于天地之间,大手往上一擎,天变得越来越高。她又一蹬腿,大地也深深地陷下去,此时天空与大地的距离已相距甚远。会算会想②的伢俣担心这样制造的天地不够稳固,于是她炼造了铜棍用来撑住了天肚,用铁棍支住了地心,又用鳌骨支撑天的四角和地的四角。就这样天稳地固,万年不变。伢俣用尽全身力气掰开天地后,还朝中间猛吹一口气,清气冉冉向上,一直升到天上,整个天空显出蓝靛之色;浊气下沉,变为了广袤的土地。

造好天地之后,伢俣又来造日月星辰。她用掰开天地的神力去锻造太阳,一下子就造出了十个太阳。热辣的太阳融化了岩石泥土,万物生灵陷入水深火热之中。伢俣大吃一惊,自己造出这么多日月,搅得世界乱糟糟,只好用铜箭射落太阳。终于在射下九个太阳后,天上只挂着一个太阳和一个月亮,大地便明朗朗、暖洋洋了。只不过,那留下的太阳是母的,她很害羞,伢俣便规定人们不准随便张望母太阳;而月亮是公的,人们可以随意观赏。

天上有了太阳、月亮和星辰,可是地上却还是空荡荡的,十分荒凉。伢俣便下决心造出山来。她造了五座大山,东边泰山坐落在福建,西边华山坐落在燕国,南边的衡岳,北边的恒山,在大地的中间伢俣还造了一座嵩山。③ 伢俣又给各座大山分支分脉,这样山就布满了大地。只不过,山上还是光秃秃的,会算会想的伢俣便造出了种子,她把种子洒满了大小山坡,到了春天,种子都生长了出来,大地充满勃勃生机。

---

① 伢俣:水族的创世女神,也称伢娲、伢巫、伢福等。"伢"水语有"婆""奶奶""祖母"之意,"俣"为其名。水族敬老尊贤,故称之为"伢(婆)"以表尊重。
② 会算会想:水族古歌称赞人的智慧,都会用"会算会想"一词概括。
③ 水族歌手们将五岳的方位故意乱安排,是很有趣的现象。

· 513 ·

（二）人类诞生[①]

天地已经形成，空中日月有星辰相伴。大地之上生机盎然，可这世间却没有人类的影子。

伢俣女神决定创造人。她生育了四兄弟，老大是雷公，老二是水龙，老三是老虎，小满崽[②]才是咱们人类。[③] 这四兄弟本是同根生，却反目成仇，处处斗法比较。龙老二兴风作浪，洪水漫过村村寨寨，人却不怕他。虎老三，虎啸山林，掀起漫天灰尘，威风凛凛，人也不怕他。接下来是雷公一展身手，他一跃飞天，敲响了大铜锣，声音响彻云霄，人还是不怕他。最后轮到小满崽人类施展身法，会想会算的人割草砍树，搭棚围屋，邀请雷、龙、虎到棚里做客，雷、龙、虎坐定之后，人类击石取火，瞬时屋棚燃起熊熊大火，老虎被烧得虎皮脱落，形成一道道深浅花斑，龙老二全身烧满水泡，雷公也被烧得满脸通红，三兄弟落荒而逃。

雷公逃到了天上，可这天上实在是冷清，雷公看见地上都是伢俣女神的子子孙孙，气急败坏，决定放滔天洪水淹没人间。伢俣得知消息，心惊胆战，急忙种下了一个瓜。

这个瓜还真是稀奇，头天才种下种子，第二天便冒出嫩芽，三天生出叶子，四天瓜藤爬满了山坡，瓜花大到两人才抬得动，这瓜瓢也像个小仓房。有对姐弟叫来百多个人抬瓜回家，回家后凿瓜做房。可曾想瓜瓢才凿开，天空突然落下暴雨，洪水泛滥，不多时大地已经变成一片汪洋，人也绝迹了。

只有这两姐弟躲在瓜里，随着大瓜漂泊在水中。会想会算的伢俣放出老鼠，老鼠打洞，水便往下落，瓜也随水往下降，最终姐弟俩平

---

① 原文参见贵州省民族事务委员会、中国民间文艺研究分贵州分会《民间文学资料第46集　水族双歌单歌集》，贵州省民族事务委员会、中国民间文艺研究会贵州分会1981年版，第401—414页。

② 满崽：水族土话，最后一个儿子的意思。

③ 也有水族古歌中唱到人是老二，老四是蛟龙。可见《开天地造人烟》。

安回到了早已没有人烟、颓垣败井的村庄。姐弟为了繁衍人类，经过石磨相合的考验最终欢喜婚配。

妈妈怀胎三年终生下一崽，可这崽没嘴没耳，没手没脚，不会哭也不会笑，愁哭了的夫妻俩又去找伢俣帮忙，伢俣送了他们铜刀金斧。妈妈爹爹虽有不舍但也实在生气，把这生下来的肉球砍开剁烂，倒在了山上。喜鹊把这些肉块叼去扔在了山坡，撒遍了天下，肉块中肝脏部分变成了水族，肠子化作了苗族，肺变成了布依族，骨头则是汉族。就这样，世间又重新有人了。所以说，现在天下千寨万寨，都是伢俣的子子孙孙，人呀，也都是从瓜里生出来的。

三　水族创世史诗《开天立地》体现的美学特征

（一）修辞之美

当水族先民在面对错综复杂而又严峻动荡的远古世界之时，他们以日常生产生活中所见所闻之物为基础，进行生动形象的比喻和奇特美妙的想象。依靠歌手耳濡目染的诗歌审美力、日积月累的诗歌创造力，水族歌手创造出星罗棋布、不计其数的巧妙比喻，表现出一种丰富多彩、富于独特的修辞之美。此略举几例。

1. 形容外观

> 它生叶，象张船篷。
> 这瓜藤，大如房柱。

[《水族双歌单歌集·古单歌·造人歌》]

瓜是该诗篇中姐弟两人遭遇洪水之灾后的避灾神物，此神奇之物在各少数民族的创世史诗和洪水神话中多是葫芦，虽然在水族古歌中未言明瓜之本体，但歌手大胆借用房柱、山坡、船篷等日常生活常见之物作为喻体，用以比喻瓜藤、瓜叶、瓜花粗壮、巨大的外观，给读者和听者留下深刻的印象，也令艺术形象变得栩栩如生，逼真万分。

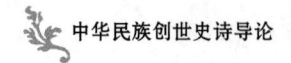

2. 形容星辰变化

> 跨廿几渐渐缩小，弯月亮像水牛角。
> 三十晚黑天黑地，大斗星整万出现。
> 大星星亿万闪烁，小星罗来万万颗。
> 扫把星像耍灯笼，猪笼星耀眼琳琅。

[《创世歌·开天地造人烟》]

歌手以水牛角、灯笼作为喻体，比喻星辰这类自然之物的变化规律，经过史诗歌手形象化地表达和艺术化地概括，让深奥的宇宙天体运行规律变得通俗易懂。史诗也成为水族先民传递原始科学知识、互动交流人际感情、提升审美感知力的重要载体和有效途径。

（二）重章复沓

史诗歌手重章复沓手法的运用，是为了增强韵文体长诗的音乐性。水族创世史诗中最具有代表性的复沓技巧在古单歌和古双歌中均有体现，以其开篇首句"初造人"（意为"最古的时候"）在不同主题史诗中的频繁出现最为特别。

1. "初造人"作为水族古歌的开端句

（1）《开天立地》首句

> 初造人，天连着地。
> 地连着天。
> 天连地，黑咕隆冬；
> 地连天，昼也像夜。

[《贵州民间长诗·开天立地》]

（2）《造人歌》（洪水滔天）首句

> 初造人，有个伢俀。

伢偎造，四个哥弟；
头一个，就是雷公，
二一个，就是水龙；

[《水族双歌单歌集·古单歌·造人歌·洪水滔天》]

（3）《恩公开辟地方》首句

初造人，先有恩公。
恩公想，半坡开井，
半岩开路。

[《水族双歌单歌集·古双歌二·恩公开辟地方》]

"初造人"意为最古的时候，表示世界的始初状态，也指水族先民朦胧地猜测世界处于混沌状态的原初时期。水族歌手在演唱之时，率先唱出"初造人"一词，将听众带回地球上最初出现人的那一刻，塑造了如同"在很久很久以前"那样的时空感，展现出史诗所独有的日久岁深、古味盎然的历史美感和原始意味。

当然，"初造人"除了在水族古歌中以首句形式出现，还藏身于古歌主体篇章中，以分清内容层次、增强诗篇整体节奏、抒发强烈感情为目的。

2. "初造人"出现在水族古歌主体中

（1）在《开天立地》中"初造人"作为宇宙起源、文化发明两个诗篇的开端句，明确史诗两大主题。

初造人，天连着地。
地连着天。
……
初造人，没田没地，

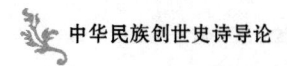

没棉没米。

[《贵州民间长诗·开天立地》]

(2)"初造人"在《造人歌》前面几节中连续出现,展现出远古时天地相合的混沌景象,凸显出伢俣开天辟地的重重困难。

初造人,刚有泥土。
初开天,才生岩石。
……
初造人,天地紧粘
从初生,也从初开。
……
初造人,天地相连。
上盖下粘。
初造人,漆黑蒙蒙。
……
初造人,仙王艰难
那山坡。朦胧未成。

[《水族双歌单歌集·古单歌一·造人歌》]

四 水族创世史诗《开天立地》蕴含的诗性智慧

创世史诗的诗性智慧是指诗人通过口头吟唱的语言艺术来表达积极乐观的人生智慧和传递助益社会发展的优良思想。水族创世史诗大多为远古时期的口头文学作品。水族创世史诗蕴含的诗性智慧,在历代歌手的努力下,不断丰富、完善,闪耀着熠熠生辉的光芒。伴随着水族创世史诗的不断歌唱,包含着直觉经验、情感感受、思维倾向和价值观念的诗性智慧也在一代代水族民众中得以传播、延续。

（一）人与自然同源共生的生态观

水族创世史诗《开天辟地》表达了人与自然同源共生的生态观。史诗歌手并未将自然置于人的对立面，而是把自然与人紧紧联系在一起。这种朴素可贵的生态观念来源于史诗歌手对人类与动物、自然物同源共生的认识。水族古歌《造人歌》（洪水滔天）是这样唱的。

> 初造人，有个伢偀。
> 伢偀造，四个哥弟：
> 头一个，就是雷公，
> 二一个，就是水龙；
> 三个一，才是老虎；
> 小满崽，是我们人。
>
> [《水族双歌单歌集·古单歌二·造人歌·洪水滔天》]

根据史诗的描述，人与动物、人与自然物都是浑然一体的。无论是雷公、水龙这样的超自然、具有神灵属性的想象之物还是动物，都与人类同源共生。同时人与自然物、动物之间还保持着亲密的兄弟关系。从中折射出水族创世史诗强调人与自然万物同源诞生、平等共存的重要生态意识。

（二）多民族和谐共生的观念

在水族创世史诗有关民族起源的诗篇中，歌手把与水族朝夕共处、相亲相爱的民族兄弟理解为同一对兄妹（也有说姐弟）所生，这既是水族先民民族观念的启蒙，也是水族与其他民族交流、交往的诗性表达。水族歌手用语言艺术构筑了多民族和谐共生的精神家园，为铸牢中华民族共同体意识提供了强大的精神动力。

>肝脏变成苗族,
>皮和肉变虽、干、耶①,
>那骨头变成客家,
>拉杂变禽兽牛羊。
>那年头磨破石子,
>散块肉乌鸦帮忙。
>靠乌鸦发展人类,
>新一代散满八方。
>古仙王哈喂!
>古仙王哈喂!

水族创世史诗中既有积极的美学内容,又有高超的诗艺表现,在激发听众美感享受,获取愉悦体验的同时,也在潜移默化地实施诗教、促人向上,传递着万物同源共生和多民族和谐共生的思想,最终实现了寓教于乐的诗教功能。

创世史诗《开天立地》,记录了先民在迷蒙混沌时期对大自然奥秘的探索和思考。歌手用生动朴实的语言、奇特美妙的想象,对天地的形成、人类的诞生、民族的繁衍、文化的发明等宏大的问题作了天真烂漫的解释,表现出鲜明的美学思想。史诗中蕴含的"人与自然同源共生"的质朴生态观念和"多民族和谐共生"的民族观,是水族民众诗性智慧的生动显现。同时,水族创世史诗《开天立地》中有关中华文化始祖三皇五帝的神圣叙事,以及射日、大洪水等中华创世神话的母题,则是对中华文化基因的诗性传承。从这个意义上,保护水族史诗《开天立地》就是保护和传衍珍贵的中华文化基因。

---

① 虽、水、耶:水族、侗族、布依族。也有文本中记录 是肝脏变成了水族、肠子化作了苗族。参见刘之侠、潘朝霖编《水族双歌》,贵州人民出版社1997年版,第317—319页。

思考题

1. 简述水族创世史诗《开天立地》的修辞之美。
2. 简述水族创世史诗《开天立地》的诗性智慧。
3. 简述水族创世史诗《开天立地》在当今社会传承的价值。

第七节　黎族创世史诗《五指山传》

一　概述

《五指山传》是一部情节连贯、生动感人的黎族创世史诗，是黎族人民在创造历史和文化的过程中心血与汗水的结晶。它以海南省中部雄伟的五指山为发源背景，描绘了勤劳勇敢的黎族人民世世代代繁衍生息、经营在这绵亘百里的龙盘腹地的传奇故事。它以纯真奇幻的创造性想象较完整地谱写着黎族独特的历史与文化，贡献着其独有的智慧与美。

《五指山传》表现了黎族最传统的生活方式和原生态时的生产方式，展现了其间鲜活的生活画面，记录了朴真的原汁原味的黎族风俗，包括思维方式、交往方式、起居方式以及语言表达、爱憎原则等。

《五指山传》体现了浓郁的地域色彩。如方言声韵、风土物产、对歌相亲等文学样式，反映着原著黎族的古朴风貌。

《五指山传》同所有的创世史诗一样，记述了黎族先民把自己崇拜的动物认作与本氏族有血缘关系的图腾而加以崇拜、世代记诵。例如，"黑犬舔愈公主的足疮，公主宁愿遵守皇帝许下的诺言，入山与犬相配"的故事在黎族群众中广为流传，因此，幻化为史诗中的"天狗"下凡，开创黎族一脉。同样也有母子婚配、姐弟婚配等伦理主题的反映。

《五指山传》全书由《序歌》《天狗下凡》《五指参天》《布谷传种》《雷公传情》《海边相遇》《成家立业》《儿大当婚》《分姓分支》《尾歌》十部分组成。

《序歌》简洁明了，一则，道出了代代相传的希望与祝福；二则，道出了黎族人民顽强的生命力和创造力。

《天狗下凡》描述黎族人的创世渊源，从天神到凡人，以凡人造日月、开山川、建家园、繁衍子嗣，这一章很是惊天动地，也感天动地，象征着艰难创世。

《五指参天》颇类似于汉族上古神话"盘古化生"。黎族人类学上的父亲在生命的最后一刻，将唯一能留下的躯体化生为后代赖以生存的家园物用。"天狗"即下凡后的玛天被自己儿子扎哈的毒箭误杀，倒下时，两手化出大小五指山，黎族世代以此为生息地，从而开篇了《五指山传》。

《布谷传种》追溯了黎族妇女绣手纹面的由来。亲兄妹、亲姐弟被天帝指婚为配，为避免心理的罪恶感和生理上的抗拒感，让女性一方脸上文上山川云纹，以示改头换面，并忘怀血缘身世，从而为氏族繁衍担当重任。但钦差官粗心搞错，误配母子，遂被天罚为布谷鸟，去帮助创世三代制造工具，点种粮食，找到火种。

《雷公传情》记述了洪水时代黎族祖先受天鸟母亲的庇护，及时躲到葫芦里渡过了灾难。雷公又指点这一对亲姐弟听从天意，有意制造殊途同归，同样在神秘的绣手纹面仪式帮助下结成夫妻，蕃息后代。

《海边相遇》记述了亲姐弟相遇在海边对歌相恋的传世故事。除了执行天帝要其传宗接代的旨意，还意味深长地引领黎族祖先走出大山，历经艰险，看到大海，开辟了更广阔的生存空间。既开阔了眼界，增长了识见，又为后日分姓分支、壮大黎族群体打下基础。

《成家立业》描绘的是黎族祖先们在劈园打山的游猎与刀耕火种的

生活进程中，逐渐与"天上人"即汉人建立起密切关系，学会了制造铁器农具，学会酿酒和纺纱织布。又因着天灾人祸所迫，在山海间能动而又顽强地寻找生活安顿。先祖们不断搬迁、不断学习和创造，为长大成人的子孙们成家立业，以求生生不息。

《儿大当婚》追述了四黎的由来，既同根同胞，有亲亲血脉相连，又各承天地旨意，分门另户，去经营开拓自己的领地，增长自己的本领，发挥自己的天赋特长，去创造各自的未来。

《分姓分支》道出了"分"的必然性和迫切性。氏族群体壮大，人口越来越多，生存资源匮乏，最好各逞所能，各尽所力，往四面八方各找生路，各闯各的世界去。

《尾歌》热情地讴歌了黎族祖先的创世功业、黎族人民的勤劳勇敢、黎族人丁兴旺的传奇故事，同时也衷心地呼吁四姓同根，当互帮互助、互相牵念爱护，让"赛人代代传"。

《五指山传》通过丰富的想象和高度的概括，生动地反映了黎族先民与自然、与邪恶斗争的成长历史，再现了他们富有传奇色彩的生活样式。以浓郁的生活气息和纯真浪漫的生活画面寄寓着黎族人民正直、倔强而又乐观豁达、勤劳吃苦的民族性格以及追求理想、追求幸福、追求真相的一往无前的民族气概。直面苦难、直面生死变故的坦荡象征着黎族人民坚韧、无畏却又应和天地自然的开明而智慧的民族精神。

总之，上天将五指山赐予勇敢善良的黎族人民，黎族人民以自己的诚心、智慧和力量给五指山川写满了传奇，将这人与自然互动的美妙画卷呈现给中华大家族。《五指山传》是黎族创世史诗，也是摇曳生姿的美丽山水轴图，还是清丽悠长、深情委婉、神韵生动的呦呦弦歌，它是民族的，也是世界的。

《五指山传》的主要文本是孙有康、李和弟搜集整理的黎族创世史诗《五指山传》，由中国国际广播出版社 2016 年 3 月出版。它由口头传唱整理翻译，结合黎族历史及民间文学资料整合而来，是

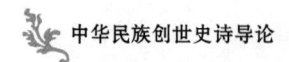

目前黎族地区发现的口头创作中最长最完整的古歌。作为能用普通话和方言同时押韵，并可用山歌曲调歌唱的长篇史诗在我国也还不多见。①

二 精彩诗篇故事情节举例

（一）天地同源②

初古时代，天上人间本混沌，同源一脉，悠然浑成，不知年月，可上苍有意做安排。指定一个天爹，指配一个地母，指派南蛇蜂王穿针引线。

地母婺女是天帝女儿，天爹天狗为天宫守门。种属有相别，地位有悬殊；可生灵生天地，注定有缘劫。办法偶然也必然，南蛇蜂王来出面。设计个先造苦难、再图解围、终于成全的套局，完成一出别有用心的啼笑姻缘。先是南蛇偷咬婺女的脚生毒癣，再是偏方妙药不能医、不能解，可怜脚与心相连，日夜痛楚。

天帝不明就里，救治爱女心切，只好打出星条，榜招世间解救者。主角"天狗"开始登场，炫耀自己的医术高，保证婺女能治好；但开出条件，解铃还须系铃人，但付多少酬与情。天狗不要金银宝，只要婺女做姆顿（姆顿，黎语即妻子）。

然而，人狗有别，天狗冒犯天帝遭重罚。奈何婺女救治无方，日夜遭受折磨。好在为父天慈，终于救女心切，允许天狗来医治；但放话狠毒，倘若不能治好且使烂溃处恢复如初，则要其狗命。

虽威逼利诱，天狗使命在身，勇敢往赴，与婺女传奇会面成功。以长舌细舔婺女毒疮，不嫌不弃，用心至诚。

---

① 参见孙有康、李和弟搜集整理《五指山传》，中国国际广播出版社2016年版，"前言"第1页。
② 原文参见孙有康、李和弟搜集整理《五指山传》，中国国际广播出版社2016年版，第2—35页。

第二章 汉藏语系壮侗语族创世史诗

前缘天注定,婆女果然病好了,不再痛楚呼号了。大恩大义里,神女重得神韵,伤好了,情暖了,心动了。

之后,天帝却食言,再为难,三番阻挠,五次设障碍;但天狗在南蛇蜂王的法力暗助下,在婆女求生求死的胁迫下,天帝在与天狗斗智斗勇中败下阵来,天狗终于抱得天女归。

婆女病危重,昏沉中声声呼救,不断加码决策,为天狗助力。接着,天狗当仁不让再次出现,依旧凭神奇的舌头使婆女痊愈,并神清气爽。从此,婆女若想安稳地活着,非得天狗相随。

患难成相依,婆女天狗心相连,意相通,情缘已铸成,由命不由人。三月三吉期到,良辰美景姻缘遂。世间祸福总相倚,天狗与婆女天造地设成双配对,甜美如糖蜜。

正欢欢喜喜以为称心如意,孰料天地大变故才刚刚开局。天帝失了颜面不肯善罢甘休,大怒恼恨之下,无情罚没天狗婆女天界户籍,下令到凡界经历生生死死,黎族的创世祖先诞出了。

(二) 人祖创世[①]

天狗婆女下凡后各称为玛天和黎母。玛天做斧把山砍,砍得大石留做岭,砍出大水下深潭;婆女亲手编大箩,搬高土,填泥滩。

先是凿山又引水,使得山环水绕,灵动滋润有生气,有活力,于是安家园、造居所。接着研磨水晶做两面,婆女造日,玛天做月,光亮一面为日头,清暗一面为月公。再用通天长竹竿将日挂天上照成了白昼,将月挂天上照成了夜晚。

从此世上阴阳运作,日升月落,有了四季,有了年月。

有天有地有家园,如何过活呢?玛天婆女动手做示范。

玛天搭山棚,婆女铺草编,就地取材,依山傍水,住所有了。

婆女满山摘山果,也会下河捕鱼腌。玛天转山打猪鹿,靠山吃山,

[①] 原文参见孙有康、李和弟搜集整理《五指山传》,中国国际广播出版社2016年版,第36—197页。

勤劳双手建家园，吃食有了。

婆女料理家中事，玛天猎山供吃穿。男主外女主内，苦来又有甜，会过日子了。

玛天和婆女生男长女，孕育出人苗，不怕苦楚与辛酸，只求相知又相怜。只盼出路多，只求身手键。子孙多兴旺，走得长更远，开始繁衍子孙了。

天狗所化的玛天年老后遭亲儿嫌弃，坐吃行走每成累赘，难得好眼看，没有好气受。不得已再披天衣"天狗衫"以借神力游猎，转山打山劳碌中，却意外误遭儿子扎哈毒箭射杀，一时间山倾天地翻。在玛天凄厉的怒喊中，奇迹出现了，玛天临死手向天指，天府动容呼应，使命已完成，天神当归神位。天狗自知缘劫已了，精魂将重归天国，随即指誓将身躯血泪化山化河、化树木花草、化山洞山潭，福泽后世。将勤劳骁勇的双手高高举起，一只手叉开猛烈地指向白云间，化作巍巍大五指山，一只手远远伸向天涯岸，化作斜斜小五指山。大、小五指山从此崛起，黎族繁衍生息的根据地有名有姓有归属了。

玛天死后，婚配繁衍只好婆女来想辙。教一双儿女上告天帝求指引，天帝冷酷授玄机，叫兄妹成亲，世代繁衍。为了消除伦理罪恶感，天帝命神给女方纹面绣手，改头换面，让兄妹对面不相识。但事出意外，差神误事，错给黎母婆女纹了面绣了手。天命既难违，后世要延续，婆女整顿身心，完成母子成婚，再次生儿育女。一双儿女落地后，天帝发出召唤，地母婆女一步三回头，泪落如细雨，凄然作别，终于重归天庭，上蹬神位，成为天星。人间儿女每遥望，但见星辰闪烁如泪光。

阿寒与阿弹是扎哈与婆女母子婚配后生下的一双儿女，被天命安顿为真正的黎族人祖，一路行来，艰难波折无其数，却不怕苦不畏难。

在继母的折磨中顽强过活，被继母谩骂、诱骗，终至被父母设计遗弃在野兽出没、云雾迷茫的大山中。幼弱的姐弟呼天不应，叫地不灵，精怪欺辱他们，山风迷惑他们，但上苍眷顾着他们。

人苗好珍贵，冥冥有照应。得布谷鸟传种，姐弟俩自立门户，种山薯植山蕉，眼见瓜藤青绿绿，更喜葫芦成大瓢。

眼见脚步立住了，家园建起了，能过安稳好日子了，却不料苦难没尽头，风波总不断。姐弟俩深山独活，狠心父母得知，恶念又起，再遭番番花样盘剥、勒索和暗算。但贪心不足必致祸，恶人终有恶果报，天神出手，雷电灼，毒蛇咬，不良父母遭天谴，最后被毁灭。

逃脱父母毒手后，天神来启示，亲姐弟俩还需婚配，繁衍传后代。天意逼迫，天神设法，让兄妹俩分头两路去寻找，撞击命运与出路，从而承担延续世代的大任务。一个向西走向西峒里，一个向东走入东山中。走啊走，妹妹祈盼世上还有无亲无故的另一半，哥哥渴求无妨无碍、无忧无虑配成婚，甩脱亲亲伦理不堪之痛。

歧路分头走，天人跟在后。给兄弟阿弹装扮头布，给姐姐阿寒纹手绣面，过山过岭，过河过溪，过岁过月，遭遇无数艰难险阻，终于越过了伦理的高山大河，抵达了迎接新生的大海边。

又是山花烂漫三月三，在天水相接的大海边，姐弟相恋、相爱、成婚，依山傍水，再建新家园，再谱新希望。

成家后该生儿育女了，可惜懵中的阿弹并未晓谕，神人还须再点化。就如树木会枯一样，人也终究会老会死。但若生儿又长女，就会将春秋愿望传下去，生命火种不会灭，生命之光将永存。

明白了生生不息的道理了，阿寒阿弹跪拜求儿女，终于良辰与运交，九年生九子。天人好心肠，再授生生不息的生存技能。阿弹努力走出自我天地，不拘一格拜师学艺。向"天上人"即山外汉族朋友学习炼造铁制工具仿农耕，阿寒学会纺纱织布做衣服，学着酒母配料酿酒喝。日日见世面，时时长见识，生活丰富滋润了，胆识和勇气也潜滋暗长。有儿有女一大帮后，阿寒阿弹携着刀耕火种和纺纱织布的生存本领，一大家人开始探寻新征程。过三更，出长山，走过红塘岸，路过黑土滩，继续坚忍而满怀信心地跋涉，去找好风水，寻觅好世界。

先祖们四下奔走探索，大哥很厚道，有胆志高超；阿哈追贼盗，射死几百妖；并以勤劳、机智和勇敢与世间生灵互动，相争相和，有声有色来生活。

打山的老大阿哈与鹿姑娘阿娇经过一番追逐，从大山深处一直到多银水畔，终于鹿化为人，吐露前缘后果，恩爱携手成婚。

老二阿杞三番杀入贼窟，逞勇斗智，历经险难，最终杀死贼头娶其妻阿妮。

老三三星摆脱禁公加害，海里逃生，受鲸鱼拼死救护，大难不死，洒尽泪水安葬鲸鱼后，幸得海中奇宝珍做定命礼娶了贼头女阿吼。

老四四星海中遇险受伤，得美丽海神女照拂，情深义厚，经过海神几番考验真心真能耐后，与海神女鱼姑娘姆用成亲，如愿携手婚配。

阿寒与阿弹的四个儿子各自成了家，家业兴隆。散枝开叶，添丁加口，需要走出去了。阿弹阿寒率领全家通过石门鼻，来到大海岸。然后竖起五色旗，杀牛祭神明。父母持一旗，定居中心牛头山，兄弟四个分四支。向天讲明分家意，色旗指哪奔哪里。尽管不舍本源同母出，忍痛送别儿女闯四方。

以色旗承天意，以指向定命运。老大阿哈携阿娇向东奔藤桥而去，老二阿杞率家小往北山里驻扎，老三三星领着妻子到南山安家，老四四星一家走向西溪之下。前方的路好迷茫，骨肉四散好忧伤。但坎坎坷坷，老大阿哈发现了沉香富起来；三星耕耘南山田，年年五谷蕃。阿杞四星斗山贼、杀禁公、护亲众、保家园。

总之，四个儿子个个勇敢无畏、坚韧乐观，他们走南闯北，咏唱着创世苦艰，登岭涉海，黎族四姓代代传。

（三）垒酒[①]

阿弹阿寒智慧勇敢，一路走，一路探。某天，阿弹打山上山岭，得遇天外一老人，指点树木有枯时、人老有死时，生儿育女后，世间还须留生机。阿弹开窍后，相邀老人到家吃饭做长聊。老人无心吃菜草，只是开口要酒糟。阿弹心慌又心焦，红着脸说从来不知道。天外老人又指点，拿出酒母配成料。再叫阿弹去取山兰来，发酵做成老酒糟，割把藤蛇入酒瓮，放些时日酒酿好。约好九年生九子，良辰吉时开酒来欢聊。

三三过九年，天外老人来赴约。寒暄多问候，阿弹深情说思念。老人不慌也不乱，慢慢吐烟圈，吩咐酒瓮搬上桌，细细竹管口中含。竹管插入酒瓮中，轮流喝着尝，越喝心越欢，食物放开吃，心里话儿敞开谈。

从此黎家逢喜事，摆婚宴，亲友同吃糯米馍，团圆共饮垒酒瓮，人人欢喜，日子兴隆。

三 黎族创世史诗《五指山传》体现的美学特征

作为口头文学，《五指山传》难能可贵地汇聚形成了较完整的神话创世史诗体系。费莱认为："首先，众多神话汇聚一起，形成了神话体系，涵盖了该社会所关心或忧虑的一切的宗教和历史启示。其次，作为汇聚过程中的一部分，神话在某一特定过程中扎根，它们的功能之一便是以自己的神话话语告诉那种文化它自己是什么，又何以如此。这样，神话把共有的典故财富就传给了那种特定的文化。"[②]

---

① 原文参见孙有康、李和弟搜集整理《五指山传》，中国国际广播出版社2016年版，第139—140页。

② ［加］诺思洛普·费莱：《世俗的经典：传奇故事结构研究》，孟祥春译，上海人民出版社2010年版，第10页。

（一）生态美

作为创世祖居之地，五指山相对封闭的自然环境使得其如世外桃源般幽、静、美。不被打扰的平静安详的生活使得其社会结构单纯务实。简单素朴且融于自然的生活使得其生命感悟纯净、澄明、清丽，同时因不贪不嗔而自在养成天真烂漫的赤子情怀。

1. 自然生态美

五指山绵亘百里，吞云吐雾，直插青天，可谓山高林密、水溪环绕。诗中描绘无非山蓝、水清，藤罗网布，鸟兽出没，果瓜随处，鱼虾满溪。

五指山顶端，
搅得天云翻，
五条水漫漫，
惹起青山蓝。

[《五指山传·五指参天（六）》]

山菇与菜草，
野果沙漫蕉。
打鹿爬山坳，
摸鱼下水捞。

[《五指山传·布谷传种（一）》]

树与枝相绊，
花同叶相攀，
藤与藤相绞，
石同石相缠。

[《五指山传·雷公传情（九）》]

第二章 汉藏语系壮侗语族创世史诗

早期黎族人民的生活方式主要靠狩猎和采集，即便有简单的耕作也是手工点种，是真正靠山吃山。因而，环境没有任何污染，加之，经常迁徙不聚居，长时间保持着原生态，整体呈现出幽而静、洁而丽的自然本色美。

2. 社会生态美

《五指山传》的社会形态属性朴野，没有特别的信仰和礼仪规范，因而，相对自由散漫，有童话气息。虽然后来有禁公（即黎族旧习俗中以咒术诅咒坏人的人）和山贼，生活在大山大川中的黎族人也并未有意识上的畏惧和言行上的顺从。

> 世间事难料，
> 有人就有妖，
> 有土就长草，
> 有盾能挡矛。
>
> [《五指山传·布谷传种（三）》]

> 没牛没猪赶，
> 迁移不流汗，
> 手空脚赤走，
> 讲搬即刻搬。
>
> [《五指山传·成家立业（七）》]

面对禁公等设计陷害时，

> 赛人不怕死，
> 赛人不可欺，
> 你要想比试，
> 杀你如烂泥。
>
> [《五指山传·儿大当婚（五）》]

男女婚恋也很简单，

蜜蜂有花引，
男女自然亲，
闻声走近去，
意想就忘形。

[《五指山传·儿大当婚（十一）》]

黎族人如同山涧中奔跑的生命一样，无拘无束，健朗敏捷，社会生态呈现出极为豁达和谐而纯粹的野性美、健康美。

3. 人文生态美

一方水土养一方人，一方风俗育一种情志，一种情志铸就一种执守。《五指山传》里的黎族同胞有大山般的坚韧，有溪水般翻山越岭的勤劳。因着青山绿水的滋养，他们热爱生活、热爱生命。又因着崇山峻岭的阻隔，他们又珍惜缘分、珍爱友谊。更因着山水相依的关照，他们看重血缘、惜念同胞。

两性之间，听从自然本能的召唤，爱得简单热烈。

想与妹相配，
欲同哥比飞，
两个心相映，
歌儿就是媒。

[《五指山传·海边相遇（五）》]

世间多鲜艳，
梦魂难织编，
青山配绿水，
红棉满山连。

[《五指山传·五指参天（一）》]

只要男性健壮勇敢，女性勤劳善良，两心萌动情愫，便可大胆直率地对歌定情，然后携手共创家园，无怨无悔，白头到老，不离不弃，像极了山与水的默契。

家庭之间，父母尽职尽责，始终牵念儿孙，表现出深长浓厚的亲情，儿孙也尽心尽力回报养育之恩。从而在漫长艰苦而又孤独的生命旅程中不显得悲凉薄情，而是总有家的眷恋和向往，不乏天伦之乐，温暖可人。

未分门另户时，一大家人各尽其力，安全、踏实、兴旺。

> 阿寒与阿弹，
> 做事有人帮，
> 女的会织布，
> 男的劈山芒。

[《五指山传·成家立业（六）》]

儿大当婚后，父母家人总要隆重庆贺。

> 杀猪与挖灶，
> 砍回山芭蕉，
> 糯米舂做馍，
> 通夜吃酒肴。

[《五指山传·儿大当婚（三）》]

自立门户、自建家园后，仍手足照应，苦难相依。

> 阿寒见贼犯，
> 吊锣牛角弯，
> 锣声震山响，
> 四儿都回全。

[《五指山传·分姓分支（五）》]

人与人之间敢于信任，友好相处，互相学习，互相帮助。比如将汉族人称为"天上人""天外客"，虚心向他们学习刀耕火种的耕作方式和铸造铁质工具的技术，同时还学会了纺纱织布做衣服以及酿酒的工艺。作为回报，他们愿以同年相称相待，一起座酒，分享劳动果实。

（二）心灵美

《五指山传》中的黎族人民待人接物表现出清澈的心灵美，他们心机纯净、心意真诚、心思直率。既不贪婪占有，也不谋争谋伐而唯利是图。他们随缘自足、随遇而安，却又顾念恩义、竭诚图报。在"天狗下凡"里有一段唱词。

> 天狗见天帝，
> 不拜不作揖，
> 俅人性子硬，
> 不求你天时。

[《五指山传·天狗下凡（四）》]

"性子硬"可谓耿直到家了，无欲便无求，从而无畏，但恩怨分明。南蛇帮过天狗的大忙，让其顺利婚配婺女。在南蛇被天帝罚下界，大石压身后，已下凡的天狗玛天哭泪斑斑，努力守护并抚慰南蛇，其情与景，令人动容。

> 插箭埋土坎，
> 玛天情感牵，
> 向蛇许下愿，
> 年年祭石岩。

[《五指山传·五指参天（四）》]

因心灵纯美,黎族创世神话里,人可以与天狗、鹿姑娘、鱼姑娘成亲,感动并赢得山贼女儿的喜爱,且每每逢凶化吉,好人得好报。

(三) 语言美

《五指山传》可歌可诵可吟,语言清丽自然。起兴浑然天成,赋比生动贴切,读来朗朗上口。既有内里流动的舒畅的自然韵律,又有简洁灵动的形式节奏与音韵,是口头传播的典范性杰作,可记忆,好传播,易理解,从而便于活态保留。

《五指山传》八章连贯一气,与民族语言的特色表达有关,也与整理翻译者的灵活变通之大格局智慧分不开。"就口传文学作品来说,只有当民众积极地记忆和背诵它们时,它们才可能持久存在;民众的知识延传或教育才成为可能。"[①]

四 黎族创世史诗《五指山传》蕴含的诗性智慧

生命起源神话构成了生命诗学的重要纬度。它唤醒热情、恐惧或兴奋,使世界万物以源于各种感觉的意象和象征形式组成一支协奏曲。通过神话,人使自己及自己的栖息地与图腾结合在一起,并对存在的延续负有责任。《五指山传》追溯黎族创世渊源,将"天狗"视为神,是至高无上的万能者,也是黎族的创世祖。从此掀开蒙昧之眼,与天上神灵、凡界生灵有情互动,开辟生命繁衍的领地,开拓部族成长的道路,开发生生不息的资源和智慧,从而开创部族独特而灿烂的文明。《五指山传》蕴含的诗性智慧主要体现在以下几个方面。

(一) 万物有灵,万物有情

同所有的创世神话一样,《五指山传》的天人合一理念与生俱来。

首先,表现在万物有灵而万物拟人方面。天界同人界,天人同凡

---

① [加]诺思洛普·弗莱:《世俗的经典:传奇故事结构研究》,孟祥春译,上海人民出版社 2010 年版,第 8 页。

人，至高无上的天帝统辖万物却也有血有肉有亲情，类同人间父王。天狗、南蛇、蜂王结拜恩义，彼此倾力相助，酬报前世今生。布谷传种、雷公点化、白马阻拦、鲨鱼搭救等，物种可以有别，但灵性通人性，知苦知乐，每每排忧解难。因着万物有灵，赛人打山捕水都似乎不觉得孤单，苦熬苦挣的日子也似乎总有盼头。

  无须怨与叹，
  万事从头牵，
  力足不怕苦，
  心灵好种田。

[《五指山传·五指参天（二）》]

  雷公好帮衬，
  日月不差偏，
  勿惹雷公恼，
  旱涝总相沿。

[《五指山传·五指参天（二）》]

  其次，表现在万物有情而万物有我、万物如我方面。万物有源，源生于爱，流播于情。爱是生命的创造力和驱动力，因着爱敢于冲破界限，打通阻碍，刀山火海敢闯，比如天狗哪怕最后被罚下凡也要追求婺女。因着爱甘心化生血肉，为后世儿孙造福，比如天狗玛天化生大小五指山，山中所有事物，连同最后的一滴泪水也化作源泉。因着更博大更恒久的种族延续的爱，婺女、阿寒绣手纹面，冒犯着伦理大讳而母子、手足成婚。因着部族壮大之爱，阿哈、阿杞、三星、四星兄弟忍痛离别，分姓分支，向山海间勇敢闯荡。而亲情、爱情、友情等正是牵动、引导、助力爱的源头活水，在生命过往中汩汩流动；让生命充满惊奇，充满激情和魅力；让生活充满滋味和期待，从而让追求和理想永存。

（二）勇敢天助，勤劳唯美

"神话叙事作为一种人类自身关怀的产物，决定了它永远从一个以人为中心的角度去观察世界，它不仅是人类以自己的方式所做的对世界的解释与对宇宙的思考，更是人类根据自己的生命理想所编织的存在图景。"[1]

《五指山传》所推崇和关注的生命理想是勇敢天助，所编织的图景是勤劳唯美。天狗是勇敢的，他敢于挑战权威，敢于以下犯上、斗智斗勇，因而赢得了各路天神的敬重和援助。被罚下界，天狗玛天勇敢地与婆女一道凿山引水，造日造月，获得雷公鼎力相助。将死之时，更是舍身以化五指山，气概凛然。总之，勇敢地承担起了创世的使命。天狗的后代们承继了勇敢开拓的先祖精神。扎哈上天界问天意，重回凡界婚配母亲，生息后代。阿弹、阿寒背向撞天意，千难万险到大海边，再次接过传宗接代、建设家园的重任。阿弹、阿寒的儿孙们各怀绝技，且勇敢拼搏，终于完成分姓分支的重大历史使命，让五指山热闹起来，成了鸡鸣狗吠、炊烟升起而人来歌往的生命家园。

《五指山传》中最动人处是黎族人民的勤劳、吃苦、能干。《下凡》篇中这样唱：

> 万事难不倒，
> 生来苦水漂，
> 天狗得婆女，
> 不管多辛劳。

[《五指山传·天狗下凡（十三）》]

> 海边与山间，
> 有苦有甜甘，

---

[1] 徐岱：《批评美学——艺术诠释的逻辑与范例》，学林出版社2003年版，第119页。

讨吃山上有，
勤劳不艰难。

[《五指山传·海边相遇（七）》]

无论男女，手里似乎总有活计，男女相恋也一定基于勤劳持家。好吃懒做如姆拉，结局一定是惨死且死后的灵魂都还是丑陋可恶的。贪残懒惰如禁公等必定遭到反抗、鞭挞甚至消灭。

勤劳总会有收获，勤劳总会得到尊重，从而勤劳也是美德和智慧的化身。

（三）天灭天生，顺应自然

创世神话似乎都有一个古老的、永恒的、普遍的主题即洪水神话。它既是一种没顶般的生命摧毁，又是转折点般的生命样式再造。它既是自然的，又是有神秘意志的。总之，令人感受到了造化的存在和威力，从而在能动地争取活下来的同时，顺应自然。

《五指山传》里也提到了扎哈射日引发天谴而洪水漫淹的主题，是因为人的无知、贪欲？还是机缘天定？既要惩罚，还要搭救？

世事多生变，
老天作下梗，
凡人难发现，
天鸟有赠言。

[《五指山传·雷公传情（一）》]

仿佛有破有立，天数已定，设局是老天，破局也是老天。

扎哈真大胆，
敢将日月扳，
擦得日头亮，
扳成月公转。

[《五指山传·雷公传情（一）》]

欲擒故纵。扎哈是上过天界的，如此冒犯天威，是因为人类特有的利令智昏。

天灭天生。在洪水浸漫之前，摆渡劫难的葫芦已经生就，且慈母所化的天鸟也将灾难信息及时传递，除了一对人祖，还有各种其他生灵之祖好像也得到了消息。

　　山兽吵闹闹，
　　家禽乱糟糟，
　　拼命都赶到，
　　争着瓜里逃。

[《五指山传·雷公传情（四）》]

在洪水肆虐下，世情悄然，死寂了。但在神秘的葫芦里，却保留下了各式物种，尤其可贵的是人种。

当葫芦口打开，新的世界展现在面前，新一轮的创造、繁衍开始了，但似乎留下了一个训谕，敬畏天地、珍爱生命；勇敢前行，顺应自然。

　　阿弹看云飘，
　　阿寒见水消，
　　还是黎母岭，
　　五指山娇娆。

[《五指山传·雷公传情（五）》]

总之，黎族创世史诗《五指山传》是一部情节连贯、朴实自然而又生动感人的魅力传奇。它以写实性的叙事手法描摹了黎族祖先从天上到人间、从天神到凡人的曲折离奇而又艰难无畏的创世经历。史诗以世外桃源般的五指山川为背景，体现出洁净质朴、简单纯真的自然生态美、社会生态美、人文生态美；表达了黎族同胞少心机、无贪欲的平和从容而又团结侠义的心灵美;赋比兴运用自如且清丽自然,富有舒畅灵动的语言美。

《五指山传》以天人合一的智慧理念融通和解释了万物有我、万物如我的万物有灵观;热情讴歌了勇敢天助的合理性,赞扬了勤劳唯美的情操与品质;在敬畏自然、热爱自然的情怀指引下,倡导顺应自然、改造自然。

《五指山传》与各民族创世史诗有诸多相通处,可谓同根同源。天狗玛天完成创世使命后,将血肉之躯化生为五指山及其间万物,同盘古化生如出一辙。黎母婺女完成造人苗的职责后,为给人间儿女报讯洪水淹荒之急难,苦心再化天鸟飞临,悲悯启示,也像极了女娲炼石补苍天、斩龙攘洪水,拯救黎民于水火的传说。史诗中还真切有趣地记叙了汉族同胞经常出入山中,教授黎族兄弟刀耕火种、织布酿酒等等生活技能的事迹;描摹了黎汉亲如手足,但逢庆典喜事每每同席座酒,共用一根竹管,轮流饮酒畅谈的和乐场景。这些正是各民族文化交流与融汇的成果,从而为凝聚中华民族向心力、铸牢中华民族共同体意识增添信心和动力。

思考题

1. 试比较"五指参天"和"盘古化生"的异同。
2. 试深入解析黎族女性"绣手纹面"风俗的文化内涵。
3. 如何理解"分姓分支"的深远意义?

第八节　毛南族创世史诗《创世歌》

一　概述

毛南族是我国人口较少的山地民族之一,主要聚居于广西环江县以及贵州平塘县等地。毛南族素有行歌坐夜交往恋爱的风习,直至步入婚嫁，歌声也始终伴随着毛南族青年男女。婚礼中，歌师们唱罢祝贺歌、仪式歌后，夜深兴浓之时，便会唱起"创世歌""盘古歌""天地歌"等毛南族古歌。

1985年，蒙国荣、谭贻生采录了蒙贵章老人在环江县下南乡上纳屯演述的毛南族创世史诗《创世歌》，经蒙国荣、韦志华翻译，史诗在1987年刊印于《毛南族民歌选》。[①] 基于对汉译工作的反思，在2000年出版的《毛南族民歌：古籍版》中，蒙国荣、谭亚洲按少数民族古籍整理要求，以毛南语土俗字（又称"方块字""古壮文"）原行、国际音标民族语音、对译、直译进行四对照，重新译注了《创世歌》。[②]

两个译本之间虽然存在着细节上的差异，但在结构和主题上却是相同的。《创世歌》以时间为序，将人世划分为五代，不同的时代有不同的天神。第一代神是混沌，混沌开天辟地，创造了山林、火堆、水田。第二代神是汉王，汉王种出了硕大的谷子，人寿长到五百年。第三代神是天王，天王造出了十二个太阳，格射下天日后洪水泛滥，盘妹、古哥存续了人烟。第四代神是良吉与良漂，吹口哨、互送信物习俗由二人兴起。第五代神是环英和行加，两人促成了男婚女嫁习俗。伴随着神的不同行为，各时代的人有着不同的处境和特征，婚俗也在人类代际的更迭中逐渐臻于成熟。

二　精彩诗篇故事情节举例

（一）格射天日[③]

天王执位之时，创造出十二个太阳。烈日炙烤下，湖水、海水都

[①] 袁凤辰、谭贻生、蒙国荣等编：《毛南族民歌选》，广西民族出版社1987年版，第16—22页。
[②] 广西少数民族古籍整理出版规划办公室编：《毛南族民歌》（古籍版），蒙国荣、谭亚洲译注，广西民族出版社2000年版，第1—44页。
[③] 原文参见广西少数民族古籍整理出版规划办公室编：《毛南族民歌》（古籍版），蒙国荣、谭亚洲译注，广西民族出版社2000年版，第9—29页。

沸腾了，河里的龙因为干旱站立了起来，地面热得像火一样烫，石头融化成浆，野外的泥巴也都松散浮起，人们用来耕田的黄牛、水牛根本不敢牵出家门……

大旱持续了十二个月，人们再也无法忍受，连连磕头求拜希望早日结束干旱。村民们祷求道："如果有人能捉到雷公，杀死太阳，我们就把好的、肥的大田地分给他，把黄牛、水牛送给他耙田。"格听了觉得很好，与村民再三确认条件后便准备射下太阳。

格搭起第一支箭，一下子射下了七个太阳，落在地边；格再射出第二支箭，四个太阳便落在了村边。王婆赶忙来报："这下子成不了村落了"，凤凰又来报："要留下一个晒谷子。"格听了觉得有道理，于是收回迈开的双脚，转身回到芦苇屋。

转眼来到四月，村民们各种各的田，只留了几块下坡田给格。人们牵着黄牛、水牛犁地，却给了格一条狗。村民们违背承诺的行为使格非常生气。格贩马贩牛，在南宁街上，他捡到一粒葫芦籽。格把葫芦籽放在背篓底下，塞在口袋底，带回家后埋在了菜地里。

第二年四月，别人挑粪去壅田，格扒粪去壅菜地。格的葫芦被他培育得很好，叶子又宽又大，第一张叶子就有葵扇那么大，好的有洗碗钵那么大，小的也有草凳那么大，最后一张像谷仓一样大……八月，别人都下田去割谷子，格却在家里挖葫芦。

第三年四月，别人牵着牛去耙田，格牵着狗去耙田。牛轭套在狗的颈项上，铁耙拖在狗的身后，狗在田里走得乱糟糟。狗朝天上看，天上就有乌云闪电；狗朝地下望，地下就落满雨。狗望天又望望地，原本晴朗的天空便骤然刮起了龙卷风、下起了冰雹和雨。落下的冰雹像坛子那么大，雨线如水柱绵绵不断、从天上连到了地下。

大雨就这样下了六十天，汹涌澎湃的洪水盈满天门。洪水泛滥成灾，大水泡过八仙山，只剩下被单大小的地方露出水面。鸟都飞到这里来栖身，乌鸦都飞到这里来歇脚。这时，世间只剩下了盘妹和古哥，两人在格种的葫芦里做了窝。

(二) 环英招婿，行加娶媳①

环英想招婿上门，行加想娶媳妇回家，他们各自有十二个女孩、男孩。行加说男孩们很强壮，会干活会砍柴；环英说女孩们手艺好，十月天寒不怕冷，她们能做棉胎和被褥，还会织布和纳鞋。双方都夸耀自己的孩子，心里互相不服气。在一个下雪天，环英和行加决定打赌去跳塘，看谁的孩子更有能力营救。

孩子们都尽力将环英和行加捞上岸。行加的孩子们生起火，照顾老人苏醒翻身。女孩们说她们手艺高强，拿着湿淋淋的棉被去给母亲盖，母亲被身上的湿水冻得僵硬，环英就这样远远地离去了，女孩们暗暗地在心里哭泣。

环英辞世后化身成鲤鱼，下到海里变成了龙王。环英提到原来的话，最终答应把女儿嫁给行加的儿子。行加说"重新合婚也容易，万样困难慢相帮"。从此，世间的家庭才得以建立。那时天下还是一片动荡，行加洒水变花草，让平地和山上都长满大树。古时创世行加最是吃力，乌云遮天，世间一片黑洞洞，没有一顶帽子来挡雨。但不论条件如何艰苦、天上是晴是雨，行加总在食物方面十分慷慨，令人满意。

三 毛南族创世史诗《创世歌》体现的美学特征

(一) 丰盈整饬的集约之美

史诗被视为各民族的珍贵宝库，此得益于其体量，更得益于其所含纳的文化密度。《创世歌》以其有限的诗篇囊括了开天辟地神话、射日神话、洪水神话、兄妹婚神话和男婚女嫁起源神话等丰富的叙事单

---

① 原文参见广西少数民族古籍整理出版规划办公室编：《毛南族民歌》（古籍版），蒙国荣、谭亚洲译注，广西民族出版社2000年版，第33—44页。

元,各叙事单元之间相互配合为一个有机整体,形成了这部意蕴宏阔的复合型史诗。其充实的内容加之繁简得当、层次清晰的叙事,体现出丰盈整饬的集约之美。

《创世歌》是在毛南族婚俗场合中演述的史诗,诗篇虽内容庞杂,却始终与男女婚嫁紧密相连。五个时代,在逻辑上环环相扣,且根据内容和婚俗的疏密程度,演述者对文本进行了不同程度的详略处理。第一个时代,略写混沌开天辟地后尚不成村寨时,人散居在石板下、岩洞中,以树叶为食,没房住没粥喝的生活;第二个时代,略写汉王制造硕谷无法劈开,人吃蕨根,寿命很长却模样丑陋不具人样的境况。到第三个时代,史诗详细叙述了格射日的前因后果。村民提出以肥田、黄牛、水牛作交换,请格射日却失信于格。格很生气,没有良田和牛,只能贩马贩牛过活。后来,格牵狗去耙田,狗把田耙得乱糟糟,狗的恼怒委屈,引起连续不断的雨水,最终导致洪灾。在第三个时代,人类生活际遇得到很大提升,从居无定所地吃树叶、蕨根,到有良田、良畜、村落、集市……然而,物质上的充裕并未能保障人类品性,他们失信于格,最终导致洪水滔天,族类几近灭亡——唯有在格的葫芦中做窝的盘妹和古哥存活下来。

没有媒人,盘妹和古哥只好自行成婚,随后在金龟的指引下,二人终于在三年半后生出石磨仔。他们将石磨仔切成三百六十片,石磨仔的不同部位便化为了不同民族,拥有了不同身份。"从此开始喊姓氏,从此也开始认亲家。"如果说盘妹和古哥的结合是天意而非人愿,那么第四个时代,良吉和良漂这对恋人可谓十分相爱,两人做口哨吹手指,没日没夜地玩耍。

> 去到路上同耳语,
> 悄悄话讲得入了迷,
> 家也不记得回来住,
> 饭也不记得回来吃。

第二章　汉藏语系壮侗语族创世史诗

> 那个朝代的人,
> 成天都想去游玩,
> 成天上街去玩耍,
> 一点都不关心种田的事,
> 尽爱嘻哈讲笑话。
>
> [《创世歌·良吉与良漂》]

第四个部分虽为略写,却道出了要吃要住的物质条件和相亲相爱的婚恋追求应当平衡并重的朴素道理。郎有情,女有意,那么婚俗当是招婿上门还是娶媳回家呢？第五代天神环英和行加各有想法,他们各自夸耀自己的子女,男孩女孩也都很骄傲互不相让。一番较量后,环英才终于作出妥协,说愿意把女儿嫁出。

> 行加也转来这里说:
> 重新合婚也容易,
> 万样困难慢相帮,
> 孩子们都答应说同意,
> 从此开始形成世间的家庭。
> 那时天下还是一片动荡,
> 他开始洒水变花草,
> ……
> 不论是晴天雨天,
> 粮食和吃的东西他都给得很齐全。
> 夫妻婚嫁很值钱,
> 我把古代传说流传在世间,
> 每个当家人都不要忘记过去。
>
> [《创世歌·环英与行加》]

在环英答应嫁女之后,行加并没有因为赢得打赌和满足了娶媳的心愿而变得傲慢。他对子女们说"重新合婚也容易,万样困难慢相帮"。不论是招婿还是娶媳、不论是男孩还是女孩,夫妻之间不应该是相互比较,而是彼此帮扶,儿女们正是明白和认可了这一点,人世间的家庭才得以形成、延续。

《创世歌》的演述语境是在毛南族的婚礼上,史诗交代了人们恋爱的物质前提(开天辟地、有食有住等)以及恋爱风习(行歌坐夜)和婚姻制度(男婚女嫁)的起源,由此告知今人夫妻婚嫁的庄严与珍贵,体现了史诗作为民间口头传统与民俗生活整体之间的紧密联系和其丰沛的文化内涵。史诗到底唱多长?这取决于当场演述的具体情境。①《创世歌》吸收了多个神话母题,如开天辟地神话、射日神话、洪水神话等,但丰富的叙事单元之间详略得当、相互配合,紧扣男女婚嫁主题,使整部史诗结构严密完整,表达清晰明畅,富于丰盈整饬的集约之美。

(二)神妙奇绝的想象之美

毛南族创世史诗《创世歌》超越了客观现实的时空束缚,将人世想象为五个时期,展现了人类生存状态的多种可能性。每个时代中神祇行为或现象的描述,也体现了毛南族人民非凡的想象力。

如在演述混沌修整天下时,他"手向山上指,石头就垒成山头,泥巴就拢成田垌,水就积满池塘,火就燃烧成堆"。

讲汉王执位时"种出谷子一粒三斤重,斧头也劈不开"。那时的人"遍身都长毛,秃头不像人样,全身裸露像拔了毛的鸡,个个长寿五百岁,皮肤像米一样白"。

在描述格种的葫芦叶子时比喻到"小的也有草凳那样大,最后一个像谷仓一样大"。又比如讲格牵狗去耙田,结果"狗朝天上望,天上就有乌云闪电;狗朝地下望,地下就下雨……一颗冰雹坛子那样大,

----

① 朝戈金:《"多长算是长":论史诗的长度问题》,《中央民族大学学报》(哲学社会科学版)2015年第5期。

雨线从天上连到地下"。

还有盘妹、古哥生出的石磨仔切成片后不同部位变成不同民族、官阶、姓氏；环英化身成鲤鱼，下到海里成龙王；行加帮扶人类形成人间家庭时洒水变花草，等等，无不展现出一种神妙奇绝的想象之美。

四　毛南族创世史诗《创世歌》蕴含的诗性智慧

(一) 积极旷达的生死观

《创世歌》中所体现出的积极旷达生死观，首先是，注重生命质量而非寿命长短；其次是，赋予洪水覆灭人种积极意涵；再次是，死亡并非生命的结束而是生命形态的转换。

在毛南族创世史诗《创世歌》的第二个时代中，人的体质特征与现在存在着明显区别，那时人们全身长满了毛，头光秃秃的，像米一样白，可以活到五百岁。长寿是人的普遍愿望，《创世歌》告诉我们，以前的人寿命很长，却活得不像"人样"。人终有一死，或许我们更应注重的是生命的质量而非长度，怀着向死而生的魄力，珍视并丰盈我们有限的生命。

在毛南族创世史诗《创世歌》的第三个时代中，分良田，给黄牛、水牛，是格与村民们再三确认的射日条件：

> 大旱连续十二个月，
> 村上的人们都跪拜叩头，
> 村上的人们都纷纷求拜，
> 村上的人们这样说：
> 哪个能捉得雷公，
> 哪个能杀死太阳，
> 我们愿分给他肥好的田，
> 我们愿分给他大块的田，

黄牛水牛送给你耙田。
格听了觉得很好，
格又回头过来说话，
问一声你怎样定。
如果你们分给肥好的田，
如果你们腾出大块的田，
我就转回去射箭。

[《创世歌·天王到盘、古》]

  史诗词句的复唱加强了人们请格射日时的迫切情感，表达出格对约定内容的重视；直接引语的使用起到了一种引人入胜的作用，使听众（或读者）感到仿佛直接见证这场约定。然而，当格射日成功之后，分给他的并非约定好的好田、肥田，而是斜陡的坡田；约定送的黄牛、水牛也变成了狗。格很愤怒，却没有加害于村民。时间就这样过了几年，当格不得不牵着狗去耙田，狗望天望地仿佛在质问之时，天降暴雨引发洪灾，只有盘妹古哥在格所种葫芦的庇佑下幸免于难。诚信与感恩，是毛南族极为注重的品质，"肥套"作为毛南族最隆重的礼仪，其主要目的正是向神灵还愿，守住人神之间的诚信。第一、第二代人在生活和体质上"不成人样"，他们居无定所，以树叶、蕨根为食，样貌丑陋，身体裸露而不知羞耻。第三代的人有村庄、有田、有牛、有集市，对比之前两代而言生活水准极高，然而不守信的行为暴露了他们品格上的缺陷。洪水本是作为灾害而存在，威胁着人类的生存，而从人格品质角度考虑，《创世歌》中置人于死地的洪水则被赋予了净化、革新的力量。

  盘妹、古哥生出的石磨仔被分为三百六十片，通常看来，是残酷和不可理解的，但正如傅光宇和张福三早所言，"垂死化身"神话"既讲死，又讲生，而且重点是讲生：人固然是死了，但又转化为新生的物；死了一个，却化生许多；死亡并不意味着终结，而是宣告新生，开辟发展的新里程"①。石磨仔的死,并非从这个世界上永远消失,而是不同的部位变化成了不同的民族、姓氏乃至人世职位身份。同样的,环英打赌在雪天跳水塘"冻死"过后,并没有真正的离开女儿和人世,而是变成了鲤鱼、变成了龙王。

(二) 庄严的婚姻观

婚礼是重大的人生礼仪,是男女双方关系深化的确证,是婚姻关系取得家族和社会承认的重要标志。《创世歌》在婚礼当中演述,它将婚姻放置于整个人类历史的纵深处来加以言说,赋予了婚礼和婚姻关系一种庄严感。

从混沌开天辟地人们居无定所、食不果腹,到行加最后使人粮食充足齐全,经历了一个漫长的物质丰裕过程,也是婚恋关系,婚姻礼仪逐渐走向稳固的过程。"仓廪实而知礼节,衣食足而知荣辱。"《创世歌》同样体现了这个朴素的道理。拥有丰富的物质条件后,若不知恩守信、品性不佳,人的存在便会被否定——村民不恪守承诺,于是天降洪水,生灵涂炭。

人的存在,除了物质支撑,同样离不开男女的繁衍,盘妹、和古哥让人类得以再生的过程正说明了这一点。然而,婚姻也不仅仅等同于繁衍后代,石磨仔化身为各种人各种姓之后史诗演述到"从此开始有相爱"——相爱,是婚姻必不可少的要素。但仅有相爱也不成婚姻。第四代神良吉和良漂十分相爱,这对情人倾心于爱恋甚至忘记吃饭、种田,史诗对此的评价是"猖狂"。正是混沌、汉王、格、盘妹和古哥几代神祇的付出与牺牲,才奠定了人类存续发展的可能,史诗中的婚姻因之具有一种繁衍生命、塑人品性、福泽社会的庄重感和责任感。人世间的婚姻,并未在这个仅关注伴侣之爱而无视社会责任的时代被创造。

---

① 傅光宇、张福三:《盘古"垂死化身"神话探析》,《云南社会科学》1983 年第 6 期。

第五代神环英和行加，自恃才干又互相夸耀子女，最终导致两性纷争，姻缘难成。直至环英输掉赌局，应约受难而终于得救之后，她才作出让步，同意嫁女。为此，行加也要求子女们答应"万般困难相帮扶"，最终他们各自的子女结成夫妻，最终在人世间创造了婚姻和家庭。值得注意的是，史诗中有关承诺的部分，都是直接引语，这更生动的体现了神、人的互动，神（通过讲述者）与听众（或读者）之间的互动。承诺的再次出现与村民对格的承诺形成呼应，从侧面暗示了在婚姻中遵守相互帮扶这一诺言的重要，体现了婚礼的神圣性和庄严感。

毛南族创世史诗《创世歌》演述神与人的关系，也演述了人与人之间的关系，这种联系性通过石磨仔"垂死化身"为不同民族、姓氏、职位身份凸显出来——人和人彼此之间，是一个整体，他人是自我的扩大和引申，这是一种导向彼此团结相互理解的观念。史诗中的汉王，在壮族和布依族中也具有重要地位。另外，语言上，史诗用状语演述；内容上，布依族"摩经"《人寿的演变》中也有过去的人比现在的人寿命长的说法。[①]这在一定程度上体现了毛南族与其他同属壮侗语族民族间的紧密联系。并且，《创世歌》中的这种联系性并不止于壮侗语族内——毛南族创世史诗《创世歌》中所提及的混沌，盘、古（盘古），是多民族共认的神祇；人类的代际更迭则是西南少数民族神话中常出现的一个主题，如彝族、白马藏人、纳西族独龙族等藏缅语族诸民族中的独眼人、直眼人、横眼人[②]……共同的文化根基是中华民族共同体的必要依据，这个"美美与共"的共同体并非呆板沉闷的整齐划一，而是凝结于"各美其美"的交流互动之中。在集约美和想象美以及生死观、婚姻观上，毛南族创世史诗《创世歌》自有其特色与魅力：丰

[①] 韦兴瑞、周国茂、伍文义编：《布依族摩经文学》，贵州人民出版社1997年版，第110—112页。

[②] 鹿忆鹿：《眼睛的神话——从彝族的一目神话、直目神话谈起》，《民俗研究》2003年第2期。

盈整饬的诗篇，繁简之间的张力，体现了史诗叙事的生长性，展现了史诗这一体裁在铺张或整合叙事上的灵活性；神妙奇绝的想象是毛南族人民自由之思、创造力的彰显。史诗传达出的积极乐达的生死观，庄重的婚姻观，于当代更是葆有着不可替代的价值和意义，予后人以源源不断的精神滋养。

思考题：

1. 为什么说毛南族创世史诗《创世歌》具有丰盈整饬的集约之美？
2. 简述毛南族创世史诗《创世歌》中体现的生死观。
3. 简述毛南族创世史诗《创世歌》中体现的婚姻观。

第三章　汉藏语系苗瑶语族创世史诗

第一节　苗族创世史诗《洪水滔天》

一　概述

苗族史诗，又叫苗族古歌，以五言为基本句式，以穿插有歌花的问答式对唱为主要演述形式，围绕创世、敬祖、民族迁徙等叙事主题展开演唱，内容篇幅之间有着紧密逻辑联系，具备史诗性质的苗族民间"活形态"押调口头传统。①

苗族创世史诗《洪水滔天》的主要流传区是贵州黔东南苗族方言区的台江、施秉、剑河、雷山、黄平、榕江、镇远、三穗、凯里等县市。

苗族史诗是苗族先民们在长期的生产劳动中创造出来的，反映了苗族先民对天地形成、万物产生、人类起源、民族迁徙等方面的认识，其内容包罗万象，从宇宙的诞生、人类和物种的起源、开天辟地、初民时期的滔天洪水，到苗族的大迁徙、苗族古代的社会制度和日常生产生活等。苗族史诗的内容充满神话色彩，一些专家学者认为苗族史诗是神话史诗中最长、最完整、最具代表性的典范作品。苗族史诗按照叙事的时间顺序分为金银歌、古枫歌、蝴蝶歌、洪水滔天、溯河西

---

① 吴一文、今旦：《苗族史诗通解》，贵州人民出版社2014年版，第21页。

迁五大部分，共十三首歌。《洪水滔天》是苗族史诗组诗中的第四部分，主要叙述初民时期，人类始祖姜央与同母所生的雷公、龙王等惊心动魄的斗争场景，以及雷公施放洪水，淹没大地万物的洪水滔天。在这场生死抉择中，姜央与妹妹历经千辛万苦，得以幸免。洪水退去后，世间没有了人烟，姜央采取种种办法，促成了兄妹成婚，完成了人类再造的神话故事。

苗族学者通常依据苗族史诗的叙事内容和演唱方式，将其划分为五种类型。第一类，是酒席上对唱的问答式古歌；第二类，是理老（说理判案人）、巫师和歌手单独演唱的叙事古歌；第三类，是丧歌和祭祀，以及结亲嫁女酒席场上演唱的开亲歌；第四类，是生产劳动歌——造酒歌、造船歌、造鼓歌；第五类，是长寿歌，叙述活了九千岁的榜香由的劳动生活与爱情故事。《洪水滔天》是一部对唱式的问答式史诗。

苗族古歌的演唱形式较为独特。其间，歌骨、歌花、套句、插唱等交错分布、浑然一体。歌骨，是相对于歌花而言的概念，就是歌的骨架、骨干部分，是史诗中叙述实事的部分；歌花是指游离于歌骨之外的部分，内容与主题无关，主要以营造环境、活跃气氛、激发情感为目的，以邀请、赞美、自谦、挑战、评说等为主要内容；① 套句是表示承接、提示等意的歌句，在演唱中反复出现，具有程式化倾向；插唱是史诗演述过程中，在一方歌者唱歌花或套语时，另一方可以进行的简短插唱。插唱的内容视对方歌者的演唱情况而定，主要传达一方歌者对与唱歌者答案的赞同或提问的异议，但并非每一次歌花或套语后均有插唱。

苗族古歌大多在苗族鼓社祭、婚丧活动、亲友聚会、节日等场合演唱。演唱者大多为老年人、巫师、歌手等。演唱主要以盘歌形式进行，一般由4人平分为甲、乙两组进行对唱。甲方先行提问，乙方随

---

① 今旦：《苗族古歌歌花》前言，贵州民族出版社1998年版，第8页。

后作答。乙方回答结束后再次对甲方进行提问，甲方再回答，再设问，这样辗转反复地唱下去，直到终场。苗语把设问叫作打结，把回答叫作解结。打结、解结之间可以加"花"。为增加演唱的神秘性和趣味性，有时回答人并不立即演唱他所知道"正确"的说法，他可以先作一些不合适的答复，然后自己推翻了，说"这说错了""这也说错了"——最后才说出那个正确的。

苗族史诗的主要特点：《中国大百科全书·中国文学》在《苗族古诗》词条中称其为"中国苗族民间创世神话叙事诗"，苗族古歌是"神话史诗中最长、最完整、最有代表性的典范作品"，其内容充满着神话色彩。苗族史诗的排列是有序的，全篇按照时间的顺序线性展开叙事，组歌与组歌之间，组歌中的每首歌之间，乃至故事情节之间，呈现为一种递进关系。同时，组歌中的每一首歌是一个可以独立出来的故事。故事与其他歌段、组歌，乃至整部古歌是整体与部分的关系，它们之间既可以串联起来，又可以平行呈现。因此，苗族古歌是一个系统，它统摄下的每组歌是一个"子"系统；每一组歌中的每首歌，又是组歌系统中的"子"系统。

记录和介绍苗族创世史诗《洪水滔天》的主要文本有以下几种：贵州省民间文学组整理、田兵编写的《苗族古歌》，贵州人民出版社，1979年6月出版；马学良、今旦译注的《苗族史诗》，中国民间文艺出版社，1983年1月出版；潘定智、杨培德、张寒梅编写的《苗族古歌》，1997年11月贵州人民出版社出版；吴一文、今旦《苗族史诗通解》，2014年4月贵州人民出版社出版；肖远平、杨兰、刘洋《苗族史诗〈亚鲁王〉形象与母题研究》，中国社会科学出版社，2017年9月出版；胡廷奇、宝耶果主编，陶小平整理译注的《苗族古歌》（卷五），2019年1月由贵州出版集团、贵州民族出版社出版；罗丹阳《苗族古歌〈瑟岗奈〉传承研究》，中国社会科学出版社，2019年4月出版；吴一文、覃东平编著的《苗族古歌与苗族历史文化研究》，2019年12月由贵州民族出版社出版。

根据吴一文、今旦所著的《苗族史诗通解》，苗族创世史诗包括金银歌中的《制天造地》《运金运银》《铸日造月》《射日射月》，古枫歌中的《种子之屋》《寻找树种》《犁耙大地》《播种根枫》《砍伐古枫》，蝴蝶歌中的《蝶母诞生》《十二个蛋》《弟兄分居》《找杀蜈蚣》《寻找木鼓》《追寻牯牛》《寻找祭服》《打猎祭祖》《洪水滔天》《溯河西迁》，合计19篇。

二 精彩诗篇故事情节举例

（一）洪水滔天[①]

在上古时期，雷公与姜央本是亲兄弟，在地上生活。只因分家产时姜央没有分得黄牛，他要去犁田和地，就需要向雷公借黄牛。姜央借来黄牛犁完田地后，杀了黄牛，剩下一根牛尾巴，将其插在塘边的出水口。姜央跑去对雷公说："我犁一丘烂泥田，黄牛陷入田底，尾巴还能看得见，我俩快去把牛拔出来。"姜央雷公一起拔，雷公使劲向上拉，姜央用力往下压，拉到傍晚日西斜，姜央累得气喘吁吁，雷公累得出大气，姜央回头对雷公说："明天穿上新缎袍，我们再来使劲拔出它。"

第二天，雷公穿上长缎袍，又用力拉牛，拉到太阳悬挂在西天。姜央累到出大气，雷公累到喘吁吁。姜央回头对雷公说："你听你听牛叫了，牛在里边哼哼鸣。"雷公使劲往上拉，姜央用力向下压，姜央忽然一撒手，雷公扑通一声倒在地上，满身都是烂泥巴。雷公勃然大怒，怒气冲冲地跑到天上："我要降下大雨雪，淹死你这作恶鬼，你死我才能消气。"姜央说："你一回去就降雨，我会马上逃跑，你若等我三天，我便把事情忘了，立即死在床上。"

姜央家有好物种，他在地边栽上葫芦，对葫芦说："你要快快长，开花胜过大汤钵，结果粗过大竹箩，三夜长大赛水缸。"早上葫芦就牵藤，晚上葫芦便开花，三天三夜刚刚满，葫芦长大像水缸。三天刚刚

[①] 吴一文、今旦：《苗族史诗通解》，贵州人民出版社2014年版，第438页。

过,雷公降下冰雪大雨,雨雪一直下了九天半。大水漫平香炉山,大地一片汪洋,花草树木全死光。只剩姜央老大人,乘坐葫芦漂上天,人间只剩兄妹俩。

大水漫到雷门前,雷公打发鹅去看看人间还有啥没淹。鹅儿回来照直说:"还有一座小山包,漂漂荡荡在东方。"雷公一听发了火:"大水涨到我屋脚,还有什么小山包!"照着鹅嘴打一棒,鼻上隆起一个大青包。雷公又叫鸭子去瞧一瞧,鸭子回来照直说:"好像有个小山包,一颠一颠在东边。"雷公生气噘起嘴:"大水漫到我门前,哪有这样高的山!"一脚踩在鸭嘴上,鸭子嘴壳扁塌塌。雷公又叫羊去看,羊儿回来对雷公说:"好像还有个山包,它在天边漂啊漂。"雷公发怒噘起嘴:"大水漫到我门口,哪有这样的山头!"伸出双手拧羊角,一对羊角弯溜溜。雷公又叫鸡去望,公鸡说话声发抖:"大地上一片汪洋!"雷公听了真喜欢,挺个尖嘴送给鸡:"你要下到人间去,啄食一些大白米。"大水涨了一段时间后逐渐消退,山头慢慢露出来,随后河边平坝全显露。只见人间故土显无余,姜央心里无穷乐,再次回到了平坝上,安心劳作过生活。

(二)兄妹结婚[①]

野火烧山千树死,洪水滔天万山崩。[②] 天上的雨水下完了,天下的人类已死绝了,没有平辈表兄妹,只有姜央两兄妹在大地上生活。日久担心人衰老,姜央生不逢时,要寻配偶不容易。人间只有妹一人,好像独独一锭银,一副芦笙剩一根,人手一份真难分。若是一个蔬菜园,摘来一人给一片,大家全都得一份。姜央朝东望一望,又朝西边瞧一瞧,西望不见有田土,东瞧不见在佳偶,姜央心里好忧伤。谁能教姜央寻找到终身伴侣呢?山中的楠竹和锦竹,他俩教姜央寻爱侣。

[①] 贵州省少数民族古籍整理出版规划小组办公室编:《苗族古歌》,燕宝整理译注,贵州人民出版社1993年版,第611页。

[②] 贵州省少数民族古籍整理出版规划小组办公室编:《苗族古歌》,燕宝整理译注,贵州民族出版社1993年版,第611页。

他们说:"寻找伴侣不必去远方,就在你家石碓旁,跟你妹妹配成双。"姜央一听心生怒火,找来一把长砍刀,把竹砍成了九节,砍了七节扔在地上。竹子砍了可没死,竹子张口说道:"日后你若要娶妹,你将如何待我俩呢?"姜央回答:"我若娶妹作妻室,斗接锦竹成节节,焊接楠竹成整棵,让你成活站起来。"

  日子一天天过去了,人渐渐变老,皱纹悄悄爬上眉梢,姜央始终寻不到爱侣,又着急又心焦。姜央朝东边望一望,东边不见有田土;又朝西边瞧一瞧,西边不见有佳偶,姜央心里好惆怅。姜央要娶妹妹作伴侣,妹妹一直不答应。姜央是个聪明人,他在石桥西头安笼子,编了九个大铁笼,又捉来九只土画眉,鸟儿放进笼子里。姜央哄妹妹把手伸进笼子,他说道:"你伸手捉野雀,捉来我俩烤着吃。"妹妹连忙伸手捉野雀,笼门一关夹住了她的手,妹妹急得高声叫:"快快救我,阿哥!"姜央立马回答说:"你若情愿作我妻,我立刻给你打开门。"妹妹回话对姜央说:"你扛一对大石磨,把它扛到山坳上,石磨滚到田土边,两扇磨盘还相摞,你就可以娶我为妻。"姜央是个聪明人,一副石磨扛到山坳上,一副扛到田土边,石磨呼噜滚下坡,妹妹跑到地边看,磨盘两块真的摞在一起。妹妹还是不愿嫁,姜央陡然大冒火。姜央骑一匹大红马,妹妹骑一匹飞天马。他们二人来说定,一人骑着往西走,一人骑着往东行。姜央追赶妹妹,若是赶到东边赶得上,追到西边追得着,两个人儿面对面,两匹马儿头对头,马尾还绞在一处,妹妹就得答应嫁给哥哥。妹妹向西边跑去,姜央往东边追赶,聪明的姜央灵机一动,高山脚下绕个圈,两个相逢面对面,两马相遇头对头,转过马头相对踢,马尾搅缠在一起,妹妹还是不答应。姜央又心生一计,他去碓旁安网套。妹妹去碓房舂米,被夹住了一只脚,她急得大声喊叫,"哥啊哥啊,快救我!"姜央闷声气鼓鼓,故意不伸手。妹妹将哥称作郎,说道:"我的郎啊,快救我!"姜央顿时笑嘻嘻,"要推还是推不脱,我俩商量成婚吧!"

  兄妹俩成婚一段时间后,生下一个砣砣儿,没有嘴巴来吃奶,没

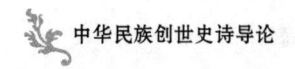

有双脚来踩鼓。

姜央见后勃然大怒:"绝后也由它去吧!"找来一把弯柴刀,寻来一块老杉砧,剁砍这个砣砣儿,肉片装了满满九箩筐。姜央抛撒了剁碎的肉片,遍及九座山。肉片马上变成了千万百姓,但都不会说话。雷公说焚烧竹子,百姓就会说话了。姜央便烧了五山六岭的竹林,竹子发出啪啪的响声后,人们真的会说话了,随后便各自走上了谋生的道路。

三 苗族史诗《洪水滔天》体现的美学特征

(一) 礼仪之美

苗族史诗《洪水滔天》有问答式、单独演唱式、盘坐式等多种演唱方式,通常由四位歌者进行演唱。史诗对唱多在盛大的婚礼、集会、建房等活动中举行,是歌师之间增进情感、传递知识、体验审美经验的最佳时机。苗族男女在对唱中体味史诗的对唱礼仪,从中感悟史诗的美学特征。在苗族聚居区,许多古歌演唱者并不识字,却能完美地演绎古歌词曲,他们一代一代地传唱古歌、传达着苗族先民对美好生活的向往、对真善美的追求、对劳动的热爱。歌师在对唱中,除自己感悟史诗故事的传奇和歌词的优美外,还能展示对唱者的文明素养和礼仪修为,为左邻右舍及观众示范乡风,给听众以美的享受。特别是苗族古歌的歌花部分,以渲染环境、调动情感为目的,大多用赞美、评说、攀谈、对话等形式,体现出对唱中的礼仪之美。

1. 美誉

(1) 原文

妹是妈妈会生养,
生下妹妹好容颜,
面色如同栀子花,

毛发好像蚕丝染。
嫣然一笑闪玉牙，
清歌妙曲出齿间。
说话句句都在理，
唱歌首首全不乱。
声音嘹亮如鸣蝉，
知了叫在寨子旁，
咿咿呀呀谷仓边，
实在美呀好娇娘。

[《苗族古歌歌花·声音嘹亮如鸣蝉》]

（2）礼仪性

美誉。夸奖对方的美貌，从面如栀子花、发如蚕丝染、金口显玉牙、声亮如鸣蝉，来赞美对方的美貌，体现了尊重、赞美、夸奖对方的礼仪性。

2. 赞同

（1）原文

这首（节）就到这里了，
下首（节）接着就来到。
我俩所答是这样，
不知是对还是错，
若是错了请直说。

[《苗族古歌歌花·前言》]

（2）礼仪性

赞同。这在插唱中表示赞同对方，也表达一种真诚的尊重，表现出高度的亲和力和尊重感。

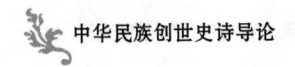

2. 认同

（1）原文

> 对了对了毫不差，
> 如同一个写下它，
> 合适如像挞斗杠，
> 美过春日绽鲜花！

[《苗族古歌歌花·歌骨歌花对唱实例》]

（2）礼仪性

认同。肯定对方的行为，赞许两人团结友谊和亲善，是苗族先民们友好相处、同心同德的具体表现。相互依存、和谐相处、情深意长的友情展示，是人与人善良友爱的表达。

从上述的分析中，我们可以提炼出歌师对唱苗族史诗的礼仪之美。

甲方（提问）：问候—赞美—提出问题—征求对方意见—肯定性评述。

乙方（回答）：问候—赞美—复述甲方问题—回答对方问题—提出新的问题—征求对方意见—肯定性评述。

甲方（提问）：问候—赞美—复述乙方问题—回答对方问题—提出新的问题—征求对方意见—肯定性评述。

苗族歌师的对歌礼仪，体现了娱乐性、趣味性、竞赛性、礼让性的协调统一。由于苗族对唱一般都是在集会、婚礼、建房、节日等场所举行，对唱本身具有烘托气氛、渲染环境、聚集人气、活跃场所的作用。对唱，既是对歌师音乐知识和声音的考验，也是对苗族历史知识、古老传说的认知和记忆的考验，还是对歌师服装、礼仪、教养等的检验。对唱者多是熟悉本地文化的人，在对唱前彼此要进行一番礼节性谦让、问候。男方尊称对方为小妹，女方尊称对方为小哥，双方热情礼貌的仪式，具有拉近双方心理距离，放松心情的作用。相互间的问候，以哥和妹之称，增进了人的亲和力和亲情感，同时蕴含着青春永驻、生命永恒的美好祝愿。在对唱中，歌师之间赞誉对方、贬低自己的谦逊态度，作为虚心学习的形体语言，营造出祥和、友好的对唱氛围。这不仅活跃了对唱现场，还对乡村社区的和谐、安康具有潜移默化的作用。苗族古歌的对唱，既是对苗族传统历史的传承，也是对中华传统文化的发扬，更是对现实美好生活的歌颂，对增强民族向心力、铸就中华一家亲具有积极的作用。

苗族史诗通过对唱，交流情感、传承文明、审视美感，增进了歌师与歌师之间、歌师与现场观众之间的情感互动，传达出追求真善美、抨击假恶丑的诗歌美学理想。

（二）修辞之美

苗族史诗基本为神话故事，其想象奇特，诗意浓郁，风格古朴，语言流畅、自然，既富有现实主义的色彩，又充满浪漫主义气息，是苗族史诗中不可多得的佳品。史诗中巧妙的比喻和拟人手法，形象、生动地给听众留下深刻的印象。歌唱史诗的歌师，在演唱中通过创造、传承，不断丰富了史诗的内容和表达形式，提升了诗歌艺术的审美力和创造力。整个篇章中有许多妙喻之处，此略举几例。

1. 形容英雄

盘古公公英雄汉，
说起话来像雷鸣，
眨眨眼睛就闪电，
呼吸变成东风吹，
眼泪汇成清水流，
头发变成柴和草，

久久撑天太长久，
身子散架落纷纷，
盘古死后变山坡。①

传说天地是盘古开创的，有了盘古才有人类。因此，盘古被人们尊称为开天辟地的英雄。苗族史诗中，歌师在演唱盘古的英雄形象时通过拟人的手法，塑造了英武、强悍、勇敢、强大、无畏的高大形象，表达了苗族先民们对英雄的崇敬和爱戴。

2. 形容母爱

那是娲和今出生，
来看金和银出生。
金银生来要吃奶，
银吃胸前一只奶，
胸前奶水来得快，
银子长得白又白；
金吃背后一只奶，
背上奶水来不快，
金子脸色黄央央。

哪一个来架桥踩，
哪一个戴垂沿帽，
金银吃奶吃不完？
脚杆架起桥来踩，
手指戴着垂沿帽，

---

① 贵州省少数民族古籍整理出版规划小组办公室编：《苗族古歌》，燕宝整理译注，贵州民族出版社1993年版，第31页。

金银吃奶吃不完。①

史诗中用比喻的手法，描绘了一位母亲对子女的深爱之情，"脚杆架起桥来踩"比喻小孩在吃奶时，踩着妈妈的双腿，就像给孩子架起一座过路的桥；"手指戴着垂沿帽"比喻小孩在吃奶时，母亲用手指轻轻托起乳房，就像戴垂沿帽。

3. 形容亲情

银子留张揩汗巾，
金子留下根拐杖，
究竟搁在哪里呢？
心头总是耿耿然，
一次看望七回头，
九望回头七万次？

银子留下揩汗帕，
后来变成只团鱼，
水里爬行的乌龟，
在那深绿水潭里。
金子留下根拐杖，
搁在那个坳口上，
后来变一棵直树，
棵儿半抱粗大树，
叶子就大如斗笠，
遮盖荫凉大半坡，
汉人树下来休息，

---

① 贵州省少数民族古籍整理出版规划小组办公室编：《苗族古歌》，燕宝整理译注，贵州民族出版社1993年版，第123—124页。

马到树下好拴鼻。①

　　史诗通过对金和银回头望七次、九次与七万次的数量刻画，来形容离别时的依依不舍之情。后又通过银子留下的揩汗帕、金子留下的拐杖变成造福人们的鱼、乌龟和大树，传达出前人栽树后人乘凉的美好愿景。

4. 形容丰收

　　　　看见绿岭产小米，
　　　　看见桐山出稻粮，
　　　　稻秆粗大如手指，
　　　　高粱秸秆可盖仓，
　　　　田里浮藻大如碗，
　　　　鲤鱼大得像马头，
　　　　鱼吃浮藻咚咚响，
　　　　掌洋地方都震动，
　　　　钱五白银一匹马，
　　　　一斗小米一分银。②

　　苗族史诗歌师在演唱时，运用巧妙的比喻，描绘了农村田间地头的小米、水稻、高粱、鲤鱼等农畜场景，给人们展示了一幅田野欢歌、鱼粮满仓的丰收景象，既有现场的美感呈现，又有人们丰收后喜悦心情的描述。

---

　　① 贵州省少数民族古籍整理出版规划小组办公室编：《苗族古歌》，燕宝整理译注，贵州民族出版社1993年版，第147—148页。
　　② 贵州省少数民族古籍整理出版规划小组办公室编：《苗族古歌》，燕宝整理译注，贵州民族出版社1993年版，第664页。

三 苗族创世史诗《洪水滔天》蕴含的诗性智慧

苗族史诗是苗族人民智慧的结晶,也是我国苗族人民贡献给中华民族和世界的一份文化珍品。在苗族创世图景的描述中,有对古代苗族人民生产生活实践经验的艺术性概括,有对古代苗族人民生活理想的形象化描绘,有对人类自身的热情赞美和劳动过程的热忱讴歌,有开启人们智慧、促人奋发向上的奇妙联想和想象。

(一) 崇真尚善的伦理观

在苗族史诗中,特别是在《洪水滔天》中,史诗的教化功能较为突出。它向苗族同胞传递、宣传惩恶扬善的伦理观,进而使受众追求真善美、摒弃假恶丑。史诗运用形象、生动、通俗明了的语词,寓教于诗、寓教于乐、涓涓细雨、润物无声,让普通大众在对唱的愉快场景中受到正确伦理的熏陶,主要表现在以下两点。

1. 贵勤尚勇的英雄观

在史诗中,许多篇幅描述了像姜央那样勤劳、勇敢、聪明、善良、能干的猎手、农人、樵夫、船工、工匠,以及出外可同男子耕田种地,在家可以纺织、裁剪、缝纫、勤于持家的农家妇女。史诗中还热情歌颂了类似农业神的巨人、巨兽、巨鸟,他们都具有超人的生产劳动力、无穷无尽的劳动创造力和不畏艰难困苦的奋斗精神。他们制天造地、铸造日月、开山开河、犁耙大地、植树种草、伐木造船、发明火种,为人类创造了从事农耕生产实践活动的环境,他们都是苗族先民们理想人物神格化的典型。同时,歌师还对诸多虫鸟草木、山川田地、矿物资源等自然之物进行赞美。这些生动地描述,向人们传达出万物之中人类最美,人类之中劳动者最美,劳动者中劳动能手最美。

2. 向上向善的是非观

在苗族史诗中所歌颂的崇高美的对象,无论是人、神,还是物,他们之所以美,正是因为他们是善行、善德、善性的,是有利于人类顺利进行生产劳动实践。并且，他们创造了人类需要的物质生活。史诗通过描述这些美的形象，肯定了社会实践主体的人类活动，赞美了人类的积极态度、生活理想，也讴歌了人类为理想而奋斗的献身精神、创造精神。

在苗族史诗中，歌师通过歌词艺术性地表达出无善不美、善由美生的美学思想，充分体现了中华民族传统文化中美善相乐、美善一致的传统美学观。史诗中人类与大自然的斗争史，既是善与恶、美与丑、邪与正的斗争历程，也是善不断战胜恶、美不断战胜丑的超越历程。

（二）和谐共生的生态观

在苗族人民古朴的意识中，"人类诞生是自然的结果，宇宙是先有自然才有人类的，自然是巨大的、是神、是人类起源的地方，人类仅仅是自然界的一位客人，人类只有服从自然、爱护自然才会得到神的保佑，否则将会受到惩罚和报应"[1]。从以下歌词中就能体味其中的道理，原文如下。

> 姑娘嫁给谁呢，
> 姑娘嫁给了山花，
> 樱花的声名最好了，
> 嫁了姑娘再起程。
>
> 姑娘嫁给谁家，
> 嫁给盛开的鲜花，
> 嫁给樱花最美了，
> 嫁了姑娘再起身。

[《苗族古歌歌花·歌骨歌花对唱实例》]

在这充满诗情画意的歌词中，姑娘作为人嫁给了山花、鲜花，这

---

[1] 邢启顺：《贵州苗族生态文化简析》，都匀：《黔南民族师范学院学报》2007年第2期。

不仅给人美的享受，还表达了人们对大自然的热爱。同时，花在人们的眼里是生命和灵性的象征，更表达出大自然与人和谐相处、共生共存、命运一体的生态观。在苗族史诗《运金运银》中，苗族先民欲砍大树造船运输货物，但任凭人们如何砍都无法砍倒大树，人们就怀疑这树不是一般的树，砍树的鲁猛经过仔细观察后，用新的办法，最终才把大树砍倒。①

> 树子脚下有蚂蚁，
> 树梢枝头有鬼怪，
> 树子才会砍不倒。
> 嘴里咬着芭茅，
> 头上反戴三脚架，
> 身上蓑衣倒起披，
> 斜眉怪眼来砍树。

[《苗族古歌·燕宝整理》]

在苗族先民们看来，人来源于自然，又回归于自然，生不带来一根丝，死不带走一寸木。

(三) 朴素的辩证思维

苗族史诗包含着苗族先民对自然的理解与认识。什么是世界上最早出现的呢？史诗认为不是神灵，而是"云雾"，在天地万物形成之前就有"云雾"，它是天地形成的根源，是最早的物质形态。"哪个才生来最早？哪个才算来最老？""水汽才生来最早，水汽才算来最早。②"苗族先民将"云雾"这一具体的物质视为宇宙形成的来源，这是一种朴素的唯物主义思想。

---

① 贵州省少数民族古籍整理出版规划小组办公室编：《苗族古歌》，燕宝整理译注，贵州民族出版社1993年版，第233页。
② 贵州省少数民族古籍整理出版规划小组办公室编：《苗族古歌》，燕宝整理译注，贵州民族出版社1993年版，第13页。

在"云雾"形成之后，又出现了"科啼""乐帝"、天地以及形成天地的黑、白两种色泥，这说明苗族先民除了肯定宇宙是物质外，还具备了初步的辩证法思想，揭示了事物运动、变化、发展的过程。同时，在苗族史诗中，有的"云雾"生万物后最后生人，这里面也具有朴素的唯物主义思想。

苗族先民在叙述人类起源时，认为人类起源于物质的运动，而非精神力量的结果。在古代由于生产力水平低下，人们改造自然的能力有限，决定了苗族先民对自然的认识局限于日常经验，所以其对万物来源的认知与解释必然是朴素的、直观的、现实的。并且，苗族先民认为这些物质形态相互联系、发展变化，这当中蕴含着朴素的辩证法思想。

思考题

1. 《洪水滔天》在《苗族史诗》的地位和价值体现在哪些方面？
2. 如何理解《洪水滔天》中体现出来的英雄观？
3. 如何解读《洪水滔天》中的生态观？

第二节　瑶族创世史诗《密洛陀》

一　概述

瑶族是中华民族大家庭中的一员，有着悠久的历史和丰富多彩的民族文化。由于只有语言没有文字，瑶族的众多民间文化主要通过口耳相传得以传承下来，其中流传在瑶族布努语支系的创世史诗《密洛陀》就是这一文化群体中最为重要的精神思想，也是瑶族远古社会生活的重要反映。

在瑶族的民间口头文学中，由于瑶族语言在使用归属上的不同，瑶族分为多个支系，由各个方言土语演化而来的史诗、古歌、传统歌

第三章　汉藏语系苗瑶语族创世史诗

谣等口传文学的类型划分、名称都有一定的差异。例如，在苗瑶语族中说勉语的瑶族以《盘王歌》为代表，说苗语的瑶族以《密洛陀》为代表，壮侗语族中说拉珈语的茶山瑶族支系则以《香哩歌》为代表。而在这些不同瑶族支系的内部，根据瑶族语言的称谓，还有着不同的分类。例如，在瑶族布努语支系，瑶族传统的口传歌谣经典主要有"萨旺""读斐""读寿"三种，蜚声国内外的创世史诗《密洛陀》就是民间韵文体口传歌谣"读斐"中的一种。

中华人民共和国成立后，在中国共产党和中央人民政府的重视、支持下，迄今已经搜集整理出来的瑶族创世史诗《密洛陀》有五个文本。

1986年，由潘泉脉、蒙冠雄、蓝克宽搜集翻译整理的《密洛陀》文本，作为《广西瑶族社会历史调查（第七期）》的内容之一收入其中，并由广西民族出版社正式出版。在编印出来的史诗结尾还做了一个"说明"，指出这部"密洛陀抄唱本"刊印前"原存广西都安瑶族自治县七百弄布努瑶族石山地区"，"一九八一年"成稿。史诗的前面以"开头歌"作"序言"，正文中的第一部分《创世歌》包括"第一章 密出世""第二章 造天地""第三章 买种子""第四章 造动物""第五章 惩坏蛋""第六章 找地方""第七章 造人""第八章 判是非""第九章 射太阳""第十章 补粮"；第二部分《创业歌》包括"第十一章 分家""第十二章 西天学法""第十三章 报仇""第十四章 逃难""第十五章 智斗财主""第十六章 抗暴""第十七章 为了后代""第十八章 酒歌"等组成。刊载的这部史诗仅为汉语意译，有9000余行（句）。

1987年，莎红整理的《密洛陀（瑶族创世古歌）》由广西人民出版社出版，史诗仅有汉文意译，20世纪60年代曾经在一些民间文学刊物发表过，后因"文化大革命"的影响而中断。党的十一届三中全会后，经过拨乱反正，各项文化建设工作步入正轨，整理者对比各个不同文本后将搜集于巴马瑶族自治县的《密洛陀》文本提交审定出版，

· 569 ·

该书不足10万字,分别由"序言""造天地""造森林""造房子""射太阳""杀老虎""找地方""造人"八个部分组成。

1988年,蓝怀昌、蓝书京、蒙通顺搜集翻译整理的《密洛陀》在中国民间文艺出版社出版,全书44万字,仅为汉语意译。该书除《序歌》外,正文共有三十四章,分别由《造天地日月》《造二十四位男女大神》《分当(神恋歌)》《造群山峻岭》《造山河湖泊》《辟路造桥》《取竹秧树种》《播种造林》《造雨》《造白鸟群兽》《造谷类食物》《繁虫类和掉满女》《安万物名称》《射太阳杀月亮》《寻英雄归来》《除兽妖》《剿妖猴》《灭虎精》《找地方》《造房子》《造人类》《七姐和八姨》《造药物医百病》《杀熊精》《给洛陀祝寿》《布努人上山》《遗嘱与追悼》《遭难》《迁徙分姓》《芒多怀和蒙家姓》《罗老宜与罗姓》《袁家姓》《蓝多尚和斑、莽、韦》以及《崇拜信仰》等内容组成。

1999年,蒙冠雄、蒙海清、蒙松毅搜集翻译整理的《瑶族创世史诗密洛陀》由广西民族出版社出版,该书有30万字,其内容除了三个《序》及整理者的《导言》外,正文分《开场歌》《造神界》《造天地》《治山水》《造动物》《买种子》《杀日月》《抓卡亨》《救卡亨》《祝著节》《造人类》《造衣裳》《采草药》《分民族》《兄妹婚》《密辞世》《罗刚遇难》《人猴缘》《造船渡河》《以船换物》等三十四个核心内容,全书仅有汉文意译。

2002年,由张声震主编,蓝永红、蓝正录搜集译注的《中国瑶族布努支系密洛陀古歌》分上、中、下三册由广西民族出版社出版。在这套书中,国际音标记录瑶语史诗原话、汉语直译和意译同时对应,全书3463千字。内容分上、下两篇,篇下有章,章下有节。上篇"造神"由《序歌》与九章五十五节的内容组成。其中"第一章密洛陀诞生"里面有六节,"第二章造天地万物"里面有五节,"第三章封山封岭"里面有六节,"第四章造动物"里面有三节,"第五章迁罗立"里面有六节,"第六章射日月"里面有十二节,"第七章抗灾"里面有六节,"第八章看地方"里面有八节,"第九章罗立还愿"里面有三节。下篇"造人"由五章三十三节组成。其中"第十章造人类"有十三节,"第十一章分家"有五节,"第十二章密洛陀寿终"有六节,"第十三章逃难"有五节,"第十四章各自一方"有四节。书的后面有三个"附录",即《神谱表》《曲调》和《采访歌师情况表及主要歌师简介》。

《密洛陀》属于瑶语的音译,在都安、巴马、大化、马山等地的不同乡镇、村屯,这一史诗名称的瑶话发音不同。我们在大化瑶族自治县北景镇龙冠村记录这部史诗时,当地人读为"密洛者",而在巴马瑶族自治县的东山乡及邻近的都安瑶族自治县的瑶语中则读为"密洛涉"。"密"在这里有"母亲"的意思;"洛"有"老""来"等多种意思;"者"有"到达""(祖神)亲临"等意思,有的地方认为"洛者"是人名,即远古时代祖母神的名字,这个词翻译为汉语,有"祖母神"之意。在张声震主编的《中国瑶族支系密洛陀古歌》中,解释为"最古老的故事,泛指密洛陀创世史和九大武神英雄史"[①]。

在瑶族布努语直系中,《密洛陀》史诗的唱诵贯穿在人一生的各个环节,每个人从出生开始就接受《密洛陀》史诗的祝福及希冀,并在"祖母神"的护佑下健康、平安成长。到了一个人寿终正寝,则通过史诗《密洛陀》的诵唱,"引导"亡灵按照"七十二峒"回归路线追随先祖的足迹,一层层地迈向祖先的"栖息地"。以唱诵《密洛陀》史诗为核心的传统节日"祝著节",是在仪式与史诗的相互阐释和印证中深化人们对民族传统文化的认同和维护。随着"密一天比一天衰老,一天比一天体弱,说话口水流,走路脚打战",于是"叫来了常初,让伊劳占卜"。经过占卜,"卜后对密洛陀说,密身体没有病缠,灵魂没

[①] 参见张声震主编《中国瑶族支系——密洛陀古歌》,广西民族出版社2002年版,第41页。

有鬼附。只是密天食已完,密的地粮已尽。要给密'补粮',密才能延年,要给密做生日,密才能益寿"。因为五月二十九是祖母神"密洛陀"的生日,于是便将这一天作为"密洛陀"的生日,从此相沿成俗,这就是"祝著节"的来源。"祝著节"的名称源于瑶族母语"二十九"的简称。瑶语里的"祝"翻译成汉语,即"十";"著"译成汉语,即"九"。在说"祝著节"这个词时,故意将"二"省略掉,但大家都约定俗成地知道是"祝著节"的日期为农历二十九。

《密洛陀》史诗作为一种活态诗歌,是瑶族社会生活的"百科全书",讲述了人类的起源、动植物的起源、人类与恶劣自然环境的抗争,以及人们对医药和食物资源认知利用等内容,涉及传统社会中的人生礼仪规范、哲学思想、族际关系,以及瑶族与周边民族交往交流交融的历史发展过程,篇幅浩瀚,乡土知识和文化信息丰富。

二 精彩诗篇故事情节举例

(一)开天辟地[①]

亿万年前,天地未开,一片漆黑,比今世最黑暗的地方——底朝天的染缸还要黑;亿万年前,天地未开,到处阴晏,比今世最阴沉的地方——山弄里的岩洞还要阴。

那时候,天下一片汪洋,脚下无地踩,头上没青天。那时候,日月星辰未出世,大河山川不知在哪边,风把它吹得如石磨般碌碌转。那时候,宇宙间没有人类,没有飞禽走兽,没有花草树木。宇宙之间没有拥有生命的事物,一片荒凉。阳风吹了一年又一年,吹得宇宙卷成团,刮得宇宙由方变圆,整日摇晃、颠倒。天气、地气紧相黏,宇宙不分地和天,混沌像个鸭蛋。

阳风吹了一载又一载,吹了九千九百岁,刮了九千九百年。宇宙

---

① 原文参见广西壮族自治区编辑组整理《广西瑶族社会历史调查(第七册)》,广西民族出版社1986年版,第438—440页。原文无标点。

裂开个大洞，黑咕隆咚万丈深。万丈深洞不见底，轰轰作响刮起旋风。旋风卷起一面大铜鼓，旋转着滚出洞。鼓里睡着一位女人，其间一对铜锤作香枕。铜鼓随风邀游于寰宇，旋风卷起九条大金龙，旋风卷起九只大金凤，护着大铜鼓。

这个女人不简单，东海深一千三百丈，淹不过她一双大脚板。罗立山高三千三百尺，高不到她的膝盖缘。九州平地三千里，放不满她的大手掌。大江大河千里长，长不过她发丝长度的三分之一。这个女人不简单，她的眼睛比星星还光亮，脸膛像古罗花一样鲜。她闭着双眼，披散秀发，躺在铜鼓之上，像朵红云飘往四方。这个女人名为密洛陀，她是万物的母亲，她是人类的祖先。

九条金龙拥红云，九对彩凤舞翩跹，九团黑云绕龙凤，护着睡在铜鼓之上的密洛陀。铜鼓随风旋转，整个宇宙金闪闪。金龙金凤随风舞，宇宙现出祥光。铜鼓随风不停地旋转，密洛陀邀游太空九万圈。如今，天空飘动的彩云，是她身上的百褶裙被阴风刮破后留下的碎片。

铜鼓随风在宇宙间旋转，密洛陀睡了九千九百岁，密洛陀躺了九千九百年。九千九百年过去了，宇宙头一次滚雷电，九团黑云化作雨。九条金龙齐长啸，九对彩凤齐吟唱。醒来呵密洛陀，快来创造世界，快来推转乾坤。

密洛陀醒过来了，她睁开眼睛看四方，只见宇宙裂开一条缝，阴风阵阵刺骨寒。密洛陀醒来了，满面红光站在鼓上。她披着长发笑吟吟，整个宇宙闪烁着霞光。密洛陀头一次笑开了，笑声震寰宇，她将要用自己的智慧和力量，创造美好的人间。

密洛陀醒来之后，她决心推转乾坤、创造天地。她站在宇宙裂缝口，双臂向上顶，两脚踏下缘，咬牙顶呀顶，切齿踩呀踩，口中默默念，叫下缘变地，叫上缘变天。密洛陀手加一分力，上缘升高九千丈；密洛陀脚添一分劲，下缘沉下三千尺。

密洛陀顶了九千九百次，密洛陀踩了九千九百回。密洛陀念了九千九百轮，天拱地圆各分离。过了九千九百岁，过了九千九百年，头

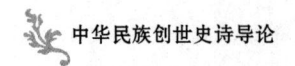

上宽浩浩，脚下广连连。

(二) 人类起源①

像太阳为放光而辛苦，像月亮为发亮而奔忙，像蜜蜂为酿蜜而辛苦，像鹧鸪为养崽而奔忙，最忙的是密本洛西，最累的是密阳洛陀，做完一件又一件，办完一事又一事。呕心为人类，沥血为人间。

天有多少灾，地有多少害？神造多少殃，鬼造多少难？哪个神不行凶，哪个鬼不作恶？密本洛西不行凶，密阳洛陀不作恶。他们给世上的都是慈爱，给人间的都是吉祥。

争来一个好年景，夺得一个好收成。粮多米多瓜豆多，金多银多六畜多。密洛陀决定造人类与生灵。常初选了吉日，伊劳择了良辰。密洛陀心想："米是命的本，谷是灵的源，吃了长骨、生肉。米煮成了饭，饭化成了骨，米煮成了粥，粥化成了肉。拿米来造人，人可能有命；拿饭来造人，人可能有灵。"密洛陀又思索："米发霉就臭，饭变酸就坏，什么是米的命，什么是谷的灵？草是米的本，木叶是谷的源，可以医病、驱鬼神。拿米来造人，可能有生命；拿饭来造人，可能生成人。要让人有生命与灵气，还要寻得百样香草、百种香叶，用来给米做命、给饭做灵。这样，米才不会臭，饭才不会坏。"密洛陀对沙拉把、布桃雅友讲道："我要造人类与生灵，需找百样草，要采百种药。你广游博知，哪种草可以吃，你就把它采来；哪种树香甜，你就把叶摘下。"布桃雅友上山去，采了百种药。密洛陀煮了糯米饭，拌了百草药，封在箱子里。

密洛陀叫来了常岸伯戈，唤来了初岸伯旺。密洛陀要造人类，但人没有魂不能生，没有灵不能活。密洛陀吩咐常岸伯戈、初岸伯旺，让他们前往金桥、银桥，传达密洛陀要造人的消息，并邀请密丘妙、密王堆前来。常岸上天去，过了金桥、银桥，来到天门，请来了密丘

---

① 孟冠雄、孟海清、蒙松毅搜集翻译整理：《瑶族创世史诗·密洛陀》，广西民族出版社1999年版，第245—286页。

妙、密王堆。

密洛陀对密丘妙、密王堆讲道:"我要造人类于世间,要造生灵在凡间。要造十二千条命,要造十二万个人。但人有盛衰、生死,需要你给人赐精灵、送魂魄。这样一来,人才能生在世上,人才能主宰人间。"密丘妙打开箱子,给人模赐了灵,为人样附了魂,并请天给了风,请地给了气。天神给了精,地神给了力。密洛陀所造之人,个个都有身,个个都有腰,有鼻、有嘴又有身,有颈、有头又有脚。密洛陀发判言:"我的身上有什么,人的身上就有什么。人不是神,不是仙,但比神更乖、比鬼更灵。人吃人间的饭、凡间的粮。人活着在阳界,人死了在阴间。有功活百岁,作恶就早亡,平平活六十。"密洛陀讲完话,把年龄、智慧、情爱、力气封在箱中。

头月箱中静悄悄,二月箱里无动静,三月箱无声,四月箱无息。五月过去了,六月又来临,密洛陀一等再等,等了二百七十天。等到满九月,箱里仍然没有动静。不开箱子不知道,不揭盖子不懂得,密洛陀开了箱,糯饭没有变成人,也没有化成生灵。箱内没有生命,但气味香醇,如仙液,似神汁。九位大神齐来看,见饭化不成人,却变成了浆。每个神吃了几碗、喝了几瓢,他们的脸渐渐发热,身渐渐发烫,身似云轻飘,体如雾轻游,神情渺渺,思绪飘飘,胜似天上仙,犹如阴界神。他们的嘴越来越轻,话越讲越多,神浆比不上,仙丹也不如。沙拉把高兴地说:"仙境有玉液,神界有美酒,阳间尝不到仙液,人间喝不到神酒,不知酒是什么味道。如今有了人间的酒,日后有了人类,不愁没有酒。煮酒敬神明,熬酒待亲友。记住百样草,懂得百种药,等到造成人类后,让他们采来去酿酒。"

不知过了多少年,密洛陀才造出了人类,天下才有了人群。人们上山去采药,造成了酒饼,煮了糯米饭,拌成酒饼后,密封三七二十一天,酿出了醇香的酒。有了酒,人间一片欢腾,天下热闹极了。人们喝醉打架,打得头破血流。密洛陀传令禁酒,天下死气沉沉,人间毫无生气。只禁了三天,密洛陀又急忙传令,允许人们煮酒、喝酒,人间生气勃勃，天下又热闹起来了。山山有笑酒，岸岸唱酒歌，唱得月亮不下山，唱得太阳不落坡。如今，布努瑶以酒会友，以酒代茶，代代唱酒歌。

糯饭造不成人，米造不成生灵。密洛陀睡不着，心中又思索："米经滚水才成饭，米经燃火才成粥。米过水，命死了；米过火，灵亡了。米没有了生命，就造不出人。泥是米之本，土是米之源，没有土花草怎能长，没有泥花木不能活。土是万物的母亲，泥是万类的根源。用土来造人，也许能造成；拿泥来造生灵，可能有生命。"

密洛陀决定用土造人，她让常岸伯戈挑选良辰吉日，派沙拉把请来密丘妙、密王堆，又让九大神去备土。时间一天天地过去了，良辰吉日已来临，众大神将土捏成人。泥人个个都一样，前后左右四只手，四方四只脚，身体也一样。密洛陀看了看，美中不足的是脸形。泥人的脸形不一样，有长有短，有圆有方。这些泥人，有的额头突，有的下巴翘，有的眼睛斜，有的耳朵皱，有的嘴巴歪，有的鼻子塌。密洛陀叫大神们去修容，修来又修去，不能做成相同的模样。大神们摇头说："密呀密，很难做得一个。"密洛陀说："那就算了，就留各人不同像，各人各个样。"所以，现今的人们均有脸，但是相貌不一致。

密洛陀和众大神把泥人放进箱子，密丘妙给泥人附了魂，给泥人附了灵。天仙地神来护佑，他们把年龄封在箱子里，之后又封了智慧、聪明、仁义、力气、情爱，才盖上了箱子。

第一月过去了，箱里静悄悄的。第二月过去了，箱里仍然没有动静。第三月过去了，箱里悄无声息。密洛陀等呀等，第九个月过去了，箱子里依旧没有声息。密洛陀说："不打开箱不知道，不揭盖子不懂得。九大神去开箱，九武神去揭盖。"土没有化成人，成了碗和罐；泥不变成生灵，成了缸和坛。碗和罐没有生灵，缸和坛均没有生命。大家都到箱边来看，大伙都说："人间有了酒，没有什么装酒的容器。有了碗和罐，可以装酒了。有了缸和坛，可以盛酒了。日后有了人，人们不愁没什么斟酒、装酒的容器了。"拿碗去装酒，碗熔成了土；拿罐去盛水，罐化成了泥。大家用手摸缸，缸身还未硬；大伙拿手擦坛，泥尚未变结实。大家议论着说道："土缸还不硬，因为还没干透。拿去给风吹，也许会变硬。"九大神扛了缸和坛，放在山坳上，置于风口中。风吹了三天三夜，缸和坛没有变硬。九大神又说："拿去晒太阳，缸和坛可能变硬。"他们将缸和坛拿到晒台上晒，太阳照三天，月亮照三夜，缸和坛仍没变硬。九大神想了想："大火烧罗立，烧得土变红，烧得泥变硬。"大家齐声说："是了，是了，就是了，火烧土变硬。"大神分头上山割草，分路上岭砍树。随后又挖坑做火灶，石头垫了缸和坛，上也烧，下也燃，烧了三天又三夜，烧得缸变红，烧得坛变绿。他们又烧了碗和罐。从此，缸可以盛水，坛可以装酒，锅可以煮饭。

用土造不成人，成了碗、缸、坛。密洛陀坐卧不安、吃喝不甜，为造人而操心，为造生灵而操劳。密洛陀心在想："土依着石头，泥附着石块，石是土的基，没有石万物活不了，用石来造人，人可能生存，风吹不动，雨打不散，水冲不走。"

拿石头来造，也许化成人。想了就去做，讲了就施行，密洛陀决心用石来造人。

密洛陀对众大神们说："众大神择吉日的仍去择吉日，选良辰的仍去选良辰，去请天神的仍去请天神，留下九大神去找石头，明早就启程。"

到了造人的时辰，九大神拿来了石头，并给石头附了灵、赐了魂，并把石头和一切都封在了箱子里。神来保，仙来护。第一个月过去了，箱里无动静。第二个月过去了，箱里仍无声。第三个月过去了，箱里仍无息。密洛陀等呀等，等到了第九个月，箱里有动静，密洛陀喜之不胜。唤来众大神，打开了箱子，石头化成了人，成了一对石崽，有头有身又有脸，有嘴有耳又有眼，有手也有脚。

密洛陀又喜又忧，石崽重似石头，拉也拉不动，抬也抬不起。众大神把石崽抬出箱后放在床上，石崽一动也不动。密洛陀整天忙不停，忙着养石崽。她劳累了九年，石崽一点也没长，不高也不大，年年旧模样，不会哭和笑。石崽饭来只张口，喂多少吃多少，坐哪里就拉在哪里，住哪儿就屙在哪儿。密洛陀辛苦得瘦了身，劳累到掉了肉。密洛陀拿黄土来造人，没有造成人。密洛陀用石头造人，造成了石崽，石崽不会讲话，也不会走动，只懂张口吃。密洛陀去种地，留石崽在家里。密洛陀回到家，石崽不见了，找来找去找不见，只见门口有血滴。密洛陀惊疑着随着血迹的方向找去，找到了山顶上，看见老虎在吃人。密洛陀一看，老虎吃的是石崽。老虎咬得咯咯响，鲜血流满地，密洛陀越看越可怕，越想越担心。

密洛陀回到家，叫来了九大神："老虎吃人了，石崽被它吃了。日后有人类，怎能活下去？一定要把虎除了。"九位大神听了，让密洛陀莫忧愁。九大神去找虎，手拉大弓千斤力，利箭一齐发，虎头冒火星，但未射伤老虎皮。没射死的老虎更加得势，张牙舞爪着吼叫，吼声动天地。九大神败退后下山了，个个胆战心惊。面对老虎，大神们无计可施。郎卜冬所林、扬手讲道："密呀密，请你莫忧虑，杀虎并不难，儿子自有计，定能把虎除。"所林要除虎，空手上山去。上到山顶后，所林高声喊道："老虎弟呀老虎弟，你在哪里呀？快点跟我去打猎，罗立山有果子狸，猎到后你吃肉我吃皮。"老虎听见所林叫，心中很欢喜，咿咿嗷嗷跟随着所林，一同去打猎。上了罗立山，老虎问所林："怎么没有见到野兽的影子，果子狸在哪里？"所林指着山下说道："果子狸在山脚，你的牙齿锋利，就在这里等着我。我到山下赶上来，来了你就把它咬住。"所林放火烧山，山下燃起大火，风送烈火往上烧，团团火焰冲天起。所林高声喊道："老弟呀老弟，你有没有看见果子狸逃跑的方向了？"老虎回答说："没看见！没看见！我只看见白的、红的东西，熏得我眼睛睁不开。"所林又高声喊："白的不是，红的才是，快点把它咬住。"老虎冲过去，扑进红火里，烈火烧了老虎身上的毛，烧焦了嘴边须。所以，如今的老虎，身上有斑纹，好像被火烧过一样。

山上火熄了，所林上山去，指着老虎问："老虎弟，果子狸在哪里？"老虎拍打着身上的火，没精打采地说道："我没看见果子狸，不知什么鬼东西,烧得我身上火辣辣的。烧黑了我身上的毛,烧焦了我的胡须。"所林故意骂老虎:"红的是野兽,你却不去咬,让果子狸逃跑了。白的是火烟,你张口去咬它,烧得黑须变白须。"老虎无话可说,垂头丧气地回家去了。

除不了老虎,郎卜冬所林不服气。郎卜冬所林烧熟了羊肉,烤香了羊肝,走到山坳高声喊:"老虎弟呀老虎弟,罗立山有果子狸,快点跟我去打猎,打得了野兽,你吃肉我吃皮。"所林喊来喊去,老虎就是不出来。郎卜科所林想了想,亲自来到老虎家,只见老虎生着怒气,心中不欢喜。所林边讲边吃肉,老虎闻到肉味,口涎吊三尺,张口说道:"布荡呀布荡,你吃的是什么东西?太香了!送给我吃一点。"所林割一些肉分给老虎,并说道:"如果想多吃,就跟我打猎去。"

老虎心欢喜,再次跟着所林去打猎。走到罗立山下,所林对老虎讲:"这回你在山下等,我到山上赶下来,野兽跑下山,你就死咬着不放。"所林到了山上,撬起石块滚下山。老虎看不清,以为是野兽,使尽平生力,扑上去便咬,咬断了牙齿,满口血淋漓。所林高声喊:"老虎弟呀老虎弟,你可看见野兽跑下山来?"

老虎回答说:"见是见了的,可是咬不动,牙齿咬断了。"所林又高声喊:"白的不是野兽,黑的才是。"所林把山羊赶下山,老虎看见黑山羊,猛扑了上去,吓得山羊咩咩叫。所林跑下山去,说道:"老弟呀老弟,我讲得不错吧!你快去找点柴来,生火烤肉,你吃羊肉我吃皮。"只见老虎找柴去了,所林赶忙剥羊皮,将羊肉埋在泥地里,找来一块大石头,并用羊血染红了它。老虎回来了,所林笑嘻嘻地说道:"老弟呀老弟,你咬死山羊,费了大力气,你吃山羊肉,我吃山羊皮。这里难生火,分了带回去。"老虎点点头,笑眯眯地扛起血染的石头,高高兴兴地回家去了。老虎回到家,虎婆、虎儿都到齐了,你添柴、我吹火,熊熊的烈火炙烤着血染的石头。血染的石头怎么烧也烧不熟,一直等到大家的肚子咕咕叫,还是咬不动。

老虎急忙去找所林,所林正在割羊肉,肉香扑鼻而来。所林割了一些肉送给老虎，羊肉甜又香。老虎问所林："烤肉怎么烤，羊肉怎么煮？"所林眉一皱，想出了妙计："你回到家里，架起八拳锅，猛火煮水，让你老婆、儿子拿锅耳抬起大锅，你拿羊肉到楼上，两手端肉高高举，用劲甩到锅里去，这样羊肉才煮得香、味道美。"老虎听了这番话，赶忙跑回去，叫来虎婆、虎崽，抬来大锅。锅底干柴烈火，开水翻滚着冒着热气。老虎对众虎说："煮得香肉不容易，你们要用力一起抓住锅耳，抬起锅头。"老虎捧着大石头，急忙跑上楼梯，站在楼口掷下大石头。"嘣"的一声响，石头打烂了大锅。开水往四方溅出，虎婆、虎崽嗷嗷叫，四脚朝天断了气。羊肉未得吃，骨肉已分离。老虎哭了三天三夜，边走边哭泣，来到所林旁，问道："布荡呀布荡，你为什么哄我呢？我的老婆、崽女被烫死，大锅也打烂了。"所林对老虎说："谁叫你煮开了水，才甩下羊肉？这样肯定会烫到它们，打烂锅！我好心好意，怎会哄你呢！是你自己弄糊涂，反倒责怪我！"

老虎无话说，只好回家去。过了三天又七日，老虎没肉吃，肚子扁扁像鸡篓，肋骨条条似楼梯。所林烤好了羊肝，绑在大腿上，又邀老虎去打猎。老虎跟着所林，走了一山又一山，过了一岭又一岭，太阳已偏西，走到树荫下，坐下歇歇气。

老虎腰酸脚痛眼昏花，肚子饿得咕咕叫，所林抽刀伸向裤裆里，割下羊肝自己吃。

饿虎闻到肉味，口水一滴滴，问道："布荡呀布荡，你吃的什么东西？味道这么好，分给我吃点。"

所林回答说："我吃的是卡弟卡加①，割点给你吃。"老虎吃了羊肝，咧嘴笑眯眯："卡弟卡加真甜美，再割一点给我吃。"所林露光腿："看，我的割完了，要吃就割你自己的吧。"老虎又问道："卡弟卡加怎么割？"所林低声说："你回到家里，把菜刀磨锋利些。右手拿利刀，左手抓东西，两眼紧紧闭，牙齿要咬紧，一刀割下去，这样肉才香，

---

① 卡弟卡加：瑶语，指的是男性生殖器。

这样才好吃。"

老虎回到家，照样去办理，割死了自己。从此虎患已绝，可以造人类了。密洛陀拿糯饭造人，造成了酒；用土来造人，造成了缸和坛；用石头造人，可是石人不能动，最后还被老虎吃掉了。要造能管万物的人，用什么来造呢？密洛陀心想："石头能造成人，因为石头硬。有什么比石头更硬？铁比石头硬多了，拿铁来造人，可能会造出完整的人。"密洛陀叫来众大神，说道："选吉日的仍去选吉日，择良辰的仍去择良辰，要灵的去要灵，取魂的去取魂，请天仙的依然去请天仙，请地神的照样去请地神。"

九大神去其当、汉所，带了铁回来，把铁封在箱子里，赐了灵、附了魂，天仙地神来护佑。过了一天又一天，过了一月又一月。等了九月整，箱子里有了声音，密洛陀非常高兴。她叫来了众大神，打开箱子看了看，里面的铁变成六个人崽，铜的肤色铜的脸，还有铁手、铁脚。铁崽哭声铿锵，密洛陀把铁崽抱在怀里，心中异常欢喜。密洛陀煮饭喂铁人，煮汤喂铁崽，铁崽不吃饭粮，油盐不进。密洛陀杀猪给铁人吃，铁人不吃猪肉；宰羊给铁崽吃，铁崽不吃羊肉。至于鸡和鱼，铁崽同样也不吃。铁崽不吃人间的食品。密洛陀心想："看来这是神界的生命、仙界的生灵。"密洛陀做了仙肴，铁人喜洋洋地吃了。人间养不了铁人，密洛陀把他们送往神界，一对送往桑线罗丘，送到师线罗荣，赠给郎布凡傲机立建，做郎布凡傲机立风的神童；一对送往铁罗关东，送到沙罗关西，送给密烟规，给密梭朵做仙童；一对送往铁康华芝，送到沙康华腊，送给密龙峒，做密烟芝的仙童。密洛陀造人类，多次都没有成功，天天吃不甜，夜夜卧不安。用什么来造人，怎样造人类？密洛陀天天想，想来想去心憔悴。

九大神进山打山猪、捕熊。郎卜冬所林最精通狩猎之术，他跟着足迹打了猪，随着脚印捕得熊。郎卜冬所没有看见猪足迹、熊脚印，整日去游山，成天去逛岭。山中有棵大枫树，所林在树下乘凉，听见树上闹嗡嗡。抬头往上望，看见树身有个洞，爬上去一看，见到树洞中的蜂巢,蜂窝造得真出奇。所林叫来九大神:"众兄弟们呀,树洞里有很多小东西。爬来飞来似雨点,出去如风飞,把我蜇得皮肉肿,刺得全身红。这个蜂房真奇异,身形像石崽,体态似铁人,色道黄金金,顶盖白银银,造有许多六角房,把糖封在房里,把卵封在房中。卵变成虫,虫大变成蜂。蜂房也许造成人,蜂巢或许能用来造生灵。"九大神上去看后,个个心欢喜,个个露笑容。九兄弟回来告诉密洛陀:"密呀密,山中有棵大枫树,树洞有一窝蜂,蜂子很像人,也许能用来造生灵。"蜜洛陀转忧为喜、转愁为乐,说道:"去把蜂窝要回来,有糖就要糖,有蜂蜡就要蜂蜡。可以造人类了,可以造生灵了。"

九位大神带着斧,一同去砍树。大枫树倒下来了,惊动了古蜂,蜂儿到处飞,蜇得大神们难以忍受。蜂儿像雨点般飞来,大神们拍也拍不及,打也打不完。古蜂满身爬,九位大神难以忍受身上的刺痛感,他们只好逃至山外。当年杀日月,力气有处使,如今遇见古蜂刺,有力无处用,实在没办法。赶不跑古蜂,无法靠近蜂巢,蜂蜜取不得,蜂蜡更难要。大家想办法,想不出什么好点子,大伙出主意,拿不出什么好办法。这时,昌郎仪开口说道:"不是蜂类就不知,不成蜂儿就不懂。是蜂都怕火,凡蜂皆避烟。我们要用艾草、卡迎草烧闷火,散烟熏古蜂,蜂儿闻到烟味就跑光了。这样我们才能捕蜂巢、取蜂蜡。"九大神来到大树旁,在四面八方堆放草料,闷火逐渐燃烧,九股烟弥漫天地。烟越烧越浓,古蜂全逃光了。大神们安全地取了蜂巢,收获了蜂糖,欢喜地回到罗立铁旺。

大家来尝蜂蜜,大伙来吃蜜糖。蜂蜜甜又香,吃了瘦变肥、骨生肉,痴呆变灵敏,愚蠢变聪明。大神们留下了蜂巢造人类,留下了蜂蜡造生灵。大家高兴地说:"蜂巢一定造成生灵,蜂蜡一定造成人。"

有了造人的蜂巢,有了造人的蜂蜡,密洛陀又着手造人了。她叫来众大神:"选吉日的仍去选吉日,择良辰的仍去择良辰,去取命的仍去取命,去叫生死神的依旧去。"有了新的点子,有了新的做法,密洛陀造人的做法与前几次不同了。她拿蜂蜡来塑形,拿蜂蜡来捏制,捏成了人头,塑成了人脸,每个人的模样都不一样。这些捏出的人身形标致,有口鼻、眼耳,并且五肠六腑齐全,手脚、肝脑也具备。密洛陀造了四个人,分别放在四个箱。密洛陀心想:"我年渐衰老、日渐体弱,力不旺便气不足,恐怕封不好箱。"

她请飞天神哈升来封箱,叫遁地神丁扛来封盖。哈升喊一声,密丘妙送了灵,密王堆附了魂。丁扛吼一声,天上惊雷动,送来了勇敢与勤劳。哈升喊一声,百兽百鸟一齐应,传来了义与仁。丁扛唤一声,阴界鬼神应,送来了智慧与聪明。哈升叫一声,天空吹春风,人间下暖雨,送来了力与劲。丁扛叫一声,山更明,水更清,送来了爱与情。汇神界之元气,集天地之精灵,十二路神来卫护,十二路仙来育人。哈升大声地讲,丁扛高声地诵:"苍天有眼见,大地有耳闻。密本洛西造生灵,造生灵给世间,密阳洛陀要造人,造人给凡尘。十二路仙都到场,十二路神都来听,密本洛西造鬼成鬼,密阳洛陀造人成人。"他们说罢便封了箱子。

密洛陀等呀等,等到了九个月,忽闻箱里有声音。密洛陀叫来众大神,打开箱子看。第一箱的人崽,长得白又胖,讲的第一声是"妈",第二声是"吃饭";第二箱的人崽,生得颇为俏俊,讲的第一声是"乜",第二声是"啃厚";第三箱的人崽,生来非常威武,讲的第一声是"眯",第二声是"囊礼";第四箱的人崽,生来小又瘦,讲的第一声是"密",第二声是"农优"。四个箱中的人儿操着不同的语言。所以,如今各个民族,都有自己的语言。

(三) 器乐①

密洛陀进中堂,望见台上的两面铜鼓,敲响铜鼓后,音震千山,音传万岸。

密洛陀高兴地说:"可以叫醒密龙峒了,可以唤起密烟芝了。"密

---

① 蒙冠雄、蒙海清、蒙松毅搜集翻译整理:《瑶族创世史诗·密洛陀》,广西民族出版社1999年版,第154—156页。

洛陀对铜鼓说："铜鼓呀铜鼓，你们到铁康华芝去，到了沙康华腊，叫醒密龙峒，唤醒密烟芝，叫她放水给人间。"

公母铜鼓说："我们没有生命，也没有灵魂，怎能到龙宫去？"密洛陀想了想，敲响了铜鼓，传报究必登，报请究冬甫。"一九"传山神，卡亨到跟前；"二九"传山神，罗班到身边；"三九"传路神，耶芝、耶元到跟前；"四九"传铁神，央也、央仅到身边；"五九"传命名神，约雅、约托到跟前；"六九"传卜算神，常初、伊劳到身边；"七九"传消息神，沙拉把到身边；"八九"传调解神，常岸、伯戈到跟前；"九九"传飞天神，哈升到身边。只见九个神父一起到来，给铜鼓添生命，公母铜鼓很高兴。密洛陀对他们说："有命要为人类效劳，有魂要为生灵做事。如今万物渴难当，你们到东山去开神河，到西岭去造秘泉，到南山去开清溪，到北坡去造甘泉，拯救万物、营救生灵。"

三 瑶族创世史诗《密洛陀》体现的美学特征

（一）礼仪之美

1. 仪式美德的传递

唱诵《密洛陀》成为瑶族布努语支系在日常生活中感恩祖先的一个重要仪式。家人出门远行、宾客临门、成年人之间交朋结友，以及品尝美味佳肴，或饮酒助兴时要唱诵《密洛陀》。《密洛陀》的唱诵无时不有、无处不在，民众通过对《密洛陀》史诗的唱诵，感恩祖先神对人类的贡献。

> 我们布努从前不识一字，
> 密的史诗是用心来记上；
> 我们东努过去不会拿笔，
> 密的事迹是用歌来传扬。
> 我们的母亲密洛陀创造了地，

我们的母亲密洛西创造了天。
洛陀创造人类万物，
洛西创造太阳月亮。
母亲的恩最大，
阿妈的情最广。
没有她布努难以出生，
没有她东努怎么成长？
是洛陀给了我们智慧，
是洛西给了我们力量。
她使我们勇敢、勤劳，
她使我们诚实、善良。①

2. 美育思想的塑造

《密洛陀》蕴含着伦理道德，成为日常生活中"自我"和"他者"行为评价的基本准则。

我爸不白来一世，
我父不枉度一生。
他处处讲洛西，
事事唱洛陀。
他助人为乐，
坏事都不做；
扶弱于水险，
救死于山恶。
宁愿卖柴为生，
不进盗匪的门；

---

① 蓝怀昌、蓝书京、蒙通顺搜集翻译整理：《布努瑶创世史诗·密洛陀》，中国民间文艺出版社 1988 年版，第 5 页。

宁可挑水度日，

不入赌棍之窝。

他百岁长寿，

他告老终殁。

他人死话语常在，

人走永留歌。①

3. 节日文化的阐释

每个民族的传统节日都会有相应的口承文艺对其文化仪式的来源进行解释，瑶族传统节日"祝著节"的来源，与创世史诗《密洛陀》有着密切的联系。据清代王言纪在《白山司志》卷九中对"祝著节"的描述称："白山瑶人……每岁以五月二十九为除夕，此日椎牛屠豕，以巨瓮承酒，男女杂沓，执木杓挹而饮之，欢呼唱歌，众山皆响。"②而在《密洛陀》史诗的唱诵中，人们认为农历五月二十九日就是瑶族始祖"密洛陀"的生日，这个节日就是为庆祝"密洛陀"的生日而形成的。在史诗中这样唱述的。

今天是布努瑶祝著节；

兄弟姐妹都来相聚。

远方客人来到唱歌跳舞；

亲朋好友举起杯来相聚。

寨寨（每个瑶寨）布努瑶在祭拜；

祭祀布努瑶的密洛陀。

年年的今天过祝著；

朝朝今日过祝著节。

---

① 蒙冠雄、蒙海清、蒙松毅搜集翻译整理：《瑶族创世史诗·密洛陀》，广西民族出版社1999年版，第7—8页。

② 蓝武、蒋盛楠：《〈白山司志〉点校与研究》，广西师范大学出版社2016年版，第97页。

寨寨的瑶族在梳妆打扮；

祈祷年年大丰收。

欢歌笑语过祝著；

五月二十九是祝著节。

敲锣打鼓过祝著；

五月二十九是祝著节。[1]

(二) 修辞之美

瑶族创世史诗《密洛陀》通过词汇、语句的描绘，以及比兴、夸张等多种修辞手法来呈现史诗的各种意境、语境及情思的美感，在具有韵律结构的句式中体现出语音与音乐构成的音声美。

1. 修辞语汇

《密洛陀》通过修辞语汇美化人们的理想世界。例如，叙述到"福华赊"辛苦地将孩子养大后，男孩"站起犹如一座山，坐着好比一座岭。迈步惊雷响，走动旋风卷，叫喊如山倒，吼声似岭塌"。[2] 这些语汇以夸张的修辞去形容"人"，描绘出理想中的人类应当高大健壮、声音洪亮、力量无限，传达出对人类形象塑造的美好追求。

2. 修辞手法

在《密洛陀》史诗中，有很多运用比兴、夸张等修辞手法的语句，有的是对人类情感的彰显，有的是对意境的描绘；而有的是出于语境中逻辑结构的需要。这些修辞形式是精神美感的潜意识表达。

密洛陀造了天空，
密洛陀又造什么？

---

[1] 蓝城鑫：《论瑶族〈祝著歌〉的学术价值及文化意义》，载于中国瑶族文化传承研究中心组编，李建盛主编《瑶学论丛（第三辑）》，中国书籍出版社2021年版，第274—275页。

[2] 孟冠雄、孟海清、蒙松毅搜集翻译整理：《瑶族传世史诗·密洛陀》，广西民族出版社1999年版，第19—20页。

密洛陀造了天空,
密洛陀又造大地。

造的天空比地窄,
造的大地比天宽,
密洛陀拿线来缝,
缝天边和地边。

密洛陀拉紧线头,
天边地边连得紧,
天空穹起象(像)锅盖,
大地绉起象(像)褶裙。

褶裙一叠叠,
凸起成高山,
褶裙一层层,
凹下成河川。

[《密洛陀(瑶族创世歌)·一、造天地》]

这段史诗通过比拟的方式,将自然环境的形态比拟为瑶族妇女的褶裙形状,将自然山川与人的服饰结构融为一体,使自然之美与人类服饰之美合二为一,相得益彰。

3. 韵律结构

《密洛陀》具有瑶族史诗母语句式的韵律结构,我们从中可以窥见其在语言表达形式上的音声美感。如下面的诗句。

(1) 密洛陀要创造人类,
(2) 密洛陀要将人类创造出来。
(3) 密洛陀要用铜来造人类,

（4）密洛陀使用铝来造人类。

（5）密洛陀塑造像人的铜放进箱子里，

（6）密洛陀塑造像人的铝放进箱子里。

（7）密洛陀定好要九个月的时间，

（8）密洛陀定好要九个月的时光。

（9）要等九个月才有人类出现，

（10）要等九个月才会形成人类。

若用史诗演唱的语音进行分析，这段史诗的句式中（1）、（3）、（5）、（7）句的句首均使用了同一个音节词，而（2）、（4）、（6）、（8）句的句首也是使用相同的音节词。歌者在演唱时，奇句与奇句的句首音节词互押一个相同的词，偶句与偶句也在句首音节词中互押一个相同的词。直至第（9）句和第（10）句，歌者通过同义变音的方式将句首的两个音节词和句尾的两个音节词上下对应变音，完成两个音变"对仗"之后的母语诗歌叙述。到了下一段，诗句仍遵循同样的格律形式。在每一段史诗唱述之前，还有一至二句类似语气词的音乐语调，这是配合唱腔的需要，也是引导后面句式韵律出现的前奏音，让听者感受到从乐音到词句的音声美感。

四 瑶族创世史诗《密洛陀》蕴含的诗性智慧

对于"诗性智慧"的解释，有学者认为，"诗性智慧"指的是"艺术创作或其他创作活动的相关能力，或是在艺术中所表达的对不可名言领域的认识"，在形象思维的规律上遵循"以己度物的原则"和"想象性的类概念原则"。[①] 瑶族创世史诗《密洛陀》所唱述的内容蕴含着丰富的诗性智慧。

[①] 林蔚轩：《"诗性智慧"或"诗性知识"？——论 Della Sapienza Poetica 的跨语际转换》，《文艺理论研究》2021 年第 2 期。

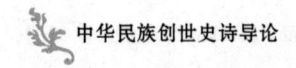

(一) 诗意的境界与智慧认知

人类生活在大自然中,人们的所见、所闻、所感,都与自身的生产劳作、生活阅历有着十分密切的关系。史诗通过朴实的语言体现出人们对自然的观察与认知。

> 天不晴我们把太阳盼,
> 夜不明我们把月亮盼。
> 太阳使五谷成长,
> 月亮使黑暗消散。
> 没有水不存鱼虾,
> 没有树哪来荫凉?
> 没有河哪来湖海?
> 没有山不显峰巅。
> 万物靠太阳照耀,
> 人类在大地繁衍。
> 白天我们仰看长空,
> 白日我们仰望青天。
> 太阳朝大地欢笑,
> 彩云在碧空轻荡。
> 夜晚我们仰望苍穹,
> 夜间我们仰看苍天。
> 繁星在天上闪烁,
> 月明在高空照亮。

[《布努瑶创世史诗·密洛陀·造天地日月》]

通过山间夜景的描绘、情景的契合,自然的美感在史诗的开头便如行云流水般娓娓道来,这种"直觉思维"的诗性智慧体现出创世史诗的意境之美。

(二) 审美意象在《密洛陀》创世史诗中的多维呈现

所谓"意象",指的是"人类以物达意、借景抒情而形成的人造之象"①。是"情动于中而行于言"的审美意象表达。在《密洛陀》中就曾这样唱。

  风在人间停吹了,
  气到凡间停流了,
  密本洛西转脸看人间,
  密阳洛陀转头望凡间,
  看见太阳骑着驴走在太阳路上,
  看见月亮骑着马走在月亮路上,
  太阳骑驴从太阳道的这头走到那头,
  人间形成了一个白天,
  月亮骑马从月亮路的这端走到那端,
  凡间形成了一个黑夜。

[《中国瑶族布努支系——密洛陀古歌(上)·造天地万物·造天地》]

史诗借助"太阳""月亮"等大自然的物象以及"马""驴"等动物,拟人化地描述了密洛陀在创造各种自然现象时所具有的超凡能力。通过密洛陀的"神性",体现出"在创世与征服自然的艰难历程中,密洛陀和她的儿孙们都是无所不能,处处展示了他们超凡的能力与智慧"②。例如,在史诗的《造人类》这一章叙述密洛陀造人类时,"密洛陀用米饭造人类,米饭变成酒;用泥土造人类,泥土变成缸坛等陶器;用石头造人类,石头变成一对石娃,虎鬼吃了石娃,山神卡亨用

---

① 古风:《"意象"范畴新探》,《社会科学战线》2016年第10期。
② 蒙有义:《广西国家级非物质文化遗产系列丛书·密洛陀》,北京科学技术出版社2014年版,第53页。

计杀了虎鬼;用铁造人类,铁变成三对桑硬小神,密洛陀把一对送给雷神,一对送给调解神,剩下一对被水神偷去,只索回躯体,魂被囚于水宫,招魂回来后,密洛陀把这对桑硬小神送给巫神耕杲。最后,密洛陀终于用蜂蜡造成了四对人"。而这四对人类在不同的文本中,有的叙述为瑶族内部四个可以结成姻亲关系的不同血缘宗族;有的叙述为瑶族、壮族、汉族和苗族四个不同的民族。这些分类,反映了瑶族人认为不同群体之间自古以来就有着密不可分的密切关系,体现了"你中有我,我中有你"的人类命运共同体意识。

在《密洛陀》史诗的不同版本中,尽管每个史诗版本来源于不同的歌师,在情感表达的风格上也存在差异,但各个版本在中华民族文化认同上具有共性。其一,史诗通过贴近生活的传统社会事象,在追溯远古时代历史记忆中陶冶受众。史诗中"情感上的豁达与精神上的崇高"和儒家自古以来所追求的目标相一致,即"不是从观念上改变人,从道理上说服人,而是从情感上陶冶人"[①],也就是我们经常所说的"以文化人",而这里的"文"亦即密洛陀史诗文化。其二,不同版本的史诗文本中均包含着同源共祖的情节。如在莎红整理的《密洛陀》文本中,祖先神"密洛陀"孕育出"人仔(崽)"后,"风吹过楠竹,楠竹吱吱响,人仔(崽)听见竹枝声,学会把话讲,人仔(崽)讲话不一样。有的讲汉话,有的讲壮话,有的讲瑶话"[②]。而在张声震主编的《密洛陀》史诗中,也有类似的陈述,即"密洛陀造成的四对人类,分成汉族、壮族和瑶族等不同群体,密洛陀让他们走出去自谋生路。大汉族带走笔墨纸张,骑着马到大平原去读书写字,当皇称帝于世;地方汉族带着秤杆和扁担,到盐场去贩盐;壮族带着谷米种子,牵牛扛犁到平地去耕种水田;瑶族带稷子、黍子、种

---

① 李思屈:《中国诗学话语》,四川人民出版社1999年版,第166—167页。
② 广西民间文学研究会搜集,莎红整理:《密洛陀(瑶族创世古歌)》,广西人民出版社1981年版,第57—58页。

子到山区去刀耕火种"①。史诗的这些表述，通过对仗、比喻等修辞手法，将各种幻想和神话有机地结合起来，通过源于本民族的生境文化，彰显一个民族的诗性智慧。

思考题

1. 瑶族史诗《密洛陀》使用了哪些修辞手法？
2. 瑶族创世史诗《密洛陀》的民族性关键符号主要是哪些？
3. 如何理解《密洛陀》史诗的哲学思想？

第三节 瑶族创世史诗《盘王大歌》

一 概述

盘王大歌，又名"盘王大歌书""流乐书下卷"，是广泛流传于广西、湖南、广东、云南、贵州以及江西等瑶族聚居区，由操勉语②的瑶族同胞传承的口传史诗。江华③瑶族所传承的盘王大歌最具代表性，这部口头史诗于 2014 年入选第四批国家级非物质文化遗产代表性项目名录。

盘王大歌，是瑶族勉语的汉语音译。据传，盘王大歌始作于先秦，两晋时初具雏形，渐成于唐宋，成熟于明清。目前，学界在瑶族聚居区搜集到的有明确纪年的《盘王大歌》手抄本出自清乾隆年间，全诗长达 2000 余行。如今还在口头传唱的盘王大歌主要有三种形式，即十

---

① 张声震主编：《中国瑶族布努支系——密洛陀古歌》，广西民族出版社 2002 年版，第 2835 页。
② 勉语：属汉藏语系苗瑶语族瑶语支。操勉语的瑶族，即为盘瑶支系或瑶语支系，人口占瑶族总人口的大多数。如按方言划分，盘瑶支系又可分为三个方言（绵荆方言、标交方言及藻敏方言）支系和五个土语（优勉土语、荆门土语、标曼土语、标敏土语以及交公绵土语）支系，其中操优勉土语的人口最多，分布最广。
③ 江华：即湖南省永州市江华瑶族自治县。

二段词、二十四段词及三十六段词。在诗行长度上，前两种虽比后一种短，但其所演述的内容却基本一致。不过，这种被视为"缩略本"的盘王大歌，诗行长度也已超过 3000 行。盘王大歌由序歌、插歌、正歌以及杂歌组成，民间歌师在瑰丽的想象与巧妙的构思中，演述了万物起源、人类再生、民族起源、英雄征战、劳动生产、婚恋情爱以及互助娱乐等内容。盘王大歌塑造了伏羲、女娲、盘瓠、竹王、刘王、唐王、暖王、彭祖、鲁班、李广、刘三妹、梁山伯、祝英台等人物形象，描述了瑶族人民对自由的无限向往、对纯真爱情的追求，并对是非善恶做了尽情表达——对那些鱼肉百姓的统治者和剥削人民的奸邪恶霸，进行了有力的批判；对那些游手好闲、好逸恶劳的宵小之徒，进行了辛辣的讽刺和鞭挞。①

在盘王大歌的流传过程中，其文本在瑶师（师公或道公）以及歌娘（歌母）②的仪式使用及不间断传抄中得以定型。不过，某些诗行或叙事情节在构成这部史诗的单一诗篇中，虽不断复现，却在前后文间产生显著的不一致现象。换言之，盘王大歌中的每首诗歌均可独立存在，但其社会功能只能借助盘王大歌方能真正显现。这种表面看来不成系统却与"还盘王愿"仪轨直接对应的口头传统，集中反映了瑶族人民的社会生活、生计模式以及思想情感等，号称瑶族的"懂宗收"——百科全书。

在瑶族聚居区，有两种比较重要的民歌演述场域，即世俗性的"冈介"歌堂与神圣性的"还愿"歌堂，前者是在走亲访友时形成的异性对歌场域，后者是基于"还盘王愿"仪式构建的演述场域。尽管于两类歌堂演述的歌谣具有一定的互渗关系，但盘王大歌的演述则集

---

① 郑德宏整理译释：《盘王大歌》（上集），岳麓书社 1987 年版，第 1 页。
② 有学者指出："所谓歌母，是当地瑶族专门用来称呼特别会唱歌的女性的概念。成为歌母的条件，首先是歌要多，当然也要会唱还愿仪式中的'盘王大歌'；其次是嗓子要好，唱得要动听，只有同时具备了这两方面的条件才有可能被瑶族公认为歌母，否则的话，人们是很难信服的。"郑长天：《圣俗融通——湘南盘瑶"冈介"歌堂与"还愿歌堂"互渗关系初探》，《民俗研究》2009 年第 1 期。

中于后者。"还盘王愿"由瑶师、六郎及歌娘等组成的歌班执行，核心瑶师为"庙主师"，两名助手中的一位掌"恢碗"、设禁堂，称"禁堂师"；另一为六郎之一的"大歌师"，负责领唱盘王大歌（下集）和礼仪歌，其余瑶师为学徒，谓之"师替"。① 六郎由六名男子组成，除"大歌师"外，还有"长鼓舞师"2人、"吹鼓手"2人、"鼓师""锣师"各1人，而以演述盘王大歌为主任的歌娘由4名女性构成。这4名女性，除上文述及的歌母外，还有3名未婚歌女。

除序歌、插歌、正歌以及杂歌，盘王大歌还包括七支唱法不同、歌词格律也有差异的曲牌，俗称"七任曲"，即黄条沙、三逢闲、万段曲、荷叶杯、南花子、飞江南以及梅花曲。"七任曲"既是插曲，也象征仪式层次——通过这些曲牌可将盘王大歌划分为七大段。② 具体而言，在一天的盘王大歌演述中，每演述一段插一任曲。瑶师先唱，歌娘接唱，两者歌词不尽相同，从而带来一种二重唱效果。瑶师中途不能停，但可轮换演述或为节约时间两个瑶师同唱；歌娘在规定地方插歌，不讲究和谐，各唱各的，直到唱完所有内容。

盘王大歌是活态传承的诗歌演述传统，而《盘王大歌》是对活态演述过程中使用的歌词的文本记录。瑶族盘王大歌与瑶族创世史诗《盘王大歌》不能等同，后者特指盘王大歌中涉及创世部分的神话传说歌，如《盘王大歌（上集）》中的《造天地》与《盘王大歌（下集）》中的《源流歌》《盘古歌》《盘王歌》《葫芦晓》等。此类神话传说歌凸显了瑶族先民对天地形成、万物起源、人类再生以及民族繁衍的终极追问和自我解答。这部史诗的经典性，确保了其在社区中生生不息、

---

① 传统大型"还盘王愿"要12名瑶师参加，亦称"斗二瑶师"。
② 在郑德宏整理译释的《盘王大歌》中，共收录八支曲重，即梅花曲、黄条沙、相逢闲曲、万段曲、亚六曲、荷叶杯曲、南花子曲以及飞江南。另据郑长天调查，盘王大歌的曲牌有"九任曲"之说，另两支曲子即亚六曲和牛角尖曲，通常不唱，据一些师公说唱了会出事的。郑长天：《圣俗融通——湘南盘瑶"冈介"歌堂与"还愿歌堂"互渗关系初探》，《民俗研究》2009年第1期。就现有研究以及实地调查可知，不包含亚六曲和牛角尖曲的"七任曲"是常见用法，故我们在此亦取该说。

代代相传的生命力。盘王大歌以独特的比兴手法将绮丽的想象与实际生活相结合,并用贴近生活的浪漫手法塑造了极具魅力的仙幻艺术形象,以通俗易懂的民族语言描述了当地瑶族的集体记忆。歌师采用传统唱腔,以男女间对唱和接唱的方式演唱,产生了抑扬顿挫、起伏跌宕、妙趣横生的艺术效果。盘王大歌并非都是七言体,三言、四言或五言穿插其间,充分体现了它的多变性和可塑性。

瑶族创世史诗《盘王大歌》的主要文本及其特色如下。作为一部特色鲜明的诗歌总集,1980年由湖南省民族事务委员会与中国民研会湖南分会联合组建的民族民间文学整理组所编《民族民间文学资料·第十九集（江华瑶族盘王大歌集）》虽未正式出版,却是较早面世的整理本;1982年出版的《瑶族民歌选》收录了《盘王大歌》中的"七任曲";1987年和1988年相继出版的《盘王大歌（上集）》和《盘王大歌（下集）》既是目前最能体现瑶族勉语特征的注音本（国际音标版）,又是最完整的一部;1993年天津古籍出版社出版了一部《盘王大歌》;1999年出版的《中国歌谣集成·湖南卷》节选了《盘王大歌》中的《盘王登殿瑶人出世》《过山根》《长鼓歌》以及《长鼓出世歌》等;2016年中国国际广播出版社也出版了一部《盘王歌》。此外,部分学术专著,如黄海和邢淑芳《盘王大歌——瑶族图腾信仰与祭祀经典研究》（2006）、胡铁强和陈敬胜《族群记忆与文化认同:瑶族史诗〈盘王大歌〉的文化学解读》（2012）、杨昌国和陈敬胜《瑶族史诗"盘王大歌"的社会文化学研究》（2019）以及粟本文和李端生《江华苦茶》（2020）等亦收录了《盘王大歌》的部分歌词。

二 精彩诗篇故事情节举例

在《盘王大歌》中,有大量涉及"创世"情节的独立诗篇,这种前后相异、详略不一、繁简有别的口传模式,既体现了"还盘王愿"仪式在场景转换时以重复叙事接续前程的回环效果,又反映了瑶族人民对万物起源的多元理解。因此,我们仅以郑德宏、李本高整理译释的《盘王大歌》（下集）为例，选取部分故事性较强的篇章予以呈现。

（一）天地开辟，衣食初萌①

在遥远的鸿蒙时代，盘古诞生在一片混沌之中。盘古不仅开辟了苍天，置立了大地，还浚通了山川大河，垦殖了桑梓田园。从此，河清海晏，乾坤定型；阴阳有度，日月轮行。

天地开辟之后，盘古成为一代天王。随即盘古又孕生出十三个儿子，世上开始出现官员和圣贤。天下逐渐成为人的天下，三百六十姓人遍布大地东西南北，繁衍生息。

虽然盘古开辟了桑梓农田，疏浚了江河大川，但居住在地上的人类却不会耕种，到处流浪，没有家园，就像天上没了日月一般，世界陷入一片黑暗。

在天寒地冻、风雪交加的严冬时节，尽管人类没有衣服遮体御寒，但活到千岁的人并不算是长寿，只经历三百春秋的还是少年。那时的人类没有婚嫁礼仪，都是自相联姻，繁衍后代。肚子饿了，就采食野果，但这些食物吃进肚中很难消化。所以，那时的人真是可怜。

在伏羲皇帝和神农皇帝接替盘古坐"王殿"的时代，雷王将水送到了人间，禾王将十二类谷种撒向九州大地，养活天下万民。

人类在伏羲皇帝与神农皇帝的教导下，基于盘古所开桑梓农田，又"斩山挖地""拦河堵水"，开辟出一片片良田。人们"年年岁岁有田耕"，已然"不愁饥饿度流年"。

虽然远古时代的人们没有衣服可穿，都是用树叶来遮体取暖，但伏羲皇帝和神农皇帝发现了苎麻皮可以用来纺纱的秘密，于是人们就在这些圣人贤臣的帮助下，积极"开山撬地种苎麻"，待苎麻成熟后，便将之"九揉十搓"纺成纱线，再架起织机将纱线织成布匹，随

---

① 《盘王歌》之一《远古天地人间》与《盘王歌》之三《禾王松禾到人间》，载郑德宏、李高本整理译释《盘王大歌》（下集），岳麓书社1988年版，第83—85、95—96页。

后将布匹裁制成可以保暖御寒的衣服，于是人们再也不用惧怕冬天的寒冷。

（二）洪水淹天，人类再生①

人间出了个叫发果的人，他捉住了雷王，并将之关进了粮仓。这一关就是四十九天，雷王口渴难耐。恰巧伏羲和女娲兄妹经过，见他祈求不断，就"给点凉水润湿喉"。雷王喝完水后，身体就不断膨胀，"半个时辰胀破仓"。临走前，雷王给伏羲和女娲留下一颗牙齿，这就是葫芦种子，并嘱咐他们赶紧种下。

伏羲兄妹把葫芦籽种在园子里，很快就结出了一个房子大的葫芦。在葫芦成熟之际，雷王开始报复人间，这就是为什么会连发两年大洪水的原因。伏羲和女娲就把葫芦做成了七尺房屋，当洪水来时，他们就躲了进去，顺着水流漂上了天庭。

大雨就像天河倒挂，就像流沙倾泻，一连下了七天七夜，不要说道路"条条泥石渣"，"天下汪洋如瀚海，一片滔滔盖人间"。大雨不停，洪水猛涨，"天下百物全淹尽"，住着伏羲和女娲的葫芦就这样漫无目的地漂在水里。洪水一下淹到了天庭，"仙人解衣来戽水"，"海底龙王来放水"，经过七天七夜，水终于消退下去。

洪水刚刚退去，天上又出现十二个太阳，真是"阳光炽热赛火焰"，把大地都烤焦了。这时又出现一个名叫龙广的神射手，他用"三百缂丝置弓弦，又拿四百造箭簇"。龙广用这把弓和这些箭，一气射下了十个登上山尖的太阳，就留下了两个照耀人间。②

天庭的仙人见人间不再繁华，就到处寻找人类。从乌龟那里得知，世间只剩伏羲和女娲兄妹两人。在仙人的指点下，"伏羲兄妹好合亲"。然而，妹妹女娲却向哥哥伏羲提出，结亲需要完成六件事：

---

① 《葫芦晓》，载郑德宏、李高本整理译释《盘王大歌》（下集），岳麓书社1988年版，第122—161页。

② 其中一个当为月亮。

一是，"隔岸香火""烟要合"；二是，"隔岸梳头""发相绞"；三是，"隔岸种竹""竹尾交"；四是，"隔岸滚磨""磨相合"；五是，"两人绕树""面相逢"。这六个考验，伏羲一一完成，于是兄妹二人就结了婚。

婚后女娲生下一个大血团，她伶俐地用刀将之分成三百六十块，"散去神州各地存"。与先前所造之人有三只直眼不同，这次所造之人只有两只横眼。这三百六十姓人"送上青山便是瑶，落在峒头百姓人"[①]，其中"一百二十为百姓，二百四十是瑶人"，而"瑶寨媳妇扎平髻，峒上媳妇扎髻尖"。总之，"天下从此有人种，伏羲兄妹是人根"。

(三) 盘王登殿，瑶人出世[②]

评王皇帝治理天下的时候，是一片祥和的太平景象，与周边七十二国一直友好相处。谁知边陲有一高王，多年以来一直在兴兵作乱，欲争夺王位。评王虽然多次派兵平叛，却无人能够除掉这一"老奸贼"，故而只能紧守四门，无奈于城门张榜招贤。

招贤榜文贴满了九州各城，"谁能斩除高王贼"，就能获得"宝珠万万千"。然而，每个看到榜文的人都摇头叹气，没有任何退敌之策，唯有"跃马扬鞭空回转"。

评王招贤退敌的消息传上天庭，天王为了查明谁在祸害人间，便差遣太白金星下凡。太白金星化身盘护，一直"跟随评王不离身"。一日盘护就来到张挂榜文的城门前。尽管"差人骂护雷公胆"，但他还是将榜文接下，并来到评王面前。

在得知盘护揭下皇榜后，老百姓也觉得他"胆大包过天"。盘护伏在评王面前，说要亲自斩杀高王。评王见此说道，如能"杀死高贼取

[①] 这里的"百姓"指除瑶族外的其他民族。
[②] 《盘王歌》之四《盘王登殿瑶人出世》，载郑德宏、李高本整理译释《盘王大歌》(下集)，岳麓书社1988年版，第97—111页。

回头",不仅会将二女花英许配给盘护,还要与他共管天下,"赐给千斤和万银"。说话间,盘护便腾云驾雾来到高王城。

盘护见到高王便跪地三拜,并三呼万岁。虽然高王不知道盘护为何来此,但他知道盘护是评王身边的要人,因而认为"盘护来朝"象征着"一统天下"。

日夜陪伴在高王身边的盘护,一直在寻找刺杀高王的机会,但四十九天过去了,都未能找到好的时机,因而他"杀贼除霸心如焚",但又无可奈何,只能等待。

这天"夜深人静月当天",高王跟手下在花园中宴饮,直至酩酊大醉。就在这夜深人静的时候,盘护终于等到了斩杀高王的时机,他悄然潜入高王住所,只见剑光一闪,高王身首分离。在"朝阳未登青山岭"的时候,盘护便带着血淋淋的高王头谒见评王。见此,皇宫内外喜笑颜开,于是便在"王府厅中摆国宴,庆贺除恶大事成"。

评王不仅赏赐盘护金银财宝,还给他赐名"太宁",并将二女花英许配给了他。国宴结束后,拜别评王和文武百官的盘护,迎着红日晴空瞬时变出了人形。

盘护与花英来到白云山王百峒居住,生下六男六女。评王见此心欢喜,为其定下"盘沈包黄李邓赵胡雷唐冯周"十二姓,自此"女人招婿男娶亲",瑶人散居守疆门。

三 瑶族创世史诗《盘王大歌》[①] 体现的美学特征

《盘王大歌》的异文虽然多样,却凸显了不同瑶族支系共同的审美特征。瑶族人民通过演述万物起源、人类再生及民族繁衍等社会事件,感念祖先功绩,凝聚民族精神。总之,世代传承于瑶族社会的《盘王

---

① 本节第三部分与第四部分所引述《盘王大歌》诗行均出自:郑德宏整理译释《盘王大歌》(上集),岳麓书社1987年版;郑德宏、李高本整理译释《盘王大歌》(下集),岳麓书社1988年版,故后文不再对具体诗行出处做注释,仅在所引述诗行下标注诗行所属诗章,如"《盘王大歌(上集)·彭祖歌·彭祖生》""《盘王大歌(下集)·葫芦晓》"。

· 600 ·

大歌》，是中华优秀传统文化的重要根基性表达之一。

(一) 艺术想象的奇幻之美

演述神话情节是史诗的一大特长，而神话叙事的主要特征之一便是于瑰丽的想象中呈现超越现实的"另一个世界"。然而，这一想象的世界却又映射着真实的社会以及瑶族人民对美好生活的追求。在《盘王大歌》中，除上述"精彩诗篇"外，还有很多叙事情节体现了这一美学特色，如《彭祖歌》就这样描述了想象中的一代奇人形象：

1. 彭祖生

彭祖生，
落地三朝报祖先，
彭祖原来头戴刺，
青丝罗带北斗星。
彭祖三十是幼年，
年当四十长成人，
五十才懂家里事，
六十才知找情人。
彭祖求妻郑家女，
求请马家做媒人，
媒人来到三江口，
媒人衣裳湿淋淋。

[《盘王大歌（下集）·彭祖歌·彭祖生》]

2. 彭祖死

彭祖死，
死后三朝天降霜，

霜冻三朝又下雪,
雪下三朝彭祖寒。
骨烂变成沙和石,
肉烂变成黄泥团,
头发变成马尾草,
血变溪水流潺潺。

[《盘王大歌(上集)·彭祖歌·彭祖死》]

从以上诗行不难看出,不论"生""死",传说中寿达八百岁的彭祖具有极为神奇的力量。彭祖死后,身体发肤还能化生万物。

在表达瑶族人民生活理想的《桃源洞歌》中,歌师唱出了探寻"桃源"却难以到达的艰难。

桃源洞口七条路,
三条修了四条荒,
三条大路进桃源,
修好四条上间山。
桃源洞头七条水,
三条污浊四条清,
三条污浊桃源水,
四条清水到南京。
桃源浊水有三条,
四水清江汇万流,
凡人空身过不得,
仙人骑马过江游。
桃源大桥四月架,
架起大桥万丈高,
玉女桥头把酒饮,

仙人桥上吃仙桃。

[《盘王大歌（上集）·桃源洞歌》]

"桃源"，一个极具美好寓意的想象空间。尽管这种想象在不同群体或个人的述说中不尽相同，而且，即便借由臆想也很难进入这一虚拟的精神乐园。"桃源"的虚构有着深沉的心理积淀和历史原因，就如陶渊明的《桃花源记》一样，内中虽是"土地平旷，屋舍俨然，有良田、美池、桑竹之属。阡陌交通，鸡犬相闻"，男女"往来种作"，"黄发垂髫，并怡然自乐"，但终究"不足为外人道也"。因此，对美好生活的向往，是"桃源"意象久存于人心的重要基点。

（二）比兴手法的修辞之美

"比""兴"是传统诗歌创作的常用手法。一般认为，"比""兴"最早出自对《诗经》创作手法的总结。朱熹对此作了通俗解释，其《诗集传》有言："比者，以彼物比此物也""兴者，先言他物以引起所咏之词也"，前者即比喻，是对人或物的形象描述，用以凸显歌咏对象的基本特征；后者为起兴，即借他物发端，以引起所咏内容。"比""兴"常常连用。"比""兴"手法，在《盘王大歌》中处处可见，特别是那些具有"情歌"属性的独立诗章。如《日正中》中的唱词。

　　日当空，
　　螭蛇过海变成龙，
　　螭蛇过海难见到，
　　情妹过路难相逢。
　　日当空，
　　螭蛇过海变成龙，
　　螭蛇过海难见到，
　　郎妹过路难相逢。
　　日当空，

> 螭蛇过海变蛟龙,
> 莫当螭蛇藏岭上,
> 湖南江口好相逢。

[《盘王大歌(上集)·日正中》]

由是可知,"螭蛇"这一虚构性存在,不管是否能在中午时分变成"龙",它都不是史诗演述者所要表达的真正主旨,而是借此寓意"相遇"的"难得",并由此表达了期待再次相逢的心理。

《夜深深》一则更是在记述多种日常劳动行为和劳动空间的基础上,将其主旨落在"郎"希望与"妹"进一步相处的急切心理。

> 夜深深,
> 点火进房照绣针,
> 灯火下面穿针线,
> 好花绣在裙脚边。
> 夜深深,
> 点火夜行茶山林,
> 进山不是为喝茶,
> 只望香茶来联姻。
> 夜深深,
> 点火夜行芭蕉林,
> 郎来不为吃蕉果,
> 摘片蕉叶来遮身。
> 夜深深,
> 点火夜行斑竹林,
> 花花斑竹做伞柄,
> 撑伞出门去相亲。
> 夜深深,

点火夜行桑树林，
郎来不为吃桑果，
只为卖桑得黄金。
夜深深，
点火夜行丹竹林，
丹竹最好做篾箕，
篾箕团米谷归心。
夜深深，
脚底无鞋冷透心，
望妹开门让郎进，
无床睡觉也领情。

[《盘王大歌（上集）·夜深深》]

"比""兴"手法不仅存在于书面诗歌，更是民间歌谣乃至史诗传承至今的重要叙事技巧。总之，"比""兴"诗行在《盘王大歌》中随处可见，它增强了史诗文本的生动性，深化了史诗的现实意义。

（三）重章叠句的叙事之美

在传统叙事长诗的创编中，智慧的人民群众总是会将那些重要事件、心理感知或社会评价反复吟唱。这些长诗虽然某些字词有所改变，但总体意涵是一致的。这种早已出现于《诗经》中的叙事模式，被后人称为"重章叠句"或"重奏复沓"。具体而言，"重章叠句"是指诗歌上下句或上下段用相同的结构形式反复咏唱的一种表情达意的方法，它具有回环反复的表达效果，可以提升诗歌文本的音韵美，渲染诗歌演述的含蓄美，深化诗歌叙事的意境美。

从"比兴手法的修辞之美"中，我们已经能够真切感受到"重章叠句"的妙处。这种叙事方法在《盘王大歌》中亦是极为丰富的，如在"七任曲"之外的第八曲《亚六曲》的开端。

郎来时光久,
路过篱边种了姜,
来时姜笛三两叶,
去时姜味满园香。
郎来时光久,
路过篱边栽了葱,
来时香葱三两叶,
去时香葱绿叶葱。
郎来时光久,
路过篱边种了蒜,
来时蒜苗三两叶,
去时蒜蔸结蒜头。
郎来时光久,
路过篱边种了茄,
来时茄苗三两叶,
去时茄花满园遮。

[《盘王大歌(上集)·亚六曲》]

《亚六曲》虽是一支带有禁忌的"任曲",但统一句式中的"姜""葱""蒜""茄",及其具体生长阶段之特定名词的变化,凸显了重章叠句的叙事特点。

在记述"人类再生"的《葫芦晓》诗篇中,其邻近结尾的诗行是这样演述女娲的。

会分最会分,
小妹伶俐用刀分,
分成三百六十姓,
九州大地立寨村。

会分最会分,
小妹伶俐用刀分,
送上青山便成瑶,
落在峒头百姓人。
会分最会分,
小妹伶俐用刀分,
先前造的直眼人,
如今人是横眼人。
会分最会分,
小妹伶俐用刀分,
先前造人三只眼,
后来造出两眼人。

[《盘王大歌(下集)·葫芦晓》]

"重章叠句"给人以"一唱三叹"的审美效果,它不仅可以类比中国古典文论中的"套语",① 亦可用于解释"口头程式理论"。总之,"重章叠句"是中国传统诗歌创作的典型叙事手法,它来源于韵文体民间叙事传统,并为作家文学所弘扬,但它从未脱离民间而独立"雅化",并一直为民间歌手所传承。

(四) 句式多变的灵活之美

《盘王大歌》是一部以七言体为主,兼用三言体、四言体、五言体、八言体、九言体、十一言体等体例的创世史诗。句式的多样性有着鲜明的语境基础,口传史诗虽已文本化,但从中亦能感受到演述人的创编能力。尽管这类话语表达并非整部《盘王大歌》的主流,但其增加了韵文体叙事的多变性和自由度,强化了史诗演述的灵活性以及

---

① 参见王靖献《钟与鼓:〈诗经〉的套语及其创作方式》,谢谦译,四川人民出版社1990年版,第14页。

民众对它的接受度。

如《相逢贤曲》中就有以拟声词"罗哩"为句尾，从而由四言变六言，并接续后文，以形成另一种"七言"叙事的情形。

  润黄黄，
  那是日头初上山，
  远远看去象明月，
  近午日象山头雪，
  日月照亮（罗哩），
  满山头，
  且唱相逢贤客来。
  王朝奇女多好看，
  手拿银珠颈挂链，
  柳眉银眼（罗哩），
  细弯弯。
  好比日头初上山，
  青丝头巾蓝腰带，
  又添金带缠腰间，
  一身打扮（罗哩），
  像官人，
  谁信她是女钗裙。

[《盘王大歌（上集）·相逢贤曲》]

《围愿歌（一）》在唱述"十二月歌"时，出现一句八言的诗行，以下所示。

  十一月梅花在枝头，
  一树寒梅似火球，
  归家报与众姐妹，

第三章 汉藏语系苗瑶语族创世史诗

树有好花快同游。

[《盘王大歌（下集）·围愿歌（一）》]

《盘古歌》中出现了更多样的句式，如下文所示。

盘古圣皇造日月，
盘古立地置高山，
造有九个日头十个月，
晒死凡间人万千。

[《盘王大歌（下集）·盘古歌》]

又如下文所示。

上古盘古降世间，
哪年哪月哪时辰？
几手几脚几眼几耳几眉毛？
中元盘古哪年哪月哪时生？
几手几脚几眼几耳几眉毛？
上元盘古天酉元年生，
正月十六中午是时辰，
八手八脚八眼八耳八眉毛。
中元盘古天酉二年生，
七月十六中午是时辰，
六手六脚六眼六耳六眉毛。
下元盘古天酉三年生，
十月十六中午是时辰，
两手两脚两只耳，
两眼两条大眉毛。

[《盘王大歌（下集）·盘古歌》]

·609·

这里的《盘古歌》并非真正演述创世之神"盘古"的歌，而是一首以盘问古典知识为主的歌。这种参差有序的句式结构不仅呈现了民间叙事的灵活之美，更彰显了人民群众据实创编的智慧。此外，史诗中的这类问答还蕴含了一种被瑶族人民普遍传承的文化交流模式。不过，相较于"冈介"歌堂中一问一答的演述模式，"还愿歌堂"中的《盘王大歌》演述却多以演述者的自问自答为核心模式。① 作为普通民众知识体系的重要组成部分，源自口头传统的古典知识是来自民俗教育的结果，它之所以要在特定时空中以问答形式出现，既在于考验应答者或演述者自身的知识储备，更在于史诗演述之礼仪规程的客观要求。

（五）互文见义的回环之美

《盘王大歌》的程式性特征是显著的，而这种程式性特征不仅表现在上文所引述的语词和诗行层面，也于史诗的主题或典型场景中有突出表现。《盘王大歌》是应"还盘王愿"仪式而逐渐定型的，因而《盘王大歌》的所有独立诗章都是围绕这一主题，并于具体环节循序演述的，特别是"下集"，如《源流歌》《盘王歌》《十二姓瑶人游天下》《盘王出游歌》以及《过山根》等，都详略不一地记述了"还盘王愿"仪式的起源和目的，且占据《盘王大歌》"正歌"的核心部分，而前三者较为典型。

1. 源流歌

> 景定元年四月八，
> 漂洋过海远乡行。
> 航行大海船伤损，
> 风来浪起阻行程。
> ……

---

① 郑长天：《圣俗融通——湘南盘瑶"冈介"歌堂与"还愿歌堂"互渗关系初探》，《民俗研究》2009年第1期。

许下元盆歌堂愿,
船行靠岸保安宁,
盘王始祖开金口,
护佑瑶人子孙行。
……
落到广东南海岸,
开山造田万万千,
置立连州行平庙,
又立伏将圣王堂。

[《盘王大歌(下集)·源流歌》]

2. 盘王歌

八月十五苦不尽,
瑶人来到大海边,
十二姓弟兄无去路,
飘流过海到东京。
……
船行大海风不停,
起伏颠簸愁煞人,
齐在船中求盘王
护我风平浪静行。
……
立起连州福江庙,
又建黄竹圣王堂,
建村搭棚落下户,
儿孙代代供烟香。

[《盘王大歌(下集)·盘王歌》]

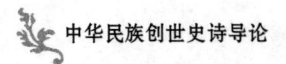

3. 盘王出游歌

深潭枯竭鱼死尽，
毁了青山万万千，
十二姓瑶人无出路，
飘洋过海去东京，
……
忧忧愁愁困船中，
困在船中无奈何，
盘王大帝报金言，
定日定时船靠岸，
……
主人有心来酬谢，
小妹唱歌谢神恩，
酬谢大王父母意，
保佑儿孙千万年。

[《盘王大歌（下集）·盘王出游歌》]

4. 十二姓瑶人游天下

景定元年四月八，
姊妹一齐到海边，
众人商量渡海去，
人齐心齐找山源。
……
船头许下盘王愿，
许下良愿保人丁，
盘王圣帝开恩典，

定下辰时船拢边。
……
离船上岸到广东,
乐昌宝地且安身,
天林山上立村寨,
青山开好种阳春。

[《盘王大歌(下集)·十二姓瑶人游天下》]

这些分布在不同诗章中的叙事情节,细节存在差异,但围绕同一主题——"还盘王愿"创编的事实,表明在诗章与诗行的跨越中,文本内部形成了极为显著的互文性,从而使整部史诗产生环环相扣、接续不断的复调效果。总之,具有一定差异的话语表达在丰富史诗表现力的同时,进一步强化了瑶族人民乃至外来者对《盘王大歌》的理解。

除了围绕核心主题进行的重复演述外,《盘王大歌》还有多个诗章共同演述了"开天辟地""人类再生""发果擒雷王""龙广射日"等创世情节,如《源流歌》《盘王歌》《葫芦晓》以及《盘王出游歌》等;其中《源流歌》《盘王歌》共同演述了盘瓠生平以及瑶族的发源。[1] 更重要的是,在这些蕴含于具体诗章之内的叙事情节之外,还有部分独立诗章中的部分诗行被独立成章,也有部分独立诗章被有机融入其他独立诗章中。这些诗章或诗行的句式基本一致,且内容亦十分相似,如《天地动》《天地暗》《北边暗》与《葫芦晓》即是典型案例。

1. 天地动

天地暗,
日月相打天乌暗,

---

[1] 因诗行较长,此不赘述。详见郑德宏、李高本整理译释《盘王大歌》(下集),岳麓书社1988年版,第40—69、83—161、207—216页。

日月相打争天国，
夫妻相打为吃醋。
天黑溜，
蛤蟆吞掉红日头，
蛤蟆吞掉争天国，
官人跪拜心里愁。

[《盘王大歌（上集）·天地暗》]

2. 北边暗

北边暗，
人说北边崩大山，
天子杀牲保父母，
鲁班杀子救爷娘。
……
北边暗，
北边暗了南边乌，
东西两边全暗了，
人人都说天地乌。

[《盘王大歌（上集）·北边暗》]

3. 天地暗

寅卯两年天地动，
天子修书报天宫，
师公烧香来拜佛，
道士求神跪殿中。
……
寅卯两年天柱动，

三百好汉扶一条，
仙人抽砖垫柱脚，
画工提笔柱上描。

[《盘王大歌（上集）·天地动》]

4. 葫芦晓

北边暗，
北边暗了南边乌，
东西两头全黑了，
天下乌黑如墨涂。
天暗乌，
大雾漫山满岭铺，
云雾层层压天底，
高山平底难辨出。
天地动，
天子写状报天宫，
师人烧香来拜佛，
道徒着衫跪庙中。
……
天柱倒，
三百好汉扶一条，
再添三百扶不住，
天柱倒了千万条。

[《盘王大歌（下集）·葫芦晓》]

同"比""兴"与"重章叠句"一样，"互文"也是文学创作的重要手法之一，它虽同样抽绎于作家文学，特别是小说，是从文本内部勘察文本结构的叙事学概念，但其实是一种具有通用性的文学创作手法，而其在民间叙事传统中早已成为一种十分自觉的创编行为。

四 瑶族创世史诗《盘王大歌》蕴含的诗性智慧

作为口传诗学的重要研究对象，创世史诗蕴含了其创编者、传承者及共享者多元的生活智慧。对此，我们可用意大利哲学家维科所提出的"诗性智慧"或"诗性思维"来总结。这种源自"创造性的想象力"或"凭想象来创造"的话语表达模式，凸显了史诗传承人群的社会创造性，而他们本就为"诗人"。① 瑶族创世史诗《盘王大歌》蕴含的诗性智慧主要体现在五个方面。

（一）多元一体的中华民族观

费孝通于1989年提出了著名的"中华民族多元一体格局"学说，强调中华民族是各民族在交往交流交融的历史过程中凝聚而成的民族实体。各民族间的文明互鉴不仅丰富了特定民族的文化要素，更为铸牢中华民族共同体意识奠定了基石。

传承《盘王大歌》的各瑶族支系均视"渡海神话"为民族发展的重要阶段。"渡海"显然是对艰难迁徙生活的形象化表述，却也间接反映了外部文化因素进驻瑶族内部的可能性。《盘王大歌》中的盘瓠神话同畲族史诗《高皇歌》、苗族史诗《苗族古歌》、黎族史诗《五指山传》以及流传于汉族和壮族的盘瓠神话有着极为相似的内容，② 而上文述及的"盘古"和"彭祖"，均是中华民族共传的神话人物。此外，《盘王大歌》中还记述了"射日""兄妹婚"等常见的神话母题以及"刘三姐""梁祝"等传说人物，同样反映多民族共创中华文化的事实。于此，各举一例如下。

---

① ［意］维科：《新科学》，朱光潜译，人民文学出版社1987年版，第162页。
② 参见孟令法《神话记忆与符号象征：盘瓠意象谱系的畲瑶苗服饰文化共享机制》，《云南师范大学学报》（哲学社会科学版）2021年第6期。

1. "伏羲女娲兄妹婚"

发果关雷在仓间,
跪拜求放吐哀声,
恰遇伏羲兄妹俩,
开仓放雷上青天。
……
茫茫洪水涌上天,
雷王腾雾下人间,
找到伏羲兄妹俩,
答谢一片救命恩。
……
洪水茫茫涌上天,
伏羲兄妹瓜里眠,
天下凡人全淹死,
洪水退后无人烟。
洪水退落地还原,
茫茫大地无火烟,
伏羲兄妹自相配,
传根接种人繁衍。

[《盘王大歌（下集）·盘王歌·洪水淹天》]

2. "龙广射日"

洪水尽,
十二个太阳都上天,
十二个太阳一齐晒,
阳光炽热赛火焰。
洪水尽,

烈日如火地晒焦，
十二日头挂天顶，
日烈温高受煎烤。
三百缗钱置弓弦，
又拿四百造箭簇，
龙广做箭为什么，
龙广做箭射日头。
洪水尽，
十二日头上山巅，
龙广张弓射十个，
只留两个照人间。

[《盘王大歌（下集）·葫芦晓》]

3. "刘三妹"

郎疯颠，
轻身跳进大愿厅，
好似刘三手灵巧，
抛出绳子套歌人。

[《盘王大歌（上集）·围愿歌（二）》]

……
鲁班聪明手又巧，
盘王艺高做芦笙，
刘三妹造千歌曲，
盘王削木做唢呐。
刘三作歌又作曲，
留给人间教子孙，
聪明伶俐学会唱，

人不聪明学不成。

[《盘王大歌（上集）·盘王献计》]

……
盘王开天又立地，
置了青山又造田，
刘三作歌又唱曲，
歌曲传遍人世间。

[《盘王大歌（下集）·盘王出游歌》]

4. "梁祝"

一片松林排高矮，
山伯年庚正少年，
青春未偶梁山伯，
巧同英台读诗篇。
织机织布布长长，
山伯做衣订良缘，
山伯做衣为佳偶，
不嫁梁山嫁何人。
……
生时共凳死同眠，
梁祝同坟葬路边，
举锹挖土七尺深，
扬起尘土飞满天。
梁祝上路共把伞，
死入黄泉共穴眠，
生时未配死了配，

永世相伴在黄泉。

[《盘王大歌（下集）·梁山伯》]

这些叙事母题虽然在具体细节上，不同民族有着不同的理解和演述，但这亦已说明它们是中华民族共创共享共传的文化基因，且很可能是在相互借鉴中形成的对共同经历的艺术创编。有学者曾言："建设中华民族共有精神家园，关键在于处理好'一'与'多'的关系，在于从民族共有、文化互联、命运相同中发现提炼和铸造重叠共识。"[①]因此，通过疏理多民族口传史诗所蕴含的共同艺术形象或叙事母题，厘清多民族间的互动交融实践及其发生过程，有助于从鉴赏、研究中华民族创世史诗的角度，铸牢中华民族共同体意识。此外，《十二姓瑶人音郡歌》则以问答形式记述了史诗中瑶族十二姓的主要特征[②]，体现了瑶族内部的彼此认同。瑶族的内部认同和中华民族共同体认同，在史诗《盘王大歌》中得到诗性的统一。

（二）忠勇诚信的爱国主义精神

盘王，即盘瓠，在瑶族民间（文献中）亦称"盘护"，乃《盘王大歌》的核心角色，"还盘王愿"仪式所敬奉的英雄祖先。在《盘王歌》中，盘瓠因杀敌有功而被赐名"太宁"。这一称号虽未在史诗中得到进一步阐释，但从这场持久战的影响来看，其所蕴含的美好寓意——"康泰安宁"显而易见。从"太宁"一词的使用上，可窥见瑶族歌师对汉文化的高度认同。盘瓠之所以能够获得这一封号，不仅与其沉着冷静、智勇双全相关，更与其不受敌军诱惑的忠君爱国、抱诚守信分不开。评王就"张榜招贤，配婚女儿"的许诺亦是"一言九鼎"。对此，《盘王大歌》有如下描述。

---

① 纳日碧力戈：《双向铸牢中华民族共同体意识》，《中南民族大学学报》（人文社会科学版）2019年第4期。

② 《十二姓瑶人音郡歌》，载郑德宏、李高本整理译释《盘王大歌》（下集），岳麓书社1988年版，第263—278页。

第三章 汉藏语系苗瑶语族创世史诗

盘护扯榜护坦承,
除斩高王在你身,
杀死高贼取回头,
本王厚偿报你恩。
重重报答除恶恩,
许你宫女为花英,
天下江山送一半,
赐给千金和万银。
……
盘瓠来到高王厅,
日出日落四十九天,
杀贼除霸心如焚,
时机不到难起心。
夜深人静月当天,
唱歌饮酒在花园,
酒令歌声阵阵起,
高王饮酒醉薰薰。
夜深明月下西岭,
王宫内外静无声,
斩杀高王良机到,
盘护设法进王厅。
盘瓠心急手捷敏,
拔出高王八宝剑,
剑光一闪头落地,
高王一体两截分。
……
国宴席中贺功臣,
评王殿上开金言,

金银财宝当厅赠,
赐名盘护盘太宁。
流水下山不回源,
话出金口难收言,
江山一分当厅点,
王女英花配太宁。

[《盘王大歌（下集）·盘王歌·盘王登殿瑶人出世》]

正所谓"天下兴亡,匹夫有责"。对"智勇""诚信"等人文精神的践行,是"保家卫国"的重要心理资源。世世代代流传于瑶族相关支系中的《盘王大歌》,不仅是在赞颂一个民族英雄,更是通过这种相对稳定的韵文体叙事传统强化瑶族人民的"爱国"意识。

"渡海"记忆反映了瑶族先民艰难迁徙的历史事实,而"还盘王愿"的形成看似源出于此,但实际却来自瑶族人民对迁徙过程中所获得各种帮助的持续感念。祖先神"盘王",被瑶族人民视为寄托感恩之情的核心对象,从而成为一个典型的箭垛式人物。从神话的角度来看,瑶族人民在"渡海"时遇到巨大的困难,因而祈求盘王救护自己的子孙后代,并许向盘王"供香烟"的"歌堂愿"。于广东沿海登岸的瑶族先民,恪守"渡海"时所许之"愿",并在随后的迁徙中建起六座大庙即俗谓"六庙"①,以祭祀盘王,相应的仪式——"还盘王愿"随后也分出了大小,而后者以个体家户为主。概言之,贯穿整部《盘王大歌》的诚信观,是瑶族人民民族精神的核心部分之一。

(三) 朴素的自然观

在传统社会中,智慧的劳动人民勇于发挥"主观能动性",通过观

---

① "六庙":指龙城、连州、行平、伏灵、伏江、阳州六庙,"庙"是瑶族迁徙飘海遇难上岸后,为还愿奠祭祖宗神而建立的公共场所。据说以龙城庙为最早、连州庙为最大。而《六庙词》便是用以简要概述"还盘王愿"时各庙所陈设神像和唱颂神祇及供物。《六庙词》,载郑德宏、李高本整理译释《盘王大歌》(下集),岳麓书社1988年版,第179页。

第三章 汉藏语系苗瑶语族创世史诗

察天象运动、动植物活动方式、山川合流走向以及人体机能作用等，总结经验，利用自然规律。史诗是人类对集体早期所经历重大事件的艺术化创编，虽具有很多不具现代理性思维的神话解说，却也暗含了特定群体基于现实需要而构建的知识体系，这其中包含了别具一格的民族自然观。

在《盘王大歌》中，有一系列使用自然物象类比社会文化结构或表达集体情感的诗性表达，这在"比兴手法的修辞之美"中已有介绍。在阐释"多元一体的中华民族观"时，曾引证"龙广射日"相关诗行，这或可说明，瑶族很久以前就存在"十二月历"的计时方法。《源流歌》就此也唱道："混沌初开无日月，昼夜不分黑雾连，天宫后置十二日，日头升起无夜间。"不过，需要注意的是，该歌对一年和一月天数的认识，与普遍认知有很大不同，其文唱道："四百昼夜为一年，一月就有四十天，阴府不对阳间事，日月过天不见面"[①]，这似乎又暗含瑶族曾有"十月历"。总体来说，口传史诗中的历法原则虽是矛盾的，且与现实生活有明显差异，但这并不影响我们认定瑶族先民的朴素天文观。

瑶族先民对自然物候的观察，也产生了丰硕成果，这在《盘王大歌》中亦有表现。穿插于部分诗章中的"十二月歌"即是典型代表，如《四庙王——四季鲜花歌》所唱。

> 正月桃花发，
> 二月李花开，
> 三月斗木花现蕾，
> 四月金斗遍地开，
> 五月南球枝头放，

---

① 《源流歌》，载郑德宏、李高本整理译释《盘王大歌》（下集），岳麓书社1988年版，第45、51页。

六月芙蓉满树红,
七月莲花破水出,
八月禾花穗上香,
九月葛藤花连串,
十月鸡冠花顶红,
十一月腊梅花谢落,
十二月山茶展秀容。

[《盘王大歌(下集)·四庙王——四季仙花歌》]

在《鹧鸪行游》中,瑶族民众仅以鹧鸪的年度生活习性来寓意婚恋过程,其文如下。

正月鹧鸪不吃米,
二月鹧鸪不衔泥。
三月鹧鸪路不上,
四月鹧鸪树上啼。
五月鹧鸪下白蛋,
六月鹧鸪孵嫩儿。
七月鹧鸪尾毛短,
八月鹧鸪尾毛长。
九月鹧鸪还嫩小,
十月鹧鸪恋情娘。
十一月鹧鸪备喜酒,
十二月鹧鸪嫁远乡。

[《盘王大歌(下集)·鹧鸪行游》]

在传统社会,劳动人民所面临的生活困境多种多样,自然灾害就是其中之一。史诗作为人类早期发展的产物,其所记述的自然灾害多体现在"洪水"神话和"射日"神话,这为以"兄妹婚""葫芦"等母题为主的"人类再生"神话的产生提供了条件。其实,神话所记述的事件并非空穴来风,而是与集体的生活经历密切关联。如《天大旱》中所唱。

> 寅卯两年天大旱,
> 深山竹木全焦枯,
> 到处官仓无粒米,
> 荒年无人去读书。
> 寅卯两年天大旱,
> 深山竹木全焦枯,
> 到处江河全无水,
> 深潭干枯鱼也无。
> ……
> 寅卯两年天大旱,
> 四海龙宫烟雾飞,
> 龙门龙宫无滴水,
> 黄龙登天求五雷。
> 寅卯两年天大旱,
> 雷公放火在天堂,
> 雷公轰轰天上走,
> 甲子回头禾苗生。
>
> [《盘王大歌(上集)·天大旱》]

在"互文见义的回环之美"[①] 中,我们已引述过《天地动》《天地暗》《北边暗》《盘王歌》以及《葫芦晓》等记述自然灾难诗章的相关诗行,但就自然灾难的具体表现而言,相对详细的记述集中在《葫芦

---

① "互文见义的回环之美"在本节第三部分第五点(第 610 页始第 616 页终)。

晓》中。如描述"地震"结果的诗行。

> 天地动，
> 高山倒塌填山冲，
> 地上房屋全倒塌，
> 古木变成地下龙。
> 天地动，
> 地动众人站不住，
> 大地颠簸如筛米，
> 牛马滚地像葫芦。
> ……
> 天柱倒，
> 天柱倒了千万条，
> 房屋倒塌数不尽，
> 人和神鬼都心忧。
>
> [《盘王大歌（下集）·葫芦晓》]

就"洪水"的发生和终结而言，该诗章按"洪水发""洪水涨""洪水狂""洪水快""洪水退"以及"洪水尽"的时间顺序展开，从而呈现了作为自然灾难的"洪水"对人间所造成的毁灭性打击。

此外，《葫芦晓》对人类"起源"和"再生"的描述，也呈现出两种不同的认识。史诗中关于"先前造的直眼人，如今人是横眼人……先前造人三只眼，后来造出两眼人"①的表述，充分体现了"人"的物质属性以及某种进化性特征。

总体而言，《盘王大歌》对瑶族先民自然观的叙写是多方面的。这些诗性叙事并不是完全虚构的，相反带有"世界是由'物'构成"的

---

① 《葫芦晓》，载郑德宏、李高本整理译释《盘王大歌》（下集），岳麓书社1988年版，第126—128、137—149、159页。

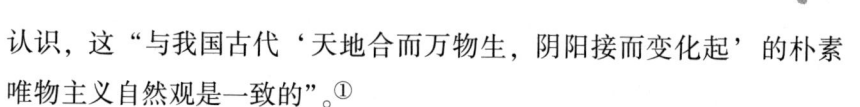

认识，这"与我国古代'天地合而万物生，阴阳接而变化起'的朴素唯物主义自然观是一致的"。①

（四）吃苦耐劳的劳动观

瑶族先民是典型的迁徙民族，长期游走在南岭民族走廊的崇山峻岭之中，刀耕火种曾是其最为典型的生产方式。瑶族先民在山地丘陵地带从事最基本生活资料的生产，培养了瑶族人民世代传承的吃苦耐劳精神。

在赞颂民族英雄之业绩、感念祖先之恩德的同时，《盘王大歌》也记述到本民族的生产生活状态。尽管瑶族先民在创编史诗时，也极力渴求土地平旷的农耕生活，现实却是，瑶族先民以大量诗章和诗行叙写了与"峒（洞）"（山地）有关的生产生活，特别是《桃源洞歌》和《千家峒歌》，则以极富想象的诗性话语呈现了瑶族人民对美好生活的追求，而《间山歌》则希冀从学堂（正规）教育层面给瑶家子弟带来更多发展机会。由此可见，瑶族人民虽生产生活艰苦，但也不忘兴学重教、以文化人，故而也暗含了"耕读传家"的历史传统。

《盘王歌》之《禾王送禾到人间》②中虽未说明"十二种"谷物所指为何，但亦已说明瑶族在如此贫瘠的山地环境所能种植的谷物种类是相当丰富的。《十二姓瑶人游天下》则从迁徙角度呈现了瑶族人民"耕山以食"的历史状态。史诗述及：

> 瑶人出世武昌府，
> 满目青山到处游，
> 龙头山上耕种好，
> 老少乐业世无忧。

---

① 《〈盘王大歌〉（下集）内容概述》，载郑德宏、李高本整理译释《盘王大歌》（下集），岳麓书社1988年版，第1页。
② 《盘王歌》之三《禾王送禾到人间》，载郑德宏、李高本整理译释《盘王大歌》（下集），岳麓书社1988年版，第95—96页。

……
龙头山上本是好,
马鹿骚扰透心忧,
阳春受灾无法保,
姊妹商量出山游。
……
离船上岸到广东,
乐昌宝地且安身,
天林山上立村寨,
青山开好种阳春。
……
天林山上日子欢,
又逢反乱度日难,
天林山上遭何祸?
老幼惊慌躲过山。
二十四年长毛反,
长毛反乱不平安,
十二姓瑶人心忧急,
拖儿带女又过山。
……
老少忧愁心无计,
手拍胸前无路走,
过山落户千家峒,
砍山种地再开头。
……
跨山越岭到桃源,
桃源洞里好"过年",
落住桃源多少岁?

第三章　汉藏语系苗瑶语族创世史诗

郎请姣娥唱金言。
小妹少知古根源，
桃源峒里住七年，
山猪马鹿坏阳春，
有种落土无收成。
……
郎歌莫笑妹歌言，
明朝洪武丙寅年，
正月初四齐移步，
黄塘龙炸又落根。
……
黄塘龙炸立村寨，
开山耕种百余春，
十二姓瑶人各立寨，
安居乐业敬祖人。

[《盘王大歌（下集）·十二姓瑶人游天下》]

在瑶族人民的迁徙生活中，农耕活动确为生产主流，但以上引述已然表明，野生动物对其作物生长有显著影响。为了弥补日常肉食之需，狩猎也曾十分普遍。此外，狩猎还与始祖盘瓠的逝世密切关联。这在《源流歌》和《盘古歌》等诗章中均有体现。

1. 源流歌

太宁王主八百寿，
游山打猎有其能，
来到天台石壁峒，
打死石羊自丧身。

[《盘王大歌（下集）·源流歌》]

2. 盘王歌之翁爷去九泉

太宁王主九八龄，
深山大岭打猎行，
来到天台石壁堑，
野羊逃命穿山林。
王主来到堑壁前，
张弓瞄准射利箭，
脚踏崖前石壁垮，
人落悬崖树叉间。

[《盘王大歌（下集）·盘王歌·翁爷去九泉》]

除以上表现狩猎史的诗章诗行外，在《盘王大歌（上集）》中还有一首《放猎狗》，其主要目的虽是利用比兴手法展现青年男女对爱情的忠贞，但该歌之题及其起首几句均已表明在瑶族先民的狩猎活动中，猎狗和猎枪是极为重要的辅助工具。史诗记述如下。

四面山头放猎狗，
湖南江口装猎枪，
山伯岭下等猎狗，
猎狗作证会娇娘。
四面山头放猎狗，
湖南江口装猎枪，
枪未装好野羊到，
狗吠三声羊着枪。
四面山头放猎狗，
打得一只斑脚羊，
斑脚羊皮好朦鼓，

打穿鼓才放娇娘。

[《盘王大歌（上集）·放猎狗》]

俗语云"南岭无山不是瑶"，因而"靠山吃山"的辛勤劳作，成为瑶族人民自食其力的重要途径，耕山与狩猎的相互协调为其食物的多样性选择提供了可能。总之，瑶族人民用自己的勤劳和智慧在青山冷水间开辟了连片梯田，不仅装点了南国风光，也为祖国的繁荣和富强作出了自己的贡献。勇敢、勤劳的瑶族人民，开创了美好的生活家园。

（五）追求自由的婚恋观

对浪漫爱情和幸福婚姻的追求，是人类亘古不变的理想，歌谣是表达这种理想的重要媒介。瑶族民间有"以歌传情"的说法，这在上文所引述的部分诗行中已有表现。

在一般情况下，史诗均被认为是神圣的，且对演述场域有着相对特殊甚至苛刻的要求。然而，史诗演述的每一阶段，或每一诗章，或诗行并非都是远离"世俗"的，相反歌师在某些特殊时段也会演述一些情歌或杂歌以烘托现场气氛，调动现场参与者的积极性。从文本角度看，《盘王大歌》在神话叙事中，不仅暗含了瑶族婚姻形态的历史变迁，即从族内婚（伏羲—女娲）到族外婚（盘瓠—花英），再到族内婚（"十二兄妹齐长大，合为六对结成婚"），再到嫁娶婚（以男婚女嫁为主）。随着时代的发展，瑶族人民对自由婚恋的追求也越发彰显，而史诗演述场域也为青年男女觅求心仪对象提供了不可多得的机会。

在《盘王大歌》中，最能体现这种婚恋观的诗章主要集中在"上集"，"下集"亦有个别展现。可以说，这类以婚恋为主体的诗性话语大多借用自然物象，以"比""兴"和重章叠句的手法加以演述。如《日出早》中所唱：

日头上山妹挑水，
太阳偏西不见回，
爷娘问妹因何事，
后生争妹难解围。
日上山头妹挑水，
太阳偏西没回村，
爷娘问妹因何事，
码头挑水遇后生。
是妹情人是别人？
算不算妹意中人？
看中叫娘煮午饭，
挑水埠头把郎迎。
是妹情人是别人？
算不算妹心上人？
是的告娘煮午饭，
挑水埠头迎郎亲。

[《盘王大歌（上集）·日出早》]

与《日出早》有时间关联且表意相似的《日正中》《日斜斜》，以同样的手法呈现了瑶族人民对纯真爱情的追求。《盘王出世》的最后数行以"伞"为媒介，表现了瑶族人民对自由爱恋的追求，与此同时也体现了传统婚姻中的男婚女嫁模式。

撑伞撑侧旁。
哥妹同行好遮凉，
撑伞要撑光油伞，
哥妹谈情伞下藏。
撑伞哥哥急急走，

第三章　汉藏语系苗瑶语族创世史诗

哥撑纸伞去外州，
哥是去州妹去县，
城门等伴去行游。
白凉伞，
这边那边都是花，
妹子年轻嫁给郎，
郎家妹家都是家。

[《盘王大歌（上集）·盘王出世》]

瑶族人民的爱情观，并不以外貌和财富为标准，但是否能唱歌却是必备条件之一。《流罗仔》不仅说明了这一点，且具有一定的教化和劝善意义。

聪明小后生，
聪明后生要当心，
莫让闲花迷心窍，
能歌善唱成歌仙。
聪明不在人高大，
纯足真金不在多，
石头虽大难管谁，
田螺虽小坐江河。
聪明不在人高大，
郎好不在外表美，
石头虽大难堵水，
小小田螺水难移。
刘三造歌三江口，
人间学歌在江头，
千人万人学会唱，

· 633 ·

唱起歌来解忧愁。

[《盘王大歌（上集）·流罗仔》]

歌唱能力是瑶族人民重要的择偶标准之一，而此段诗行还以"石头"大小比喻人之高矮及其行事风格是否细致，以"田螺"的水底吸附力比喻人的内在美以及对爱情的忠贞度。由此可见，史诗以极富想象力的话语表述，深化了瑶族人民择偶标准的"心里"特性。

在《亚六曲》中，有"山中只有藤缠树，没有见过树缠藤，村中只有男找女，不见娇娥找男人"[①]的诗行，十分形象地传递了男女之间的婚恋关系。《月亮亮》就应和了这种诗性表述，其文如下：

月亮亮，
月光下面牛吃秧，
牛崽吃秧妹莫怨，
牛角做梳送娇娘。
月亮光，
照得井边挑水娘，
挑水不用点火把，
头上金钗映月光。
月亮光光照九洲，
月照山村妹门楼，
千村万村不去照，
单照孤独花一蔸。
月光怎能比白日，
大水也难冲码头，

---

① 《亚六曲》，载郑德宏整理译释《盘王大歌》（上集），岳麓书社1987年版，第200页。

第三章　汉藏语系苗瑶语族创世史诗

姣娘抬头郎见面,①
不成夫妻使人愁。
月光不是白日天,
溪水怎能淹巷边,
请妹抬头我看看,
不成夫妻心也甜。

[《盘王大歌（上集）·月亮亮》]

又如《何物歌》,在自问自答中,不仅以男青年的"物变"来期待"逗妹"欢心,其所变之物则多是常见的生活物品,也从生活、贸易、生产以及动植物特性等方面,暗喻了男女之间的自由婚恋关系。于此,仅就前者及该诗章的结尾诗行加以引述,以作说明。

怎么变?
变成何物逗妹恋,
如能变成金钗子,
插妹头上横着眠。
怎么变?
变成何物逗妹恋,
郎若变对银耳环,
挂妹耳垂陪妹眠。
怎么变?
变成什么逗妹恋,
郎若变成花衣领,
箍没颈上贴胸前。
怎么变?

---

① "姣娘"当为"娇娘"。

变成何物逗妹恋,
郎若变成腰带子,
箍妹腰上抱你眠。
怎么变?
变成什么逗妹恋,
郎若变成花裹脚,
缠妹脚上陪你眠。
怎么变?
变成什么逗妹恋?
郎若变双皮鞋子,
在妹脚下守妹眠。
……
蓝蓝天上挂月亮,
月光照进妹的家,
山寨姑娘千千万,
月光独照这枝花。①

对自由婚恋的追求,贯穿《盘王大歌》的多数诗章,而这些诗章不仅在展现瑶族人民的自由婚恋观以及相对稳定的婚恋关系,还于演述过程中起到了引导青年男女树立正确择偶标准的作用。有学者指出,"无论是颂史、唱人唱事都穿插了爱情歌曲",所以《盘王大歌》"更加充满欢乐的气氛",这大概也是其演述传统"易被人们接受和长久不衰的原因之一",而这也是《盘王大歌》的一大特点。②

瑶族创世史诗《盘王大歌》,体现出艺术想象的奇幻之美、比兴手

---

① 《何物歌》,载郑德宏整理译释《盘王大歌》(上集),岳麓书社1987年版,第253—287页。
② 《〈盘王大歌〉(下集)内容概述》,载郑德宏、李高本整理译释《盘王大歌》(下集),岳麓书社1988年版,第4页。

法的修辞之美、重章叠句的叙事之美、句式多变的灵活之美、互文见义的回环之美；蕴含着瑶族人民多元一体的中华民族观、忠勇诚信的爱国主义精神、朴素的自然观、吃苦耐劳的劳动观、追求自由的婚恋观。这部史诗与多个民族的史诗共享了大洪水、兄妹婚、射日等叙事母题，传唱着盘古、伏羲、女娲、彭祖、刘三姐等著名人物，为铸牢中华民族共同体意识提供了强大的精神动力。

思考题

1. 瑶族史诗《盘王大歌》与瑶族创世史诗《盘王大歌》有何异同？
2. 盘王大歌的演述场域有哪些？
3. 请简述《盘王大歌》的互文性及其表现。
4. 如何理解《盘王大歌》所体现的瑶族人民的劳动观？
5. 《盘王大歌》怎样表达多元一体的中华民族观？

第四节　畲族创世史诗《高皇歌》

一　概述

高皇歌，又名"盘古歌""盘瓠王歌""麟豹王歌""草头盘王歌"等，是广泛流传于福建、浙江、广东、江西、安徽以及湖南等畲族聚居区的口传史诗。

高皇歌，是畲语的汉语音译。在畲族文化中，"高皇"即三皇五帝中的第三帝——帝喾高辛，因而其字面之义乃有关帝喾高辛氏的神话历史歌。不过，从高皇歌的叙事内容看，其核心实为追溯盘瓠生平以及畲族的形成过程，故以"盘瓠王歌"称之更为贴切。

畲族民间并没有按年龄或性别因素对高皇歌加以分类的传统，但演述者的身份与职业在某种程度上可决定高皇歌的文本变体及演述场域。换言之，高皇歌只是一类史诗文本的通称，它既包括前述以盘瓠生平为核心，依次演述创世造物、英雄业绩、民族起源以及族群迁徙相统一的口传文学作品，又包括在特定神圣空间演述的与前者密切关联的史诗变体，如浙南畲族在丧葬礼中演述的"思念祖宗""学师者"①、在成年礼中演述的"兵歌"②，则是典型的衍生于高皇歌的诗性话语。此外，畲族婚礼也会偶尔出现由中老年女性演述的高皇歌片段，即"盘瓠迎娶三公主"的过程，属"哭嫁歌"的组成部分。虽然祭祖仪式在大部分畲族聚居区早已式微，但田野研究表明，唯有在这一时空中，高皇歌才会全本演述。与在婚礼中演述高皇歌的人群相对广泛不同，在前述其他集体活动中，高皇歌及其变体的演述者一般都是通过成年礼获得仪式专家身份或标志（"法名"）的男性群体。

对创世史诗《高皇歌》的演述，除前文述及的仪式场域外，因亲友间的日常往来而于主人家厅堂营造的歌场，则为非师公群体的普通民众提供了不可多得了空间。可以说，在这一被称为"嬲歌"，即"长夜对歌"的演述场域中，史诗高皇歌成为亲友间比试"肚才"的重要资本，而作为起始构成的创世部分则在多数情况下会被率先选唱。在畲族传统文化中，史诗是与杂歌（如情歌、劳动歌及山歌等）相对的正歌（特指具有历史性的神话传说歌），因而对歌活动中能与高皇歌直接对唱的歌言并不多，主要有表现万物起源的"盘古歌"、记述人类再生过程的"火烧天，火烧地"、叙写民族诞生及祖地生活的"凤凰山"、描绘民族始祖三公主（辛女）事迹的"祖婆歌"以及期待美好

---

① 丧葬礼：俗称"做功德"或"做阴"。"思念祖宗"和"学师者"是浙南畲族哀歌的重要组成部分，前者主要出现于丧葬礼的后半程，核心内容大体等同于高皇歌有关盘瓠何以逝世及为其做功德的过程，其意在于引导逝者回归祖地，告诫生者莫忘"盘蓝雷钟一家亲"的互助精神；后者一般出现在丧葬礼的前半程，主体演述了逝者模仿盘瓠"闾山学法"的过程，重在向三清祖师上报逝者身份。

② 成年礼：俗称"传师学师"或"做阳"。"兵歌"：是在成年礼中由师公演述的一首神圣性歌言，其与高皇歌的联系不仅体现在以"广东"和"共祖"为核心的民族认同意识，也表现于对盘瓠"闾山学法"之功能的进一步阐释。更重要的是，"兵歌"所述内容还可指导师公群体建构学师者"往返闾山"的虚拟场景。

第三章 汉藏语系苗瑶语族创世史诗

生活的"封金山"等。①

　　高皇歌是活态传承的诗歌演述传统，而《高皇歌》是对活态演述过程中所生成歌词的文本记录。畲族高皇歌与畲族创世史诗《高皇歌》并不能等同，后者特指记录高皇歌中涉及创世部分的神话传说歌。此类歌言凸显了畲族先民对万物起源的终极追问与自我解答，并以经典化手段世代相承。以《高皇歌》为代表的畲族神话传说歌于何时起源于何地尚无定论，但其对万物起源和社会文化之诞生的演述却凸显了一种历时性演进模式，而内中出现的县级行政区划名，如景宁、泰顺、云和以及宣平等，则表明《高皇歌》文本大致定型于明代中叶或之后。不过，相较于史诗文本对自然物类与人文类型的呈现，民族起源的艰辛过程更具叙事性，且凸显了畲族民众对自我源起以及后续发展的完整叙述。神话传说歌既有虚构成分，又内含真实史事，其以一条四句、每句七言的演述格式，在相对规整的韵律转换中，通过不饰修辞的话语表达技巧，传承着为畲民群体所认同的知识体系。作为高皇歌构成段落的创世史诗《高皇歌》，体现了畲族"以歌代言，以歌叙事，以歌记史"的文化传统。

　　畲族创世史诗《高皇歌》的主要文本及其特色如下，1932年德国学者哈·史图博与李化民共同撰写的《浙江景宁敕木山畲民调查记》是最早完整收录特定畲族村落之《高皇歌》的民族志文本；1992年和2016年出版的《畲族高皇歌》和《畲族长篇叙事歌谣：高皇歌》是目前最能体现畲语特征的注音本（国际音标版）；1995年和1999年相继出版的《中国歌谣集成·浙江卷》和《中国歌谣集成·福建卷》也有收录，前为《高皇歌》，后者为《高辛敕令》和《祖宗歌》；2001年出版的《广东畲族古籍资料汇编——图腾文化及其他》收录了《高皇歌》和《祖源歌》（原载1989年《梅州风采》第57号）；2009年出版

---

① 孟令法：《文化空间的概念与边界——以浙南畲族史诗〈高皇歌〉的演述场域为例》，《民俗研究》2017年第5期。

· 639 ·

的《闽东畲族文化全书·歌言卷》不仅收录了《高皇歌》，还收录了《盘王歌》《草龙盘王歌》《麟豹王歌》《龙皇歌》《高辛氏》《功建前朝》《山哈迁基》以及《忠勇王歌》八则异文。除此之外，相关学术专著，如张恒《以文观文：畲族史诗〈高皇歌〉的文化内涵研究》和喻锋平《畲族史诗〈高皇歌〉英译研究》等也收录了一些异文。由于《高皇歌》诗行相对较短，因而尽管可以人为将之划分为"创世""英雄"（民族起源）及"迁徙"三部分，但现有版本，无论是已出版还是未出版（手抄本），均未做此标记。

二 精彩诗篇故事情节举例

（一）万物造就，人文创生[①]

远古时期，一片混沌，生于其中的盘古，一手创造了天地万物。

在无边的天穹之上，盘古不仅造出了东升西落的日月、周而复始的昼夜及漫天闪烁的星辰，还造出了登云而起的神仙及其居住的天庭。

在广袤的大地之上，盘古造出了九曲十八弯的黄河以及四海八荒，指导航行的罗经子午和六路八方。

盘古在造出天地万物后，还于人间置立天皇、地皇与人皇，设下管理天下的皇帝以及标记人群的姓氏，并为世人造出可供耕种的良田土地，分出可供世人行走的通途大道。

完成了创世功业，盘古又"坐天万万年"。随后，天皇氏接替盘古率先"坐天"，并管理人间。天皇氏在位期间，创造了用以纪年的十天干与十二地支。

天皇氏将皇位传给了地皇氏，地皇氏在位期间，分出了日、月、岁三个计时标准，还将一年定为十二个月，并用闰年和闰月来平衡周年时长。

[①] 参见浙江省民族事务委员会编《畲族高皇歌》，中国广播电视出版社1992年版，第1—3页；石中坚、雷楠《畲族祖地文化新探》，甘肃民族出版社2010年版，第77—78页。

地皇氏传位给了人皇氏，人皇氏在位期间，制定了"男女成双结妻房"的婚配原则，规范了君、臣、民的社会秩序以及普通百姓间的辈分排行。

三皇过后，有巢氏和燧人氏接续而来，随后进入五帝时代。

在人世初建时，人都居住在高山石洞中，生活十分愁苦。有巢皇帝因而发明了"起寮造门楼"的方法，并把这套技能教给了普通百姓。

燧人氏成为皇帝后，看到人们茹毛饮血，就想办法制作熟食，经过成百上千次的努力试验，终于发明了"钻木取火"的办法，于是人们进入了烹煮时代。

"伏羲皇帝分道理，神农皇帝坐世界。"炎帝神农氏不仅教人种五谷，还"亲尝百草医毛病"，并"教人采药医病人"。轩辕皇帝造出了车和船，发明了"衫衣"，使人们"树叶改布着巧软"。颛顼金天氏管理天下时，制定了历法。传到帝喾高辛氏时，龙麒（盘瓠）出生了。

（二）英雄征番，民族起源①

帝喾高辛氏管理天下时，正宫娘娘刘皇后得了很严重的耳疾，整整疼了三年。

高辛帝让朝臣遍寻名医来为皇后治病。时有名医，从皇后耳中取出一只长三寸，闪闪发光的金虫，"皇后耳痛便医好"。

刘皇后见此金虫如此神异，便用盘盛瓠盖，"一日三时养其大"，转身变成一只身长"丈二"、身负五色"百廿点"花斑的神兽。高辛帝为其取名"龙麒"。

龙麒生好朗毫光，行云过海本领强。人人看见心欢喜，身长力大好个相。

为抵御边疆番王反叛，高辛帝多次出兵平乱，但均以失败告终，因而张榜招贤。

---

① 参见浙江省民族事务委员会编《畲族高皇歌》，中国广播电视出版社1992年版，第3—8页。

榜文写道:"谁人平得番王乱,第三公主结为妻。"榜文挂出三日,千万人子看过了,无人何敢揭榜文。龙麒见状,"随手便来收皇榜"。龙麒自愿去平叛,转身化龙到番边。

番王早就听说高辛帝身边有只神兽,如今漂洋过海地来到自己身边,就兴奋地认为,高辛帝气数已尽。于是,就时刻将他带在身边。

龙麒服侍番王两三年,直到一次庆功宴,喝得酩酊大醉的番王才被龙麒斩杀。尽管叛军在后紧追,但在神仙老君的帮助下,龙麒带着番王头颅胜利回朝,自此番兵不再反叛。

虽然龙麒立此大功,但非人身的相貌影响了他迎娶三公主。于是,他让人将自己盖在一口大钟下,并说七天七夜后他就会变成人。刘皇后担心龙麒被憋死,过了六日六夜便打开来看,发现龙麒已变身成人,唯有头部还是麒麟模样。

龙麒与三公主举行了隆重的婚礼,并被封为忠勇王,赐潮州府邸。正所谓"皇帝圣旨封下落,龙麒是个开基人"。

龙麒与三公主一共生了三男一女,带上朝堂请高辛帝赐姓取名。

坐在朝堂上的高辛帝,见老大坐在盘中,便赐其姓"盘",名"自能";见老二蹲在篮子里,就赐姓为"蓝",名"光辉";高辛帝正在思索,天公雷响,便赐老三姓"雷",名"巨佑";四女在高辛帝军中招赘驸马,姓"钟",名"志深"。

这就是畲族及其四姓的起源。

三 畲族创世史诗《高皇歌》[①] 体现的美学特征

作为创世史诗的《高皇歌》,虽异文多样,其在畲族民间的流传却彰显了共同的审美意蕴,凸显了创造性美学价值。通过对万物创生、

[①] 本节第三部分和第四部分所引述《高皇歌》诗行均来自:浙江省民族事务委员会编《畲族高皇歌》,中国广播电视出版社1992年版。故具体引文将不再对其出处进行注释,仅于所引述诗行后标注"[《畲族高皇歌》]"。

英雄伟绩和民族迁徙的复合性描绘，于世代传承中激励人心，慨叹生命之坚韧；在沟通天人时凝聚族民，感念祖先之功业。因此，《高皇歌》的审美性注定以其特有的存续力影响中华优秀传统文化的根源性建构。

（一）环环相扣的时序之美

高皇歌较为显著的一个审美特征，便是"时间性"。可以说，整首高皇歌都是在线性叙事结构中传达民族发展信息的，如对"三皇五帝"的诗性表达即是典型（详见后文）。更重要的是，无论叙事情节在诗行长短上如何呈现，都不影响前后两个事件的无缝衔接，而事件之间均带有一定的因果关联。例如，"番王叛乱"与"高辛张榜"就是这种关系的直接反映。

> 番边兵马来的强，
> 高辛兵马难抵挡；
> 打过几回都输了，
> 退兵回转奏高皇。
> 高辛接本心惊慌，
> 便喝朝官来思量；
> 一切办法都使尽，
> 挂出皇榜招贤郎。

[《畲族高皇歌》]

又如，"金钟变身"一节就源自第三公主不愿嫁给"头是龙孟身是人"的盘瓠。

> 头是龙孟身是人，
> 好度皇帝女结亲；
> 第三公主心唔愿，

>　　龙麒就讲去变身。
>　　金钟内里去变身,
>　　断定七日变成人;
>　　皇后六日开来肽,
>　　龙麒钟里变成人。
>
> 　　　　　　　　　　[《畲族高皇歌》]

叙事是时间性的话语表达,纵然某些叙事片段或带有倒叙、插叙等成分(详见"重章叠句的修辞之美"),但其并未改变整个史诗叙事的时间结构,起因—经过—结果。因此,线性发展的《高皇歌》叙事表征,高度彰显了环环相扣的时序之美。

(二) 直抒胸臆的朴拙之美

从叙事诗行就能看出,高皇歌与其他"大型"史诗相比,不仅短小,而每一诗行的七言表述也尽可能不对"事"或"物"进行修饰。换言之,高皇歌重"叙事"本身,而不重"事物"外在。进一步讲,于《高皇歌》出现的各类人物(高辛帝、刘皇后、三公主、番王、文武百官乃至盘、蓝、雷、钟四姓始祖等)以及事物(府邸、宅院或星辰数目等),无一得到详细解说。之所以会有此种叙事现象,或与畲族先民接受儒家学说并参与科举取士,进而在史诗的"演述中的创编"中纳入了书面的文字创作。

就现有《高皇歌》文本来看,对外在形象给予较多修饰描写的则在"盘瓠成长"中。

>　　先生医病是明功,
>　　取出金虫何三寸;
>　　皇后耳痛便医好,
>　　金虫取出耳怀痛。

取出金虫三寸长,
便使金盘银斗装;
一日三时仰其大,
变作龙孟丈二长。
变作龙孟丈二长,
一双龙眼好个相;
身上花斑百廿点,
五色花斑朗毫光。
丈二龙孟真稀奇,
五色花斑花微微;
像龙像豹麒麟样,
皇帝取名喝龙麒。
龙麒生好朗毫光,
行云过海本领强;
人人眈见心欢喜,
身长力大好个相。

[《畲族高皇歌》]

在这一叙事片段中,盘瓠的形貌的确得到了描写,而"金虫""丈二""五色花斑"等程式性用语也明示了《高皇歌》的口头性特征。然而,这些词汇并不能完整呈现盘瓠的龙麒形象,毕竟这些话语都是概述性的,无法让人们从语象层确定其身姿色彩,故而传承于不同畲民宗支的祖图长联在摹绘包括盘瓠在内的各类人物和事物时,才会出现各不相同的外在表征。除此之外,我们还能在《高皇歌》文本中发现一些具有修饰功能的语词,如以表现酒宴场面的"闹纷纷"、形容战场刀枪的"林竹笋"、替代"斗笠"的"尖尖"以及描绘香火状态的"烟浓浓"等,但这依然略显单薄,未能切实展现这些"事""物"的

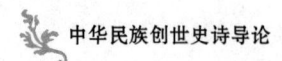

细节。不过，这种相对朴素的叙事风格不仅未曾影响听众或读者对《高皇歌》之社会意义的理解，相反还以一种直抒胸臆的表达方式，赋予人们更为丰富的想象空间。

（三）瑰丽幻化的玄异之美

史诗所演述的核心事件具有显著的神话属性，而神话叙事的主要特征之一便是于幻想中超越现实的"奇异"。从上文所引"盘瓠成长"一节便可知道，畲族民众在形塑盘瓠初始形象时，就构建了一个瑰丽神奇的虚拟时空，并在相对直白的叙述话语中呈现了盘瓠急速生长的神奇过程。除此之外，《高皇歌》对盘瓠"征番去程"给予了以下四句诗行的描述。

朝官带其见皇帝，
龙麒自愿去平西，
领旨转身唔见影，
一阵云雾去番边。

[《畲族高皇歌》]

而对盘瓠"征番归程"的描述也具有这一特征。

番兵番将追过来，
云露雾来似云盖；
番边番兵追唔着，
其追唔着往后退。
割来王头过海洋，
神仙老君来相帮；
腾云驾雾游过海，
官兵接头使盘装。

[《畲族高皇歌》]

这段叙事营造出一个"云露雾来似云盖"的迷幻性"归途",而"神仙老君来相帮""腾云驾雾游过海"的表述则为来之不易的胜利增添了不少神异色彩。虽然《高皇歌》在某种程度上对接了畲民的日常生活,特别是对两大传统仪式——成年礼和丧葬礼的记述,然而相较于现实中的身体实践,史诗中的叙事片段则蕴含了更多神异性特征。

1. 成年礼

> 闾山学法法言真,
> 行罡作法斩妖精;
> 十二六曹来教度,
> 神仙老君救凡人。
> 香烧炉内烟浓浓,
> 老君台上请仙官;
> 奉请师爷来教度,
> 灵感法门传子孙。
> 灵感法门传子孙,
> 文牒奉请六曹官;
> 女人来做西王母,
> 男人来做东皇宫。
> 盘蓝雷钟学师郎,
> 收师捉鬼法来强;
> 手把千斤天罗网,
> 凶神恶煞走茫茫。

[《畲族高皇歌》]

2. 丧葬礼

> 龙麒放落按棺掉,

> 大细男女泪哭燥；
> 头戴白帽两个耳，
> 身着苎布尽带孝。
> 龙麒落棺未安葬，
> 功德日夜做得忙；
> 闾山法主来安位，
> 又请三清师爷官。
> 河南祖师安两边，
> 超度功德做你先；
> 天神下降来超度，
> 超度龙麒上西天。
>
> [《畲族高皇歌》]

集体实践是仪式活动世代传承的根本所在，其起源、目的、构成以及过程在诗性话语的演述中得到诠释。这些诗行虽在仪式进程的描述中呈现了众多虚拟形象，并渲染了仪式场域的神圣氛围，给人以无尽遐想，但也充分彰显了畲族人民纪念英雄祖先的虔诚心态。

（四）重章叠句的修辞之美

早在20世纪90年代初，就有学者认为畲族民歌与《诗经》具有一脉相承的特性，"除了句式上的不同（一为四言，一为七言）而外，两者'以一章歌词为基本，其他词句原则不变，只把韵脚变换两次，使之一变而三形成三叠'的规律完全相同，其渊源关系史显而易见的"[①]。虽然这一阐释主要针对相对短小的畲族民歌，但这种可用"重章叠句"来概括的艺术手法也在《高皇歌》等长篇神话传说歌中有所显著体现。如开篇即有如下诗行。

---

① 马骧：《畲族民歌词格"三条变"——与〈诗经〉风歌的比较研究》，《人民音乐》1991年第4期。

第三章 汉藏语系苗瑶语族创世史诗

盘古开天到如今，
一重山背一重人；
一朝江水一朝鱼，
一朝天子一朝臣。
说山便说山乾坤，
说水便说水根源；
说人便说世上事，
三皇五帝定乾坤。

[《畲族高皇歌》]

又如记述盘瓠"远离官场"，自愿"耕山自食""学法传祖"的诗行。

龙麒自愿官唔爱，
京城唔掌广东来；
自愿唔爱好田地，
山场林上自来开。
龙麒自愿去作山，
去侬皇帝分江山；
自耕林土无粮纳，
做得何食是清闲。
……
龙麒自愿官唔爱，
一心间山学法来；
学得真法来传祖，
头上又何花冠戴。

[《畲族高皇歌》]

如果说这两处叙事片段与《诗经》句式尚不完全对应，那么盘瓠

· 649 ·

逝世后展现族裔回想先祖功绩的诗行则更贴近《诗经》"反复咏唱"的特征，如以下诗行。

> 一想原先高辛皇，
> 四门挂榜招贤郎；
> 无人收得番王倒，
> 就是龙麒收番王。
> 二想山哈盘蓝雷，
> 京城唔掌出朝来；
> 清闲唔管诸闲事，
> 自种林土山无税。
> 三想陷浮四姓亲，
> 都是南京一路人；
> 当初唔在京城掌，
> 走出山头受苦辛。

[《畲族高皇歌》]

这种特征在部分叙说迁徙过程以及婚配模式的诗行中亦很显著，如以下诗行。

> 古田　是　古田，
> 古田人女似花千；
> 罗源人子过来定，
> 年冬领酒担猪爿。
> 罗源　是　罗源，
> 罗源人女似花旦；
> 连江人子过来定，
> 年冬领酒过来扮。
> 连江　是　连江，

连江人女好个相;
古田人子过来定,
年冬领酒担猪羊。

[《畲族高皇歌》]

由上可知,畲族民歌与《诗经》在语音上都运用到同韵复现、音型复现及节奏复现的衔接手法;在结构上都体现为同构衔接模式,且以交替方式为主;在语篇上均有"变奏式"结构和"回旋式"结构。①总体而言,这类在史诗学上被称为"口头程式"的叙事模式②,亦可用"套语"③概括。然而,不论用哪一术语表达,这一回环往复的艺术表现手法均在指向增强诗歌的节奏感和音乐感,并在深化意境、渲染气氛、强化感情、突出主题的同时,协调音韵美、意境美及含蓄美,进而给听众(读者)带来一种委婉而深长的韵味。

四 畲族创世史诗《高皇歌》蕴含的诗性智慧

"诗性智慧"或"诗性思维"是维科在《新科学》一书中提出的重要哲学概念,是对原始人类整体思维认知方式的统称。所谓"诗性的"是人之"创造性的想象力"或"凭想象来创造",故"诗性智慧"或"诗性思维"则是"凭想象来创造"的那种想象力极为发达的思维。④维柯指出原始人"因为能凭想象来创造,他们就叫作'诗人','诗人'在希腊文里就是'创造者'"⑤。史诗是人类童年时期的

---

① 翁颖萍:《从语篇衔接角度看畲族歌言对〈诗经〉的传承》,《贵州民族研究》2011年第1期。

② 参见孟令法《畲族史诗〈高皇歌〉的程式语词和句法——基于云和县坪垟岗蓝氏手抄本的研究》,《宁德师范学院学报》(哲学社会科学版)2019年第1期。

③ 参见王靖献《钟与鼓:〈诗经〉的套语及其创作方式》,谢谦译,四川人民出版社1990年版,第14页。

④ 刘渊、邱紫华:《维柯"诗性思维"的美学启示》,《华中师范大学学报》(人文社会科学版)2002年第1期。

⑤ [意]维科:《新科学》,朱光潜译,人民文学出版社1987年版,第162页。

产物，并随着人类社会的发展而烙上时代的印记。作为与神话密切关联的口传文学，史诗是"诗性智慧"得以彰显的直接证据。就此而论，具有创世成分的畲族史诗《高皇歌》亦不例外，且可从以下四个方面陈述。

（一）多元一体的中华民族观

早在 1939 年顾颉刚就曾提出"中华民族是一个"的论断①，而在 1989 年费孝通进一步认为"中华民族多元一体格局"②，这为"铸牢中华民族共同体意识"提供了坚实的理论基础。针对前述事实，有力的证据可谓汗牛充栋，而史诗对多民族交往、交流及交融状况的演述则是其中极为重要的群体记忆。尽管在畲族起源上有多种说法，如东夷（徐夷）说、武陵蛮说、土著说（闽越人后裔）或多元说等，但仅从盘瓠神话即可发现，畲族在历史上既已同苗族、瑶族及黎族等有过密切接触，而由粤东经闽南、闽东、赣东北向皖南的跨时空迁徙更凸显了其同周边汉族的交往、交流及交融关系。因此，借助"三皇五帝"神话以凸显多民族构架下的中华一体观，则是《高皇歌》开篇即以抒发的集体情感。

> 盘古坐天万万年，
> 天皇皇帝先坐天；
> 造出天干十个字，
> 十二地支年年行。
> 天皇过了地皇来，
> 分出日月又分岁；
> 一年又分十二月，

---

① 顾颉刚：《中华民族是一个》，载马戎主编《中华民族是一个——围绕 1939 年这一议题的大讨论》，社会科学文献出版社 2016 年版，第 34—44 页。

② 费孝通：《中华民族的多元一体格局》，《北京大学学报》（哲学社会科学版）1989 年第 4 期。

闰年闰月算出来。
地皇过了是人皇,
男女成双结妻房;
定出君臣百姓位,
大细辈份排成行。
当初出朝真苦愁,
掌在石洞高山头;
有巢皇帝侬人讲,
教人起案造门楼。
占人无食食鸟兽,
夹生夹毛血流流;
燧人钻木又取火,
煮熟食了人清悠。
三皇过了又五帝,
五个皇帝先后排;
伏羲皇帝分道理,
神农皇帝做世界。
神农就是炎帝皇,
作田正何五谷尝;
谷米豆麦种来食,
百姓何食正定场。
神农皇帝真聪明,
教人采药医病人;
亲尝百草医毛病,
后来成佛做灵神。
神农过了是轩辕,
造出何车又何船;

衫衣亦是轩辕造，

树叶改布着巧软。

轩辕过了金天皇，

何道何理坐大堂；

传位颛顼管大下，

历书出在颛顼皇。

颛顼以后是高辛，

三皇五帝讲灵清；

帝喾高辛是国号，

龙麒出世实为真。

[《畲族高皇歌》]

对盘古及三皇五帝的口头演述，在很多民族的史诗或神话中均可得见，而这些相似乃至相同的神祇事迹之所以会出现在不同少数民族的话语体系中，或与汉文化或儒家文化的影响直接相关，但这并不能完全否定部分于后世形成的无文字民族在迁徙与定居的摆动中就完全丧失"中原文化基因"。相反，各民族在传承自我传统时，广纳周边优秀文化为己所用也极为常见，因而对盘古及三皇五帝的艺术创编或许就是前者，其他能在叙事文本中体现多民族共享现象的文化要素可能就来自彼此吸收或借鉴。总之，纵然后世对"三皇五帝"等人文初祖的认识不同，但这并不影响各民族借以认同"中华民族是一个"的集体心理。由于畲族迁徙生活具有一定的特殊性，前述情形也直观反映在了畲族《高皇歌》中。可以说，不论"继承"还是"创新"，无论"历史的神话化"还是"神话的历史化"，均能体现畲族民众在逐渐发展壮大的过程中，就中华民族所形成的坚定认同意识。

（二）保国为民的诚信忠勇观

在畲族社会，有一副被人们视为"族宝"的楹联——"安邦定国功建前朝帝誉高辛亲勒赐；驸马金卿名传后裔皇宫子孙免差徭"，从中不难看出，畲族人民十分智慧地将"盘瓠平番"的功绩以及由此给后裔带来的荣耀付诸对仗工整的书面文学。在畲族口传文学中，不论散文体神话，还是韵文体史诗，其对盘瓠封号"忠勇王"的强调同这副楹联直接相对。换言之，"忠勇"是盘瓠"安邦定国"的精神支柱，也是畲族民族性的直接体现。不过，"忠勇"所呈现的不仅是对"君"的忠诚以及"退敌"时的无所畏惧，而是内含着君臣间的诚信或互信原则。对此，既反映在高辛帝对"张榜招贤"之许诺的兑现，亦体现在盘瓠"自愿去平西"且历尽艰辛（未受番兵诱惑）得胜归来的过程。

1. 张榜招贤及许诺的兑现

> 皇帝准本便依其，
> 京城四门挂榜词；
> 谁人平得番王乱，
> 第三公主结为妻。
> 皇榜内里表灵清，
> 谁人法高挂帅印；
> 收服番边番王乱，
> 招为女婿再封身。
> ……
> 皇帝眹见心欢喜，
> 愿招龙麒做婿郎。
> 文武奏上皇帝知，
> 皇帝殿里发言辞；
> 三个公主由你拣，
> 随便哪个中你意。
> ……

龙麒平番是惊人，
公主自愿来结亲；
皇帝圣旨封下落，
龙麒是个开基人。
龙麒平番立大功，
招为驸马第三宫；
封其忠勇大王位，
王府造落在广东。

[《畲族高皇歌》]

2. 盘瓠自愿征番及得胜归来

龙麒自愿去平西；
……
龙麒来到番王前，
番王眹见快活仙；
带在身边实欢喜，
时时刻刻依其行。
龙麒自愿去番边，
服侍番王两三年；
何计何谋何本事，
天地翻转是我赢。
……
番王酒醉眠高楼，
身盖金被银枕头；
文武朝官唔随后，
龙麒割断番王头。
割断王头过海河，

番边贼子赶来多；
枪刀好似林竹笋，
追其唔着无奈何。
……
带转王头上殿来，
高辛肽见笑暧暧；
番王作乱都平服，
龙麒公主结头对。

[《畲族高皇歌》]

"诚信"无疑是相互的，而这种互信关系不仅衬托了高辛帝的"贤皇"形象，也凸显了盘瓠的"忠勇"性格。除了上述"国之大事"，"自愿官唔爱"的盘瓠从封地前往闾山学法的目的则直指其一心为民的献身精神。《高皇歌》如是唱。

龙麒自愿官唔爱，
一心闾山学法来；
学得真法来传祖，
头上又何花冠戴。
当初天下妖怪多，
闾山学法转来做；
救得王民个个好，
行罡作法斩妖魔。
闾山学法法言真，
行罡作法斩妖精；
十二六曹来教度，
神仙老君救凡人。
……

> 盘蓝雷钟学师郎，
> 收师捉鬼法来强；
> 手把千斤天罗网，
> 凶神恶煞走茫茫。
>
> [《畲族高皇歌》]

总之，"诚信"与"忠勇"是相辅相成的一组人文精神，它们不仅存在于虚构的神话叙事，也传承于现实生活，而这种被畲族民众世代相延的优秀品质在革命年代愈发凸显。正如叶飞将军所言："在闽东三年游击战争最艰苦的年代，畲族人民的作用是很大的。他们具有两大特点，第一，最保守秘密，对党很忠实；第二，最团结。在最困难的一九三五年至一九三七年对革命斗争支援最大。我们在山上依靠畲族掩护才能坚持。"[①]

（三）自食其力的辛勤劳动观

劳动是创造财富的核心动力。虽然在畲族民众的神话记忆中，盘瓠是有功于江山社稷的民族英雄，而其与三公主的结合则从另一个层面更明确了中华民族的多元一体，但盘瓠在受封"忠勇王"并为三子求得姓氏、一女寻得归宿后，并未贪恋军功，在朝为官，而是携妻带子前往封地——广东潮州，开启自耕自食的拓荒之路。在《高皇歌》中，这种远离朝堂纷争的选择具有鲜明的自主自愿性，而高辛帝在给盘瓠给送物资时，盘瓠并未选择金银财宝，而是将用于打制农具的铁材带到封地，这足以说明农耕生产对畲族民众的重要性。

> 龙麒自愿广东去，
> 皇帝圣旨讲分你；

---

① 叶飞：《叶飞回忆录》（上），解放军出版社2014年版，第56页。

第三章　汉藏语系苗瑶语族创世史诗

六个大仓由你拣,
随便哪仓中你意。
六个大仓共一行,
金银财宝朗毫光;
六个大仓都一样,
开着一个是铁仓。
六仓都是金锁匙,
皇帝圣旨交付你;
金银财宝使唔着,
开来一仓是铁器。
问其纱帽爱唔爱,
锁匙交其自去开;
纱帽两耳其唔得,
自愿拣顶尖尖来。

[《畲族高皇歌》]

现有研究表明,畲族在其发祥地——闽粤赣三省交界的凤凰山一带,乃至于明清时期大量迁入闽东浙南等山区生活时,"刀耕火种"是其最主要的耕作模式,而族称"畲"同样具有这层含义。"刀耕火种"一般是山地居民才使用的生产行为,而"三岁一畲"的传统认识表明,"轮耕"或是畲族在某一地区长期辗转迁移的主要原因之一。此外,由于山田肥力不够,产量较低,故以狩猎为生活补给,亦是畲族重要生产手段,正如《高皇歌》中所唱。

龙麒自愿官唔爱,
京城唔掌广东来;
自愿唔爱好田地,
山场林上自来开。

龙麒自愿去作山，
去侬皇帝分江山；
自耕林土无粮纳，
做得何食是清闲。
龙麒起身去广东，
文武朝官都来送；
凤凰山上去落业，
山场地土由其种。
凤凰山上去开基，
作山打铣都由其；
山林树木由其管，
旺出子孙成大批。
……
凤凰山上鸟兽多，
若好食肉自去罗；
手擎弓箭上山射，
老虎山猪麂鹿何。

[《畲族高皇歌》]

　　《高皇歌》对畲族生产生活的记述是一种极具现实性的描绘，它相对客观地反映了从远古至明清乃至中华人民共和国成立后相当长一段时间畲族人民对荒山的开垦状态。总之，自食其力是畲族乃至整个中华民族自古以来的优良传统，而《高皇歌》对此劳动观的诗性表达正式这种优良传统的集中体现。

　　（四）离而不散的民族凝聚观

　　"中华民族多元一体"，因而在历史的发展中，各单一民族在交往交流交融的过程中不可避免地会出现一些摩擦，甚至战争。不过，建立于血缘、地缘及姻缘等社会关系上的人们共同体，在求得生存之机而四处迁移的过程中，通过构筑彼此共享的语言，特别是文化符号以实现"离而不散"的新社会结构，则成为集体生活的必然选择。为了维系这种历史记忆不因时间流逝与空间隔阂而使个体遗忘，借用不同文化表现形式以形成为大众所认可且便于记忆的符号系统则是凸显集体智慧的重要途径。史诗是口传文学的典型代表，它不仅在神话叙事中传递了民族起源及信俗特征等信息，也于民族发展的记述中强化着民族聚合力。

在分析"重章叠句的修辞之美"时，曾引述《高皇歌》的两个叙事片段——"族裔回想先祖功绩"和"迁徙过程以及婚配模式"表明，建立于以盘瓠为基础的祖先崇拜，是畲族在"大分散、小聚居"生活格局下仍能保持认同的根本原因。如将《高皇歌》同仪式活动——成年礼和丧葬礼、书面记载——宗谱（谱序）及图像艺术——祖图长联相结合，这种符号认同系统就更为凸显了。[①] 其实，针对民族凝聚力最具警示性的符号还是来自诗性话语的世代传承，这在《高皇歌》的结尾处得到了进一步升华。

盘蓝雷钟一宗亲，
都是广东一路人；
今下分出各县掌，
何事照顾莫退身。
盘蓝雷钟在广东，
出朝原来共祖宗；
今下分出各县掌，
话语讲来都相同。

---

① 参见孟令法《口述、图文与仪式：盘瓠神话的畲族演绎》，《湖北民族学院学报》（哲学社会科学版）2017年第1期。

> 盘蓝雷钟一路人,
> 莫来相争欺祖亲;
> 出朝祖歌唱过了,
> 子孙万代记在心。
> 盘蓝雷钟一路郎,
> 亲热和气何思量;
> 高辛皇歌传世宝,
> 万古留传子孙唱。

[《畲族高皇歌》]

  包含创世成分的畲族史诗《高皇歌》,体现了多元的美学价值和诗性智慧,它在既在记述合理想象的神圣事件时,彰显了畲族人民的"忠勇"性格与"诚信"作风,又于现实生活的描摹中,凸显了畲族人民自力更生的劳动观和离而不散的凝聚力。畲族史诗《高皇歌》同其他民族的口头叙事传统一样,共享了人文初祖等叙事母题,歌唱英雄、称颂劳动、维护国家利益、体恤民众疾苦是中华优秀传统文化不可分割的重要组成部分,对铸牢中华民族共同体意识发挥着不可多得的优势力量。

思考题

1. 畲族史诗《高皇歌》与畲族创世史诗《高皇歌》有何异同?
2. 如何理解《高皇歌》重章叠句的修辞之美,及其与《诗经》"国风"的联系?
3. 《高皇歌》的诚信忠勇观表现在哪些方面?
4. "中华民族共同体"在《高皇歌》中如何反映?

第四章 南亚语系孟高棉语族创世史诗

第一节 德昂族创世史诗《达古达楞格莱标》

一 概论

《达古达楞格莱标》是德昂族口传创世史诗，讲述了人类的起源以及世间万物的起源与发展。该史诗于20世纪60年代初，采集自保山市潞江坝大中寨。随着文化交流的日益频繁，这一史诗逐步在全国唯一一个德昂族聚居乡德宏傣族景颇族自治州三台山德昂族乡流传开来。

"达古达楞格莱标"是德昂族语汉语音译，"达古达楞"是阿公阿祖的意思，"格莱标"是难以忘却且不能忘怀的故事之意，连起来"达古达楞格莱标"的意思就从祖先那里流传下来的不能忘却的故事。

史诗共556行，最早的汉语文本发表于1981年《山茶》期刊的第2期，是长篇的韵文体叙事作品，由保山潞江坝的德昂族艺人赵腊林演唱并翻译，时任德宏州州委宣传部干部陈志鹏整理，2008年被收入我国第二批非物质文化遗产保护名录的民间文学项目类别，序号552。《达古达楞格莱标》也被称为古歌，以"格丹"曲调演唱，全诗分成六个部分，第一部分是序歌，其余五个部分分别以数字标注。

从创世史诗《达古达楞格莱标》的内容来看，其具有较高的史料价值。史诗在口耳相传的过程中，一代又一代的民间艺人对生活细致入微的观察、深邃的分析以及记诵与表演史诗，使得整个故事在流转中展现出鲜明的地方特色和民族文化特点，充分展示了德昂族生产生活习俗、服饰文化、音乐艺术、人文地理、伦理道德、价值观念等方面的内容。从宇宙的起源、天体的形成到人类的诞生，从家庭形态到信仰崇拜，从自然到社会，从物质到精神，凡德昂族先民所实践的、思考的和体验的一切，无不囊括其中。在这部史诗中，我们可以洞察早期人类的思维观念，诸如时空观念、数字观念、婚姻关系、生活场景等，因此，在某种意义上说，德昂族及其古老的文化，都可通过《达古达楞格莱标》"叙"出来。可以说这部史诗的叙事具有"文史兼涵""史传化"的特点。同时，这部史诗具有构建社会文化形态、塑建社会文化人格的文化功能。

二 精彩诗篇故事情节举例

（一）开天辟地[①]

很久很久以前，天界一片繁华，到处长满了发着翡翠一样光芒的茶树，片片茶叶成双成对地长满了树枝。这些茶树可不是普通的茶树，他们是孕育万物的神树，就连日月星辰也是这些茶树上的茶叶精灵变化而成的。金灿灿的太阳由丰硕的茶果变化而来；银色的月亮是盛放茶花的化身；数不清的满天星斗是眨着眼的茶叶变成的；洁白的云彩是飘散开来的茶树的披纱；璀璨的晚霞是茶树华丽的衣裳。

然而与此形成鲜明对比的是荒芜的大地，大地空茫茫的，一片荒凉，没有水，没有石头，没有泥土，没有动物，没有植物，也没有人，只有轰隆隆的雷声和整日里呼啸不止的狂风。

天界里的茶树们看到了大地的荒芜，非常心痛，想让大地也像天

[①] 详见德宏州文联编《崩龙族文学作品选》，德宏民族出版社1983年版，第141—143页。

界一样美丽。茶树们日思夜想,希望能够想出一个办法让大地变得繁华起来。他们想啊想,想了三百六十五年,还是找不到答案。一棵小茶树想得入迷,以至于忘记了吃饭,忘记了睡觉,小茶树的脸色日渐发黄,身体日渐消瘦,但是依然没有想出一条妙计。小茶树很失望,怨恨天庭的不公平,小茶树的怨气惊动了智慧之神帕达然①。帕达然把茶树们叫到跟前,询问他们:"你们有什么疑问就对我讲,千万不要胡思乱想,因为邪念会带来灾难。"听了帕达然的话,茶树们脸色发白,纷纷低下了头,由于担心惹怒了智慧之神而浑身颤抖、冷汗直流,他们纷纷下跪,祈求智慧之神的原谅。

然而那棵过度焦虑、脸色发黄的小茶树却纹丝不动地挺起腰杆直立着,她抬起头望着帕达然,问道:"尊敬的帕达然啊,为什么天上如此繁华?而地上却如此凄凉?我们为什么不能到地上生长?"

帕达然声若洪钟地回答道:"因为地上没有光亮,一片黑暗,并且到处都是灾难,如果要去到地上将会受尽苦难,并且永远不能再回到天上。"

茶树们都被帕达然的话吓住了,谁也不敢出声,只有那株焦黄的小茶树勇敢地站出来,她说:"尊敬的帕达然啊,只要大地永远长青,我愿意去尝苦水。"

帕达然心中暗自赞叹小茶树的善良和勇敢,他多么希望有勇士站出来,使大地变得生机勃勃,于是他决定试探一下小茶树的意志和勇气,他说道:"小茶树,你可要想仔细了,地上可不像天上一般清平吉乐,不像天上这般舒适安康。如果下到地上去,那么将会有一万零一条冰河、一万零一座火山和一万零一种妖怪等着你,你将要遭受一万零一次磨难。"小茶树低下头,眨了眨眼睛,沉默了片刻之后抬起头来,用坚定的语气对智慧之神说道:"尊敬的帕达然,请你相信我的决心。"智慧之神见小茶树主意已定,决定帮助小茶树实现愿望。

---

① 帕达然:德昂语,意为智慧之神、万能之神,是德昂族传统文化中至高无上的尊者。

帕达然刮起一阵狂风，霎时间天空电闪雷鸣，天门被打开了。大地上飞沙走石，狂风中小茶树的身子被撕碎了，小茶树身上的一百零两片叶子被卷了起来，随后一百零两片叶子变成了五十一个精悍的小伙子和五十一个美丽的姑娘。

一百零两个姑娘和小伙随着风沙在天空中飘荡，他们被大风扬起的沙子迷住了眼睛，什么也看不见，在黑暗中相互碰撞，找不到方向。姑娘和小伙们失声痛哭起来，哭声惊动了天界的朋友们，大家赶紧跑来帮忙。太阳搬出了金钵，月亮端出了银盘，星星射出了光芒，大地被照得一片明亮。

（二）人类起源[①]

快乐的日子持续了没多久，突然一阵黑风横扫大地，把相亲相爱的兄弟姐妹们吹得四处分散。姐妹被吹到空中，弟兄被打在地下，黑风狞笑着走了，云天隔断的兄妹只能远远相望。姐妹们眼泪汪汪地哭诉道："难分难舍的哥哥哟，江河里流着共同的泪水，草木上附着共同的皮肉，百花里洒着共同的血汗，青石上留着共同的誓言，竹蓬下埋着共同的理想。再死再生九万次，也要紧紧贴在你身上。"

兄弟们抬起泪汪汪的双眼望着天，深情诉说相思之苦："骨肉相连的姐妹哟，早上望你望得眼睛花，白天望你望得碎断肠，黄昏望你望得面憔悴，晚上望你望得心发慌，三更望你望得脖子僵。再生再死九万次，也要象茶花茶果命相连。"

兄弟们往上跳想抓住亲人，姐妹们把云彩向下按，想够着亲人，但是过了很多年，兄妹们还是只能隔云相望。于是姐妹们把云彩搓成线，要拉弟兄上云端；弟兄们搬土堆高台，要接姐妹们下凡尘。然而一阵风吹过，云彩搓成的线断了，一场大雨过后，兄弟们垒起的高台轰然倒塌了，一切努力都付之东流。所有想到的办法都用尽了，弟兄

[①] 详见德宏州文联编《崩龙族文学作品选》，德宏民族出版社 1983 年版，第 143 页。

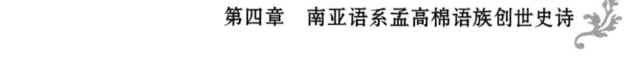

们耗尽力气,在森林中静静歇息。

最小的弟弟达楞①最贪玩,扯下一根青藤绕成圈,套小草、套树枝,向上一丢竟然套住了云彩,达楞灵机一动,用尽力气把藤圈往天上丢去,藤圈套住了小妹亚楞②,亚楞落在了地上。

达楞套下亚楞的奇迹,提醒了躺着的弟兄们,大家连忙起身劈开荆棘扯下青藤,编成结实的藤圈。终于五十个姑娘回到了地上,兄弟姐妹再次团圆。团聚后的兄妹们到江河里嬉戏,看到静静的河水过于孤单,于是就把泥巴洒进水里,泥巴变成鱼虾蟹蚌。兄妹们来到山林,草木和岩石拉着兄妹们讲述自己的孤独和凄凉,兄妹们就用泥巴变出了百兽和百鸟,于是山林有了欢歌,百兽围着兄妹们跳起了舞,百鸟绕着兄妹们唱起了歌。婉转悠扬的歌声拨动了兄妹们的心弦,大家一起唱唱跳跳。五十个姐妹跳舞跳得尽兴,解下了套在身上的藤圈,没想到一下子飞了起来,只剩下最小的妹妹亚楞,因为忙着向达楞倾诉爱情,没有取下藤圈而留在了地上。五十个姐妹上了天,五十个兄弟哭断肠,从此德昂族流传下来"腰上箍着藤圈的姑娘靠得住"的谚语。

留下来的达楞和亚楞在岩洞里居住了下来。太阳升了又落,月亮缺了又圆,达楞和亚楞有了儿子和姑娘,人丁兴旺起来了。

(三) 农业起源③

此时的大地仍然是光秃秃的,兄弟姐妹都很苦恼,怎样才能让大地一片繁荣呢?帕达然告诉茶叶兄妹:"舍掉身子,大地就会有衣裳了。"

兄弟姐妹们顿时醒悟过来,割下身上的皮肉,搓碎了撒到地上。大的皮肉变成了郁郁葱葱的大树,小的皮肉变成了青翠欲滴的小草,

---

① 达楞:男人的祖先。
② 亚楞:女人的祖先。
③ 详见德宏州文联编《崩龙族文学作品选》,德宏民族出版社1983年版,第148—149页。

兄弟姐妹们身上的筋变成坚韧的青藤。弟兄姐妹们的汗水和鲜血洒在草木上，变成了绚丽的花朵。从此，大地绿草如茵，高大的龙竹和各式树木长满了山谷和平地。

兄弟姐妹们把鲜美的颜色撒给百花，百花有红、有白、有紫、有黄，唯独留给茶花的颜色最普通——碧绿的花托、嫩黄的花蕊、洁白的花瓣。兄弟姐妹们请来太阳和月亮，把茶果碾成粉末，撒到百花上，茶粉所到之处结出百果，有酸有甜，而茶果只留下苦涩的味道。兄弟姐妹们牺牲自己成全大家的美德，永远受到世人的称赞。

二 德昂族创世史诗《达古达楞格莱标》体现的美学特征

（一）修辞之美

史诗《达古达楞格莱标》的美学特征在开篇就清晰可见，创作者带着深深的情感，运用拟人化和以己度物的隐喻，将德昂族传统文化中被视为万物之祖的茶树人格化，塑造出了有情感、爱心、善良、勇敢的小茶树形象。同时，小茶树虽然具有了人的情感特征，但依旧保持了茶树作为植物本身的特点，兼顾了物与人、物与物之间原有的关系，以及自然和生活的规律。

>天空五彩斑烂，
>大地一片荒凉，
>时时相望的天地啊，
>为什么如此大不一样？
>茶树在叹息，
>茶树在冥想。
>有一株茶树想得入迷，
>忘记了饮食，
>忘记了睡觉，
>身体消瘦脸色发黄。

第四章 南亚语系孟高棉语族创世史诗

它想呀想呀想呀想,
想了三百六十五天,
想了三百六十五年,
还是找不到答案。
茶树的怨气惊动了帕达然,
帕达然把茶树细盘:
"有什么疑问就对我讲,
千万不要胡思乱想,
一丝一毫的邪念,
也会带来万事难解的灾难。"

九百九十九棵茶树低下了头,
九百九十九棵茶树愁眉不展,
九百九十九棵茶树脸色发白,
九百九十九棵茶树发抖打战,
九百九十九棵茶树下跪磕头,
九百九十九棵茶树冷汗直淌。
只有一株焦黄的小茶树,
纹丝不动地挺着腰杆,
抬头望着帕达然,
双眼凝视苦思想。

"尊敬的帕达然啊,
天上为什么繁华?
地下为什么凄凉?
我们为什么不能到地下生长?"
帕达然双掌合拢,
声音像洪钟一样:

"天下一片黑暗,
到处都是灾难,
下凡去要受尽苦楚,
永远不能再回到天上。"

帕达然的话像寒冷的冰霜,
打在每株茶树的身上。
帕达然的话像锋利的尖刀,
戳在每株茶树的心上。
帕达然的话像千斤铁棒,
砸在每株茶树的头上。
只有那株焦黄的茶树把话讲:
"尊敬的帕达然啊,
只要大地永远长青,
我愿意去把苦水尝。"

帕达然暗暗称赞,
为了开出繁华的世界,
再把小茶树来试探:
"小茶树可要仔细想想,
地下有一万零一条冰河,
一万零一座火山,
一万零一种妖怪,
下去要遭一万零一次磨难。
不像天上清平吉乐,
不像天上舒适安康。"

小茶树眨了九十九次眼睛,
扳了九十九次指头,想了又想把主意打定:

"尊敬的帕达然呵,
请你开恩,请你帮忙,
让我到天下去把路闯……"
小茶树的话还没有说完,
一阵狂风吹得天昏地暗,
狂风撕碎了小茶树的身子,
一百零两片叶子飘飘下凡。
……

[《崩龙族文学作品选·达古达楞格莱标(一)》]

(二) 音乐之美

史诗《达古达楞格莱标》通常以演唱的形式在传统社区进行传承,史诗的演唱曲种称为《格丹》,《格丹》的演唱主要在婚礼场合进行,也称《婚礼歌》。格丹曲调,音调平缓,叙事性较强。全曲下滑音较多,从第一小节开始到结束,几乎都有滑音,成为德昂族音乐的一大特色。第一小节为一个较为突出的装饰长滑音,以后每一个小节都贯穿着比较压抑、低沉的滑音。音乐结构多为曲调的变奏重复,唱词的长短使得每一段音乐有所变动。每每在听完民间艺人演唱《达古达楞格莱标》之后,人们都会因为其音乐悲伤、哀婉的特征而唏嘘感叹。

三 德昂族创世史诗《达古达楞格莱标》蕴含的诗性智慧

德昂族创世史诗《达古达楞格莱标》全篇展现的是中国传统文化中的茶文化。中国的茶文化,本身就是一种诗性文化。中国是茶文化的发祥地,早在悠悠万载迤远的上古时代,咏茶的神话和古歌皆是我国人类始祖的诗性智慧的产物。中国诗性的茶文化始终是一脉相承的,其传统的流脉从未中断过,且在其诗性智慧中闪现着理性思维的光芒,

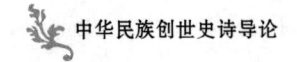

开创了独领风骚的诗话之路。

（一）世间万物由人类创造的世界观

史诗《达古达楞格莱标》开篇是这样讲述的，很久以前，天地一片混沌，茶叶化生的五十一对兄妹来到大地上，喜极而泣的眼泪化成了江河湖海。当洪水来临时，兄弟姐妹们用茶叶阻挡和驱赶洪水，洪水退后，"祖先的身躯"铺成泥土肥沃喷香的大地。洪水退后形成了东西南北四个方向、寒热暖凉的不同季节以及河谷山川。兄弟姐妹割下身上的皮肉，撒到地上的皮肉变成了绿草、树木和青藤，鲜血滴在草木上，于是"四季都有绿叶红花"。兄弟姐妹给了百花红、白、紫、黄等各种浓淡不一的颜色，唯独把纯洁的白色留给自己。白色的茶花结出的茶果传子孙，而鲜艳的百花却不长久，于是兄弟姐妹们把茶果碾成粉末，洒在百花上，于是百花结出美丽可口的百果，而茶果只留下了苦涩的味道，史诗告诫人们"吃着香甜的桃李菠萝，莫把结子的茶果遗忘"……兄弟姐妹结成双，把泥巴撒进山洞变出百兽，把泥巴撒进山林变出百鸟。最小的弟弟和最小的妹妹——亚楞和达楞用竹木茅草搭建房屋，牵回鸡鹅、鸭猪、牛羊，百草结籽使人类有了粮食。史诗阐明，因为水土不同、饮食习惯不一样，形成了皮肉黑白红黄、说话高低快慢的不同民族，强调各民族源自同一祖先，有同一个心肠，要战胜一切妖魔，必须依靠集体力量的民族团结精神。史诗表明人们战胜困难的信心和决心是强大的，战胜困难要靠自己。

（二）返璞归真的生态观

1. 自然之美

史诗《达古达楞格莱标》以茶为核心展开叙述，表现了大自然的生态之美。生态之美源于生物多样性，它构建了人类生存和发展的基础，是地球生命共同体的血脉和根基。尊崇生态之美、人与自然和谐共生的理念是中华优秀传统文化的精髓。

第四章　南亚语系孟高棉语族创世史诗

史诗开篇部分讲述了开天辟地时大地一片浑浊，无比荒凉，黑暗中到处都是灾难。与之形成强烈反差的是天上的景象。

> 天上美丽无比，
> 到处是茂盛的茶树，
> 翡翠一样的茶叶，
> 成双成对把枝干抱住。
> ……
> 茶叶是茶树的生命，
> 茶叶是万物的阿祖。
> 天上的日月星辰，
> 都是茶叶的精灵化出。
>
> 金闪闪的太阳，
> 是茶果的光芒；
> 银灿灿的月亮，
> 是茶花在开放；
> 数不清的满天星星，
> 是茶叶眨眼闪光；
> 洁白的云彩，
> 是茶树的披纱飘散；
> 璀璨的晚霞，
> 是茶树的华丽衣裳……
>
> [《崩龙族文学作品选·达古达楞格莱标（一）》]

茶从一片绿叶转化为具有大自然灵性的神性化身。德昂族同胞把茶奉为祖先，将自然视为活的生命、美的主体，养成了尊重自然、敬畏自然的优良品质。

2. 融合之美

史诗《达古达楞格莱标》展现了天人合一的融合之美。整部史诗的叙事充分展示了中国传统诗学中的"道、易、味、神、兴、象外、交感、游"的功能,通过曲折动人的情节来制造生动、变化,拓宽人们想象的空间,通过审美交感而达到将主体提升到与宇宙本体同一的自由之境。

> 小茶树眨了九十九次眼睛,
> 扳了九十九次指头,
> 想了又想把主意打定:
> "尊敬的帕达然呵,
> 请你开恩,请你帮忙,
> 让我到天下去把路闯……"
> 小茶树的话还没有说完,
> 一阵狂风吹得天昏地暗,
> 狂风撕碎了小茶树的身子,
> 一百零两片叶子飘飘下凡。
>
> 天空雷电轰鸣,
> 大地沙飞石走,
> 天门像一支葫芦打开,
> 一百零两匹茶叶在狂风中变化,
> 单数变成了五十一个精悍伙子,
> 双数化为二十五对半美丽姑娘。
> 茶叶是德昂的命脉,
> 有德昂的地方就有茶山。
> 神奇的传说流传到现在,

德昂人的身上飘着茶叶的芳香。

[《崩龙族文学作品选·达古达楞格莱标（一）》]

中国文化崇尚天人合一的和谐理想境界，史诗《达古达楞格莱标》从一个有机、完整的空间开始展开叙事，其有机的整体观内化为史诗文本中的天人合一观念。天人合一观念又以天人同构的和合观念为基础，于是有机、统一、同构、和合的内涵跃然其间。茶叶化生的兄妹通过以交感思维，得以与天地、日月星辰、自然展开对话，这种相互感应、互动，以至于和合、化生的关系，达到了天人合德、天人合情、天人合思、天人合道的境界。

3. 回归之美

返璞归真，自然最美。史诗《达古达楞格莱标》的字里行间均展现了回归大自然的诗意理念。诗意的栖居是海德格尔提出的生态美学观。海德格尔认为："人的一切劳作和活动，都是文化，而文化始终只是并且永远都是一种栖居的结果，这种栖居却是诗意的。"

……
要叫子孙生存，
亚楞和达楞仔细商量。
砍来竹木搭屋架，
割来茅草盖起房，
水里引来鸡鹅鸭，
山中牵回猪牛羊，
百草结籽来报恩，
人类从此有食粮。
过着快乐的日子，
切莫忘记祖先创业的艰难。

  达楞和亚楞的子孙，

  住满了平坝和高山，

  歌颂祖宗的恩情，

  光靠嘴巴音调太简单。

  种出葫芦做芦笙，

  砍根青竹做吐良，

  竹篾做出巧口弦，

  掏空树心敲大鼓，

  捏搓黄铜做出钹和铓，

  世世代代把祖先的恩情歌唱。

  ……

[《崩龙族文学作品选·达古达楞格莱标（五）》]

  诗意栖居倡导人类应当审美地生存，人与自然应当建立起亲和的友好关系；诗意的栖居最根本的目的就是让人回归自然、贴近自然，并感受自然、聆听自然。历史上，德昂族被誉为"古老的茶农"，德昂族同胞世世代代种植茶叶，他们聚居的地方，漫山遍野是郁郁葱葱的茶园，在长期的历史发展过程中，德昂族同胞形成了与茶密不可分的物缘和业缘关系，以茶传情，以茶达意，是德昂族同胞的生活习俗。德昂族传统的酸茶制作工艺已经被纳入国家级非物质文化遗产名录。在日常生活中，德昂族同胞一日不可无茶，以茶为伴的诗意栖居生活是德昂族村寨的特色之一。

  （三）中华儿女一家亲的民族观

  云南民族文化始终呈现出和融共生的特征。26个世居民族同源异流、异源合流而又源流交错，以及你中有我、我中有你而又各具个性，形成了汉族与众多少数民族长期共存的民族人口结构和基层社会结构。云南各民族儿女一家亲的观念体现在史诗的结尾部分，史诗是这样描写的。

第四章 南亚语系孟高棉语族创世史诗

人类在四面八方生长，
水土不同吃的不一样，
皮肉分黑白红黄，
说话有高低快慢，
同一祖先的人分成各民族，
各族人民都有一个心肠。
各民族都用不同的歌舞，
把达古达楞的功绩颂扬。
各民族都是一个祖先传下，
亲弟兄要永远友爱互相帮忙。

[《崩龙族文学作品选·达古达楞格莱标（五）》]

在云南众多民族的创世神话中，不同民族都源于一个共同出生地或一个母体的说法属于共源性母题类型，是较为普遍的。德昂族创世史诗《达古达楞格莱标》在此也提供了具有德昂族特色的多民族起源叙事。

德昂族创世史诗《达古达楞格莱标》以生动的叙事、以己度物的隐喻以及朴实哀婉的民间音乐为美学特征，以世间万物由人类创造的世界观，天人合一的生态观，中华儿女一家亲的民族观，赋予了这部史诗理性的光芒。这部史诗与多个民族的史诗共享了大洪水、兄妹婚、万物共生等叙事母题，为铸牢中华民族共同体意识提供了强大的精神动力。

思考题

1. 举例说明德昂族创世史诗《达古达楞格莱标》的当代价值。
2. 如何实现德昂族创世史诗《达古达楞格莱标》的视觉化呈现。

第二节　佤族创世史诗《司岗里》

一　概述

"司岗里"史诗广泛流传于中缅佤族当中，主要盛行于中国临沧市沧源、耿马、双江以及普洱市西盟、孟连、澜沧等县的部分区域，还有缅甸掸邦第二特区佤邦勐冒县的公明山、昆马、营盘、岩城等地区。沧源、耿马、双江、澜沧、公明山、昆马等地是佤族巴饶支系比较集中的区域，西盟、孟连、营盘、岩城等地是佤族阿佤支系的主要分布区域，两个支系分别使用巴饶方言和阿佤方言，两个方言之间差异较大，以上两个区域形成了相对独立的方言区，所传承的"司岗里"史诗具有比较鲜明的地域特色和族群支系特点。

"司岗里"是佤语音译，阿佤支系多解释为"人从石洞出"，巴饶支系则普遍解释为"人从葫芦生"，后者又称"司岗格"，"格"有诞生、再生、重生等意。"司岗里"史诗是佤族关于宇宙万物起源、人类繁衍发展、文化创造及文明发展的想象性叙事，通常由年长的智者在不同仪式场景中以特定的节奏或曲调念诵或吟唱，有些内容也通常由其他歌手在不同的场合吟唱。

"司岗里"史诗较早的记录本是《西岗里》(1960)[①]和《葫芦的传说》(1980)，都主要搜集于巴饶方言区，属于"人从葫芦生"叙事，前者篇幅较短，后者篇幅稍长。此后又有一些片段被搜集整理并收录于一些佤族歌谣集。具有一定规模的是2009年出版的创世史诗《司岗里》，主要是关于"人从石洞出"的叙事，包含一小部分"人从葫芦生"的相关内容。创世史诗《司岗里》主体部分由"引子"、二

[①] 中共沧源县委宣传部、云南民族民间文艺沧源调查队合编：《沧源县佤族长诗选》（油印本），内部资料，1960年，第1—7页。

十六章主体部分、"尾声"组成。"引子"主要展示神灵、祖先谱系,并引出整部史诗的意义;主体部分主要包括创世、洪水、女始祖妈侬繁衍后代、部落首领带领人们求生存谋发展等,以及洪水再生、人类出司岗、创造文化发展生产等内容;"尾声"主要是这些内容的总结性叙述。创世史诗《司岗里》是在"司岗里史诗原始资料"的基础上合理吸收神话传说内容,并采用一定的文学手段创编而成的,在保留史诗原唱内容和风格的同时,内容更丰沛,逻辑更清晰,叙事和抒情更细腻,艺术表现方式更灵活,诗性也更饱满。出版于 2010 年的佤汉双文《司岗里史诗原始资料选辑》(以下简称《选辑》)基本保留活态"司岗里"史诗的原貌,佤文是根据汉文资料回译而成的,不是史诗口头语言的直接还原,以下文本分析主要以其汉文内容为例。《选辑》中的叙事歌和抒情歌包括追述太古神灵创世、缅怀祖先、歌颂团结的各种诗歌,有些具体内容也包含"辞"(以念或诵为主),但已被歌手进行一定程度的艺术创编,以词当句、极简短句等语言形式变成了短句、长句、语段等不同句式;与神和祖先的虔诚对话也在很大程度上变成了较为轻松的叙事和抒情;祭祀对象变成了缅怀对象或歌颂对象等。此外,佤族史诗片段还分散在一些歌谣集或故事集里,可以很好地补充"司岗里"史诗专门记录本,综合起来看,可见其独特的诗歌美学特征和诗性智慧。

二 精彩诗篇故事情节举例

(一) 宇宙起源和人类起源[①]

连姆娅、司么迫划开宇宙、天地,分出阴阳,天神俚磨出了天,变成了太阳神,地神伦堆出了地,变成了月亮神。列神舔出平原,勒

[①] 毕登程、隋嘎:《司岗里》(佤族创世史诗),云南人民出版社 2009 年版,第 1—10 页。

神捏出山峦。日月星辰、高山河谷、阳光雨露都有了,动物植物也有了,真是天地开辟万物生。

始祖母妈侬是人类的原初妈妈,诞生于动植物的大家庭。原初妈妈生安姆拐,安姆拐是妈妈的三姑娘,大姐二姐都夭折。安姆拐是人类的第二位圣祖母,生下的龙凤胎岗和里,儿子岗,女儿里,都是带领祖先走出司岗的大首领,从此人类得以繁衍。

(二) 洪水暴发与兄妹乱伦[①]

第一次大洪水是众神的矛盾造成的。雨雾神努和风水神吹都比较自大,在一次追金马鹿的过程中,吹让金马鹿跑掉了,众神很不满,加上吹经常制造大风,达能也听够了众神的怨言,并劝吹不要再刮大风了,但吹声称自己生来无拘无束,达能一脚就把吹的肚子踢破了,吹的肚子立马就哗哗啦啦喷出大水,洪水淹没了峡谷和山巅,浪花拍击着蓝天,万物伤亡惨重,始祖母妈侬孤独无助地漂在茫茫洪水中,达能通过马鬃蛇送给妈侬一个大葫芦,妈侬抱着大葫芦漂到了达能身边。

还有一次洪水,来得莫名其妙,还伴随着瘟疫和很多怪事。莫伟神托梦给牙东奶奶,说是雷神和虹神兄妹俩相爱了,人们惩罚兄妹扫寨、祭神,人们从此严禁同姓婚,也更懂得廉耻。

世上再次暴发大洪水是怪兽(克兰克来)、野牛(磨外扑列)糟蹋大地、踢踏山谷,接着又是暴雨不断,引起洪水淹没万物。这次各民族先民在今缅甸佤邦境内的跨莫,汉族、彝族、傣族、佤族等在分文字、分珍宝、器具等,并将分别各寻住地。但是,各民族舍不得分开,就开始唱歌跳舞诉衷肠,最后还是被突如其来的洪水冲到四面八方。

[①] 毕登程、隋嘎:《司岗里》(佤族创世史诗),云南人民出版社2009年版,第14、82、94页。

(三) 走出司岗[①]

人们生活在石洞里,很温暖,但又暗又不方便,磨外扑烈乱跳乱踢的时候还震塌了石洞,各族人哭喊着想走出山洞。画眉鸟飞遍山林告诉万物石洞里有声音,万物从四面八方跑来听,最后听出是人类被压在石洞里,万物都说要帮助人类出来,唯有树木不同意,原因是人类乱砍乱烧树。蜘蛛与树比赛,以输赢决定人类可不可以出来,树扯不断蜘蛛网,所以人就得出来。安姆拐也告诉前来请示的夜鹰,人类应该出来。野牛、大象、犀鸟、鹦鹉等动物依次打开石洞,都没有成功,最后是小米雀和苍蝇合作打开了石洞,但老虎又等在洞口等着吃人,并说要先吃爱打猎的男人,老鼠咬了老虎的尾巴,人趁着老虎团团转时出来了,佤族、彝族、傣族、汉族都出来了。走出司岗后,人们开始学习劳动生产、创造文化。佤族巴饶支系吟唱的"走出司岗",多指因善良而成为唯一洪水遗民的男祖先与母牛结合后产下葫芦,万物和人类各族祖先从葫芦里再生。

三 佤族创世史诗《司岗里》的美学特征

"司岗里"史诗在长期传承的过程中形成了独特的艺术传统,已搜集整理成文的,结构布局、叙事技巧、抒情方式、修辞手法以及意象内涵等,都比较集中地体现佤族史诗独特的诗歌美学特征。

(一)《司岗里》史诗的叙事结构

佤族史诗多由老年智者在岁时节令、婚丧嫁娶、贺新房等仪式中念诵或吟唱,其表现形式通常是祝辞或祭辞、古歌等。不同性质的仪式中所念诵或吟唱的史诗主题内容不尽相同,都主要围绕特定仪式的主旨进行发挥,而即便是同一个人对同一种主题内容的每一次念诵或吟唱也都不尽相同,由此形成了"每一次表演都是具体的

[①] 毕登程、隋嘎:《司岗里》(佤族创世史诗),云南人民出版社2009年版,第36页。

歌"①，从而也引起叙事结构的相对不稳定性。不同的"辞"或"歌"除了包含祈福禳灾内容以外，大多还追述远古"创世"、文明源头、祖先功绩等重要"史事"，并反复强调后人是沿着祖先足迹而生存发展的，后人应该遵循祖训，按传统把敬神灵、尊祖先、助发展、美生活的仪式举办妥帖。史诗的每一次念诵或吟唱基本都是这些内容的重新组合，在相对稳定的叙事模式和抒情基调的基础上，主题、结构随仪式场景而变。

《选辑》中史诗的基本叙事结构主要呈现为对想象中标志性事件的线性叙述，即创世—人类起源和发展—洪水淹世和人类再生—文化创造和发展，其中穿插着关于族群关系、祖先迁徙等内容。相当于叙事主线之外灵活地滋生出其他情节，使史诗的叙事内容更鲜活、饱满，叙事结构也更完整。

(二)《司岗里》史诗的叙事技巧和抒情方式

史诗中叙事和抒情并重，相得益彰。叙事以追述为主，并从历时性角度叙述不同的事件，以此展示想象性历史轨迹。抒情多表现为因叙事对象而产生的感怀，或在当下特定场景中有所感触而借景抒情或直抒胸臆。在非神圣性叙事歌和抒情歌的吟唱中，还通常穿插现时独白或对话，形式极为灵活。

1.《司岗里》史诗的叙事技巧

叙事是《司岗里》史诗的主要艺术表现方法之一，整体上展现出较强的线性叙述，基本脉络为创世、人类繁衍发展、文化创造等，以折射社会历史文化变迁的规律。整个叙事的纵向结构通常被勾勒为比较清晰的神灵谱系和祖先谱系，如"司岗里祈祷词"，仅由一组神灵和祖先的谱系及表呼唤、安抚魂灵之词"吧"的重复形式构成。

---

① [美]阿尔伯特·贝茨·洛德:《故事的歌手》，尹虎彬译，中华书局2004年版，第145页。

第四章　南亚语系孟高棉语族创世史诗

连姆娅—司么迫—帕—匹—俚—伦—列—勒—历—弱—寡—团—喷—能—努—吹—侬—拐—岗—里—佤—万，吧、吧、吧！①

谱系中的神灵基本都是自然神和创造神，从女始祖"侬"开始为祖先神。根据史诗的实际演述传统，其实并非有哪个智者或歌手能完整地念诵或吟唱这一长串谱系，不同的部落或村落在习俗中通常从某一神灵开始念诵或吟唱。类似的念诵或吟唱还有"大布拆祭祀滴酒词"，如下所述。

[向左滴酒] 莫伟马：连姆娅、司么迫、俚、伦、刻也、斯你、醒木文！

[向右滴酒] 莫伟岱：帕、匹、列、勒、历、弱、寡、团、喷、能、努、吹！

[向自己滴酒] 莫伟普衣：妈侬、安才拐；莫伟吉日耶：达岗、牙里、达佤、牙万！

吧—吧吧！②

这种形式不是严格意义上的叙事，却以极其简洁精练的语言，以词当句、以物喻事，寓意深远，潜含了开天辟地、人类起源及繁衍发展等"宏大叙事"，基本穷尽地观照了宇宙万物及其彼此联系，体现史

---

① 连姆娅：神格化的划天地之铁。司么迫：神格化的参与划天地、又能蘸水成雨的石头，简称"么迫"。帕、匹：阴、阳。俚：磨天之神。伦：堆地之神。列、勒：舔、捏。历、弱：蛤蟆蛋、蝌蚪，指初生的水生动物。寡、团：蛐蛐幼虫、蛐蛐。喷：芽，植物神。能：有骨动物的神、抬天的大力神，人的原初祖父。努、吹：雨雾神、风水神。参见毕登程搜集整理、隋嘎说唱《司岗里史诗原始资料选辑》，赵秀兰翻译（佤文），民族出版社2010年版，第1—3页。

② 莫伟马："莫伟"是天、地、人之大神，"马"指天，"莫伟马"即天莫伟。刻也：月亮。斯你：太阳。醒木文：星星。莫伟岱：地莫伟。莫伟普衣：人莫伟。莫伟吉日耶：可译为"日耶（家神名）莫伟"或"半个莫伟，半个日耶"；"吉"只是带音。参见毕登程搜集整理、隋嘎说唱《司岗里史诗原始资料选辑》，赵秀兰翻译（佤文），民族出版社2010年版，第5页。

诗较强的叙事功能。史诗中也有已经形成一定叙事技巧的祭祀歌，如以下诗行。

[说] 司岗里哎司岗里，
我们都是从司岗里出来的啊！
[唱] 司岗里哎司岗里，
从那里出来啊，
从那里！
从那里我们出来，
从那里出来啊出来。
历、弱和寡、团很古，
从它们演化啊，
从它们！
从它们我们演化，
从它们演化啊演化。

妈侬和安木拐很古，
从她们繁衍啊，
从她们！
从她们我们繁衍，
从她们繁衍啊繁衍。

达岗和牙里很古，
从他们发展啊，
从他们！
从他们我们发展，
从他们发展啊发展。

[《司岗里史诗原始资料选辑·三·司岗里祭祀歌》]

第四章　南亚语系孟高棉语族创世史诗

祭祀歌从历时性角度以远观的姿态重复追述生命的源头和祖先的来源，展示一个简洁的生命谱系，叙事内容简单，叙事技巧单一。史诗叙事手法的进一步复杂化主要见于"叙事歌"。《选辑》中叙事歌也多以想象性追述为主，包括开天辟地、万物起源、人类起源与繁衍发展的整个过程，并反复强调不能忘记生命的源头、祖先的足迹等。关于万物彼此联系的认识也得以强化，形成叙事的相对复杂性和连贯性。叙事歌采用特定的曲调进行吟唱，多表达一种鉴古知今的主题，如以下诗行。

> 帕、匹的水时代很古，
> 忘记了我们怕会损失。
> 就从那时有了司么迫，
> 忘丢了我们将会毁灭。

> 俚、伦的水时代很古，
> 忘记了我们怕会损失。
> 水开始一股一股地流动，
> 忘丢了我们怕会遭毁灭。
> 很古就已经有了俚、伦，
> 各种石头都分了出来，
> 各种石头又互相杂拢，
> 我们数也数不清。

> 历、弱和寡、团很古，
> 不忘记，
> 我们不丢失，
> 不忘记，
> 我们不违背。

……
不能忘我们不能忘记，
若没有帕、匹不会有今天。

[《司岗里史诗原始资料选辑·四·司岗里叙事歌、抒情歌》]

类似内容的表现形式还可以更简洁，反复叙述祖先的事迹，尤其反复吟唱祖先的源出，如"来自司岗里"一节。

我们来自司岗里，
嗯哼嗯哼嗯哼哼。
勒尔是我们的勒尔，
很古很古。

我们来自司岗里，
嗯哼嗯哼嗯哼哼。
妈侬、安木拐出自勒尔，
很古很古。

我们来自司岗里，
嗯哼嗯哼嗯哼哼。
达岗、牙里时分男女，
很古很古。
……

[《司岗里史诗原始资料选辑·四·司岗里叙事歌、抒情歌》]

这种反复叙事的模式可见于整部史诗，由此可见史诗的基本叙事宗旨，即想象性追述神灵创世的经历、人类起源以及祖先们求生存谋发展的漫长历程，记忆式地展示佤族漫长的社会史、生活史及观念史。

2.《司岗里》史诗的抒情方式

抒情是《司岗里》史诗的一个主要表达方式，在《选辑》中也主

第四章 南亚语系孟高棉语族创世史诗

要体现在叙事歌和抒情歌的怀古、借"景"抒情等方式和手段上。

怀古是"司岗里"史诗中最主要的抒情方式,这与追述的叙事方式相应。史诗叙事和抒情的对象大多是创世神灵和远古祖先,对创世神灵的崇拜和对远古祖先的缅怀往往合二为一,史诗叙事越往后推进,对祖先的缅怀、赞颂之情就越深,启发人们认识古今联系的意义也越凸显。这与佤族传统社会的民间教化方式和宗旨有关,人们以极具感染力的方式歌唱远古祖先,以此强化集体记忆,启发当下生活智慧。

借"景"抒情通常体现为仪式中吟唱史诗时的应景现象,如"司岗里贺新房歌"所唱。

> 哎,
> 我们—跳—舞—的房子—有五棵—柱桩—,
> 哎嗨我们跳舞的房子—有—五棵—柱桩—。
>
> 哎我们—唱歌—的房子有—五十庹—啊,
> 哎嗨,
> 我们—唱歌—的房子有—五十—庹啊—。
>
> 哎同—一蓬—竹子—做啊—刀—把,
> 哎嗨,
> 同—一蓬竹子—做—刀—把。
>
> 哎司—岗啊里—我们—同—一个—崖—哎嗨,
> 司—岗里我们—
> 同—一个—崖—

[《司岗里史诗原始资料选辑·四·司岗里叙事歌、抒情歌》]

此歌因迎合贺新房情景而具有高度的"在场化",同时又格外重视

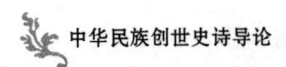

歌唱祖先来源以及族群和谐的传统内容，即"咱们的刀把一蓬竹，咱们的司岗一个源"，使史诗的艺术精神在具体仪式情景中得以延绵。

(三)《司岗里》史诗的修辞方式

《司岗里》史诗的念诵或吟唱艺术综合了各种修辞手法，但在汉语译文中未能充分反映出来。《司岗里》史诗普遍运用比兴，比兴通常体现在对偶句中，即以上句起兴引出下句，或者上句比喻下句，下句才是诗句的实际意义所在。诗句中具体表示喻体和本体的词语之间通常为对仗关系，并普遍形成严格的押韵。对偶和押韵是佤族传统韵文体的基本特点和主要成诗机制，它不仅能使诗句和谐、悦耳，还因其程式化形式而有助于强化记忆、整化全诗。诗句中一对相互押韵的词语通常也是独立的骈俪语，并可以灵活运用于不同的特定史诗中，如"西念壤，司岗格"①。

除了比兴、比喻、对偶、对仗、押韵等，《司岗里》史诗还普遍运用多次反复的手法，以表达虔诚而强烈的感情，如下文。

  哎——
  哎——
  帕和匹哎帕和匹，
  哎帕和匹哎帕和匹，
  什么也见不着，
  什么也听不到。
  什么也见不着，
  什么也听不到。
  不能忘记，
  不能丢失，

---

① 西念壤、司岗格：佤语音译。西念壤可直译为"石葫芦"，司岗格可译为"再生的司岗"。

第四章 南亚语系孟高棉语族创世史诗

> 不能忘记呀不能丢失！
> 忘记的话就会遭灾，
> 丢失的话就会吃啊亏。
>
> [《司岗里史诗原始资料选辑·三·司岗里祭祀歌》]

史诗以反复的手法加强叮嘱，同时也增强了史诗的神圣性。"不能忘记""不能丢失"是佤族传统韵文经常反复念诵或吟唱的语句，在不同的具体仪式中表现形式各异，如在沧源一带佤族的节庆、婚礼等相关仪式中通常表述为"这是白鹇的痕迹，这是祖辈的足印；我们不能错了规矩，我们不能忘了传统"等，以此增强集体文化记忆，以免遗忘或违背传统而导致不幸。除此之外，《司岗里》史诗还通常运用夸张、排比等修辞方式，极大地增强了史诗的艺术表现力。

（四）创世史诗《司岗里》的典型意象

在长期传承的过程中，佤族史诗形成了典型的原始意象"司岗"，即石洞和葫芦，如佤阿佤支系所反复念诵或吟唱的石洞或山洞。

> 我们在洞中住，
> 哎——又被洞堵着。
> 不要忘记哦不要忘记，
> 哎——是小米雀让人走出司岗。
> 是小米雀啄司岗，
> 哎嗨哎——
> 雀啄司岗炸开石头，
> ……
>
> [《司岗里史诗原始资料选辑·四·司岗里叙事歌、抒情歌》]

因多民族文化交流交融的影响，巴饶支系所吟唱的史诗又形成了"葫芦"这一典型意象，象征洪水灭世后万物和人类的再生母体，象征"新人类"、新宇宙秩序、新伦理规范的诞生。无论是石洞还是葫芦，

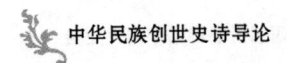

又都被叙述为各民族先民的源出，因而蕴含了同源共祖的族源观念，如以下所唱。

  哎——哎哎——哎——
  我们走出西念——壤——
  我们
  还穿扫把草鞋。
  哎——
  我们走出司岗格——

  我们——还穿蕉叶裙。
  哎——哎哎——哎——
  自从大地能结——果——
  我们——就喝一坛酒。
  哎——
  自从小牛学会叫——
  我们——就是一圈牛。

  [《司岗里史诗原始资料选辑·四·司岗里叙事歌、抒情歌》]

  这也是巴饶支系广泛吟唱的诗句，《选辑》只收录了相关片段，极为简洁的唱法是"咱们的刀把一蓬竹，咱们的司岗一个源""葫芦从不分二石，司岗从不分两个"，用"一蓬竹"比喻同一个源头或同一个祖先，"葫芦不分二石"象征祖先的统一性。在史诗的实际吟唱中，"司岗"有时是佤族祖先的源出，有时又是各民族祖先的共同母体，后者已逐渐占主导地位，所谓岩佤（佤族）、尼文（汉族或彝族）、三木傣（傣族）、赛克（汉族）等先后从司岗出来，形象地表达了佤族的同源共祖观念以及朴素的中华民族同胞情。因此，作为《司岗里》史诗的典型意象，"司岗"的象征意义已由早期狭隘、封闭的本民族同胞情转变为开放和包容的中华民族同胞情。

四 佤族创世史诗《司岗里》蕴含的诗性智慧

《司岗里》史诗是想象性叙述宇宙万物和人类文化产生、变化以及普遍联系的口头诗歌，是佤族祖先通过奇特的诗性思维所创作的口头语言艺术，在长期流传的过程中，积淀了世代佤族人朴素的观念和智慧。

（一）宇宙观和生态意识

佤族史诗关于宇宙和大地的叙述基本没有严格的区分，如《选辑》所描述的，既无穷大到整个宇宙，如气体（膨）表示构成宇宙初始形态的物质，又极其细微至昆虫、植物等事物的原初生命形态，如蛤蟆卵（历）、植物芽（普冷）等。巴饶支系则通常高度概括地把宇宙或大地的生成表述为"地球刚结果时，小牛刚哞叫时"，诗句形象生动地反映佤族先民想象中的宇宙初始形态和生命律动。

在叙述宇宙和大地的诗句中，还包含了天地关系以及万物之间的生命联系，如开天辟地后阴神（帕）阳神（匹）的诞生，天神（俚）地神（伦）磨出天和地、日月星辰，风雨云雾神也诞生了，列神、勒神造出平坝和高山，动物和昆虫的蛋卵和幼儿，植物的初芽，人类的祖先神等生命都先后出现，由此展示宇宙天地孕育万物、万物生机勃勃的生态大画卷，也蕴含着佤族先民以有序、和谐、共生为核心的朴素生态观。

（二）生命智慧

《司岗里》史诗还包含先民们对生命的感知和思考，比如关于动植物原初生命形态的解释，极为生动。

> 历、弱和寡、团很古老，
> 哎历、弱和寡、团很古老，
> 从此后有了啊生命，

从此后有了啊生命。

……

啊要说到喷和能哕！

从此后有了植物和动物，

从此后有了植物和动物。

[《司岗里史诗原始资料选辑·三·司岗里祭祀歌》]

这段诗句是关于原初生命形态的描述，由此描述可见，宇宙间是先产生动植物后有人类的，如祭祀歌"永不忘"所唱："阴阳相交生万物/不要忘哦/呃/人莫伟：妈侬、安木拐/不要忘哦/呃/她们是我们的神圣祖母……"① 史诗凸显对万物生命的整体观照以及对人类与万物亲缘关系的朴素认同感，这既是一种生命观念，同时也是佤族生态观念或生态伦理观念的具体化。此外，史诗中的生命观还体现在祖先面对生死时的达观态度，如女始祖妈侬临终前对悲伤的女儿安木拐说："生命就是一生一死/没有不落毛的斑鸠/没有不完结的人生/捏着拳头来，终必撒手而去……你要保护好自己的花朵/继续过好我们人类的生活。"② 远古母亲的语言朴实无华，却体现一种洞达生命的智慧。

（三）伦理观念

在《司岗里》史诗的叙述中，是先有天地万物后有人类，形成天地、万物、人类的生态秩序，体现人与自然的亲缘关系，也可视为史诗中的想象性"天伦"规约，天地宇宙秩序井然由此成了"创世"的最大目的和成果。史诗还通过形象生动的故事叙述了人与动物的伦理关系，"但许多动物和人一样爱吃肉/以后谁吃谁的肉/人和动物又开会商量"柞柞虫说"吃动物的肉/吃动物的肉！""哎人对牛马说虫叫的

---

① 毕登程搜集整理，隋嘎等说唱：《司岗里史诗原始资料选辑》，赵秀兰翻译（佤文），民族出版社2010年版，第27页。

② 毕登程、隋嘎搜集整理：《司岗里》（佤族创世诗），云南人民出版社2009年版，第20页。

你们也听见了/看来吃你们是天意——"①，这个诗性解释反映了人们对吃动物肉这一事实的思考及合理化，也蕴含人们对待其他物种时所持的朴素生态伦理观。此外，"人从葫芦生"叙事中洪水淹没丑恶（人类）、葫芦再生善美（人类）的内容，也蕴含着破旧立新、扬善除恶的伦理价值观。

（四）同胞观念与人类情怀

佤族史诗的"创世"叙事中都有对自然万物起源和人类起源的念诵和吟唱，想象性地表达了佤族祖先由司岗而出。而"创世"叙事中的司岗还颇具原始图腾的色彩，所谓"地球刚开始结果时/我们已是同一卷芭蕉叶……小牛刚开始哞叫时/我们已是同一窝野猫"②，芭蕉具有图腾的意义。后来史诗逐渐吸纳新内容和新观念，"司岗"由个别民族祖先之源出转化为各民族祖先之源起，如"我们来自司岗/嗯哼嗯哼嗯哼哼/巴格岱有各民族的司岗洞/很古很古"，"后来人们这样说/岩佤、尼文、三木傣、赛克/哈崩龙、陆缅、捷冗、扒洋/很古很古。"③ 由此诗句可见，"司岗"俨然成了各个民族祖先由之而出的母体，从而也成了同源共祖观念的表征，体现了单一族群同胞情上升为多民族同胞或人类同胞的朴素观念，也进一步表征互相包容的人类情怀。

（五）历史观

《司岗里》史诗主要是通过叙述开天辟地、万物起源、人类起源及繁衍发展来勾勒宏观而绵长的历史脉络，又通过叙述洪水泛滥、祖先迁徙以及祖先们探索自然、创造文化、发展文明等具体"事件"来丰富"历史"叙事，形成了关于佤族社会文化史、观念史、情感史等方

---

① 毕登程搜集整理，隋嘎等说唱：《司岗里史诗原始资料选辑》，赵秀兰翻译（佤文），民族出版社2010年版，第169—170页。
② 魏德明：《SI NGIAN RANG MAI SI MGANG LIH》（《石葫芦司岗里》），云南民族出版社1988年版，第98页。
③ 毕登程搜集整理，隋嘎等说唱：《司岗里史诗原始资料选辑》，赵秀兰翻译（佤文），民族出版社2010年版，第84、90—91页。

面的特殊话语和观念。比如，"开天辟地"叙事基本结束后，神灵—祖先谱系就比较集中地展示妈侬、安木拐、牙董等女祖先探索人类繁衍发展路径的艰苦经历，颇具母系氏族社会的色彩，而后才有男祖先参与到创造历史的实践中。

《司岗里》史诗基本整合了佤族神话传说及现实社会实践的内容，通过念诵或吟唱的方式诗意地表达佤族对世界和历史的认知，叙事与抒情相辅相成，形成了佤族记忆历史、传承文化、开创文明的传统话语形态，蕴含着世代佤族人关于宇宙、生命、伦理以及人类历史和命运的智慧。《司岗里》史诗中反复吟唱"不能忘"，即是不能遗忘历史、传统和祖先的道理等，都包含了佤族朴素的世界观和历史观。作为口头诗歌，《司岗里》史诗以其开放的叙事结构与其他民族优秀文化交流互动，与很多民族史诗共享典型母题，形成如典型意象"葫芦"的强大象征功能，彰显佤族的多民族同胞情怀以及对中华民族的认同。

思考题

1. 简述《司岗里》史诗常用的修辞手法。
2. 简述《司岗里》史诗的诗性智慧。
3. 简述《司岗里》史诗典型意象的象征意义。

第三节　布朗族创世史诗《创世歌》

一　概述

布朗族属我国古代"百濮"族群，散居于云南省临沧、保山、普洱和西双版纳等地。布朗族创世史诗《创世歌》是流传在云南怒江中游和澜沧江中、下游（即保山、德宏、临沧、西双版纳等地）的口传史诗。

第四章 南亚语系孟高棉语族创世史诗

《创世歌》体例完备,由序歌、主体、尾歌三部分组成。序歌为歌手独白,史诗歌手用谦虚的语言说明了演唱史诗的三个注意事项,一是,歌手需在布朗族乐器芦笙的伴奏之下饱含深情地演唱;二是,史诗传唱有严格的师承体系,不同老师传授的诗篇有差异;三是,史诗演唱需有创新。诗篇是现场口头吟唱,歌手可根据演唱情境、个人性格等因素灵活调整,否则"所有的歌手如果只唱一首歌,那么火塘里就再没木柴可烧"。歌手通过悠扬的歌声、自谦的语言,引出了《创世歌》的主体部分。史诗主体分别由造天造地、人的诞生、人找住处、布咪雅射日、谷种到人间、迁徙之歌六个部分组成。诗篇以瑰丽的想象、浪漫的语言、壮阔的情感描写了布朗族先民对宇宙的认识、对万物的探索,也描写了布朗族先民们对自然的尊重、对世界的改造,还描写了布朗族先民们对兄弟民族的友爱。尾歌部分,歌手再次以第一人称身份出场,在呼应"序歌"的同时,更言明演唱《创世歌》的目的。史诗歌手希望以讲述历史的方式来建立民族情感认同和文化认同,能够让布朗族民众永远繁荣昌盛。《创世歌》凝聚了布朗族起源发展的厚重历史,是他们的族谱史书、"百科全书"和精神纲领。

布朗族没有文字,创世史诗《创世歌》经历了一个与神话传说交织到逐渐成诗的过程,通过歌手口头演唱的方式流传下来。《创世歌》的主要内容源自布朗族民间神话传说,零散的神话传说经一代代歌手的演唱得以贯穿起来,逐渐凝聚成颇具篇幅的史诗,布朗语将这种韵文故事诗称为"嗯呗纳宰"或"嗯呗尼延"。《创世歌》表面上看是充满宏富想象的神话,其内核却是"人话",史诗的开篇是布朗族先民们对天地形成、人类诞生的浪漫设想,随诗篇展开,逐渐加入了许多布朗族历史的真实事件,如农业种植、用火、驯兽、纺织等各种发明创造,尤其是布朗族的民族大迁徙,这些都在史诗中真实地反映出来。布朗族创世史诗既是口传文学,也是音乐文学,布朗族音乐分为生、说、宰、缀四调,其中说调主要用于讲故事。有谚语说:"唱得好的是布朗，跳的好是傣家。"① 布朗族业余歌手众多，他们都是布朗族文学的传承者、传播者。创世史诗《创世纪》的歌手一般是本民族德高望重的男性长者，老人是布朗族的中心成员，他们的价值观往往代表了本民族的整体意识。在没有文字的布朗族中，歌手们的演唱承担了传承功能，他们多在节日里演唱史诗，通过这种方式传承民族历史。

布朗族是个古老民族，文学传统历史悠久。中华人民共和国成立后，学者们就开始搜集整理布朗族文学。20世纪50年代前后，学者们主要搜集并发表了数首布朗族歌谣；20世纪80年代，较多学者参与到布朗族文学发掘整理的工作中，其中布朗族学者有岩香兰、岩帕新、岩香坎、苏国荣等。布朗族创世史诗《创世歌》的主要文本及其特色如下。由玉安、玉欣演唱，岩腊翻译，林璋收集整理的《创世歌》，收录进1999年云南民族出版社出版的《布朗人之歌》，这一版本的创世史诗后被收入《云南少数民族古典史诗全集（中卷）》。因《创世歌》的成文过程与神话传说交织，作为史诗重要情节的神话传说中既有以唱为主的韵文，也有以讲为主的散文，其中多个散文体文本被收录至《布朗族民间故事》《中国民间故事集成·云南卷》《中国少数民族文学作品选》（第五册）《中国大百科全书·中国文学卷》等书。在本文的写作中，选用的布朗族创世史诗文本为收入《云南少数民族古典史诗全集（中卷）》的《创世歌》。

二 精彩诗篇故事情节举例

（一）造天造地②

在那个久远的蛮荒时代，没有天地、山水、树木、花草，也没有飞翔的鸟儿、游弋的鱼儿，更没有歌唱的人儿。一片混沌中只有上下

---

① 王国祥：《布朗族文学简史》，云南民族出版社2014年版，第374页。
② 原文参见云南少数民族古籍整理出版规划办公室编《云南少数民族古典史诗全集》（中卷），云南教育出版社2009年版，第325—330页。

翻滚的云和雾，它们相互撞击，形成耀眼的闪电光，发出震耳的轰鸣声，真是一片令人胆战心惊的景象啊！这日子不知持续了多少岁月，哪怕是睿智的长者也难以细数。

从混沌的中央、东南、西北三个方向生长出三个圆圆的、软软的小球，一个红色、一个黑色、一个金色。它们既能躲开闪电和雷鸣，也伴随着闪电和雷鸣一起长大，一直长大到无法用具体数字来形容。突然，"嘭"一声爆炸，三个圆球炸成了碎片，从中诞生了三个新生命。

红色圆球里走出了布朗人敬仰的神人布咪雅。布咪雅男女同性，身材高大，见风就长，眼睛、鼻孔、耳朵无比巨大，皮肤上长满了细细的绒毛。黑色圆球里走出了布朗人尊敬的神犀牛拉扎希。拉扎希是头独角怪兽，身体巨大，随着打滚、伸腰成倍长大，喜欢乘着云团东西南北奔走、嚎叫。金色圆球里走出了布朗人感激的神鳌鱼巴阿嫩。巴阿嫩是条无鳞的泥鳅形状的鱼，身体颀长，随着昂头、扭腰不停地疯长，喜欢从上下左右的方向摇头摆尾、自由自在地游弋。

一个人的生活多孤单，布咪雅身边不是阵阵乌云，就是团团黑雾，遮住了他的眼睛，挡住了他的呼吸。布咪雅大叫着往上腾飞，迈开大步向侧面飞奔，可是这混沌中啊，还是只有他一个人。布咪雅伤心得大哭，眼泪化作倾盆大雨，淌成无边海洋。忽然，布咪雅脑中灵光一现："宇宙广大，岂会只有我一个，定有一伙伴在那天涯，在那海角等待着我，我一定要找到他。"想罢，布咪雅继续甩开手臂，迈开步伐，去寻找自己的波各①，他整整跑了八万四千里，终于看到了在无聊着打滚的神犀牛拉扎希。

布咪雅激动地大喊着奔向拉扎希，拉扎希也高兴得摇头摆尾，迎向了布咪雅。

布咪雅和拉扎希就像久别重逢的伙伴，跑近了，就笑眯眯、乐呵

---

① 波各：意为同年同月出生的朋友。

呵地看着对方。布咪雅亲密地搂着拉扎希的脖子，拉扎希亲昵地舔着布咪雅的脸庞，他们都将对方唤作"波各"，从此亲密得再也不分离。这对好伙伴彼此陪伴，相互唱和，就这样过了八万四千年。

有一天，布咪雅和拉扎希比赛打滚，他们一个接一个地翻跟头，一直到摔进一片汪洋大海中。他们在海中追逐波浪，尽情嬉戏，洗了出生以来的第一次澡。他们身上的污垢变成了海中千万座小岛。就在他们打闹的时刻，神鳌鱼巴阿嫩被惊醒了，它看清了布咪雅和拉扎希后，激动地向他们游去。布咪雅、拉扎希、巴阿嫩是三个充满灵性的生物，见到彼此后，他们确证这片混沌间除了他们，定还有其他生物，纵然寻遍天涯海角也应找到他们。

可是，这次他们失望了，当他们走完了东边，又走完了西边，再走完了南边，也走完了北边后，发现混沌中除了大海，只有乌云。忧郁袭上他们的心头，歌声不再美妙，嬉闹也难解心结。寂寞的滋味让他们慢慢产生了共同的想法就是要用自己的身体创造天地万物。

原来天地的创生，既源于祖先们寂寞的心情，也源于祖先们对同伴的渴望，更源于祖先们的奉献精神。

拉扎希深思很久，它用舌头舔了舔巴阿嫩，感谢布咪雅成为它的好波各，然后说："为了这崇高的理想，我愿为之献出一切。杀死我吧，用我的皮做天，用我的肉做地，把我全身各个部分，都统统用到合适的地方。让我分离了的肉体，与这美丽的世界永生。"说完，拉扎希就气绝身亡了。

布咪雅抱着拉扎希的脖子放声痛哭，巴阿嫩虽然也悲伤，但他很理智，劝说布咪雅收起眼泪，实现拉扎希的愿望。巴阿嫩诚恳的话语唤醒了布咪雅，他从悲痛中醒来，开始用拉扎希的身体造天造地。拉扎希的皮被造为天空，拉扎希的肉被造为大地，拉扎希的眼睛被造为日月星辰，拉扎希的骨头被造为石头，拉扎希的血液被造为江河，拉扎希的毛被造为花草树木，拉扎希的骨髓被造为鸟兽鱼虫。神鱼巴阿嫩虽然没有手脚，也用自己的嘴帮忙，但是巴阿嫩的眼睛太细，用拉扎希的皮肉造天地，天扯得东高西低，地铺得西高东低，所以太阳月亮从东边升起西边落下，江河湖海却从西流向东。

为了避免天坍塌，布咪雅又用拉扎希的四条腿作为柱子撑住了天。当拉扎希的身体用完后，浮在水面上的大地却总是起伏动荡，布咪雅思前想后实在没了办法。这时巴阿嫩决心牺牲自己托住大地，它劝说布咪雅留在地面上完成更多的事业，自己钻到地下，将身体卷成圆形，稳稳地托住了大地。但是巴阿嫩也有身体劳累的时候，有时它忍不住伸伸腰、扭扭身，大地就会动摇，这就是人们习惯说的地震啊。

布咪雅造天造地，布咪雅也失去了自己两个好波各，布咪雅既欢喜又悲伤，他在这崭新的天地间昏睡了过去，这一睡就是十万八千年。

（二）人的诞生①

在布朗族史诗中，关于人的诞生有三种不同的传说，让我们一一道来。

第一种是葫芦生人的传说。在布咪雅造天造地后，天上出现了一个管理日月星辰、风云雷电的天神，他叫板哈披添。地上则由众鬼管理，权力最大的山鬼叫色傢巩，水鬼叫色傢翁，树鬼叫色傢格，野牛鬼叫色傢格每批，蚁鬼叫色傢格娅。

众鬼谁也不服谁，经常逞能混战，天地间一片混乱，要么大地变汪洋，要么鱼虾干旱死，要么树木皆倒伏。天神板哈披添看了忧心忡忡，发誓要造出新生灵，改变这世界。天神深思良久，计上心头，唤来天鹅，面授机宜，让它带走葫芦籽。

天鹅带着天神板哈披添的旨意，要为葫芦籽寻找适宜生长之地。东边不合适，太阳热浪太灼灼；北边不合适，天寒地冷难存活；飞了八万四千天，寻了八万四千地，发现绿洲最合意。天鹅寻遍了天涯海角，终于为葫芦籽找到了这片合适的绿洲，绿洲上惠风和畅，细雨如

---

① 原文参见云南少数民族古籍整理出版规划办公室编《云南少数民族古典史诗全集》（中卷），云南教育出版社2009年版，第330—335页。

烟,土地肥沃,群峰起伏,树木苍翠,野花争奇。天鹅不禁引吭高歌,翩翩起舞,它扫除了落叶,挖出了小坑,轻轻放下葫芦籽,并拔下八根羽毛整齐地插在葫芦籽周围。最后,天鹅按照天神的旨意念诵咒语,唤来了山鬼、地鬼、水鬼、蚁鬼和野牛鬼,命他们细心守护葫芦籽。

有了神鬼的照料,葫芦籽吸食天地精华,经历风雨考验,茁壮成长。在这八万四千年间,它长出了茂盛的枝叶,开出了白色的花朵,结出了美丽的葫芦瓜。葫芦瓜的神性让太阳为它驻足,给予它温暖;让月亮为它停留,给予它光芒;让神鬼为它歌唱,给予它灵性。葫芦瓜由白变成绿,由绿变成黄,终于成熟了。

天鹅带着天神的旨意再次飞来,它唱道,"神圣的种子啊神圣的葫芦,是版哈披添让我把你种下,是地上众鬼神抚育你成长,你的智慧比众生灵高深。天神命令你统领天下,如果你现在已经成熟。快快出来不要耽搁,许多事还等着你去做。"

天鹅唱了三遍歌,跳了三遍舞,可是葫芦里的东西还是不肯出来。天鹅想用嘴啄开,还没有啄完,葫芦却又长好了。天鹅急中生智,用石头把自己嘴巴磨得如滚烫的烙铁,用尽全力啄向葫芦。天鹅刚把嘴巴从洞口拔出来,一群群的人便争先恐后地要挤出来。最先走出来的人染上了洞口的黑炭灰,皮肤变成了黑色,这就是布朗人的祖先啊,他们吃苦耐劳又有胆量;第二群人被洞口的余温烫红了皮肤,这就是红种人的祖先啊,他们面红体壮脾气大;第三群人皮肤黄得可爱,这就是汉人的祖先,他们性格温和又聪明;最后一群人走出来时,洞口干干净净,他们的皮肤也白白嫩嫩,这就是白人的祖先,他们远走他乡没踪影。这就是关于布朗人起源的第一种传说。

第二种是劈木成人的传说,这种传说比较接近人情。话说布咪雅生来是男性,他造完天地后累得想睡觉,但是顺手拉来的圆木头靠也靠不牢。布咪雅找来石头垫好木头,还是心中烦恼难睡眠,又将圆木砍成四方形,仍然翻来覆去不好睡。这时斜斜的日光照出布咪雅的影子,看着自己的影子,他心头顿开窍。

第四章　南亚语系孟高棉语族创世史诗

布咪雅打算依葫芦画瓢，依据影子，用木头刻出人的样子，刻好了身体又刻好了五官，木人刚刻好，布咪雅又累得睡着了。在这香甜的睡梦中，布咪雅梦见一位仙人下凡，将木偶点化为美丽的仙女，仙女在梦中教会了他男女之事。布咪雅大惊醒来，木偶真的变化为人，和梦中的仙女一模一样，正笑眯眯地看着布咪雅。仙女和布咪雅结为夫妻，布咪雅从此不孤单，他们年年岁岁相依相伴，共同生儿育女。据说，布朗人就是这样生出来的。这就是布朗人起源的第二种传说。

第三种是雅莱亨和达来亨造人的传说。据说开天辟地之后，天地间生出了两个神，男神叫达来亨，他孔武有力，但脑袋空空；女神叫雅莱亨，美丽又聪明。春天来了，百花开放，百鸟鸣叫，荡漾了雅莱亨的心，她想和达来亨结为夫妻，于是以万物为喻，百般试探，可气达来亨这个木脑子，难解雅莱亨的心意。直到看见情意绵绵的一双鸟，达来亨心里终于露出了灵光，莫非雅莱亨是要他模仿这对鸟儿？粗直的达来亨开口问："你让我几次三番猜不着，莫非要我学这样？"这话儿听得雅莱亨脸发红，心发慌，害羞地点头说是。

从此，达来亨和雅莱亨结为夫妻，生下一双儿女。男女又结合成家，生下子子孙孙。但是达来亨和雅莱亨还是嫌人烟少，于是捏出小泥人，放在野外的小泥人遇风吹，变成真人，又相配生儿育女，大地上的人类于是越来越多了。据说他们就是布朗人的祖先。这就是布朗人起源的第三种传说。

（三）种植农业出现[①]

自从天地间有了人类，人类就有了最基本的生存需要。那时的人类都是靠天地而生，女子在野外采摘粟果，男子带刀狩猎，他们都没有看过谷子的样子，也没有尝过谷子的味道。

[①] 原文参见云南少数民族古籍整理出版规划办公室编《云南少数民族古典史诗全集》（中卷），云南教育出版社2009年版，第339—340页。

那时天地间其实已有谷种，深藏在仙山，由谷神雅枯索看管，需等到专门的时辰再放谷种到人间。谷神好忙碌，她一人看管谷子，一人栽秧，还要一人盖谷仓。那时候的谷子真神奇，个头大得像南瓜，长了翅膀会飞回家，没有嘴巴却会聊天。

调皮的谷子给谷神带来大麻烦。谷神雅枯索那时怀孕了，行动不方便，仓库盖得慢。谷子成熟了，他的性子急，着急想回家，回家住到谷神家。谷神只好抓紧盖仓库，刚盖到一半，谷子等不及抢着飞进仓库，胖胖大谷子挤得仓库七零八落。谷神很生气，拿起洗衣棒乱棍打向大谷子，谷子疼得嗷嗷叫，有的打碎掉在谷仓里，有的逃向深山藏在山洞里。殊不知山洞里有无数只大老鼠，飞进来的大谷子让老鼠们高兴坏了，纷纷爬向大谷子，有的咬，有的啃，谷子被吃得不成样。老鼠吃饱后，无聊得到处跑。有的跑到空地上，有的跑到坝子里，到处拉出细细的屎。谷子虽然被老鼠咬碎了，但是身碎心不死，从老鼠肚子里穿肠而过，落在地上还活着。

谷子落在地上就发芽了，长出了细细的枝节，抽出了丰硕的麦穗。但是结出的谷子，不再大如南瓜，只有老鼠屎那么细小。散落在各处的谷子被大地上的人类发现了，人们收割了成熟的谷子，将谷子舂碾为白米。大地上的人类还掌握了火种，经过水与火的历练，坚硬的谷子变成了香甜的米饭。人类从此掌握了种植稻谷的技能。

正由于老鼠的贪吃，才提前把谷种带到人间。人们为了感谢老鼠，就定下规矩，不管仓中的老鼠有多闹，粮仓随它住，稻米由它吃，不可刀枪打杀它。

三 布朗族创世史诗《创世歌》体现的美学特征

（一）礼仪之美

布朗族有漫长的原始社会阶段，云南部分地区（澜沧江以西）的布朗族在20世纪40年代都还处于原始社会。因此，布朗族没有文字，

第四章　南亚语系孟高棉语族创世史诗

他们的创世史诗多与民族神话传说交织,以口头吟唱的方式流传下来。史诗歌手多是独自一人在重大节日中吟唱诗篇,在此过程中逐渐形成了诗篇的吟唱礼仪。现通过文本记录,分析布朗族创世史诗《创世歌》的吟唱礼仪[①]。

1. 开篇

(1) 原文

听啊,
尊敬的乡亲父老。
虽然年老的嗓音已经沙哑。
但我要用十倍的激情,
用布朗人最悠扬的笙,唱一首古老的歌。

(2) 礼仪性

在史诗开篇,言明歌手身份为年老的长者,说明伴奏的乐器是布朗族的代表性乐器芦笙,指出歌手演唱本民族史诗时的真挚情感。

2. 交代诗篇及演唱方式

(1) 原文

愿我的歌声啊,
化作一阵春雨,
洒进人们干渴的心田。
也许有的歌手和我唱的不同,
甚至指责我是胡编乱造。
各人拜的师傅有别,
各自炒的菜味道也不一样。

[①] 歌词选自云南少数民族古籍整理出版规划办公室编《云南少数民族古典史诗全集》(中卷),云南教育出版社 2009 年版,第 325 页。

>   我只能按严师开的沟放水，
>   最多按我的性格加点作料。
>   如果人人都只会顺着老路走，
>   新的山头又怎样才能爬到顶。
>   所有的歌手如果只唱一首歌，
>   那么火塘里就再没有木柴可烧。
>   在康朗们面前放肆啦，
>   乡亲们啊原谅我。

（2）礼仪性

演唱伊始，歌手交代了自己吟唱的诗篇源自何处以及自己的演唱方式。可见创世史诗的演唱者有明确的师传谱系，一方面，他们严格按照世代流传的文本吟唱诗篇；另一方面，他们在具体演唱过程中根据演唱场地、演唱情景、演唱时间等因素，在保留创世史诗主要内容基础上，对部分细节进行灵活创编。

3. 交代演唱的程序

（1）原文

>   一双手一次做不成三件事，
>   一张嘴一次唱不出三首歌。
>   乡亲父老们啊，
>   请让我来一件一件地做，
>   一首一首地唱。

（2）礼仪性

歌手用谦虚的语气地表示有关宇宙创生部分的诗篇内容丰富，他将会按照先后顺序为观众一一吟唱，并以"乡亲父老"的称呼引起听众的注意。

4. 承上启下的作用

（1）原文

尊敬的乡亲父老，
唱到这里完一段。
下面是人的诞生，
接着是万物的劫难。
……
听吧，
乡亲父老们，
我要用优美的笙，
唱一首古老的歌。
布咪雅做天造地之后，
相继出现的是，
天神的生成，
地鬼的出现，
人种的诞生。

（2）礼仪性

在演唱时，史诗歌手多数情况是作为故事内叙述者，带着全知全能的视角，有时也会如上文所示，作为故事外叙述者出现，这是为了保证史诗演唱的连贯性，起到承上启下的作用。歌手这时既会总结自己演唱过的内容，也会简要介绍即将演唱的诗篇内容。

5. 说明演唱内容的差异

（1）原文

俗话说得好啊，
两个山菁里出来的泉水，

味道不会一样。
两个师傅教出的徒弟，
做出的手艺不会相同。
就说布朗人的由来，
各地唱的都不一样。
我将把师傅教给我的，
加上听人说起过的，
一个一个为你说唱。
愿我的歌声啊像一盏灯，
把你黑暗的心房照亮。
……
一棵树结的果子，
当阳背阴两种味道。
流传中的一个故事，
却有不同的几种说法。

（2）礼仪性

歌手以手工艺传授为喻，说明史诗因口传心授的传承方式而造成的差异性。他以布朗人起源为例，说明各地歌手的演唱不尽相同。这位歌手表示他将在师傅传授唱词的基础上，补充其他歌手演唱的内容，将关于布朗人起源的三种传说一一道来。

6. 提醒听众

（1）原文

仔细听我唱啊，
尊敬的乡亲父老，
现在这地方，
并非我辈出生地。

千百万年前，
没人在这里。
我们的祖先，
在筐勒南三嘿。

(2) 礼仪性

歌手再次以"乡亲父老"的称呼来唤起观众的注意，提醒听众史诗演唱即将进入新的篇章，下文将为听众讲述布朗人迁徙的历史。

7. 史诗进入尾声，言明演唱目的

(1) 原文

听啊，尊敬的乡亲父老，
这首歌唱到这里唱完了。
希望这首歌能使你喜欢，
希望这首歌能教你历史。
使愚蠢的人聪明起来，
使有疑惑的人把疙瘩解开。
尊敬的乡亲父老，热爱尊敬的祖先吧。
没有他们的过去，就没有我们的今天。
热爱我们的民族吧，
没有整个民族就没有个人。
让我们更加相亲相爱，
让我们的民族永远昌盛繁荣，
祝愿乡亲父老幸福美满。

(2) 礼仪性

这是史诗的尾声，歌手在此说明吟唱史诗目的，即传道授业解惑，希望听众能由此能了解本民族历史，在感激祖先的同时，热爱自己的民族。歌手也对布朗族的未来给予了美好祝愿。

8. 演唱结束

（1）原文

我的水平不高，
师傅教的细节又遗忘。
也许没把事情讲清，
也许出现错漏的地方，
这都不是我的本意。
圣明的祖先啊，
请给我智慧和力量，
圣明的祖先啊，
请宽恕我。

（2）礼仪性

歌手以谦逊的语言结束史诗的演唱。

通过上述分析，我们可总结出布朗族歌手的演唱礼仪有三个方面的特点。第一，作为叙述者的歌手并非完全隐身于文本之后，他时而以全知全能的故事内叙述者视角讲述布朗族创世、起源、种植、迁徙和定居的历史，全景式展开布朗族发展历史的浩瀚诗篇；时而以主观性较强的故事外叙述者视角表达自己演唱史诗的状态，在史诗情节发展中起到承上启下的作用。第二，当歌手以故事外叙述者身份出现时，他首先以"乡亲父老"的称呼提示听众，其次叙述语气谦逊。史诗歌手往往是本民族的智者，但他在演唱中并未因自己知识渊博而居高临下，而是既像一位慈祥的长者，也像一位温和的老师，将本民族历史娓娓道来，传递给子孙后代。第三，史诗歌手的演唱具有自然性。布朗族创世史诗的口头传播会根据日常生活中的某些情景，对诗篇进行鲜活的二次创作和传播。史诗演唱对当时当地的"自然情景"有强烈的依赖性，歌手在"自然情景"中直接撷取熟悉的生活表象进行加工，没有脱离普通的日常生活而成为文人创作的独有产物。不同歌手的演唱内容不尽相同，每次演唱都有不可重复性，是歌手当下心理情境和情感流露的自然表现，契合了不同地域、不同场景中听众的真实状态，满足了自然生命的个性化需求，是以最自然的方式进行史诗的传播。

（二）修辞之美

史诗歌手有敏捷的双眼，睿智的头脑，他们近取诸身，远取诸物，妙化为言。自然贴切的比喻，奇幻浪漫的夸张等修辞手法，让史诗在演唱过程中幻化为优美的歌曲，不只是生硬的知识传授和道理说教。布朗族《创世歌》中的各类修辞手法甚多，在此摘引几例分析。

1. 形容自然万物

（1）形容天地混沌

>在那时候啊，
>只有一团又一团，
>黑沉沉的云和雾。
>在这暗淡的空间中，
>一刻不停息地翻滚、奔驰。

[《创世歌·造天造地》]

宇宙创生之前，天地间一片混沌。史诗用"黑沉沉"这样的叠词，以 ABB 的词语形式描绘混沌中云和雾的颜色之深，体积之重，还使用了人类动作"翻滚""奔驰"等动词来形容云雾的流动，诗歌语言生动形象。

（2）形容稻谷

>那时谷子怪，
>粒大如南瓜。

>不用人收割,
>也不必堆打。
>它会生翅膀,
>自己飞回家。

[《创世歌·谷种到人间》]

史诗形容远古时期稻谷体积之大,若使用数字,难免抽象模糊;若取身边常见农作物(南瓜)相比,更显形象亲切。在布朗族先民们眼中,稻谷具有灵性,成熟后可以自己飞回家,并非拟人修辞,而是史前先民"万物有灵"的思维方式使然。

(3) 形容布朗人的新安居地

>江南当时没人烟,
>树木高大顶着天。
>林里白昼黑一遍,
>不如林外安营寨。

[《创世歌·迁徙之歌》]

因为气候变化,大风阵阵,雪花飞舞,布朗人祖先世代生活的筐勒南三嘿已不再适宜居住,他们被迫走上了迁徙之路。布朗人长途跋涉,历经磨难,死伤无数,终于到达了新定居点。史诗为形容新定居点人烟稀少,树木高大,使用了"树木高大顶着天"这样的语言,以夸张的修辞手法展现布朗族先民们眼中的世界。

2. 形容人物样貌

>红球爆炸的碎片中,
>站着一个怪物像人一样。
>他的全身长满细绒的红毛,
>他的双耳宽大得披在肩上,

>他的鼻孔像两个巨大无比的山洞，
>
>他的双目像两个宽阔的鱼塘。
>
>他风吹就长，
>
>高大得无法用尺子丈量。
>
>他不是男子也不像女人，
>
>他就是我们布朗人，
>
>个个敬仰的神人布咪雅。
>
>　　　　　　　　　　　　[《创世歌·造天造地》]

为描述布朗族创世神人布咪雅的相貌，史诗用"山洞""鱼塘"这两个人们熟悉的、可视化的事物来比喻布咪雅的鼻孔和眼睛，描绘布咪雅巨大的五官。这体现了史诗源于生活，也体现了其质朴天真的语言风格。

3. 形容动作

>迁徙的队伍浩浩荡荡，
>
>排成队伍千千万万。
>
>为躲过这场天灾人祸，
>
>昼夜不停地把路赶。
>
>顺着孕育布朗人的南筻，
>
>朝着太阳升起的地方。
>
>像天上飞着无归宿的鹭鸶，
>
>像一群没有窝的野鸟。
>
>　　　　　　　　　　　　[《创世歌·迁徙之歌》]

史诗用"鹭鸶""野鸟"形容迁徙的布朗族先民，一方面，可见迁徙并非个人行为，而是如飞鸟迁徙一般，是整个部落的集体行为；另一方面，此处不只有动作比拟，更可见迁徙途中的心情，是无奈、

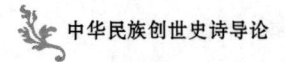

凄凉、悲伤的。

4. 形容叙事方式

> 俗话说得好啊，
> 两个山箐出来的泉水，
> 味道不会一样。
> 两个师傅教出的徒弟，
> 做出的手艺不会相同。
> 就说布朗人的由来，
> 各地唱的都不一样。
> ……
> 一棵树上结的果子，
> 当阳背阴两种味道。
> 流传中的一个故事，
> 却有不同的几种说法。

[《创世歌·人的诞生》]

在上文第一部分，以不同山箐的泉水味道不同、不同师傅的徒弟手艺不同，来比喻不同的史诗歌手演唱的内容、风格也不会相同。此处以生活中常见现象和劳动场景作比，增进听众亲切感的同时，也说明史诗创作源于生活。

在上文第二部分，以同一棵树的果子味道不同，比拟同一个故事唱法不同，说明世世代代流传下来的史诗有多个版本，史诗传承具有多样性和复杂性。

四 布朗族创世史诗《创世歌》蕴含的诗性智慧

布朗族创世史诗《创世歌》的诗性智慧主要体现在万物一体的生态观、抑恶扬善的伦理观两方面。

第四章 南亚语系孟高棉语族创世史诗

(一) 万物一体的生态观

1. 万物共生

史诗开篇是布朗族先民对宇宙、世界起源的追问。上古时期没有天地万物，宇宙间一片混沌。布朗族的神人布咪雅、神犀牛拉扎希和神鳌鱼巴阿嫩诞生在这幽冥混沌中，它们最初相距万里，云雾弥漫在它们周围。这是最初的宇宙形态，既是整篇史诗的起点，也是世界万物诞生的基础。在千万年的孤单岁月中，布咪雅、拉扎希和巴阿嫩默默达成共识，想用自己的血肉之躯创造充满欢声笑语的新世界，如汉族神话中的盘古、彝族史诗《梅葛》中的老虎和壮族史诗《得傣掸登俄》中的罗扎罗妞创造自然万物一样，《创世歌》中的神犀牛拉扎希也决心为了新世界牺牲自己。这段创世史诗的语言充满了崇高的精神力量，现摘引如下。

> 巴阿嫩的肺腑之言，
> 把布咪雅从悲痛中唤醒。
> 他擦干满脸的泪水，
> 摩拳擦掌开始动工。
> 他剥下拉扎希的皮造天，
> 他割下拉扎希的肉做地。
> 他取出拉扎希的眼睛，
> 做成日月和星辰。
> 他拿拉扎希的骨头，
> 做成大大小小的石头。
> 他把拉扎希的血，
> 做成长长短短的江河。
> 他把拉扎希数不清的毛，
> 做成巫术的树木和花草。

又把拉扎希的骨髓，
化成数不清的鸟兽和鱼虫。
……

[《创世歌·造天造地》]

从这段史诗中，我们认识到布朗族先民朴素的宇宙观，世界的日月星辰、山川湖海、动植物均由神犀牛拉扎希的肉体创造而成，形成了一个紧密联系的自然世界，自然世界的形成又为人类诞生奠定了基础。

2. 万物和谐

所谓"万物和谐"，一方面，指自然万物的运行尊重、遵守自然节律；另一方面，指童年时期的人类与自然的关系亲密和谐，人类生于自然，学习自然。

当拉扎希的身体被创造为天地万物后，天地间事物的秩序并不和谐。史诗中讲述了天上有十个太阳、九个月亮，不受天神禁令，在天上随意游戏，导致民不聊生的情节。

树叶已经晒焦，
苗禾正在燃烧。
小鸟儿尸体遍地，
猛兽伸舌头喘气。
人们躲在洞里，
不断传出哭泣。
抬头向天空观看，
日月正在猖狂。

[《创世歌·布咪雅射太阳》]

这种日月、昼夜不分的情况，说明布朗族先民们认识到违背自然规律将导致万物灭亡，只有遵循、尊重自然规律，自然万物才能同生共存。沉睡的神人布咪雅被唤醒，射下了多余的日月，并为昼夜交替定下规矩，恢复了和谐的自然秩序，万物再次萌发生机。

众兽和群鸟，
相邀来说情。
只要按时辰，
不会有事情。
日月怕受骗，
出洞就丧命，
任你怎么说，
就是不相信。

公鸡无奈何，
出面作担保。
月亮晚上出，
太阳白天升。
月初和月尾，
晚上洞中会。
只要遵时辰，
保证无事情。
日月放下心，
遵嘱职守尽。
太阳女儿生，
胆子存余悸。
公鸡叫三遍，
才肯露出脸。
那时到现在，
天上日月全。

大地有光明，
万物得温暖。
百兽出来玩，
众鸟飞来唱。
大爹修犁耙，
大妈纺线忙，
小伙弹起琴，
姑娘跳起舞。
大地有生气。
人畜多兴旺。

[《创世歌·布咪雅射太阳》]

布咪雅用拉扎希的身体创造了世界后，才有了人类的诞生。人生于自然，长于自然。布朗族先民把人类视为自然的孩子，与自然同呼吸、共情感，"我"之情存于自然之中，"我"之情与自然相互呼应、相得益彰。人类在童年时期，犹如蹒跚学步的婴儿，各种能力尚不健全，需向自然万物学习生存本领，人与自然体现出亲密和谐的关系。衣食住行是人类最基本的生存需要，史诗中描述的人类寻觅住处正是向动物学习的结果。

人们想到应有个家，
……
抬头看见树桠上，
一千枝成堆鸟做窝。
树高干粗离地远，
豺狼虎豹咬不着。
不如学鸟做个窝，
把家建在树头上。

于是你拉手来他推脚，
全都爬上树过夜。
……
偶然有这样一天，
人们无意中发现。
猴群来来去去，
都有固定的路线。
人们好奇尾随去，
秘密终于现眼前，
原来水旁山腰有石洞，
猴群全住在石洞中。
人们为自身的愚蠢捶胸，
惊叹猴子有聪明的举动。
何不学猴子，
找个石洞安生。

[《创世歌·人找住处》]

3. 同源共祖

万物共生即天地万物均由神犀牛的身体创造，各族同源共祖延续这种逻辑理路，认为作为人类同出一源，即使人种不同、民族不同、支系不同，但都或是从由天神地鬼呵护的葫芦中走出来；或是由同一对恩爱的父母所生的，不同民族的根源相同。由上分析可见，布朗族创世史诗是当代建立民族文化认同，铸牢中华民族共同体意识的重要文化资源。

（1）葫芦生人的传说

天鹅用尽全身力，
向着葫芦烙过去。

只见周围冒白雾,
吱吱叽叽响得急。
天鹅刚把长嘴拔出,
一群人便向洞口挤。
洞口烙成黑火炭,
先爬出来的皮黑亮。
这是布朗人祖先,
吃苦耐劳有胆量。
洞口还留有余热,
接着出来的皮烫红。
红种人即在此时生,
面红体壮脾气大。
第三批人爬出洞,
皮肤黄得好可爱。
传说就是今汉人,
性格温和最聪明。
此时洞口净又冷,
爬出来的是白人,
白人生来爱干净,
远走他乡无踪影。
人的智慧无穷尽,
是非曲直分得清。
……

(2) 雅来亨和达来亨

从此二人配成双,
不久生下一对娃,

男女结合又成家。
生下男女又相配,
孩子生下一大群。
他们还嫌人烟少,
泥巴捏人放野外。
泥人风吹变真人,
相配又把儿女生。
地上人口渐增多,
说来就是布朗人。

[《创世歌·人的诞生》]

布朗族创世史诗中的生态观为我们打开了一扇回归自然之门,在史诗中我们感知到了自然万物创生之伟大;感受到了日月星辰运行之神奇;寻觅到了人性情感表达之自然率真,布朗族先民们灿烂的艺术化人生在这片诗歌天地中鲜活、自在。

(二) 求真向善的价值观

布朗族创世史诗《创世歌》犹如一座价值丰富的宝库,可以传承族群记忆、可以丰富民众知识,还可以润物细无声地教化民众。在教化民众方面,布朗族创世史诗《创世歌》求真向善的价值观体现在三个方面。牺牲与奉献的道德追求、反对残暴的伦理取向、互帮互助的人际关系。

1. 牺牲与奉献

《创世歌》中充满敢于牺牲、无私奉献的崇高精神。布朗族先民有英雄崇拜情节,在混沌天地间诞生的神人布咪雅、神犀牛拉扎希和神鳌鱼巴阿嫩是他们心目中的英雄,《创世歌》中赞颂他们:"他就是我们布朗人,个个敬仰的神人布咪雅""它就是我们布朗人,个个尊敬的神犀牛阿扎希""它就是我们布朗人,个个感激的神鳌鱼巴阿嫩。"这些英雄不仅因他们具有神力而受到膜拜，更因为他们的勇敢无畏和牺牲奉献的精神，经世世代代的歌手吟唱，内化于史诗文本，成为布朗族人民的精神引领。

史诗中的神犀牛拉扎希、布咪雅和巴阿嫩结为好波各，每天相伴好欢乐，但看到天地间只有他们三人过于孤单，遂愿牺牲自己创造美丽世界。可以说，有了拉扎希的崇高奉献，才有了湛蓝的天空、深邃的海洋、变幻的星月、苍翠的树木，也才有了后来的人类。

大家都在发愁，
大家都在寻思。
带啊都有同样的体会，
寂寞的滋味早就饱尝。
大家都有一个共同的心愿，
要用自己的血肉之躯，
让这空间啊，欢歌笑语随风荡漾。

拉扎希沉思良久，
用舌头把巴阿嫩舔过。
又走到布咪雅的跟前，
轻声细语把衷情诉说：
"布咪雅啊我亲密的波各，
是你从远方把我这笨牛找着。
又领着我来到海边，
见到巴阿嫩成了好波各。
有了伙伴不再寂寞。
我们一起游戏，
大家一道唱歌。
欢快的程度啊，

难以用语言诉说。
一生中有个知己就够了,
这辈子有个贡献就足了。
你有健全的手脚,
智慧又超过了巴阿嫩和我。
这宽广的空间啊,
是应该完美无缺。
为了这崇高的理想,
我愿为之献出一切。
杀死我吧,
用我的皮造天,
用我的肉造地,
用我全身的各个部分,
都统统用到合适的地方。
让我分离了的肉体,
与这美丽的世界永生。"

说完这悲壮的一席话,
拉扎希顿时气绝身亡。

[《创世歌·造天造地》]

在神犀牛拉扎希之后,它的好波各们继续发扬这种奉献精神。在创造天地用完拉扎希的身体后,大地因没有东西支撑还在晃动,神鳖鱼巴阿嫩毫不犹豫地钻到了地下,用自己的背驮起大地,驮起了一方安稳。在布朗族先民眼中,布咪雅、拉扎希、巴阿嫩的牺牲与奉献带来了人类居住的美好世界。

2. 反对残暴

文学作品中善恶的价值追求是永恒的主题。在布朗族先民朴素的价值观中，他们没有阶级观念，认为无论何者作恶，都应反对、反抗。

神人布咪雅创造世界后，天地间出现了掌管日月星辰的天神，也出现了管理山川大地、江河湖海、草木虫蛇等的地鬼、山鬼、水鬼、野牛鬼、蚁鬼。众鬼纷乱，战火四起，大地生灵涂炭。为制伏地上众鬼的战争，天神冥思苦想，决定智取众鬼，平息战乱。于是让天鹅撒下葫芦种，由众鬼悉心呵护。众鬼起初迫于天神威力，暂停了闹剧。后来因为有了共同目标，众鬼的关系渐渐变得平和亲密，甚至每到黄昏，"众鬼总要聚在一起，手拉手围成一周，绕着葫芦唱歌跳舞"。可见，武力并不是解决残暴的最佳方法。布朗族先民巧用智慧，化解残暴。

这些鬼怪无人管，
争雄逞能常混战。

今天，
水鬼卷着巨浪，
淹没地鬼的领地，
把草木淹死冲走，
把大地变成汪洋。

明天，
地鬼率领土兵石将，
向水鬼发起反攻，
把水鬼逼进沟河，
使鱼兵虾将抛尸沙场。

这里，
树鬼指挥林木，
遮天盖地把阳光遮挡，
使得草禾藤蔓，

第四章　南亚语系孟高棉语族创世史诗

没了出头之日。

那边,
草鬼呼兄唤弟,
冲进森林领地,
叫嚣要让它断子绝孙,
挤得树苗奄奄一息。

天神板哈披添,
把这幕幕闹剧看清。
他心如刀割,
他七窍生烟。
他发誓要创造一种生灵,
让他主宰这混乱的世界。
他低头沉思良久,
设计的方案好周详。
……
天鹅梳理好翅膀,
拿出神旨宣读:
"色僚巩哟你仔细听,
如果听错一个字,
天神下来挖你双眼。
要是听错一句话,
天神要来剥你的皮。
如果把事情办糟了,
天神马上要你的命。
在我的羽毛围着的地方,
种着天神亲授的一粒种子。

你要仔细地将它守护,
不得稍有半点疏忽。"
……
无论春夏秋冬,
不管刮风下雨,
每到黄昏时候,
众鬼总要聚在一起。
手拉手围成一周,
绕着葫芦唱歌舞蹈。
葫芦似乎也通灵性,
伴着歌声轻把身摇。

[《创世歌·人的诞生》]

布朗族生存条件艰苦,是一个处于弱势地位的民族,所以他们崇拜英雄,将本民族的理想和追求寄托在英雄身上。创世神布咪雅正是智慧、坚忍、善良、正义的象征,在传说中,他创造了天地,创造了人类(劈木成人的传说),更帮助人类征服自然、改造自然。

天空中同时出现的十个太阳、九个月亮射出强烈光芒,烤死了庄稼,烤焦了花草。沉睡千年的布咪雅醒来,他一边伤心日月辜负了拉扎希的心意,另一边拉动弓箭射下了多余的日月。当劝说和智取在残暴面前都无效时,强大武力也可以是重建和平的必要手段,布朗族的先民们不仅具有智慧,也颇有胆量。

他(布咪雅)揉揉眼四下望,
一片凄惨不忍看。
树叶已经晒焦,
苗禾正在燃烧。
小鸟儿尸体遍地,

第四章 南亚语系孟高棉语族创世史诗

猛兽伸舌头喘气。
人们躲在洞里，
不断传出哭泣。
抬头向天空观看，
日月正在猖狂。

他用手指着青天，
对着日月大骂
"你们这些孽种，
怎敢这般猖狂！
你们辜负我的期望，
还不赶快给我滚蛋"。
……
布咪雅气得浑身发抖，
耐着性子把道理讲：
"你们是用拉扎希的眼珠造，
他牺牲自己为的是哪样。
未来希望你们啊，
为这大地添彩增光。
好心换来驴肝肺，
怎对得起献身的前辈！"
……
布咪雅射掉了八个太阳，
布咪雅射落了九个月亮。
剩下的一个是太阳的妹，
残存的一个是月亮的弟。
它俩年幼未出门，
碰巧留得性命在。

·725·

它俩没命逃向天边，
躲进石洞不敢再露面。

[《创世歌·布咪雅射日》]

布朗族创世史诗中反抗残暴的英雄形象丰富，既有上文所述的创世、救世英雄神人布咪雅，也有抗战英雄布朗人王。布朗族创世史诗《创世歌》既是一部关于天地创始、万物诞生的史诗，也是一部关于民族斗争、反抗强敌的史诗。面对强大异族的入侵，为了保族保种，布朗人王率领部落年轻人奋勇反抗，体现出布朗人不屈不挠、反对残暴、追求平等的民族精神。

寒冷还不算，
北边来异族。
男子个头大，
个个红脸膛。
额头画老鹰，
两耳吊黑环。
双腕套藤圈，
兽皮围腰间。
高头大马夹胯下，
奔来跑去快如飞。
冰天雪地中，
行走如平地。
呼哨一声起，
杀进布朗家。
妇女青壮被抓走，
老残弱孺被杀头。
猪鸡牛羊不放过，

临走还要放把火。
布朗人王同努力，
组织青壮相对抗。
……

[《创世歌·迁徙之歌》]

3. 团结互助

在史诗《人的起源·葫芦生人的传说》中的篇章中，无论是布朗族，还是汉族；无论是黄皮肤人，还是白皮肤人，都是从葫芦里走出来的，不同民族本是亲密无间的兄弟姐妹，民族间的互礼互让、互帮互助顺理成章。布朗族先民性格温和，从没有以本族为中心去强取豪夺的信念。哪怕在历经坎坷、死伤无数的迁徙之路中，好不容易走到勐冒傣家坝子，他们也没有发起战争据此地为己所有的想法，而是看到这里坝小人口多，知道布朗族若居住下来，定会因争夺资源而与傣族人产生矛盾，于是许诺在休养之后仍会前行而去。

天宽繁星多，
地阔部落多。
人也有好坏，
部落分善恶。
今日布朗人，
遇到好心人。
好心人是谁，
人王会弄清。
奔波好劳累，
吃饱好休息。

人王请进竹楼里，

妇女合掌跪地上。
布朗首领桌前坐,
她才轻轻来站起。
高髻锦衣宽筒裙,
双手已把热茶递。
白发长者问的细,
布朗人王不隐秘。
布朗人王问长者,
该处和人属何地。
此处坝子称勐冒,
傣家布朗是兄弟。
这里坝小人口多,
布朗不便住这里。
养精蓄锐暂歇息,
来年再往别处去。
长者话中情真切,
人王心里听得清。
也学傣家敬客样,
合掌下跪来致谢。

[《创世歌·迁徙之歌》]

根据史料记载,今天"孟高棉语族布朗、佤、德昂等族的先民与傣族先民(鸠僚、越)交错杂居,永昌、博南、顺宁一带则为濮人的主要聚居地"[①],民间一直有布朗族与傣族是兄弟的传说,两个民族关系密切,布朗族在农业、手工艺、艺术等方面都受到傣族文化的重要影响。布朗族史诗《创世歌》中也有类似的记载,说到布朗族先民在

---

① 杨民康:《布朗族音乐》,《云岭歌声》2005年第1期。

第四章　南亚语系孟高棉语族创世史诗

迁徙过程中，途经傣家村寨，暂住三月，傣家长者将本民族的耕种、纺织、盖房、酿酒、打铁等诸多技术一一传授给了布朗人王，这些技术成为布朗族发展兴旺的保障。

布朗一住三个月，
长者天天派人接。
今天教会倒犁铧，
明日又造织布架。
盖房剖蔑编草排，
样样把手教人王。
三月时间不算长，
亲密如同是一家。
转眼三月时间过，
布朗队伍该起程。
白头老人率傣家，
大路边上来送行。
你们人多来的急，
事先我们没准备。
如今拔营要远去，
有些技术送给你。
东西虽少能救急，
战胜困难靠自己。
说完打开厚经书，
一一讲出不保留。
种田烤酒纺棉线，
打铁造锄制钢刀。
文字故事加礼仪，
一样一样全交给。

人王听了心欢喜,
打开心扉牢牢记。
这些东西了不起,
民族发展靠技艺。

[《创世歌·迁徙之歌》]

布朗族史诗《创世歌》是价值丰厚的民族文化宝库,诗篇讲述了天地创始、人类诞生、农业发展、民族迁徙等布朗族发展历程中的重大事件,通过史诗的吟唱传承民族的记忆;诗篇也塑造了神人布咪雅、神犀牛拉扎希、神鳌鱼巴阿嫩、天神板哈披添、布朗人王、傣族长者等艺术形象,引导布朗族民众建立尊重自然、不惧残暴、和谐共处的人生观。纵观整部史诗,内容和体例完备、语言和情感质朴自然、演唱过程既程序井然又丰富多变。《创世歌》既是布朗族充满灵性的歌唱,也是中华民族艺术宝库的重要组成部分。

思考题

1. 简述布朗族创世史诗《创世歌》的艺术形象。
2. 简述布朗族创世史诗《创世歌》的礼仪之美。
3. 简述布朗族创世史诗《创世歌》的修辞之美。
4. 简述布朗族创世史诗《创世歌》的当代价值。
5. 在大众传媒时代,若将布朗族创世史诗《创世歌》进行二次创作,以影视作品形式传播(动漫、影视诗、广播剧等),请谈一谈你将如何构思这部作品。

参考文献

一　著作

《〈勒俄特依〉译注》，王文优、沙永前、沙永才译注，云南民族出版社 2018 年版。

《摆手歌》，张立玉等译，外语教学与研究出版社 2018 年版。

《侗族简史》编写组、《侗族简史》修订本编写组编：《侗族简史》（修订本），民族出版社 2008 年版。

《侗族文学史》编写组，张人位、邓敏文、杨权、龙玉成主编：《侗族文学史》，贵州民族出版社 1988 年版。

《独龙族简史》编写组、《独龙族简史》修订本编写组编：《独龙族简史》，民族出版社 2008 年版。

《傈僳族文学史》编写组编：《傈僳族文学史》，民族出版社 2017 年版。

《彝族传世经典》编委会编：《勒俄特依》（彝汉对照版），四川民族出版社 2016 年版。

白明政、樊敏主编：《布依族节日文化研究》，贵州民族出版社 2017 年版。

毕登程、隋嘎：《司岗里》（佤族创世史诗），云南人民出版社 2009 年版。

毕登程搜集整理，隋嘎等说唱：《司岗里史诗原始资料选辑》，赵秀兰翻译，民族出版社 2010 年版。

沧源佤族自治县文化馆：《国家级非物质文化遗产保护名录·司岗里》，

云南民族出版社 2017 年版。

曹毅：《土家族民间文化散论》，中央民族大学出版社 2002 年版。

曾繁仁：《文艺美学的生态拓展》，复旦大学出版社 2016 年版。

朝戈金：《口传史诗诗学：冉皮勒〈江格尔〉程式句法研究》，广西人民出版社 2000 年版。

楚雄彝族自治州人民政府编：《查姆：1：彝、汉》，施文贵翻译，云南民族出版社 2010 年版。

楚雄彝族自治州人民政府编：《查姆：2：彝、汉》，施文贵翻译，云南民族出版社 2010 年版。

楚雄彝族自治州人民政府编：《梅葛·姚安彝族口碑文献：彝、汉》，罗文高翻译，云南民族出版社 2012 年版。

楚雄彝族自治州人民政府编：《阿细先基·弥勒彝族口碑文献：1：彝、汉》，张伟、张国富等翻译，云南民族出版社 2012 年版。

德宏州文联编：《崩龙族文学作品选》，德宏民族出版社 1983 年版。

杜玉亭：《基诺族简史》，云南人民出版社 1985 年版。

杜玉亭：《基诺族文学简史》，云南民族出版社 1996 年版。

段宝林：《中国民间文学概要》，北京大学出版社 2018 年版。

广西少数民族古籍整理出版规划办公室编：《毛南族民歌：古籍版》，蒙国荣、谭亚洲译注，广西民族出版社 2000 年版。

广西壮族自治区编辑组：《广西瑶族社会历史调查》（第七册），广西民族出版社 1986 年版。

广西壮族自治区民间文艺家协会编：《中国民间创世史诗集成·广西卷》，广西人民出版社 2011 年版。

贵阳市南明区云关乡二戈村编：《布依族经典古歌》，贵州民族出版社 2009 年版。

贵州省民族事务委员会、黔南布依族苗族自治州文艺研究室、中国民间文艺研究会贵州分会编：《民间文学资料第 45 集·布依族古歌叙事诗情歌》，内部资料 1980 年版。

贵州省少数民族古籍整理出版规划小组办公室编：《苗族史诗》，贵州民族出版社 1993 年版。

贵州省社会科学院文学研究所、黔南布依族苗族自治州文艺研究室编：《布依族古歌叙事歌选》，贵州人民出版社 1982 年版。

郭晓炜主编：《梅葛本源》，中国质检出版社 2017 年版。

郭志超：《畲族文化述论》，中国社会科学出版社 2009 年版。

韩雷：《神话批评论》，上海大学出版社 2012 年版。

何积全、陈立浩主编，《布依族文学史》编写组编：《布依族文学史》，贵州民族出版社 1992 年版。

和云彩东巴解释：《崇搬崇笮》，和发源翻译，见《云南省少数民族古籍译丛》第 7 辑《纳西东巴古籍译丛》（一），云南民族出版社 1986 年版。

红河哈尼族彝族自治州人民政府编：《窝果策尼果（一）：哈尼文、汉文对照》，史军超、卢朝贵、杨叔孔译，云南民族出版社 2009 年版。

红河哈尼族彝族自治州人民政府编：《窝果策尼果（二）：哈尼文、汉文对照》，史军超、卢朝贵、杨叔孔译，云南民族出版社 2009 年版。

红河哈尼族彝族自治州人民政府编：《窝果策尼果（三）：哈尼文、汉文对照》，史军超、卢朝贵、杨叔孔译，云南民族出版社 2009 年版。

胡崇峻搜集整理：《黑暗传》，长江文艺出版社 2002 年版。

胡素华：《彝族史诗〈勒俄特依〉译注及语言学研究》，中国社会科学出版社 2020 年版。

胡铁强、陈敬胜：《族群记忆与文化认同：瑶族史诗〈盘王大歌〉的文化学解读》，湘潭大学出版社 2012 年版。

湖南省民族事务委员会、中国民研会湖南分会民族民间文学整理组编：《民族民间文学资料第十九集·江华瑶族"盘王大歌"集》，内部资料 1980 年版。

湖南省少数民族古籍办公室主编：《摆手歌》，彭勃、彭继宽整理译释，岳麓书社 1989 年版。

黄才贵：《女神与泛神：侗族"萨玛"文化研究》，贵州人民出版社 2006 年版。

黄光成：《德昂族文学简史》，云南民族出版社 2002 年版。

黄海、邢淑芳：《盘王大歌——瑶族图腾信仰与祭祀经典研究》，贵州人民出版社 2006 年版。

举奢哲、阿买妮等：《彝族诗文论》，康健、王子尧等译，贵州人民出版社 1988 年版。

康健、王子尧等编：《彝族古代文论》，贵州人民出版社 1997 年版。

蓝怀昌、蓝书京、蒙通顺搜集翻译整理：《布努瑶创世史诗：密洛陀》，中国民间文艺出版社 1988 年版。

蓝武、蒋盛楠：《〈白山司志〉点校与研究》，广西师范大学出版社 2016 年版。

澜沧县文化局：《拉祜民间诗歌集成》，云南民族出版社 1989 年版。

李昌银主编：《帕米查哩》，云南人民出版社 2018 年版。

李德君：《彝族阿细人民间文学作品采集实录（1963—1964）》，中央民族大学出版社 2009 年版。

李金明主编：《独龙族文化大观》，云南民族出版社 1999 年版。

李力主编：《彝族文学史》，四川民族出版社 1994 年版。

李向前搜集整理：《目瑙斋瓦 景颇族创世纪》，德宏民族出版社 1991 年版。

李筱文：《瑶山起舞：瑶族盘王节与"耍歌堂"》，广东教育出版社 2008 年版。

李子贤、李存贵主编：《形态·语境·视野：兄妹婚神话与信仰民俗暨云南省开远市彝族人祖庙考察与研究国际学术研讨会论文集》，云南大学出版社 2011 年版。

李子贤编：《云南少数民族神话选》，云南人民出版社 1990 年版。

李自强：《三江奇韵》，云南民族出版社 2005 年版。

李缵绪：《白族文学史略》，中国民间文艺出版社1984年版。

梁庭望、廖明君等：《布洛陀：百越僚人的始祖图腾》，外文出版社2005年版。

廖明君：《万古传扬创世歌——广西田阳布洛陀文化考察札记》，广西人民出版社2006年版。

廖明君：《壮族始祖：创世之神布洛陀》，广西人民出版社2009年版。

廖明君：《壮族自然崇拜文化》，广西人民出版社2002年版。

林璋：《布朗人之歌》，云南民族出版社2005年版。

刘锋、龙耀宏主编：《侗族：贵州黎平县九龙村调查》，云南大学出版社2004年版。

刘劲荣：《拉祜族民间文学概论》，云南民族出版社1998年版。

刘劲荣：《中国少数民族大辞典·拉祜族卷》，云南民族出版社2019年版。

刘允禔、陈学明：《葫芦的传说》，云南民族出版社1980年版。

漏候布哲等：《论彝族诗歌》，王子尧译，贵州民族出版社1990年版。

罗炳高、罗松：《都安布努瑶人史纲》，中国当代艺术出版社2015年版。

罗炳高：《中华布努瑶历史与文化研究》，中国当代艺术出版社2015年版。

罗丹阳：《苗族古歌〈瑟岗奈〉传承研究》，中国社会科学出版社2019年版。

马昌仪：《中国神话学文论选萃》，中国广播电视出版社1994年版。

马戎主编：《中华民族是一个——围绕1939年这一议题的大讨论》，社会科学文献出版社2016年版。

木玉璋搜集整理：《人类的金色童年：傈僳族叙事长诗创世纪·牧羊歌》，裴阿欠、黑达唱述，云南民族出版社2004年版。

农冠品：《壮族神话集成》，广西民族出版社2007年版。

欧阳若修等：《壮族文学史》，广西人民出版社1986年版。

盘才万等收集编注：《盘王歌》，中国国际广播出版社 2016 年版。

彭书麟、于乃昌、冯育柱主编：《中国少数民族文艺理论集成》，北京大学出版社 2005 年版。

黔东南苗族侗族自治州文艺研究室、贵州民间文艺研究会编，杨国仁、吴定国等整理：《侗族祖先哪里来》（侗族古歌），贵州人民出版社 1981 年版。

瞿州莲等：《中国土家族梯玛歌研究》，民族出版社 2018 年版。

全国政协文史和学习委员会暨云南省政协文史委员会编：《云南特有民族百年实录·基诺族》，中国文史出版社 2010 年版。

阮居平：《贵州民间长诗》，贵州人民出版社 1997 年版。

莎红整理：《密洛陀》，广西人民出版社 1981 年版。

石连顺翻译整理：《阿细颇先基：彝族阿细人创世史诗》，云南民族出版社 2003 年版。

石中坚、雷楠：《畲族祖地文化新探》，甘肃民族出版社 2010 年版。

史军超：《哈尼族文学史》，云南民族出版社 1998 年版。

史军超：《旷世的辉煌——论〈哈尼族古歌〉的文化内涵》，载西双版纳傣族自治州民族事务委员会编《哈尼族古歌》，云南民族出版社 1992 年版。

苏胜兴编：《瑶族民歌选》，上海文艺出版社 1982 年版。

粟本文、李端生主编：《江华苦茶》，中国农业出版社 2020 年版。

孙友康、李和弟搜集整理：《五指山传》，中国国际广播出版社 2016 年版。

覃乃昌主编：《布洛陀寻踪》，广西民族出版社 2004 年版。

万建中：《民间文学引论》，北京大学出版社 2006 年版。

汪正龙等编：《文学理论》，南京大学出版社 2018 年版。

王丹等：《土家族民间故事》，四川民族出版社 2016 年版。

王国祥：《布朗族文学简史》，云南民族出版社 2014 年版。

王红：《密洛陀古歌与布努瑶历史文化研究》，巴蜀书社 2020 年版。

王靖献：《钟与鼓：〈诗经〉的套语及其创作方式》，谢谦译，四川人民出版社1990年版。

王岳川：《20世纪西方文论》，中国人民大学出版社2021年版。

韦兴瑞、周国茂、伍文义编：《布依族摩经文学》，贵州人民出版社1997年版。

吴一文、今旦：《苗族史诗通解》，贵州人民出版社2014年版。

吴一文、覃东平：《苗族古歌与苗族历史文化研究》，贵州民族出版社2019年版。

西双版纳傣族自治州民族事务委员会编：《哈尼族古歌》，云南民族出版社1992年版。

西双版纳州民委：《傣族创世史诗巴塔麻嘎捧尚罗》，云南人民出版社1989年版。

奚寿鼎、张霞、乐夫、施宁励编：《白族民间长诗选》，云南民族出版社2000年版。

冼光位主编：《侗族通览》，广西人民出版社1995年版。

萧洪恩：《土家族口承文化哲学研究》，中央民族大学出版社1999年版。

萧家成：《勒包斋娃研究——景颇族创世史诗的综合性文化形态》，社会科学文献出版社2008年版。

萧家成：《勒包斋娃——景颇族创世史诗》，民族出版社1992年版。

熊盛祥主编：《普米族歌谣集成》，中国民间文艺出版社1990年版。

徐岱：《基础诗学——后形而上学艺术原理》，浙江大学出版社2005年版。

徐岱：《批评美学——艺术诠释的逻辑与范例》，学林出版社2003年版。

岩峰、王松、刀保尧：《傣族文学史》，云南民族出版社2014年版。

岩峰等：《傣族文学史》，云南民族出版社1995年版。

杨昌国、陈敬胜：《瑶族史诗"盘王大歌"的社会文化学研究》，民族出版社 2019 年版。

杨诚森主编:《中国民间故事全书·云南·鹤庆卷》,知识产权出版社 2013 年版。

杨春:《中国拉祜族》,宁夏人民出版社 2012 年版。

杨福泉主编:《听〈云之南〉的故事——云南民间故事中小学读本》,云南人民出版社 2015 年版。

杨利慧:《女娲的神话与信仰》,中国社会科学出版社 1997 年版。

杨亮才、李缵绪选编:《白族民间叙事诗集》,中国民间文艺出版社 1984 年版。

杨权、郑国乔整理译注:《侗族史诗——〈起源之歌〉》,辽宁人民出版社 1988 年版。

杨权编著:《侗族民间文学史》,中央民族学院出版社 1992 年版。

杨政业编:《白族本主传说故事》,云南民族出版社 1999 年版。

叶飞:《叶飞回忆录》,解放军出版社 2014 年版。

叶舒宪、李家宝主编,田兆元、孙正国、张维新等副主编:《中国神话学研究前沿》,陕西师范大学出版总社 2018 年版。

叶舒宪选编:《神话—原型批评》,陕西师范大学出版社 1987 年版。

攸延春:《阿昌族文学简史》,云南民族出版社 1995 年版。

攸延春:《怒族文学简史》,云南民族出版社 2003 年版。

于希谦:《基诺族文化史》,云南民族出版社 2000 年版。

玉溪市民族宗教事务局编:《吾查们查》,云南民族出版社 1999 年版。

喻锋平:《畲族史诗〈高皇歌〉英译研究》,浙江工商大学出版社 2018 年版。

袁鼎生、申扶民主编:《少数民族艺术生态学》,民族出版社 2014 年版。

袁鼎生:《天生论美学》,科学出版社 2017 年版。

袁凤辰、谭贻生、蒙国荣等编:《毛南族民歌选》,广西民族出版社 1987 年版。

苑利主编：《二十世纪中国民俗学经典·神话卷》，社会科学文献出版社 2002 年版。

岳小保、朗妹喊翻译：《甘琵甘帕——傣族创世史诗》，德宏民族出版社 2020 年版。

云南省迪庆藏族自治州民族事务委员会编：《居次勒俄》，云南民族出版社 1993 年版。

云南省民间文学集成办公室编：《白族神话传说集成》，中国民间文艺出版社 1986 年版。

云南省民族民间文学楚雄调查队整理：《梅葛：彝族创世史诗》，中国国际广播出版社 2016 年版。

云南省民族民间文学红河调查队搜集翻译整理：《阿细的先基》（阿细族史诗），云南人民出版社 1959 年版。

云南省少数民族古籍整理出版规划办公室编：《云南少数民族古典史诗全集》（上卷），云南教育出版社 2009 年版。

云南省少数民族古籍整理出版规划办公室编：《云南少数民族古典史诗全集》（中卷），云南教育出版社 2009 年版。

张恒：《以文观文——畲族史诗高皇歌的文化内涵研究》，浙江工商大学出版社 2014 年版。

张声震主编：《布洛陀经诗译注》，广西人民出版社 1991 年版。

张声震主编：《中国瑶族布努支系——密洛陀古歌》，广西民族出版社 2002 年版。

张声震主编：《壮族麽经布洛陀影印译注》，广西民族出版社 2004 年版。

张文勋主编：《白族文学史》（修订版），云南人民出版社 1983 年版。

张泽忠、吴鹏毅、米舜：《侗族古俗文化的生态存在论研究》，广西师范大学出版社 2011 年版。

张泽忠：《大地之居：一个东方音乐民族的建筑艺术》，漓江出版社 2019 年版。

张子伟等：《湘西土家族毛古斯》，湖南师范大学出版社 2015 年版。

赵书峰：《湖南瑶传道教音乐与梅山文化——以瑶族还家愿与梅山教仪式音乐的比较为例》，民族出版社 2013 年版。

赵恕心、代琳等收集整理：《盘王大歌》，天津古籍出版社 1993 年版。

浙江省民族事务委员会编：《高皇歌：畲族长篇叙事歌谣》，中国国际广播出版社 2016 年版。

浙江省民族事务委员会编：《畲族高皇歌》，中国广播电视出版社 1992 年版。

郑德宏、李高本整理译释：《盘王大歌》（下集），岳麓书社 1988 年版。

郑德宏整理译释：《盘王大歌》（上集），岳麓书社 1987 年版。

郑长天、奉恒高：《瑶族"坐歌堂"的结构与功能：湘南盘瑶冈介活动研究》，民族出版社 2009 年版。

政协澜沧拉祜族自治县委员会编：《拉祜族史》，云南民族出版社 2003 年版。

中国民间文学集成全国编辑委员会、中国民间文学集成湖南卷编辑委员会编：《中国歌谣集成·湖南卷》，中国 ISBN 中心 1999 年版。

中国民间文学集成全国编辑委员会、中国民间文学集成浙江卷编辑委员会编：《中国歌谣集成·浙江卷》，中国 ISBN 中心 1995 年版。

中国民间文学集成全国编辑委员会、中国歌谣集成云南卷编辑委员会编：《中国歌谣集成·云南卷·上卷》，中国 ISBN 出版中心 2003 年版。

中国民间文艺研究会主编，云南省民族民间文学丽江调查队整理：《创世纪》（纳西族史诗），人民文学出版社 1962 年版。

中国少数民族文学学会云南分会编：《云南少数民族文学论集》（第二集），中国民间文艺出版社 1983 年版。

中国瑶族文化传承研究中心组编，李建盛主编：《瑶学论丛》（第三辑），中国书籍出版社 2021 年版。

中国艺术人类学学会、北京舞蹈学院主编：《文化自觉与艺术人类学研究：2014 年中国艺术人类学国际学术研讨会论文集》（上卷），中国文联出版社 2015 年版。

钟雷兴主编：《闽东畲族文化全书·歌言卷》，民族出版社 2009 年版。

周帆等：《贵州少数民族文艺审美意识研究》，民族出版社 2010 年版。

朱光潜：《西方美学史》，人民文学出版社 2002 年版。

朱光潜撰，朱立元导读：《诗论》，上海古籍出版社 2001 年版。

朱洪、李筱文编：《广东畲族古籍资料汇编——图腾文化及其他》，中山大学出版社 2001 年版。

朱立元主编：《艺术美学辞典》，上海辞书出版社 2012 年版。

朱文旭注：《〈勒俄特依〉译注》，民族出版社 2017 年版。

朱宜初、李子贤：《少数民族民间文学概论》，云南人民出版社 1983 年版。

左玉堂主编：《彝族文学史》，云南民族出版社 2006 年版。

［德］恩格斯：《家庭、私有制和国家的起源》，人民出版社 2018 年版。

［匈］格雷格里·纳吉：《荷马诸问题》，巴莫曲布嫫译，广西师范大学出版社 2008 年版。

［德］海德格尔：《荷尔德林诗的阐释》，孙周兴译，商务印书馆 2000 年版。

［英］特里·伊格尔顿：《二十世纪西方文学理论》，伍晓明译，北京大学出版社 2018 年版。

［意］维柯：《新科学》，朱光潜译，商务印书馆 1989 年版。

［俄］叶·莫·梅列金斯基：《神话的诗学》，魏庆征译，商务印书馆 2009 年版。

二 论文

巴莫曲布嫫：《叙事语境与演述场域——以诺苏彝族的口头论辩和史诗传统为例》，《文学评论》2004 年第 1 期。

巴莫曲布嫫：《英雄观、英雄叙事及其故事范型：传统指涉性的阐释向度》,《民族艺术》2014 年第 3 期。

朝戈金：《"多长算是长"：论史诗的长度问题》,《中央民族大学学报》（哲学社会科学版）2015 年第 5 期。

费孝通：《边区民族社会经济发展思考》,《北京大学学报》（哲学社会科学版）1993 年第 1 期。

费孝通：《中华民族的多元一体格局》,《北京大学学报》（哲学社会科学版）1989 年第 4 期。

傅光宇、张福三：《盘古"垂死化身"神话探析》,《云南社会科学》1983 年第 6 期。

龚丽娟：《竞生悲歌中的美生理想——毛南族叙事诗歌〈枫蛾歌〉的生态审美探析》,《广西民族大学学报》2021 年第 4 期。

郭思九：《谈彝族神话史诗〈查姆〉》,《山茶》1983 年第 1 期。

和志武整理：《人类迁徙记》,《民间文学》1956 年第 16 期。

胡炳章：《论土家族人的善恶观念——土家族史诗〈摆手歌〉研究的伦理视角》,《吉首大学学报》2009 年第 6 期。

胡婷婷：《文学人类学视域下的傣族创世史诗〈巴塔麻嘎捧尚罗〉》,《今古文创》2020 年第 22 期。

霍志刚：《阿昌族史诗〈遮帕麻和遮米麻〉的历史记忆》,《中央民族大学学报》（哲学社会科学版）2015 年第 S1 期。

李世武：《多民族艺术"三维交融"铸牢中华民族共同体意识》,《广西民族大学学报》（哲学社会科学版）2021 年第 4 期。

李世武：《神话在铸牢中华民族共同体意识过程中的作用——以彝族史诗中的"月中有树"神话为例》,《思想战线》2021 年第 2 期。

李世武：《万物一体：彝族史诗"梅葛"演述传统蕴含的生态智慧》,《原生态民族文化学刊》2020 年第 5 期。

李松睿：《遮帕麻的梦——关于现实主义的思考之四》,《小说评论》2020 年第 4 期。

李卓曦：《彝族口传文献〈阿细的先基〉汉译版本研究》,云南民族大学，硕士学位论文，2021年。

李子贤：《从创世神话到创世史诗——中国西南地区产生创世史诗群落的阐释》，《百色学院学报》2010年第2期。

刘渊、邱紫华：《维柯"诗性思维"的美学启示》，《华中师范大学学报》（人文社会科学版）2002年第1期。

鹿忆鹿：《眼睛的神话——从彝族的一目神话、直目神话谈起》，《民俗研究》2003年第2期。

罗真堂、罗贵寿讲述，邓承礼搜集：《开天辟地的传说》，尹国堂翻译，《山茶》1981年第4期。

马骧：《畲族民歌词格"三条变"——与〈诗经〉风歌的比较研究》，《人民音乐》1991年第4期。

孟令法：《口述、图文与仪式：盘瓠神话的畲族演绎》，《湖北民族学院学报》（哲学社会科学版）2017年第1期。

孟令法：《口头传统与图像叙事的交互指涉——以浙南畲族长联和"功德歌"演述为例》，《民俗研究》2018年第5期。

孟令法：《人生仪礼的口头演述和图像描绘——以浙南畲族盘瓠神话、史诗〈高皇歌〉及祖图长联为例》，《民族艺术》2019年第3期。

孟令法：《畲族史诗〈高皇歌〉的程式语词和句法——基于云和县坪垟岗蓝氏手抄本的研究》，《宁德师范学院学报》（哲学社会科学版）2019年第1期。

孟令法：《神话记忆与符号象征：盘瓠意象谱系的畲瑶苗服饰文化共享机制》，《云南师范大学学报》（哲学社会科学版）2021年第6期。

孟令法：《文化空间的概念与边界——以浙南畲族史诗〈高皇歌〉的演述场域为例》，《民俗研究》2017年第5期。

纳日碧力戈：《双向铸牢中华民族共同体意识》，《中南民族大学学报》（人文社会科学版）2019年第4期。

屈永仙：《贝叶文化中的傣族创世史诗》，《中国非物质文化遗产》2021年第1期。

屈永仙：《傣族创世史诗〈创世纪〉研究初探》，《黔南民族师范学院学报》2021年第3期。

屈永仙：《新世纪以来傣族史诗研究概述》，《广西民族师范学院学报》2019年第4期。

唐楚臣：《"梅葛"散论》，《民族文学研究》1993年第1期。

王红：《民间规约的诗性展演：侗族款词研究》，《吉首大学学报》2012年第6期。

翁颖萍：《从语篇衔接角度看畲族歌言对〈诗经〉的传承》，《贵州民族研究》2011年第1期。

巫瑞书：《史诗〈摆手歌〉的民族学价值——土家"摆手"研究之一》，《湖南大学学报》2003年第5期。

吴晓东：《阿昌族史诗〈遮帕麻和遮米麻〉的中原神话元素》，《西北民族研究》2017年第1期。

岩温扁：《关于傣族创世史诗〈巴塔麻嘎捧尚罗〉的几个问题》，《思想战线》1988年第2期。

杨立新：《从创世史诗看彝族傣族审美追求的异同》，《中共云南省委党校学报》2016年第1期。

杨苗：《阿昌族创世史诗〈遮帕麻和遮米麻〉研究》，云南师范大学，硕士学位论文，2015年。

郑长天：《圣俗融通——湘南盘瑶"冈介"歌堂与"还愿歌堂"互渗关系初探》，《民俗研究》2009年第1期。

[芬兰] 劳里·航柯：《史诗与认同表达》，孟慧英译，《民族文学研究》2001年第2期。

云南省民族民间文学红河调查队：《关于〈阿细的先基〉的几个问题》，见《读书》1960年。

苏轼冰：《施学生与彝族"查姆文化"》，《云南政协报》2017年11月24日。

Bender, Mark, Aku Wuwu, *The Nuosu Book of Origins: A Creation*

Epic from Southwest China, Seattle: University of Washington Press, 2019.

John Miles Foley, *Immanent Art: From Structure to Meaning in Oral Traditional Epic*, Bloomington: Indiana University Press, 1991.

Joseph F. Rock, "The Story of the Flood in the Literature of the Mo – so (Na-k-hi) Tribe", *Journal of the West China Border Research Society*, Vol. 7, 1935.

后　记

　　本书是团队合作的结晶，凝聚着作者们的心血。现将编写内容、作者、作者单位、作者族属、作者职称/其他依次列出。

编写内容	作者	作者单位	民族	职称/其他
前言	李世武	云南大学民族学与社会学学院	彝族	教授、博士
汉族创世史诗《黑暗传》	张浩兰	内蒙古大学文学与新闻传播学院	汉族	副教授
彝族创世史诗《梅葛》	李世武	云南大学民族学与社会学学院	彝族	教授、博士
彝族创世史诗《勒俄特依》	莫色木加	西南民族大学中国语言文学学院	彝族	讲师、博士
彝族创世史诗《阿细的先基》	平慧	红河学院人文学院	彝族	讲师、博士
彝族创世史诗《查姆》	平慧	红河学院人文学院	彝族	讲师、博士
阿昌族创世史诗《遮帕麻与遮米麻》	巴胜超	四川美术学院中国艺术遗产研究中心	汉族	教授、博士

后　记

续表

编写内容	作者	作者单位	民族	职称/其他
白族创世史诗《人类和万物的来源》	董秀团 杨识余	云南大学文学院 云南大学文学院	白族 白族	董秀团：教授、博士 杨识余：在读博士生
白族创世史诗《创世记》	董秀团 杨识余	云南大学文学院 云南大学文学院	白族 白族	董秀团：教授、博士 杨识余：在读博士生
怒族创世史诗《创世歌》	陈思	云南大学文学院	布依族	在读博士生
独龙族创世史诗《创世纪》	熊开万	昆明学院人文学院	汉族	副教授、博士
傈僳族创世史诗《创世纪》	杨识余	云南大学文学院	白族	在读博士生
普米族创世史诗《帕米查哩》	陈瑞琪 胡文明	云南艺术学院 云南省社科院	汉族 普米族	陈瑞琪：副研究员、博士 胡文明：教授
拉祜族创世史诗《牡帕密帕》	熊开万	昆明学院人文学院	汉族	副教授、博士
哈尼族创世史诗《窝果策尼果》	刘镜净	云南省社会科学院	哈尼族	副研究员
纳西族创世史诗《崇搬图》	杨福泉	云南省社会科学院	纳西族	研究员、博士
基诺族创世史诗《大鼓和葫芦》	杨晓雯	云南大学汉语国际教育学院	汉族	教授、博士
景颇族创世史诗《勒包斋娃》	罗瑛	云南大学文学院	汉族	副教授、博士
土家族创世史诗《摆手歌》	田红云	吉首大学美术学院	土家族	副教授、博士
壮族创世史诗《布洛陀》	廖明君 黄颖佳	广西民族大学民族学与社会学学院	壮族 壮族	廖明君：研究员 黄颖佳：在读博士生

· 747 ·

续表

编写内容	作者	作者单位	民族	职称/其他
侗族创世史诗《起源之歌》	胡牧	重庆文理学院	汉族	副教授、博士
傣族创世史诗《甘琵甘帕》	王自梅	云南大学文学院	彝族	在读博士生
布依族创世史诗《赛胡细妹造人烟》	杨之海	云南民族大学社会学院	纳西族	讲师、博士
仡佬族创世史诗《叙根由》	王明贵	贵州工程应用技术学院	彝族	研究员
水族创世史诗《开天立地》	周灵颖	昆明学院滇池流域生态文化博物馆	汉族	助理研究员、博士
黎族创世史诗《五指山传》	张浩兰	内蒙古大学文学与新闻传播学院	汉族	副教授
毛南族创世史诗《创世歌》	陈思	云南大学文学院	布依族	在读博士生
苗族创世史诗《洪水滔天》	罗丹阳	中央民族大学出版社	苗族	博士
瑶族创世史诗《密洛陀》	吴正彪	三峡大学民族学院	苗族	教授
瑶族创世史诗《盘王大歌》	孟令法	扬州大学文学院	汉族	特聘教授
畲族创世史诗《高皇歌》	孟令法	扬州大学文学院	汉族	特聘教授
德昂族创世史诗《达古达楞格莱标》	陈瑞琪	云南艺术学院	汉族	副研究员、博士
佤族创世史诗《司岗里》	赵秀兰	云南民族大学	佤族	副教授、博士
布朗族创世史诗《创世歌》	吴婉婷	云南艺术学院	汉族	教授、博士

后 记

  本书编写过程中，云南大学文学院博士研究生杨识余参与了部分校对工作，著录于此，以表谢意。吴丽平老师付出了大量心血，我们永志不忘。因我们水平有限，虽已竭尽全力，但难免有不足之处，期待社会各界提供宝贵的意见，我们一定认真吸收。

《中华民族创世史诗》编写组
2023 年 4 月